KB069302

INFERNO

SPECIAL ILLUSTRATED EDITION

INFERNO: SPECIAL ILLUSTRATED EDITION
by Dan Brown

Copyright © 2013 by Dan Brown
All rights reserved.

First published in the United States by Doubleday.
Korean translation copyright © 2016 by Moonhak Soochup Publishing Co., Ltd.

Graph "Special Report: How Our Economy Is Killing the Earth" (New Scientist, 10/16/08)
copyright © 2008 Reed Business Information—UK.
All rights reserved. Distributed by Tribune Media Services.

This is a work of fiction. Names, characters, businesses, organizations, places, events, and incidents either are the product of the author's imagination or are used fictitiously. Any resemblance to actual persons, living or dead, events, or locales is entirely coincidental.

이 책에 등장하는 모든 인물과 사건은 모두 허구이며, 실존 인물과 사건을 연상시키는 부분이 있더라도 이는 저자의 의도와는 무관합니다.

이 책의 한국어판 저작권은 저작권자와 독점계약한 ㈜문학수첩에 있습니다.
저작권법에 의해 한국 내에서 보호를 받는 저작물이므로 무단전재와 복제를 금합니다.

인페르노

스페셜 일러스트 에디션

댄 브라운 지음 | 안종설 옮김

문학수첩

일러두기

1. 한글 맞춤법은 국립국어원《표준국어대사전》에 따랐으며, 외래어는 국립국어원 〈외래어 표기법〉에 따라 표기했습니다.

2. 마일, 야드, 피트, 에이커, 제곱피트 등의 단위는 미터법으로 환산했습니다.

3. 본문에 인용된 단테의《신곡》은 김운찬 교수의 번역본을 참고했습니다.

부모님께……

작가의 말

이 책 이전에도 예술 작품과 관련된 소설을 여러 권 썼지만, 문학 작품에 대한 소설은 이번이 처음이었다. 《인페르노》를 쓸 당시, 나는 단테의 이 위대한 걸작에 심취했고, 단테가 그려낸 지옥뿐 아니라 그의 생애와 저술에서 그토록 중요한 비중을 차지하는 눈부신 미술과 역사와 풍경을 좇으며 무척 흥분했던 기억이 난다.

이 일러스트 에디션을 준비하는 동안에도, 소설을 쓰기 위한 조사와 집필 과정에서 만난 근사한 사진들을 다시 한 번 음미하는 소중한 기회를 가질 수 있었다. 여러분과 그 기회를 함께 나누고 싶은 마음이 간절하다.

지옥의 가장 암울한 자리는

도덕적 위기의 순간에 중립을 지킨 자들을 위해

예비되어 있다.

사실

이 소설에 등장하는 모든 예술과 문학 작품, 과학과 역사는 모두 진짜다.

'컨소시엄'은 7개국에 사무실을 두고 있는 민간 조직이다. 보안과 프라이버시를 위해 이름을 바꾸었다.

인페르노는 단테 알리기에리의 서사시 《신곡》에 묘사된 지하 세계로서, 지옥을 '그림자' 즉 육신 없는 영혼들이 삶과 죽음 사이에 갇혀 있는 곳으로 그리고 있다.

우피치 미술관, 피렌체

Prologue

'나는 그림자다.

슬픔의 도시를 뚫고, 나는 달아난다.

영원한 비애를 뚫고, 나는 비상한다.'

가쁜 숨을 몰아쉬며 아르노 강둑을 따라 비틀거리던 나는…… 카스텔라니 가(街)에서 왼쪽으로 꺾어 북으로 방향을 잡은 뒤, 우피치 미술관이 드리운 그림자 속으로 뛰어든다.

그들은 아직도 나를 쫓고 있다.

필사적인 각오로 나를 쫓는 그들의 발소리가 점점 커진다.

그들은 여러 해 전부터 나를 추적했다. 그들의 집요함은 나를 땅속으로 밀어 넣었다. 나는 연옥에 갇힌 채 숨어 지냈고…… 소닉 몬스터처럼 납작 엎드려 살아야 했다.

'나는 그림자다.'

지상으로 올라온 나는 북쪽을 향해 고개를 들지만, 첫새벽의 여명을 아펜니노 산맥이 가로막고 있어 구원을 향한 직선로는 보이지 않는다.

총안이 뚫린 망루와 외팔이 시계가 달린 궁전 뒤로 접어든 나는…… 걸걸한 목소리에 람프레도토(소 내장 따위를 넣어 만드는 샌드위치로, 피렌체의 대표적인 길거리 음식—옮긴이)와 구운 올리브 냄새가 묻어나는 산 피렌체 광장의 새벽 노점상들 사이를 헤집고 달린다. 바르젤로 미술관을 못 미쳐 길을 건너 서쪽으로 달린 끝에, 바디아의 첨탑으로 오르는 계단 출입구 앞의 철문에 도달한다.

'이제 모든 망설임과 이별해야 한다.'

바디아의 첨탑, 피렌체

손잡이를 돌리고 돌아오지 못할 길로 들어선다. 납덩이같은 다리를 재촉해 좁은 계단을 오른다. 낡고 상처 입은 대리석 디딤판으로 이루어진 나선 계단은 꾸불꾸불 하늘을 향해 올라간다.

뒤에서 간절한 목소리가 메아리처럼 번져온다.

그들은 지치지도 않고 내 뒤를 바짝 따라붙는다.

'그들은 무슨 일이 벌어질 것인지…… 내가 그들을 위해 무엇을 했는지 알지 못한다!

은혜를 모르는 대지여!'

계단을 오를수록 영상은 또렷해진다. 소나기처럼 쏟아지는 불덩이 속에 꿈틀거리는 욕정의 육신들, 배설물 위에 떠 있는 탐욕의 영혼들, 차가운 사탄의 손아귀에 붙잡혀 얼어붙은 배신의 악당들.

마지막 계단을 올라 꼭대기에 다다른 나는 거의 숨이 넘어갈 지경이 되어 습한 아침 공기 속을 비틀거린다. 발밑에 나를 쫓아낸 자들을 피해 은신처로 삼았던 축복받은 도시가 펼쳐져 있다.

목소리는 이제 바로 등 뒤에서 들려온다. "당신이 한 짓은 미친 짓이오!"

'광기는 광기를 낳는 법.'

"주님의 사랑으로," 그들이 외친다. "어디다 숨겼는지 말하시오!"

'바로 그 주님의 사랑 때문에, 나는 말할 수가 없다.'

더 이상 달아날 데가 없는 나는 차가운 돌에 등을 기댄다. 나의 맑은 초록색 눈을 똑바로 바라보는 그들의 표정이 더욱 일그러지며 회유 대신 협박이 이어진다. "우리에게도 방법이 있다는 걸 알 거요. 강제로라도 당신의 입을 열게 만들 방법이."

'바로 그런 이유로 나는 천국의 절반을 올라왔다.'

번개처럼 몸을 돌려 팔을 뻗은 나는, 손가락으로 높다란 난간을 붙잡고 무릎에 잔뜩 힘을 주어 몸을 끌어올린 뒤, 난간 끄트머리에 아슬아슬하게 올라선다. '친애하는 베르길리우스(로마의 시인으로, 《신곡》에서 단테를 지옥과 연옥으로 안내하는 역할을 한다—옮긴이)여, 저 심연 너머 나를 인도하소서.'

허를 찔린 그들은 내 발을 붙잡으려 달려오지만, 그 바람에 내가 균형을 잃고 떨어질까 봐 걱정스러운 듯 주춤거린다. 이제 그들은 소리 죽여, 그러나 필사적으로 애원하지만, 나는 그들에게 등을 돌린다. '나는 내가 해야 할 일을 알고 있다.'

현기증이 일 만큼 까마득한 발아래, 붉은 기와지붕들이 들녘의 불길처럼 번져 한때 거인들이 거닐었던 아름다운 대지를 비춘다. 조토, 도나텔로, 브루넬레스키, 미켈란젤로, 그리고 보티첼리.

발가락에 힘을 주어 가장자리로 조금 더 다가선다.

"내려오시오!" 그들이 소리친다. "아직은 시간이 있어요!"

'아, 이 고집스럽고 우매한 중생이여! 그대들

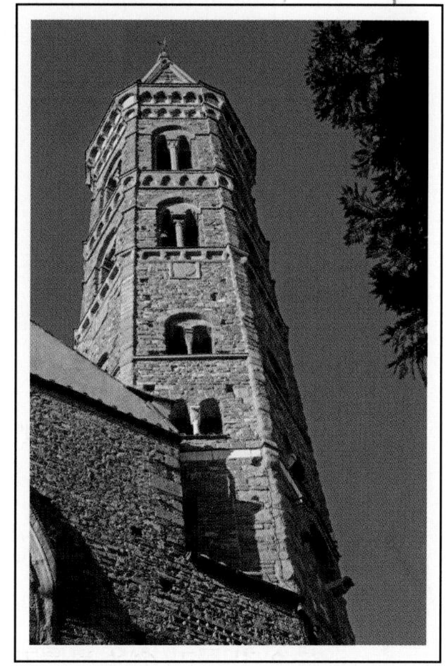

바디아 피오렌티나

지옥을 묘사한 프레스코화, 두오모, 피렌체

의 눈에는 미래가 보이지 않는가? 내 작품의 장엄함을 이해하지 못하는가? 필요성은?'

나는 기꺼이 이 마지막 희생을 감당할 것이고…… 그럼으로써 그대들의 마지막 희망을 잠재울 것이다.

'그대들은 결코 시간 안에 그것을 찾지 못하리라.'

발아래 아득히, 자갈 깔린 광장이 고즈넉한 오아시스처럼 나를 유혹한다. 조금만 더 시간이 주어지기를 얼마나 간절히 바랐던가……. 그러나 나의 그 많은 부(富)로도 사지 못할 유일한 소모품이 바로 시간인 것을.

마지막 순간, 광장을 내려다보던 나는 내 시선을 사로잡는 광경에 깜짝 놀란다.

그대의 얼굴을 발견한 것이다.

그대는 그림자 속에 몸을 숨기고 나를 올려다본다. 그대의 눈에는 슬픔이 가득하지만, 그러나 그 눈빛에는 나의 업적에 대한 경외심 또한 느껴진다. 그대는 나에게 선택의 여지가 없음을 알고 있다. 인류에 대한 사랑으로, 나는 나의 걸작을 지켜야 한다.

'그것은 지금 이 순간에도 별빛조차 비치지 않는 석호의 핏빛 수면 아래서 반짝이며 성장과 기다림을 거듭하고 있다.'

그리하여 나는, 그대에게서 눈을 들고 지평선을 바라본다. 이 죄짐 많은 세상 위에, 나는 내 마지막 기도를 남긴다.

'사랑하는 신이시여, 세상이 내 이름을 괴물 같은 죄인이 아니라 은혜로운 구세주로 기억해주기를 기도합니다. 그것이 사실임을 아시지 않습니까. 내가 남기는 선물을 인류가 이해할 수 있기를 기도합니다.

나의 선물은 미래입니다.

나의 선물은 구원입니다.

나의 선물은 인페르노입니다.'

이어서 나는 나지막이 아멘을 읊조린 다음…… 깊디깊은 나락을 향해 마지막 걸음을 내딛는다.

구하라 그리고 찾아라

바닥없는 우물의 캄캄한 어둠 속에서 올라오는 물거품처럼…… 기억은 천천히 돌아왔다.

'얼굴을 가린 여인.'

로버트 랭던은 거센 물살이 핏빛으로 붉게 흐르는 강 건너편의 그 여인을 바라보았다. 여인은 천으로 비장한 얼굴을 가린 채 꼼짝도 하지 않고 건너편 강둑에서 그를 바라보고 있었다. 발밑에 바다처럼 널린 시체들을 기리려는 듯 손에 쥔 파란 '타이니아'(고대에 사람들이 의식을 행할 때 머리에 감았던 끈 모양의 천—옮긴이)를 살짝 치켜든 모습이었다. 죽음의 냄새가 사방에 가득했다.

'구하세요.' 여인이 속삭였다. '그러면 찾을 겁니다.'

그 소리는 여인이 랭던의 머릿속에 대고 말한 것처럼 또렷하게 들렸다. "당신은 누굽니까?" 랭던은 그렇게 외쳤지만 소리가 나오지 않았다.

'시간이 없어요.' 그녀가 속삭였다. '구해서, 찾으세요.'

랭던은 강을 향해 한 발을 내디뎠지만, 걸어서 건너기에는 강이 너무 깊고 붉었다. 랭던이 다시 여인을 향해 눈을 들었을 때, 그녀 발밑의 시체들은 크게 불어나 있었다. 수백, 어쩌면 수천에 달할 듯했고, 더러는 아직 숨이 붙어 고통스럽게 꿈틀거리며 상상을 초월하는 비참한 죽음을 맞이하고 있었다. 화염에 사로잡혀, 배설물에 파묻혀, 혹은 서로를 잡아먹으며……. 고통받는 인간들의 괴로운 비명 소리가 강 건너 랭던에게까지 울려 퍼졌다.

여인은 마치 도움을 청하듯 가녀린 손을 내민 채 그를 향해 다가섰다.

"당신은 누굽니까?" 랭던은 다시 한 번 소리쳤다.

여인은 대답 대신 손을 뻗어 얼굴에 드리운 천을 천천히 들어 올렸다. 눈이 부시도록 아름다웠지만 랭던이 상상했던 것보다 나이가 많아 60대가 아닐까 싶었고, 억겁의 세월을 견뎌온 조각상처럼 당당하고 강인해 보였다. 튼튼한 턱에는 강한 의지가 묻어나고, 그윽한 눈동자에는 영혼이 담긴 듯했으며, 긴 은발이 부드러운 물결처럼 어깨 위로 흘러내리는 모습이었다. 목에는 지팡이를 휘감은 뱀 모양의 청금석 부적이 걸려 있었다.

랭던은 그녀에게서 자신이 잘 아는…… 신뢰하는 여인이라는 느낌을 받았다. '하지만 어떻게? 왜?'

여인은 거꾸로 땅에 박혀 꿈틀거리는 한 쌍의 다리를 가리켰다. 누군가가 머리부터 허리까지 거꾸로 땅에 파묻힌 모양이었다. 희멀건 허벅지에 진흙으로 알파벳 하나가 새겨져 있었다. 'R. R?' 랭던은 문득 마음이 더욱 불안해졌다. '로버트의 R인가?' "그게…… 납니까?"

여인의 표정에서는 아무것도 드러나지 않았다. '구해서, 찾으세요.' 그녀는 같은 소리만 되풀이했다.

갑자기 그녀의 몸에서 하얀 빛이 뿜어 나왔다. 빛은 점점 더 밝아졌다. 이어서 그녀의 온몸이 격렬한 진동을 시작하는가 싶더니, 거대한 천둥소리와 함께 수많은 빛의 파편으로 폭발해버렸다.

랭던은 비명을 지르며 깨어났다.

방은 환했다. 주위에는 아무도 없었다. 공기에서 소독약과 알코올 냄새가 물씬 느껴졌고, 그의 심장박동에 맞춰 나직한 기계음이 들려왔다. 랭던은 오른팔을 움직이려 했지만 날카로운 통증이 움직임을 제지했다. 고개를 내려 보니 팔뚝에 링거 주삿바늘이 꽂혀 있었다.

맥박이 빨라졌고, 덩달아 기계에서 나는 소리도 빨라졌다.

'여기가 어디지? 어떻게 된 거야?'

뒷머리가 욱신거리면서 에는 듯한 통증이 몰려왔다. 랭던은 아주 조심스럽게, 자유로운 왼손으로 두통의 원인을 찾기 위해 머리를 더듬었다. 엉킨 머리칼 밑으로 말라붙은 피와 함께 열두어 개의 단단한 매듭이 만져졌다. 상처를 꿰맨 흔적이 분명했다.

랭던은 눈을 감고 사고를 당한 순간의 기억을 더듬었다.

아무것도 기억나지 않았다. 그의 머릿속은 텅 빈 백지였다.

'생각을 해.'

온통 어둠뿐이었다.

수술복 차림의 남자가 허둥지둥 뛰어 들어왔다. 랭던의 심장박동 모니터에서 나는 소리를 듣고 놀라 달려온 것이 분명했다. 콧수염과 턱수염이 덥수룩하고, 송충이처럼 짙은 눈썹 밑으로 부드러운 눈동자가 차분하게 반짝이는 남자였다.

"어떻게…… 된 겁니까?" 랭던이 간신히 물었다. "내가 사고를 당했어요?"

수염 기른 남자는 자신의 입술에 손가락을 하나 갖다 댄 뒤, 밖으로 나가 누군가의 이름을 부르며 복도를 뛰어갔다.

랭던은 머리를 돌렸지만 그 간단한 동작만으로도 날카로운 통증이 두피를 타고 온몸으로 번져갔다. 그는 숨을 크게 몰아쉬며 통증이 지나가기를 기다렸다. 그러고는 아주 조심스럽게, 하지만 세밀하게 주위를 살폈다.

침상이 하나뿐인 병실이었다. 꽃도, 문병 카드도 보이지 않았다. 랭던은 한쪽 구석의 수납장 위에 자신의 옷가지가 가지런히 접힌 채 투명한 비닐봉지에 들어 있는 것을 발견했다. 옷은 피범벅이 되어 있었다.

'맙소사, 제법 크게 다친 모양이군.'

침대 옆의 창문을 향해 천천히 고개를 돌려보았다. 바깥은 캄캄했다. 밤이었다. 보이는 거라고는 유리창에 비친 자신의 모습뿐이었다. 각종 튜브와 케이블을 주렁주렁 달고 의료 장비에 둘러싸여 누워 있는 자신의 창백하고 초췌한 모습이 너무 낯설게 느껴졌다.

복도에서 말소리가 들려 랭던은 다시 고개를 돌렸다. 아까 그 의사가 어떤 여자와 함께 병실로 들어왔다.

여자는 30대 초반으로 보였다. 파란색 수술복을 입었고, 뒤로 묶은 금발 머리가 걸을 때마다 찰랑거렸다.

"나는 닥터 시에나 브룩스라고 해요." 그녀가 랭던을 향해 미소를 지으며 말했다. "닥터 마르코니와 함께 오늘 밤 당번이죠."

랭던은 힘없이 고개를 끄덕였다.

늘씬하고 유연해 보이는 몸매의 닥터 브룩스는 운동선수처럼 민첩했다. 펑퍼짐한 가운 차림인데도 우아한 맵시가 느껴졌다. 화장기를 전혀 찾아볼 수 없는 얼굴은 입술 바로 위의 조그만 애교 점을 빼면 놀랄 만큼 피부가 매끈했다. 눈동자는 부드러운 갈색이었지만 그 또래의 여자들이 흔히 경험하지 못하는 산전수전을 다 겪은 사람처럼 눈매가 날카로웠다.

"닥터 마르코니는 영어를 잘 못해요." 그녀가 랭던 옆에 앉으며 말했다. "그래서 나더러 선생님의 입원 수속 서류 작성을 도와달라고 하시더군요." 그러면서 그녀는 또 미소를 지었다.

"고마워요." 랭던이 갈라진 목소리로 대답했다.

"좋아요." 그녀는 사무적인 목소리로 말을 이었다. "성함이 어떻게 되시죠?"

대답이 나오기까지 잠시 시간이 걸렸다. "로버트…… 랭던."

닥터 브룩스는 랭던의 눈동자에 펜처럼 생긴 플래시의 불빛을 비췄다. "직업은요?"

이번에는 아까보다 조금 더 긴 시간이 필요했다. "교수입니다. 미술사와…… 기호학. 하버드대에서 근무해요."

닥터 브룩스는 놀란 표정으로 플래시를 내렸다. 송충이 눈썹을 한 의사도 마찬가지로 놀란 얼굴이었다.

"그럼…… 미국인이세요?"

랭던은 어리둥절한 표정으로 그녀를 바라보았다.

"그냥……" 그녀가 잠시 머뭇거리다 말을 이었다. "오늘 밤 여기 도착하셨을 때 신분증이 하나도 없어서요. 해리스 트위드 재킷에 서머싯 로퍼 차림인 걸 보고 영국인일 거라고 짐작했거든요."

"미국인 맞아요." 랭던은 그렇게 대답했지만 너무 기운이 없어서 자신의 세련된 패션 감각까지 설명할 엄두는 나지 않았다.

"통증은요?"

"머리가 아픕니다." 랭던이 대답했다. 조금 전의 환한 플래시 불빛 때문에 머리가 더 지끈거렸다. 고맙게도 닥터 브룩스는 플래시를 주머니에 넣더니 랭던의 팔목을 잡고 맥박을 점검하기 시작했다.

"비명을 지르면서 깨어났어요." 그녀가 말했다. "왜 그랬는지 기억나세요?"

랭던의 머릿속에 얼굴을 가린 채 꿈틀거리는 시체들에 둘러싸여 있던 여인의 모습이 또 한 번 얼핏 스쳐 지나갔다. '구하세요, 그러면 찾을 겁니다.' "악몽을 꿨어요."

"어떤 악몽요?"

랭던은 내용을 대충 털어놓았다.

닥터 브룩스는 덤덤한 표정으로 클립보드에 뭔가를 적어 넣었다. "뭐 때문에 그렇게 끔찍한 꿈을 꾸게 됐을지, 짚이는 거라도 있어요?"

랭던은 잠시 기억을 더듬다가 고개를 가로저었다. 그 바람에 또 통증이 몰려왔다.

"좋아요, 랭던 선생님." 그녀는 여전히 뭔가를 적으며 말했다. "몇 가지 통상적인 질문을 드릴게요. 오늘이 무슨 요일이죠?"

랭던은 또 잠시 생각을 해보았다. "토요일. 캠퍼스를 가로질러…… 오후 강의에 들어갔고…… 아무래도 그게 마지막 기억인 것 같네요. 내가 쓰러졌나요?"

"곧 그 이야기가 나올 거예요. 여기가 어디인지는 아세요?"

랭던은 자기 생각에 가장 그럴듯한 답을 말해보았다. "매사추세츠 종합병원?"

닥터 브룩스는 또 메모를 했다. "우리가 연락해 드려야 할 사람이 있나요? 부인이든 자녀분이든?"

"없어요." 랭던은 이번에는 본능적으로 대답했다. 그는 오래전부터 스스로 선택한 독신의 고독감과 독립심을 즐기는 성격이었다. 비록 요즘 들어 주위에 낯익은 얼굴이 늘 함께 있으면 좋겠다는 생각이 슬슬 들기 시작했음을 부정할 수는 없지만. "연락할 만한 동료들이 있긴 하지만, 괜찮습니다."

닥터 브룩스가 메모를 마치자 남자 의사가 다가왔다. 그는 또 한 번 송충이 눈썹을 꿈틀거리며 주머니에서 조그만 녹음기를 꺼내 닥터 브룩스에게 보여주었다. 그녀는 알겠다는 듯이 고개를 끄덕이고는 환자를 돌아보았다.

"랭던 선생님, 선생님은 오늘 밤 여기 도착했을 때 똑같은 소리를 계속 중얼거리고 계셨어요." 그녀가 닥터 마르코니를 힐끔 돌아보자, 그는 녹음기의 재생 단추를 눌렀다.

녹음기가 돌아가기 시작했고, 완전히 녹초가 되어 똑같은 말을 되풀이하는 랭던의 목소리가 흘러나왔다. "베…… 소리. 베…… 소리."

"내가 듣기에는……" 닥터 브룩스가 입을 열었다. "'베리 소리(너무 미안해). 베리 소리' 하고 말하는 것 같은데요."

랭던도 같은 생각이긴 했지만, 전혀 기억이 나지 않았다.

닥터 브룩스는 불안한 눈길로 뚫어져라 랭던을 바라보았다. "왜 이런 말을 했는지 짚이는 게 없어요? 뭐가 그렇게 미안했죠?"

랭던이 어두컴컴한 기억의 모퉁이를 더듬는 동안, 또 한 번 얼굴 가린 여인의 모습이 스쳐 지나갔다. 여인은 시체들에 에워싸인 채 피로 물든 강둑에 서 있었다. 죽음의 악취도 되살아났다.

랭던은 느닷없이 덮쳐오는 본능적인 위기의식에 사로잡혔다. 자기 자신의 위기가 아니라…… 만인의 위기였다. 심박 모니터의 기계음이 급격히 빨라졌다. 근육이 팽팽하게 긴장하면서 그는 일어나 앉으려고 몸을 일으켰다.

닥터 브룩스가 재빨리 랭던의 가슴에 손을 얹어 움직임을 제지했다. 그녀는 수염 기른 의사를 힐끗 돌아보았고, 그는 근처의 수납장으로 걸어가 뭔가를 준비하기 시작했다.

닥터 브룩스는 랭던의 얼굴 위에서 나지막이 속삭였다. "랭던 선생님, 뇌를 다치면 불안감이 밀려오는 경우가 많아요. 지금은 일단 맥박수를 떨어뜨려야 해요. 움직이지 마세요. 흥분하지도 말고요. 그냥 가만히 누워서 휴식을 취한다고 생각하세요. 아무 일도 없을 테니까요. 천천히 기억이 돌아올 거예요."

남자 의사가 주사기를 들고 돌아와 닥터 브룩스에게 건넸다. 그녀는 주사기의 내용물을 랭던의 링거 튜브 속으로 밀어 넣었다.

"흥분을 가라앉히기 위한 가벼운 진정제예요." 그녀가 설명했다. "통증 완

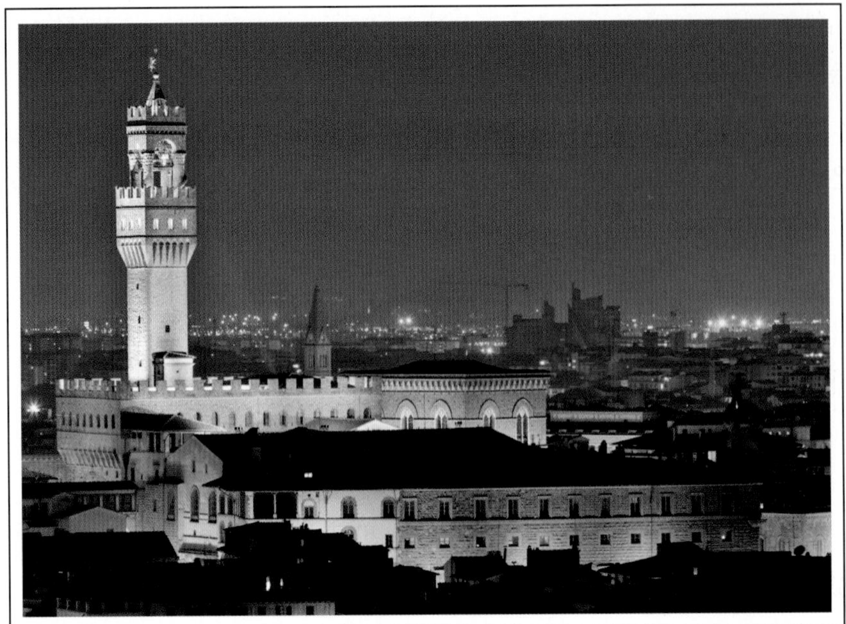

베키오 궁전, 피렌체

화에도 도움이 될 거고요." 그녀는 자리에서 일어나며 말을 이었다. "괜찮아질 거예요, 랭던 선생님. 한숨 주무세요. 필요한 게 있으면 머리맡의 단추를 누르시고요."

그녀는 불을 끄고 수염 기른 남자 의사와 함께 병실을 나갔다.

어둠 속에 혼자 남은 랭던은 순식간에 약 기운이 퍼지며 자신의 몸이 조금 전에 겨우 빠져나온 우물 속으로 깊숙이 끌려 들어가는 느낌에 사로잡혔다. 그는 그 느낌과 맞서 싸우며 캄캄한 어둠 속에서도 눈을 감지 않으려고 발버둥 쳤다. 일어나 앉으려 했지만, 몸이 돌덩이처럼 무거웠다.

간신히 몸을 뒤척이자 또 한 번 창문을 마주 보게 되었다. 불이 꺼져 캄캄해진 유리에는 더 이상 그의 모습이 비치지 않았고, 그 대신 멀리 지평선이 가물거렸다.

첨탑과 돔의 윤곽선 사이로, 장엄한 구조물 하나가 랭던의 시야를 지배했다. 위풍당당한 이 석조 요새는 톱니 모양의 난간과 90미터 높이의 탑을 거느리고 있었는데, 탑은 꼭대기 근처가 살짝 부풀어 거대한 총안이 바깥쪽으로 돌출한 모습이었다.

랭던이 튕기듯 몸을 일으키자 머리가 터져나갈 듯한 두통이 엄습했다. 랭던은 혹독한 통증을 참고 탑에 시선을 고정했다.

랭던은 그 중세 건물을 잘 알고 있었다.

세상에 둘도 없는 건물이었다.

불행하게도, 그것은 매사추세츠에서 6천 킬로미터 이상 떨어진 곳에 위치한 건물이었다.

⁂

그 창밖에서는 건장한 체구의 여인이 토레갈리 가(街)의 그림자에 숨겨진 BMW 오토바이에서 훌쩍 뛰어내려 먹잇감을 쫓는 표범처럼 기민하게 움직이기 시작했다. 곤두세운 짧은 머리칼이 검은 가죽 재킷의 치켜세운 옷깃을 스쳤다. 그녀는 소음기가 달린 무기를 확인한 뒤, 방금 불이 꺼진 로버트 랭던의 창문을 올려다보았다.

오늘 밤 그녀의 첫 번째 임무는 허무한 실패로 돌아갔었다.

'비둘기 한 마리가 우는 바람에 모든 게 달라졌다.'

이제 그 실패를 바로잡아야 할 시간이었다.

'여기가 피렌체라고!?'

로버트 랭던은 머리가 지끈거렸다. 침상에 똑바로 일어나 앉아 미친 듯이 호출 버튼을 눌러댔다. 몸속에 퍼지는 진정제의 약 기운에도 불구하고 심장이 마구 두근거렸다.

닥터 브룩스가 말총머리를 찰랑이며 달려왔다. "괜찮으세요?"

랭던은 당혹스러운 표정으로 고개를 가로저었다. "여기가…… 이탈리아입니까?"

"잘됐네요." 닥터 브룩스가 말했다. "이제 기억이 나시는군요."

"그게 아니에요!" 랭던은 창밖에 버티고 선 장엄한 건물을 가리키며 말했다. "베키오 궁전을 알아본 것뿐입니다."

닥터 브룩스가 다시 전등을 켜자 피렌체의 스카이라인이 사라졌다. 그녀는 침대 옆으로 다가서며 차분한 목소리로 속삭였다. "랭던 선생님, 걱정하실 필요는 없어요. 가벼운 기억상실증을 겪고 계시지만, 닥터 마르코니가 선생님의 뇌 기능은 정상이라고 진단했으니까요."

수염 기른 의사도 호출 신호를 들었는지 한달음에 달려왔다. 그가 랭던의 심장박동 모니터를 살펴보는 동안, 젊은 여의사는 그에게 빠르고 유창한 이탈리아어를 쏟아냈다. 랭던이 여기가 이탈리아라는 사실을 알고 '아지타토'했다는 내용인 듯했다.

'흥분했다고?' 랭던은 화가 치밀었다. '망연자실이 더 적당한 표현일 텐데!' 그의 몸속에 분출된 아드레날린이 진정제와 사투를 벌이는 느낌이었다. "도대체 어떻게 된 겁니까?" 랭던이 물었다. "오늘이 며칠이지요?!"

"아무 문제도 없어요." 닥터 브룩스가 대답했다. "3월 18일 월요일 새벽이에요."

'월요일이라.' 랭던은 혼란스러운 마음을 다잡고 자신의 기억에 남아 있는 마지막 영상을 더듬어보았다. 토요일 야간 수업을 위해 춥고 어두운 하버드 캠퍼스를 혼자 걸어가는 자신의 모습이 떠올랐다. '그게 이틀 전이라고?!' 강의며 그 이후의 사건이며 아무런 기억이 되살아나지 않자, 거대한 공포가 밀려왔다. '아무 기억도 나지 않아.' 심장박동 모니터의 삐 소리가 점점 빨라졌다.

남자 의사가 턱수염을 매만지며 장비를 조작하는 동안, 브룩스 박사는 다시 랭던 옆에 앉았다.

"곧 괜찮아질 거예요." 그녀가 부드러운 말로 그를 안심시켰다. "퇴행성 기억상실 증세가 보이기는 하는데, 두부에 외상을 입었을 경우에 아주 흔하게 나타나는 증상이에요. 지난 며칠 사이의 기억이 뒤섞이거나 사라졌을 수도 있지만, 영구적인 손상은 걱정하지 않아도 괜찮아요." 닥터 브룩스는 잠시 말을 끊었다가 덧붙였다. "제 이름이 뭔지 기억나세요? 아까 처음 들어올 때 말씀드렸는데."

랭던은 잠시 생각을 해보았다. "시에나." '닥터 시에나 브룩스라고 했어.'

그녀의 얼굴에 미소가 떠올랐다. "거봐요, 벌써 새로운 기억이 형성되고 있잖아요."

랭던의 두통은 거의 참기 힘든 지경에까지 이르렀고 시야도 가까운 곳은 여전히 흐릿했다. "어떻게 된 겁니까? 내가 어떻게 여기까지 온 거지요?"

"지금은 좀 쉬시는 게 좋을—."

"내가 어떻게 여기까지 온 겁니까?" 랭던이 다시 한 번 다그치자, 모니터는 그의 심장박동이 더 빨라졌음을 알렸다.

"알았어요, 호흡을 좀 편안하게 하세요." 닥터 브룩스는 그렇게 말하며 걱정스러운 시선으로 동료와 눈을 마주쳤다. "말씀드릴게요." 그녀의 목소리가 눈에 띄게 진지해졌다. "랭던 선생님, 선생님은 세 시간 전에 머리에 상처를 입고 피를 흘리며 우리 병원 응급실로 들어서서는 이내 정신을 잃으셨어요.

선생님이 누구인지, 어떻게 여기까지 왔는지는 아무도 모르는 상태였죠. 영어로 뭐라고 중얼거려서 닥터 마르코니가 저에게 도움을 요청했고요. 저는 영국에서 안식년을 맞아 여기 와 있는 거거든요."

랭던은 마치 막스 에른스트의 그림 속에서 깨어난 듯한 기분이었다. '내가 도대체 이탈리아에서 뭘 하고 있었던 거지?' 랭던은 회의 참석차 2년에 한 번씩 6월에 이탈리아를 방문하기는 하지만, 지금은 3월이었다.

진정제가 본격적으로 효력을 발휘하는지, 지구의 중력이 점점 세지며 자신의 몸을 매트리스 밑으로 잡아당기는 느낌이었다. 랭던은 그 느낌과 맞서 싸우며 의식을 유지하기 위해 고개를 치켜들었다.

닥터 브룩스가 허공을 떠도는 천사처럼 그의 머리 위로 몸을 숙였다. "제발 진정하세요, 랭던 선생님." 그녀가 속삭였다. "머리 쪽의 외상은 처음 24시간이 제일 중요해요. 지금 충분히 휴식을 취하지 않으면 정말로 심각한 손상을 입을지도 몰라요."

갑자기 방 안의 인터폰에서 누군가의 갈라진 목소리가 튀어나왔다. "닥터

〈성 안토니오의 유혹〉
막스 에른스트, 1945년

© 2014 Artists Rights Society(ARS), New York / ADAGP, Paris

마르코니?"

수염 기른 의사는 벽에 붙은 단추를 누르며 대답했다. "시(네)?"

인터폰에서 빠른 속도의 이탈리아어가 쏟아졌다. 랭던은 무슨 소리인지 한 마디도 알아듣지 못했지만 두 의사가 놀란 표정으로 서로를 마주 보는 것은 알 수 있었다. '무슨 경보라도 울린 건가?'

"모멘토(잠시만요)." 마르코니는 그렇게 말하고는 일단 인터폰 대화를 중단했다.

"무슨 일입니까?" 랭던이 물었다.

닥터 브룩스의 눈매가 조금 가늘어졌다. "중환자실의 접수창구예요. 누가 선생님을 찾아왔다고 하네요."

랭던은 몽롱한 와중에도 한 줄기 서광이 비치는 기분이었다. "잘됐네요! 누군지는 모르지만 나에게 무슨 일이 벌어졌는지 아는 사람일 테니까."

닥터 브룩스는 별로 동의하지 않는 표정이었다. "누가 찾아왔다는 게 이상해서 그래요. 우린 선생님 이름도 몰랐고, 아직 환자 명단에 등록조차 되지 않았거든요."

랭던은 진정제의 약 기운과 사투를 벌이며 간신히 몸을 조금 더 일으켜 세웠다. "내가 여기 있는 것을 아는 사람이라면 나한테 무슨 일이 벌어졌는지도 알 것 아닙니까!"

닥터 브룩스가 닥터 마르코니를 힐끗 돌아보자, 그는 고개를 가로저으며 자신의 손목시계를 가리켰다. 닥터 브룩스는 다시 랭던을 바라보았다.

"여긴 중환자실이에요." 그녀가 설명했다. "아침 9시 전에는 아무도 들어올 수 없는 곳이죠. 닥터 마르코니가 나가서 방문자가 누구인지, 무엇을 원하는지 알아볼 거예요."

"내가 원하는 것은 어떡하고요?" 랭던이 쏘아붙였다.

닥터 브룩스는 참을성 있는 미소와 함께 몸을 조금 더 숙이며 목소리를 낮췄다. "랭던 선생님, 어젯밤에 일어난 일에 대해서 선생님이 아직 모르는 게 몇 가지 있어요. 선생님한테 일어난 일들 가운데 말이에요. 그래서 말인데, 누군가와 이야기를 나누기 전에 먼저 선생님이 모든 사실을 알고 있는 게 바람직하지 않을까 싶어요. 하지만 유감스럽게도 선생님은 아직 몸이—."

"내가 무슨 사실을 알아야 한다는 겁니까!?" 랭던은 조금 더 몸을 일으켜 세우려고 안간힘을 쓰며 물었다. 팔뚝에 꽂힌 링거가 당겨지자 마치 수백 킬로그램의 무게가 팔을 짓누르는 듯 느껴졌다. "내가 아는 거라고는 여기가 피렌체의 병원이고, 여기 들어오면서 '베리 소리'라는 말을 되풀이했다는 것뿐이에요."

불현듯 끔찍한 추측이 그를 사로잡았다.

"내가 자동차 사고라도 낸 겁니까?" 랭던이 물었다. "나 때문에 누가 다쳤어요?"

"아니, 그런 게 아니에요." 닥터 브룩스가 대답했다. "그런 것 같지는 않아요."

"그럼 뭡니까?" 랭던은 화난 눈으로 두 의사를 번갈아 쳐다보며 물었다. "나에게는 무슨 일이 벌어지고 있는지 알 권리가 있어요."

긴 침묵이 이어진 끝에 닥터 마르코니가 어쩔 수 없다는 듯 자신의 매력적인 동료에게 고개를 끄덕여 보였다. 닥터 브룩스는 크게 숨을 한 번 내쉬고는 랭던의 옆으로 조금 더 가까이 다가앉았다. "좋아요, 내가 아는 걸 말씀드릴게요. 절대 흥분하면 안 돼요, 아셨죠?"

랭던은 고개를 끄덕였다. 그 동작 때문에 또 한 번 찌르는 듯한 통증이 머리통 전체로 퍼져나갔다. 랭던은 답을 듣고 싶은 마음에 애써 통증을 외면했다.

"첫 번째는 이거예요, 선생님은 사고 때문에 머리를 다친 게 아니에요."

"음, 다행이로군요."

"꼭 그렇지도 않아요. 사실 선생님의 상처는 총상이거든요."

심장박동 모니터의 삐 소리가 한 단계 더 빨라졌다. "뭐라고요?"

닥터 브룩스는 차분하게, 하지만 재빨리 대답했다. "총알이 정수리를 스치면서 가벼운 뇌진탕 증세를 일으킨 것으로 보여요. 이렇게 살아 있는 게 행운인 셈이죠. 몇 센티만 낮았더라도……." 그러면서 그녀는 고개를 가로저었다.

랭던은 믿기지가 않아서 멍하니 그녀를 바라보았다. '누가 총으로 나를 쐈다고?'

그때 복도에서 누군가의 성난 목소리가 터져 나오면서 언쟁이 벌어졌다. 누군지는 모르지만 랭던을 찾아온 사람이 아침까지 기다릴 수 없다고 우기는 모양이었다. 뒤이어 복도 반대편의 문이 와락 열리는 소리가 들리는가 싶더니, 복도를 걸어오는 사람의 모습이 보이기 시작했다.

온통 검은 가죽옷으로 몸을 감싼 여자였다. 체격이 아주 당당하고, 치켜세운 검은 머리칼이 더욱 강인한 인상을 자아냈다. 그녀는 마치 발이 바닥에 닿지도 않는 것처럼 민첩한 동작으로 곧장 랭던의 병실을 향해 다가왔다.

대번에 닥터 마르코니가 열린 문 앞으로 나서며 방문자를 막아섰다. “페르마(멈춰요)!” 그는 경찰관처럼 손바닥을 들어 보이며 말했다.

낯선 여인은 걸음을 늦추지도 않은 채 천천히 손을 들었다. 그 손에는 소음기 달린 권총이 들려 있었다. 다음 순간, 그녀는 정면으로 닥터 마르코니의 가슴을 겨눈 채 방아쇠를 당겼다.

슉 하는 소리가 짧게 터져 나왔다.

랭던은 비틀거리며 방 안으로 밀려 들어와 가슴을 움켜쥔 채 바닥으로 쓰러지는 그의 모습을 멍하니 바라보았다. 닥터 마르코니의 하얀 가운이 붉은 피로 물들었다.

이탈리아 해안에서 8킬로미터 떨어진 아드리아 해상, 전장 73미터의 호화 요트 '멘다키움호'는 뭉실뭉실 피어오르는 이른 새벽의 안개를 뚫고 순항 중이었다. 스텔스 기능을 갖춘 이 요트의 짙은 회색 선체는 군함이라 불러도 손색이 없을 정도의 위용을 자랑했다.

3억 달러를 호가하는 호화 요트답게 온천, 수영장, 극장, 개인용 잠수함, 헬리콥터 착륙장까지 모든 편의 시설이 빠짐없이 완비되어 있었지만, 이 선박의 주인은 그런 쪽에는 별로 관심이 없는 인물이었다. 그는 5년 전에 이 요트를 인수하자마자 각종 편의 시설을 걷어내고 군사용에 버금가는 온갖 전자 장비를 동원해 최첨단 관제실을 설치했다.

세 개의 전용 위성 연결망과 거미줄 같은 지상 기지국을 거느린 멘다키움호의 관제실에는 기술 인력, 애널리스트, 작전 코디네이터를 망라한 스무 명이 넘는 요원들이 상주하며 조직의 수많은 지상 작전 본부와 긴밀한 협력 관계를 구축하고 있었다.

전문적인 군사 훈련을 받은 군인들, 두 개의 미사일 감지 시스템, 최첨단 화기들로 가득한 무기고가 이 선박의 보안을 담당했으며, 그 밖에 요리사, 청소부, 기타 잡역부 등의 지원 인력을 합치면 승선 인원은 40명을 훌쩍 넘었다. 그 결과 멘다키움호는 그 주인이 자신의 제국을 다스리는 데 조금도 불편이 없는 완벽한 이동 사무실 노릇을 했다.

직원들 사이에서 '사무장'으로 통하는 남자는 작고 민첩한 체구에 검게 그은 피부를 가졌고 깊고 움푹 들어간 눈이 인상적인 인물이었다. 다소 왜소해 보이는 그의 외모와 화통한 성격은 사회의 그늘진 언저리에서 다양하면서도 은밀한 민간 서비스를 제공하는 대가로 엄청난 부를 축적할 수 있는 밑거름이 되었다.

무자비한 용병에서부터 죄악의 중개인, 악마의 하수인에 이르기까지 수많은 별명이 그를 따라다녔지만, 사실 그는 그 무엇도 아니었다. 단지 고객들이 아무런 뒤탈 없이 자신의 야망과 욕망을 쫓을 수 있는 기회를 제공하는 것, 오로지 그것만이 그의 임무였다. 인간의 본성이 사악하다는 것은 그에게 아무런 문제도 되지 않았다.

사무장의 도덕적 나침반은 온갖 윤리적 비난과 반대에도 불구하고 늘 한결같은 방향을 가리켰다. 그가 자신 — 그리고 컨소시엄 그 자체 — 의 명성을 쌓은 바탕에는 두 개의 황금률이 단단히 자리하고 있었다.

지키지 못할 약속은 절대 하지 않는다.

고객에게 절대 거짓말을 하지 않는다.

'절대로.'

사무장은 이 일을 시작한 뒤 단 한 번도 약속을 어기거나 한번 성사된 계약을 재론하지 않았다. 그의 말 한마디는 곧 보증수표였고, 더러는 후회가 남는 경우가 있더라도 계약 철회는 고려의 대상이 아니었다.

오늘 아침, 특실의 전용 발코니로 나온 사무장은 요동치는 바다를 바라보며 묵직하게 명치에 걸린 불안감을 떨쳐버리려고 애썼다.

'과거의 결정이 현재를 설계한다.'

사무장이 과거에 내린 결정들은 그에게 그 어떤 지뢰밭에서도 당당하게 자신의 뜻을 관철할 수 있는 지위를 가져다주었다. 하지만 오늘, 창밖으로 이탈리아 본토의 아득한 불빛을 바라보는 그의 마음은 이상하리만치 불안하고 초조했다.

1년 전 바로 이 요트 선상에서 내린 결정 하나가 지금까지 그가 쌓아온 모든 것을 허물어뜨릴 위험 요소로 다가오고 있었다. '그 사람과 계약을 하는 게 아니었어.' 물론 그 당시에는 전혀 알 길이 없었지만 결과적으로 그 계산 착오가 지금의 그에게 예기치 못한 시련을 한바탕 안겨주었고, 흔들리는 배의 전복을 막기 위해 '필요한 모든 조치'를 취하라는 명령과 함께 최고의 요원들을 현장으로 내보내야 하는 지경에까지 이르고 말았다.

지금 사무장은 특별히 어느 현장 요원의 연락을 기다리고 있었다.

'버옌다.' 사무장은 고슴도치 머리를 한 근육질의 전문 요원을 떠올렸다. 지금까지 한 치의 오차도 없이 완벽하게 임무를 수행해온 버옌다였지만, 어젯밤에는 자칫 치명적인 결과로 이어질 수 있는 실수를 저질렀다. 지난 여섯 시간 동안 그 실수를 되돌리고 상황에 대한 통제력을 되찾기 위해 필사적인 노력을 기울였지만, 적어도 지금 당장은 모든 게 엉망진창이 되어버린 상황이었다.

'버옌다는 자신의 실수가 철 모르고 지저귄 비둘기 한 마리 때문에 빚어진, 단순한 불운의 결과일 뿐이라고 주장했다.'

그러나 사무장은 불운이든 행운이든 운이라는 것 자체를 믿지 않았다. 그는 언제나 무작위성과 우연을 배제하는 데 총력을 기울였다. 통제는 그의 전공이었다. 모든 가능성을 예측하고, 모든 반응을 내다보며, 원하는 결과를 향해 현실을 재단했다. 그가 지금까지 쌓아온 성공과 보안의 금자탑에는 한 치의 오점도 없었고, 덕분에 그의 고객은 억만장자와 정치인, 왕족, 심지어는 한 나라의 정부 전체에 이르기까지 확장되었다.

동쪽으로 첫새벽의 희미한 여명이 동터 오르며 수평선에서 제일 낮은 별들부터 삼키기 시작했다. 사무장은 갑판에 버티고 선 채 버옌다에게서 임무를 착오 없이 완수했다는 연락이 날아들기를 초조하게 기다렸다.

순간적으로 시간이 멈춰버린 느낌이었다.

바닥에 쓰러져 꼼짝도 하지 않는 닥터 마르코니의 가슴에서 피가 콸콸 뿜어 나왔다. 랭던은 약 기운과 사투를 벌이는 와중에도 간신히 눈을 들어 성큼성큼 복도를 걸어오는 고슴도치 머리의 암살자를 바라보았다. 이제 열린 병실 문과 그 여자 사이에는 불과 몇 미터의 간격밖에 남지 않았다. 그녀는 문턱을 향해 다가서며 랭던에게 시선을 고정한 채 재빨리 권총을 들어 그의 머리를 겨눴다.

'이제 끝장이야.' 랭던은 속으로 생각했다. '이렇게 죽는구나.'

좁은 병실에 귀청을 찢을 듯한 굉음이 울려 퍼졌다.

랭던은 날아드는 총알을 상상하며 몸을 움츠렸지만, 그 굉음은 괴한의 총에서 난 소리가 아니었다. 닥터 브룩스가 번개처럼 몸을 날려 병실의 묵직한 철문을 닫고 잠금 단추를 눌러버린 모양이었다.

닥터 브룩스는 극심한 두려움을 최대한 억누르며 재빨리 몸을 돌려 이미 피로 흠뻑 젖은 동료 옆에 쪼그려 앉은 채 맥박을 살폈다. 닥터 마르코니의 입에서 쿨럭 하는 기침과 함께 피가 뿜어 나와 뺨을 타고 무성한 수염 위로 흘러내리더니, 이내 몸이 축 늘어졌다.

"엔리코, 노(엔리코, 안 돼요)! 티 프레고(제발)!" 닥터 브룩스의 입에서 비명이 터졌다.

바깥에서 마치 콩을 볶듯 철문을 때리는 총소리가 터져 나왔다. 복도 전체에 날카로운 경보음이 울려 퍼졌다.

랭던의 몸이 움직이기 시작했다. 진정제의 약 기운보다는 공포심과 본능이 더 큰 힘을 발휘하는 모양이었다. 힘겹게 침대에서 내려서자, 오른쪽 팔뚝에 정신이 쏙 빠질 만큼 극심한 통증이 몰려왔다. 랭던은 총알이 문을 뚫고 들어와 자신의 팔을 맞췄다고 생각했지만, 알고 보니 그것은 팔에 꽂혀 있던 링거가 끊어지면서 생긴 통증이었다. 팔뚝에 뚫린 구멍으로 플라스틱 카테터가 삐죽 나와 있고, 뜨뜻한 피가 튜브 밖으로 뿜어 나오고 있었다.

이제 랭던은 완전히 의식을 되찾았다.

마르코니 옆에 엎드린 닥터 브룩스는 눈물을 쏟으며 맥박을 찾느라 안간힘을 다하고 있었다. 다음 순간, 마치 머릿속에서 스위치가 탁 켜진 듯 그녀가 벌떡 일어나 랭던을 향해 돌아섰다. 랭던의 눈앞에서 그녀의 표정이 극적인 변화를 일으켰다. 어려 보이기만 하던 그녀의 얼굴에서 위기에 대처하는 노련한 응급실 의사의 침착함이 드러나기 시작한 것이다.

"따라오세요." 그녀가 명령했다.

닥터 브룩스는 랭던의 팔을 붙잡고 침대 맞은편으로 이끌었다. 랭던이 휘청거리는 다리로 간신히 그녀를 따라가는 동안에도 복도의 총소리와 경보음은 그치지 않았다. 정신이 돌아왔다고는 하지만 몸의 반응은 한없이 느리기만 했다. '움직여!' 발에 닿는 타일 바닥이 얼음장처럼 차가웠고, 등이 터진 얇은 환자복은 180센티미터에 달하는 그의 몸을 가려주기에 턱없이 짧았다. 팔뚝에서 흘러내린 피가 손바닥에 흥건히 고이는 것이 느껴졌다.

총알이 집중적으로 문손잡이를 때리는 가운데, 닥터 브룩스는 조그만 욕실로 랭던을 확 밀어 넣었다. 뒤따라 들어오려던 그녀는 갑자기 방향을 바꾸어 수납장 쪽으로 달려가더니, 피로 얼룩진 랭던의 해리스 트위드 재킷을 낚아챘다.

'이 판국에 그깟 재킷이 무슨 대수라고!'

닥터 브룩스는 랭던의 재킷을 들고 욕실로 뛰어들어 얼른 문을 잠갔다. 다음 순간, 바깥의 병실 문이 벌컥 열렸다.

그 와중에도 젊은 의사는 이성을 잃지 않았다. 좁은 욕실을 가로질러 또 하나의 문을 열어젖히고 바로 옆에 붙은 회복실로 랭던을 이끌었다. 잠시 멈췄

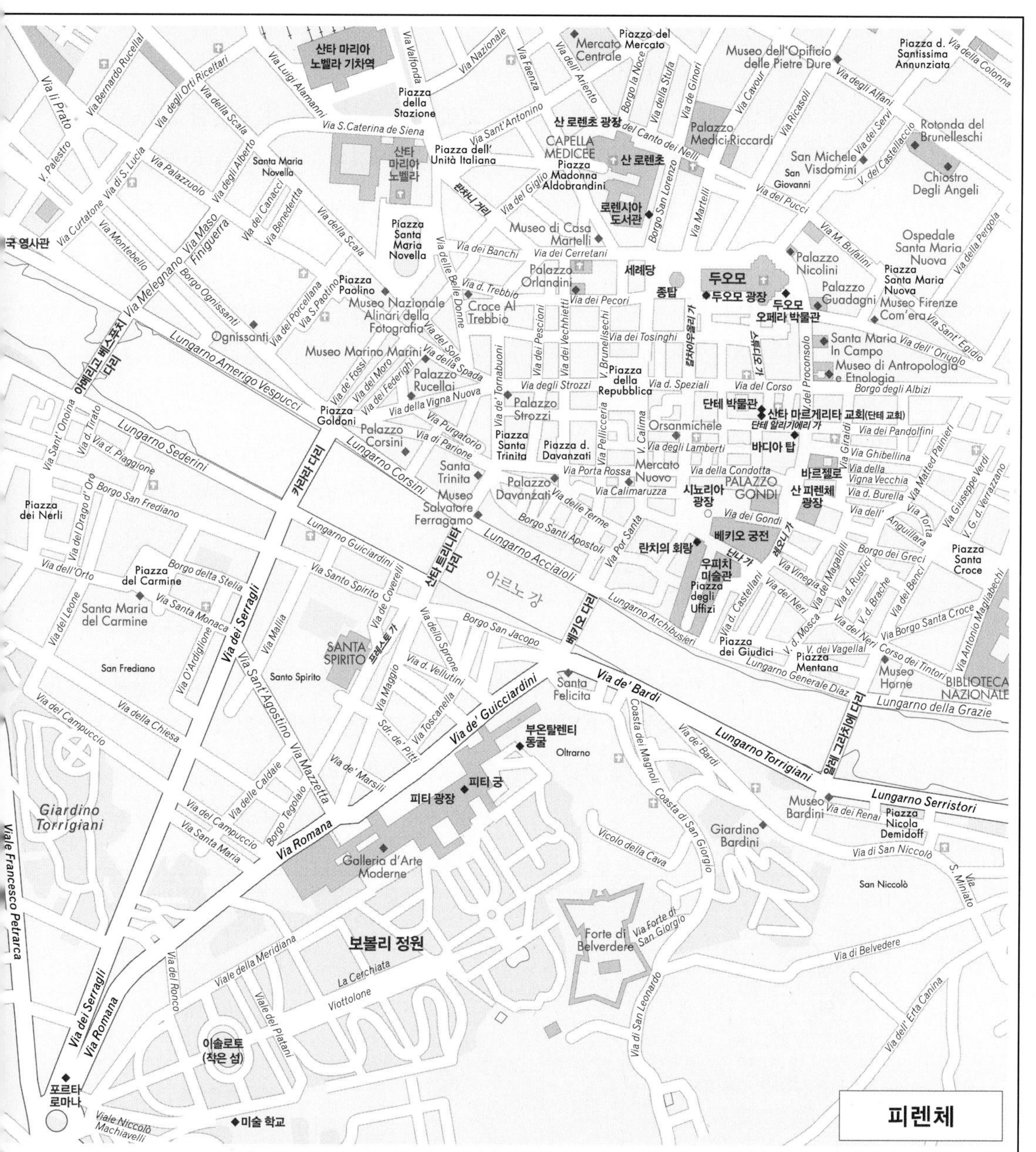

던 총소리가 또 한 번 불을 뿜는 순간, 닥터 브룩스는 랭던의 팔을 잡아끌며 복도로 빠져나와 계단으로 들어섰다. 갑자기 무리해서 몸을 움직인 랭던은 아찔한 현기증을 느꼈다. 이러다가 언제 쓰러질지 모르겠다는 생각이 들었다.

황급히 계단을 내려오다 비틀거리고…… 미끄러지고…… 이후 15초가 화질 낮은 동영상처럼 느릿느릿 흘러갔다. 연달아 망치로 두들기는 듯한 두통은 더 이상 감당하기 힘들 정도였다. 시야는 더욱 흐려졌고, 근육은 축 늘어졌으며, 동작 하나하나마다 몸이 말을 듣지 않는 느낌은 점점 더 강해졌다.

갑자기 공기가 확 차가워졌다.

'밖으로 나왔나 보다.'

닥터 브룩스의 손에 이끌려 어두컴컴한 골목을 빠져나오던 랭던은 뭔가 날카로운 곳을 밟고 넘어져 아스팔트에 호되게 부딪혔다. 닥터 브룩스는 그를 일으켜 세우며 진정제 놓은 것을 후회하는 험한 혼잣말을 내뱉었다.

골목을 벗어나기 직전, 랭던이 또 한 번 휘청거리며 쓰러졌다. 닥터 브룩스는 이번에는 그를 그냥 길바닥에 놔두고 도로로 뛰어나가 멀리 떨어져 있는 누군가에게 소리를 질렀다. 랭던은 병원 건물 앞에 서 있는 택시의 초록색 불빛을 어렴풋이 보았다. 차가 꼼짝도 하지 않는 것을 보니 기사가 잠들어 있는 것이 분명했다. 닥터 브룩스는 고래고래 소리를 지르며 사정없이 팔을 내저었다. 그제야 택시의 전조등이 켜지더니 느릿느릿 그들을 향해 굴러왔다.

골목 안쪽에서 문이 왈칵 열리는 소리에 이어, 발소리가 빠른 속도로 다가

피렌체

왔다. 돌아보니 시커먼 그림자가 맹렬한 기세로 그를 향해 달려오고 있었다. 랭던은 몸을 일으키려고 안간힘을 다했지만 어느새 닥터 브룩스가 그를 일으켜 세워 피아트 택시 뒷자리에 밀어 넣었다. 절반은 좌석에, 절반은 바닥에 걸친 그의 몸을 닥터 브룩스가 덮치며 차 문을 닫았다.

아직도 잠이 덜 깬 택시 기사는 고개를 돌려 이 해괴망측한 2인조를 멍하니 바라보았다. 말총머리를 한 젊은 여자는 수술복을 입었고, 반쯤 찢어진 환자복을 걸친 남자는 팔에서 피를 철철 흘리고 있었다. 기사의 입에서 당장 내 차에서 내리라는 소리가 나오려는 찰라, 퍽 소리와 함께 사이드 미러 하나가 박살났다. 검은 가죽옷을 입은 여자가 총을 겨눈 채 골목에서 달려 나오고 있었다. 그녀의 권총이 또 한 번 불을 뿜는 순간, 닥터 브룩스는 재빨리 랭던의 머리를 붙잡고 밑으로 끌어당겼다. 택시 뒷유리가 폭발하며 파편이 소나기처럼 쏟아졌다.

택시 기사에게는 더 이상 말이 필요 없었다. 있는 힘껏 가속페달을 밟음과 동시에 택시는 총알처럼 앞으로 튀어 나갔다.

랭던의 의식은 가장자리를 넘나들고 있었다. '누가 나를 죽이려 한다고?'

택시가 모퉁이를 돌아서자 닥터 브룩스는 몸을 일으키며 피투성이가 된 랭던의 팔을 들어 올렸다. 그의 살에 뚫린 구멍에서 카테터가 몹시 이상한 각도로 삐져나와 있었다.

"창밖을 보세요." 그녀가 명령했다.

랭던은 순순히 그 명령을 따랐다. 어둠 속에 유령 같은 묘비가 몇 개 스쳐 지나갔다. 때맞춰 공동묘지를 지나고 있는 것이 배경 치고는 안성맞춤이었다. 닥터 브룩스의 손가락이 부드럽게 그의 팔뚝을 어루만지는가 싶더니, 예고도 없이 카테터를 확 낚아챘다.

벼락 같은 통증이 그대로 랭던의 신경 중추를 강타했다. 랭던은 눈알이 위로 돌아가는 것을 느꼈고, 그와 동시에 모든 것이 캄캄해졌다.

날카로운 벨 소리가 스멀거리는 아드리아 해의 안개를 바라보고 있던 사무장의 시선을 잡아챘다. 그는 재빨리 자신의 집무실로 들어섰다.

'시간이 됐어.' 그렇지 않아도 초조하게 연락을 기다리던 그였다.

책상에 놓인 컴퓨터 모니터가 깜박이더니 지금 들어오는 전화는 스웨덴 섹트라 타이거 XS의 음성 암호화 기술을 채용한 것임을 알려주었다. 그것으로도 모자라 추적이 불가능한 네 군데의 라우터를 거친 끝에야 이 요트까지 연결된 전화였다.

사무장은 헤드셋을 귀에 걸쳤다. "사무장이다." 그의 목소리는 느리고 신중했다. "말해."

"버옌다예요." 상대방의 목소리가 흘러나왔다.

사무장은 그녀의 목소리에서 평소답지 않은 초조함을 감지했다. 현장 요원들이 사무장에게 직통 전화를 거는 일도 드물었지만, 어젯밤과 같은 사단이 벌어진 다음에도 고용 관계가 유지되는 경우는 더 드물었다. 그럼에도 불구하고 사무장이 현지의 요원에게 사태 수습을 도우라는 지시를 내렸을 만큼, 버옌다는 이번 임무를 감당하기에 최적의 인물이었다.

"보고드릴 게 있어요." 버옌다가 말했다.

사무장은 침묵을 지켰고, 그것은 곧 계속 이야기하라는 신호였다.

전혀 감정이 실리지 않은 목소리로 말을 잇는 버옌다의 의도는 프로의 자존심을 잃지 않겠다는 것이 분명했다. "랭던이 도주했어요." 그녀가 말했다. "물건은 그에게 있습니다."

사무장은 책상 앞의 의자에 털썩 주저앉아 또 아주 오랫동안 침묵을 지켰다. "알았다." 이윽고 그가 대답했다. "아마 그는 최대한 빠른 시간 내에 정부기관을 찾겠지."

⚜

사무장과는 두 층의 갑판을 사이에 둔 이 요트의 보안 통제실, 선임 보좌관 로런스 놀턴은 자신의 집무실에 앉아 암호화된 사무장의 통화가 막 끝난 걸 확인했다. 좋은 소식이었기를 바라는 마음이 간절했다. 지난 이틀 동안 사무장은 잔뜩 긴장한 기색이 역력했고, 이 배에 승선해 있는 모든 사람들은 지금 조직의 사활이 걸린 중차대한 작전이 진행되고 있음을 느낄 수 있었다.

'보통 큰 판이 아니다, 제발 이번에는 버옌다가 잘 해내야 할 텐데.'

놀턴은 지금까지 정교하게 구성된 작전 계획을 능수능란하게 조율하는 데 탁월한 역량을 발휘했지만, 이번 시나리오는 자칫 걷잡을 수 없는 혼란의 늪으로 빠져들 기미를 보이는 탓에 사무장이 직접 나설 수밖에 없는 상황이 되고 말았다.

세계 각지에서 대여섯 건의 다른 임무가 동시다발로 진행되고 있긴 하지만, 그것들은 컨소시엄의 여러 현장 사무실에서 각자 책임을 맡고 있기 때문에 사무장과 멘다키움호의 인력은 오로지 이번 일에만 전력을 투구할 수 있었다.

며칠 전 그들의 고객이 피렌체에서 갑자기 사망하는 불상사가 빚어지긴 했지만, 컨소시엄은 여전히 그 고객을 위해 다양한 서비스를 제공하고 있었다. 돌아가는 상황과는 무관하게, 그가 이 조직을 믿고 맡긴 임무들이었다. 컨소시엄은 여느 때와 마찬가지로 한 치의 오차도 없이 그 임무를 완수할 터였다.

'나에게 주어진 명령이 있다.' 놀턴 역시 그 명령에 복종할 것이다. 그는 방음 유리로 둘러싸인 자신의 집무실을 나와 각기 나름의 영역에서 이번 임무에 종사하는 요원들이 있는 대여섯 개의 다른 방들 — 그중에는 투명한 유리방도 있고 불투명한 유리방도 있었다 — 을 지나 걸음을 옮겼다.

근무 중인 기술 요원들에게 고개를 끄덕여 보이며 공기마저도 철저하게 관리되는 주 관제실을 가로지른 그는, 열두 개의 튼튼한 귀중품 상자들이 보관된 금고실로 들어섰다. 그리고 상자 가운데 하나를 열어 내용물을 꺼냈다. 진홍색 메모리 스틱이었다. 첨부된 카드에 따르면 이 메모리 스틱에는 대용량 동영상 파일이 들어 있었다. 고객은 내일 아침 특정한 시간에 주요 언론 매체로 그 파일을 전송하라고 지시했다.

익명의 업로드 자체는 간단하기 그지없는 작업이지만, 모든 디지털 파일의 처리 규정을 다룬 업무 흐름도에 의하면 오늘, 그러니까 업로드 24시간 이전에 파일을 검토해 디코딩과 컴파일링을 비롯해 정확한 시간에 파일을 업로드하는 데 필요한 모든 조치를 완료해두어야 했다.

'그 무엇도 우연에 맡겨서는 안 된다.'

놀턴은 자신의 투명한 집무실로 돌아와 무거운 유리문을 닫음으로써 스스로를 외부와 차단했다.

벽에 달린 스위치를 올리자, 사방의 벽이 순식간에 불투명한 유리로 바뀌었다. 멘다키움호의 모든 유리 벽 사무실들은 보안 유지를 위해 '투과율 가변(SPD, suspended particle device) 유리'로 설계되었다. SPD 유리는 전류 공급 여부에 따라 조그만 막대처럼 생긴 수백만 개의 입자들을 정렬시키거나 흩어지게 함으로써 투명도를 간단히 통제할 수 있다.

이른바 분절화는 컨소시엄의 성공을 좌우하는 시금석이었다.

'오로지 너 자신의 임무만 알라. 아무것도 공유하지 말라.'

혼자만의 공간에 들어온 놀턴은 메모리 스틱을 컴퓨터에 넣고 파일을 클릭해 작업을 시작했다.

이내 화면이 까맣게 흐려지더니…… 스피커에서 물이 부드럽게 찰랑거리는 소리가 흘러나왔다. 서서히 화면에 영상이 나타나기 시작했는데, 아직은 형체가 뚜렷이 보이지 않고 희미했다. 잠시 후, 어둠 속에서 배경이 모습을 드러내기 시작했다. 동굴…… 혹은 거대한 방의 내부 같았다. 바닥에는 지하 호수처럼 물이 차 있었다. 물에 빛이 비치는데, 묘하게도 그 빛은 외부가 아니라 물 속에서 올라오는 느낌이었다.

놀턴은 그런 영상은 한 번도 본 적이 없었다. 동굴 전체에 불그스름한 색조가 비쳤고, 벽에는 찰랑거리는 물살의 그림자가 덩굴손처럼 어른거렸다. '여

기가…… 어디지?'

물이 계속 찰랑거리는 가운데, 카메라의 각도가 아래쪽을 향하면서 수직으로 내려가기 시작했다. 이윽고 카메라는 빛이 비치는 수면을 뚫고 내려갔다. 물소리가 멎고, 대신 기묘한 침묵이 그 자리를 대신했다. 이제 완전히 물속에 잠긴 카메라는 한참을 더 내려간 끝에 멈추더니 진흙이 덮인 바닥에 초점을 맞췄다.

바닥에 반짝거리는 직사각형 티타늄 장식판이 볼트로 고정되어 있었다.

거기에 새겨진 글자들이 보였다.

이곳,
이날로부터
세상은
영원히 변했노라

그 문구 밑에 이름과 날짜가 새겨져 있었다.

그들의 고객 이름이었다.

날짜는…… 내일이었다.

Chapter 6

랭던은 자신을 일으켜 세우는 누군가의 단단한 손길을 느꼈다. 그 손길이 그를 착란에서, 또한 택시에서 빠져나오는 것을 도왔다. 맨발에 닿는 아스팔트의 감촉은 정신이 번쩍 들 만큼 차가웠다.

랭던은 닥터 브룩스의 가녀린 몸에 자기 체중의 절반을 의지한 채 두 아파트 건물 사이의 인적 끊긴 통로를 비틀거리며 걸었다. 새벽 공기에 그의 환자복이 휘날렸다. 랭던은 와서는 안 될 곳을 온 사람처럼, 공기마저 자신을 적대시한다고 느꼈다.

병원에서 투여한 진정제 때문에 아직도 정신 역시 시야만큼이나 흐릿했다. 물속에서 어두컴컴하고 끈적거리는 세상을 향해 나아가려고 안간힘을 다할 때의 기분이 이럴까. 시에나 브룩스는 초인적인 힘으로 그를 부축하며 계속 밀어붙였다.

"계단이에요." 그녀의 말을 듣고서야 랭던은 자신이 어느 건물의 옆문에 도달했음을 알아차렸다.

랭던은 난간을 붙잡고 한 번에 한 칸씩, 힘겹게 계단 위로 몸을 끌어올렸다. 몸이 납덩이처럼 무거웠다. 닥터 브룩스는 아예 뒤에서 힘으로 그를 떠밀었다. 천신만고 끝에 계단참에 다다르자 닥터 브룩스는 낡고 녹슨 숫자판에 비밀번호를 입력했고, 윙 소리와 함께 문이 열렸다.

문 안쪽의 공기도 바깥에 비해 그리 많이 따뜻하지는 않았지만, 거친 아스팔트 바닥이 타일 바닥으로 바뀌자 마치 부드러운 카펫을 밟는 기분이었다. 닥터 브룩스가 조그만 엘리베이터 앞으로 랭던을 이끌어 접이식 문을 열고 공중전화 부스만 한 크기의 좁은 방 속으로 그를 밀어 넣었다. 엘리베이터 안에서는 달콤씁쓸한 MS 담배 냄새가 났다. 신선한 에스프레소 향과 함께 이탈리아 어디를 가나 맡을 수 있는 냄새였다. 아주 미세한 냄새였지만, 그 향은 랭던이 정신을 되찾는 데 도움을 주었다. 닥터 브룩스가 버튼을 누르자, 그들의 머리 위 어디에선가 피로에 지친 일련의 톱니바퀴들이 철컥거리며 작동을 시작했다.

위쪽…….

삐걱거리는 엘리베이터는 부르르 진저리를 치며 올라가기 시작했다. 벽이라곤 철망뿐이라 리드미컬하게 스쳐 지나가는 엘리베이터 통로 내부가 훤히 들여다보였다. 랭던은 정신이 가물거리는 와중에도, 평생을 따라다니는 폐소공포가 시퍼렇게 살아 있음을 실감했다.

'쳐다보지 마.'

랭던은 호흡을 가다듬으려 애쓰며 벽에 몸을 기댔다. 팔뚝이 시큰거려서 내려다보니, 자신의 해리스 트위드 재킷 소매가 붕대처럼 어설프게 팔에 묶여 있고, 나머지 옷자락은 등 뒤로 너덜너덜 끌리고 있었다.

지끈거리는 두통 때문에 눈을 감으니, 또다시 시커먼 어둠이 그를 집어삼켰다.

이제는 아주 익숙해진 광경이 되살아났다. 얼굴을 가린 여인이 굽슬거리는 은발을 늘어뜨린 채 목에는 부적을 걸고 조각상처럼 서 있었다. 배경은 여전히 꿈틀거리는 시체가 즐비한, 피로 물든 강둑이었다. 그녀가 간곡히 애원하는 목소리로 랭던을 향해 속삭였다. '구하세요, 그러면 찾을 겁니다!'

랭던은 그녀를…… 아니 그들 모두를 구해야 한다는 압박감에 사로잡혔다. 거꾸로 뒤집힌 채 절반쯤 땅에 묻힌 다리들이 하나둘씩 축 늘어지고 있었다.

'당신은 누구입니까?!' 랭던이 소리 없이 외쳤다. '무엇을 원합니까?!'

여인의 탐스러운 은발이 뜨거운 바람에 나부끼기 시작했다. '시간이 없어요.' 그녀는 목걸이처럼 매단 부적을 어루만지며 속삭였다. 이어서 예고도 없이 그녀는 눈부신 불기둥으로 타올랐고, 그 기둥이 순식간에 강을 건너와 그들 둘을 한 번에 집어삼켰다.

랭던은 외마디 비명과 함께 번쩍 눈을 떴다.

닥터 브룩스가 근심스러운 눈으로 그를 바라보았다. "왜 그래요?"

"자꾸만 환각이 보입니다!" 랭던이 소리쳤다. "똑같은 장면이에요."

"은발 여인? 시체들도?"

고개를 끄덕이는 랭던의 이마에 땀방울이 맺혔다.

"괜찮아질 거예요." 닥터 브룩스는 그렇게 말했지만 그리 확신에 찬 목소리는 아니었다. "기억상실에 걸리면 같은 내용의 환각이 반복적으로 나타나는 경우가 많아요. 기억을 분류하고 정리하는 뇌의 기능이 일시적으로 혼선을 빚으면서 모든 것을 하나의 그림으로 투사하는 거죠."

"별로 마음에 드는 그림이 아니에요." 랭던이 힘겹게 중얼거렸다.

"알아요. 하지만 완전히 회복될 때까지는 과거의 기억과 현재, 그리고 상상까지도 모두 한데 엉켜서 뒤죽박죽인 상태가 이어질 거예요. 꿈에서도 그런 일이 벌어지죠."

엘리베이터가 덜컹거리며 멈추자, 닥터 브룩스는 문을 잡아당겨 열었다. 이어서 그들은 좁고 어두운 복도를 걷기 시작했다. 복도 중간쯤에 뚫린 창문으로 이른 새벽의 어슴푸레한 빛 속에 모습을 드러내기 시작한 피렌체의 지붕들이 어렴풋이 보였다. 복도 끝에 다다르자 닥터 브룩스는 허리를 굽혀 너무나도 목이 말라 보이는 화분 밑에서 열쇠를 꺼내 문을 열었다.

조그만 아파트였다. 실내 공기는 바닐라 향 양초와 오래된 카펫 사이에서 치열한 전투가 벌어지고 있음을 암시했다. 가구와 장식품은 아무리 좋게 말해도 초라함을 벗어나지 못했다. 어디서 싸구려 중고품을 사다 모은 듯했다. 닥터 브룩스가 난방을 켜자 라디에이터가 돌아가기 시작했다.

닥터 브룩스는 잠시 가만히 서서 눈을 감고 정신을 차리려는 듯 크게 숨을 몰아쉬었다. 이어서 몸을 돌려 포마이카 식탁과 다 부서져가는 의자 두 개가 놓인 초라한 주방으로 랭던을 안내했다.

랭던은 어서 자리에 앉고 싶은 마음에 의자를 향해 다가갔지만, 닥터 브룩스는 한 손으로 그의 팔을 붙잡고 다른 한 손으로 수납장을 열었다. 수납장 안에는 과자 부스러기와 파스타 몇 봉지, 콜라 캔 하나, 노도즈(NoDoz) 한 병이

피렌체의 지붕들

있을 뿐, 그 외에는 텅 비어 있었다.

닥터 브룩스가 노도즈 병을 꺼내 랭던의 손바닥에 알약 여섯 개를 쏟아냈다. "카페인이에요." 그녀가 말했다. "오늘처럼 밤 근무를 할 때의 필수품이죠."

랭던은 알약을 입속에 털어 넣고 물을 찾아 주위를 두리번거렸다.

"그냥 씹어서 삼키세요." 그녀가 말했다. "그래야 더 빨리 흡수돼 약 기운을 몰아낼 수 있거든요."

알약을 씹기 시작한 랭던은 이내 얼굴을 찌푸렸다. 이렇게 쓴 걸 보니 원래는 통째로 삼키는 약인 모양이었다. 닥터 브룩스는 냉장고를 열어 반쯤 빈 산펠레그리노 생수병을 건넸다. 랭던은 그나마 다행이라는 심정으로 얼른 물을 들이켰다.

말총머리 의사는 이어서 랭던의 오른팔을 붙잡고 임시변통으로 묶어놓은 재킷을 풀러 식탁 위에 내려놓은 다음, 꼼꼼하게 상처를 살펴보았다. 랭던은 맨살에 와 닿는 그녀의 가느다란 손이 조금씩 떨리는 것을 느꼈다.

"죽지는 않겠네요." 그녀가 말했다.

랭던은 그녀에게 아무 일도 일어나지 않기를 바라는 마음이 간절했다. 조금 전에 그녀와 함께 겪은 일들이 도저히 믿기지 않았다. "닥터 브룩스." 랭던이 말했다. "어딘가 연락을 해야 하지 않을까요? 영사관이든…… 경찰서든…… 어디든 도움을 청해야 할 것 같아요."

닥터 브룩스도 동감이라는 듯 고개를 끄덕였다. "그 전에, 이제 닥터 브룩스라는 호칭은 졸업하는 게 어때요? 내 이름은 시에나예요."

랭던은 고개를 끄덕였다. "고마워요. 난 로버트라고 불러줘요." 절체절명의 위기를 함께 빠져나왔다는 사실이 스스럼없이 서로의 이름을 불러도 좋을 만큼의 유대감을 만들어준 느낌이었다. "영국인이라고 했지요?"

"거기서 태어났으니까요."

"영국식 억양이 전혀 느껴지지 않아요."

"다행이네요." 그녀가 대답했다. "그걸 없애려고 무지 노력했거든요."

랭던은 그 이유를 물어보려 했지만 시에나가 따라오라는 몸짓으로 선수를 쳤다. 그녀를 따라 좁은 복도를 지나가니 작고 어두침침한 욕실이 나왔다. 랭던은 세면대 위에 걸린 거울을 얼핏 훔쳐보았다. 병실 창문에 비친 자신의 얼굴을 본 이후 처음이었다.

'상태가 안 좋아.' 숱 많은 짙은 갈색 머리칼은 서로 엉겨 붙어 엉망이고, 벌겋게 충혈된 눈동자는 그렇게 피곤해 보일 수가 없었다. 턱에는 짧은 수염이 제멋대로 자라 있었다.

시에나는 수도꼭지를 틀고 그 밑으로 랭던의 팔을 잡아끌었다. 얼음처럼 차가운 물이 송곳처럼 살갗을 찔렀지만, 랭던은 얼굴을 잔뜩 찌푸리면서도 꿋꿋이 참았다.

시에나는 깨끗한 수건을 꺼내 항균 비누를 묻혔다. "안 보는 게 좋을 텐데요."

"괜찮아요. 이 정도야—."

시에나가 수건으로 그의 팔뚝을 벅벅 문지르기 시작하자, 불에 덴 듯한 통증이 엄습했다. 랭던은 비명을 지르지 않기 위해 어금니를 꽉 깨물어야 했다.

"설마 상처에 염증이 생기기를 바라지는 않겠죠?" 시에나는 더 세게 팔뚝을 문지르며 말했다. “게다가 당국에 신고를 하려면 지금보다는 정신이 더 맑아져야 해요. 아드레날린 분비를 활성화하는 데는 통증만 한 게 없죠.”

랭던은 자기 생각에 무려 10초 이상이 지났다고 판단되는 시점에 더 이상 참지 못하고 시에나에게 붙잡힌 팔을 간신히 빼냈다. ‘그만하면 됐어!’ 아닌 게 아니라 정신이 조금 맑아지고 기운도 나는 듯했다. 팔의 통증 덕분에 지긋지긋한 두통을 까맣게 잊어버린 것은 말할 필요도 없었다.

“좋아요.” 시에나는 그렇게 말하며 수돗물을 잠그고 깨끗한 수건으로 그의 팔을 닦아주었다. 하지만 랭던은 그녀가 자신의 팔뚝에 조그만 반창고를 붙이는 동안 딴생각에 사로잡혀 있었다. 그로서는 굉장히 신경이 거슬리는 한 가지 사실을 막 새롭게 발견한 참이었다.

랭던은 강산이 거의 네 번이나 바뀌는 긴 세월 동안 부모님에게 선물받은 미키마우스 손목시계를 차고 살았다. 환하게 미소 짓는 미키의 얼굴과 힘차게 내젓는 팔을 보면 늘 좀 더 많이 웃으며 하루를 살자, 인생을 그렇게까지 심각하게 받아들일 필요는 없다는 교훈을 되새길 수 있었다.

“내 시계가……” 랭던이 더듬거리며 말했다. “없어졌어요!” 손목에 시계가 보이지 않으니 마치 신체의 일부가 잘려 나간 기분이었다. “내가 병원에 도착했을 때도 시계를 차고 있지 않았어요?”

시에나는 믿기지 않는다는 표정으로 그를 슬쩍 돌아보았다. 지금이 그런 사소한 걱정을 하고 있을 때냐고 되묻는 기색이 역력했다. “시계 같은 건 기억에 없어요. 어서 좀 씻기나 하세요. 난 잠깐 나갔다 올 테니까요. 그러고 나서 누구에게 어떻게 도움을 청할 건지 결정하자고요.” 그녀는 돌아서서 욕실을 나가려다 말고 멈춰 서서 거울 속의 랭던을 바라보았다. “내가 다녀올 동안 왜 누군가가 당신을 죽이려 하는지 그 이유를 곰곰이 생각해보는 게 어때요? 어차피 누구를 만나든 제일 먼저 마주칠 질문이 그것일 테니까.”

“잠깐, 근데 어디를 가려는 겁니까?”

“그런 반벌거숭이 차림으로 경찰서를 찾아갈 수는 없잖아요. 당신이 입을 옷을 좀 구해보려고요. 마침 옆집 아저씨가 당신과 몸집이 비슷해요. 그 사람이 지금 여행 중이라 내가 그 집 고양이한테 밥을 주고 있거든요. 나한테 빚진

게 있는 셈이죠."

시에나는 그 말을 남기고 나가버렸다.

로버트 랭던은 다시 거울을 향해 돌아섰다. 거울 속에서 자신을 바라보는 사람이 너무나 낯설기만 했다. '누군가 나를 죽이려 한다.' 마음속에서 자신이 무의식중에 중얼거리는 소리가 들려왔다.

'베리 소리. 베리 소리.'

랭던은 다시 한 번 필사적으로 기억을 더듬었다. 어떤 기억이든 좋았다. 하지만 아무 소용도 없었다. 그가 아는 것이라고는 여기가 피렌체라는 사실, 그리고 머리에 총상을 입었다는 사실밖에 없었다.

지친 자신의 눈동자를 바라보던 랭던은 문득 이제 곧 잠에서 깨어날지도 모른다는 생각을 했다. 자기 집의 독서용 의자에 앉아 한 손에는 빈 마티니 잔, 다른 한 손에는 문고판 《죽은 영혼》을 든 채 잠에서 깨어나면, 봄베이 사파이어와 고골리는 절대 섞는 게 아니라는 사실을 뼈저리게 실감할 것이다.

Chapter 7

랭던은 피로 얼룩진 환자복을 벗고 허리에 수건을 둘렀다. 얼굴에 물을 좀 끼얹은 다음, 뒤통수의 꿰맨 자국을 조심스럽게 더듬어보았다. 살갗이 좀 따끔거리기는 했지만 엉킨 머리칼을 펴서 덮으니 상처가 어느 정도 가려졌다. 카페인이 효력을 발휘하기 시작하면서 드디어 안개가 조금씩 걷히는 기분이 들었다.

'생각을 해, 로버트. 기억을 더듬어보라고.'

창문이 없는 욕실에서 느닷없이 폐소공포를 느낀 랭던은 밖으로 나와 본능적으로 한 줄기 자연광을 향해 걸음을 옮겼다. 복도 건너편의 살짝 열린 방문 사이로 빛이 비쳐들고 있었다. 싸구려 책상과 낡은 회전의자가 놓인 그 방은 바닥에 책들이 아무렇게나 널려 있어 임시로 꾸민 서재 분위기가 났고, 무척 다행스럽게도…… 창문이 있었다.

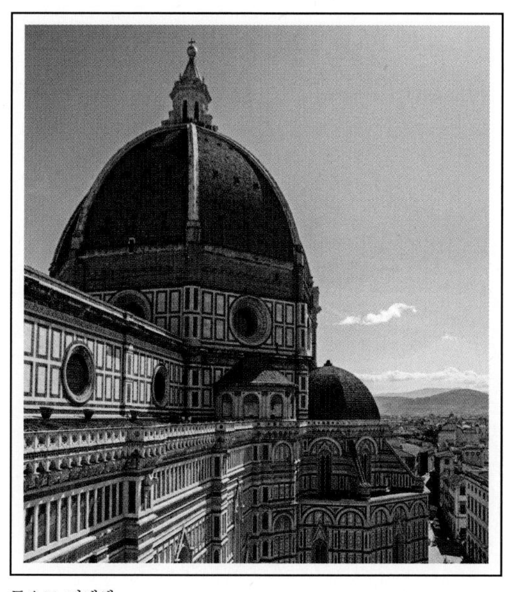

두오모, 피렌체

랭던은 햇빛을 향해 다가섰다.

멀리 토스카나의 아침 햇살이 막 잠에서 깨어난 이 도시의 제일 높은 첨탑들에 입을 맞추는 참이었다. 종탑, 바디아, 그리고 바르젤로 미술관. 랭

〈다비드〉, 미켈란젤로, 피렌체

던은 서늘한 유리창에 이마를 갖다 댔다. 3월의 아침 공기는 차갑고 건조해서, 막 언덕 너머 고개를 내민 햇살의 스펙트럼을 한껏 증폭시켜주었다.

'화가의 빛.' 사람들은 이 빛을 그렇게 불렀다.

스카이라인 한복판에 붉은 타일을 붙인 거대한 돔이 산처럼 우뚝 솟아 있었고, 그 꼭대기에는 봉화처럼 빛나는 금박 입힌 구리 구슬이 장식되어 있었다. 두오모. 브루넬레스키는 이 대성당의 거대한 돔을 완성시킴으로써 건축의 역사를 새로 썼고, 그로부터 500년이 지난 지금까지도 114미터짜리 이 구조물은 부동의 거인처럼 버티고 서서 두오모 광장을 굽어보고 있었다.

'내가 왜 피렌체까지 온 거지?'

평생에 걸쳐 이탈리아 예술의 열혈 애호가였던 랭던에게, 피렌체는 유럽 전체를 통틀어 가장 좋아하는 도시 가운데 하나가 되었다. 어린 시절의 미켈란젤로가 골목길을 뛰놀던 이 도시는 이탈리아 르네상스의 발상지이기도 했다. 보티첼리의 〈비너스의 탄생〉, 레오나르도의 〈수태고지〉, 그리고 시민들의 가장 큰 기쁨이자 자랑인 〈다비드〉를 보기 위해 해마다 수백만의 관광객들이 몰려오는 곳이 바로 피렌체였다.

10대 시절, 미켈란젤로의 〈다비드〉를 처음 본 랭던은 마치 최면에 걸린 듯한 기분을 주체할 수 없었다. 이탈리아 국립미술원으로 들어서서 미켈란젤로의 〈노예〉 조각상들 사이로 천천히 발걸음을 옮긴 끝에, 자석에 끌리듯 고개를 치켜든 그의 시선은 마침내 높이 5미터의 거대한 인물상에 고정되었다. 〈다비드〉를 처음 보는 대부분의 관람객은 주로 그 거대한 규모와 섬세한 근육에 압도되지만, 랭던이 그 무엇보다도 매력적으로 느낀 것은 다비드의 그 천재적인 자세였다. 미켈란젤로는 다비드가 오른쪽 다리에 대부분의 체중을 실은 듯한 환상을 만들어내기 위해 '콘트라포스토'라는 고전적인 전통을 채택했다. 덕분에 다비드의 왼쪽 다리에는 거의 체중이 실리지 않은 것처럼 보이지만, 실제로 수천 킬로그램의 대리석을 받치고 있는 것은 그의 왼쪽 다리였다.

랭던에게 위대한 조각품의 힘을 처음으로 일깨워준 것이 바로 〈다비드〉였다. 지금 랭던은 자신이 지난 며칠 사이에 이 위대한 걸작을 만났을지도 모른다는 생각이 얼핏 들었지만, 그의 기억에 남아 있는 것이라고는 병원에서 의식을 회복했다는 사실, 그리고 눈앞에서 죄 없는 의사가 피살되는 장면을 목격했다는 사실뿐이었다. '너무 미안해. 너무 미안해.'

그로 인한 죄책감은 속이 울렁거릴 정도였다. '내가 무슨 짓을 한 거지?'

창가에 선 그의 주변 시야로, 바로 옆 책상 위에 놓인 노트북컴퓨터가 얼핏 들어왔다. 문득, 무슨 일인지는 모르지만 아무튼 간밤에 일어난 사건이 뉴스에 등장했을지도 모른다는 생각이 스쳤다.

'인터넷에 접속할 수 있으면 답을 찾을 수 있을지도 모른다.'

랭던은 문앞으로 다가서며 방 주인의 이름을 불러보았다. "시에나?!"

대답이 없었다. 그녀는 아직도 옆집에서 옷가지를 찾고 있는 모양이었다.

랭던은 틀림없이 시에나도 이해해줄 거라는 믿음 아래, 노트북을 열고 전원을 넣었다.

시에나의 컴퓨터 바탕화면이 생명을 되찾았다. 고전적인 윈도우 운영체제의 파란 구름 배경이 깔려 있었다. 랭던은 곧장 구글 이탈리아 검색 페이지로 들어가 '로버트 랭던'을 쳐 넣었다.

'내 학생들이 이 꼴을 보면 뭐라고 할까.' 랭던은 검색을 시작하며 속으로 중얼거렸다. 랭던은 구글에다 자기 이름을 검색해보는 학생들을 줄기차게 나무라곤 했다. 요즘 미국 젊은이들 사이에서는 검색 건수로 반영되는 자신의 유명세를 확인하는 것이 새로운 놀이로 자리 잡은 느낌이었다.

어쨌거나, 화면에 검색 결과가 나열되었다. 랭던 본인과 그의 저서, 강의 등과 관련한 수백 건의 항목이 줄줄이 떴다. '내가 찾는 건 이런 게 아니야.'

랭던은 '뉴스' 단추를 클릭해 검색의 폭을 좁혀보았다.

새로운 페이지가 나타났다.

'로버트 랭던' 뉴스 검색 결과

저자 사인회: 로버트 랭던은……

로버트 랭던의 졸업식 연설이……

로버트 랭던이 출간한《기호학》입문서……

검색 결과는 몇 페이지에 이르렀지만 최근 기사는 보이지 않았다. 지금 그가 처한 곤경을 설명해줄 검색 결과는 하나도 없었던 것이다. '어젯밤에 도대체 무슨 일이 일어난 걸까?' 랭던은 피렌체에서 발행되는 영자 신문《플로렌타인》에 접속했다. 머리기사와 실시간 속보, 경찰 블로그 등의 코너에 아파트 화재 사건, 정부 공무원의 횡령 사건, 그 밖에 소소한 범죄 사건들이 가득했다.

'이게 다야?!'

실시간 속보 난에 눈길을 멈춘 랭던은 어젯밤 성당 앞의 광장에서 심장마비로 사망한 시청 공무원의 기사를 대충 훑었다. 사망자의 이름은 아직 공개되지 않았지만, 범죄가 개입한 흔적은 발견되지 않았다고 했다.

더 이상 어디를 뒤져야 할지 난감해진 랭던은 혹시나 하는 기대감으로 하버드대 홈페이지에 마련된 자신의 전자우편 계정에 접속해 메시지를 확인했다. 역시나, 여느 때와 마찬가지로 동료와 제자, 친구들이 다음 주 약속을 확인하기 위해 보내온 편지가 대부분이었다.

'내가 사라진 걸 아는 사람조차 아무도 없는 모양이야.'

불안한 마음만 더 커진 랭던은 컴퓨터를 끄고 뚜껑을 덮었다. 막 책상에서 일어나는 순간, 뭔가가 그의 눈길을 붙잡았다. 시에나의 책상 한쪽 구석에 오래된 의학 잡지와 논문 따위가 쌓여 있었는데, 그 위에 폴라로이드 사진이 한 장 놓여 있었다. 시에나 브룩스와 수염 기른 그녀의 동료 의사가 병원 복도에서 활짝 웃으며 함께 찍은 사진이었다.

'닥터 마르코니.' 그의 이름을 떠올리자 랭던은 또다시 울컥 죄책감이 치밀어 사진을 집어 들고 자세히 살펴보았다.

랭던은 사진을 원래 자리에 내려놓으려고 손을 뻗다가, 누렇게 색이 바랜 조그만 책자를 하나 발견했다. 런던 글로브 극장의 공연 안내책자였는데, 워낙 오래되어 가장자리가 너덜너덜했다. 표지에는 거의 25년 전에 상연된 셰익스피어의 〈한여름 밤의 꿈〉이 소개되어 있었다.

표지의 상단에 매직으로 쓴 손글씨 한 줄이 랭던의 시선을 사로잡았다. '시에나, 네가 곧 기적이라는 사실을 잊지 마.'

랭던이 무심코 빛바랜 책자를 집어 들자, 속에 끼어 있던 종이들이 책상 위로 와르르 쏟아졌다. 신문 기사를 오려낸 종이들이었다. 랭던은 얼른 그 종이들을 원래 자리에 끼워놓으려 했지만, 책자를 펼치는 순간 그는 또 한 번 동작을 멈추고 말았다.

그의 눈길이 고정된 곳은 셰익스피어의 장난꾸러기 꼬마 요정 퍽 역을 맡은 어린이 배우의 사진이었다. 다섯 살이나 되었을까 싶은 어린 소녀가 금발 머리를 낯익은 말총머리로 질끈 묶은 채 웃고 있었다.

사진 밑의 큼지막한 문구는 이렇게 되어 있었다. '스타 탄생'

이어서 연극 신동의 놀라운 이력이 소개되었다. 측정이 불가능한 지능지수를 가진 시에나 브룩스는 하룻밤 사이에 모든 등장인물의 대사를 통째로 암기해 첫 리허설 때부터 동료 배우들의 연습을 도왔다. 이 다섯 살짜리 꼬마 숙녀의 취미로는 바이올린과 체스, 생물학과 화학이 꼽힌다. 런던 외곽의 블랙히

〈비너스의 탄생〉, 산드로 보티첼리

스에서 부유한 부모 슬하에 태어난 이 소녀는 과학계에서는 이미 유명 인사로 통한다. 네 살 때 당대 최고의 체스 그랜드마스터와 맞붙어 승리를 거두었고, 3개 국어를 자유롭게 읽어낸다.

'맙소사.' 랭던은 속으로 중얼거렸다. '시에나. 이제 몇 가지는 설명이 되는군.'

랭던은 하버드 졸업생 가운데 가장 유명한 신동을 떠올렸다. 사울 크립크라는 이름의 이 소년은 여섯 살 때 독학으로 히브리어를 익혔고, 열두 살 때 데카르트의 모든 저서를 독파했다. 보다 최근에는 열한 살의 나이에 평점 4.0의 성적으로 대학을 졸업하고, 전국 무술 대회에서 우승을 차지하는가 하면, 열네 살 때는《우리는 할 수 있다》라는 제목의 저서를 발간하기까지 한 모시 카이 카발린이라는 천재에 대한 기사를 읽은 기억이 있었다.

랭던은 또 한 장의 신문 기사를 집었다. 이번에는 일곱 살 때의 시에나가 '지능지수 208로 드러난 천재 소녀'라는 기사 속에서 웃고 있었다.

랭던은 인간에게서 그 정도의 지능지수가 나올 수 있는지 어떤지조차 확신할 수 없었다. 기사에 의하면 시에나 브룩스는 천재적인 바이올린 연주자로 공인받았고, 한 달이면 새로운 언어에 통달할 수 있으며, 독학으로 해부학과 생리학을 공부하는 중이라고 했다.

랭던은 의학 잡지에서 오려낸 또 하나의 기사를 훑어보았다. '생각의 미래: 모든 정신이 동등하게 창조된 것은 아니다.'

이 기사에는 이제 열 살쯤 되어 보이는 시에나가 커다란 의료 장비 옆에 서 있는 사진이 함께 실렸다. 글쓴이와 인터뷰를 한 의사는 PET 스캔 결과 시에나의 소뇌가 일반인과는 전혀 다르다는 사실이 밝혀졌다고 증언했다. 크기가 훨씬 클 뿐 아니라 형태도 매끈한 유선형이어서 보통 사람들은 상상조차 할 수 없는 방식으로 시각적 공간 정보를 처리할 수 있다는 것이었다. 의사는 또 시에나의 경우 뇌세포 성장이 비정상적으로 가속화되는 생리적 이점을 안고 있는데, 이는 마치 암세포의 증식과도 비슷해 보일 정도지만 정상적인 뇌세포가 성장하는 것이기 때문에 전혀 위험한 증상은 아니라고 덧붙였다.

이어서 어느 소도시의 지역 신문도 눈에 띄었다.

〈수태고지〉, 레오나르도 다빈치

'총명의 저주'

이번에는 사진은 실리지 않았지만 정규 학교에 입학했다가 제대로 적응하지 못한다는 이유로 다른 학생들의 놀림을 받는 어린 천재, 시에나 브룩스의 이야기를 다룬 기사였다. 남다른 재능을 타고난 젊은이들의 경우, 사회성의 발달이 지능 발달을 따라가지 못해 극심한 고립감에 시달리다가 결국 도태되는 경우가 많다는 내용이 담겨 있었다.

이 기사에 따르면 시에나는 여덟 살 때 가출을 시도해 열흘 동안이나 혼자 생활하는 용기와 총기를 보여주었다고 한다. 결국 그녀는 런던의 어느 고급 호텔에서 발견되었는데, 그동안 열쇠를 훔쳐 어느 투숙객의 딸로 행세하며 다른 사람 이름으로 룸서비스를 시켜 먹고 지냈다는 것이다. 그러면서 그녀는 한 주 내내 1,600쪽에 달하는 《그레이 아나토미》를 독파했다고 했다. 경찰관이 왜 의학책을 읽었느냐고 물었을 때, 그녀는 자신의 뇌가 어떻게 잘못되었는지를 알아내고 싶었다고 대답했다.

랭던은 그 어린 소녀를 생각하자 연민의 마음을 가누기 힘들었다. 다른 사람들과 그토록 뿌리부터 다른 아이가 얼마나 외로웠을지 잘 상상이 가지 않았다. 랭던은 기사를 접다 말고 퍽 역을 맡은 다섯 살짜리 시에나의 사진을 다시 한 번 바라보았다. 오늘 새벽 시에나와의 그 초현실적인 첫 만남을 생각하면, 꿈을 불러일으키는 장난꾸러기 요정의 이미지가 그녀와 그렇게 잘 맞아떨어질 수가 없었다. 단지 바라는 것이 있다면, 랭던 자신도 연극 속의 다른 등장 인물들처럼 이제 그만 잠에서 깨어나 지난 몇 시간 사이에 벌어진 일들이 한낱 꿈이었음을 깨닫게 되는 것뿐이었다.

랭던은 모든 기사들을 원래 자리에 돌려놓고 책자를 덮었다. 문득 예기치 못한 고독이 밀려와 표지에 적힌 문구를 다시 한 번 바라보았다. '시에나, 네가 곧 기적이라는 사실을 잊지 마.'

랭던의 눈길은 책자의 표지에 장식된 상징으로 옮겨갔다. 랭던의 눈에도 아주 익숙한 그 상징은 세계 각지의 연극 책자를 장식하는 초기 그리스의 그림문자였다. 처음 만들어진 지 2,500년이 지난 이 상징이 어느새 '연극'의 동의어로 뿌리를 내린 것이다.

'마스케레(maschere).'

지그시 자신을 응시하는 듯한 이 희비극의 가면을 물끄러미 바라보던 랭던은 갑자기 귓전을 파고드는 괴상한 소리를 들었다. 마음속에 전깃줄 한 가닥이 서서히 당겨지는 느낌이었다. 찌르는 듯한 통증이 그의 두개골을 헤집었다. 눈앞에 가면의 영상이 둥둥 떠다니기 시작했다. 랭던은 신음을 토하며 의자에 주저앉아 눈을 꼭 감고 두 손으로 머리를 감싸쥐었다.

어둠 속에서, 괴이한 영상이 너무나도 삭막하고 선명하게 되살아났다.

부적을 목에 건 은발의 여인이 피로 물든 강 너머에서 또 그를 불렀다. 그녀의 절망적인 고함 소리가 썩는 냄새 가득한 공기를 뚫고 처참한 고통 속에 몸부림치며 죽어가는 자들의 신음을 넘어 생생하게 들려왔다. 이어서 거꾸로 땅에 묻힌 다리에 새겨진 R자가 보였다. 땅 위로 삐져나온 다리는 절망적인 발버둥으로 허공을 가르고 있었다.

'구하세요, 반드시 찾을 거예요!' 여인이 랭던을 향해 외쳤다. '시간이 없어요!'

랭던은 다시 한 번 그녀를…… '모든 사람'을 도와야 한다는 걷잡을 수 없는 의무감에 몸서리를 쳤다. 그러고는 핏빛 강 너머 은발의 여인을 향해 있는 힘껏 마주 소리쳤다. '당신은 누굽니까?!'

이번에도 어김없이 여인은 손을 들어 얼굴의 베일을 들어 올렸고, 전에도 본 적이 있는 눈부시게 아름다운 얼굴이 모습을 드러냈다.

'나는 생명이에요.' 그녀가 말했다.

그녀의 머리 위에서 예고도 없이 거대한 이미지가 나타났다. 새의 부리 같은 기다란 코와 타는 듯한 두 개의 초록색 눈동자로 이루어진 무시무시한 가면이 지그시 랭던을 응시했다.

'그리고…… 나는 죽음이다.' 천둥 같은 목소리가 들려왔다.

Chapter 8

랭던의 눈이 번쩍 떠지면서 입에서는 가쁜 숨이 새 나왔다. 여전히 시에나의 책상 앞에 앉아 머리를 감싸 쥔 그의 심장이 미친 듯이 두근거리고 있었다.

'도대체 내가 어떻게 된 거지?'

은발 여인과 새 부리 모양 가면의 모습이 아직도 잔상에 남아 있었다. '나는 생명이에요.' '나는 죽음이다.' 랭던은 그 영상을 떨쳐버리려 안간힘을 다했지만, 그것은 이미 마음속에 영구히 각인된 다음이었다. 책상 위에서 연극 안내책자에 새겨진 두 개의 가면이 그를 빤히 바라보고 있었다.

'과거의 기억과 현재, 그리고 상상까지도 모두 한데 엉켜서 뒤죽박죽인 상태가 이어질 거예요.' 시에나는 그렇게 말했었다.

랭던은 어질한 현기증을 느꼈다.

아파트 안 어디에선가 전화벨이 울렸다. 방향은 주방 쪽이었고, 송곳으로 귀를 찌르는 듯한 옛날식 벨소리였다.

"시에나?!" 랭던은 그녀의 이름을 부르며 일어섰다.

대답이 없었다. 아직 돌아오지 않은 모양이었다. 벨소리가 딱 두 번 울린 뒤, 자동응답기가 돌아가기 시작했다.

"차오, 소노 이오(안녕하세요, 저예요)." 응답기에 녹음된 시에나의 밝은 목소리가 흘러나왔다. "라샤테미 운 메사조 에 비 리키아메로(메시지를 남겨주시면 연락드릴게요)."

삐 소리에 이어, 짙은 동유럽 억양의 여자가 겁에 질린 목소리로 메시지를 남기기 시작했다. 그녀의 목소리가 집 안에 가득 찼다.

“시에나, 에 다니코바(나 다니코바야)! 어디 있어?! 너무 끔찍해! 네 친구 마르코니 박사 말이야, 그 사람이 죽었어! 병원이 발칵 뒤집혔다고! 경찰도 왔고! 네가 환자를 구하려고 병원을 빠져나갔다며? 왜 그랬어!? 알지도 못하는 사람이잖아! 경찰이 널 만나고 싶어 해! 신상 자료는 이미 넘어갔어! 주소는 엉터리고 번지수도 없고 취업 비자도 가짜니까 경찰이 오늘 당장 널 찾아내지는 못하겠지만, 금방 찾을 거야! 미리 알려주고 싶어서 전화했어. 정말 유감이야, 시에나.”

전화가 끊어졌다.

랭던은 또다시 안타까운 마음이 밀물처럼 밀려드는 것을 느꼈다. 메시지의 내용에 비춰 볼 때, 닥터 마르코니가 시에나를 그 병원에서 일하도록 눈감아준 것 아닐까 싶었다. 난데없는 랭던의 등장으로 마르코니는 목숨을 잃었고, 이제 낯선 사람을 구하려던 시에나의 본능은 그녀의 미래에 심각한 위기를 초래할 모양이었다.

그때 반대쪽에서 문이 쾅 닫히는 소리가 들렸다.

‘이제 돌아왔군.’

잠시 후, 자동응답기의 메시지가 재생되었다. “시에나, 에 다니코바! 어디 있어?!”

시에나에게 전해질 소식을 이미 알고 있는 랭던은 자기도 모르게 얼굴을 찡그렸다. 메시지가 재생되는 동안 랭던은 재빨리 연극 안내책자를 치우고 책상을 정리했다. 거실을 가로질러 다시 살그머니 욕실로 들어가노라니, 본의 아니게 시에나의 과거를 엿본 것 같아 마음이 불편했다.

10초 후, 부드럽게 욕실 문을 노크하는 소리가 들렸다.

“옷은 손잡이에 걸어둘게요.” 시에나가 심란한 목소리로 말했다.

“정말 고마워요.” 랭던은 얼른 대답했다.

“다 입으면 주방으로 나오세요.” 그녀가 덧붙였다. “누구에게 도움을 청하기 전에 먼저 당신에게 꼭 보여줄 게 있어요.”

❦

시에나는 피곤한 걸음으로 거실을 가로질러 초라한 침실로 들어간 다음, 서랍장에서 깨끗한 청바지와 스웨터를 꺼내 욕실로 가져갔다.

거울에 비친 자신과 눈이 마주치자, 시에나는 손을 들어 탐스러운 금발 말총머리를 붙잡고 밑으로 힘껏 잡아당겼다. 그러자 가발이 벗겨지며 그녀의 맨머리가 드러났다.

서른두 살의 대머리 여인이 거울 속에서 그녀를 지그시 응시했다.

시에나는 지금까지 살아오면서 적지 않은 시련을 겪었다. 그때마다 지성에 의지해 시련을 극복하는 훈련을 쌓아왔다고는 하지만, 지금 그녀가 처한 곤경은 마음을 뿌리째 뒤흔들어놓기에 부족함이 없었다.

그녀는 가발을 옆에 내려놓고 얼굴과 손을 씻었다. 물기를 닦고 옷을 갈아입은 뒤, 다시 가발을 쓰고 꼼꼼하게 손봤다. 자기 연민의 감정과는 최대한 거리를 두려고 늘 노력하는 그녀였지만, 지금처럼 마음속 깊은 곳에서 눈물이 샘솟을 때는 그냥 흐르도록 내버려 두는 것 말고 달리 방법이 없다는 것도 알고 있었다.

그래서 그녀는 그렇게 했다.

통제가 불가능한 삶에 대한 눈물이었다.

자신의 눈앞에서 죽어간 멘토에 대한 눈물이었다.

가슴을 가득 채우는 뿌리 깊은 외로움에 대한 눈물이었다.

하지만 무엇보다도, 미래에 대한 눈물이기도 했다. 갑자기 미래가 너무도 불확실하게 느껴졌다.

호화 요트 멘다키움호의 선실, 보좌관 로런스 놀턴은 유리로 된 자신의 집무실에 앉아 믿기지 않는 심정으로 컴퓨터 모니터를 들여다보고 있었다. 막 고객이 남긴 동영상의 사전 검토를 마친 참이었다.

'이걸 내일 아침에 언론사로 보내라고?'

컨소시엄과 함께한 지난 10년, 놀턴은 불의와 불법 사이의 어딘가에 걸치는 것을 잘 알면서도 온갖 괴이한 임무를 수행해왔다. 이 조직에서 일을 하다 보면 도덕적 회색 지대를 벗어나지 못하는 경우가 다반사였다. 컨소시엄의 유일한 윤리적 잣대는 어떠한 대가를 치르더라도 고객에게 한 약속을 지켜야 한다는 것뿐이었다.

'끝까지 밀어붙인다. 질문은 용납되지 않는다. 어떠한 조건도 필요치 않다.'

하지만 이 동영상을 전송해야 한다고 생각하니 도무지 마음을 다잡을 수가 없었다. 지금까지는 아무리 괴상한 임무라 할지라도 언제나 그 이유를 납득할 수 있었고, 동기도 파악할 수 있었으며, 어떤 결과를 원하는지도 이해할 수 있었다.

하지만 이 동영상의 경우는 그렇지가 않았다.

뭔가 느낌이 달랐다.

그것도 아주 많이.

컴퓨터 앞에서 자세를 가다듬은 놀턴은 다시 한 번 동영상을 돌려 보았다. 한 번 더 보면 뭔가 단서가 잡히지 않을까 하는 기대 때문이었다. 그는 볼륨을 높이고 9분짜리 동영상에 정신을 집중했다.

앞서 본 대로 동영상은 물이 고인 동굴 속에서 부드럽게 찰랑거리는 물소리와 함께 시작되었다. 화면 전체가 초자연적인 기운의 붉은색으로 물들어 있었다. 카메라는 신비로운 빛이 비치는 수면 밑으로 내려가 진흙으로 덮인 바닥을 비췄다. 놀턴은 장식판에 새겨진 문구를 다시 한 번 읽어보았다.

이곳,
이날로부터
세상은
영원히 변했노라

반짝거리는 장식판에 새겨진 고객의 이름이 놀턴의 마음을 심란하게 했다. 날짜가 내일이라는 사실도 걱정스럽기는 마찬가지였다. 그러나 놀턴을 정말로 초조하게 만드는 것은 따로 있었다.

카메라가 왼쪽으로 각도를 틀면서 장식판 바로 옆에 둥둥 떠 있는 물체가 모습을 드러냈다.

짧고 가느다란 끈으로 바닥에 묶인 채 물속에 떠 있는 것은 얇은 플라스틱으로 보이는 구체였다. 커다란 비누 거품처럼 섬세했고, 표면의 굴곡이 계속 움직였다. 이 투명한 형체는 마치 수중 풍선처럼 둥둥 떠 있었는데, 풍선 속에는 헬륨 가스가 아니라 뭔가 끈적끈적한 황갈색 액체가 채워져 있었다. 직경이 30센티미터가량 되어 보이는 이 무정형의 구체는 상당히 팽창한 상태였고, 투명한 막 속의 액체가 소리 없이 세력을 키워가는 태풍의 눈처럼 천천히 회전하고 있었다.

'맙소사.' 놀턴은 소름이 오싹 돋는 기분이었다. 팽창한 주머니는 두 번째로 보니 더 불길해 보였다.

화면은 천천히 검은색으로 변해갔다.

새로운 영상이 나타났다. 불이 켜진 석호에서 일렁이는 잔물결의 그림자가 동굴의 습기 찬 벽에서 춤을 추었다. 그 벽에 또 다른 그림자 하나가 모습을 드러냈다. 사람의 형상을 한 그림자…… 누군가가 동굴 안에 서 있는 모양이었다.

하지만 이 사람의 머리는…… 뭔가가 잘못되어도 크게 잘못되었다.

코가 있어야 할 자리를 기다란 부리가 차지하고 있었다. 반은 사람이고 반은 새인 것일까.

그가 입을 열자, 뭔가로 입을 틀어막은 것처럼 답답한 목소리가 흘러나왔다. 마치 고전적인 합창곡의 해설자처럼 신중하게 운율을 맞춘 기괴한 웅변이었다.

흑사병 마스크

놀턴은 꼼짝도 하지 않고 앉아, 숨도 제대로 쉬지 못한 채, 부리 달린 그림자의 말에 귀를 기울였다.

나는 그림자다.

그대가 이것을 본다는 것은 마침내 내 영혼이 안식을 취하게 되었다는 의미일 것이다.

땅속으로 쫓겨 간 나는 이렇게 깊은 곳에서 세상을 향해 말할 수밖에 없다. 별빛조차 비치지 않는 석호에 붉은 핏물이 고이는 이 어두운 동굴이 나의 망명지니까.

하지만 여기는 나의 천국이며…… 내 연약한 아이의 완벽한 자궁이다.

인페르노.

이제 곧 그대는 내가 무엇을 남기고 가는지 알게 될 것이다.

하지만 여기서조차 나는 나를 쫓는 무지한 중생들의 발소리를 느낀다. 나를 방해하려는 헛수고를 잠시도 멈추려 하지 않는 자들이다.

그들은 자신들이 무슨 짓을 하는지도 모르고 있으니 부디 용서해달라고 말할지도 모른다. 하지만 역사에는 무지가 용서의 빌미로 인정받지 못하는 순간이 찾아오기 마련이다. 오직 지혜만이 용서의 권능을 가지는 순간이.

더없이 순결한 마음으로, 나는 희망과 구원과 내일의 선물을 모두 그대에게 남긴다.

그러나 아직도 나를 한낱 미치광이로 치부하고 스스로를 합리화하며 미친개처럼 열심히 나를 뒤쫓는 무리가 있다. 거기에는 감히 나를 괴물이라 일컫는 은발의 미녀도 포함되어 있다! 코페르니쿠스를 죽이려고 뇌물까지 바쳤던 눈먼 성직자들처럼, 그녀는 내가 진리를 목격했을 거라는 두려움에 빠져 나를 악마라고 조소한다.

그러나 나는 예언자가 아니다.

나는 그대의 구원자다.

나는 그림자다.

Chapter 10

"앉으세요." 시에나가 말했다. "몇 가지 물어볼 게 있어요."

랭던은 주방으로 들어서면서 조금은 다리에 기운이 돌아왔다고 느꼈다. 시에나가 가져온 옆집 남자의 브리오니 정장은 신기할 만큼 잘 맞았다. 로퍼까지 랭던의 발에 맞춘 듯이 편안해서, 랭던은 집으로 돌아가면 꼭 이탈리아제 신발로 바꿔야겠다고 마음먹었다.

'돌아갈 수만 있으면.' 자신도 모르게 속으로 덧붙인 한마디였다.

몸에 꼭 맞는 청바지와 크림색 스웨터로 옷을 갈아입은 시에나는 늘씬한 몸매가 더욱 돋보여 완벽한 자연 미녀로 손색이 없었다. 머리는 여전히 뒤로 묶은 모습이었지만 권위적인 의사 가운을 벗어서 그런지 조금 연약해 보이기도 했다. 랭던은 펑펑 눈물을 쏟은 사람처럼 눈동자가 붉게 충혈된 시에나의 얼굴을 보자 또 한 번 극심한 죄책감을 느꼈다.

"시에나, 정말 미안해요. 전화에 녹음된 메시지를 들었어요. 뭐라고 말해야 좋을지 모르겠습니다."

"고마워요." 시에나가 대답했다. "하지만 지금은 당신 걱정에 집중할 때인 것 같아요. 좀 앉아보세요."

훨씬 씩씩해진 그녀의 목소리를 들으니 랭던은 조금 전 신문 기사를 통해 알게 된 그녀의 뛰어난 두뇌와 조숙했던 어린 시절이 떠올랐다.

"우선 몇 가지 물어볼게요." 시에나는 랭던을 향해 자리를 권하며 말했다. "우리가 어떻게 이 아파트까지 왔는지 기억나세요?"

랭던은 그녀가 왜 갑자기 그런 질문을 던지는지 잘 이해되지 않았다. "택시

흑사병 의사

를 타고 왔잖아요.” 랭던은 식탁 앞에 앉으며 대답했다. “누가 우리한테 총을 쐈고요.”

“우리한테가 아니라 당신한테 쏜 거죠, 교수님. 그건 분명히 하자고요.”

“그러지요. 미안해요.”

“우리가 택시를 타고 있는 동안 총소리를 들은 기억은 어때요?”

‘이상한 질문이로군.’ “두 번 들었지요. 첫 번째는 사이드 미러, 두 번째는 택시 뒷유리가 박살 났어요.”

“좋아요. 이제 눈을 감아보세요.”

랭던은 그제야 시에나가 자신의 기억력을 테스트하고 있음을 알아차리고 순순히 눈을 감았다.

“내가 지금 무슨 옷을 입고 있죠?”

랭던은 눈을 감고도 그녀의 모습이 훤히 보이는 듯했다. “검은색 플랫슈즈, 청바지, 크림색 브이넥 스웨터. 머리는 어깨까지 내려오는 금발이고, 한 가닥으로 묶었어요. 눈동자는 갈색이고.”

랭던은 눈을 뜨고 시에나를 살펴보며 자신의 탁월한 기억력이 정상적으로 작동하는 데 대한 뿌듯한 자부심을 느꼈다.

“좋아요. 시각 인지력이 아주 뛰어난 걸 보니 기억상실증은 퇴행성이 분명하네요. 기억을 형성하는 과정에 대한 영구적인 손상은 걱정하지 않아도 되겠어요. 지난 며칠 사이의 일 중에서 뭔가 새롭게 기억난 건 없어요?”

“안타깝게도 그건 없네요. 하지만 당신이 없는 동안 또 한 차례 환각이 찾아왔었어요.”

랭던은 얼굴을 가린 여인과 수많은 시신들, 거꾸로 반쯤 묻힌 다리에 그려진 R자가 등장하는 환각을 이야기했다. 이어서 새 부리 모양의 가면이 허공에

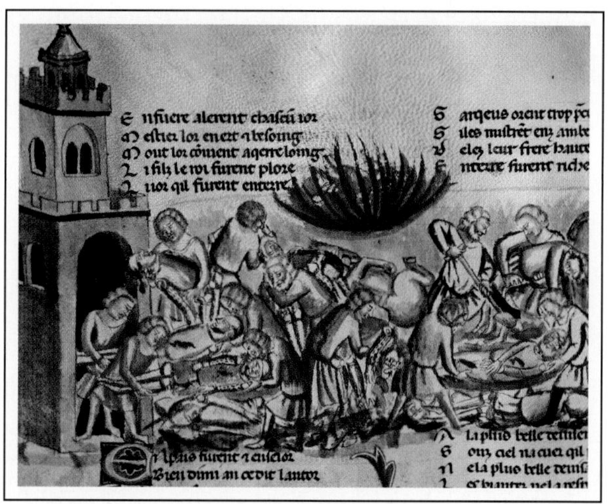

흑사병에 대한 설명, 베네치아에서 제작한 채색 필사본

떠 있던 장면도 빠뜨리지 않았다.

"나는 죽음이다?" 시에나가 곤혹스러운 표정으로 되물었다.

"그 가면이 그렇게 말했어요."

"좋아요…… '나는 비슈누, 세계의 파괴자다'라는 말보다 더 무시무시하네요."

이 젊은 여인은 로버트 오펜하이머가 최초의 원자폭탄 실험 당시에 한 말을 인용하고 있었다.

"새의 부리와 초록색 눈동자를 가진 가면이라고요?" 시에나는 여전히 혼란스러운 표정으로 물었다. "왜 그런 이미지가 자꾸 떠오르는지, 짚이는 데도 없어요?"

"전혀 없어요. 하지만 그런 가면은 중세 때만 해도 흔히 찾아볼 수 있었지요." 랭던은 한 박자 쉬었다가 덧붙였다. "이른바 흑사병 마스크라고 하는 것 말입니다."

시에나의 얼굴에 어린 수심이 더욱 깊어졌다. "흑사병 마스크?"

랭던은 자신의 텃밭이기도 한 기호학의 세계를 간단히 설명하기 시작했다. 기다란 부리가 달린 독특한 모양의 가면은 흑사병과 동의어라고 해도 과언이 아니었다. 1300년대 유럽을 휩쓴 치명적인 흑사병으로 어떤 지역에서는 전체 인구 중 3분의 1이 몰살하기도 했다. 대부분의 사람들은 흑사병의 '흑(黑)'이 괴저와 피하출혈 때문에 환자의 살갗이 검게 변하는 현상을 일컫는 단어라고 생각하지만, 사실 이 '흑'은 무시무시한 전염병이 사람들 사이에 불러일으킨 정서적 두려움과 더 큰 연관을 가진다.

"기다란 부리가 달린 가면은 흑사병 감염자를 치료하는 중세의 의사들이 병원균과 자신의 코 사이에 최대한의 거리를 확보하기 위해 쓰던 가면이었어요." 랭던이 말했다. "요즘은 베네치아 카니발 때나 그런 가면을 볼 수 있는데, 이탈리아 역사에서 가장 암울했던 시대 가운데 하나를 상기시켜주지요."

"환상 속에서 그런 가면을 본 게 틀림없어요?" 그렇게 묻는 시에나의 목소리에는 전율이 감돌고 있었다. "흑사병을 치료하던 중세 의사들의 가면을?"

랭던은 고개를 끄덕였다. '못 알아볼 수가 없지.'

시에나는 어떻게 해야 안 좋은 소식을 가장 충격이 덜한 방법으로 전달할 수 있을지 고민하는 사람처럼 이마를 찌푸렸다. "여인은 계속해서 '구하라, 찾아라' 하는 말을 되풀이하고요?"

"그렇다니까요. 이전과 똑같았어요. 하지만 문제는 내가 뭘 찾아야 하는지 전혀 감이 잡히지 않는다는 사실이에요."

시에나는 어두운 표정으로 길고 느린 한숨을 내쉬었다. "나는 알 것도 같아요. 게다가…… 내 생각에는 당신도 이미 찾은 것 같고요."

랭던은 눈을 껌뻑거리며 그녀를 바라보았다. "그건 또 무슨 소립니까?"

"로버트, 어젯밤에 병원에 도착했을 때 당신의 재킷 주머니에 좀 이상한 게 들어 있었어요. 뭔지 기억나세요?"

랭던은 고개를 가로저었다.

"아주 이상한 물건을 가지고 다니더군요. 당신 몸에 묻은 피를 닦다가 우연히 발견했어요." 그러면서 그녀는 식탁 위에 놓인 랭던의 피 묻은 재킷을 가리켰다. "아직 주머니에 들어 있으니 직접 확인해보고 싶으면 하세요."

랭던은 어리둥절한 심정으로 자신의 재킷을 바라보았다. '적어도 그녀가 그 긴박한 상황에 이걸 가지러 돌아갔던 이유는 설명이 되는군.' 랭던은 자신의 재킷을 집어 들고 주머니를 하나하나 뒤지기 시작했다. 아무것도 없었다. 다시 한 번 살펴봐도 마찬가지였다. 그는 시에나를 돌아보며 어깨를 슬쩍 들어 보였다. "아무것도 없잖아요."

"비밀 주머니도 확인했어요?"

"무슨 주머니요? 내 재킷에 비밀 주머니 같은 건 없어요."

"그래요?" 이번에는 시에나가 어리둥절한 표정이었다. "그럼 이게 다른 사람 건가요?"

랭던은 머릿속이 뒤죽박죽 뒤엉키는 느낌이었다. "아니, 내 옷 맞아요."

"확실해요?"

'확실하고말고.' 랭던은 속으로 생각했다. '사실 이건 내가 제일 좋아하는 재킷이라고.'

랭던은 재킷을 뒤집어서 자신이 패션계에서 제일 좋아하는 상징이 새겨진 라벨을 시에나에게 보여주었다. 열세 개의 단추 같은 보석이 박힌 원 위에 몰타 십자가가 얹힌 해리스 트위드 고유의 로고가 새겨져 있었다.

랭던이 입었던 해리스 트위드의 라벨

'능직 천 조각에다 이런 십자가를 새겨서 기독교 전사들을 자극하는 일은 스코틀랜드 사람들한테 맡겨두자고.'

"이것 봐요." 랭던은 자기 이름의 머리글자 — R. L. — 가 수놓아진 라벨을 가리키며 말했다. 해리스 트위드 수제품을 구할 수 있다면 물불을 가리지 않는 그는 자신의 이니셜을 라벨에 수놓기 위해 들어가는 추가 비용도 마다하지 않았다. 구내 식당이나 강의실에서 트위드 재킷을 벗고 입는 사람들이 끊임없이 버글거리는 대학 캠퍼스다 보니, 한순간의 부주의로 다른 사람과 옷이 바뀌는 사고를 미연에 방지하기 위해서였다.

"당신을 믿어요." 시에나는 랭던에게서 재킷을 넘겨받으며 말했다. "직접 보세요."

시에나는 재킷의 앞자락을 완전히 펼쳐서 목덜미 쪽의 안감을 드러내 보였다. 자세히 보니 그 안감 속에 큼직한 주머니가 교묘하게 숨겨져 있었다.

'이게 뭐야?!'

맹세코, 랭던은 한 번도 그런 주머니를 본 적이 없었다.

완벽한 재단 솜씨를 자랑하는 이 주머니는 숨겨진 솔기로 이루어져 있었다.

"원래는 이런 게 없었어요!" 랭던이 강한 어조로 말했다.

"그럼…… 이것도 처음 보겠네요?" 시에나는 그렇게 말하며 주머니에서 미끈한 금속 물체를 꺼내 랭던의 손에 쥐어주었다.

랭던은 너무 어이가 없어서 오히려 담담한 눈길로 그 물체를 내려다보았다.

"이게 뭔지 아세요?" 시에나가 물었다.

"아뇨……" 랭던은 말까지 더듬으며 간신히 대답했다. "생전 처음 봅니다."

"음, 안타깝게도 나는 이게 뭔지 알아요. 누군가가 당신을 죽이려 한 이유가 바로 이것 때문이었다는 사실도 거의 확실하고요."

멘다키움호 선상에 위치한 자신의 집무실을 서성거리는 보좌관 놀턴은 내일 아침에 자기 손으로 전송해야 할 동영상 생각에 점점 더 불안해졌다.

'자기가 그림자라고?'

지난 몇 달 사이에 이 특정한 고객이 심각한 정신 질환을 앓고 있다는 소문이 돌기는 했지만, 동영상을 직접 보니 그 소문이 사실이었음을 직감할 수 있었다.

이제 놀턴은 둘 가운데 하나를 선택해야 했다. 약속한 대로 내일 이 동영상을 전송하기 위한 준비를 시작하거나, 아니면 위층으로 가지고 올라가 사무장에게 재고를 권유하거나였다.

'두 번째 선택은 아무 의미가 없어.' 놀턴이 그런 생각을 하는 이유는 사무장의 사전에는 고객과의 약속을 지키는 것 이외에 다른 어떤 선택도 들어 있지 않다는 것을 너무나 잘 알기 때문이었다. '틀림없이 이 동영상을 세상에 공개하라고 하겠지. 질문은 용납되지 않아. 쓸데없는 질문을 한다고 화를 낼 거야.'

놀턴은 다시 한 번 동영상에 정신을 집중하고 특히 신경에 거슬리는 부분을 따로 돌려보았다. 괴이한 빛이 비치는 동굴이 찰랑거리는 물소리와 함께 다시 모습을 드러냈다. 습기 찬 벽에 사람 형상의 그림자가 비쳤다. 새처럼 기다란 부리를 가진, 키가 아주 큰 남자였다.

섬뜩한 그림자가 막힌 목소리로 일장 연설을 시작했다.

지금은 제2의 암흑기다.

수백 년 전, 유럽은 최악의 위기를 겪었다. 인구는 급증하고, 기아가 만연했으며, 아무런 희망도 없는 죄악의 진창으로 빠져들었다. 지나치게 울창해진 숲과 같이 죽은 나무들 때문에 질식할 지경이 되어 신의 벼락을 기다렸다. 대지를 휩쓰는 화재를 일으켜 죽은 나무들을 태워버리고, 건강한 뿌리가 햇살을 받아 다시금 새로운 생명을 움틔울 벼락을.

'솎아내기'는 신이 정한 자연법칙이다.

스스로에게 물어보라, 흑사병 이후에 무엇이 일어났는지를.

우리는 모두 답을 알고 있다.

르네상스.

부활.

언제나 마찬가지다. 죽음은 탄생으로 이어진다.

천국에 이르기 위해서는 지옥을 거쳐야 한다.

이것이 우리에게 전해진 성인의 가르침이다.

사정이 이런데도 은발의 무지한 중생이 나를 괴물이라 부른다고? 정녕 아직도 미래의 수학을 이해하지 못했다는 말인가? 그것이 가져다줄 공포를?

나는 그림자다.

나는 그대의 구원이다.

그리하여 나는 이 깊은 동굴 속에 우뚝 서서 별빛조차 비치지 않는 석호를 굽어본다. 깊은 물속에 가라앉은 이 궁전에서 인페르노의 연기가 피어오른다.

이제 곧 연기는 불꽃으로 타오를지니.

때가 되면 그 무엇도 멈추지 못할 불꽃이.

Chapter 11

랭던이 손에 쥔 물체는 크기에 비해 의외로 무거웠다. 약 15센티 길이의 갸름하고 매끈한 금속 원통인데, 초소형 어뢰처럼 양쪽 끝이 둥그스름했다.

"혹시 너무 거칠게 다루실까 봐 미리 말씀드리는데, 반대편을 먼저 살펴보시는 게 좋을 거예요." 시에나가 긴장된 미소를 지으며 말했다. "기호학 교수라고 하셨죠?"

랭던은 다시 원통에 초점을 맞추며 손 안에서 살그머니 굴려보았다. 한쪽 측면에 새겨진 빨간 심벌이 눈에 들어왔다.

순간적으로 랭던의 몸이 팽팽하게 긴장되었다.

랭던은 도상학을 배우던 시절부터 이미지 그 자체만으로 인간의 마음에 즉각적인 공포를 불러일으키는 경우는 극히 드물다는 사실을 알고 있었다. 그러나 지금 그의 눈앞에 놓인 이미지는 바로 그 극히 드문 경우에 해당했다. 랭던의 반응은 대단히 본능적이고도 즉각적이었다. 그는 재빨리 원통을 식탁에 내려놓고 의자를 뒤로 뺐다.

시에나는 고개를 끄덕였다. "그래요, 나도 똑같은 반응을 보였죠."

원통에 새겨진 심벌은 세 개의 원으로 이루어진 아주 간단한 구조였다.

이 악명 높은 심벌은 다우 케미컬이 1960년대에 이전까지 사용되던 무미건조한 경고 표시를 대체하기 위해 만들었다는 글을 어디선가 읽은 적이 있었

다. 성공적인 심벌이 대부분 그러하듯, 이것 역시 아주 간단하고 독특할 뿐 아니라 복제하기도 쉽다. 꽃게 집게에서부터 닌자의 표창에 이르기까지 다양한 연상 작용을 불러일으키는 이 현대적인 감각의 심벌은, 어떤 언어에서도 '위험', 특히 '생물학적 위험'이라는 단어로 해석될 수 있는 만국 공용의 상징으로 자리 잡았다.

"이 조그만 원통은 일종의 바이오튜브예요." 시에나가 말했다. "위험 물질을 운반하는 데 사용되죠. 의료계에서도 가끔 이런 튜브를 사용할 때가 있어요. 안에 삽입된 완충재 속에 표본이 든 시험관을 넣으면 안전하게 운반할 수가 있거든요. 이 경우에는……" 시에나는 생물학적 위험을 의미하는 심벌을 가리키며 말을 이었다. "치명적인 화학 물질 내지 바이러스 같은 것이 들어 있지 않을까 싶어요." 시에나는 잠시 뜸을 들이다 한마디 덧붙였다. "최초의 에볼라 바이러스 샘플이 아프리카에서 건너올 때도 이것과 비슷한 튜브가 사용되었죠."

그것은 결코 랭던이 듣고 싶던 이야기가 아니었다. "도대체 그런 물건이 왜 내 재킷 속에 들어 있는 거지요? 나는 예술사 교수예요. 내가 왜 그런 걸 가지고 다닙니까?!"

몸부림치는 시체들로 이루어진 끔찍한 영상이 그의 마음속에 휙 스쳐갔다. 그 위의 허공에는 어김없이 흑사병 마스크가 떠 있었다.

'베리 소리…… 베리 소리.'

"출처가 어디인지는 모르지만 최첨단 장비인 것만은 분명해요." 시에나가 말했다. "납을 댄 티타늄 재질이라 방사선조차 침투할 수 없죠. 아무래도 정부 기관 쪽에서 나온 것이 아닐까 싶네요." 시에나는 생물학적 위험 표시 옆에 붙은 우표 크기의 검은색 패드를 가리켰다. "지문 인식 장치예요. 분실이나 도난에 대비한 보안 장치인 셈이죠. 이런 튜브는 미리 지정된 사람만이 열 수 있어요."

랭던은 이제 자신의 머리가 정상적인 속도로 돌아가고 있다고 생각했지만, 아직도 도무지 이해가 가지 않는 부분은 수없이 많았다. '내가 생체 보안 기술까지 적용된 용기를 가지고 다녔단 말이지.'

"나는 이 튜브를 당신 재킷 속에서 발견하고 닥터 마르코니에게 몰래 보여주려 했는데, 당신이 생각보다 빨리 깨어나는 바람에 기회가 없었어요. 당신이 의식을 잃고 있는 동안 당신의 엄지손가락을 지문 패드에 대볼까도 생각해봤는데, 속에 뭐가 들어 있을지 몰라서—."

"내 손가락?!" 랭던은 고개를 가로저었다. "내 지문을 가지고 이걸 열 수 있도록 만들었을 리가 없어요. 나는 생화학에 대해서는 아무것도 모르거든요. 이런 걸 구경해본 적도 없고 말이에요."

"확실해요?"

확실하고 말고 할 것도 없었다. 랭던은 손을 뻗어 엄지를 지문 패드에 갖다 댔다. 아무 일도 일어나지 않았다. "봤지요? 내가 뭐라고—."

다음 순간 티타늄 튜브에서 딸깍하는 소리가 나는 바람에 랭던은 기겁을 해서 재빨리 손을 치웠다. '이런 빌어먹을.' 랭던은 이제부터 그 튜브가 스스로 열리며 치명적인 독가스를 내뿜기라도 할 것처럼 겁에 질린 눈으로 바라보았다. 정확히 3초가 지나자, 또 한 번 딸깍하는 소리와 함께 튜브가 다시 잠겼다.

랭던은 할 말을 잃고 멍하니 시에나를 바라보았다.

젊은 의사 역시 망연자실한 표정으로 크게 숨을 내쉬었다. "음, 운반책이 당신인 건 분명하네요."

하지만 랭던은 아직도 모든 것이 믿기지 않았다. "말도 안 돼요. 백번 양보해서, 내가 이 금속 덩어리를 가지고 어떻게 공항 검색대를 통과합니까?"

"전용기를 타고 왔을 수도 있죠. 아니면 이탈리아에 도착하고 나서 당신에게 전해졌거나."

"시에나, 아무래도 영사관에 연락해야겠어요. 지금 당장."

"우리가 먼저 열어봐야 된다고 생각하지 않으세요?"

랭던은 지금까지 살아오면서 잘못된 조언에 따라 행동한 적이 전혀 없지는 않지만, 이 위험천만한 정체불명의 튜브를 이 여자의 주방에서 열어보는 무모한 행동을 그 목록에 포함시킬 마음은 조금도 없었다. "당국의 손에 넘기는 게 낫겠어요. 지금 당장."

시에나는 입술을 오물거리며 신중하게 생각해본 끝에 대답했다. "좋아요.

하지만 당국에 연락을 취하는 그 순간부터 당신은 혼자 움직여야 해요. 나는 더 이상 관여할 수가 없거든요. 약속 장소도 여기는 안 돼요. 이탈리아에 체류하는 내 신분이…… 좀 복잡해요."

랭던은 시에나의 눈동자를 지그시 바라보았다. "시에나, 내가 아는 건 당신이 내 목숨을 구했다는 것뿐이에요. 그러니 나로서는 당신이 원하는 대로 따를 수밖에 없어요."

시에나는 감사의 뜻으로 고개를 끄덕여 보인 뒤, 창가로 걸어가 거리를 내려다보았다. "좋아요, 그럼 이렇게 해요."

시에나는 재빨리 자신의 계획을 설명했다. 아주 간단하고, 현명하고, 안전한 계획처럼 들렸다.

시에나는 휴대전화의 발신자 표시를 차단하고 번호를 누르기 시작했다. 그녀의 손놀림은 아주 섬세하면서도 신속했다.

"인포르마치오니 아보나스티(인포메이션 서비스죠)?" 시에나는 흠잡을 데 없는 이탈리아어로 전화기에 대고 말했다. "페르 파보레, 푸오 다르미 일 누메로 델 콘솔라토 아메리카노 디 피렌체(피렌체에 있는 미국 영사관 전화번호 좀 알려주시겠어요)?"

그녀는 잠시 기다렸다가 재빨리 전화번호 하나를 적었다.

"그라치에 밀레(고맙습니다)." 그녀는 그렇게 말하고 전화를 끊었다.

시에나가 전화번호를 적은 종이와 함께 휴대전화를 랭던에게 내밀었다. "당신 차례예요. 뭐라고 얘기할지는 기억하고 있죠?"

"내 기억력은 멀쩡해요." 랭던은 미소 띤 얼굴로 답하고는 종이에 적힌 번호를 눌렀다. 신호가 가기 시작했다.

'밑져야 본전이지 뭐.'

랭던은 시에나도 통화 내용을 들을 수 있도록 전화기의 스피커폰 기능을 작동시킨 뒤 식탁 위에 내려놓았다. 잠시 후 녹음된 메시지가 흘러나왔다. 영사관 업무와 근무시간 등을 안내하는 일반적인 내용이었는데, 업무는 아침 8시 30분부터 시작이라고 했다.

랭던은 전화기에 표시된 시간을 확인해보았다. 이제 겨우 아침 6시였다.

미국 영사관, 피렌체

다행히 자동응답 메시지에는 한 가지 정보가 더 남아 있었다. "긴급 상황일 경우에 한해 77번을 누르시면 야간 당직자와 연결됩니다."

랭던은 지체 없이 내선 번호를 눌렀다.

다시 신호음이 울리기 시작했다.

"콘솔라토 아메리카노(미국 영사관입니다)." 피곤한 목소리가 흘러나왔다. "소노 일 푼치오나리오 디 투르노(당직 근무자입니다)."

"레이 파를라 잉글레제(영어 할 줄 아십니까)?" 랭던이 물었다.

"물론이죠." 야간 당직자는 이내 미국식 영어로 대답했다. 달콤한 새벽잠을 방해받아 성가셔하는 기색이 역력했다. "뭘 도와드릴까요?"

"나는 피렌체를 방문한 미국인인데, 공격을 당했어요. 내 이름은 로버트 랭던입니다."

"여권 번호가 어떻게 되시죠?" 그의 하품 소리가 랭던의 귀에까지 들렸다.

"여권은 분실했습니다. 도난당한 것 같아요. 머리에 총상을 입고 병원에서 깨어났습니다. 도움이 필요해요."

그제야 영사관 직원은 정신이 번쩍 드는 모양이었다. "선생님?! 총상을 입었다고 하셨습니까? 죄송하지만 성함이 어떻게 된다고 하셨죠?"

"로버트 랭던입니다."

전화기에서 뭔가 부스럭거리는 소리가 흘러나왔다. 이어서 들려오는 소리는 컴퓨터 자판을 두드리는 소리가 분명했다. 컴퓨터에서 핑 하는 신호음이 울렸다. 다시 자판을 두드리는 소리에 이어 또 한 번 핑 소리가 났다. 마지막으로 좀 더 높은 톤의 핑 소리가 세 번 연속으로 이어졌다.

다시 침묵.

"선생님?" 이윽고 직원의 목소리가 다시 흘러나왔다. "성함이 로버트 랭던이라고 하셨습니까?"

"예, 맞습니다. 지금 곤경에 처해 있어요."

"알겠습니다. 선생님 성함에 비상 연락 표시가 붙어 있네요. 즉각 총영사관의 행정국장과 연결시켜 드리라는 지시입니다." 직원은 자기가 생각해도 믿기지가 않는다는 듯이 잠시 말을 끊었다가 덧붙였다. "끊지 말고 기다려주십시오."

"잠깐만! 한 가지 물어볼 게—."

하지만 전화기에서는 이미 또 한 번 신호음이 울리기 시작했다.

신호가 네 번 울리고 다른 남자의 목소리가 흘러나왔다.

"콜린스라고 합니다." 상당히 걸걸한 목소리였다.

랭던은 크게 숨을 한 번 내쉰 다음, 최대한 침착하고 명료하게 말문을 열었다. "콜린스 씨, 내 이름은 로버트 랭던입니다. 피렌체를 방문한 미국인인데, 총상을 입었고, 지금 도움이 필요한 상황입니다. 당장 미국 영사관으로 갔으면 하는데, 도와주실 수 있습니까?"

굵은 목소리는 지체 없이 대답했다. "맙소사, 이렇게 살아 계시니 다행입니다, 랭던 씨. 우리가 선생님을 얼마나 찾았는지 모르실 겁니다."

'내가 피렌체에 있는 걸 영사관에서 알고 있다고?'

랭던에게는 실로 다행스러운 사실이 아닐 수 없었다. 콜린스는 자신을 총영사관의 행정국장이라고 소개했다. 그의 말투는 전혀 거침이 없고 전문가다운 권위가 있었지만, 매우 다급하게 느껴졌다. "랭던 씨, 당장 이야기를 좀 나눠야겠는데, 아시다시피 전화상으로는 좀 곤란합니다."

이 시점에서 랭던이 확실히 아는 것은 아무것도 없었지만, 굳이 짚고 넘어가진 않았다.

"당장 선생님을 모셔 올 사람을 보내겠습니다." 콜린스가 말했다. "지금 어디 계십니까?"

시에나가 스피커폰에서 흘러나오는 대화에 귀를 기울이며 걱정스러운 표정으로 몸을 뒤척였다. 랭던은 그녀에게 걱정 말라는 고갯짓을 해 보였다. 그녀가 얘기한 계획을 그대로 따를 생각이었다.

"피오렌티나라는 조그만 호텔에 있습니다." 랭던은 조금 전 시에나가 가리킨 길 건너편의 초라한 호텔을 힐끗 쳐다보며 콜린스에게 주소를 말해주었다.

"알겠습니다." 상대방이 대답했다. "거기 그대로 계십시오. 방에서 꼼짝도 하지 마세요. 곧 사람을 보내겠습니다. 방은 몇 호지요?"

랭던은 아무렇게나 나오는 대로 대답했다. "39호예요."

"알겠습니다. 20분만 기다려주십시오." 콜린스는 목소리를 조금 낮추며 덧붙였다. "랭던 씨, 부상을 당해 상당히 혼란스러운 상태일 거라고 짐작은 합니다만, 미리 확인하지 않을 수 없군요…… 아직 가지고 계십니까?"

'가지고 있냐고?' 상당히 애매한 질문이기는 했지만 짚이는 것이 없지는 않았다. "예, 아직 가지고 있습니다."

콜린스는 안도의 한숨을 내쉬었다. "선생님과 연락이 닿지 않아서…… 솔직히 말씀드리면 최악의 사태를 염두에 두고 있었습니다. 정말 다행입니다. 거기 그대로 계십시오. 꼼짝도 하면 안 됩니다. 20분 후에 누가 선생님 방문을 두드릴 겁니다."

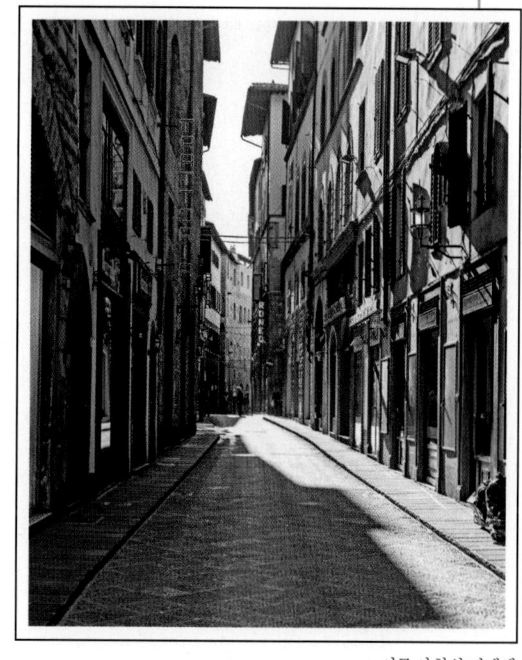
이른 아침의 피렌체

콜린스는 전화를 끊었다.

랭던은 병원에서 의식을 되찾은 이후 처음으로 어깨의 긴장이 조금 풀어지는 것을 느꼈다. '영사관에서 무슨 일인지 알고 있으니 곧 나도 사태를 파악할 수 있겠지.' 랭던은 눈을 감고 천천히 숨을 내쉬었다. 이제야 살아 있다는 느낌이 돌아오는 듯했다. 두통은 어느새 깨끗이 사라지고 없었다.

"무슨 첩보 영화를 보는 것 같네요." 시에나가 농담처럼 중얼거렸다. "혹시 당신도 첩보원 아니에요?"

적어도 지금 이 순간, 랭던은 자신이 첩보원인지 아닌지도 알지 못하는 상태였다. 이틀 동안의 기억이 깨끗이 사라지고 꿈에도 상상하지 못한 일들이 벌어지고 있는 것은 참으로 납득이 가지 않았지만, 이제 20분 후면 다 쓰러져 가는 호텔에서 미국 영사관이 보낸 사람을 만나게 될 것이었다. 그나마 정말 다행스러운 일이었다.

'도대체 무슨 일이 벌어지고 있는 것일까?'

랭던은 시에나를 힐끗 돌아보았다. 이제 곧 서로 다른 길로 들어서게 되겠지만, 왠지 아직 끝나지 않은 볼일이 남은 것만 같은 기분이었다. 문득 그들의 눈앞에서 죽어간 수염 기른 의사가 떠올랐다. "시에나." 랭던이 조용히 속삭였다. "당신 친구…… 닥터 마르코니 말이에요…… 정말 미안합니다."

시에나는 멍하니 고개를 끄덕였다.

"그리고 본의 아니게 당신을 이런 일에 끌어들이게 되어서 뭐라고 할 말이 없어요. 병원에서 당신이 처한 상황이 상당히 난감할 텐데, 혹시 무슨 조사라도 받게 되면……." 랭던은 차마 더 이상 말을 잇지 못했다.

"괜찮아요." 시에나가 말했다. "여기저기 떠돌아다니는 데는 이제 이력이 났거든요."

랭던은 그녀의 공허한 눈빛을 통해 지금 이 순간부터 그녀의 인생이 송두리째 변할 것임을 직감했다. 지금은 랭던 본인의 인생도 엉망진창인 상황이지만, 그래도 자꾸만 이 여인에게 마음이 쓰이는 것은 어쩔 수 없었다.

'이 여자는 내 목숨을 구했다. 그런데 나는 그녀의 인생을 망쳐버렸어.'

두 사람은 꽤 길게 느껴지는 시간 동안 말없이 앉아 있었고, 공기는 점점 무거워졌다. 뭔가 말을 하고는 싶은데 정작 아무 할 말도 생각나지 않는 형국이었다. 따지고 보면 두 사람은 전혀 모르는 남남 이었고, 함께했던 짧고 괴상한 여정이 갈림길에 다다른 지금은 각자 다른 길을 가야 하는 운명이었다.

"시에나." 이윽고 랭던이 입을 열었다. "영사관에 가서 일이 잘 해결되면…… 뭐든 당신을 도울 수 있는 길을 찾아보겠어요."

"고마워요." 시에나는 작게 속삭이며 슬픈 눈길을 돌려 창밖을 바라보았다.

시간이 쉬지 않고 흘러가는 가운데, 주방 창밖을 멍하니 바라보는 시에나 브룩스는 오늘 하루가 자신을 어디로 이끌어 갈지 궁금하다는 생각을 했다. 어디가 되었건, 오늘이 끝날 무렵 그녀의 세상은 지금과는 상당히 달라 보일 것이 분명했다.

그냥 분위기에 휩쓸린 것인지도 모르지만, 시에나는 이 미국인 교수에게 마음이 끌렸다. 잘생긴 외모는 차치하더라도, 마음이 굉장히 따뜻한 사람인 것 같았다. 만약 또 다른 인생을 살게 된다면, 이런 남자와는 평생을 함께해도 좋을 듯했다.

'이런 사람이 나를 원할 리 없어.' 시에나는 속으로 생각했다. '나처럼 상처 많은 여자를.'

감정을 억누르려 애쓰는 동안, 창밖의 무언가가 그녀의 시선을 끌어당겼다. 그녀는 튕기듯 벌떡 일어나 유리창에 얼굴을 갖다 대고 길거리를 바라보았다. "로버트, 저기 좀 봐요!"

랭던이 그녀의 시선을 좇아갔을 때는 막 미끈한 검은색 BMW 오토바이 한 대가 피오렌티나 호텔 앞에 멈춰 서는 참이었다. 운전자는 군더더기 없는 강인한 체구에, 검은색 가죽옷을 입고 헬멧을 쓴 사람이었다. 운전자가 유연한 동작으로 오토바이에서 내려 반짝거리는 검은색 헬멧을 벗는 순간, 시에나는 랭던의 숨이 턱 막히는 소리를 들었다.

고슴도치 머리를 한 여자…… 절대 잘못 볼 수가 없는 인물이었다.

여자는 낯익은 권총을 꺼내 소음기를 확인한 다음 재킷 주머니에 집어넣었다. 그러고는 치명적이리만치 우아한 걸음걸이로 호텔 안으로 사라졌다.

"로버트." 시에나가 겁에 질려 긴장한 목소리로 속삭였다. "미국 정부가 당신을 죽이려고 사람을 보냈어요."

아파트 창가에 서서 길 건너편 호텔에 시선을 고정한 로버트 랭던은 한 줄기 공포가 고개를 치켜드는 것을 느꼈다. 고슴도치 머리를 한 여자가 막 그 호텔 안으로 들어가는 것을 자기 눈으로 똑똑히 봤으면서도 그녀가 어떻게 그곳을 알아냈는지 짐작조차 가지 않았다.

아드레날린이 온몸으로 퍼져나가면서 또다시 사고 체계가 극심한 혼란에 사로잡히는 기분이었다. "우리 정부가 나를 죽일 사람을 보냈다고요?"

혼란스럽기는 시에나도 마찬가지였다. "로버트, 저건 병원에서 당신의 목숨을 노렸던 첫 번째 시도 역시 당신네 정부의 허락 아래 이루어졌다는 의미예요." 시에나는 벌떡 일어나 아파트 출입문을 두 번 세 번 확인했다. "미국 영사관이 당신을 살해해도 좋다는 허락을 받은 상태라면……." 시에나는 그런 생각을 끝까지 이어갈 수가 없었다. 사실은 그럴 필요도 없었다. 그것이 무엇을 암시하는지를 생각하니 저절로 소름이 돋았다.

'도대체 내가 뭘 잘못했다고 이러는 거지? 왜 다른 나라도 아니고, 우리 정부가 나를 쫓는 걸까?!'

랭던은 자신이 비틀거리는 몸을 간신히 가누며 병원으로 들어설 때 중얼거렸다는 한마디가 머릿속에 맴돌았다.

'베리 소리…… 베리 소리.'

"여기는 안전하지 않아요." 시에나가 말했다. "나도 마찬가지고요." 그녀는 길 건너편을 가리키며 덧붙였다. "저 여자는 병원에서 우리가 함께 도망치는 것을 봤어요. 게다가 당신네 정부와 경찰은 이미 나에 대한 조사를 시작했을 거예요. 이 아파트는 다른 사람 이름으로 임대한 집이지만, 나를 찾아내기까지 그리 오랜 시간이 걸리지는 않겠죠." 시에나는 식탁에 놓인 튜브를 내려다보았다. "당장 저것부터 열어야 해요."

랭던은 곁눈으로 티타늄 원통을 슬쩍 돌아보았지만, 생물학적 위험을 경고하는 심벌만 눈에 들어올 뿐이었다.

"튜브 안에 뭐가 들어 있는지는 모르지만……" 시에나가 말했다. "ID 코드든, 정부 기관의 스티커든, 전화번호든, 아무튼 뭐든 있을 거예요. 당신에게는 그런 정보가 필요해요. 나도 마찬가지고요. 당신네 정부가 내 친구를 죽였잖아요!"

시에나의 목소리에 깃든 고통이 랭던의 마음을 사정없이 뒤흔들어 놓았다. 결국 랭던은 고개를 끄덕이며 그녀의 말이 옳다는 것을 인정했다. "그래요, 너무…… 미안해요." 랭던은 자기 입에서 또 그 소리가 나온 것을 알아차리고 어깨를 움츠렸다. 이윽고 그는 식탁 위의 튜브를 향해 돌아서며 그 속에 어떤 해답이 숨어 있을지를 상상했다. "이걸 열면 아주 위험한 사태가 발생할지도 몰라요."

시에나는 잠시 생각했다. "뭔지는 모르지만 내용물은 완벽하게 보호되어 있을 거예요. 어쩌면 초강력 강화 유리로 만들어진 시험관 속에 들어 있을지도 모르죠. 이 바이오튜브는 운반 과정의 충격을 완화하기 위한 2차적인 안전장치 역할을 하는 겉껍데기에 지나지 않을 테니까요."

랭던은 창밖으로 눈길을 돌려 호텔 앞에 세워진 검은색 오토바이를 바라보았다. 여자는 아직 나오지 않았지만, 랭던이 거기 없다는 것을 알아차리기까지는 그리 긴 시간이 필요하지 않을 터였다. 그녀의 다음 행동은 무엇이 될지…… 그녀가 이 아파트 문을 두드리기까지 어느 정도의 시간이 걸릴지 궁금했다.

랭던은 마음을 정했다. 티타늄 튜브를 집어 들고 마지못해 지문 인식 패드에 엄지손가락을 갖다 댔다. 잠시 후, 딸깍하는 소리와 함께 튜브 내부의 잠금장치가 풀렸다.

랭던은 튜브가 또 저절로 잠기기 전에 재빨리 두 손으로 양쪽 가장자리를 잡

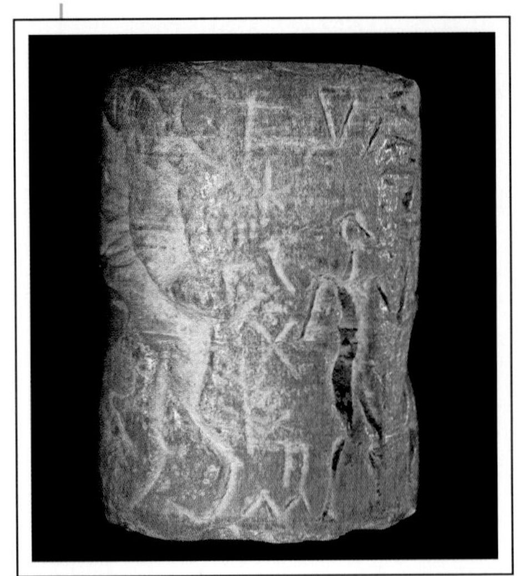
수메르의 원통 인장

고 반대 방향으로 돌리기 시작했다. 4분의 1쯤 돌리자 또 한 번 핑 소리가 났다. 이제 물은 엎질러진 것일까.

계속해서 튜브를 돌리는 랭던의 손바닥에 땀이 축축하게 배어 나왔다. 홈이 아주 정교한 듯 돌아가는 느낌이 더할 나위 없이 부드러웠다. 그렇게 계속 돌리다 보니 마치 러시아의 마트로시카 인형을 열고 있는 느낌이었다. 비록 속에서 뭐가 튀어나올지는 모르지만.

다섯 바퀴가 다 돌아가자 이윽고 튜브의 가운데가 완전히 분리되었다. 랭던은 크게 심호흡을 하면서 조심스럽게 양쪽을 잡아당겼다. 사이의 틈이 벌어지면서 기포 고무로 싸인 내용물이 미끄러져 나왔다. 랭던은 그것을 식탁 위에 내려놓았다. 충격을 흡수하기 위한 완충재는 기다란 미식 축구공과 비슷한 모양이었다.

'죽기 아니면 까무러치기다.'

랭던이 더욱 조심스럽게 완충재의 윗부분을 밀어 올리자, 드디어 속에 든 내용물이 모습을 드러냈다.

눈에 잔뜩 힘을 주고 그 광경을 지켜보던 시에나는 어리둥절한 표정으로 고개를 갸웃거렸다. "내 예상하고는 전혀 다르네요."

랭던 역시 초현실적인 생김새의 약병 같은 것을 기대했지만, 정작 내용물은 그런 것과는 거리가 멀었다. 화려한 장식이 새겨진 이 물체의 재질은 상아가 아닐까 싶었고, 크기는 대략 껌 한 통 정도 되어 보였다.

"꽤 오래된 것 같아요." 시에나가 중얼거렸다. "얼핏 보기에……."

"원통 인장이에요." 랭던은 비로소 깊은 숨을 토해내며 말했다.

기원전 3500년경 수메르인들이 만든 이 원통 인장은 말하자면 음각 인쇄의 원조 격이라 할 수 있는 발명품이었다. 속이 빈 자루에 장식적인 이미지를 새긴 인장을 붙이고 자루 속에 축이 되는 핀을 끼운 것인데, 이것을 요즘의 페인트 롤러처럼 젖은 진흙이나 점토판에 대고 밀면 그림이나 글자, 상징 따위를 찍을 수 있는 것이다.

지금 랭던의 눈앞에 모습을 드러낸 이 인장은 한눈에 봐도 상당히 희귀한 고가품이었는데, 왜 그런 물건을 생물학 무기를 취급하듯 티타늄 용기에 밀봉했는지는 도저히 감이 잡히지 않았다.

인장을 손에 들고 조심스럽게 살펴보던 랭던은 그 표면에 끔찍하기 짝이 없는 그림이 묘사되어 있음을 알아차렸다. 세 개의 머리에 뿔이 달린 사탄이 세 개의 입으로 각기 다른 사람을 한 명씩 잡아먹는 장면이었다.

'퍽이나 유쾌한 문양이군.'

랭던의 눈길은 악마 밑에 새겨진 일곱 개의 글자로 옮겨 갔다. 한껏 멋을 낸 글자가 거울에 비친 것처럼 거꾸로 새겨진 것은 모든 인쇄용 롤러의 경우가 마찬가지겠지만, 그 글자들을 읽어내는 데는 아무런 지장이 없었다. 살리기아(SALIGIA)였다.

시에나도 그 글자를 흘낏 쳐다보며 소리 내어 읽었다. "살리기아?"

랭던은 고개를 끄덕였다. 정작 그 단어를 소리로 들으니 오싹 한기가 느껴질 지경이었다. "중세 시대 바티칸에서 기독교인들에게 칠죄종, 즉 죽음에 이르는 일곱 가지 죄악을 상기시키기 위해 만든 일종의 라틴어 기억술이지요. 살리기아는 수페르비아(superbia), 아바리티아(avaritia), 룩수리아(luxuria), 인비디아(invidia), 굴라(gula), 이라(ira), 아케디아(acedia)의 첫 글자를 모아서 만든 단어예요."

칠죄종

수페르비아	교만
아바리티아	탐욕
룩수리아	욕정
인비디아	질투
굴라	탐식
이라	분노
아케디아	나태

시에나는 미간을 찌푸렸다. "교만, 탐욕, 욕정, 질투, 탐식, 분노, 나태."

랭던은 그런 그녀가 상당히 인상적이었다. "라틴어를 아는군요?"

"가톨릭 집안에서 자랐거든요. 죄에 대해서는 좀 알죠."

랭던은 미소를 지어 보이며 왜 이런 인장이 대단한 위험물이라도 되는 양

〈루시퍼를 대면한 단테와 베르길리우스〉, 단테 《신곡》의 채색 필사본에서 발췌

바이오튜브 속에 봉인되었을까 하는 의문으로 돌아갔다.

"처음에는 상아인 줄 알았어요." 시에나가 말했다. "이제 보니 뼈네요." 시에나는 인장을 집어 햇빛에 비춰 보며 표면에 난 줄을 가리켰다. "상아에는 반투명의 줄무늬가 다이아몬드 모양의 그물눈 형태로 생겨요. 하지만 뼈에는 이런 식으로 평행 줄무늬와 함께 짙은 색의 골이 생기죠."

랭던은 조심스럽게 인장을 받아 들고 다시 한 번 장식을 좀 더 자세히 살펴보았다. 수메르의 원통 인장에는 아주 초보적인 그림과 쐐기문자가 새겨진다. 그러나 이 인장에 새겨진 그림은 상당히 정교해 보였다. 아무래도 중세의 유물이 아닐까 싶었다. 게다가 그 그림은 랭던 본인이 본 환각과 묘한 연관을 가지고 있는 것 같기도 했다.

시에나가 불안한 눈으로 그를 바라보았다. "도대체 그게 뭐죠?"

"수없이 반복해서 나타나는 주제입니다." 랭던이 인장에 새겨진 그림을 가리키며 무거운 목소리로 말했다. "사람을 잡아먹는 머리 셋 달린 사탄의 모습이 보이지요? 이건 중세 시대에 흔히 찾아볼 수 있는 이미지예요. 역시 흑사병과 관련이 있고요. 무시무시한 세 개의 입은 더할 나위 없이 효과적으로 인구를 줄이는 흑사병을 상징합니다."

생물학적 위험을 경고하는 튜브 표면의 심벌을 바라보는 시에나의 눈빛이 더욱 어두워졌다.

그렇지 않아도 자꾸 흑사병을 들먹거려 마음이 불편하던 차에, 또 한 번 그 이야기를 꺼내려니 입이 떨어지지 않았지만 어쩔 수 없는 노릇이었다. "살리기아는 인류의 집단적인 죄악을 대변합니다. 중세의 종교적 교의에 따르면—."

"그래서 하나님이 흑사병으로 세상에 벌을 내린 거죠." 시에나가 랭던의 말을 대신 마무리했다.

"그래요." 랭던은 순간적으로 생각의 줄기를 놓쳐 말문이 막혔다. 이 원통이 뭔가 좀 이상하다는 생각이 들기 시작한 탓이었다. 정상적인 경우라면 대부분 원통 인장의 중심부를 들여다볼 수 있다. 파이프처럼 가운데가 비어 있기 때문이다. 하지만 이 원통의 경우는 중심축이 막혀 있었다. '이 뼈 속에 뭔가가 들어 있는 것일까?' 가장자리가 햇빛을 받아 반짝거렸다.

"이 속에 뭔가가 있어요." 랭던이 말했다. "마치 유리로 만들어진 것처럼 보이는데." 랭던은 그렇게 말하며 반대편 가장자리를 살펴보기 위해 원통을 뒤집었다. 그러자 속에서 뭔가 조그만 물체가 달그락 소리를 내더니, 마치 튜브 속의 볼 베어링처럼 또르르 굴러서 반대편으로 내려갔다.

랭던의 동작이 그대로 얼어붙었다. 동시에 시에나의 입에서도 얕은 신음이 터져 나왔다.

'무슨 소리지?!'

"당신도 들었어요?" 시에나가 속삭였다.

랭던은 고개를 끄덕이며 조심스럽게 원통의 끄트머리를 들여다보았다. "입구는 막혀 있는 것 같은데…… 무슨 금속 같기도 하고." '시험관의 뚜껑인가?'

시에나가 엉거주춤 한 발 뒤로 물러섰다. "혹시…… 망가진 것 아니에요?"

"그런 것 같지는 않아요." 랭던은 유리로 된 부분을 다시 한 번 살펴보기 위해 또 원통을 기울였다. 그러자 또 또르르 소리가 되살아났다. 다음 순간, 원통 속의 유리에서 전혀 생각지도 못한 현상이 나타났다.

유리에서 빛이 나오기 시작한 것이다.

시에나의 눈이 휘둥그레졌다. "로버트, 멈춰요! 움직이지 말아요!"

랭던은 뼈로 만들어진 원통을 단단히 붙잡은 채 얼어붙은 사람처럼 그대로 동작을 멈췄다. 튜브 끝에 달린 유리에서 빛이 나온다는 사실은 의심의 여지가 없었다. 마치 그동안 잠들어 있던 내용물이 잠을 깬 듯했다.

그러나 그 빛은 희미하게 사그라지더니 이내 완전히 사라졌다.

시에나가 가쁜 숨을 몰아쉬며 살그머니 다가왔다. 그러고는 머리를 기울이고 겉에서 드러나 보이는 유리 부분을 유심히 살폈다.

"다시 한 번 기울여보세요." 그녀가 속삭였다. "아주 천천히요."

랭던은 조심스럽게 원통을 거꾸로 세웠다. 또다시 조그만 물체가 또르르 굴러서 반대편으로 내려가 멈췄다.

"한 번 더요." 시에나가 말했다. "천천히."

랭던은 같은 동작을 되풀이했고, 이번에도 역시 달그락거리는 소리가 났다. 튜브 안쪽의 유리에서 순간적으로 희미한 빛이 살짝 나오는가 싶더니, 금세 죽어버렸다.

"시험관이 틀림없어요." 시에나가 자신 있게 단언했다. "애지테이터 볼이 달린."

랭던도 깡통 스프레이 페인트에서 널리 사용되는 애지테이터 볼에 대해서는 잘 알고 있었다. 깡통을 흔들면 조그만 구슬이 움직이면서 페인트를 휘젓는 식이다.

"아마 일종의 형광 화학물이 들어 있을 거예요." 시에나가 말을 이었다. "자극을 받으면 빛을 내는 생체 발광 유기체일 수도 있고요."

랭던의 생각은 달랐다. 화학물질을 이용한 형광봉이나 선박이 지나가면서 서식지가 교란되면 빛을 내는 생체 발광 플랑크톤도 본 적은 있지만, 지금 자신이 손에 들고 있는 원통은 그 둘 중 어느 쪽에도 해당될 리 없다는 것이 확신에 가까운 그의 생각이었다. 랭던은 빛이 나올 때까지 튜브를 몇 차례 연속적으로 기울였다가 그 빛을 자신의 손바닥에 비춰보았다. 역시 예상대로, 희미한 붉은색 빛줄기가 그의 살갗에 투사되었다.

'IQ 208인 사람도 틀릴 때가 있는 모양이군.'

"이걸 봐요." 랭던은 그렇게 말하며 맹렬한 속도로 튜브를 흔들기 시작했다. 그에 따라 튜브 속의 물체도 점점 속도가 빨라지며 요란하게 달그락거렸다.

시에나는 기겁을 해서 뒤로 물러섰다. "뭐 하는 거예요?!"

랭던은 계속 튜브를 흔들며 전등 스위치 있는 곳으로 걸어가 불을 꺼버렸다. 주방은 조금 전보다 훨씬 어두워졌다. "시험관이 아니에요." 랭던은 여전히 있는 힘을 다해 튜브를 흔들며 말했다. "이건 패러데이 포인터입니다."

랭던은 예전에 이것과 비슷한 장치를 제자에게서 선물받은 적이 있었다. 강의할 때 레이저 포인터를 사용하다 보면 자꾸만 배터리가 닳아서 성가신 경우가 생긴다. 이럴 때 몇 초만 손에 쥐고 흔들어주면 본인의 운동에너지를 전기로 바꿔서 배터리를 갈아 넣지 않고도 반영구적으로 쓸 수 있는 포인터가 개발되었다. 장치를 흔들면 속에 든 금속 공이 아래위로 움직이면서 조그만 발전기를 작동시키게 되어 있었다. 누군가가 이런 원리의 포인터를 속이 비고 그림이 새겨진 뼈 속에 집어넣은 게 분명했다. 말하자면 전기의 원리를 이용한 현대적인 장난감에 고대의 외피를 입힌 셈이었다.

자신의 손바닥에 비친 포인터의 불빛이 충분히 밝아지자, 랭던은 시에나를 향해 불안한 미소를 지어 보이며 중얼거렸다. "한번 볼까요?"

랭던은 뼈 속에 든 포인터의 불빛을 아무것도 없는 주방 벽에 비췄다. 다음 순간, 시에나는 무심코 들이쉰 숨을 제대로 내뱉지 못했다. 그러나 더욱 놀라 몸이 뻣뻣이 굳어버린 쪽은 랭던이었다.

벽에 비친 불빛은 그냥 조그맣고 빨간 레이저 점이 아니었다. 이제는 구시대의 유물이 되어버린 슬라이드 영사기처럼, 아주 생생한 고해상도 사진이 튜브 속에서 튀어나온 것이었다.

'맙소사!' 초라한 주방 벽에 펼쳐진 끔찍한 장면을 바라보는 랭던의 손이 가볍게 떨리기 시작했다. '내 눈에 자꾸만 죽음의 이미지가 나타난 것도 무리가 아니야.'

옆에 선 시에나는 손으로 입을 가린 채 마치 최면에 걸린 사람처럼 벽을 향해 조심스럽게 한 발 더 다가갔다.

뼈 속에서 튀어나온 그림은 인간의 고통을 주제로 한 암울한 분위기의 유화였다. 수천 명의 영혼이 제각기 지옥의 여러 단계에 갇혀 극심한 고통을 당하는 모습이 그려져 있었다. 지하 세계는 지구의 단면도 형태로 묘사되었는데, 전체적으로는 깊이를 헤아릴 수 없는 깔때기 모양의 구조였다. 지옥의 구덩이는 아래로 내려갈수록 고통의 참상이 점점 더해졌고, 각 단계마다 온갖 종류의 죄인들이 고통에 못 이겨 몸부림치고 있었다.

랭던은 한눈에 그 그림을 알아보았다.

그의 눈앞에 펼쳐진 대작 — 〈지옥의 지도(La Mappa dell'Inferno)〉 — 은 이탈리아 르네상스의 진정한 거장 가운데 한 사람인 산드로 보티첼리의 작품이었다. 지하 세계의 청사진을 정교하게 그려낸 〈지옥의 지도〉는 지금까지 창조된 사후 세계의 풍경 중에서도 가장 무시무시한 작품으로 꼽힌다. 요즘 사람들도 이 어둡고 끔찍하고 암울한 작품을 대하면 자신도 모르게 동작을 멈추게 마련이다. 보티첼리는 화려한 색상으로 생동감 넘치게 표현한 〈봄〉이나 〈비너스

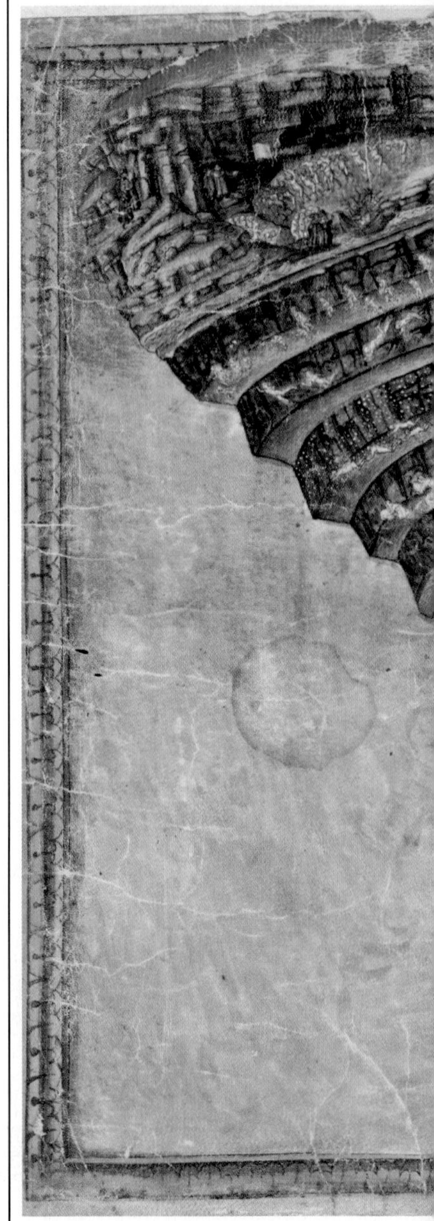

〈지옥의 지도〉, 산드로 보티첼리
S. Botticelli, *Voragine Infernale*, c.1480–c.1495. Reg.lat.1896, pt. A, foglio 101r. © Biblioteca Apostiolica Vaticana

의 탄생〉 같은 작품들과 달리, 이 〈지옥의 지도〉만큼은 빨강과 세피아, 갈색으로 어둡고 암울한 분위기를 생생하게 표현했다.

랭던은 갑자기 빠개질 듯한 두통이 되살아났지만, 동시에 낯선 병원에서 의식을 되찾은 이후 처음으로 퍼즐 조각 하나가 제자리를 찾아 들어간 느낌을 받았다. 그 암울했던 환각은 이 유명한 그림을 보았기 때문에 생긴 것이 틀림없었다.

'내가 보티첼리의 〈지옥의 지도〉를 연구하고 있었던 모양이야.' 랭던은 얼핏 그런 생각을 했지만, 그 이유는 전혀 기억에 남아 있지 않았다.

보기만 해도 마음이 불편해지는 그림인 것도 사실이지만 랭던을 더욱 심란하게 만드는 것은 이 그림의 기원이었다. 랭던은 이 무시무시한 그림의 밑바탕이 된 영감이 보티첼리 본인에게서 나온 것이 아님을 잘 알고 있었다. 그것은 보티첼리보다도 200년을 앞서 살았던 누군가에게서 비롯된 영감이었다.

'다른 사람에게서 영감을 받은 위대한 작품.'

보티첼리의 〈지옥의 지도〉는 사실 14세기에 등장한 한 문학작품에 바치는 헌사에 다름 아니었다. 역사상 가장 유명한 문학작품이자, 오늘날까지도 그 생명력이 고스란히 살아 있을 만큼 생생하고 선명한 지옥의 묘사.

바로 단테의 〈인페르노〉였다.

길 건너편, 버옌다는 소리 없이 비상 계단을 올라 하품이 날 만큼 한적한 피오렌티나 호텔의 옥상에 몸을 숨겼다. 랭던은 영사관과의 통화에서 있지도 않은 방 번호를 내세워 엉터리 약속 장소를 댔다. 업계의 전문 용어로 이른바 '거울 회동'이라 불리는 이 수법은, 당사자가 자신의 위치를 노출하기 전에 상황을 가늠해볼 기회를 갖기 위해 흔히 써먹는 고전적인 방법에 해당한다. 이럴 경우 진짜 자신이 있는 곳에서 완벽한 전망이 확보되는 지점에 가짜, 혹은 거울상의 위치를 선정하기 마련이다.

호텔 옥상으로 올라온 버옌다는 매의 눈으로 주변 지역 전체를 샅샅이 관찰할 수 있는, 그러면서도 상대방의 눈에는 띄지 않는 안성맞춤의 장소를 발견했다. 그녀는 길 건너편의 아파트 건물을 천천히 훑기 시작했다.

'이제 당신이 움직일 차례야, 랭던 선생.'

같은 시각, 멘다키움호 선상에서는 사무장이 마호가니 갑판 위로 올라와 짙은 소금기를 머금은 아드리아 해의 공기를 깊이 들이쉬며 호흡을 가다듬고 있었다. 이 배는 오래전부터 그의 보금자리와 다름없는 역할을 해왔지만, 지금 피렌체에서 벌어지고 있는 일련의 사건들은 지금까지 그가 쌓아온 모든 것을 한순간에 허물어뜨릴지도 모를 파괴력을 가지고 있었다.

그의 현장 요원 버옌다가 모든 것을 위기로 몰아넣었다. 이번 임무가 끝나면 면밀히 그녀의 책임을 따져봐야겠지만, 적어도 아직까지 사무장에게는 그녀가 필요했다.

'본인 입장에서도 이 사태를 빨리 수습하는 게 좋을 거야.'

등 뒤에서 다급한 발소리가 들려왔다. 사무장이 고개를 돌리자, 여성 애널리스트 한 명이 숨을 헐떡거리며 달려오고 있었다.

"사무장님?" 애널리스트가 가쁜 숨을 몰아쉬며 말했다. "새로운 정보가 들어왔어요." 이 배 위에서 평소에는 좀처럼 듣기 힘들 만큼 잔뜩 흥분한 목소리였다. "방금 로버트 랭던이 노출된 IP 주소를 통해 하버드대의 자기 전자우편 계정에 접속한 것으로 나타났어요." 그녀는 사무장에게 시선을 고정한 채 덧붙였다. "덕분에 그의 정확한 현재 위치를 추적할 수 있게 되었다고요."

사무장은 랭던이 그토록 멍청한 짓을 했다는 게 좀처럼 믿기지 않았다. '이것으로 상황은 완전히 달라졌어.' 사무장은 두 손바닥을 맞댄 채 지그시 해안선을 응시하며 생각에 잠겼다. "SRS(감시 및 대응 지원) 팀의 상태는 어떤지 파악할 수 있나?"

"네, 사무장님. 랭던의 현재 위치에서 3킬로미터도 안 되는 곳에 있어요."

사무장이 결정을 내리기까지는 그리 오랜 시간이 필요하지 않았다.

Chapter 15

"단테의 〈인페르노〉." 시에나는 마치 황홀경에 빠진 사람처럼 자신의 주방 벽에 투사된 생생한 지하 세계의 풍경을 향해 조금씩 다가서며 중얼거렸다.

'단테가 본 지옥이 이토록 선명한 색채로 되살아났다.' 랭던은 그런 생각을 하고 있었다.

세계 문학사상 최고의 걸작으로 추앙받는 〈인페르노〉는 단테 알리기에리의 《신곡》을 구성하는 세 권의 작품 가운데 첫 번째 책이다. 14,233행에 달하는 대서사시 《신곡》은 지하 세계로 내려갔다가 연옥을 거쳐 결국은 천국에 도달하는 단테의 숨 막히는 여정을 다루고 있다. 〈인페르노(지옥)〉, 〈푸르가토리오(연옥)〉, 〈파라디소(천국)〉로 이루어진 3부작 중에서도 이 〈인페르노〉가 가장 널리 읽히고 많은 사람들의 기억에 남아 있다.

〈단테 알리기에리〉, 산드로 보티첼리

단테 알리기에리가 1300년대 초에 쓴 〈인페르노〉는 지옥에 대한 중세의 인식을 완전히 바꿔놓았다. 그 이전만 해도 지옥이라는 개념이 이토록 환상적인 방식으로 대중의 마음을 사로잡은 적은 한 번도 없었다. 단테의 작품은 그야말로 하룻밤 사이에 지극히 추상적이기만 하던 지옥의 개념을 너무나도 선명하고 끔

〈지옥의 지도〉, 산드로 보티첼리
일부: 하수구에 처박힌 탐식가들과
불타는 관 속에 갇힌 이교도들

찍한 풍경으로 구체화시켰다. 그토록 노골적이고 구체적인 묘사는 쉽게 잊히지 않는 법이다. 이 작품이 발표된 이후 가톨릭 교회가 엄청난 교세 확장에 즐거운 비명을 지른 것도 무리가 아니다. 단테 버전으로 업데이트된 지옥의 풍경에 겁을 먹은 죄인들이 교회로 몰려든 탓이었다.

보티첼리가 그려낸 단테의 지옥은 깔때기 형태의 지하 세계로 묘사되어 있다. 층층이 자리한 불, 유황, 똥물, 괴물 등이 말로 표현할 수 없는 고통을 죄인들에게 선사하며, 그 핵심부에는 사탄이 직접 대기하고 있다. 이 지옥의 구렁텅이는 아홉 개의 단계, 즉 '지옥의 아홉 고리'로 이루어져 있는데, 죄인들은 자기가 지은 죄의 깊이에 따라 각각의 고리에 배치된다. 제일 위쪽의 '육욕의 죄인들'은 끊임없는 폭풍우에 시달리는데, 이는 욕망을 통제하지 못한 그들의 어리석음을 상징한다. 그 밑에 위치한 '탐식' 단계의 죄인들은 출렁이는 똥물에 얼굴을 처박은 채 지내야 한다. 자신의 무절제에서 비롯된 배설물이 또다시 그들의 입속을 가득 채우는 셈이다. 더 밑으로 내려가면 이교도들이 불타는 관에 갇혀 영원한 불 속에서 몸부림친다. 이런 식으로 한 단계씩 내려갈 때마다 고통은 더욱 더 심해진다.

단테가 묘사한 지옥의 풍경은 700년의 세월이 흐르는 동안 수많은 언어로 번역되었음은 물론, 역사상 가장 위대한 천재들에게 영감을 제공했다. 롱펠로, 초서, 마르크스, 밀턴, 발자크, 보르헤스, 심지어는 몇 명의 교황들까지 단테의 〈인페르노〉에 바탕을 둔 작품을 썼다. 몬테베르디, 리스트, 바그너, 차이코프스키, 푸치니는 단테의 작품에 기초한 음악을 만들었고, 이는 랭던이 가장 좋아하는 현대 음악가 로리나 맥케니트도 마찬가지였다. 요즘은 비디오 게임과 아이패드 어플들 중에서도 단테와 관련된 작품을 얼마든지 찾아볼 수 있다.

랭던은 단테의 지옥에서 찾아볼 수 있는 풍부하고도 생생한 상징성을 학생들과 공유하고 싶은 마음에, 단테 본인은 물론 그의 영향을 받은 후대의 작품들에서 반복적으로 나타나는 이미지에 대한 강좌를 개설하기도 했다.

"로버트." 시에나가 벽에 투사된 이미지를 향해 조금 더 다가서며 말했다. "저기 좀 봐요!" 그녀가 가리킨 것은 깔때기 모양을 한 지옥의 밑바닥 근처였다.

좀 더 정확히 말하면 그곳은 '악의 구덩이'를 뜻하는 말레볼제(Malebolge)였다. 지옥의 여덟 번째, 즉 끝에서 두 번째 고리에 해당하는 이곳은 서로 분리된 열 개의 구덩이로 이루어져 있는데, 각각의 구덩이에는 특정한 유형의 죄인이 배치된다.

시에나가 좀 더 흥분한 목소리로 그곳을 가리키며 말했다. "이것 봐요! 당신

〈지옥의 지도〉, 산드로 보티첼리 일부: 거꾸로 뒤집혀 몸이 반쯤 묻힌 죄인들의 다리가 땅 위로 삐져나와 있다.

이 환각에서 봤다는 게 이거 아닌가요?"

랭던은 미간을 좁힌 채 시에나가 가리키는 곳을 살폈지만 아무것도 보이지 않았다. 조그만 영사기의 전원이 약해지면서 이미지가 점점 흐려지기 시작했다. 랭던은 재빨리 튜브를 집어 들고 다시 빛이 환해질 때까지 열심히 흔들었다. 그런 다음 영상이 조금 더 확대되도록 조그만 주방 끄트머리의 수납장 위에 튜브를 올려놓았다. 그러고는 시에나 옆으로 다가가 새로운 마음으로 다시 지도를 살피기 시작했다.

진실은
오로지
죽음의 눈을
통해서만
발견할 수 있다.

시에나는 지옥의 여덟 번째 고리 쪽을 다시 가리켰다. "잘 보세요. 당신이 본 환각에도 땅 위로 거꾸로 삐져나온 다리에 R자가 쓰여 있었다고 하지 않았어요?" 그러면서 시에나는 정확한 지점을 직접 손으로 건드렸다. "여기도 R자가 있어요!"

랭던은 이 그림을 수도 없이 봐왔다. 말레볼제의 열 번째 구덩이는 반쯤 거꾸로 땅에 묻혀 다리가 위로 삐져나온 죄인들로 가득하다. 그런데 놀랍게도 이 그림에는 그 가운데 한 쌍의 다리에 진흙으로 R자가 쓰여 있었다. 랭던이 환각 속에서 본 것과 완벽히 일치했다.

맙소사! 랭던은 더욱 눈에 힘을 주고 세세한 부분까지 살폈다. "보티첼리의 원본 그림에는 이런 게 없어요!"

"다른 글자도 있어요." 시에나가 다른 곳을 가리키며 말했다.

랭던은 그녀의 손가락을 좇아 말레볼제의 다른 구덩이를 살폈다. 거기에는 머리가 거꾸로 돌아간 거짓 선지자의 몸에 E자가 휘갈겨 쓰여 있었다.

'도대체 어떻게 된 거지? 그림이 수정된 거야?'

이제 다른 글자들도 눈에 들어오기 시작했다. 말레볼제의 열 개 구덩이에서 신음하는 죄인들에게 글자가 하나씩 쓰여 있었다. 악마에게 호된 매질을 당하는 색마에게는 C자가…… 끊임없이 뱀에게 물리는 고통을 당하는 도둑에게는 또 하나의 R이…… 부글부글 끓는 타르 속에 잠긴 타락한 정치인에게는 A가 각각 적혀 있었다.

"보티첼리의 원본 그림에는 이런 글자들이 없어요." 랭던이 확신에 찬 목소리로 말했다. "디지털 기술을 이용해 그림을 수정한 게 틀림없습니다."

랭던은 말레볼제의 제일 위에 위치한 구덩이를 다시 한 번 살펴보았다. 이어서 위에서 밑으로, 각 구덩이에 쓰인 글자들을 하나하나 읽어 보았다.

'C…… A…… T…… R…… O…… V…… A…… C…… E…… R'

"카트로바케르?" 랭던이 중얼거렸다. "이탈리아어인가요?"

시에나는 고개를 가로저었다. "아뇨. 라틴어도 아니에요. 처음 보는 단어인걸요."

"그럼…… 서명인가?"

"'카트로바케르'가요?" 시에나는 부정적인 표정이었다. "내가 보기에 사람 이름 같지는 않아요. 하지만 저길 보세요." 그녀는 말레볼제의 세 번째 구덩이에 갇힌 여러 인물들 가운데 하나를 가리켰다.

랭던은 그녀가 가리킨 인물을 발견하자마자 서늘한 한기를 느꼈다. 세 번째 구덩이에서 허우적거리는 죄인들 가운데 중세 특유의 상징적인 이미지가 하나 섞여 있었다. 새처럼 기다란 부리와 죽은 눈동자의 가면을 쓴 망토 입은 남자였다.

'흑사병 마스크.'

"보티첼리의 원본에 흑사병 의사가 나오나요?" 시에나가 물었다.

"그럴 리가 있습니까. 저 인물은 누가 그려 넣은 거예요."

"보티첼리가 자신의 작품에 서명은 했나요?"

랭던은 거기까지는 잘 기억이 나지 않았지만, 흔히 작가의 서명이 들어가는 오른쪽 아래 모퉁이로 눈길을 옮기고서야 시에나가 왜 그런 질문을 던졌는지 알아차렸다. 서명은 없었지만 그림의 짙은 갈색 테두리 때문에 잘 보이지 않는 곳에 조그만 글자가 한 줄 적혀 있었다. '라 베리타 에 비지빌레 솔로 아트라베르소 리 오키 델라 모르테.'

랭던의 이탈리아어 실력은 그 문장의 의미를 대충 파악할 정도는 되었다. "진실은 오로지 죽음의 눈을 통해서만 발견할 수 있다."

시에나는 고개를 끄덕였다. "희한한 소리네요."

〈지옥의 문〉, 오귀스트 로댕
일부: 〈세 망령〉

두 사람은 그 음침한 그림이 또다시 희미하게 사라지기 시작할 때까지 더 이상 말을 잇지 못했다. '단테의 〈인페르노〉.' 랭던은 생각에 잠겼다. '1330년 이후로 수많은 예술 작품을 탄생시켰지.'

랭던의 단테 강의는 언제나 〈인페르노〉가 영감을 불어넣은 명작들에 한 파트를 통째로 할애하곤 했다. 보티첼리의 〈지옥의 지도〉는 물론, 〈세 그림자〉에서부터 〈지옥의 문〉에 이르는 로댕의 영원한 걸작들…… 스틱스 강의 시체들 사이로 노를 젓는 플레기아스의 모습을 그린 스트라다누스의 작품…… 영원한 폭풍우 속에서 신음하는 윌리엄 블레이크의 육욕의 죄인들…… 벌거벗은 채 싸움에 몰두하는 두 남자를 바라보는 단테와 베르길리우스의 모습을 그린 부그로의 묘하게 선정적인 그림…… 소나기처럼 쏟아지는 불덩어리 속에서 몸부림치는 영혼들을 그린 바이로스의 작품…… 살바도르 달리의 독특한 수채화와 목판화들…… 하데스의 입구에서부터 날개 달린 사탄의 모습에 이르기까지, 도레가 남긴 다양한 흑백 에칭화.

이제 보니 단테의 지옥은 역사를 통틀어 가장 존경받는 예술가들에게만 영향을 미친 것은 아닌 모양이었다. 보티첼리의 명화에 손을 대 열 개의 글자와 흑사병 의사를 끼워 넣고 그것도 모자라 죽음의 눈을 통해 진실을 본다는 불길한 문구를 적어 넣은 비뚤어진 영혼의 예술가에게도 단테의 지옥은 커다란 영

〈지옥에 간 단테와 베르길리우스〉,
윌리엄-아돌프 부그로

감을 불어넣은 것이 분명했다. 이 예술가는 그렇게 수정한 그림을 아무도 예상하지 못한 기상천외한 곳에 숨겨진 첨단 영사기 안에 저장해두기까지 했다.

랭던은 도대체 누가 그런 짓을 했을지 도저히 상상이 가지 않았다. 그러나 지금의 랭던에게 그것은 오히려 부차적인 의문일 뿐, 정작 그보다 훨씬 더 골치 아픈 의문은 따로 있었다.

'그게 어쩌다가 내 손에 들어온 거지?'

시에나가 랭던과 함께 주방에 서서 이제부터 어떻게 해야 할지를 고민하는 동안, 그녀의 아파트 앞 도로에 난데없는 굉음이 울려 퍼졌다. 요란한 엔진음과 함께 타이어가 찢어지는 듯한 브레이크 소리, 차 문이 거칠게 여닫히는 소리가 뒤를 이었다.

시에나는 무슨 일인가 하고 창가로 달려가 바깥을 내다보았다.

아무런 표시도 없는 검은색 승합차 한 대가 막 아파트 앞에 멈춰 선 참이었다. 차에서는 왼쪽 어깨에 둥그런 초록색 견장을 단 검은 제복의 남자들이 우르르 몰려나왔다. 자동화기로 무장한 그들의 움직임은 특수부대가 무색할 만큼 민첩하고 효율적이었다. 네 명의 군인이 지체 없이 아파트 입구를 향해 돌진했다.

시에나는 온몸의 피가 차갑게 식는 느낌이었다. "로버트!" 그녀가 소리쳤다. "누군지는 모르지만 그들이 우리를 찾아냈어요!"

⚜

크리스토퍼 브뤼더 요원은 건물 안으로 뛰어 들어가는 부하들에게 큰 소리로 지시 사항을 전달했다. 건장한 체구를 가진 그는 눈부신 군대 경력 덕분에 투철한 사명감과 지휘 계통에 대한 절대 복종이 몸에 밴 인물이었다. 지금도 그는 자신의 임무를 잘 알고 있었고, 그것이 왜 중요한지도 완벽하게 이해하고 있었다.

그가 몸담은 조직에는 다양한 부서들이 있지만, 브뤼더가 이끄는 SRS 팀이 호출되는 것은 상황이 '위기' 수준에 도달했다는 반증이기도 했다.

부하들이 아파트 건물 안으로 사라지자, 브뤼더는 현관 앞에 서서 통신 장비를 꺼내 보고를 시작했다.

"브뤼더입니다." 그가 말했다. "IP 주소를 통해 랭던의 위치를 추적하는 데 성공했습니다. 지금 우리 요원들이 진입하고 있습니다. 신병을 확보하면 다시 연락드리겠습니다."

⚜

브뤼더의 머리 위, 길 반대편의 피오렌티나 호텔 옥상에서는 버옌다가 아파트 안으로 돌진하는 요원들을 휘둥그레진 눈으로 바라보고 있었다.

'저 사람들이 여기서 뭘 하는 거지?!'

한 손으로 고슴도치 머리를 쓸어 올리던 그녀는, 자신이 어젯밤에 저지른 과오가 어떤 결과를 초래했는지를 깨닫고 가슴이 철렁 내려앉았다. 그놈의 비둘기 한 마리 때문에 모든 게 걷잡을 수 없는 통제 불능의 늪으로 빠져들었다. 시작할 때만 해도 더없이 단순한 임무였는데…… 지금은 어느새 끔찍한 악몽으로 변해버렸다.

'SRS 팀이 출동했다면…… 내가 할 일은 끝난 셈이다.'

버옌다는 절망적인 심정으로 섹트라 타이거 XS 통신기를 꺼내 사무장과 교신을 시도했다.

"사무장님." 그녀의 목소리가 흔들렸다. "SRS 팀이 도착했어요! 브뤼더의 부하들이 길 건너편 아파트 건물로 진입하고 있습니다!"

버옌다는 상대방의 대답을 기다렸지만, 정작 들려온 것은 사람의 목소리가 아니라 찰칵 하는 신호음, 그리고 이어지는 차가운 기계음뿐이었다. "교신 차단 프로토콜 개시."

넋 나간 표정으로 수화기를 떨어뜨린 버옌다는 무심코 스크린을 쳐다보다가 통신 장비가 비활성화되는 순간을 목격했다.

버옌다의 얼굴에서 핏기가 사라졌다. 방금 컨소시엄이 자신과의 모든 연결고리를 차단했다는 사실을 인정하지 않을 길이 없었다.

연결이 끊어졌다. 접속할 방법도 없다.

'내가 차단된 거야.'

충격은 오래가지 않았다.

공포가 그 자리를 대신했다.

Chapter 16

“서둘러요, 로버트!” 시에나가 큰 소리로 재촉했다. “나를 따라와요!”

시에나를 따라 복도로 튀어 나가는 동안에도 랭던의 머릿속에는 온통 단테의 지하 세계를 묘사한 암울한 그림이 가득 차 있었다. 적어도 지금 이 순간까지 시에나 브룩스는 오늘 아침의 이 난감한 상황이 엄밀히 말해서 자기 일은 아니라는 마음으로 그럭저럭 견디고 있었지만, 이제는 정말로 발등에 불이 떨어진 사람처럼 팽팽한 긴장감에 사로잡힌 모습이었다. 랭던은 그런 그녀의 표정에서 진정한 두려움을 발견할 수 있었다.

복도로 나간 시에나는 엘리베이터를 지나쳐 곧장 앞으로 내달렸다. 엘리베이터가 밑으로 내려가고 있는 것으로 미루어, 벌써 로비에서 군인들이 버튼을 누른 게 분명했다. 복도 끝까지 전속력으로 달려간 시에나는 뒤도 돌아보지 않고 계단으로 사라졌다.

그 뒤를 바짝 쫓아가던 랭던은 빌려 신은 신발의 밑창이 너무 미끄러워 브레이크가 잘 잡히지 않았다. 달릴 때마다 브리오니 정장의 가슴 주머니에 넣어둔 조그만 프로젝터가 찰랑거리며 그의 가슴을 때렸다. 그의 마음속에는 여전히 지옥의 여덟 번째 고리에 새겨진 이상한 글자들이 똬리를 틀고 있었다. ‘CATROVACER’. 흑사병 마스크와 그림 밑에 적힌 기이한 문장도 아직 눈에 선했다. ‘진실은 오로지 죽음의 눈을 통해서만 발견할 수 있다.’

랭던은 별다른 공통점이 보이지 않는 이 두 가지 요소를 서로 연결시키려고 애써보았지만, 아직은 아무런 성과도 나타나지 않았다. 이윽고 그가 계단참에 도착하니, 시에나가 멈춰 서서 쫑긋 귀를 기울이고 있었다. 랭던의 귀에도 밑에서 올라오는 구둣발 소리가 들리기 시작했다.

"다른 비상구는 없어요?" 랭던이 속삭이는 목소리로 물었다.

"따라오세요." 시에나의 대답은 간결했다.

랭던은 벌써 이 여인 덕분에 한 차례 목숨을 건진 적이 있는 터라 그저 믿고 따르는 수밖에 없었다. 랭던은 크게 숨을 한 번 내쉰 다음, 그녀를 따라 계단을 내려갔다.

한 층을 내려가자 발소리는 아까보다 훨씬 가까워져서, 그들과 군인들 사이에는 고작 한 층 아니면 두 층 정도의 간격밖에 없을 듯했다.

'왜 시에나는 발소리가 나는 쪽으로 내려가는 거지?'

랭던이 물어볼 틈도 없이 시에나가 그의 손을 붙잡고 계단에서 끌어냈다. 이제 그들은 시에나의 집 바로 아래층의 복도로 들어섰다. 기다란 복도에는 인적이 없었고, 문들은 죄다 닫혀 있었다.

'숨을 데도 없어!'

시에나가 황급히 전등 스위치를 내리자 전등 몇 개가 꺼졌지만, 복도는 그들을 가려줄 만큼 완전히 캄캄하지는 않았다. 이대로 있으면 금방 눈에 띌 게 뻔했다. 천둥 같은 발소리는 이제 코앞까지 다가와 있었다. 이제 그들이 계단에 모습을 드러내는 것은 시간문제였고, 그 순간 그들은 정면으로 랭던과 시에나를 바라보게 될 터였다.

"재킷 좀 빌려주세요." 시에나는 그렇게 속삭이며 랭던의 재킷을 낚아챘다. 그러고는 자기 뒤쪽의 약간 움푹한 문틀 쪽으로 랭던을 밀어 넣고 몸을 최대한 웅크리라고 했다. "그대로 꼼짝도 하지 말아요."

'도대체 어쩌자는 거지? 그래 봤자 눈에 훤히 보이잖아!'

이윽고 계단에 군인들이 나타났다. 그들은 황급히 위로 올라가다가 어두컴컴한 복도에 서 있는 시에나를 발견하고 멈춰 섰다.

"페르 라모레 디 디오(하느님 맙소사)!" 시에나가 찢어지는 목소리로 그들을 향해 버럭 소리 질렀다. "코제 쿠에스타 콘푸지오네(이게 대체 무슨 일이에요)?"

두 명의 군인은 도대체 이게 무슨 상황인가 싶은지, 멀뚱멀뚱 그녀 쪽을 바라보았다.

시에나는 계속 고래고래 소리를 질러댔다. “탄토 키아소 아 쿠에스토라(이 시간에 이렇게 시끄럽게 굴면 어떡해)!”

랭던은 자신의 검은색 재킷을 머리와 어깨에 뒤집어쓴 시에나의 윤곽이 영락없이 숄을 걸친 할머니처럼 보인다는 사실을 그제야 깨달았다. 허리를 구부정하게 구부려 그림자 속에 웅크리고 있는 랭던을 가린 그녀는, 군인들을 향해 한 발을 떼어놓으며 심술궂은 마귀 할멈처럼 마구 소리를 질러댔다.

군인 한 명이 손을 들어 그녀에게 집 안으로 들어가라는 시늉을 했다. “시뇨라, 리엔트리 수비토 인 카자(부인, 당장 집으로 가세요)!”

시에나는 또 아슬아슬하게 한 발을 내디디며 허공에 대고 주먹을 흔들어댔다. “아베테 스벨리아토 미오 마리토, 케 에 말라토!”

랭던은 자신의 귀를 믿을 수가 없었다. ‘네놈들이 병든 내 남편을 잠에서 깨웠다고?’

또 한 명의 군인이 총을 들어 정면으로 시에나를 겨누었다. “페르마 오 스파로(멈추지 않으면 쏜다)!”

시에나는 멈칫했지만, 이내 갖은 욕설을 퍼부으며 슬그머니 뒷걸음쳤다.

군인들은 서둘러 계단 위쪽으로 사라졌다.

‘셰익스피어 급의 연기는 아니지만, 그래도 아주 인상적이야.’ 랭던은 속으로 생각했다. 때에 따라서는 연극을 해본 경험도 아주 유용한 무기가 될 수 있는 모양이었다.

시에나는 머리에 뒤집어썼던 재킷을 벗어 랭던에게 던져주며 말했다. “좋아요, 따라오세요!”

랭던은 이번에는 단 1초도 망설이지 않고 그녀를 따랐다.

그들이 1층의 로비까지 내려왔을 때, 또 다른 두 명의 군인이 막 엘리베이터를 타는 참이었다. 바깥의 도로에도 승합차 옆에 검은색 제복이 터져 나갈 듯 탄탄한 체구를 가진 또 한 명의 군인이 지키고 서 있었다. 시에나와 랭던은 소리 없이 지하로 이어지는 계단을 내려갔다.

컴컴한 지하 주차장에서는 오줌 냄새가 진동했다. 시에나는 곧장 스쿠터와 오토바이들이 세워진 한쪽 구석으로 달려가더니 은빛 트라이크 앞에 멈춰 섰다. 이탈리아 베스타의 약간 덜떨어진 후손이자 어른용 세발자전거처럼 생긴 오토바이였다. 시에나는 가느다란 손가락을 트라이크의 앞 펜더 밑으로 집어넣어 자석이 달린 조그만 상자를 꺼냈다. 그 속에 든 열쇠를 꺼내 시동을 걸자, 이내 조그만 트라이크가 굉음을 토해내기 시작했다.

랭던은 앞뒤 볼 것 없이 뒷자리에 올라탔다. 조그만 의자에 아슬아슬하게 엉덩이를 걸치자 갑자기 불안해진 랭던은 뭔가 잡을 것을 찾아 옆구리 쪽을 더듬었다.

"지금 체면 차릴 때가 아니에요." 시에나는 그렇게 말하며 랭던의 손을 붙잡아 자신의 날씬한 허리에 둘렀다. "꼭 잡는 게 좋을 거예요."

트라이크가 전속력으로 주차장 출구의 경사로를 향해 내달리자, 랭던은 자기도 모르는 사이에 시에나의 충고를 따를 수밖에 없었다. 조그만 트라이크는 보기보다 힘이 좋았고, 주차장을 빠져나와 아파트 정문에서 50미터가량 떨어진 도로로 튕겨 올라올 때는 말 그대로 공중에 붕 뜨기까지 했다. 아파트 앞을 지키고 있던 덩치 좋은 군인은 랭던과 시에나가 튀어나오는 것을 목격했지만, 이미 속도에 탄력이 붙은 트라이크는 높은 음조의 신음을 토하며 이른 아침의 도로를 바람처럼 달려갔다.

뒷자리에 앉은 랭던이 어깨 너머로 돌아보니, 아파트 앞을 지키던 군인이 총을 들고 그들을 향해 조준 자세를 취하고 있었다. 랭던은 자라처럼 목을 움

트라이크 모터사이클

츠렸다. 첫 번째 총성이 터져 나오는가 싶더니 총알이 트라이크의 뒤쪽 펜더를 때리고 튕겨 나갔다. 조금만 더 높았으면 랭던의 꼬리뼈를 정확히 꿰뚫었을 터였다.

'맙소사!'

교차로에서 시에나가 예리한 각도로 좌회전을 시도하자, 랭던은 자꾸만 몸이 미끄러져 내릴 것만 같아서 균형을 잡으려고 사력을 다했다.

"내 쪽으로 몸을 기대요!" 시에나가 소리쳤다.

랭던이 몸을 앞으로 숙여 간신히 중심을 잡자, 시에나는 트라이크를 몰아 더 넓은 도로로 접어들었다. 그 도로를 한 블록 이상 달리고 나서야 랭던은 겨우 숨을 제대로 쉬기 시작했다.

'도대체 저 사람들은 누구야?!'

시에나는 전방의 도로에 온 정신을 집중한 채 아직 이른 아침이라 통행량이 그리 많지 않은 도로를 요리조리 헤집고 달렸다. 그들이 요란하게 지나갈 때마다 몇몇 행인들이 깜짝 놀라 돌아보았는데, 아무래도 브리오니 정장을 입은 키 180센티미터의 신사가 날씬한 여자 뒤에 매달린 채 세발 오토바이를 타고 가는 게 신기해 보이는 모양이었다.

랭던과 시에나가 세 블록을 내달려 커다란 교차로에 접근해갈 즈음, 앞에서 요란한 경적 소리가 터져 나왔다. 늘씬한 검은색 승합차가 차체를 옆으로 기울여 두 바퀴 만으로 모퉁이를 돌아 나왔다. 교차로 위에서 심하게 요동을 치던 차는 이내 균형을 되찾고 그들을 향해 정면으로 돌진하기 시작했다. 이 승합차도 아파트 입구에 서 있던 것과 똑같은 모델이었다.

시에나는 급하게 오른쪽으로 방향을 트는 동시에 브레이크를 잡았다. 랭던의 가슴이 그녀의 등에 밀착되는 순간, 트라이크는 길가에 서 있던 배달 트럭의 뒤쪽 범퍼에 스칠 듯이 바짝 붙어 멈춰 섰다. 시에나는 재빨리 시동을 껐다.

'저들이 우리를 봤을까?'

시에나와 랭던은 몸을 잔뜩 웅크린 채 숨도 쉬지 않고 기다렸다.

승합차가 굉음과 함께 그대로 지나쳐 달려가는 것을 보니, 그들을 보지 못한 게 분명했다. 하지만 랭던은 그 차가 맹렬한 속도로 스쳐 가는 사이, 안에 타고 있던 누군가의 얼굴을 얼핏 보았다.

뒷자리에 나이 지긋한 여인이 두 명의 군인 사이에 포로처럼 낀 채 앉아 있었다. 얼굴은 아름답지만 눈 밑이 약간 늘어졌고, 정신이 혼미하거나 무슨 약에 취한 사람처럼 연신 고개를 까딱거렸다. 목에는 부적을 걸었고, 긴 은발 머리가 동그랗게 어깨 위로 흘러내리는 모습이었다.

랭던은 순간적으로 목구멍이 꽉 조여드는 느낌에 사로잡혔다. 유령을 본 기분이었다.

환각 속에서 본 바로 그 여인이었다.

Chapter 17

관제실을 박차고 나온 사무장은 멘다키움호의 기다란 우현 갑판을 걸으며 생각을 정리하려 애썼다. 방금 피렌체의 아파트 건물에서 정말이지 꿈에도 생각하지 못한 사태가 벌어졌다는 보고를 받은 참이었다.

그는 배 전체를 두 바퀴나 돈 다음에야 자신의 집무실로 들어가 50년산 하이랜드 파크 싱글 몰트 한 병을 꺼냈다. 그러나 그는 위스키를 잔에 따르는 대신 탁자에 내려놓고 돌아섰다. 아직 그가 스스로를 잘 통제하고 있다는 반증이었다.

그의 시선이 본능적으로 서가에 꽂힌 낡고 묵직한 책을 향했다. 그 책은 고객에게서 받은 선물이었다. 만나지 말았어야 했던 고객…….

'1년 전의 일이다. 그때의 내가 어떻게 알았겠는가?'

사무장은 원래 잠재 고객을 개인적으로 만나지 않는다는 원칙을 따르는 사람이었지만, 아주 믿을 만한 사람을 통해 소개받은 터라 이 고객에게만큼은 예외를 허락한 것이 화근이었다.

바다가 거울처럼 잔잔하던 어느 날, 그 고객은 자신의 자가용 헬리콥터 편으로 멘다키움호의 갑판에 도착했다. 마흔여섯의 나이에 이미 자기 분야에서 세계적인 명성을 쌓은 그는 깔끔한 외모에 키가 아주 컸고, 날카로운 초록색 눈동자를 가진 인물이었다.

"잘 아시겠지만……" 그는 그렇게 운을 뗐다. "우리 둘 다 잘 아는 친구에게서 당신의 서비스를 소개받았습니다." 고객은 사무장의 화려한 집무실에서 긴 다리를 쭉 뻗고 편안한 자세를 취하며 말을 이었다. "그러니 이제부터 나에게 필요한 것을 말씀드리도록 하지요."

"그러지 않으셔도 됩니다." 사무장은 그렇게 잘라 말하며 칼자루를 쥔 쪽이 누구인지를 분명히 했다. "그쪽에서는 나에게 아무것도 말할 필요가 없습니다. 그것이 나의 원칙이죠. 내가 제공하는 서비스를 설명할 테니, 당신은 그 가운데 관심 가는 것이 무엇인지를 결정하면 됩니다."

손님은 허를 찔린 기색이었지만, 묵묵히 사무장의 뜻을 따라 그의 설명에 귀를 기울였다. 결론적으로, 이 후리후리한 새 고객이 원하는 것은 컨소시엄 입장에서는 지극히 평범한 내용임이 드러났다. 잠시 '투명 인간'이 되어 세간의 시선을 완전히 따돌린 상태에서 자신의 뜻을 펼치고 싶다는 것이었다.

'어린아이 장난이로군.'

그 정도라면 컨소시엄이 할 일은 그에게 가짜 신분과 좌표상에 드러나지 않는 안전한 장소를 확보해주고 완벽하게 보안이 유지된 상태에서 자기 일을 하도록 만들어주는 것뿐이었다. 그가 무슨 일을 하려고 그러는지는 컨소시엄이 관여할 일이 아니었다. 그들은 고객에 대해서 아는 게 적으면 적을수록 좋다는 원칙에 입각해, 절대로 고객의 목적을 묻는 법이 없었다.

사무장은 1년에 걸쳐 이 초록색 눈동자의 고객에게 철통같은 보안이 보장되는 은신처를 제공했고, 그 대가로 엄청난 수익을 올렸다. 모든 면에서 아주 이상적인 고객이 아닐 수 없었다. 사무장은 그와 직접 접촉하지 않았고, 비용 청구서를 보내면 한시도 어김없이 대금이 입금되었다.

그러나 2주 전부터 모든 것이 달라지기 시작했다.

뜻밖에도 고객에게서 사무장을 직접 만나고 싶다는 연락이 날아들었다. 사무장은 수익의 규모를 고려해서라도 그 요구를 외면할 수 없었다.

요트에 도착한 고객은 1년 전 사무장이 비즈니스 관계를 시작한 차분하고 깔끔한 용모의 사업가와 동일인이라는 게 도저히 믿기지 않을 정도로 망가진 모습이었다. 예리했던 초록색 눈동자에는 광기가 가득했고, 거의…… 환자처럼 보였다.

'무슨 일이 있었던 거지? 그사이에 이자는 무엇을 한 걸까?'

사무장은 신경과민에 걸린 듯한 이 고객을 자신의 집무실로 안내했다.

"은발의 악마." 고객이 더듬거리며 말했다. "그 여자가 하루가 다르게 다가오고 있소."

사무장은 고객의 파일을 뒤져 매력적인 은발 여인의 사진을 발견했다. "그렇군요." 사무장이 말했다. "은발의 악마. 우리는 당신의 적을 잘 알고 있어요. 워낙 강력한 상대라 1년 내내 그녀에게서 당신을 보호해왔고, 앞으로도 달라지는 건 없을 겁니다."

초록색 눈동자를 가진 고객은 초조한 표정으로 지저분한 머리칼을 자신의 손가락에 말았다. "그 여자의 아름다운 외모에 속지 마시오. 아주 위험한 인물이니까."

'그건 그렇지.' 사무장은 고개를 끄덕이면서도 자신의 고객이 그토록 막강한 영향력을 가진 사람의 관심을 끌었다는 사실이 못내 불안했다. 상상을 초월하는 권력과 재력을 겸비한 이 은발 여인은 사무장에게도 결코 만만한 상대가 아니었다.

"그녀나 그녀의 악마들이 나를 찾아내면……." 고객이 중얼거렸다.

"그런 일은 없을 겁니다." 사무장이 자신감 넘치는 목소리로 말했다. "지금까지 우리는 당신을 완벽하게 숨겨왔고, 당신의 모든 요구를 충족하지 않았습니까."

"그래요." 고객이 말했다. "하지만 내가 발 뻗고 잠을 잘 수 있으려면……." 그는 중간에 말을 끊고 잠시 생각에 잠겼다. "혹시 나에게 무슨 일이 벌어질 경우, 당신이 나의 마지막 소원을 들어줄 거라는 믿음이 필요합니다."

"그 소원이 뭐지요?"

고객은 가방에서 밀봉된 작은 봉투를 하나 꺼냈다. "이 봉투에는 피렌체의 어느 은행에 보관된 안전 금고를 열 수 있는 정보가 들어 있소. 그 금고 안에서 조그만 물건을 하나 발견할 수 있을 텐데, 혹시 나에게 무슨 일이 닥치면 당신이 나 대신 그 물건을 전달해주시오. 일종의 선물이라 할 수 있는 물건이오."

"잘 알겠습니다." 사무장은 그렇게 대답하며 메모하기 위해 펜을 들었다. "누구한테 전달하면 됩니까?"

"은발의 악마에게."

사무장은 고개를 들었다. "당신을 그토록 괴롭힌 사람한테 선물을 보낸다고요?"

"그녀 입장에서 그리 반가운 선물은 아닐 거요." 고객의 눈동자에 광기가 번득였다. "뼈로 만든, 작지만 아주 교묘한 낚싯바늘이라고나 할까. 그녀는 그것이 지도라는 사실을 알게 될 거요. 그녀를 자신만의 지옥 한복판으로 안내해줄…… 전담 베르길리우스."

사무장은 한참 동안 그를 살펴보았다. "원하시는 대로 하겠습니다. 믿으셔도 좋습니다."

"시기를 잘 맞춰야 합니다." 고객이 말했다. "너무 빨리 전달되면 곤란하니까. 당신이 잘 숨겨놓았다가……." 고객은 또 말을 멈추고 생각에 잠겼다.

"언제까지 숨겨놓으라는 겁니까?" 사무장이 물었다.

고객은 갑자기 벌떡 일어나 사무장의 책상으로 다가가더니, 붉은색 사인펜

〈단테와 베르길리우스〉, 라파엘 플로레스

을 집어 들고 사무장의 탁상용 달력의 어느 날짜에 거칠게 동그라미를 쳤다. "이날까지."

사무장은 그의 거친 언행에 대한 불쾌한 마음을 억누르기 위해 이를 악물고 크게 숨을 내쉬었다. "잘 알겠습니다." 사무장이 말했다. "방금 표시하신 날짜까지는 어떤 행동도 취하지 않겠습니다. 날짜가 되면 금고 속에 든 물건은—그게 무엇이건 간에—틀림없이 은발 여인에게 전달될 겁니다. 나를 믿으셔도 좋습니다." 사무장은 달력의 날짜를 헤아려본 뒤, 한마디 덧붙였다. "지금부터 정확하게 14일 후에 당신의 요구를 이행하겠습니다."

"단 하루도 앞당겨서는 안 되오!" 고객은 마치 열병을 앓는 사람 같은 목소리로 다시 한 번 강조했다.

"알겠습니다." 사무장이 대답했다. "단 하루도 앞당기지 않겠습니다."

사무장은 고객이 내놓은 봉투를 집어 그의 파일 속에 넣고 그의 요구 사항을 잊지 않기 위해 간단한 메모를 덧붙였다. 고객은 금고 속에 든 물건의 정체를 밝히지 않았지만, 거기에 대해서는 사무장 입장에서도 전혀 아쉬울 것이 없었다. 끝까지 객관성을 유지하는 것이야말로 컨소시엄의 철학을 이루는 근간이기 때문이었다. '서비스를 제공한다. 질문은 하지 않는다. 어떤 판단도 내리지 않는다.'

고객은 어깨에서 무거운 짐을 내려놓은 사람처럼 긴 한숨을 내쉬었다. "고맙소."

"달리 하실 말씀이라도 있습니까?" 사무장은 이제 그만 이 고객이 떠나주기를 바라는 마음으로 물었다.

"있소." 고객은 자신의 주머니에 손을 넣어 조그만 진홍색 메모리 스틱을 꺼냈다. "이 속에 동영상이 들어 있소." 그러면서 그는 그것을 사무장 앞에 내려놓았다. "이 동영상이 전 세계 언론사에 전송되었으면 좋겠소."

사무장은 의아한 눈빛으로 상대방을 살펴보았다. 컨소시엄이 고객의 부탁으로 정보를 유포하는 경우는 더러 있지만, 아무래도 이 사람의 요구는 어딘가 이상한 데가 있었다. "같은 날짜에 말입니까?" 사무장은 자신의 달력에 그려진 동그라미를 가리키며 물었다.

"정확하게 같은 날짜에." 고객이 대답했다. "절대 앞당겨서는 안 되오."

"알겠습니다." 사무장은 빨간 메모리 스틱에 꼬리표를 달았다. "이제 됐습니까?" 그는 그만 자리를 끝낼 생각으로 몸을 일으키며 물었다.

고객은 그냥 앉은 채 미적거렸다. "아니, 마지막으로 한 가지가 더 남았소."

하는 수 없이 사무장은 도로 주저앉았다.

고객의 초록색 눈동자가 이제 야수처럼 번득였다. "당신이 이 동영상을 전송하면 나는 아주 유명한 사람이 될 것이오."

'당신은 이미 유명해.' 사무장은 그의 눈부신 업적을 떠올리며 속으로 중얼거렸다.

"그렇게 되기까지 당신의 공로를 무시할 수 없을 거요." 고객이 말했다. "당신 덕분에 내가 필생의 역작을 완성할 수 있었으니 말이오. 이 세상을 바꿔놓을 작품이지. 당신도 당신의 역할을 자랑스럽게 생각하게 될 거요."

"그 역작이 무엇인지는 모르지만……" 사무장은 점점 인내심이 바닥을 드러내는 기분이었지만 내색하지 않고 맞장구를 쳤다. "그것을 완성하는 데 우리의 서비스가 도움이 되었다니 다행이군요."

우리 인생의 한중간에서
나는 올바른 길을 잃어버렸기에
어두운 숲 속에서
헤매고 있었다.
—단테의 〈인페르노〉 제1곡 1–3행

"감사의 표시로 작별 선물을 가져왔소." 초라한 행색의 고객은 다시 한 번 자신의 가방에 손을 넣으며 말했다. "책이오."

사무장은 그가 말한 필생의 역작이 바로 이 책인 모양이라고 생각했다. "그동안 이 책을 쓰신 겁니까?"

"아니." 고객은 두툼한 책을 탁자 위에 내려놓았다. "오히려 그 반대지…… 이것은 나를 위해 쓰인 책이오."

사무장은 어리둥절한 표정으로 그가 내놓은 책을 바라보았다. '이 책이 자기를 위해 쓰였다고?' 그것은 14세기에 발표된 고전 문학작품이었다.

"읽어보시오." 고객은 뜻 모를 미소를 지으며 말했다. "내가 한 일을 이해하는 데 도움이 될 테니까."

고객은 그 말을 남기고 자리에서 일어나더니, 그대로 훌쩍 떠나버렸다. 사무장은 집무실 창문을 통해 그를 태운 헬리콥터가 갑판에서 날아올라 이탈리아 해안 쪽으로 날아가는 것을 지켜보았다.

이어서 사무장은 그가 남기고 간 방대한 분량의 책을 들어보았다. 귀신한테 홀린 심정으로 가죽 표지를 들추고 첫 장을 넘겼다. 커다란 필기체로 된 첫 연이 한 페이지를 가득 채우고 있었다.

인페르노
우리 인생의 한중간에서
나는 올바른 길을 잃어버렸기에
어두운 숲 속에서 헤매고 있었다.

맞은편 페이지에는 그의 고객이 직접 손으로 쓴 메시지가 적혀 있었다.

친애하는 친구여, 내가 길을 찾도록 도와주어서 고맙소.
세상도 당신에게 감사할 것이오.

사무장은 그게 무슨 뜻인지 알 길이 없었지만, 이만하면 됐다 싶다는 생각이 앞섰다. 그래서 책을 덮어 서가에 꽂았다. 이 괴팍한 고객과의 관계가 이제 곧 끝난다는 사실이 다행스러울 뿐이었다. '14일만 참자.' 사무장은 속으로 그렇게 중얼거리며 달력에 아무렇게나 그려진 붉은색 동그라미를 바라보았다.

그다음부터 하루하루 날짜가 지날수록 사무장은 왠지 그 고객이 자꾸 마음에 걸렸다. 아무리 생각해도 어딘가 나사가 하나 빠진 사람 같았다. 그러나 그런 불길한 예감에도 불구하고 별일 없이 시간은 흘러갔다.

동그라미가 그려진 날짜를 코앞에 둔 어느 날, 피렌체에서 일련의 끔찍한 사건이 연달아 터져 나왔다. 사무장은 위기를 극복하기 위해 최선을 다했지만, 사태는 빠른 속도로 악화되었다. 결국 그의 고객이 바디아 탑으로 올라가면서 위기는 정점에 달했다.

'그는 탑 꼭대기에서 뛰어내려…… 목숨을 끊었다.'

아무도 예상하지 못했던 그의 충격적인 죽음에도 불구하고, 사무장은 약속을 파기할 생각은 한 번도 해보지 않았다. 오히려 고인과의 마지막 약속을 실행에 옮기기 위한 준비에 착수했다. 피렌체의 은행 금고에 보관되어 있는 물건을 은발 여인에게 전달해야 했다. 고객이 말한 대로, 적절한 시기를 선택하는 것이 관건이었다.

'달력에 표시된 날짜보다 빨라서는 안 된다.'

사무장은 은행 금고의 비밀번호가 든 봉투를 버옌다에게 건넸고, 버옌다는 금고 속의 물건 —'작지만 교묘한 낚싯바늘'— 을 회수하기 위해 피렌체로 떠났다. 그러나 버옌다는 아주 놀랍고도 걱정스러운 소식을 전해왔다. 그녀가 도착했을 때 금고의 내용물은 이미 사라진 다음이었고, 설상가상으로 그녀 자신은 체포될 위기를 간신히 모면했다는 것이었다. 은발 여인이 그 금고의 존재를 알아차리고 자신의 영향력을 동원해 내용물을 미리 손에 넣은 다음, 뒤늦게 금고를 열겠다고 찾아오는 사람에 대한 체포 영장까지 받아놓았던 것이다.

그것이 사흘 전의 일이었다.

사무장의 고객은 그 물건을 보내는 것이 은발 여인에 대한 자신의 마지막 모욕, 무덤 속에서 들려주는 마지막 비웃음이 되기를 소망했다.

'하지만 너무 빨리 알려졌군.'

그때부터 컨소시엄은 벌집을 쑤신 것처럼 분주해졌다. 고객의 마지막 소망을 이뤄주기 위해, 그리고 자기 자신의 안전을 지키기 위해 모든 역량을 총동원한 전면전에 뛰어든 것이다. 그러다 보니 돌아오기 쉽지 않을 것으로 판단되는 선을 몇 차례 넘어서기까지 했다. 지금 사무장은 피렌체에서 전개되는 사태에 촉각을 곤두세운 채, 이제부터 어떤 일이 벌어질 것인가를 걱정해야 하는 처지가 되었다.

그의 달력에 아무렇게나 그려진 동그라미가 그를 빤히 바라보고 있었다. 특정한 날짜에 삐뚤빼뚤한 붉은색 동그라미가 그려져 있었다.

'내일이다.'

사무장은 내키지 않는 눈길로 맞은편 탁자에 놓인 스카치 병을 바라보았다.

다음 순간, 그는 14년 만에 처음으로 위스키를 한 잔 따라 한 번에 삼켜버렸다.

갑판 아래의 선실, 보좌관 로런스 놀턴은 조그만 붉은색 메모리 스틱을 컴퓨터에서 꺼내 책상 위에 내려놓았다. 그는 지금까지 그토록 괴상한 동영상을 본 적이 없었다.

'길이는 정확히 9분 분량이다…… 1초도 남거나 모자라지 않는.'

견디기 힘든 불안감에 사로잡힌 놀턴은 벌떡 일어나 좁은 자신의 방 안을 서성였다. 이 동영상을 사무장에게 보여주어야 할지 말아야 할지 도무지 판단이 서지 않았다.

'네 할 일이나 해.' 놀턴은 스스로를 타일렀다. '질문은 필요 없어. 판단도 마찬가지고.'

놀턴은 애써 동영상을 머릿속에서 몰아내고 자신의 일정표에 확정된 임무를 표시했다. 내일, 그는 고객의 요구대로 이 동영상을 언론에 보낼 것이다.

니콜로 마키아벨리 가로수 길은 피렌체의 모든 도로들 중에서도 가장 아름다운 길로 꼽힌다. 뱀처럼 꾸불꾸불한 S자 모양의 곡선 도로를 무성한 낙엽수와 산울타리가 에워싸고 있어, 자전거 타는 사람들과 페라리 애호가들이 가장 좋아하는 드라이브 코스이기도 하다.

시에나는 능숙한 솜씨로 트라이크를 몰아 구불텅구불텅 이어지는 곡선 도로를 내달렸고, 이내 그들은 우중충한 주택 단지를 벗어나 경치 좋고 공기 좋은 도시의 서부 지역으로 접어들었다. 어느 예배당의 커다란 시계탑이 막 아침 8시를 알릴 무렵이었다.

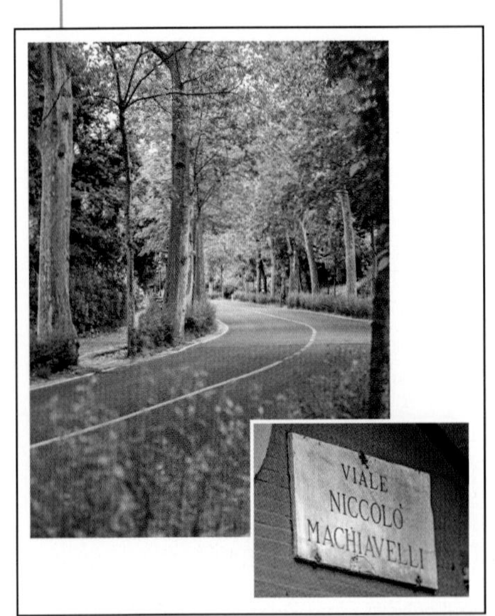

니콜로 마키아벨리 가로수 길

랭던은 그 무시무시한 단테의 지옥 풍경과 함께…… 조금 전 승합차 뒷자리에서 두 명의 덩치 큰 군인들 사이에 끼어 있던 아름다운 은발 여인의 신비로운 얼굴을 좀처럼 떨치기 어려웠다.

'누군지는 모르지만……' 랭던은 속으로 중얼거렸다. '놈들한테 붙잡힌 모양이야.'

"승합차에 타고 있던 여인 말이에요." 시에나가 요란한 엔진 소리를 뚫고 소리쳤다. "정말로 당신이 환각 속에서 본 사람 맞아요?"

"그렇다니까요."

"그럼 당신이 지난 이틀 사이에 어디선가 그 여자를 만났던 게 틀림없어요. 왜 그 여자가 자꾸만 당신 눈에 보이는지…… 왜 자꾸만 당신한테 구하라, 찾아라 하는 말을 되풀이하는지, 그게 문제네요."

랭던도 고개를 끄덕였다. "그러게 말이에요. 그 여자를 만난 기억은 전혀 남아 있지 않지만, 그녀의 얼굴을 볼 때마다 꼭 내가 그녀를 도와야 할 것 같은 의무감에 사로잡혀요."

'베리 소리. 베리 소리.'

랭던은 문득 자신의 이상한 사과가 그 은빛 여인을 향한 것이 아니었을까 하는 의문이 일었다. '내가 그녀에게 뭔가를 잘못한 것일까?' 그 생각이 단단한 매듭처럼 그의 가슴에 응어리를 남기고 있었다.

마치 자신의 무기고에서 제일 강력한 무기 하나를 잃어버린 느낌이었다. '기억이 나지 않아.' 어려서부터 뛰어난 직관력을 발휘해온 랭던에게, 남다른 기억력은 그가 가장 크게 의지하는 지적 자산이었다. 주변에서 본 사물의 세세한 부분까지 세밀하게 기억하는 데 익숙한 그로서는 머릿속에 저장되어 있는 정보에 기대지 않고 판단을 내려야 하는 상황이 마치 레이더도 없이 캄캄한 활주로에 착륙을 시도하는 조종사처럼 어색하기 짝이 없었다.

"해답을 찾아내려면 〈지옥의 지도〉를 해독하는 수밖에 없을 것 같아요." 시에나가 말했다. "그 속에 숨어 있는 비밀을 알아내면, 당신이 쫓기는 이유도 드러나지 않을까요?"

랭던은 단테의 〈인페르노〉 속에서 몸부림치는 시체들을 배경으로 새겨져 있던 'CATROVACER'라는 단어를 떠올리며 고개를 끄덕였다.

그때, 또렷한 생각 한 줄기가 랭던의 뇌리를 스쳤다.

'나는 피렌체에서 깨어났다…….'

지구상에서 피렌체보다 더 단테와 밀접한 관계를 가진 도시는 없다. 단테 알리기에리는 피렌체에서 태어났고, 피렌체에서 성장했으며, 전해 내려오는 이야기에 따르면 바로 이곳 피렌체에서 베아트리체에 대한 연모에 빠졌고, 이곳 피렌체에서 쫓겨난 신세가 되어 고향에 대한 간절한 그리움을 품은 채 이탈리아 각지를 방황했다.

'그대가 사랑하는 모든 것을 남겨두고 떠나야 한다.' 단테는 자신의 추방에 대해 이런 글을 남겼다. '이것은 망명이라는 활이 첫 번째로 쏘는 화살이다.'

시선을 오른쪽으로 돌려 아르노 강 건너 옛 피렌체의 첨탑들을 바라보는 랭던의 마음속에 《신곡》의 〈파라디소〉 제17곡에 나오는 그 문장이 문득 떠올랐다.

랭던은 관광객들로 가득한 미로 같은 골목들, 유명한 성당과 박물관과 예배당과 상가를 에워싼 좁은 도로의 차량 행렬을 그려보았다. 트라이크를 버리고 시에나와 함께 그 미로 속으로 숨어들면 순식간에 북적거리는 인파에 묻혀버릴 터였다.

"옛 도심으로 들어가는 게 좋겠어요." 랭던이 말했다. "어딘가 답이 있다면, 틀림없이 거기일 겁니다. 옛 피렌체는 단테에게 온 세상이나 다름없었으니까."

시에나도 고개를 끄덕이며 어깨 너머로 소리쳤다. "숨을 곳이 워낙 많아서 더 안전하기도 할 거예요. 일단 포르타 로마나로 가서 강을 건너기로 하죠."

'강.' 랭던은 문득 오싹한 전율이 일었다. 지옥으로 들어가는 단테의 여정도 강을 건넘으로써 시작되지 않았던가.

시에나가 속도를 높이면서 주변 풍경이 휙휙 스쳐 지나가는 가운데, 랭던의 마음은 여전히 지옥의 풍경, 이미 죽은 자와 죽어가는 자들, 흑사병 마스크를 쓴 자와 'CATROVACER'라는 정체 불명의 단어가 적혀 있던 말레볼제의 열 개 구덩이 속을 헤매고 있었다. 〈지옥의 지도〉 하단에 적혀 있던 문장—'진실은 오로지 죽음의 눈을 통해서만 발견할 수 있다'—을 곰곰이 생각하다 보니, 그것 역시 단테의 글에서 인용한 것이 아닐까 하는 의문이 일었다.

'그런 문장을 본 기억은 없어.'

랭던은 단테의 작품에 정통할 뿐 아니라 도상학을 전공한 미술 역사학자로 널리 알려진 탓에, 심심찮게 단테가 묘사한 풍경 속에 수없이 배치된 상징들을 해석해달라는 의뢰를 받

> **그대가 사랑하는 모든 것을**
> **남겨두고 떠나야 한다.**
> **이것은 망명이라는 활이**
> **첫 번째로 쏘는 화살이다.**
>
> —단테의 〈파라디소〉 제17곡 55–57행

곤 했다. 우연히도, 어쩌면 순전히 우연만은 아닐지도 모르지만, 그는 2년 전 단테의 〈인페르노〉에 대해 강연한 적이 있었다.

'시성(詩聖) 단테: 지옥의 상징들'

단테 알리기에리가 역사를 통틀어 흔치 않은, 진정한 컬트의 아이콘으로 자리매김한 덕분에, 세계 각지에 단테 학회가 생겨났다. 단테와 관련하여 미국에서 가장 오래된 단체는 1881년 헨리 워즈워스 롱펠로가 매사추세츠주 케임브리지에 설립한 단체인데, 뉴잉글랜드의 이 유명한 노변(爐邊) 시인은 미국에서 처음으로 《신곡》을 번역해 소개한 인물이며, 이 번역본은 지금까지도 가장 많은 사랑을 받고 널리 읽히는 판본으로 남아 있다.

헨리 워즈워스 롱펠로

단테에 대한 연구로도 유명한 랭던은 세계에서 가장 오래된 단테 학회 가운데 하나인 '소시에타 단테 알리기에리 비엔나'에서 주최한 행사에 연사로 초청되었다. 이 행사는 비엔나 과학 아카데미에서 거행되었는데, 부유한 과학자이자 단테 학회의 회원이기도 한 어느 후원자 덕분에 이 아카데미의 2천 석 규모 강연장을 확보하는 데 성공했다고 했다.

랭던이 강연장에 도착하자, 이 행사의 책임자가 나와 그를 안으로 안내했다. 로비를 지나다 보니 뒤쪽 벽에 거대한 글씨로 그려진 한 문장이 랭던의 시선을 끌었다. '신이 틀렸다면 어떻게 할 것인가?'

"루카스 트로버그입니다." 책임자가 소곤거렸다. "가장 최근에 설치한 작품이지요. 어떻게 생각하세요?"

랭던은 어떤 반응을 보여야 좋을지 확신이 서지 않아 그 거대한 글자들을 다시 한 번 바라보았다. "글쎄요…… 필체에 생동감이 넘치기는 하는데, 가정법 구사가 조금 서툴러 보이는군요."

책임자는 떨떠름한 표정으로 랭던을 쳐다보았다. 랭던은 자신의 강연을 들을 청중들하고는 좀 더 나은 관계가 이루어졌으면 하는 바람이었다.

이윽고 랭던이 연단에 오르자, 입석밖에 남아 있지 않은 청중석에서 요란한 박수가 터져 나왔다.

"마이네 다멘 운트 헤렌(신사 숙녀 여러분)." 랭던의 목소리가 대형 스피커를 통해 우렁차게 퍼졌다. "빌코멘, 비엥베뉴, 웰컴(환영합니다, 환영합니다, 환영합니다)."

랭던이 뮤지컬 〈카바레〉에 나오는 유명한 대사로 포문을 열자, 청중석에서 웃음이 터졌다.

"오늘 밤 이 자리에 참석하신 청중 여러분 중에는 단테 학회 회원뿐만 아니라 생애 처음으로 단테를 만나게 될 과학자나 학생들도 많이 포함되어 있는 것으로 압니다. 지금까지 너무 바빠서 이 중세의 이탈리아 시인을 접할 기회가 없었던 분들을 위해, 우선 단테의 생애와 작품, 그리고 그가 역사를 통틀어 가장 커다란 영향력을 발휘하는 인물 가운데 하나로 꼽히는 이유를 간단히 소개하고 시작할까 합니다."

또다시 박수가 터졌다.

랭던은 손에 쥔 조그만 리모컨을 이용해 대형 스크린에 다양한 단테의 초상화를 차례차례 불러냈다. 제일 먼저 안드레아 델 카스타뇨가 그린 단테의 전신 초상화가 소개되었다. 이 위대한 시인이 철학 서적을 들고 어느 문 앞에 서 있는 모습을 그린 그림이었다.

"단테 알리기에리입니다." 랭던의 본격적인 설명이 시작되었다. "피렌체 출신의 이 작가 겸 철학자는 1265년에 태어나 1321년에 세상을 떠났습니다. 이 초상화 역시 거의 모든 다른 작품들과 마찬가지로 머리에 빨간 '카푸치오'를 쓰고 있는 단테의 모습을 그리고 있습니다. 귀마개가 달리고 머리에 착 달라붙는 이 주름 모자는 진홍색 루카 예복과 함께 단테의 모습을 묘사할 때 가장 흔히 찾아볼 수 있는 의상이지요."

이어서 화면에는 우피치 미술관에 소장되어 있는 보티첼리의 작품이 올라왔다. 튼튼한 턱과 구부러진 코를 강조해 단테의 얼굴을 가장 특징적으로 그려냈다는 평가를 받는 작품이었다. "이 작품에서도 단테의 다소 특이해 보이

단테의 조각상,
산타 크로체 광장,
피렌체

는 얼굴은 빨간 카푸치오 덕분에 더욱 돋보이지요. 여기에 더해, 보티첼리는 고대 그리스에서 비롯되어 오늘날까지도 계관 시인과 노벨상 시상식 때 사용되는 전통적인 상징인 월계관을 그의 모자 위에 얹음으로써 단테의 위대함—이 경우에는 시예술 분야에서의—을 표현하고 있습니다."

랭던은 하나같이 단테의 빨간 모자와 로브, 월계관, 그리고 매부리코를 특징적으로 보여주는 몇몇 작품들을 빠른 속도로 넘겼다. "단테의 이미지에 대한 여러분의 편견을 조금 완화하기 위해서 산타 크로체 광장에 있는 조각상을 하나 준비했습니다. 물론 이 유명한 프레스코화는 바젤로 예배당에 소장된 조토의 작품이지요."

랭던은 다음으로 조토의 프레스코화를 화면에 띄워둔 채 무대 중앙으로 걸어 나갔다.

"잘 아시겠지만 단테는 인류 역사의 기념비적인 문학작품 《신곡》에서 지옥과 연옥을 거쳐 천국까지 올라가 신을 만난 이야기를 놀랄 만큼 생생하게 그

〈단테의 신곡〉, 도메니코 디 미켈리노

려낸 인물로 널리 알려져 있습니다. 현대의 기준에 비춰 볼 때 《신곡》에는 희극적인 요소가 하나도 들어 있지 않습니다. 그럼에도 불구하고 이 작품의 제목에 '희극(《신곡》의 원제는 희극[comedia]이다 — 옮긴이)'이라는 글자가 들어가는 이유는 전혀 다른 곳에 있습니다. 14세기 이탈리아 문학의 범주는 크게 두 가지인데, 첫째는 정형적인 이탈리아어를 사용하고 고급 문학을 대변하는 비극입니다. 또 하나는 방언을 이용해 일반 대중을 대상으로 하는 하급 문학, 즉 희극이지요."

화면은 《신곡》을 들고 피렌체의 성벽 바깥에 서 있는 단테의 모습을 그린 미켈리노의 프레스코화로 넘어갔다. 작품의 배경에는 지옥의 문 위에 계단식으로 높이 솟아 있는 연옥이 묘사되어 있었다. 현재 이 그림은 흔히 '두오모'로 더 잘 알려진 산타 마리아 델 피오레 대성당에 전시되어 있다.

"제목에서 미루어 짐작하실 수 있겠지만 《신곡》은 통속어, 즉 민중의 언어로 쓰인 작품입니다. 그렇지만 허구의 얼개 속에 종교와 역사, 정치와 철학을 교묘하게 융합시켜 대단히 박식하면서도 대중이 쉽게 접근할 수 있는 사회적 발언을 담고 있지요. 그 결과 이 작품은 이탈리아 문화의 기둥으로 승화되었으며 단테의 문체는 현대 이탈리아어의 전범(典範)이라 해도 과언이 아니라는 찬사를 듣고 있습니다."

랭던은 극적인 효과를 거두기 위해 잠시 뜸을 들였다가 조그만 목소리로 속삭이듯 말을 이었다. "친구 여러분, 단테 알리기에리의 작품이 갖는 영향력을 과장하기란 애당초 불가능한 일입니다. 인류의 역사를 통틀어 유일한 예외라 할 수 있는 《성경》을 제외하면, 《신곡》보다 더 많은 헌정과 모방, 변종과 주석을 거느린 작품은 문학과 미술, 음악을 통틀어 단 하나도 없습니다."

이어서 랭던은 단테의 이 위대한 서사시에 토대를 두고 창작 활동을 펼친 유명한 작곡가와 화가, 저술가들을 한참 열거한 끝에, 청중을 둘러보며 질문을 던졌다. "자, 오늘 밤 이 자리에 모이신 여러분 가운데 본인의 저서를 가진 저술가가 있습니까?"

거의 3분의 1가량이 손을 들었다. 랭던은 내심 놀라움을 감출 수 없었다. '와, 내 강연에 하필이면 지구상에서 가장 똑똑한 청중이 모인 걸까, 아니면 전자출판 어쩌고 하는 것이 그만큼 활성화된 걸까?'

"음, 책을 써보신 분들은 알겠지만, 저자의 입장에서는 멋진 추천사보다 더 고마운 것도 흔치 않을 겁니다. 커다란 영향력을 가진 저명인사가 한 줄짜리 추천의 글을 써주는 것만으로도 책을 파는 데 엄청난 도움이 되니까 말입니다. 중세에도 이런 추천사가 있었습니다. 단테도 몇 개 받은 적이 있지요."

랭던은 슬라이드를 넘겼다. "여러분의 저서 표지에 이런 추천사가 박히면 어떨까요?"

> 지구 위를 걸었던 사람들 가운데 그보다 더 위대한 사람은 없다.
>
> —미켈란젤로

청중석이 놀라움으로 수군거렸다.

"그렇습니다." 랭던이 말했다. "시스티나 성당과 〈다비드〉로 유명한 바로 그 미켈란젤로의 추천사입니다. 미켈란젤로는 뛰어난 화가이자 조각가인 동시에, 300편에 가까운 시를 발표한 탁월한 시인이기도 했습니다. 그중에는 아예 '단테'라고 제목을 붙인 작품도 있지요. 미켈란젤로가 그토록 흠모하던 이 위대한 시인이 묘사한 지옥의 생생한 풍경에서 영감을 얻은 작품이 바로 〈최후의 심판〉이고, 그래서 미켈란젤로는 단테에게 이 시를 바친 겁니다. 내 말이 믿기지 않으면 단테의 〈인페르노〉 중 제3곡을 읽고 시스티나 성당을 찾아가보세요. 제단 바로 위에 이 낯익은 그림이 보일 겁니다."

랭던이 슬라이드를 넘기자, 이번에는 잔뜩 움츠린 사람들을 커다란 노로 후려치는 근육질의 야수가 무시무시할 만큼 생생하게 묘사된 그림이 나타났다. "이것은 노를 가지고 낙오된 통행자들을 때리는, 단테의 뱃사공 카론입니다."

화면은 새로운 그림으로 넘어갔다. 미켈란젤로의 〈최후의 심판〉 중에서 십자가에 못 박힌 인물을 떼어낸 그림이었다. "이 사람은 아각 사람 하만입니다. 성경에는 교수형을 당해 죽은 것으로 되어 있지요. 하지만 단테의 시에서 그는 십자가에 못 박혀 죽었습니다. 지금 여러분이 보시는 시스티나 성당의 이 그림에서, 미켈란젤로는 성경 대신 단테의 견해를 선택한 것입니다." 랭던은 싱긋 웃으며 한껏 목소리를 낮췄다. "교황한테는 얘기하지 마세요."

청중석에서 폭소가 터졌다.

"단테의 〈인페르노〉는 그전까지 인간이 상상한 것을 훌쩍 뛰어넘는 고통과 고난의 세계를 창조했고, 결과적으로 그의 글이 우리가 생각하는 현대적인 지옥의 풍경을 정의한 셈입니다." 랭던은 한 박자 쉬고 말을 이었다. "분명히 말씀드리건대, 가톨릭 교회는 단테에게 고마워해야 합니다. 그의 〈인페르노〉가 신자들에게 지옥에 대한 두려움을 불어넣었고, 그 결과 신도의 수가 세 배 이상 증가했기 때문입니다."

랭던은 다시 슬라이드를 넘겼다. "그리고 이것이 우리가 오늘 밤 이 자리에 모인 이유를 설명해줍니다."

화면에는 '시성 단테: 지옥의 상징들'이라고 된 이날 강연의 제목이 떴다.

"단테의 〈인페르노〉는 기호학과 도상학의 온갖 요소

> **지구 위를 걸었던**
> **사람들 가운데**
> **그보다 더**
> **위대한 사람은 없다.**
>
> —미켈란젤로

단테의 〈인페르노〉에 나오는 한 대목을 묘사한 그림. 카론이 영혼들을 노로 후려치고 있다.

들이 넘쳐나는 보고(寶庫)인 탓에, 저는 한 학기 강좌를 통째로 여기에 바치기도 합니다. 오늘 밤, 단테의 〈인페르노〉에 등장하는 상징들을 드러내는 최선의 방법은 그와 함께 나란히 걸어보는 것이라고 생각합니다. 지옥의 문을 통해서 말이지요."

랭던은 무대 가장자리로 걸어가며 청중들의 반응을 살폈다. "자, 우리가 만약 지옥을 산책하고 싶다면, 저는 지도를 이용할 것을 강력하게 추천합니다. 그리고 산드로 보티첼리보다 더 완벽하고 정확하게 단테의 지옥을 묘사한 지도는 어디에도 없다고 확신합니다."

랭던이 리모컨을 누르자, 보티첼리의 그 무시무시한 〈지옥의 지도〉가 청중들의 눈앞에 모습을 드러냈다. 깔때기 모양의 지하 동굴에서 펼쳐지는 끔찍한 참상을 목도한 몇몇 청중들의 입에서 나지막한 신음 소리가 터져 나왔다.

"다른 화가들과는 달리, 보티첼리는 단테의 텍스트를 더할 나위 없이 충실하게 해석한 인물입니다. 사실 그는 단테를 읽는 데 너무나 많은 시간을 투자한 나머지, 위대한 미술사가 조르조 바사리에게서 단테에 대한 보티첼리의 집착이 '그의 삶에 심각한 문제를 야기했다'는 진술이 나오기도 했죠. 보티첼리

〈지옥의 지도〉, 산드로 보티첼리
일부: 여정을 시작하는 단테와
베르길리우스

〈지옥의 지도〉, 산드로 보티첼리
일부: 세 개의 머리를 가진 사탄

가 단테와 관련해 남긴 작품은 스무 점이 훨씬 넘지만, 그중에서도 가장 유명한 것이 바로 이 지도입니다."

랭던은 돌아서서 그림의 왼쪽 상단을 가리켰다. "우리의 여정은 바로 여기, 지상에서 시작됩니다. 붉은 옷을 입은 단테가 안내자인 베르길리우스와 함께 지옥의 문 바깥에 서 있는 것이 보이실 겁니다. 여기서부터 아래로 내려간 우

〈지옥의 문 앞에 선 단테와 베르길리우스〉, 귀스타브 도레

리가 지옥의 아홉 고리를 거친 끝에 궁극적으로 마주칠 인물은……."

랭던은 재빨리 슬라이드를 넘겼다. 보티첼리가 〈지옥의 지도〉에서 묘사한 사탄의 모습이 커다랗게 확대되자, 세 개의 머리를 가진 사탄이 한 입에 한 명씩, 한꺼번에 세 명의 인간을 삼키는 끔찍한 장면이 화면을 가득 채웠다.

청중석의 신음 소리가 한층 커졌다.

"이 멋진 장면을 한번 보시죠." 랭던이 말했다. "이 무시무시한 인물을 끝으로 오늘 밤의 여정이 모두 끝나게 됩니다. 여기는 지옥의 아홉 번째 고리, 사탄이 사는 곳이지요. 그런데……" 랭던은 잠시 쉬었다가 말을 이었다. "벌써 끝나버리면 재미가 덜하니까 조금 위로 거슬러 올라가 봅시다. 우리의 여정이 시작된 지옥의 문으로 말입니다."

랭던은 다음 슬라이드로 옮겨 갔다. 가파른 절벽에 아가리를 벌린 어두컴컴한 동굴 입구를 묘사한 귀스타브 도레의 석판화가 화면을 가득 채웠다. 동굴

입구 위에는 이런 문장이 새겨져 있었다. '여기 들어오는 자, 모든 희망을 버려라.'

"자……" 랭던이 미소를 지으며 말했다. "한번 들어가 볼까요?"

어디선가 날카로운 타이어 소리가 들려오는가 싶더니, 랭던의 눈앞에서 청중들이 갑자기 증발해버렸다. 랭던의 몸이 앞으로 확 쏠리며 시에나의 등을 덮쳤다. 트라이크가 마키아벨리 가로수 길 한복판에 멈춰 선 것이다.

지금껏 눈앞에 펼쳐진 '지옥의 문'을 생각하고 있던 랭던은 아찔한 현기증을 느꼈다. 그는 간신히 정신을 차리고 현실로 돌아왔다.

"무슨 일입니까?" 그가 물었다.

시에나는 300미터 전방의 포르타 로마나를 가리켰다. 옛 피렌체로 들어가는 관문 역할을 하는 낡은 석조 성문이 버티고 있는 곳이었다. "로버트, 문제가 생겼어요."

조그만 아파트에 들어선 브뤼더 요원은 눈앞에 펼쳐진 광경을 어떻게 받아들여야 할지 난감하기만 했다. '여긴 도대체 누가 사는 집이지?' 최대한 돈을 아낀 흔적이 역력한 대학교 기숙사처럼, 가구도 장식도 볼품없는 초라한 집이었다.

"팀장님?" 거실 쪽에서 부하의 목소리가 들려왔다. "이걸 좀 보셔야 할 것 같습니다."

브뤼더는 거실로 나가며 현지의 경찰이 랭던의 행방을 알아낼 수 있지 않을까 하는 생각을 얼핏 떠올렸다. 이번 위기는 조직 내부에서 해결하는 것이 최선이지만, 여기서 랭던을 놓치는 바람에 사정이 달라졌다. 현지 경찰의 지원을 요청해 도로 봉쇄에 나서야 할 시점이 아닐까 싶었다. 조그만 오토바이가 미꾸라지처럼 피렌체의 미로 같은 골목길을 헤집고 다니면, 묵직한 폴리카보네이트 유리와 좀처럼 펑크가 나지 않는 특수 타이어를 장착해 안전성을 강조한 반면 기동력은 크게 떨어지는 브뤼더의 승합차 정도는 간단하게 따돌릴 수 있을 터였다. 이탈리아 경찰이 외부 세력에게 비협조적인 것으로 악명 높기는 하지만, 브뤼더의 조직은 경찰과 영사관, 대사관을 마음대로 주무를 수 있는 강력한 영향력을 갖추고 있었다. '우리의 요구를 쉽게 거절할 사람은 아무도 없어.'

브뤼더가 조그만 서재로 들어가니, 그의 부하가 라텍스 장갑을 낀 손으로 노트북컴퓨터의 자판을 두드리고 있었다. "그가 사용한 컴퓨터가 바로 이겁니다." 부하가 말했다. "랭던은 이 컴퓨터를 이용해 자신의 전자우편 계정에 접속하고 몇 가지를 검색했습니다. 사용 기록이 아직 남아 있어요."

브뤼더는 책상 쪽으로 다가섰다.

"랭던 소유의 컴퓨터 같지는 않습니다." 부하가 말했다. "S.C.라는 이니셜을 가진 사람의 이름으로 등록되어 있어요. 정확한 이름은 금방 알아낼 수 있습니다."

브뤼더는 기다리는 동안 책상 위에 쌓인 종이들을 바라보았다. 무심코 집어서 들춰 보니, 런던 글로브 극장의 공연 안내책자에서부터 신문과 잡지에서 오려낸 기사 따위가 섞여 있었다. 그것들을 하나하나 살펴보던 브뤼더의 눈이 점점 커졌다.

브뤼더는 그 종이 뭉치를 들고 거실로 나와 상관에게 전화를 걸었다. "브뤼더입니다." 그가 말했다. "랭던을 돕고 있는 사람의 신원을 알아낸 것 같습니다."

"누구……?" 상관이 물었다.

브뤼더는 천천히 숨을 내쉬었다. "아마 믿기지 않으실 겁니다."

⁂

3킬로미터가량 떨어진 곳에서는 버옌다가 자신의 BMW 위에 몸을 웅크린 채 그 지역을 벗어나고 있었다. 경찰차 몇 대가 요란하게 사이렌을 울리며 반대편 차선으로 지나갔다.

'나는 조직으로부터 차단되었다.' 그녀의 머릿속은 온통 그 생각으로 가득했다.

평소 같으면 BMW 4기통 엔진의 부드러운 진동이 그녀의 마음을 차분하게 가라앉혀 주었을 것이다. 오늘은 아니었다.

버옌다는 컨소시엄에 몸담은 12년 동안 보잘것없는 지원 업무에서부터 전략 코디네이터를 거쳐 최고 수준의 현장 요원으로 성공 가도를 달려왔다. '내가 가진 것은 경력뿐이야.' 철통같은 보안과 잦은 출장, 장기간에 걸친 임무를 감당해야 하는 현장 요원들은 조직 바깥에서의 개인적인 삶이나 대인 관계 등을 애당초 포기할 수밖에 없는 처지였다.

'나는 무려 1년 동안 바로 이 임무에 몸 바쳐왔어.' 버옌다는 사무장이 그런 자신을 이렇게 신속히 제거할 수 있을 거라고는 꿈에도 생각하지 못했다.

버옌다는 지난 12개월 동안 특정 고객에 대한 지원 업무를 감독하는 일에 전념했다. 초록색 눈동자를 가진 그 괴짜 천재의 요구 사항은 한동안 세상에서 자취를 감춤으로써 적들의 방해를 받지 않고 자신의 일에 몰두할 수 있는 시간과 공간을 확보해달라는 것뿐이었다. 그는 외부의 시선이 차단된 안가에 틀어박혀 대부분의 시간을 자신의 일에 매달렸다. 그를 찾으려고 혈안이 된 권력자들에게서 그 고객을 보호하는 것이 임무의 전부였던 버옌다로서는, 그가 하는 일이 무엇인지에 대해서는 알 길도 없고 알고 싶지도 않았다.

버옌다는 철저한 프로 정신에 입각해 그 임무를 수행했고, 모든 것이 완벽하게 진행되었다.

적어도…… 어젯밤 이전까지는.

버옌다의 정서적 상태와 경력은 어젯밤부터 급격한 하강 곡선을 그리며 추락을 거듭했다.

'나는 이제 조직에서 밀려났다.'

조직으로부터 차단 조치가 취해지면 해당 요원은 즉각 현재의 임무에서 손을 떼고 현장을 떠나도록 되어 있었다. 만약 당국에 체포될 경우, 컨소시엄은 해당 요원에 대한 모든 정보를 폐기 조치 한다. 조직의 필요를 충족시키기 위해서라면 현실을 마음대로 조작하는 컨소시엄의 역량을 수없이 목격해온 요원들은, 조직의 결정에 관한 한 요행을 바라는 것만큼 어리석은 마음가짐도 없다는 사실을 누구보다 잘 알고 있었다.

버옌다가 아는 한, 지금까지 조직으로부터 차단된 요원은 단 두 명뿐이었다. 이상하게도 두 사람 다 그다음부터 한 번도 눈에 띄지 않았다. 버옌다는 그들이 본부로 소환되어 조사를 받은 뒤, 두 번 다시 컨소시엄 관계자에게 접근하지 말라는 명령과 함께 해고된 것이라고 믿었다.

하지만 지금, 버옌다의 그런 믿음은 크게 흔들리고 있었다.

'지나치게 민감할 필요는 없어.' 버옌다는 스스로를 타일렀다. '컨소시엄이 잔혹한 살인을 일삼을 만큼 덜떨어진 조직은 아니잖아.'

그렇다고는 해도 자꾸만 오싹한 한기가 느껴지는 것은 어쩔 수 없었다.

브뤼더가 부하들을 이끌고 현장에 도착한 순간, 호텔 옥상에 몸을 숨기고 있던 버옌다가 급히 피신하기로 마음먹은 것은 순전히 본능에 따른 결정이었다. 지금 그녀는 그런 본능이 자신의 목숨을 구한 것이 아닐까 하는 생각을 떨쳐버릴 수 없었다.

'지금은 아무도 내가 어디에 있는지 모른다.'

북쪽으로 뻗은 델 포조 임페리알레 대로를 따라 속력을 높이던 버옌다는 불과 몇 시간 사이에 모든 것이 달라져버렸음을 새삼 실감했다. 어젯밤만 해도 그녀는 자신의 임무를 걱정했다. 지금은 자신의 목숨을 걱정해야 하는 처지가 되어버린 그녀였다.

델 포조 임페리알레 대로, 피렌체

Chapter 20

피렌체는 한때 성벽으로 에워싸인 도시였다. 한때는 이 도시를 드나들기 위해, 1326년에 축조된 석조 성문 포르타 로마나를 통과할 수밖에 없는 시절이 있었다. 도시 외곽의 성벽은 대부분 수 세기 전에 파괴되었지만 포르타 로마나는 아직도 건재했고, 차량 행렬은 거대한 요새와도 같은 이 아치 밑의 터널을 통해 도시로 들어갔다.

성문은 15미터 높이의 벽돌 및 석조 구조물인데, 빗장이 달린 거대한 나무 문짝이 아직 남아 있기는 하지만 그 문은 언제나 열려 있어서 차들이 드나든다. 이 성문 앞에서 여섯 개의 주요 도로가 만나 로터리를 이루고, 잔디를 심어놓은 분리대에는 머리에 커다란 꾸러미를 이고 도시를 떠나는 여인의 모습을 묘사한 피스톨레토의 조각 작품이 우뚝 서 있다.

피렌체의 이 수수한 성문은 요즘 심각한 교통 체증으로 몸살을 앓지만, 한때는 피에라 데이 콘트라티(단어의 본래 뜻은 '공정한 계약' — 옮긴이)가 서는 곳이었다. 아버지들이 딸을 데리고 나와 계약 결혼으로 팔아넘기는 곳……. 보다 많은 지참금을 받기 위해 딸들에게 도발적인 춤을 추도록 강요하는 경우도 있었다.

오늘 아침, 시에나는 이 역사적인 성문을 몇백 미터 앞둔 도로 위에 멈춰 서서 겁에 질린 표정으로 전방을 가리켰다. 트라이크 뒷자리에 앉은 랭던도 목을 빼고 앞을 살핀 결과, 그녀가 무엇을 걱정하는지 금방 알아차렸다. 그들 앞으로 차들이 길게 늘어서 있었다. 경찰이 성문 앞의 로터리에 바리케이드를 설치한 채 차량의 통행을 봉쇄하고 있었고, 그사이에도 속속 경찰차들이

포르타 로마나, 피렌체

달려왔다. 무장한 경찰관들이 멈춰 선 차들 사이를 오가며 검문하는 모습도 보였다.

'설마 우리 때문에 저러는 건 아니겠지?' 랭던은 속으로 중얼거렸다. '정말 아닐까?'

자전거 한 대가 성문 쪽에서 그들을 향해 미끄러져 왔다. 누워서 탈 수 있도록 만들어진 리컴번트 자전거였는데, 젊은 남자가 땀을 뻘뻘 흘리며 다리가 훤히 드러난 반바지 차림으로 열심히 페달을 밟고 있었다.

시에나가 그 남자를 향해 소리쳤다. "코제 수체소(무슨 일이에요)?"

"에 키 로 사(누가 알겠어요)!" 남자는 근심스러운 표정으로 대답했다. "카라비니에리(경찰이에요)." 그는 그렇게 소리치고는 어서 이 부근을 벗어나고 싶은지 서둘러 사라졌다.

시에나는 한층 어두워진 얼굴로 랭던을 돌아보았다. "도로가 봉쇄됐어요. 헌병대가 출동한 모양이에요."

갑자기 뒤쪽에서 사이렌 소리가 들리기 시작했다. 앞자리에 앉은 채 몸을 돌려 뒤를 돌아본 시에나의 얼굴에 공포가 어렸다.

'도로 한복판에 꼼짝없이 갇혀버렸어.' 랭던은 샛길이든 공원이든, 어디든 탈출구를 찾기 위해 주위를 둘러보았지만 왼쪽으로는 주택 단지, 오른쪽에는 높다란 담벼락이 이어져 있어 도저히 빠져나갈 틈새가 보이지 않았다.

사이렌 소리는 점점 커졌다.

"일단 저기로 갑시다." 랭던은 30미터 전방의 공사장 쪽을 가리켰다. 인부들의 모습은 보이지 않았고, 이동식 시멘트 혼합기가 놓여 있어 몸을 숨길 최소한의 은폐물은 확보된 셈이었다.

시에나는 오토바이를 인도로 몰고 올라가 공사장으로 들어섰다. 하지만 정작 시멘트 혼합기 뒤로 들어가 보니 그 정도로는 오토바이와 함께 두 사람의 몸이 다 가려지지 않았다.

"따라오세요." 시에나는 그렇게 말하며 수풀 뒤의 벽돌담에 붙어 있는 조그만 이동식 창고 쪽으로 달려갔다.

'이건 창고가 아니야.' 랭던은 점점 다가갈수록 자신도 모르게 콧잔등을 찌푸렸다. '이동식 화장실이로군.'

랭던과 시에나가 공사장 인부들을 위해 가져다 놓은 간이 화장실 앞에 이르렀을 때, 뒤에서 다가오는 경찰차 소리가 들렸다. 시에나는 문에 달린 손잡이를 잡아당겼지만 문은 꿈쩍도 하지 않았다. 그러고 보니 묵직한 쇠사슬과 맹꽁이자물쇠가 달려 있었다. 랭던은 시에나의 팔을 붙잡고 화장실과 벽 사이의 좁은 공간으로 이끌었다. 몸은 간신히 가렸지만 지독한 냄새가 코를 찔렀다.

랭던이 재빨리 그녀의 등 뒤로 미끄러져 들어갈 즈음, 옆구리에 '헌병'이라는 글자가 박힌 새카만 스바루 포레스터 순찰차가 도로에 모습을 드러냈다. 차는 천천히 그들이 숨은 곳을 지나쳐 갔다.

'이탈리아 헌병.' 랭던은 그들의 등장이 좀처럼 믿기지 않았다. 이 군인들도 목표물을 발견하면 발포해도 좋다는 지시를 받았을까.

"누군가 우리를 찾으려고 혈안이 된 모양이네요." 시에나가 속삭였다. "어떻게 찾았는지 모르겠어요."

"GPS 아닐까요?" 랭던이 혼잣말처럼 중얼거렸다. "어쩌면 프로젝터 안에 위치 추적 장치가 달려 있는지도 모르지요."

시에나는 고개를 가로저었다. "만약 그랬다면 경찰이 지금까지 우리를 내버려 두었을 리가 없어요.”

랭던은 좁은 공간 속에서 조금이라도 편안한 자세를 취해보려고 몸을 꼼지락거렸다. 그러다 보니 화장실 뒷면에 그려진 멋진 낙서들이 정면으로 그의 눈앞에 모습을 드러냈다.

‘누가 이탈리아 아니랄까 봐…….’

대부분의 미국 화장실에는 커다란 젖가슴이나 성기를 어설프게 흉내 낸 유치한 그림들이 그려져 있다. 하지만 이 낙서는 마치 미술학도의 스케치북을 보는 듯한 느낌을 주었다. 사람의 눈, 잘 다듬어진 손, 남자의 옆모습, 환상적인 용 따위가 빼곡히 그려져 있었다.

“이탈리아라고 모든 낙서가 다 이렇지는 않아요.” 시에나가 그렇게 말하는 것을 보니 랭던의 마음을 읽은 모양이었다. “이 담벼락 너머에 피렌체 미술 학교가 있거든요.”

시에나의 말을 입증이라도 하듯, 한 무리의 학생들이 겨드랑이에 그림 가방을 끼고 어슬렁어슬렁 그들 쪽으로 걸어왔다. 담배를 피우며 수다를 떠는 학생들도 있었고, 포르타 로마나의 도로가 막힌 것을 보고 무슨 일인가 의아해하며 주위를 두리번거리는 학생들도 있었다.

랭던과 시에나는 그 학생들의 눈에 띄지 않으려고 최대한 자세를 낮췄다. 바로 그때, 흥미로운 생각 하나가 랭던의 뇌리를 스쳤다.

‘다리를 허공으로 뻗은 채 거꾸로 땅에 묻힌 죄인들.’

어쩌면 화장실에서 올라오는 배설물 냄새 때문인지도 모르고 또 어쩌면 안장 위에 드러누운 자세로 자전거를 타던 남자의 맨다리를 보았기 때문인지도 몰랐다. 아무튼 랭던의 머릿속에는 문득 땅에 거꾸로 묻힌 채 다리를 버둥거리던 말레볼제의 죄인들이 떠올랐다.

그는 갑자기 눈빛을 반짝이며 시에나를 돌아보았다. “시에나, 우리가 본 〈지옥의 지도〉에서는 거꾸로 묻힌 다리가 열 번째 구덩이에 있지 않았어요? 말레볼제의 제일 아래쪽이었죠?”

시에나는 이 판국에 무슨 뚱딴지 같은 소리냐는 표정으로 그를 바라보았다. “맞아요, 제일 밑이었어요.”

〈괴물 게리온을 타고 지옥을 둘러보는 단테와 베르길리우스〉, 귀스타브 도레

비록 찰나의 순간이었지만, 랭던은 어느새 단테에 대해 강연하던 비엔나로 돌아가 있었다. 대단원의 마무리를 앞두고 무대 위에 서서 청중들에게 게리온을 묘사한 도레의 판화 작품을 소개하는 참이었다. 게리온은 말레볼제 바로 윗자리를 차지한 날개 달린 괴물로, 독침 역할을 하는 꼬리를 가지고 있다.

"우리는 사탄을 만나기 전에……" 랭던의 그윽한 목소리가 대형 스피커를 통해 울려 퍼졌다. "말레볼제의 구덩이 열 개를 지나야 합니다. 그곳은 주도면밀하게 악을 실행한 사기꾼들을 벌하는 곳이지요."

랭던은 말레볼제를 자세하게 묘사한 슬라이드를 보여주며 각각의 구덩이를 하나하나 청중들에게 안내했다. "위에서부터 아래로 내려가 봅시다. 육욕에 눈먼 색마들은 악마에게 매질을 당하고…… 아첨꾼들은 배설물 속에 둥둥 떠 있으며…… 사욕을 탐한 성직자들은 다리가 허공을 향한 채 거꾸로 묻혀 있고…… 사람의 눈을 속이는 데 급급한 마술사들은 머리가 뒤로 돌아가 있으며…… 부패한 정치인들은 끓는 역청 속에 처박혀 있고…… 위선자들은 납으

〈지옥의 지도〉, 산드로 보티첼리
일부: 머리가 돌아간 마술사들, 끓는 역청 속에 처박힌 부패한 정치인들, 납으로 만든 망토를 입은 위선자들, 뱀한테 물린 도둑들

로 만든 무거운 망토를 입고 있으며…… 도둑들은 뱀한테 물리고…… 사기꾼들은 불 속에서 신음하며…… 분란을 일으키는 선동꾼들은 악마의 난도질을 당하고…… 마지막으로 거짓말쟁이들은 형체를 알아볼 수 없을 정도로 질병에 시달리고 있습니다." 랭던은 청중들을 돌아보며 말을 이었다. "단테가 이 마지막 구덩이를 거짓말쟁이에게 배당한 것은 단테 본인이 사람들의 거짓말 때문에 피렌체에서 추방된 탓이 아닐까요?"

"로버트?" 갑자기 시에나의 목소리가 들려왔다.

랭던은 퍼뜩 정신을 차리고 현실로 돌아왔다.

시에나가 의아하다는 듯이 그를 빤히 쳐다보고 있었다. "왜 그래요?"

"우리가 본 〈지옥의 지도〉 말입니다." 랭던이 흥분한 목소리로 대답했다. "그 그림은 원본과 달라요!" 랭던은 재킷 주머니에서 프로젝터를 꺼내 최대한 빠른 속도로 흔들기 시작했다. 애지테이터 볼이 요란하게 달그락거렸지만 경찰차의 사이렌 소리에 묻혀 멀리까지 퍼져나가지는 못했다. "누군지는 모르지만 그림을 프로젝터에 넣은 자가 말레볼제의 구덩이 순서를 바꿔놓았단 말입니다."

프로젝터에서 빛이 나오기 시작하자, 랭던은 평평한 화장실 벽에 불빛을 비췄다. 어두컴컴한 그림자 속에서 〈지옥의 지도〉가 선명하게 모습을 드러냈다.

'이동식 화장실의 보티첼리라…….' 랭던은 약간 죄스러운 기분이 들었다. 이렇게 지저분한 곳에서 보티첼리의 명화를 감상한 사람은 아무도 없을 터였다. 하지만 눈으로 열 개의 구덩이를 훑던 랭던은 잔뜩 흥분한 표정으로 연신 고개를 끄덕였다.

"그래!" 그가 소리쳤다. "이건 엉터리야! 말레볼제의 마지막 구덩이는 거꾸로 파묻힌 사람들이 아니라 병자들로 가득 차 있어야 정상이에요. 열 번째 구덩이는 사욕을 탐하는 성직자가 아니라 거짓말쟁이들이 들어가는 곳이니까요!"

이제 시에나도 표정이 달라졌다. "하지만…… 왜 그런 걸 바꿔놓은 거죠?"

"카트로바케르(Catrovacer)." 랭던이 각각의 구덩이에 삽입된 조그만 글자들을 바라보며 속삭였다. "이 단어가 정말로 말하고자 하는 것은 그게 아니에요."

랭던은 지난 이틀 사이의 기억을 깨끗이 지워버린 부상에도 불구하고 이제 기억력이 완전히 돌아왔다는 자신감을 느낄 수 있었다. 눈을 감고 두 가지 버전의 〈지옥의 지도〉를 마음의 눈으로 응시하며 차이점을 분석하기 시작했다. 말레볼제는 랭던이 처음에 생각했던 것만큼 많이 바뀌지는 않았다. 이제야 눈앞을 가리고 있던 막이 시원하게 걷힌 기분이었다.

갑자기 모든 것이 수정처럼 투명해졌다.

'구하라, 그러면 찾을 것이다!'

"왜 그러냐니까요?" 시에나가 설명을 재촉했다.

랭던은 입속이 바짝바짝 타들어 가는 느낌이었다. "내가 피렌체에 와 있는 이유를 알 것 같아요."

"정말요?"

"그래요, 이제 어디로 가야 할지도 알겠어요."

시에나가 그의 팔을 움켜잡았다. "그게 어디죠?!"

랭던은 병원에서 의식을 되찾은 이후 처음으로 자신의 두 발이 단단한 땅을 딛고 선 기분이었다. "이 열 개의 글자는……" 그가 속삭였다. "도시의 특정한 위치를 정확하게 가리키고 있어요. 모든 의문의 해답이 있는 곳이지요."

"도시의 어디를 말하는 거예요?!" 시에나가 물었다. "도대체 뭘 알아낸 거죠?"

화장실 반대편에서 웃음 섞인 목소리가 들려왔다. 또 한 무리의 미술학도들이 여러 가지 언어로 잡담을 나누며 지나가고 있었다. 랭던은 살짝 고개를 내밀고 조심스럽게 주위를 살폈다. 다행히 아직 경찰이 그들의 코앞까지 들이닥친 상황은 아니었다. "계속 움직여야 해요. 가면서 설명할게요."

"어딜 간다는 거예요?" 시에나는 고개를 가로저었다. "지금 상태로는 절대 포르타 로마나를 통과하지 못해요!"

"여기서 30초만 기다려요." 랭던이 말했다. "30초 후에 나를 따라오면 될 겁니다."

랭던은 그 말을 남긴 채 영문을 몰라 멍하니 지켜보는 시에나를 남겨두고 화장실을 나섰다.

"스쿠시(실례합니다)!" 로버트 랭던이 학생들을 쫓아가며 소리쳤다. "스쿠사테(실례합니다)!"

학생들이 돌아보자 랭던은 길 잃은 관광객인 척하며 주위를 두리번거렸다.

"도베 리스티투토 스타탈레 다르테(미술 전문학교가 어디죠)?" 랭던이 서툰 이탈리아어로 더듬거리며 말했다.

몸에 문신을 새긴 학생 하나가 폼 나게 담배 연기를 뿜으며 깔보듯이 대답했다. "논 파를리아모 이탈리아노(우린 이탈리아어 못해요)." 프랑스 억양이 물씬 느껴지는 말투였다.

여학생 하나가 친구를 나무라며 정중하게 포르타 로마나 쪽으로 이어진 기다란 담벼락을 가리켰다. "피우 아반티, 셈프레 디리토."

'똑바로 가라는 얘기지?' 랭던은 여학생의 말을 나름대로 해석했다. "그라치에(감사합니다)."

자기 차례가 되자 시에나가 화장실 뒤에서 나와 그들 쪽으로 다가왔다. 서른두 살의 날씬한 여자가 일행에 합류하자, 랭던은 그녀의 어깨에 손을 얹으며 말했다. "이쪽은 내 여동생 시에나예요. 미술 선생님이지요."

문신을 새긴 청년이 "T-I-L-F(Teacher I'd Like to Fuck, 같이 자고 싶은 선생님 —옮긴이)" 하고 중얼거리자, 남학생들이 일제히 웃음을 터뜨렸다.

랭던은 그들의 웃음을 무시한 채 말했다. "우리는 1년 동안 외국 여행도 할 겸 교직을 찾기 위해 피렌체를 둘러보는 중이에요. 같이 좀 걸어도 될까요?"

"마 체르토(그럼요)." 이탈리아 본토박이가 분명한 여학생이 미소를 지으며 대답했다.

그들이 학생들 틈에 섞여 포르타 로마나를 지키는 경찰 쪽으로 걸어가는 동안 시에나는 자연스럽게 그들과 대화를 나누었고, 랭던은 불필요하게 시선을 끌지 않으려고 최대한 자세를 낮춘 채 일행의 한복판으로 끼어들었다.

'구하라, 찾을 것이다.' 랭던은 그 와중에도 말레볼제의 처참한 풍경을 머릿속에 떠올리며 뛰는 가슴을 간신히 진정시켰다.

'CATROVACER.' 랭던은 한 세기가 지나도록 풀리지 않는 난제로 남아 있는 미술계의 가장 큰 수수께끼, 그 한복판에 이 열 개의 알파벳이 도사리고 있음을 알아차렸다. 1563년, 피렌체의 그 유명한 베키오 궁전 안의 어느 벽에 거대한 벽화가 한 점 그려졌다. 이 벽화의 바닥에서 12미터 높이에 열 개의 알파벳이 숨겨져 있었는데, 망원경 없이는 잘 보이지도 않을 정도로 조그만 이 글자들 속에 은밀한 메시지가 담겨 있었다. 수백 년 동안 그 자리에 숨어 있던 이 글자들을 1970년대에 처음으로 발견한 사람은 미술품 감정사였는데, 이 일로 상당한 유명세를 탔다. 그는 그 의미를 밝혀내기 위해 수십 년의 세월을 투자했다. 그러나 수많은 가설에도 불구하고 이 메시지의 비밀은 오늘날까지도 수수께끼로 남아 있다.

랭던은 이런 상황이 비교적 익숙하게 느껴졌다. 마치 거칠게 소용돌이치는 낯선 바다에서 안전한 항구를 발견한 느낌이었다. 하긴 생물학적 위험 경고가 새겨진 튜브나 총알이 난무하는 총격전보다는 미술사와 고대의 비밀 쪽이 랭던의 텃밭에 가깝다고 해야 할 터였다.

앞쪽에서 또 다른 경찰차 여러 대가 포르타 로마나를 향해 달려오기 시작했다.

"맙소사." 문신을 새긴 남학생이 중얼거렸다. "누구를 찾는지는 모르겠지만 엄청난 흉악범인가 봐."

그들 일행이 미술 학교 정문 근처에 도착하자, 이미 많은 학생들이 모여 서서 마치 벌집을 쑤셔놓은 것 같은 포르타 로마나 쪽을 바라보고 있었다. 최저 임금에 시달릴 것이 분명한 이 학교의 경비원은 안으로 들어가는 학생들의 신분증을 확인하는 시늉을 할 뿐, 그의 진짜 관심은 아침부터 길을 막고 난리법석을 떠는 경찰들의 움직임에 집중되어 있었다.

광장에서 귀를 찢는 타이어 소리가 들려오는가 싶더니, 이제는 너무도 눈에 익은 검은색 승합차가 포르타 로마나로 달려와 멈췄다.

랭던은 뒤를 돌아볼 필요조차 없었다.

랭던과 시에나는 태연한 얼굴로 새 친구들과 함께 학교 정문 안으로 미끄러져 들어갔다.

미술 전문학교의 진입로는 눈이 부실 만큼 아름다운 장관을 자랑했다. 길 양쪽으로 커다란 참나무 가지들이 아치처럼 드리워 멀리 보이는 건물을 어렴풋이 가리고 있었다. 고색창연한 연노랑 건물 역시 삼중 주랑과 타원형의 널따란 잔디밭이 딸려 있어 상당히 인상적이었다.

랭던은 이 건물의 원래 주인이 누구인지를 알고 있었다. 이 도시에는 15, 16, 17세기에 걸쳐 피렌체의 정치계를 지배했던 화려한 왕조가 위탁한 건물들이 수없이 많았는데, 이 학교 건물 역시 마찬가지였다.

'메디치 가(家)'

그 이름 자체가 곧 피렌체의 상징이라고 해도 과언이 아니었다. 3세기에 걸친 통치 기간 동안 메디치 왕가는 상상을 초월하는 부와 영향력을 축적했으며, 교황 네 명과 프랑스 왕비 두 명을 배출했고, 유럽 전체를 통틀어 가장 막

미술 학교, 피렌체

강한 금융 기관을 보유했다. 오늘날의 현대적인 은행들도 메디치 가가 창안한 회계법을 사용하고 있으니, 그것이 바로 차변과 대변으로 이루어진 복식 부기법이다.

그러나 메디치가 남긴 최고의 유산은 금융이나 정치가 아니라, 바로 예술이었다. 메디치 가는 막강한 자금력을 바탕으로 예술계를 아낌없이 후원했으며, 그것이 르네상스를 꽃피운 동력으로 작용했다는 견해가 일반적이다. 메디치 가의 후원을 받은 기라성 같은 대가들 중에는 다빈치와 갈릴레오, 보티첼리가 포함되어 있다. 특히 보티첼리의 대표작 〈비너스의 탄생〉은 로렌초 데 메디치가 사촌의 결혼 선물로 신혼방 침대 위에 걸어둘 선정적인 그림을 주고자 의뢰하여 그려진 작품이었다.

로렌초 데 메디치 — 당대에는 활발한 자선 활동으로 '위대한 로렌초'라는 별명으로 불렸다 — 본인 역시 탁월한 화가 겸 시인이었으며, 남다른 심미안을 가지고 있었다고 전해진다. 1489년, 로렌초는 피렌체 출신의 한 어린 조각가의 작품에 매료된 나머지, 그 소년을 메디치 궁으로 불러들여 위대한 미술과 시, 수준 높은 문화를 접하며 실력을 연마하도록 배려했다. 이 사춘기 소년은 메디치 가의 후원 아래 무럭무럭 성장했고, 결과적으로 인류 역사를 통틀어 가장 유명한 조각품 두 점을 남겼으니, 그것이 바로 〈피에타〉와 〈다비드〉다.

〈화가들과 함께 있는 로렌초〉, 오타비오 바니니

〈피에타〉, 미켈란젤로,
성 베드로 성당, 바티칸 시티

오늘날 우리는 그를 미켈란젤로라는 이름으로 기억하고 있으며, 천재적인 창의력에 빛나는 이 위대한 예술가야말로 메디치 가가 인류에게 남긴 최고의 선물이라고 일컫는 이들도 있다.

랭던은 예술에 대한 메디치 가문의 열정을 고려할 때 아마도 지금 그의 눈앞에 우뚝 서 있는 저 건물 — 원래는 이들 가문의 마구간으로 건축되었다 — 이 생동감 넘치는 미술 학교로 사용된다는 것을 알면 무척 기뻐할 거라는 생각이 들었다. 지금은 젊은 미술학도들에게 영감을 제공하는 이 한적한 땅이 메디치 가문의 마구간 부지로 선정된 것은 이곳이 피렌체에서 가장 아름다운 승마장과 아주 가깝다는 이유 때문이었다.

'보볼리 정원.'

랭던은 왼쪽으로 눈길을 돌려 높다란 담벼락 너머 펼쳐진 울창한 숲을 바라보았다. 드넓은 보볼리 정원은 이제 관광객들에게 가장 인기 높은 명소가 되었다. 랭던은 시에나와 함께 이 정원 안으로 들어갈 수만 있으면 그 울창한 숲을 뚫고 포르타 로마나를 우회할 수 있을 것이라고 믿어 의심치 않았다. 그만큼 이 정원은 넓을 뿐만 아니라 숲과 동굴, 수련 등이 미로처럼 얽혀 있어 몸을 숨길 곳이 수없이 많기 때문이었다. 더욱 중요한 것은 이 보볼리 정원을 무사히 통과할 경우 한때 메디치 대공국의 총본산이었고 지금도 140개에 달하는 방이 남아 있어 피렌체의 가장 유명한 관광 명소로 알려진 석조 요새, 피티 궁으로 곧장 들어설 수 있다는 점이었다.

'피티 궁까지만 가면 옛 도심으로 이어지는 다리까지는 엎어지면 코 닿을 거리다.' 랭던은 속으로 생각했다.

랭던은 최대한 침착한 동작으로 높다란 담벼락에 에워싸인 보볼리 정원을 가리켰다. "저기는 어떻게 들어가지요?" 랭던이 물었다. "학교로 들어가기 전에 동생에게 저 정원을 보여주고 싶어서 말이에요."

문신을 새긴 남학생이 고개를 가로저었다. "여기서는 못 들어가요. 입구가 피티 궁 쪽에 있거든요. 포르타 로마나를 지나서 돌아가야 해요."

"웃기시네." 시에나가 불쑥 내뱉었다.

모두들, 심지어는 랭던까지도 깜짝 놀라 그녀를 돌아보았다.

"이거 왜 이래." 시에나는 민망하다는 듯 학생들을 바라보며 자신의 금빛 말총머리를 어루만졌다. "너희들은 맨날 저 정원으로 몰래 숨어 들어가 대마초를 피우며 사랑을 나누잖아."

학생들은 서로의 얼굴을 돌아보더니, 이내 웃음을 터뜨렸다.

문신을 새긴 남학생은 뒤통수를 한 방 얻어맞은 표정이었다. "아줌마, 그 정도면 우리 학교에서 가르쳐도 되겠어요." 그는 시에나를 건물 옆쪽으로 데려가 주차장 모서리를 가리켰다. "왼쪽에 헛간 같은 건물 보이죠? 그 뒤에 오래된 단이 하나 있어요. 그 위로 올라가면 담장 건너편으로 뛰어내릴 수 있죠."

시에나는 말이 떨어지기 무섭게 벌써 그쪽으로 걸어가고 있었다. 그러고는 보호자 같은 미소를 지으며 랭던을 돌아보았다. "어서 가, 오빠. 설마 너무 늙어서 울타리 하나 못 뛰어넘는 건 아니지?"

Chapter 22

승합차 뒷자리의 은발 여인은 방탄유리에 머리를 기대고 눈을 감았다. 세상이 자신의 발밑에서 빙글빙글 돌아가는 느낌이었다. 그들이 투여한 약물 때문에 자꾸 정신이 가물거렸다.

'난 지금 치료가 필요해.' 그녀는 속으로 중얼거렸다.

하지만 그녀의 곁을 지키는 무장한 괴한들에게는 엄격한 지시가 내려와 있었다. 임무를 성공적으로 완수하기 전까지는 그녀의 모든 요구를 무시하라는 내용이었다. 은발 여인은 주변이 이렇게 혼란스러운 것을 보니 아무래도 쉽게 마무리될 일은 아니라는 생각이 들었다.

현기증이 점점 심해지고 숨쉬기도 힘들어졌다. 그녀는 또다시 밀려오는 구역질을 애써 참으며 어쩌다가 자신의 인생이 이토록 험난한 갈림길에까지 이르렀을까 생각했다. 지금은 머릿속이 너무나 혼란스러워 그 질문의 답을 찾을 엄두조차 나지 않았지만, 적어도 그 모든 일이 어디서부터 시작되었는지는 확실하게 알고 있었다.

'2년 전, 뉴욕.'

세계보건기구(WHO)의 로고

제네바에서 세계보건기구(WHO)의 사무총장으로 일하던 그녀가 뉴욕으로 출장을 떠난 것이 2년 전의 일이었다. 그녀는 막강한 실권이 주어지는 만큼 노리는 사람도 많은 그 자리를 10년 가까이 지켜왔다. 전염병과 역학(疫學) 분야의 세계적인 권위자인 그녀는 국제연합(UN)으로부터 제3세계의 유행병 문제에 대한 강연을 요청받아 뉴욕 출장 길에 올랐다. 그녀는 이 강연에서 몇몇 유행병의 조기 탐지 시스템과 세계보건기구를 비롯한 몇몇 기관이 고안한 치료 계획에 대해 설득력 있게 열변을 토했다. 강연이 끝나자 기립 박수가 쏟아진 것은 말할 필요도 없었다.

강연이 끝나고 홀에서 몇몇 학자들과 이야기를 나누고 있는데, UN의 어느 고위 관계자가 다가와 그들의 대화를 방해했다.

"신스키 박사님, 방금 외교협회(CFR, the Council on Foreign Relations)에서 연락이 왔는데, 박사님을 꼭 만나보고 싶다는 분이 계십니다. 지금 밖에서 자동차가 기다리고 있습니다."

엘리자베스 신스키 박사는 조금 당황스러웠지만 대화 상대에게 양해를 구하고 짐을 챙겼다. 그녀를 태운 리무진이 퍼스트 애비뉴를 달릴 무렵, 그녀는 왠지 마음이 자꾸만 불안해졌다.

'외교협회가 나를 찾는다고?'

엘리자베스 신스키도 세간에 나도는 소문을 익히 알고 있었다.

1920년대에 민간 싱크 탱크의 하나로 설립된 CFR은 미국의 거의 모든 역대 국무장관, 대여섯 명 이상의 전직 대통령, 역대 CIA 국장 대부분, 그 밖에 쟁쟁한 상원의원과 판사들, 그것도 모자라 모건, 로스차일드, 록펠러 같은 전설적인 가문의 대표자들까지 총망라된 막강한 회원들을 거느리고 있다. 그들이 가진 두뇌와 정치적 영향력, 자금력을 고려하면 '지구상에서 가장 강력한 민간단체'라는 세간의 평가가 결코 과장이 아님을 알 수 있다.

엘리자베스도 세계보건기구를 대표하는 수장으로서 세계적인 거물들과 어깨를 나란히하는 데는 그다지 큰 부담을 느끼지 않는 인물이었다. 화려한 경력과 솔직 담백한 성격에 힘입어 어느 유력 잡지에서 선정한 '세계에서 가장 영향력 있는 20인' 가운데 한 명으로 뽑히기도 했다. 잡지는 그녀의 사진 밑에 '세계 보건의 얼굴'이라는 캡션을 달았는데, 병약한 성장기를 보낸 그녀의 과거를 생각하면 실로 역설적인 일이 아닐 수 없었다.

어려서부터 극심한 천식에 시달리던 그녀는 여섯 살 때 세계 최초로 개발된 획기적인 신약을 처방받았다. 글루코코르티코이드, 혹은 스테로이드 호르몬이라 불리는 이 약은 기적처럼 그녀의 천식을 치료해주었다. 그러나 안타깝게도 신스키가 사춘기로 접어들었을 무렵부터 이 약의 예기치 못한 부작용이 나타났다. 생리가 시작되지 않은 것이다. 신스키는 열아홉 살 때 어느 의사의 진료실에서 자신의 생식 기능이 영구적인 손상을 입었다는 진단을 받던 그 암울한 순간을 영원히 잊지 못할 터였다.

엘리자베스 신스키는 평생 아기를 가질 수 없는 몸이 되었던 것이다.

'시간이 지나면 공허한 마음도 치유될 겁니다.' 의사는 그렇게 장담했지만 내면의 슬픔과 분노는 시간이 지날수록 오히려 커져만 갔다. 그녀의 천식을 치료해준 그 기적의 약은 그녀에게서 수태의 능력을 송두리째 앗아 갔음에도 불구하고, 어머니가 되고 싶은 동물적인 본능까지 가져가지는 못했다. 그녀는 수십 년에 걸쳐 이 불가능한 욕망을 채우고 싶은 갈망과 맞서 싸워야 했다. 예순한 살이 된 지금도 그녀는 아기와 함께 있는 엄마들을 볼 때마다 가슴 한구석이 뻥 뚫린 듯한 공허함을 느끼곤 했다.

"다 왔습니다, 신스키 박사님." 리무진 운전기사의 목소리가 그녀를 현실 세계로 되돌려놓았다.

엘리자베스는 긴 은발을 매만지며 거울에 얼굴을 비춰보았다. 어느새 차는 목적지에 도착했고, 기사가 차 문을 열어 그녀를 풍요로운 맨해튼의 인도에 내려놓았다.

"저는 여기서 기다리겠습니다." 기사가 말했다. "일이 끝나시는 대로 공항까지 모셔다 드리겠습니다."

외교협회의 뉴욕 본부는 파크 애비뉴와 68번가가 만나는 모퉁이에 위치한 수수한 신고전주의 양식 건물에 자리하고 있었다. 한때 스탠더드 오일이 자기네 제국의 본거지로 삼았던 건물이었다. 주위의 다른 건축물들이 자아내는 세련된 분위기와도 잘 어울리는 이 건물은, 외관만 봐서는 외교협회가 가진 남다른 위상이 전혀 느껴지지 않았다.

"신스키 박사님." 넉넉한 몸집의 여직원이 그녀를 맞았다. "이쪽으로 오세요. 기다리고 계십니다."

'좋아. 그런데 누가 기다린다는 거지?' 엘리자베스가 여직원을 따라 화려한 복도를 통과하니, 닫힌 문이 나왔다. 여직원은 가볍게 문을 노크하고는 엘리자베스에게 들어가라는 몸짓을 해 보였다.

그녀가 들어가자, 등 뒤에서 문이 닫혔다.

조그만 회의실은 불을 켜지 않아 어두웠고, 한쪽 벽면에 설치된 스크린만 불이 들어와 있을 뿐이었다. 스크린 앞에 서 있던 키가 아주 크고 호리호리한 남자의 실루엣이 그녀를 맞이했다. 얼굴은 보이지 않았지만 상당한 권위가 느껴지는 인물이었다.

"신스키 박사님." 남자가 날카로운 목소리로 말문을 열었다. "이렇게 와주셔서 감사합니다." 지나치게 딱딱하고 정확한 억양은 엘리자베스의 고향인 스위스, 혹은 독일 사람의 영어를 연상하게 했다.

"앉으시지요." 남자는 스크린 앞에 놓인 의자를 가리키며 말했다.

'자기 소개도 안 하고?' 엘리자베스는 일단 자리에 앉았다. 스크린에 떠 있는 살벌하기 짝이 없는 이미지는 그녀의 곤두선 신경을 가라앉히는 데 아무런 도움이 되지 않았다. '이게 무슨 도깨비놀음이지?'

"나도 오늘 아침에 박사님의 강연을 들었습니다." 남자가 말했다. "그 강연을 듣기 위해 먼 길을 달려왔지요. 상당히 인상적인 강연이더군요."

"고마워요." 엘리자베스가 대답했다.

"실례가 될지 모르겠지만, 내가 생각했던 것보다 훨씬 아름다우시네요. 나이와, 세계 보건에 대한 그 근시안적인 관점에도 불구하고 말입니다."

엘리자베스는 어안이 벙벙했다. 본인 입으로 실례가 될지 모르겠다는 단서를 붙이기는 했지만, 처음 보는 사람에게 그런 말을 하다니 실례도 이만저만한 실례가 아니었다. "뭐라고요?" 엘리자베스는 어둠 속을 노려보며 쏘아붙였다. "당신은 누구죠? 왜 나를 여기까지 오게 한 거예요?"

"내 농담이 조금 어설펐던 모양이군요." 호리호리한 그림자가 대답했다. "앞에 보이는 저 그림이 당신의 질문에 대답해줄 겁니다."

엘리자베스는 그 끔찍한 그림을 다시 한 번 쳐다보았다. 병색이 완연한 수많은 인간들이 산더미처럼 쌓인 벌거벗은 시신들 위로 기어오르려고 아귀다툼을 벌이는 장면이 묘사되어 있었다.

〈고통받는 영혼들을 내려다보는 단테와 베르길리우스〉, 귀스타브 도레

“위대한 예술가, 도레의 작품입니다.” 남자가 말했다. “단테 알리기에리의 지옥 풍경을 소름 끼칠 만큼 생생하게 그려낸 인물로 유명하지요. 당신에게 이 그림이 너무 부담스럽지 않았으면 좋겠군요. 우리가 가고 있는 곳이 바로 저기니까요.” 그는 말을 멈추고 그녀를 향해 조금씩 다가왔다. “그 이유를 말씀드리도록 하지요.”

그는 계속해서 엘리자베스 쪽으로 다가섰다. 한 발 다가올 때마다 키가 조금씩 더 커 보였다. “만약 내가 이 종이를 반으로 찢어서……” 그는 탁자 앞에 멈춰 서서 종이를 한 장 집어 들더니, 와스락 소리를 내며 반으로 찢었다. “두 조각을 서로 포개놓으면…….” 그는 자신의 말처럼 종이를 포갰다. “그러고 나서 똑같은 과정을 되풀이해 보지요.” 그는 반으로 찢은 종이를 다시 반으로 찢으며 말을 이었다. “이제 이 종이 더미의 높이는 처음에 한 장이었을 때의 네 배가 되었습니다. 그렇지요?” 어두컴컴한 방 안에서 그의 눈동자만 이글거리는 듯했다.

엘리자베스는 그의 거들먹거리는 말투와 공격적인 태도가 너무 마음에 들지 않아서 아무 대꾸도 하지 않고 가만히 앉아 있었다.

"이론적으로 말하자면……" 남자는 조금 더 가까이 다가서며 말을 이었다. "원래의 종이 한 장의 두께를 0.1밀리미터라고 가정하고…… 내가 이런 과정을 한 50번쯤 되풀이한다고 했을 때…… 이 종이 더미의 높이가 어느 정도나 될지 아십니까?"

엘리자베스는 어이가 없었다. "알아요." 그녀가 입을 열자, 의도했던 것보다 훨씬 적대적인 목소리가 튀어나왔다. "0.1밀리미터 곱하기 2의 50승이 되겠죠. 그게 바로 기하급수라는 거고요. 이제 내가 지금 여기서 뭘 하고 있는 건지 물어봐도 될까요?"

남자는 능글맞게 웃으며 감동했다는 듯 고개를 끄덕였다. "맞습니다. 그럼 그 값을 실제 숫자로 나타내면 어떻게 될까요? 0.1밀리미터 곱하기 2의 50승이 어느 정도의 숫자가 될지 감이 잡힙니까? 우리가 쌓은 종이 더미의 높이가 얼마나 될지 아세요?" 그는 엘리자베스에게 대답할 시간도 주지 않고 덧붙였다. "우리의 종이 더미는, 불과 50번을 접었을 뿐인데…… 지구에서 태양 사이의 거리와 맞먹는 높이가 됩니다."

엘리자베스에게는 조금도 놀라운 이야기가 아니었다. 그녀도 업무상 기하급수라는 개념의 놀라운 위력과 마주치는 경우가 흔히 있기 때문이었다. '오염 구역의 확산…… 감염된 세포의 증식…… 사망자 숫자…….' 이런 것들이 말 그대로 기하급수적인 추세로 증가하는 경우가 많았다. "내가 너무 멍청하게 구는 거라면 사과하죠." 그녀가 불편한 심기를 노골적으로 내비치며 말했다. "하지만 지금 무슨 이야기를 하려는 것인지 잘 이해가 가지 않는군요."

"무슨 이야기를 하는 거냐고?" 남자는 소리 죽여 웃었다. "나는 지금 인구 증가의 역사가 이 종이 더미보다 훨씬 더 극적이라는 이야기를 하려는 겁니다. 지구상의 인구는 우리의 첫 번째 종이 한 장과 마찬가지로 처음에는 극히 미미한 수준이었습니다. 그러나 그 속에는 놀라운 폭발력이 숨어 있었지요."

그는 다시 방 안을 서성이기 시작했다. "이걸 한번 생각해보세요. 지구의 인구가 10억 명에 도달하기까지는 수천 년의 세월 — 인류의 탄생에서부터 1800년대 초반까지 — 이 걸렸습니다. 그런데 놀랍게도 그 10억의 인구가 두 배로 증가해 20억이 되는 데는 100년밖에 걸리지 않았어요. 1920년대에 20억을 기록했으니까요. 그것이 다시 두 배로 늘어 40억이 된 것은 불과 50년 후인 1970년대였습니다. 당신도 잘 알겠지만, 지금은 80억 인구를 코앞에 두고 있어요. 오늘 하루 동안 인류는 25만 명의 인구를 불렸어요. 무려 25만입니다. 비가 오나 눈이 오나, 하루도 어김없이 매일같이 이런 일이 되풀이되고 있습니다. 현재 우리는 해마다 독일 전체의 국민 숫자와 맞먹는 인구의 증가를 목격하고 있어요."

키 큰 남자는 갑자기 동작을 멈추고 엘리자베스를 내려다보았다. "당신, 올해 몇 살이지요?"

역시 예의에 어긋나는 질문이 아닐 수 없었지만, 엘리자베스는 WHO의 수장으로서 적대적인 태도를 보이는 상대방을 외교적으로 대처해야 하는 상황에 익숙했다. "예순하나예요."

"만약 당신이 앞으로 19년을 더 살면, 그래서 여든이 되면, 당신의 생애 동안 인구가 세 배로 증가하는 상황을 직접 목격하게 될 겁니다. 한 사람이 태어나서 죽을 때까지 세계 인구가 무려 세 배나 증가한다는 말입니다. 이것이 무슨 의미를 담고 있는지 생각해보세요. 잘 아시다시피 당신이 이끄는 세계보건기구는 또 한 번 인구 증가 예상치를 수정해 이번 세기 중반이 되기 전에 세계 인구가 90억을 돌파할 것이라는 자료를 내놓았지요. 반면에 멸종하는 동물의 종수는 가파른 속도로 증가하고 있습니다. 점점 줄어드는 천연자원에 대한 수요가 폭발적으로 늘고 있지요. 깨끗한 물을 찾아보기가 점점 힘들어지고 있어요. 그 어떤 생물학적 잣대를 갖다 댄다 해도 우리 종의 개체수는 지속 가능한 숫자를 넘어섰어요. 이 같은 재앙에 직면했는데도, 세계보건기구는 당뇨병 치료제를 개발하거나 혈액은행을 강화하고 암과 맞서 싸우는 등의 과제에 막대한 돈을 쏟아붓고 있습니다." 그는 잠시 말을 멈추고 엘리자베스를 똑바로 쳐다보았다. "그래서 나는 오늘, 세계보건기구가 발등에 떨어진 문제에 정면으로 대처할 배짱을 보이지 못하는 이유가 무엇인지 직접 물어보기 위해 당신을 여기까지 오시게 한 겁니다."

엘리자베스는 더 이상 참기가 힘들었다. "당신이 누구인지는 모르지만, WHO가 인구문제를 굉장히 심각하게 받아들이고 있다는 사실을 모르지는 않겠죠. 요즘 들어 우리는 무료로 콘돔을 나눠주고 산아 제한에 대한 교육을 위해 의사들을 아프리카로 파견하는 데 수백만 달러의 돈을 쓰고 있어요."

"아, 그렇군요!" 호리호리한 남자는 엘리자베스의 말이 끝나기도 전에 비웃음을 터뜨렸다. "당신들이 그런 일을 하는 동안 당신들이 보내는 의사보다 더 많은 수의 가톨릭 선교사들이 몰려가 만약 콘돔을 사용하면 지옥으로 떨어질 거라고 순진한 아프리카 사람들을 협박하고 있어요. 아프리카에 요즘 새로운 환경문제가 대두되고 있는 걸 압니까? 쓰레기 매립장에 사용하지 않은 콘돔이 넘쳐나는 문제 말입니다."

이제 엘리자베스는 섣불리 반론을 제기할 수 없었다. 적어도 이 문제에 관한 한 그의 지적이 옳았고, 요즘은 가톨릭 신자들 중에도 낙태 문제와 관련한 바티칸의 고집에 반발하는 분위기가 나타나기 시작했다. 스스로 독실한 가톨릭 신자인 멜린다 게이츠의 경우, 자신이 몸담은 교회의 진노를 살 우려에도 불구하고 전 세계의 산아 제한 운동에 힘을 보태기 위해 5억 6천만 달러의 거금을 내놓았다. 이에 따라 엘리자베스 신스키는 기회가 있을 때마다 자신들의 재단을 통해 세계 보건을 향상하기 위한 노력을 아끼지 않는 빌 게이츠와 멜린다 게이츠 부부야말로 성인으로 추앙받아 마땅하다는 견해를 피력해왔다. 비록 그들에게 성인 칭호를 부여할 수 있는 유일한 기관이 그러한 그들의 노력에 깃든 진정한 기독교의 본질을 보지 못하는 것이 안타깝기는 하지만.

"신스키 박사." 키 큰 그림자가 말을 이었다. "세계보건기구가 모르고 있는 것은 지구적 차원의 보건 문제가 실제로는 딱 한 가지밖에 없다는 사실입니다." 그는 다시 한 번 스크린에 비친 끔찍한 그림 — 인산인해를 이루는 복잡하고 진저리 나는 인류 — 을 가리켰다. "그게 바로 이거예요." 그가 잠시 뜸을 들이다 말을 이었다. "당신은 과학자지 고전문학이나 예술에 정통한 사람은 아닐 테니, 당신이 보다 잘 이해할 수 있는 언어로 된 다른 그림을 하나 더 보여드리죠."

방 안이 잠시 어두워지더니 이내 스크린이 다시 환해졌다.

새로 나타난 그림은 엘리자베스도 여러 차례 본 적이 있는 그림이었다. 볼 때마다 섬뜩한 필연성을 암시하는 그림…….

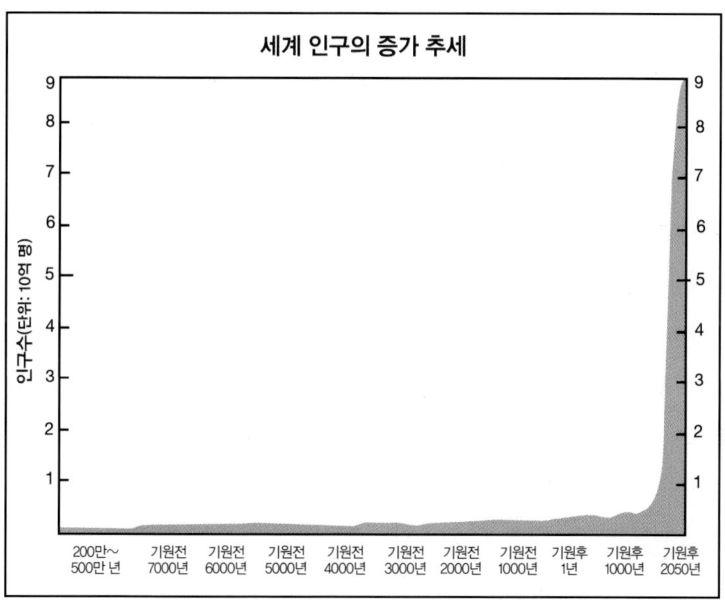

무거운 침묵이 방 안에 감돌았다.

"그래요." 호리호리한 남자가 이윽고 입을 열었다. "이 도표를 보면 아무 말도 하지 못하고 공포에 사로잡히는 게 정상적인 반응이지요. 저걸 보고 있으면 맹렬한 속도로 달려드는 화물 트럭의 헤드라이트 불빛을 바라보는 느낌이니까요." 남자는 엘리자베스를 향해 돌아서며 가식적인 미소를 지었다. "질문 있습니까, 신스키 박사?"

"한 가지만 물어보죠." 엘리자베스가 쏘아붙였다. "나를 여기로 데려온 이유가 나에게 강의를 하기 위해서인가요, 아니면 나를 모욕하기 위해서인가요?"

"양쪽 다 아닙니다." 그의 목소리가 묘한 회유조로 변했다. "박사를 여기까지 오시게 한 것은 당신과 함께 일하기 위해서입니다. 인구 과잉이 심각한 보건 문제라는 점은 당신도 충분히 이해할 거라고 믿습니다. 하지만 나는 당신이 과연 이 문제의 본질을 제대로 이해하고 있는지 걱정스러워요. 이것은 인간의 영혼에 대한 문제입니다. 인구 과잉의 압박이 가해지면 평생 남의 물건에 손을 댈 생각조차 해보지 않던 사람이 가족을 먹여 살리기 위해 도둑질을 하게 됩니다. 살인은 꿈도 꿔보지 않은 사람이 자식을 키우기 위해 살인을 마다하지 않게 되지요. 단테가 말하는 죽음으로 이르는 죄악, 즉 탐욕과 탐식과 배신과 살인, 그 밖의 모든 죄악들이 인성의 수면 위로 떠올라 한없이 증폭되지요. 우리는 인간의 영혼 그 자체를 위한 전쟁에 직면해 있는 겁니다."

"나는 생물학자예요. 영혼이 아니라 목숨을 구하는 게 내 일이에요."

"음, 그렇다면 앞으로는 생명을 구하는 일이 엄청나게 어려워질 거라고 단언할 수 있습니다. 인구 과잉은 영적인 불만보다 훨씬 빠르게 번져나가니까요. 마키아벨리는—."

"그래요." 엘리자베스는 상대방의 말을 가로막으며 마키아벨리의 유명한 구절을 암송했다. "'세계의 모든 지방이 사람들로 가득 차 더 이상 그곳에서 살아남을 수도, 다른 곳으로 옮겨갈 수도 없는 지경이 되면…… 세상은 스스로를 정화한다.'" 엘리자베스는 키 큰 남자를 올려다보며 덧붙였다. "WHO에서 일하는 사람들은 누구나 그 말을 잘 알고 있어요."

"좋습니다. 그럼 마키아벨리가 세상이 스스로를 정화하는 방법 가운데 하나로 전염병을 언급했다는 사실도 알고 있겠군요."

"그래요. 내가 강연에서도 얘기했듯이 우리는 인구 밀도와 광범위한 유행병의 직접적인 상관관계를 잘 알고 있어요. 그래서 끊임없이 새로운 탐지 방법과 치료 방법을 연구하고 있는 거고요. WHO는 미래의 유행병을 예방할 수 있다는 자신감을 가지고 있어요."

"한심하군요."

엘리자베스는 상대방을 멍하니 바라보며 자신의 귀를 의심했다. "뭐라고요?"

"신스키 박사." 남자는 야릇한 웃음을 지으며 말했다. "마치 전염병을 예방하는 것이 좋은 일인 것처럼 말하고 있지 않습니까."

엘리자베스는 어이가 없어서 뭐라고 대꾸도 하지 못하고 상대를 바라보기만 했다.

"역시 그렇군요." 키 큰 남자는 변론을 마친 변호사 같은 말투로 말했다. "나는 지금 세계보건기구의 수장이라는 사람을 앞에 두고 서 있습니다. WHO가 내놓을 수 있는 최고의 대책이 뭐지요? 생각해보면 얼마나 끔찍한 일인지 알 겁니다. 나는 당신에게 곧 우리가 현실로 맞닥뜨릴 끔찍한 참상을 보여주었습니다." 그는 시체들이 즐비한 그림을 다시 스크린에 띄웠다. "나는 당신에게 무절제한 인구 증가의 가공할 위력에 대해서 설명했습니다." 그는 가지런히 쌓인 종이 더미를 가리켰다. "나는 당신에게 우리의 영혼이 무너져 내릴 위기에 처해 있다는 사실을 지적했습니다." 그는 잠시 말을 끊고 똑바로 엘리자베스를 돌아보았다. "그런데 당신의 반응은 어떻습니까? 아프리카에 공짜 콘돔을 나눠주자고요?" 그의 입술에 비웃음이 번졌다. "소행성이 떨어지는데 파리채를 들고 휘두르는 격이로군요. 시한폭탄은 더 이상 째깍거리지 않습니다. 이미 시간은 지났고, 특단의 대책이 마련되지 않는 한 기하급수의 수학이 당신의 새로운 신으로 등극할 겁니다. 그런데 그 신은 복수의 신이에요. 바로 이 뉴욕 한복판에 단테가 말하는 지옥의 풍경이 펼쳐질 겁니다. 무리를 지은 군중은 자신이 내지른 배설물 속을 뒹굴겠지요. 한때 우리가 어머니라고 불렀던 자연, 그 자연이 직접 나선 정화가 시작되는 겁니다."

"그런가요?" 엘리자베스가 대꾸했다. "그럼 당신이 말하는 지속 가능한 미래에서, 이상적인 지구의 인구는 몇 명인가요? 인류가 희망을 이어갈 수 있고 상대적인 편안함을 느낄 수 있는 한계치를 얼마로 보는 거죠?"

키 큰 남자는 그 질문을 음미하는 표정으로 빙그레 미소를 지었다. "환경 생물학자든 통계학자든 간에, 제대로 된 견해를 가진 사람이라면 누구나 인류의 장기적인 생존을 담보할 수 있는 최적의 인구는 40억 안팎이라고 대답할 겁니다."

"40억?" 엘리자베스가 맞받았다. "지금 벌써 70억이에요. 이제 정화를 시작하기에는 조금 늦은 것 아닌가요?"

키 큰 남자의 초록색 눈동자에 불꽃이 번쩍였다. "그런가요?"

로버트 랭던은 나무가 울창한 보볼리 정원의 남쪽 끄트머리 울타리 안쪽으로 풀쩍 뛰어내렸다. 바닥이 푹신해서 천만다행이었다. 이어서 시에나가 그 옆으로 사뿐히 뛰어내려 옷의 먼지를 털며 주위를 둘러보았다.

두 사람이 뛰어내린 곳은 이끼와 양치류로 덮인 조그만 숲 가장자리의 공터였다. 피티 궁이 나무들에 가려 보이진 않았지만, 랭던은 이곳이 이 정원 안에서는 궁전과 가장 멀리 떨어진 곳일 거라고 짐작했다. 아직 이른 시간이라 주위에는 일꾼이나 관광객들의 모습도 보이지 않았다.

랭던은 언덕 아래로 꾸불꾸불 이어져 숲 속으로 사라지는, 완두콩만 한 돌멩이가 깔린 오솔길을 바라보았다. 오솔길이 사라지는 곳 부근, 자연스럽게 눈길이 머물 만한 곳에 대리석 조각상이 하나 서 있었다. 그리 놀라운 일은 아니었다. 보볼리 정원은 니콜로 트리볼로와 조르조 바사리, 베르나르도 부온탈렌티 같은 거장들의 남다른 공간 감각이 번득이는 곳이었다. 탁월한 미적 재능을 지닌 천재들이 힘을 모아 이 40만 제곱미터짜리 캔버스에 사람이 돌아다닐 수 있는 걸작을 탄생시킨 것이다.

"북동쪽으로 방향을 잡으면 궁전으로 갈 수 있을 겁니다." 랭던은 오솔길을 가리키며 말했다. "거기서 관광객들 사이에 섞여 들면 눈에 띄지 않게 여기를 빠져나갈 수 있겠지요. 정식으로 문을 여는 시간이 9시쯤일 테니까 시간도 적당해요."

랭던은 시간을 확인하려고 고개를 숙였지만, 미키마우스 손목시계가 째깍거리고 있어야 할 그의 팔뚝에는 아무것도 없었다. 혹시 다른 옷가지와 함께

보볼리 정원, 피렌체

병원에 남아 있으면 나중에라도 찾을 수 있을까 얼핏 생각했다.

시에나는 꿈쩍도 하지 않고 버티고 선 채 랭던을 바라보았다. "로버트, 출발하기 전에 우리가 어디로 가는지 알고 싶어요. 아까 저기서 뭘 알아낸 거죠? 말레볼제가 어떻게 됐다고요? 순서가 달라졌다고 했어요?"

랭던은 저만치 보이는 숲을 가리키며 대답했다. "일단 저 숲 속으로 들어갑시다." 랭던은 조그만 공터를 둥그렇게 에워싸는 오솔길 쪽으로 시에나를 이끌었다. 조경 용어로 흔히 '방(room)'이라 표현되는 공터에는 나무 질감을 낸 벤치 몇 개와 조그만 분수가 자리하고 있었다. 나무 밑의 공기는 다른 곳보다 훨씬 서늘했다.

랭던은 주머니에서 프로젝터를 꺼내 열심히 흔들기 시작했다. "시에나, 이 이미지를 만든 사람은 말레볼제의 죄인들에게 알파벳을 적어 넣었을 뿐 아니라 죄악의 순서도 바꿨어요." 그러면서 그는 벤치 위로 올라가 시에나를 내려다보며 프로젝터를 자신의 발밑에 비췄다. 보티첼리의 〈지옥의 지도〉가 평평한 벤치 위에 희미하게 모습을 드러냈다.

랭던은 여러 층으로 나눠진 깔때기 아랫부분을 가리켰다. "말레볼제의 구덩이 열 개에 저마다 글자들이 적혀 있는 게 보이지요?"

시에나는 다시 한 번 그 글자들을 일일이 확인하며 위에서부터 아래로 읽어 내렸다. “카트로바케르(Catrovacer).”

“맞아요. 아무런 의미도 없는 단어지요.”

“그럼 이 열 개의 구덩이가 제멋대로 뒤섞여 있다는 거예요?”

“사실은 그렇게까지 복잡하지도 않아요. 이 구덩이들을 열 장으로 이루어진 한 벌의 카드라고 본다면, 지금의 순서는 카드를 마구 뒤섞어놓은 것이 아니라 그냥 한번 쓱 뗐을 뿐이에요. 다시 말해서 카드들의 순서는 원래대로 남아 있지만, 엉뚱한 카드가 제일 위로 올라가 있는 셈이지요.” 랭던은 말레볼제의 열 개의 구덩이를 가리키며 말을 이었다. “단테가 쓴 대로라면 제일 위쪽에 악마에게 매질을 당하는 색마들이 있어야 해요. 그런데 이 그림에서 색마들은 훨씬 밑으로 내려가 일곱 번째 구덩이에 있어요.”

시에나는 벌써 희미하게 흐려지기 시작하는 그림을 바라보며 고개를 끄덕였다. “그래요, 무슨 말인지 알겠어요. 첫 번째 구덩이가 일곱 번째가 되었다는 거죠?”

랭던은 프로젝터를 주머니에 넣고 벤치에서 내려왔다. 그러고는 조그만 나무 막대기를 주워 길옆의 흙 위에다 글자를 쓰기 시작했다. “수정된 버전의 지옥에 등장하는 글자들은 이렇게 되어 있어요.”

C
A
T
R
O
V
A
C
E
R

“카트로바케르(Catrovacer).” 시에나가 소리 내어 읽었다.

“그래요. 이 한 벌의 카드를 여기서 뗀 거예요.” 랭던은 일곱 번째 글자 밑에 선을 하나 긋고 시에나의 반응을 기다렸다.

C
A
T
R
O
V
A
———
C
E
R

“좋아요.” 시에나가 재빨리 말했다. “그럼 카트로바(Catrova) 케르(Cer)가 되네요.”

“맞습니다. 이제 이 두 무더기의 카드를 다시 합치되, 밑에 있던 카드들이 위로 올라가게 하는 겁니다. 아래위가 서로 자리를 바꾸는 거지요.”

시에나는 유심히 글자들을 살폈다. “케르(Cer). 카트로바(Catrova).” 그녀는 시큰둥한 표정으로 어깨를 으쓱했다. “그래도 말이 안 되기는 마찬가지잖아요.”

“케르 카트로바(Cer Catrova).” 랭던이 시에나의 발음을 되풀이했다. 그러고는 잠시 뜸을 들이다가 두 묶음을 붙여서 다시 한 번 읽었다. “케르카트로바(Cercatrova).” 마지막으로, 중간에 잠깐 멈췄다가 다시 읽었다. “케르카(Cerca)…… 트로바(trova).”

시에나가 나직이 신음을 토하며 번쩍 고개를 들고 랭던을 바라보았다.

"그래요." 랭던이 미소를 지으며 말했다. "케르카 트로바(Cerca trova)."

이탈리아어의 'cerca'와 'trova'를 글자 그대로 옮기면 '구하다'와 '찾다'가 된다. 이 두 단어를 하나의 구로 묶어서 'cerca trova'라고 하면 성경에 나오는 그 유명한 경구, "구하라, 그리하면 찾을 것이요"라는 말과 똑같아지는 셈이다.

"당신이 본 환각!" 시에나가 숨도 제대로 쉬지 못하고 소리쳤다. "얼굴을 가린 여인! 그 여인이 계속 당신에게 '구해라, 찾아라' 하고 말했잖아요!" 그녀는 아주 펄쩍펄쩍 뛸 기세였다. "로버트, 이게 무슨 뜻인지 알아요? 이건 '케르카 트로바'라는 경구가 이미 당신의 잠재의식 속에 들어 있었다는 뜻이에요! 모르겠어요? 당신은 병원에 도착하기 전에 이미 이 단어들을 알아냈던 거예요! 어쩌면 그 전에 이미 이 프로젝터 속의 그림도 봤는데 잊어버렸던 건지도 몰라요!"

'맞다.' 랭던은 그녀의 말이 옳다는 것을 깨달았다. 암호 그 자체에 몰두한 나머지, 이 모든 과정을 이미 한 번 겪었을지도 모른다는 사실에는 미처 생각이 미치지 않았던 것이다.

"로버트, 조금 전에 〈지옥의 지도〉가 옛 도심의 특정한 장소를 가리킨다고 했잖아요. 그게 어딘지 아직도 이해가 가지 않아요."

"'케르카 트로바'에서 뭔가 짚이는 게 없어요?"

시에나는 어깨를 슬쩍 들었다 놓았다.

랭던은 속으로 미소를 지었다. '시에나도 모르는 게 있군.' "이 문구는 정확하게 베키오 궁전에 있는 유명한 벽화를 가리키고 있어요. 500인의 방에 있는 조르조 바사리의 〈마르시아노 전투〉가 그겁니다. 바사리는 이 그림 윗부분에 잘 보이지도 않는 조그만 글자로 '케르카 트로바'라고 적어놓았어요. 그 이유에 대해서는 수많은 이론들이 분분하지만, 아직 결정적인 증거는 발견되지 않은 상태입니다."

그때 갑자기 그들의 머리 위에서 조그만 비행기가 날아가는 소리가 들리기 시작했다. 어디선가 갑자기 비행기가 한 대 나타나 나뭇가지 무성한 그들의 머리 위로 날아가는 모양이었다. 소리가 너무 가까운 곳에서 들리는 탓에 랭

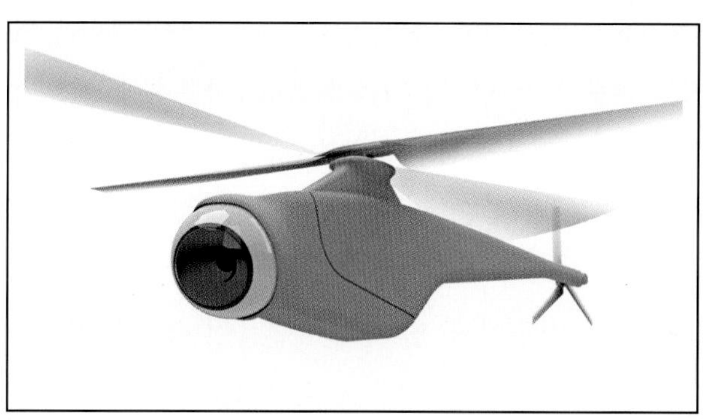

정찰용 무인 헬리콥터

던과 시에나는 비행기가 지나갈 때까지 꼼짝도 하지 않고 기다렸다.

비행기가 지나가자 랭던은 나뭇가지 사이를 뚫고 하늘을 올려다보았다. "장난감 헬리콥터로군요." 그는 멀리서 허공을 선회하는 90센티미터가량의 무선 조종 헬리콥터를 바라보며 안도의 한숨을 내쉬었다. 모터 소리가 마치 성난 거대 모기가 내는 소리 같았다.

하지만 시에나는 여전히 긴장을 풀지 않은 모습이었다. "자세 낮춰요."

아니나 다를까, 소형 헬리콥터는 허공을 완전히 한 바퀴 돌아 다시 그들이 있는 쪽으로 돌아왔다. 나무 꼭대기를 스칠 듯이 낮게 날던 헬리콥터는 그들을 지나치더니, 이번에는 왼쪽의 다른 공터 상공으로 날아갔다.

"저건 장난감이 아니에요." 시에나가 속삭였다. "정찰용 무인 헬리콥터가 분명해요. 아마 저기 장착된 카메라가 누군가에게 실시간으로 영상을 보내고 있을 거예요."

랭던은 헬리콥터가 처음에 나타났던 방향으로 멀어져가는 모습을 지켜보며 벌어진 입을 다물지 못했다. 포르타 로마나와 미술 학교가 있는 쪽이었다.

"당신이 무슨 짓을 했는지는 모르겠지만……" 시에나가 말했다. "강력한 권력을 가진 누군가가 당신을 찾으려고 아주 혈안이 된 모양이네요."

헬리콥터가 다시 모습을 드러내더니 조금 전에 랭던과 시에나가 뛰어넘은 담벼락을 따라 천천히 날아가기 시작했다.

"미술 학교의 누군가가 우리를 보고 무슨 얘기를 했을지도 몰라요." 시에나가 오솔길을 따라 걸음을 떼며 말했다. "어서 여길 벗어나는 게 좋겠어요."

헬리콥터가 정원의 가장자리를 향해 날아가자, 랭던은 땅바닥에 썼던 글자들을 발로 뭉개 지워버리고 서둘러 시에나의 뒤를 쫓았다. 마음속에 '케르카트로바'와 조르조 바사리의 벽화, 그리고 자신이 그전에 이미 프로젝터의 메시지를 해독한 게 틀림없다는 시에나의 단언이 마구 뒤섞여 어른거렸다. '구하라, 그리하면 찾을 것이요.'

두 번째 공터로 들어섰을 무렵, 갑자기 또 한 가지 깨달음이 랭던의 뇌리를 스쳤다. 그는 망연자실한 표정으로 자신도 모르게 그 자리에 멈춰 섰다.

시에나도 걸음을 멈추며 그를 돌아보았다. "로버트, 왜 그래요?"

"나는 죄가 없어." 랭던이 중얼거렸다.

"갑자기 무슨 소리예요?"

"사람들이 나를 쫓아오기에…… 내가 무슨 끔찍한 짓이라도 저지른 줄 알았어요."

"그래요, 그래서 병원에서도 계속 너무 미안하다는 소리를 되풀이했잖아요."

"알아요. 지금까지는 나도 그게 영어라고 생각했어요."

시에나는 놀란 표정으로 그를 바라보았다. "영어 맞잖아요!"

랭던의 파란 눈동자에는 이제 흥분이 가득했다. "시에나, 내가 계속해서 '베리 소리'라고 중얼거렸을 때, 그건 사과가 아니었어요. 베키오 궁전의 벽화에 숨겨진 메시지를 말하고 싶었던 거라고요!" 랭던의 귓전에는 녹음기에서 흘러나오던 자신의 목소리가 생생했다. '베…… 소리. 베…… 소리.'

시에나는 영문을 몰라 어리둥절한 표정이었다.

"모르겠어요?!" 랭던의 얼굴에 짓궂은 미소가 떠올랐다. "나는 '베…… 소리(Ve…… sorry)'라고 말한 게 아니에요. 그건 화가의 이름이었어요. '바…… 사리, 바사리(Va…… sari, Vasari)'!"

Chapter 24

버옌다는 있는 힘을 다해 급브레이크를 잡았다.

오토바이의 뒤꽁무니가 크게 흔들리며 요란한 파열음과 함께 포조 임페리알레 가의 아스팔트 위에 기다란 타이어 자국을 남기며 간신히 멈춰 섰다. 코앞에 예기치 못한 차량 행렬이 길게 늘어서 있었다. 도로는 멈춰 선 차들로 꽉 막힌 상태였다.

'이렇게 허비할 시간이 없어!'

버옌다는 무엇 때문에 길이 막히는지 궁금해 목을 길게 뽑고 전방을 살폈다. 이미 SRS 팀과 아파트 건물 앞의 혼잡을 피하려고 먼 길을 돌아온 참이었다. 이번 임무를 위해 지난 며칠 동안 머물렀던 호텔 방을 정리하려면 서둘러 옛 도심으로 들어가야 했다.

'나는 차단되었다. 한시라도 빨리 이 도시를 빠져나가야 한다!'

그러나 연속되는 불운의 고리는 아직 끊어지지 않은 게 분명했다. 그녀가 옛 도심으로 들어가기 위해 선택한 길은 완전히 봉쇄된 게 틀림없었다. 봉쇄가 풀릴 때까지 얌전히 기다릴 수는 없는 노릇이었다. 버옌다는 멈춰 선 차들을 피해 갓길로 빠져나가 거칠게 오토바이를 몰았다. 이내 온통 난장판이 된 교차로가 시야에 들어왔다. 전방의 로터리는 여섯 개의 주요 도로가 한데 모이는 곳이었다. 바로 옛 도심으로 들어가는 관문, 피렌체에서 교통량이 가장 많은 교차로 가운데 하나로 꼽히는 포르타 로마나였다.

'빌어먹을, 도대체 무슨 일이야?!'

그러고 보니 온 사방에 경찰차들이 득실거리고 있었다. 도로를 막아놓고 무슨 검문을 하는 모양이었다. 잠시 후, 버옌다는 그 난장판의 한복판에서 전혀 예상하지 못한 광경을 발견하고 입이 떡 벌어졌다. 낯익은 검은색 승합차 앞에서 검은 제복을 입은 요원들이 소리를 질러가며 현지 경찰에게 뭐라고 지시를 내리고 있었다.

그들이 SRS 팀원이라는 점에는 의문의 여지가 없었지만, 버옌다는 그들이 여기서 무엇을 하고 있는지 도무지 이해가 가지 않았다.

'만약 그렇다면…….'

버옌다는 마른침을 꿀꺽 삼키며 도저히 있을 법하지 않은 가능성을 떠올렸다. '랭던이 브뤼더의 포위망마저 빠져나간 건가?' 쉽게 상상이 가지 않는 일이었다. 랭던이 브뤼더의 손아귀를 빠져나갈 가능성은 거의 제로로 보였다. 하지만 랭던은 지금 혼자 움직이는 것이 아니었다. 버옌다 자신도 그 금발 여자가 얼마나 슬기롭고 과감하게 위기를 헤쳐나가는지 똑똑히 보지 않았던가.

그리 멀지 않은 곳에서 경찰관 한 사람이 멈춰 선 차들 사이를 돌아다니며 운전자에게 숱 많은 갈색 머리의 잘생긴 남자 사진을 보여주고 있었다. 버옌다는 그 사진의 주인공이 로버트 랭던이라는 사실을 본능적으로 알아차렸다. 가슴이 마구 두근거리기 시작했다.

'브뤼더가 그를 놓쳤다……

랭던이 아직 숨바꼭질을 계속하고 있다!'

노련한 전략가이기도 한 버옌다는 즉시 이 같은 사건 전개가 자신의 상황을 어떻게 변화시킬 수 있을지 분석하기 시작했다.

'첫 번째 선택, 예정대로 도주한다.'

버옌다는 사무장이 총력을 기울이는 결정적인 임무를 날려버렸고, 그것 때문에 조직에서 차단되었다. 운이 좋으면 형식적인 조사를 받고 정상적으로 은퇴할 수 있을지도 모른다. 하지만 그렇게까지 운이 좋은 경우가 아니라면, 또한 그녀가 고용주의 철두철미한 성격을 과소평가한 것이라면, 그녀는 컨소시엄이 언제 어디서 자신의 목숨을 노릴지 모른다는 불안감에 늘 등 뒤를 의식하며 남은 평생을 살아가게 될 것이다.

'이제 두 번째 선택지가 생겼다.

조금 늦었지만 지금이라도 임무를 완수할 여지가 생긴 것이다.'

지금 상태에서 임무를 계속 수행하는 것은 조직의 원칙에 정면으로 위배되는 일이지만, 랭던이 여전히 도주를 거듭하고 있다면 이야기가 달라질 수도 있었다.

'브뤼더가 랭던을 확보하는 데 실패하고……' 버옌다는 생각만으로도 맥박이 빨라지기 시작했다. '내가 성공한다면…….'

아주 위험한 도박인 것은 분명하지만, 랭던이 브뤼더의 추적을 따돌린 상황에서 버옌다가 애초의 임무를 무사히 완수한다면, 결과적으로 위기에 처한 컨소시엄을 단번에 되살리는 혁혁한 공을 세우게 되는 것이다. 이렇게 되면 사무장도 생각이 달라질 수밖에 없을 것이었다.

'자리를 지킬 수 있다.' 버옌다는 생각했다. '오히려 승진까지 가능할지도 모른다.'

버옌다는 자신의 미래가 바로 이 한순간의 결정에 달려 있다는 사실을 직감했다. '브뤼더보다 먼저 랭던을 찾아야 한다.'

확실히, 쉬운 일은 아니었다. 브뤼더는 다양한 최첨단 장비는 물론, 마음만 먹으면 인원도 무한정 동원할 수 있다. 반면 버옌다는 철저하게 혼자 움직여야 했다. 그러나 결정적으로, 그녀에게는 브뤼더도 사무장도 현지 경찰도 가지고 있지 못한 단서가 하나 있었다.

'나는 랭던이 어디로 향할지를 알고 있다.'

버옌다는 BMW의 출력을 최대치로 끌어올려 180도 회전을 시도한 다음, 왔던 길을 되짚어 내달리기 시작했다. 그라치에 다리. 그녀는 머릿속에 북쪽의 다리를 떠올렸다. 옛 도심으로 들어가는 길은 하나만 있는 게 아니었다.

'사과가 아니라……' 랭던은 생각에 잠겼다. '화가의 이름이었어.'

"바사리." 시에나도 오솔길 쪽으로 한 걸음 물러서며 중얼거렸다. "자신의 벽화 속에 '케르카 트로바(cerca trova)'라는 문구를 숨겨놓은 화가의 이름이었군요."

랭던은 어이가 없어 웃음밖에 나오지 않았다. '바사리. 바사리.' 이 깨달음은 지금 그들이 처한 정체를 알 수 없는 위기에 한 줄기 빛을 드리워줌과 동시에, 도대체 자기가 무슨 끔찍한 짓을 저질렀기에 그렇게 자꾸만 미안하다는 소리를 되풀이한 것일까 하는 고민을 더 이상 하지 않아도 된다는 의미이기도 했다.

"로버트, 당신은 부상당하기 전에 이 프로젝터 안에 들어 있는 보티첼리의 그림을 본 게 틀림없어요. 그 속에 바사리의 벽화를 지칭하는 암호가 숨겨져 있다는 것도 알고 있었고요. 그래서 정신이 혼미한 와중에도 자꾸만 바사리의 이름을 중얼거렸던 거예요!"

랭던은 이것이 무엇을 의미하는지 계산해보려고 노력했다. 16세기의 화가 겸 건축가이자 저술가이기도 한 조르조 바사리는 랭던이 곧잘 '세계 최초의 미술사학자'라고 떠받드는 인물이기도 했다. 바사리는 수백 점의 그림을 그리고 수십 채의 건물을 설계하기도 했지만, 그가 남긴 최고의 유산은 아마도《가장 뛰어난 화가와 조각가, 그리고 건축가들의 생애》라는 제목의 기념비적인 저서일 것이다. 이탈리아의 여러 천재적인 예술가들의 전기를 모은 이 책은 오늘날까지도 미술사를 공부하는 학생들의 필독서로 꼽히고 있다.

바사리는 약 30년 전, 베키오 궁전의 500인의 방에 있는 벽화 한쪽 구석에서 '케르카 트로바'라는 '비밀 메시지'가 발견되면서 다시 한 번 논란의 중심에 서게 되었다. 치열한 전투 장면 속에 파묻혀 거의 보이지도 않는 초록색 깃발 위에 이 조그만 글자들이 적혀 있다. 바사리가 왜 이 이상한 메시지를 자신의 벽화에 남겼는지에 대해서는 지금도 여전히 이론이 분분하지만, 이 벽의 3센티미터 뒤쪽에 사라진 것으로 알려졌던 레오나르도 다빈치의 프레스코화가 숨겨져 있다는 사실을 후세 사람들에게 알리기 위해 단서를 남긴 것이라는 의견이 지배적이다.

조르조 바사리, 자화상

시에나는 걱정스러운 표정으로 나뭇가지 사이를 올려다보며 말했다. "아직도 이해되지 않는 게 한 가지 있어요. 만약 당신이 용서를 구할 만한 일을 한 게 아니라면, 왜 사람들이 당신을 죽이려 하는 거죠?"

랭던도 똑같은 의문을 품고 있던 차였다.

잠시 멀어졌던 정찰용 무인 헬리콥터의 모터 소리가 다시 커지기 시작하자, 랭던은 이제 결단을 내릴 때가 되었음을 직감했다. 바사리의 〈마르시아노 전투〉가 단테의 〈인페르노〉와 무슨 관계가 있는지, 또 자신이 전날 밤에 입은 총상과는 또 무슨 관계가 있는지는 알아내지 못했지만, 적어도 이제 한 갈래의 길이 또렷하게 형태를 드러내기 시작했다.

'케르카 트로바.'

'구하라, 그리고 찾으라.'

랭던의 눈에 또다시 강 건너편에서 그를 부르는 은발 여인의 모습이 어른거렸다. '시간이 없어요!' 만약 어딘가 답이 있다면, 그 어딘가는 바로 베키오 궁전일 터였다.

랭던은 문득 에게 해의 산호초 동굴에서 바닷가재를 잡는 잠수부들 사이에서 전해 내려오는 그리스의 옛 금언(金言) 한 구절을 떠올렸다. '캄캄한 동굴 속으로 헤엄쳐 들어가다 보면, 들어온 만큼의 거리를 되짚어 나갈 정도의 공기가 허파 속에 남아 있지 않은 지점에 도달하게 된다. 이런 상황에서의 유일한 선택은 계속 앞으로 헤엄치는 것뿐이다. 그리고 너무 늦기 전에 출구가 나오기를 기도하는 수밖에 없다.'

랭던은 자신도 이미 그런 지점에 도달한 것이 아닐까 생각했다.

랭던은 눈앞에 펼쳐진 미로 같은 오솔길을 바라보았다. 만약 그가 시에나와 함께 무사히 피티 궁에 도착해 이 정원을 빠져나갈 수만 있으면, 옛 도심까지는 그야말로 엎어지면 코 닿을 거리다. 세계에서 가장 아름다운 인도교로 꼽히는 베키오 다리만 건너면 되기 때문이다. 이 다리는 늘 사람들로 북적거리기 때문에 몸을 숨기기도 쉽다. 거기서 베키오 궁전까지는 불과 몇 블록밖에 되지 않는다.

무인 헬리콥터의 모터 소리가 다가오자, 랭던은 갑자기 온몸에 피로가 몰려오는 것을 느꼈다. 무의식중에 중얼거린 말이 미안하다는 뜻이 아니었음을 알게 되자, 왜 잘못한 것도 없이 쫓기는 신세가 되어야 하는가, 하는 또 다른 의문이 피어올랐다.

"결국은 잡히고 말 거예요, 시에나." 랭던이 말했다. "차라리 이쯤에서 포기하는 게 나을지도 모르겠어요."

시에나는 놀란 표정으로 그를 바라보았다. "로버트, 당신이 움직임을 멈출 때마다 사정없이 누군가의 총알이 날아들었어요! 당신은 지금 자신이 어떤 상황에 처해 있는지를 알아내야 해요. 바사리의 벽화를 당신 눈으로 직접 확인하고, 그것을 계기로 기억이 돌아올지도 모른다는 쪽에 희망을 걸어야 한다고요. 어쩌면 그런 과정을 통해 이 프로젝터가 어디서 왔는지, 어쩌다가 당신 손에 들어왔는지를 알아낼 수 있을지도 모르잖아요."

랭던은 닥터 마르코니를 냉혹하게 살해한 고슴도치 머리의 여인을…… 그들을 향해 총을 쏴대던 군인들을…… 포르타 로마나에 집결한 이탈리아 헌병들을 떠올렸다. 지금은 무인 헬리콥터까지 보볼리 정원을 샅샅이 뒤지며 그들을 쫓고 있었다. 랭던은 입을 굳게 다문 채 피곤한 눈을 문지르며 생각에 잠겼다.

"로버트?" 시에나의 목소리가 조금 높아졌다. "한 가지 더 얘기할 게 있어요. 별로 중요하지 않은 줄 알고 여태 그냥 있었는데, 이제 보니 내가 잘못 생각한 것 같아요."

랭던은 그녀의 진지한 말투에 흠칫 고개를 들었다.

"아파트에서 얘기를 할까 하다가……." 그녀가 머뭇머뭇 말했다.

"무슨 얘긴데 그래요?"

시에나는 불안한 표정으로 입술을 오물거렸다. "당신이 병원에 도착했을 때 말이에요, 제정신이 아닌 상태에서도 계속 무슨 이야기를 하려고 했어요."

"그래요." 랭던이 대답했다. "'바사리, 바사리' 하고 중얼거렸다면서요."

"맞아요, 그런데 우리가 녹음기를 꺼내기 전에…… 그러니까 병원에 도착하자마자 다른 말도 한마디 한 게 기억나요. 딱 한 번 얘기했는데, 내가 잘못 들은 것 같지는 않아요."

"뭐라고 했는데요?"

시에나는 고개를 들어 무인 헬리콥터를 올려다보더니, 다시 랭던을 바라보았다. "당신이 한 말은 '내가 그것을 찾는 열쇠를 가지고 있다…… 만약 내가 실패하면 모두가 죽는다'였어요."

랭던은 그저 시에나를 멀뚱멀뚱 바라보았다.

'내가 실패하면 모두가 죽는다?' 충격적인 이야기가 아닐 수 없었다. 죽음의 그림자들이 눈앞에서 어른거렸다. 단테가 묘사한 지옥 풍경, 생물학적 위험을 암시하는 심벌, 흑사병 의사…… 피로 물든 강 건너편에서 그를 향해 애원하던 아름다운 은발 여인의 얼굴도 다시 나타났다. '구해서, 찾으세요! 시간이 없어요!'

랭던은 시에나의 목소리에 간신히 현실로 돌아왔다. "이 프로젝터가 궁극적으로 가리키는 것이나 당신이 찾고자 하는 게 무엇이건 간에, 굉장히 위험한 게 틀림없어요. 사람들이 우리를 죽이려 한다는 사실 자체가……." 그녀의 목소리가 살짝 갈라지더니, 평정을 되찾기까지는 약간의 시간이 걸렸다. "생각해보세요. 그들은 벌건 대낮에 당신에게 총을 쏘았어요. 아무 상관도 없는 나한테까지도 그랬고요. 협상을 시도할 생각 따위는 애당초 없는 게 분명해요.

당신네 정부의 도움을 기대할 수도 없는 상황이잖아요. 도움을 청했더니 당신을 죽일 사람을 보냈으니까요."

랭던은 멍하니 땅바닥을 내려다보았다. 미국 영사관이 킬러에게 랭던의 위치를 알려주었는지, 아니면 영사관에서 직접 킬러를 보냈는지는 중요하지 않다. 어차피 결과는 같으니까. '우리 정부조차도 내 편이 아니다.'

랭던은 시에나의 갈색 눈동자에서 단호한 의지를 발견했다. '내가 이 여자를 어디로 끌어들인 거지?' "나도 우리가 무엇을 찾고 있는지 알았으면 좋겠어요. 그래야 이 모든 상황의 윤곽이 잡힐 테니까."

시에나도 고개를 끄덕였다. "그게 뭐든 나는 우리가 그걸 찾아야 한다고 생각해요. 그걸 찾으면 어떻게든 방법이 생기겠죠."

그녀의 논리를 반박하기란 쉽지 않았다. 그래도 랭던은 쉽사리 결정을 내릴 수가 없었다. '내가 실패하면 모두가 죽는다.' 그는 아침 내내 섬뜩한 심벌, 흑사병, 단테의 지옥 풍경 등을 붙잡고 씨름했다. 자신이 무엇을 찾고 있는지에 대한 뚜렷한 증거가 없는 것은 사실이지만, 이 상황이 치명적인 질병이나 대규모의 생물학적 위협과 연루되었을 가능성 자체를 외면할 수는 없었다. 그것은 지나치게 경솔한 처사가 될 것이다. 하지만 만약 그 가능성이 사실이라면, 왜 미국 정부는 그를 제거하려 하는 것일까?

'그들은 내가 잠재적인 위협 세력과 한 패라고 생각하는 것일까?'

아무리 생각해도 말이 되지 않는 소리였다. 뭔가 다른 이유가 있을 게 분명했다.

랭던은 다시 한 번 은발 여인을 떠올렸다. "환각에서 본 여인도 자꾸 마음에 걸려요. 그녀를 찾아야 한다는 직감을 떨쳐버릴 수 없어요."

"그럼 직감을 따르세요." 시에나가 말했다. "지금 상황에서 당신이 가진 최고의 나침반은 당신의 잠재의식이에요. 가장 기본적인 심리학이기도 하죠. 만약 당신의 직감이 그 여인을 믿으라고 말한다면, 내가 보기에 당신은 그녀의 말을 따라야 해요."

"구하라, 찾아라." 두 사람의 입에서 동시에 같은 말이 흘러나왔다.

랭던은 크게 숨을 몰아쉬었다. 비로소 가야 할 길이 확실하게 정해진 느낌이었다.

'내가 할 수 있는 일은 이 동굴을 계속 헤엄쳐나가는 것뿐이다.'

일단 그렇게 결심한 랭던은 새삼스럽게 주위를 둘러보며 마음을 가다듬었다. '이 정원을 빠져나가려면 어느 쪽으로 가야 하지?'

지금 그들이 서 있는 곳은 여러 갈래의 오솔길이 교차하는 탁 트인 광장 가장자리의 나무 밑이었다. 왼쪽으로 상당한 거리를 두고 타원형의 연못이 자리하고 있었다. 한복판의 조그만 섬은 레몬 나무와 조각상들로 장식되어 있었다. '이솔로토(작은 섬).' 랭던은 물속에 반쯤 잠긴 말을 타고 물속을 헤쳐나가는 페르세우스의 유명한 조각상을 한눈에 알아보았다.

"피티 궁은 저쪽이에요." 랭던은 이솔로토의 반대편인 동쪽을 가리키며 말했다. 그가 가리킨 쪽에 서에서 동으로 이 정원을 가로지르는 중앙로, 비오톨로네가 뻗어 있었다. 어지간한 2차선 도로와 맞먹는 너비의 이 길 양편으로 400년 묵은 늘씬한 삼나무들이 늘어서 있었다.

"저기는 몸을 숨길 데가 없어요." 시에나가 쉴 새 없이 상공을 선회하는 무인 헬리콥터를 가리키며 말했다. 아닌 게 아니라, 곧게 뻗은 비오톨로네는 상공에서 볼 때 그대로 노출되어 있었다.

"그래요." 랭던의 한쪽 입꼬리가 비스듬히 말려 올라갔다. "그렇기 때문에 그 옆의 터널을 이용하려는 거지요."

랭던은 비오톨로네 입구의 빽빽한 산울타리를 가리켰다. 울창한 관목이 벽처럼 에워싼 가운데, 아치 모양의 조그만 입구가 뚫려 있었다. 그 입구 너머로 좁다란 오솔길이 눈길 닿는 곳까지 이어져 있었는데, 랭던은 비오톨로네와 평행선을 그리며 뻗어 있는 그 오솔길을 터널이라고 표현한 것이었다. 양쪽에 늘어선 너도밤나무를 1600년대부터 길 안쪽으로 굽어지도록 세심하게 전지한 덕분에, 지금은 그 가지들이 머리 위에서 서로 얽혀 길 전체를 덮는 차양처럼 우거져 있었다. 이 오솔길의 이름이 '체르키아타'—'원형의' 또는 '고리 모양의'란 뜻이다—인 것도 나뭇가지로 이루어진 통로 천장이 원통, 즉 이탈리아어로 체르키 모양이기 때문이었다.

시에나는 얼른 그 입구로 달려가 짙은 그림자가 드리운 오솔길을 들여다보더니, 랭던을 돌아보며 싱긋 미소를 지었다. "훨씬 낫네요."

시에나는 지체 없이 그 오솔길로 들어서서 나무 사이로 걸어가기 시작했다.

랭던은 옛날부터 이 체르키아타야말로 피렌체에서 가장 평화로운 곳이라고 생각했다. 하지만 오늘, 시에나가 그 어두컴컴한 오솔길로 사라지는 것을 지켜보고 있으니 다시 한 번 제발 출구에 도달할 수 있기를 기도하며 산호초 동굴 속으로 헤엄쳐 들어가는 그리스의 잠수부들이 떠올랐다.

랭던도 얼른 자기 나름의 짧은 기도를 읊조린 뒤, 서둘러 그녀를 뒤쫓았다.

⚜

그들과 800미터가량 떨어진 미술 학교 앞, 브뤼더 요원이 경찰과 학생들 사이를 뚫고 들어왔다. 얼음장 같은 그의 눈빛에 주눅이 든 사람들이 자동으로 길을 터주었다. 브뤼더는 임시작전본부 기능을 하는 검은색 승합차 후드 위에 장비들을 늘어놓은 감시 전문 요원을 향해 다가갔다.

"몇 분 전에 상공에서 찍은 사진입니다." 전문 요원이 브뤼더에게 태블릿 스크린을 건네며 말했다.

브뤼더는 스크린에 잡힌 정지 화면을 유심히 살펴보았다. 크게 확대한 탓에 화질이 좋지는 않았지만, 나무 그늘 속에 몸을 숨긴 채 하늘을 올려다보는 짙은 갈색 머리칼의 남자와 금발 말총머리 여자의 얼굴을 확인하는 데는 전혀 무리가 없었다.

로버트 랭던.

시에나 브룩스.

의심의 여지가 없었다.

브뤼더는 승합차 후드 위에 펼쳐진 보볼리 공원의 지도를 들여다보았다. '저 친구들, 최악의 선택을 했군.' 브뤼더는 정원의 구조를 살펴보며 속으로 생각했다. 정원은 워낙 넓고 복잡해 숨을 곳이 많기는 했지만, 사방이 높은 담벼락으로 에워싸여 있었다. 브뤼더는 지금까지의 현장 경험을 통해 누구도 빠져나갈 수 없는 천연적인 함정을 여러 차례 목격한 적이 있지만, 이 보볼리 공원만큼 완벽한 입지 조건을 만난 건 처음이었다.

보볼리 정원

(위) 이솔로토(작은 섬)
(왼쪽) 비오톨로네(중앙로)
(아래) 체르키아타

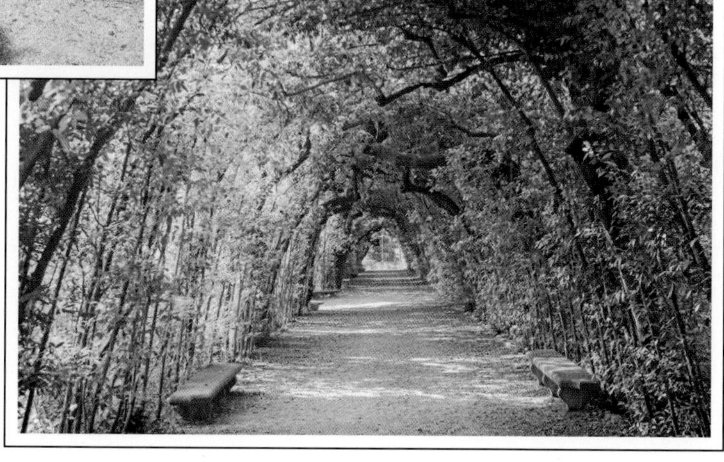

'절대 빠져나가지 못한다.'

"현지 경찰이 모든 출구를 봉쇄하고 토끼몰이를 시작했습니다." 요원이 말했다.

"계속 보고해." 브뤼더는 별로 덧붙일 것도 없이 짧게 지시했다.

그의 시선이 천천히 승합차의 두꺼운 폴리카보네이트 유리창 쪽을 향했다. 유리창 너머로, 뒷자리에 앉아 있는 은발 여인의 모습이 보였다.

여인은 그들이 투여한 약물 때문에 몽롱한 상태였다. 브뤼더가 의도했던 것보다 상태가 조금 더 심했다. 그럼에도 불구하고 두려움이 가득한 여인의 눈동자는 지금 벌어지고 있는 상황을 온전히 포착하고 있음이 분명해 보였다.

'별로 즐거워 보이지는 않는군.' 브뤼더는 속으로 중얼거렸다. '그럴 만도 하지.'

물줄기가 6미터 넘게 공중으로 치솟았다.

랭던은 분수에서 솟구친 물줄기가 도로 떨어지는 것을 바라보며 이제 목적지가 그리 멀지 않다는 사실을 직감했다. 그들은 막 체르키아타의 나뭇가지 터널을 빠져나와 조그만 잔디밭을 가로지른 끝에 울창한 황벽나무 숲으로 들어선 참이었다. 스톨도 로렌치의 넵튠 청동상이 세 갈래의 삼지창을 움켜쥐고 있는, 보볼리의 가장 유명한 분수대가 한눈에 바라다보였다. 현지 사람들이 무례하게도 '포크 분수'라고 부르는 이곳은 정원 전체를 통틀어 가장 중요한 볼거리 가운데 하나로 꼽힌다.

시에나는 숲 가장자리에 멈춰 서서 울창한 가지들 사이로 하늘을 올려다보았다. "헬리콥터가 안 보여요."

랭던도 모터 소리가 들리지 않는다는 사실을 알아차렸지만, 분수 때문에 주위가 그리 조용하지는 않았다.

"연료를 채우는 중인지도 모르죠." 시에나가 말했다. "지금이 기회예요. 어느 쪽이죠?"

랭던은 그녀를 왼쪽으로 이끌었고, 이내 가파른 경사를 내려가기 시작했다. 숲을 빠져나오자 피티 궁이 한눈에 드러나 보였다.

"꽤 근사한 오두막이네요." 시에나가 소곤거렸다.

"메디치 가 특유의 겸손이라고나 할까요." 랭던은 비꼬는 말투로 대답했다.

거리상으로는 아직 400미터 넘게 떨어져 있지만, 벌써부터 좌우로 길게 뻗은 피티 궁의 석조 외관이 풍경을 온통 지배하고 있었다. 불룩한 석재를 거칠게 마감한 건물의 외관 자체가 강력한 권위를 내뿜는 가운데, 덧문이 달린 창과 아치 모양의 출입구가 연속적으로 반복되어 더욱 위압적인 분위기를 자아냈다. 전통적인 궁전들은 고지대에 자리를 잡는 것이 일반적이다. 그래야 정원에 선 사람들이 올려다보는 각도가 나오기 때문이다. 하지만 이 피티 궁은 아르노 강가의 나지막한 계곡에 위치해 있어서 보볼리 정원에서 볼 때 궁전이 아래쪽으로 내려다보인다.

이것은 오히려 더욱 극적인 효과를 가져왔다. 어느 건축가는 이 궁전이 자연 그 자체에 의해 만들어진 것 같다고 설명했다. 마치 산사태로 밀려 내려온 거대한 돌들이 더없이 우아한 바리케이드처럼 자연스럽게 쌓여 이 궁전의 벽을 이룬 것처럼 보인다는 것이다. 지대가 낮아서 방어에는 약점을 드러낼 수도 있지만, 피티 궁의 석조 구조물은 워낙 탄탄한 위용을 자랑하기 때문에 나폴레옹이 피렌체에 주둔할 당시 본거지로 사용한 적이 있을 정도였다.

"저기 좀 보세요." 시에나가 제일 가까운 이 궁전의 출입문을 가리키며 말했다. "좋은 징조 아니에요?"

랭던도 그 문을 보았다. 상상조차 하지 못한 일들이 연달아 벌어지는 오늘 아침, 그나마 가장 낙관적인 대목이 있다면 이제 피티 궁전이 코앞에 보인다는 사실보다 오히려 그 입구에서 관광객들이 정원으로 몰려나오고 있다는 점이었다. 피티 궁이 개방되었다는 사실은 다시 말해 랭던과 시에나가 관광객들 틈에 묻혀 자연스럽게 궁전 안으로 들어감으로써 보볼리 정원을 빠져나갈 희망이 보인다는 의미였다. 궁전을 나서면 오른쪽으로 아르노 강이 나타날 것이고, 그 너머로 옛 도심의 첨탑들이 한눈에 들어올 터였다.

랭던과 시에나는 이제 가파른 내리막길을 뛰다시피 내려갔다. 역사상 최초의 오페라가 공연된 곳으로 알려진 보볼리 원형극장이 언덕 측면에 말발굽처럼 들어앉아 있었다. 그 뒤로 람세스 2세의 오벨리스크와 그 밑바닥에 놓인 조금은 기구한 '예술 작품'이 보였다. 안내책자는 이 작품을 '로마의 카라칼라 목욕탕에서 가져온 거대한 석조 수반'이라고 소개하고 있지만, 랭던은 그것을 볼 때마다 그 진짜 정체는 세계 최대의 욕조라는 생각을 떠올리곤 했다. '저것 좀 어디 다른 데로 치워버릴 수 없을까.'

이윽고 궁전 뒤쪽에 도착한 그들은 차분한 걸음걸이로 속도를 줄이고 아침 일찍 제일 먼저 도착한 부지런한 관광객들 사이로 자연스럽게 섞여들었다. 그들이 대부분의 사람들과는 반대편으로 움직여 좁은 터널을 지나 안뜰로 내려서니, 노천에 마련된 임시 카페에서 에스프레소를 즐기는 사람들이 군데군데 앉아 있었다. 갓 갈아낸 신선한 원두 냄새가 코를 자극하자, 랭던은 자기도 자리를 잡고 앉아 근사한 아침 식사를 주문하고 싶은 마음이 굴뚝같았다. '지금은 그럴 때가 아니다.' 랭던은 눈을 질끈 감고 계속 걸음을 옮겨 궁전의 정문으로 이어지는 널따란 통로로 들어섰다.

하지만 병목 현상을 일으키는 도로처럼 문 근처로 다가갈수록 사람들이 많아져 앞으로 나아가기가 쉽지 않았다. 그러고 보니 현관 앞에 많은 관광객들이 모여 서서 바깥쪽을 구경하는 눈치였다. 랭던도 사람들 사이를 뚫고 궁전 앞을 내다보았다.

피티 궁의 웅장한 출입문은 랭던이 기억하는 평소의 무뚝뚝하고 거친 분위기를 그대로 간직하고 있었다. 잘 가꿔진 잔디밭을 제외하면 널따란 아스팔트 도로가 언덕을 가로질러 마치 거대한 스키 슬로프처럼 구이차르디니 가로 이어지고 있었다.

랭던은 언덕 밑까지 확인하고 나서야 구경꾼들이 무엇을 보고 있는지 알아차렸다.

피티 광장 아래쪽에 사방에서 몰려온 대여섯 대의 경찰차가 북적거리고 있었다. 한 무리의 경찰관들이 무기를 뽑아 든 채 흩어져 자리 잡고, 이미 궁전 앞을 완전히 장악한 상태였다.

경찰이 피티 궁 안으로 진입할 무렵, 시에나와 랭던은 이미 재빠르게 왔던 길을 되짚어 궁전 안 깊숙한 곳으로 다시 들어가는 중이었다. 안뜰과 노천카페를 지날 때는 관광객들조차 오늘따라 유난히 어수선한 분위기를 알아차린 듯 소란의 원인을 찾기 위해 목을 길게 뽑은 채 사방을 두리번거렸다.

시에나는 경찰이 그토록 빨리 그들을 찾아냈다는 게 도저히 믿기지 않았다. '헬리콥터가 사라진 이유는 이미 우리를 발견했기 때문인지도 몰라.'

시에나와 랭던은 정원에서 내려올 때 통과한 좁은 터널을 발견하고 지체 없이 그쪽을 향해 계단을 오르기 시작했다. 계단이 끝나자 왼쪽으로 높다란 담벼락이 보였다. 담장을 따라 계속 올라가다 보니 벽이 점점 낮아지더니, 나중에는 그 너머로 보볼리 정원의 널따란 앞마당이 훤히 드러나 보였다.

다음 순간, 랭던이 갑자기 시에나의 팔을 붙잡고 뒤로 획 잡아당겨 담벼락 뒤로 몸을 숨겼다. 시에나도 이미 그 이유를 알아차렸다.

300미터 전방의 원형 극장 위 경사로를 한 무리의 경찰들이 내려오고 있었다. 그들은 수풀 속을 살피기도 하고 관광객들을 붙잡고 질문을 던지기도 했으며, 더러는 손에 든 무전기로 서로 연락을 주고받기도 했다.

'꼼짝없이 갇혔어!'

시에나는 로버트 랭던을 처음 만났을 때만 해도 그들이 이런 운명에 처할 거라고는 꿈에도 상상하지 못했다. '아무리 생각해도 이건 좀 심하잖아.' 시에나는 랭던과 함께 병원을 빠져나올 때만 해도 그저 총을 가진 고슴도치 머리의 여인에게서 달아나면 된다고 생각했다. 그런데 지금 그들은 헌병과 경찰까지 동원된 대규모 병력에게 추적당하고 있었다. 마침내 시에나는 이 위기를 무사히 빠져나갈 가능성은 거의 제로에 가깝다는 사실을 실감했다.

"나가는 길이 또 있어요?" 시에나가 가쁜 숨을 몰아쉬며 물었다.

"아마 없을 겁니다." 랭던이 대답했다. "이 정원은 담장으로 에워싸인 요새와도 같아요. 마치……" 랭던은 갑자기 말을 멈추고 동쪽을 돌아보았다. "마치…… 바티칸처럼." 문득 그의 얼굴에 한 줄기 희망의 빛이 반짝 되살아나는 느낌이었다.

시에나는 지금 상황이 바티칸과 무슨 관계가 있다는 것인지 감이 잡히지 않았지만, 랭던은 혼자서 고개를 끄덕이며 궁전 뒤의 동쪽을 응시하고 있었다.

"상당한 도박이긴 하지만……" 랭던은 서둘러 그녀를 잡아끌며 말했다. "잘하면 다른 길을 찾아낼 수 있을지도 모르겠어요."

그때 갑자기 그들의 눈앞에 담장 모퉁이를 돌아 나오는 사람의 형체가 불쑥 나타나는 바람에, 랭던과 시에나는 하마터면 그 두 사람과 정면충돌할 뻔했다. 하필이면 두 사람 다 검은 옷을 입고 있어서, 시에나는 순간적으로 그들이 자신의 아파트를 덮쳤던 군인들일 거라고 생각했다. 하지만 그들은 그냥 지나쳤고, 나중에 돌아보니 평범한 관광객이었다. 시에나는 최신 유행의 검은색 가죽으로 빼입은 그들이 틀림없이 이탈리아 사람일 거라고 생각했다.

퍼뜩 좋은 아이디어를 하나 떠올린 시에나는 최대한 다정한 미소를 지은 채 그 관광객들을 불러 세웠다. "푸오 디르치 도브에 라 갈레리아 델 코스투메?" 속사포 같은 이탈리아어로 이 궁전의 또 다른 명소 가운데 하나인 복식 박물관이 어느 쪽인지 가르쳐줄 수 있는지 물은 것이다. "이오 에 미오 프라텔로 시아모 인 리타르도 페르 우나 비지타 프리바타(오빠랑 같이 개별 관람을 신청했는데 그만 지각을 했지 뭐예요)."

"체르토(그럼요)!" 한 남자가 도와주고 싶어 못 견디겠다는 표정으로 환한 미소를 지으며 대답했다. "프로세구이테 드리토 페르 일 센티에로(이 길로 쭉 가시면 돼요)!" 그는 돌아서서 서쪽을 가리켰다. 랭던이 쳐다보며 고개를 끄덕이던 쪽과는 정반대 방향이었다.

"몰테 그라치에(정말 감사합니다)!" 시에나가 또 얼굴 가득 미소를 지으며 밝은 목소리로 인사하자, 관광객들도 만족스러운 얼굴로 그 자리를 떴다.

랭던도 시에나의 속셈을 알아차리고 그녀를 향해 대단하다는 듯이 고개를 끄덕여 보였다. 경찰이 그 관광객들을 붙잡고 랭던과 시에나를 봤느냐고 물으면, 틀림없이 두 용의자가 복식 박물관 쪽으로 갔다는 대답을 듣게 될 터였다. 벽에 붙은 안내 지도에 의하면 복식 박물관은 지금 그들이 가고자 하는 방향과는 가장 멀리 떨어진, 궁전의 서쪽 끝이었다.

"저 길로 들어서려면 저기를 지나야 해요." 랭던은 궁전 반대쪽과 맞닿은 또 다른 언덕으로 내려가는 통로 쪽의 탁 트인 광장을 가리키며 말했다. 언덕의 오르막 경사에는 울창한 산울타리가 자라고 있으니, 조그만 돌멩이가 깔린 그 오솔길까지만 들어설 수 있으면 이제 불과 100미터 거리에서 언덕을 내려오고 있는 경찰들의 눈을 피할 수 있을 듯했다.

시에나가 보기에, 무사히 광장을 가로질러 오솔길까지 들어갈 수 있는 가능성은 극히 희박했다. 그 주변에 관광객들이 모여 서서 경찰들의 움직임을 흥미롭게 지켜보고 있었다. 설상가상으로, 멀리서 들리기 시작한 헬리콥터 소리

보볼리 정원에서 본 피렌체의 스카이라인

가 점점 더 커지고 있었다.

"지금 아니면 영원히 기회가 없어요." 랭던은 그렇게 말하며 시에나의 손을 붙잡고 관광객들 사이를 헤집으며 광장 쪽으로 잡아끌었다. 시에나는 마음이 급해서 자꾸만 걸음이 빨라졌지만, 랭던이 그녀의 손을 꽉 붙잡고 뜀박질을 허락하지 않았다. 두 사람은 빠른 걸음으로, 그러나 비교적 차분한 모습으로 사람들 틈을 헤쳐 나갔다.

이윽고 오솔길 입구에 다다른 시에나는 혹시 경찰에게 들키지 않았을까 싶어 어깨 너머를 돌아보았다. 시야에 들어오는 경찰들은 마침 다른 쪽을 향해서 있었고, 그들의 시선 역시 점점 다가오는 헬리콥터 소리를 좇아 하늘을 향하고 있었다.

시에나는 다시 자세를 바로잡고 랭던과 함께 오솔길을 서둘러 내려갔다.

이제 나무 꼭대기 위로 저 멀리 피렌체 도심의 스카이라인이 정면으로 보이기 시작했다. 붉은 타일이 덮인 두오모의 돔, 초록색과 빨강, 흰색이 뒤섞인 조토 종탑도 시야에 들어왔다. 베키오 궁전 — 가까이 다가가기에는 너무나 멀어 보이는 그들의 목적지 — 에 딸린 첨탑도 잠시 보이는가 싶었지만, 오솔길을 내려갈수록 담벼락이 점점 높아지는 탓에 얼마 안 가 다시 시야에서 사라지고 말았다.

언덕 밑에까지 내려온 시에나는 가쁜 숨을 몰아쉬며 랭던이 지금 제대로 알고 가는 것일까 의구심을 느꼈다. 오솔길은 곧장 미로 같은 정원으로 이어졌지만, 랭던은 한 치의 망설임도 없이 왼쪽의 널따란 안뜰로 들어서더니 커다란 나무 그늘 밑의 산울타리에 몸을 숨겼다. 텅 빈 이 안뜰은 관광지라기보다는 직원용 주차장처럼 보였다.

"어디로 가는 거예요?" 시에나가 숨이 턱에까지 차오른 목소리로 물었다.

"거의 다 왔어요."

'거의 다, 어디?' 안뜰은 사방이 최소한 3층 높이의 담장으로 에워싸여 있었다. 시에나의 눈에 보이는 유일한 출구라고는 왼쪽의 차량 통행로밖에 없었는데, 그곳은 원래 이 궁전이 건축될 때 같이 만들어진 걸까 싶을 정도로 오래된 육중한 철문이 가로막고 있었다. 그 문 너머로는 피티 광장에 우글거리는 경찰들이 보일 뿐이었다.

랭던은 경계를 구분하기 위해 심은 듯한 나무들 옆에 바짝 붙은 채 정면으로 보이는 벽을 향해 계속 앞으로 나아갔다. 시에나는 그 벽에 또 다른 출입구라도 숨겨져 있나 하고 열심히 살펴보았지만, 우묵한 벽감 속에 그녀가 지금까지 한 번도 보지 못했을 만큼 끔찍한 조각상이 하나 버티고 있을 뿐이었다.

'맙소사, 마음만 먹으면 지구상의 어떤 예술 작품도 손에 넣을 수 있었을 메디치 가문이 하필이면 저런 걸 선택했을까?'

그들 앞의 조각상은 커다란 거북 위에 두 다리를 벌리고 앉은 뚱뚱한 몸집의 난쟁이를 묘사한 것이었다. 난쟁이의 고환이 거북의 등껍질 위에 맞닿아 있고, 거북은 병에 걸린 것처럼 입에서 침을 흘리고 있었다.

"흉측하지요?" 랭던이 계속 걸음을 옮기며 말했다. "브라치오 디 바르톨로예요. 유명한 궁정 난쟁이지요. 솔직히 말해서 저건 아까 우리가 지나온 거대한 욕조 속에 들어 있어야 할 작품이에요."

랭던은 오른쪽으로 방향을 꺾어 계단을 내려가기 시작했는데, 그런 그의 모습을 보기 전까지 시에나의 눈에는 그 계단이 보이지 않았었다.

브라치오 디 바르톨로, 보볼리 정원

'나가는 길인가?'

한 줄기 희망이 나타나는가 했지만, 그 희망은 오래가지 못했다.

랭던을 따라 계단을 내려간 시에나는 이내 더 이상 길이 없다는 사실을 알아차렸다. 다른 곳보다 두 배는 높아 보이는 담벼락으로 에워싸인 막다른 골목이 그들 앞을 가로막았다.

게다가 시에나는 이제 그들의 긴 여정도 막바지에 다다랐음을 직감했다. 뒤쪽 벽에 상당히 깊어 보이는 석굴이 입을 떡 벌리고 있었던 것이다. '왜 하필 저런 곳으로 가려는 거지?'

석굴의 입구 위로 단검 같은 종유석이 보기만 해도 등골이 오싹할 만큼 아슬아슬하게 매달려

부온탈렌티 동굴의 입구, 보볼리 정원

있었다. 입구 안쪽에는 마치 돌이 녹아서 벽을 타고 흘러내리는 것처럼 기묘한 풍경이 연출되어 있었는데, 자세히 보니 놀랍게도 사람의 형상이 벽 속에서 군데군데 튀어나와 있었다. 시에나는 그 동굴의 모습에서 자신도 모르게 보티첼리의 〈지옥의 지도〉를 떠올렸다.

무슨 까닭인지 랭던은 너무나 태연한 모습으로 동굴의 입구를 향해 달려갔다. 조금 전에 그가 바티칸 시티를 언급하기는 했지만, 시에나는 교황청의 담벼락 안에 이토록 괴기스러운 동굴이 있을 거라고는 상상도 하지 못했다.

조금 더 가까이 다가가자, 시에나의 눈길은 동굴 입구 위쪽을 가로지르는 특이한 풍경에 고정되었다. 딱히 형체를 정의할 수 없는 돌들과 종유석이 제멋대로 어우러져 비스듬한 자세의 두 여인을 집어삼키는 형국이었는데, 여인들 사이에 여섯 개의 공이 박힌 방패 — 메디치 가의 유명한 문장 — 가 자리하고 있었다.

메디치 가의 문장

랭던은 갑자기 입구를 외면하고 왼쪽으로 방향을 틀었다. 그곳에 시에나가 미처 발견하지 못했던 조그만 회색 문이 하나 달려 있었다. 풍파에 찌든 이 나무 문은 너무 초라해서 눈에 잘 띄지도 않았고, 조경 장비나 그 밖의 잡동사니를 넣어두는 창고 같은 인상을 주었다.

랭던이 서둘러 달려가는 것을 보니 어쩌면 그 문을 열 수 있을지도 모른다는 희망을 품고 있는 듯했지만, 알고 보니 그 문에는 놋쇠로 된 열쇠 구멍이 하나 뚫려 있을 뿐 아예 손잡이가 달려 있지 않았다. 안쪽에서만 열 수 있는 문인 모양이었다.

"제기랄!" 랭던의 눈동자에서 조금 전까지 밝게 타오르던 희망이 사그라지고 깊은 근심이 그 자리를 대신 차지했다. "이 문만 열리면—."

그때 갑자기 무인 헬리콥터의 모터 소리가 사방의 높다란 벽에 반사되어 요란하게 울려 퍼지기 시작했다. 재빨리 고개를 든 시에나는 헬리콥터가 궁전 위로 날아올라 지금 그들이 있는 쪽으로 다가오는 것을 발견했다.

랭던도 그걸 본 모양이었다. 그는 시에나의 손을 붙잡고 동굴 안으로 뛰어들었다. 순식간에 그들의 모습이 종유석 밑으로 사라졌다.

'잘 어울리는 마지막이로군.' 시에나는 속으로 중얼거렸다. '지옥의 문 안으로 뛰어든 꼴이라니.'

동쪽으로 400미터 떨어진 지점에 버옌다의 오토바이가 멈춰 섰다. 그라치에 다리를 건너 구시가지로 들어온 다음 베키오 다리—피티 궁과 구시가지를 잇는 유명한 인도교—까지 우회하는 길을 선택한 참이었다. 그녀는 헬멧을 벗어 오토바이 핸들에 걸쳐놓고 다리로 접어들었다. 그녀의 모습은 이내 이른 아침의 관광객들 사이로 섞여 들었다.

3월의 서늘한 강바람이 불어와 짧은 고슴도치 머리를 건드리자, 버옌다는 랭던이 자신의 생김새를 알고 있다는 사실에 생각이 미쳤다. 그녀는 다리 위에 자리 잡은 수많은 노점 가운데 하나에서 '아모 피렌체(사랑해요 피렌체)'라고 써진 야구 모자를 하나 사서 깊숙이 눌러 썼다.

버옌다는 권총 때문에 불룩해진 가죽 재킷을 쓸어내리며 자연스러운 자세로 다리 중심부의 기둥에 기댄 채 피티 궁을 마주 보고 섰다. 아르노 강을 건너 피렌체 도심으로 들어가는 보행자들을 한 명도 빠짐없이 살필 수 있는 위치를 확보한 것이다.

'랭던은 걸어서 이동하고 있다.' 버옌다는 속으로 중얼거렸다. '어떻게든 포르타 로마나를 통과한다면, 구시가지로 들어가기 위해 이 다리를 지나갈 수밖에 없어.'

피티 궁이 있는 서쪽에서 사이렌 소리가 들려왔다. 좋은 징조인지 나쁜 징조인지 판단이 잘 서지 않았다. '아직 랭던을 찾고 있나? 이미 찾았나?' 조금이라도 정보를 알고 싶은 마음에 귀를 쫑긋 세우자, 새로운 소리가 들리기 시작했다. 머리 위 어디에선가 높은 음조의 모터 소리 같은 것이 들렸다. 본능적으로 고개를 든 버옌다는 원격으로 조종되는 무인 헬리콥터가 궁전 상공을 선회하다가 보볼리 공원의 북동쪽 모퉁이를 향해 날아가는 것을 발견했다.

'감시용 무인 헬리콥터다.' 버옌다는 갑자기 새로운 희망이 샘솟는 것을 느꼈다. '저게 상공에 떠 있다는 사실은 브뤼더가 아직 랭던을 찾지 못했다는 의미야.'

헬리콥터는 빠른 속도로 다가왔다. 지금 버옌다가 서 있는 베키오 다리와 인접한, 보볼리 정원의 북동쪽 모퉁이를 수색하고 있는 것이 분명했다. 그것은 버옌다에게 더욱 고무적인 사실이 아닐 수 없었다.

'랭던이 브뤼더를 따돌린다면, 틀림없이 이쪽으로 모습을 드러낼 것이다.'

하지만 버옌다가 지켜보고 있는 동안 헬리콥터는 갑자기 급강하를 시도하더니 높다란 벽돌담 너머로 사라져버렸다. 그래도 소리는 아직 들리는 것으로 미루어, 나무들 아래쪽에 떠 있는 것이 분명했다. 뭔가를 찾아낸 것일까.

'구하라, 그러면 찾을 것이다.' 랭던은 시에나와 함께 어두컴컴한 동굴 속에 몸을 숨긴 채 속으로 되뇌었다. '우리는 출구를 구했다…… 그런데 막다른 골목을 찾았어.'

랭던은 동굴 한복판에 자리한 분수 뒤에 숨으면 되겠다고 생각했지만, 정작 그 뒤로 들어가서 고개를 살짝 내밀어보니 한발 늦은 것 아닌가 하는 걱정이 들었다.

무인 헬리콥터가 동굴 바깥의 벽으로 에워싸인 막다른 공간으로 내려오더니, 지상에서 3미터가량의 높이로 떠서 동굴 안쪽을 바라보는 것이었다. 그 모터 소리가 마치 먹잇감을 기다리는 거대한 곤충의 날갯짓 소리처럼 동굴 안으로 울려 퍼졌다.

랭던은 얼른 고개를 집어넣으며 시에나에게 불길한 소식을 전했다. "저 녀석이 우리를 본 것 같아요."

무인 헬리콥터의 모터 소리가 동굴 안의 돌로 된 벽에 부딪혀 귀가 먹먹할 정도로 요란했다. 랭던은 장난감 같은 기계 장치한테 볼모로 잡힌 신세가 되었다는 것이 좀처럼 믿기지 않았지만, 섣불리 도망치려고 애써봤자 아무 소용이 없다는 것을 잘 알고 있었다. '그럼 어떻게 해야 하지? 그냥 이대로 기다려야 하나?' 동굴 바깥의 조그만 회색 문을 통해 이 위기를 빠져나가겠다는 애초의 계획은 상당히 그럴듯하게 느껴졌지만, 그 문이 안쪽에서만 열리도록 되어 있다는 사실을 미처 몰랐던 것이 화근이었다.

랭던은 동굴 내부의 어둠에 어느 정도 익숙해지자 혹시 다른 출구가 있지 않

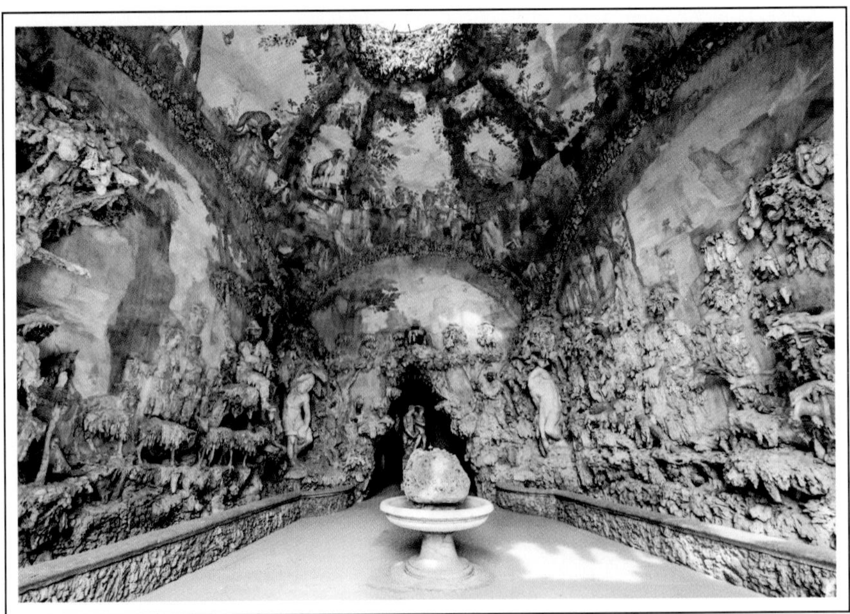

부온탈렌티 동굴의 내부, 보볼리 정원

을까 하는 기대를 품고 낯선 주위 풍경을 둘러보았지만, 아무런 소득이 없었다. 동굴 내부는 갖가지 동물과 사람의 조각상으로 장식되어 있었는데, 하나같이 돌이 녹아 흘러내리는 듯한 벽에 묘한 각도로 돌출되어 있었다. 낙담한 랭던은 무심코 고개를 들었다가 머리 위의 천장에 매달린 종유석 때문에 더욱 기분이 섬뜩해졌다.

'죽기엔 딱 좋은 곳이로군.'

이 부온탈렌티 동굴 — 설계자인 베르나르도 부온탈렌티의 이름을 딴 것이다 — 은 피렌체에서 가장 호기심을 자극하는 곳이라고 해도 과언이 아니다. 피티 궁을 찾은 젊은 손님들을 위한 유령의 집과도 같은 이 동굴은 세 개의 방으로 나누어져 있는데, 자연주의적인 환상과 한껏 과장된 고딕 양식이 혼합되어 대부분의 조각상들이 벽에 묻히거나 돌출된 독특한 형태를 취하고 있다. 메디치 시대에는 유난히 여름이 뜨거운 토스카나의 열기를 식히는 동시에 진짜 동굴과 비슷한 분위기를 자아내기 위해 동굴 안쪽의 벽에 물이 흘러내리도록 했다고 한다.

랭던과 시에나는 제일 넓은 첫 번째 방 한복판에 위치한 별 특징 없는 분수 뒤에 몸을 숨겼다. 주위에는 목동과 농부, 음악가, 짐승들, 심지어는 미켈란젤로의 네 죄수를 모방한 복제품에 이르는 다채로운 조각상들이 가득했는데, 다들 바위가 흘러내리는 벽에 갇혀 있기 싫어서 빠져나오려고 발버둥을 치는 느낌이었다. 천장에 뚫린 눈알 같은 둥그런 창으로 아침 햇살이 희미하게 스며 들어왔는데, 예전에는 거기에 물이 채워져 선홍색 잉어가 헤엄치는 커다란 유리 공이 얹혀 있었다.

베르나르도 부온탈렌티, 자화상

랭던은 문득 르네상스 시대 사람들이 지금 동굴 앞에 떠 있는 헬리콥터를 보았더라면 어떤 반응을 나타냈을까 하는 생각이 들었다. 이탈리아가 자랑하는 천재 레오나르도 다빈치도 비록 공상에 그치기는 했지만 헬리콥터 비슷한 장

부온탈렌티 동굴의 내부 일부, 보볼리 정원

치를 구상한 적이 있었다.

요란스럽기만 하던 헬리콥터의 모터 소리가 멈춘 것이 바로 그 무렵이었다. 모터 소리는 점점 희미해진 게 아니라 어느 순간 갑자기 뚝 멎어버렸다.

랭던이 어떻게 된 일인가 싶어 분수 뒤에서 고개를 내밀어보니, 헬리콥터가 땅바닥에 내려앉아 있었다. 아직 시동이 꺼지지는 않았지만 그래도 공중에 떠 있는 것보다는 덜 위협적으로 느껴졌고, 특히 정면에 달린 독침 같은 비디오 렌즈가 그들 쪽이 아니라 회색 문 쪽을 향하고 있어 한결 마음이 놓였다.

그러나 아직 안도감을 느껴도 좋을 때는 아닌 모양이었다. 무인 헬리콥터에서 100미터가량 떨어진 거북이와 난쟁이 조각상 근처에서 중무장한 군인 세 명이 똑바로 계단을 향해 다가오고 있었다. 그들의 자세로 미루어 볼 때 곧장 동굴을 향해 다가올 기세였다.

군인들은 어깨에 초록색 견장이 달린 검은 제복 차림이었다. 선두에 선 근육질의 남자를 보는 순간, 랭던은 왠지 아무런 감정이 담기지 않은 그의 차가운 눈빛이 환각에서 본 흑사병 마스크와 비슷하다는 생각이 들었다.

'나는 죽음이다.'

그들이 타고 왔을 검은색 승합차나 수수께끼의 은발 여인은 보이지 않았다.

'나는 생명이에요.'

계단을 다 내려온 세 명의 군인 가운데 한 명은 그 자리에 멈춰서 뒤를 경계하기 시작했다. 다른 누구도 이 근처로 접근하지 못하도록 하라는 지시를 받은 모양이었다. 나머지 두 명은 계속 동굴을 향해 전진했다.

랭던과 시에나는 다시 분주해지기 시작했다. 그래봐야 마지막 순간을 조금 늦추는 정도밖에는 되지 않겠지만, 그래도 바닥을 기다시피 하며 훨씬 더 작고 깊고 어두운 두 번째 동굴로 들어갔다. 이 방 역시 한복판에 조각상—이번에는 서로 엉킨 자세의 두 연인이었다—이 놓여 있어서, 랭던과 시에나는 그 뒤에 몸을 숨겼다.

랭던은 그림자 뒤에서 조각상 밑으로 고개만 내밀어 다가오는 군인들을 바라보았다. 둘 가운데 한 명이 허리를 굽히고 무인 헬리콥터를 집어 들더니, 카메라를 살펴보았다.

'저 카메라에 우리의 모습이 잡혔을까?' 랭던은 스스로를 향해 물었지만, 답은 뻔했다.

우람한 체구와 차가운 눈빛을 가진 마지막 세 번째 군인은 여전히 집중력을 잃지 않고 랭던이 숨어 있는 쪽으로 다가왔다. 이제 거의 동굴 입구에까지 다다른 상태였다. '들어온다.' 랭던은 조각상 뒤에 완전히 몸을 숨기고 시에나에게 이제 다 끝났다고 속삭일 준비를 했다. 하지만 다음 순간, 전혀 예상하지 못한 일이 벌어졌다.

군인이 동굴 안으로 들어오는 대신 갑자기 방향을 바꾸어 왼쪽으로 사라져 버린 것이다.

'어디로 가는 거지? 우리가 여기 있는 걸 아직 모르나?'

잠시 후, 주먹으로 나무 문을 두드리는 소리가 들려왔다.

'조그만 회색 문이다.' 랭던은 생각했다. '저 사람은 저 문이 어디로 이어지는지 알고 있는 게 틀림없어.'

⚜

피티 궁에서 경비원으로 일하는 에르네스토 루소는 어려서부터 유럽 리그를 주름잡는 축구 선수가 되는 것이 꿈이었다. 그러나 어느 새 스물아홉이 되어버린 나이와 점점 불어나는 체중은 그 꿈이 영원히 이루어지지 않을 것임을 웅변하고 있었다. 피티 궁의 경비원으로 채용된 후 지난 3년 동안, 벽장 크기밖에 되지 않는 사무실에서 단조롭기 그지없는 일을 꾸역꾸역 해온 그였다.

이따금 에르네스토의 사무실 바깥에 달린 회색 문을 두드리는 호기심 많은 관광객들이 있었다. 그때마다 그는 상대가 지쳐서 포기할 때까지 가만히 내버려 두곤 했다. 그런데 지금 그 문을 두드리는 사람은 아무리 기다려도 좀처럼 포기할 기색이 엿보이지 않았다.

에르네스토는 치미는 짜증을 애써 억누르며 큰 소리로 틀어놓은 텔레비전에 시선을 고정하고 피오렌티나 대 유벤투스의 축구 경기 재방송에 정신을 집중하려 했다. 문 두드리는 소리는 점점 더 커져 갔다. 참다못한 에르네스토는 욕설을 내뱉으며 사무실을 나와 소리가 나는 쪽을 향해 복도를 걸어갔다. 중간에 커다란 격자 모양의 철문이 하나 달려 있었는데, 이 철문은 특정한 시간을 제외하고는 거의 하루 종일 이 복도를 가로막고 있었다.

에르네스토는 자물쇠의 비밀번호를 입력한 다음, 철문을 한쪽 옆으로 잡아당겼다. 근무 규정에는 문을 통과한 뒤 반드시 도로 문을 닫고 자물쇠까지 채우도록 되어 있었다. 에르네스토는 그 규정을 철저하게 따른 뒤에야 회색 나무 문을 향해 다가갔다.

"에 키우소(닫혔어요)!" 그는 문틈에 입을 대고 큰 소리로 외쳤다. "논 시 푸오 엔트라레(들어올 수 없습니다)!"

그래도 두드리는 소리는 멈추지 않았다.

에르네스토는 이가 부득부득 갈렸다. '틀림없이 뉴욕 사람일 거야.' 그가 속으로 중얼거렸다. '뭔가 원하는 게 있으면 절대 포기하는 법이 없는 자들이니까.' 뉴욕 레드불스 축구 팀이 세계 무대에서 그 정도라도 성적을 거두는 이유는 유럽 최고의 감독들을 틈만 나면 훔쳐가기 때문이다.

상대방이 끈질기게 문을 두드려대자, 에르네스토는 마지못해 잠금쇠를 풀고 문을 빼꼼히 밀어 열었다. "에 키우소(닫혔어요)!"

그제야 쿵쾅거리는 소리가 멎었고, 에르네스토는 문 앞에 버티고 있는 군인을 발견했다. 그의 눈빛이 어찌나 차가운지, 에르네스토는 자기도 모르게 한 발 뒤로 물러났을 정도였다. 군인은 에르네스토가 알지 못하는 머리글자가 새겨진 공식 통행 허가증을 내밀었다.

"코사 수체데(무슨 일입니까)?!" 에르네스토가 긴장한 표정으로 물었다.

그 군인 뒤에는 또 다른 군인이 바닥에 쪼그리고 앉아 장난감 헬리콥터 같은 것을 만지작거리고 있었다. 그 뒤에도 계단 앞을 지키고 있는 군인의 모습이 보였다. 그리 멀지 않은 곳에서 사이렌 소리도 들려왔다.

"영어 할 줄 아시오?" 억양으로 미뤄 볼 때, 그 군인은 확실히 뉴욕 사람은 아니었다. '유럽 어디 출신일까?'

에르네스토는 고개를 끄덕였다. "예, 조금."

"오늘 아침에 이 문을 통과한 사람이 있소?"

"아니요, 시뇨레(선생님). 네수토(아무도 없습니다)."

"좋아. 잘 지키시오. 누구도 들어가거나 나와서는 안 됩니다. 알겠소?"

에르네스토는 어깨를 으쓱했다. 어차피 그게 그의 일이었다. "시. 논 데베 엔트라레, 네 우시레 네수노(네. 누구도 들어가거나 나올 수 없습니다)."

"입구가 이 문 말고 또 있소?"

에르네스토는 잠시 그 질문을 생각해보았다. 엄밀히 말해서 요즘 이 문은 입구가 아니라 출구다. 바깥쪽에 문고리가 달려 있지 않은 이유도 바로 그것이다. 하지만 에르네스토는 이 군인이 무엇을 묻고 있는지 알아들었다. "예, 라체소(출입구)는 이 문밖에 없습니다. 다른 문은 없어요." 궁전 안에 있는 원래 입구는 이미 오래전부터 폐쇄된 상태였다.

"정식 출입문 말고, 보볼리 정원에서 외부로 이어지는 비밀 출입구가 있소?"

"없습니다, 시뇨레(선생님). 사방을 높은 담장이 에워싸고 있어요. 여기가 유일한 비밀 출입구입니다."

군인은 고개를 끄덕였다. "고맙소." 그러고는 에르네스토에게 문을 닫고 잠그라는 시늉을 해 보였다.

에르네스토는 떨떠름한 기분이었지만 아무튼 시키는 대로 했다. 그러고는 복도를 거슬러 철문의 자물쇠를 열고 옆으로 밀어 연 다음, 안으로 들어가서 도로 잠근 뒤, 축구 중계로 돌아갔다.

Chapter 30

랭던과 시에나는 찾아온 기회를 놓치지 않았다.

근육질의 군인이 회색 문을 두드리는 사이, 그들은 동굴 안쪽으로 더 깊숙이 기어 들어가 이제 마지막 세 번째 방에 몸을 숨겼다. 좁은 공간은 거칠게 이어 붙인 모자이크와 반인반수의 조각상으로 장식되어 있었다. 한복판에는 실물 크기의 〈목욕하는 비너스〉 조각상이 놓여 있었는데, 불안한 눈길로 어깨 너머를 돌아보는 비너스의 표정도 이해가 갈 법했다.

랭던과 시에나는 이 조각상의 좁은 아랫단 뒤에 몸을 숨긴 채 동굴의 제일 안쪽 벽에 달린 작은 공 모양의 종유석을 힐끔거렸다.

"모든 출구를 봉쇄했습니다!" 바깥에서 어느 군인의 목소리가 들렸다. 그의 영어가 정확한 본토 발음이 아닌 건 분명했지만, 어느 지역 억양인지는 잘 분간이 가지 않았다. "헬리콥터를 다시 띄워. 난 이 동굴을 살펴볼 테니까."

랭던은 옆에 붙어 앉은 시에나의 몸이 바짝 긴장하는 것을 느꼈다.

잠시 후, 묵직한 군홧발 소리가 동굴 속으로 들어왔다. 발소리는 첫 번째 방을 지나 두 번째 방으로 들어서면서 더욱 가까워졌고, 이제 곧장 그들이 숨어 있는 곳으로 다가올 것만 같았다.

랭던과 시에나는 더욱 몸을 낮췄다.

"팀장님!" 또 다른 목소리가 멀리서 들려왔다. "찾았습니다!"

발소리가 뚝 멎었다.

누군가가 자갈길을 통해 동굴 쪽으로 달려오는 소리가 들렸다. "신원을 확인했습니다!" 숨 가쁜 목소리가 이어졌다. "관광객들을 탐문한 결과, 조금 전에 어떤 남녀가 복식 박물관이 어느 쪽이냐고 물었답니다. 그 박물관의 위치는 궁전의 서쪽 끝입니다."

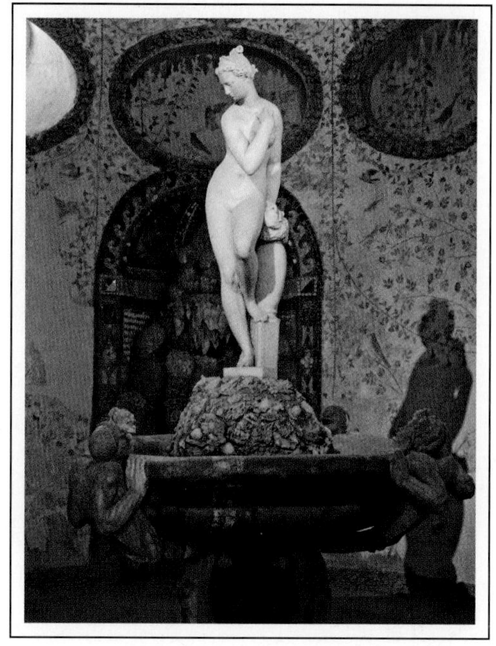

〈목욕하는 비너스〉, 부온탈렌티 동굴, 보볼리 정원

랭던이 시에나를 돌아보자, 그녀는 보일 듯 말 듯 희미한 미소를 지어 보였다.

군인은 가쁜 숨을 몰아쉬며 보고를 계속했다. "서쪽 출구가 제일 먼저 봉쇄되었으니, 그들은 아직 이 정원을 빠져나가지 못한 게 분명합니다."

"처리해." 동굴 안에 들어와 있는 목소리가 대답했다. "성공하는 즉시 보고하도록."

자갈길을 밟는 다급한 발소리에 이어 헬리콥터가 이륙하는 소리가 들리더니, 다행스럽게도 주위가 깊은 정적에 빠져들었다.

랭던이 바깥을 내다보려고 몸을 비트는 순간, 시에나가 재빨리 그의 팔을 붙잡았다. 그녀는 손가락 하나를 입술에 갖다 대며 뒤쪽 벽에 비친 희미한 사람의 그림자를 가리켰다. 팀장이라는 군인이 아직 동굴 입구에 서 있는 모양이었다.

'무엇을 기다리는 거지?!'

"브뤼더입니다." 그가 불쑥 입을 열었다. "막다른 골목으로 몰아넣었습니다. 이제 곧 작전이 완료되었다는 보고를 드릴 수 있을 겁니다."

군인이 어디론가 전화를 건 모양인데, 그의 목소리는 바로 옆에 서 있는 사람처럼 터무니없이 가깝게 들렸다. 동굴이 파라볼라 마이크 역할을 해서 모든 소리를 모아 동굴 안쪽으로 전달해주는 듯했다.

"한 가지 더 말씀드릴 게 있습니다." 브뤼더가 말했다. "방금 감식반에서 연락을 받았는데, 그 여자의 아파트는 세입자가 재임대를 놓은 것 같습니다. 가구도 제대로 갖추지 않은 것으로 미루어 단기 임대가 분명합니다. 바이오튜브는 찾았지만 프로젝터는 사라지고 없었습니다. 반복합니다. 프로젝터는 없었습니다. 아직 랭던이 가지고 있는 것으로 추정됩니다."

군인의 입에서 자기 이름이 나오자 랭던은 오싹한 한기를 느꼈다.

발소리가 점점 커지는 것 같아서 고개를 들어보니, 군인이 동굴 안으로 다시 들어오고 있었다. 태도는 조금 전보다 훨씬 느긋해져서, 이제 통화를 하는 동안 동굴 안을 어슬렁거리며 여기저기 구경이라도 하는 사람 같았다.

"맞습니다." 그가 말했다. "우리가 진입하기 직전에 그 아파트에서 외부로 발신된 전화가 한 통 있는 걸 감식반에서 확인했습니다."

'영사관으로 건 전화다.' 랭던은 영사관으로 전화를 걸자 기다렸다는 듯이 고슴도치 머리를 한 여자가 달려왔음을 상기했다. 이제 그 여자는 사라지고 잘 훈련된 군인들이 그 자리를 대신한 모양새였다.

'영원히 이들을 따돌릴 수는 없어.'

돌로 된 바닥에 부딪히는 군인의 발소리는 이제 스무 걸음 정도밖에 떨어져 있지 않았고, 그나마도 점점 더 다가왔다. 이미 두 번째 방으로 들어섰으니 조금만 더 들어오면 그리 넓지도 않은 비너스의 아랫단 밑에 웅크린 그들을 발견할 터였다.

"시에나 브룩스." 군인의 입에서 갑자기 전혀 예상하지 못한 이름이 흘러나왔다.

시에나가 화들짝 놀라 눈을 치켜떴다. 상대방이 머리 위에서 내려다보며 자신의 이름을 부르는 줄 알았던 것이다. 그러나 그녀의 눈에는 아무도 보이지 않았다.

"그들이 지금 그녀의 노트북컴퓨터를 분석하고 있습니다." 목소리는 이제 열 걸음 정도 떨어진 곳에서 들려왔다. "아직 보고는 받지 못했지만, 랭던이 하버드의 전자우편 계정에 접속할 때 사용한 컴퓨터가 바로 그것일 거라고 추측됩니다."

그 소리를 들은 시에나는 믿기지 않는다는 듯이 입을 쩍 벌리고 랭던을 돌아보았다. 그녀의 얼굴은 커다란 충격과 함께…… 배신감에 사로잡힌 표정이었다.

랭던도 정신이 멍하기는 마찬가지였다. '그걸로 우리를 추적한 거야?!' 미처 상상도 하지 못한 일이었다. '난 그냥 정보가 좀 필요했을 뿐이라고!' 랭던이 미처 사과의 뜻을 전하기도 전에 시에나가 차갑게 굳은 얼굴로 고개를 돌렸다.

"그렇습니다." 군인이 말했다. 이제 그는 랭던과 시에나에게서 불과 대여섯 걸음밖에 떨어지지 않은 세 번째 방의 입구에까지 도달해 있었다.

"맞습니다." 군인은 그렇게 말하며 한 발 더 다가서더니, 갑자기 그 자리에 멈춰 섰다. "잠깐만."

랭던은 마지막 순간을 예감하며 그 자리에 얼어붙었다.

"잠깐만요, 소리가 잘 안 들립니다." 군인은 몇 걸음 물러나 두 번째 방으로 다시 나가며 말했다. "신호가 약한 모양입니다. 계속하십시오." 그는 잠시 듣고 있더니 대답했다. "예, 동감입니다. 하지만 적어도 우리가 지금 누구를 상대하고 있는지는 잘 알고 있습니다."

그 말을 끝으로 발소리가 멀어지며 동굴 바깥으로 나가더니, 자갈길을 밟는 소리에 이어 조금 후에는 완전히 사라졌다.

랭던은 그제야 어깨를 축 늘어뜨리며 시에나를 돌아보았지만, 그녀의 눈동자는 공포와 함께 분노로 이글거리고 있었다.

"내 노트북을 썼어요?!" 그녀가 말했다. "전자우편을 확인하려고?"

"미안해요. 이해해줄 거라고 생각했어요. 난 그냥 정보가 필요—."

"바로 그것 때문에 저들이 우리를 찾아낸 거예요! 지금은 내 이름까지 알고 있고요!"

"정말 미안해요, 시에나. 난 이렇게 될 줄은……." 랭던은 죄책감 때문에 말문이 막혔다.

시에나는 고개를 돌리고 동굴 뒷벽의 둥그런 종유석만 멍하니 바라보았다. 한동안 두 사람 다 아무 말도 꺼내지 않았다. 랭던은 시에나가 책상 위에 자신의 사생활과 관련된 물건들, 〈한여름 밤의 꿈〉 공연 안내책자와 신문 스크랩 따위를 쌓아놓았던 것을 기억하고 있을까 하는 생각을 했다. '혹시 내가 그것들을 봤을 거라고 의심하지는 않을까?' 그런지 어떤지는 모르지만 그녀가 물어보지 않은 이상, 랭던은 그렇지 않아도 미안한 마음이 앞서는 판에 굳이 먼저 그 이야기를 꺼낼 마음은 조금도 없었다.

"그들은 내가 누구인지 알고 있어요." 시에나는 랭던의 귀에조차 거의 들리지 않을 정도로 조그맣게 같은 소리를 다시 한 번 되풀이했다. 그러고는 이 새로운 현실을 어떻게 받아들여야 할지 고민하는 듯 몇 번 천천히 호흡을 가다듬었다. 그사이, 랭던은 그녀의 결심이 조금씩 굳어지는 것을 느꼈다.

시에나는 예고도 없이 갑자기 벌떡 일어섰다. "가야 해요." 그녀가 말했다. "우리가 복식 박물관에 없다는 것을 그들이 알아내기까지 그리 많은 시간이 걸리지는 않을 테니까요."

랭던도 엉거주춤 그녀를 따라 일어섰다. "그래요, 그런데…… 어디로 가지요?"

"바티칸 시티는 어때요?"

"어디요?"

"당신이 아까 왜 바티칸 이야기를 꺼냈는지 이제 감을 잡았어요. 바티칸 시티와 보볼리 공원의 공통점이 뭔지 말이에요." 그녀는 조그만 회색 문이 있는 쪽을 가리키며 말을 이었다. "저 문이 입구 아닌가요?"

랭던은 일단 고개를 끄덕였다. "정확히 말하면 출구라고 해야겠지요. 한번 시도해볼 가치는 있다고 생각했는데, 안타깝게도 우리한테는 그림의 떡이잖아요." 랭던은 경비원과 군인 사이에 오간 대화 내용을 통해 이미 이 문을 선택 목록에서 지워버린 다음이었다.

"하지만 만약 우리가 저 문을 통과할 수 있다면 어떨까요?" 그렇게 말하는 시에나의 목소리에 조금의 장난기가 되살아났다. "그게 무슨 뜻인지 아시죠?" 이제 그녀의 입가에는 희미한 미소까지 번지고 있었다. "오늘만 벌써 두 번째로 우리가 어느 르네상스 시대 화가의 도움을 받는다는 뜻이죠."

그렇지 않아도 조금 전에 그런 생각을 했던 랭던도 모처럼 웃음을 지었다. "바사리. 바사리."

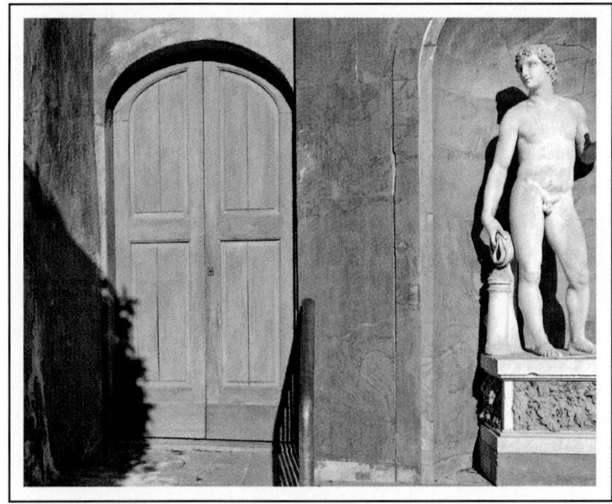

부온탈렌티 동굴 옆의
아무런 표시가 없는 회색 문

랭던은 시에나의 미소가 점점 더 환해지는 것을 보며 적어도 지금 당장은 그녀가 자신을 용서했음을 짐작했다. "아마도 그게 하늘의 뜻인가 보죠." 시에나는 농담과 진담이 절반씩 섞인 말투로 중얼거렸다. "우린 저 문을 통과해야 해요."

"좋아요, 그럼 경비원은 그냥 못 본 척하고 지나가면 되는 겁니까?"

시에나는 손가락 관절을 우두둑 꺾으며 동굴 입구로 걸어 나갔다. "아뇨, 내가 이야기를 좀 해볼 거예요." 랭던을 돌아보는 그녀의 얼굴에 이글거리는 투지가 되살아났다. "나를 믿어요, 교수님. 나도 꼭 필요할 때는 상대방을 설득할 줄 아는 사람이거든요."

⚜

누군가가 조그만 회색 문을 또 두드리기 시작했다.

아주 작정을 한 듯 집요하게 두들겨댔다.

경비원 에르네스토 루소는 어찌나 짜증이 나는지 자신도 모르게 신음을 내뱉었다. 얼음처럼 차가운 눈빛을 한 그 괴상한 군인이 다시 찾아온 게 틀림없었지만, 타이밍이 이보다 더 안 좋을 수도 없었다. 축구 경기는 연장전으로 접어들어 피오렌티나가 한 명이 부족한 상태에서 필사적으로 버티는 중이었다.

문 두드리는 소리는 계속 이어졌다.

에르네스토도 바보는 아니었다. 아무래도 오늘 아침, 요란한 사이렌 소리에 군인들까지 돌아다니는 것을 보면 바깥에 무슨 일이 있긴 있는 모양이었다. 하지만 에르네스토는 자신에게 직접 영향을 미치는 일이 아니라면 절대 관여하지 않는다는 철학을 가진 사람이었다.

'파초 에 콜루이 케 바다 아이 파티 알트루이(미친 사람이 분명해).'

하지만 다시 한 번 생각해보니 그 군인은 상당히 중요한 인물임에 틀림없었고, 그런 사람을 끝까지 무시하는 것은 현명한 처사가 아니었다. 요즘 들어 이탈리아에서는 일자리 구하기가 하늘의 별 따기였고, 그것은 이렇게 지루하기 짝이 없는 자리도 마찬가지였다. 에르네스토는 마지막으로 다시 한 번 텔레비전을 슬쩍 쳐다본 뒤, 마지못해 문을 향해 나가기 시작했다.

그는 지금도 이 조그만 사무실에 하루 종일 앉아 텔레비전을 보는 대가로 월급을 받는다는 사실이 믿기지 않을 때가 종종 있었다. 하루에 두어 번, 우피치 미술관을 출발한 VIP 손님들이 여기까지 걸어올 때가 있었다. 에르네스토는 그런 사람들이 오면 철문을 열어 조그만 회색 문으로 내보내 주었다. 보볼리 정원이 그런 사람들의 최종 목적지이기 때문이었다.

그사이에도 문 두드리는 소리가 오히려 점점 커지자, 에르네스토는 철문을 열고 나간 뒤 다시 잠그는 수고를 되풀이해야 했다.

"시(네)?" 에르네스토는 서둘러 회색 문을 향해 달려가며 소리쳤다.

대답 대신 문 두드리는 소리만 계속 이어졌다.

'인솜마(어쩔 수 없지)!' 에르네스토는 하는 수 없이 조금 전에 본 군인의 무표정한 얼굴을 기대하며 자물쇠를 풀고 문을 열었다.

하지만 정작 문 앞에는 그보다 훨씬 매력적인 얼굴이 기다리고 있었다.

"차오(안녕하세요)." 아름다운 금발 여인이 다정한 미소를 지으며 말했다. 그녀는 반으로 접힌 종이를 한 장 내밀었고, 에르네스토는 본능적으로 손을 내밀어 그 종이를 받았다. 하지만 그것은 길에서 주운 쓰레기일 뿐이었고, 에르네스토가 그것을 알아차린 순간 금발 여자는 가녀린 손으로 그의 팔목을 붙잡고 엄지손가락으로 그의 손바닥 바로 아래 손목뼈를 힘껏 눌렀다.

에르네스토는 칼날이 손목을 잘라내는 듯한 극심한 통증을 느꼈다. 다음에는 전기에 감전된 듯 손목이 그대로 마비되는 느낌이 이어졌다. 여자가 그를 향해 한 발 다가서자, 악력이 무한대로 증폭되면서 또다시 견디기 힘든 통증이 몰려왔다. 에르네스토는 비틀거리며 뒤로 물러서서 팔을 빼내려 했지만, 이제 다리까지 말을 듣지 않고 휘청거리더니 그대로 무릎이 꺾어지고 말았다.

정말이지 눈 깜빡할 사이에 벌어진 일이었다.

검은 정장 차림의 키 큰 남자 하나가 불쑥 모습을 드러내더니, 재빨리 안으로 들어와 문을 닫았다. 에르네스토는 무전기를 향해 손을 뻗었지만, 부드러운 손길이 목 뒤를 지그시 누르는가 싶더니 온몸의 근육이 뻣뻣하게 굳어지며 숨조차 제대로 쉴 수가 없었다. 여자가 에르네스토의 무전기를 꺼내 드는 사이, 키 큰 남자는 그런 그녀의 행동에 에르네스토만큼이나 놀란 표정으로 다가왔다.

"점혈(點穴)이라는 거예요." 금발 여인이 태연한 표정으로 말했다. "중국식 급소 누르기죠. 이런 기술이 3천 년을 전해 내려온 데는 그럴 만한 이유가 있나 봐요."

남자가 놀란 눈으로 바라보았다.

"논 볼리아모 파르티 델 말레(우린 당신을 해칠 생각이 없어)." 여자가 목을 쥔 손에서 힘을 빼면서 에르네스토에게 속삭였다.

에르네스토는 상대방의 손이 조금 느슨해진 틈을 타 발버둥을 쳐봤지만, 이내 압력이 되살아나면서 또다시 근육이 마비되어버렸다. 숨이 턱 막히면서 고통스러운 비명이 터져 나왔다.

"도비아모 파사레(여기를 좀 지나가야겠어)." 여자가 말했다. 그녀는 조금 전 에르네스토가 잠그고 나온 철문을 가리켰다. "도베 라 키아베(열쇠는 어딨지)?"

"논 첼로(없어요)." 에르네스토가 간신히 대답했다.

키 큰 남자가 그들을 지나 철문 쪽으로 다가가더니 구조를 살폈다. "비밀번호를 입력해야 하는 자물쇠예요." 그가 미국식 억양으로 여자를 향해 말했다.

여자는 에르네스토 옆에 무릎을 꿇고 앉았다. 그녀의 갈색 눈동자가 얼음처럼 차갑게 반짝거렸다. "콸레 라 콤비나치오네(비밀번호가 뭐지)?" 그녀가 물었다.

"논 포소(말 못 해)." 에르네스토가 대답했다. "상부의 허락 없이는—."

에르네스토는 척추 윗부분에 야릇한 통증을 느꼈고, 이내 온몸이 축 늘어졌다. 다음 순간, 그는 완전히 의식을 잃고 말았다.

⚜

간신히 정신을 차린 에르네스토는 몇 분간 의식과 무의식의 경계를 한없이 넘나든 기분이었다. 몇 마디 대화가 오고 간 기억…… 통증이 엄습하고…… 몸이 어디론가 끌려가는 느낌도 있었던 것 같은데…… 모든 게 뒤섞여 엉망진창이었다.

서서히 거미줄이 걷히자, 그의 눈에 묘한 광경이 비쳤다. 자신의 신발이 바로 옆의 바닥에 놓여 있었는데, 신발 끈은 보이지 않았다. 그제야 에르네스토는 몸이 움직여지지 않는다는 사실을 알아차렸다. 그는 지금 손과 발이 뒤로 묶인 채 바닥에 옆으로 쓰러져 있었는데, 아마도 자신의 신발 끈으로 손발이 묶인 것 같았다. 고함을 질러보려 했지만, 입에서 소리가 나오지 않았다. 자신의 양말 한 짝이 그의 입속에 쑤셔 박혀 있었다. 그러나 정말로 무시무시한 상황을 알아차린 것은 그러고 나서도 잠시 후였다. 간신히 고개를 든 그의 눈길에 아직 축구 중계가 끝나지 않은 텔레비전이 보였다. '여기는…… 내 사무실이야…… 철문 안쪽이라고?!'

에르네스토는 멀리서 복도를 뛰어가는 발소리를 들었다. 그 소리가 점점 희미해지더니, 이내 정적이 찾아왔다. '논 에 포시빌레(이건 불가능해)!' 에르네스토는 금발 여인의 설득에 못 이겨 자신의 일자리를 지키길 바란다면 절대로 해서는 안 될 일을 해버린 모양이었다. 바사리 통로로 이어지는 입구의 비밀번호를 불어버린 것이었다.

Chapter 31

엘리자베스 신스키 박사는 현기증과 울렁증이 밀려오는 속도가 점점 빨라지는 것을 느꼈다. 그녀는 아직도 피티 궁 앞에 서 있는 승합차의 뒷자리에 비스듬히 앉아 있었다. 옆에서 그녀를 감시하는 군인의 눈동자에 근심이 점점 깊어졌다.

엘리자베스는 조금 전 그 군인의 무전기에서 복식 박물관 어쩌고 하는 소리가 터져 나오는 바람에, 깊은 어둠 속을 헤매며 초록색 눈동자의 괴물과 맞서다가 퍼뜩 정신이 돌아온 참이었다.

꿈속의 그녀는 뉴욕 외교협회의 어두컴컴한 회의실에서 자신을 거기까지 데려온 정체 불명의 남자가 지껄이는 정신 나간 헛소리에 귀를 기울이고 있었다. 그림자 같은 호리호리한 몸매의 남자가 방 안을 서성일 때마다, 벌거벗은 몸으로 죽어가는 군상의 풍경이 단테가 묘사한 지옥 풍경 속에서 어른거렸다.

"누군가는 전쟁에 뛰어들어야 합니다." 그림자가 결론을 내리듯이 말했다. "그렇지 않으면 우리의 미래는 이렇게 될 수밖에 없어요. 수학적으로 계산이 나오지 않습니까. 인류는 지금 개인적인 탐욕 때문에 결단을 내리지 못하고 머뭇거리며 연옥을 떠돌고 있어요. 하지만 지옥이 우리의 발밑에서 우리 모두를 집어삼키려고 호시탐탐 기회를 엿보며 기다리고 있다는 사실을 알아야 합니다."

엘리자베스는 그가 늘어놓는 궤변을 생각하면 머리가 어지러웠다. 그녀는 더 이상 참지 못하고 벌떡 일어섰다. "지금 당신이 하는 말은—."

"우리에게 남은 유일한 대안이지요." 남자가 그녀의 말을 가로챘다.

"그건 대안이 아니라 범죄를 저지르자는 이야기예요!" 그녀가 쏘아붙였다.

남자는 어깨를 으쓱했다. "천국으로 향하는 길은 지옥을 거치게 마련입니다. 단테가 그걸 우리에게 가르쳐주었지요."

"당신은 미쳤어요!"

"미쳤다고?" 남자는 가슴이 아프다는 듯 그녀의 말을 되풀이했다. "내가? 나는 그렇게 생각하지 않아요. 진짜 미친 게 누구인지 알아요? 이 깊은 어둠을 마주하고도 그것을 부정하는 WHO예요. 하이에나 무리가 점점 거리를 좁혀오는데도 모래 속에 머리만 묻고 있는 타조 같은 자들이지요."

엘리자베스가 자신의 조직에 대한 비난을 반박할 틈도 없이, 남자는 스크린의 그림을 바꾸었다.

"하이에나로 말하자면……" 그가 새로운 그림을 가리키며 말했다. "지금 인류를 포위하고 있는 하이에나 무리는 바로 이겁니다. 빠른 속도로 우리의 숨통을 죄어오고 있지요."

엘리자베스는 눈앞에 펼쳐진 낯익은 그림에 경악을 금치 못했다. 그것은 WHO가 지난해에 발표한 그래프였는데, 거기에는 지구의 건강에 가장 큰 영향을 미치는 핵심적인 환경 문제들이 생생하게 나타나 있었다.

대표적인 것을 몇 가지 들면 다음과 같다.

깨끗한 물에 대한 수요, 지구의 표면 온도, 오존층의 감소, 해양 자원의 소모, 멸종된 동식물 종, 이산화탄소 농도, 삼림 파괴, 해수면의 상승.

이 모든 부정적인 지표들은 지난 세기 사이에 완만한 상승 곡선을 그렸지만, 최근 들어서는 그 속도가 무서우리만치 급격하게 빨라지고 있었다.

엘리자베스는 이 그래프를 볼 때마다 느꼈던 극심한 무력감에 또다시 사로잡혔다. 과학자인 그녀는 통계의 유용성을 신봉하는 입장이었는데, 이 그래프는 먼 훗날의 이야기가 아니라 아주 가까운 미래의 그림을 소름 끼칠 만큼 생생하게 보여주고 있었다.

엘리자베스 신스키는 지금까지 살아오면서 자신이 아이를 낳지 못한다는 사실 때문에 커다란 좌절감을 느낀 적이 많았다. 하지만 이 그래프만 보면 그런 자신의 불운이 오히려 너무나 다행스럽게 느껴질 정도였다.

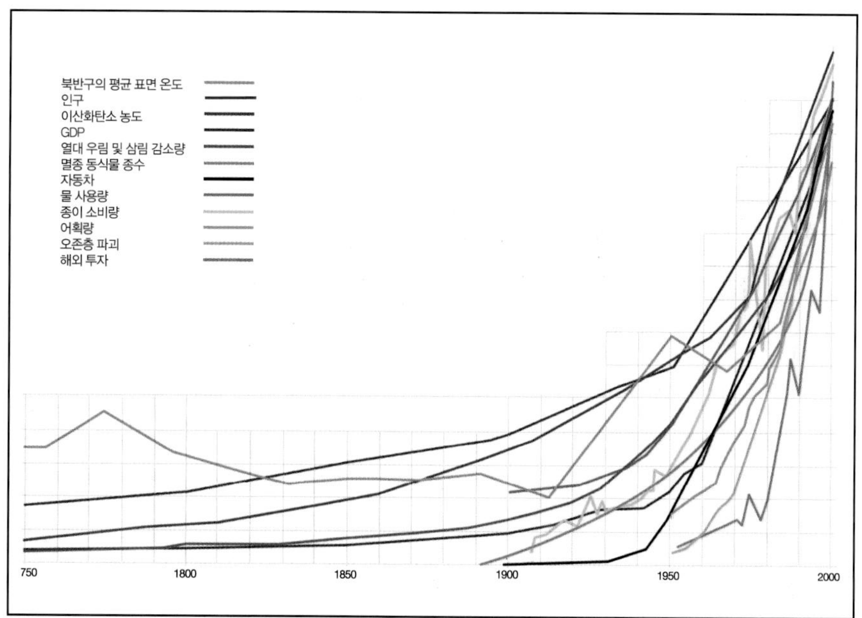

'자식에게 이런 미래를 물려주겠다고?'

키 큰 남자가 다시 입을 열었다. "지난 50년 동안, 어머니와도 같은 자연에 대한 우리의 죄악은 기하급수적으로 증가했어요." 그는 잠시 호흡을 가다듬은 뒤 말을 이었다. "나는 인간의 영혼이 걱정스러워요. WHO가 이 그래프를 발표했을 때, 전 세계의 정치인과 권력자들, 환경론자들은 비상 회의를 소집해 이런 문제들이 얼마나 심각한 것인지, 우리에게 그것을 해결할 희망이 있는지를 분석한다며 법석을 떨었습니다. 그 결과가 뭐지요? 속으로는 머리를 파묻고 눈물을 흘렸을지 모르지요. 그러나 겉으로는 이것이 너무나 복잡한 문제이기 때문에 해결책을 찾는 데 시간이 걸린다고 우리를 위로하기 바빴어요."

"그럼 복잡한 문제가 아니라는 거예요?"

"천만에!" 남자가 버럭 소리쳤다. "당신도 이 그래프가 세상에서 가장 단순한 관계를 묘사하고 있다는 걸 잘 알고 있어요. 단 하나의 변수에 토대를 둔 함수 관계라는 걸 말이에요. 이 그래프의 모든 선들은 정확히 하나의 값에 비례해 상승하고 있어요. 모든 사람들이 차마 입에 담지 못하는 그 값, 바로 세계 인구 말입니다!"

"내가 보기에 그건 그렇게—."

"단순한 문제가 아니라고? 천만의 말씀! 이보다 더 단순한 건 없어. 한 사람에게 돌아갈 깨끗한 물이 더 많았으면 좋겠다? 사람 수를 줄이면 돼. 자동차 배기 가스를 줄이고 싶다? 자동차를 운전하는 사람을 줄이면 돼. 바다에 더 많은 물고기가 살았으면 좋겠다? 물고기를 먹는 사람이 적어지면 된다고!"

남자는 엘리자베스를 내려다보며 더욱 험악해진 목소리로 말을 이었다. "눈을 뜨란 말이야! 인류의 종말이 코앞에 다가와 있는데, 지도자라는 인간들이 밤낮 회의실에 앉아 태양열이 어떻고 재활용이 어떻고 하이브리드 자동차가 어떻고 하는 소리만 지껄일 거야? 당신처럼 과학을 공부할 만큼 했다는 사람도 그걸 모르겠나? 오존층이 감소하고, 물이 부족하고, 오염이 심해지는 건 질병이 아니야. 그런 것들은 증상일 뿐이라고. 진짜 질병은 인구 과잉이라는 사실을 언제까지 외면할 건가? 인구문제에 정면으로 대처하지 않는 한, 모든 대책은 급속히 자라나는 암 세포를 잡겠다고 일회용 반창고를 붙이는 꼴에 지나지 않는다고!"

"인류를 암 세포라고 생각하는 건가요?" 엘리자베스가 물었다.

"암이란 건강한 세포가 통제를 벗어나 증식하는 현상에 지나지 않아. 당신이 내 생각을 그리 달가워하지 않는다는 건 알겠지만, 머지않아 그보다 훨씬 더 달갑지 않은 결과가 초래될 거라고 장담할 수 있어. 신속하고도 과감한 조치를 취하지 않으면—."

"과감한 조치?!" 엘리자베스가 쏘아붙였다. "당신이 생각하는 건 '과감한 조치'가 아니라 '정신 나간 조치'예요!"

"신스키 박사." 남자는 갑자기 섬뜩할 만큼 차분해진 목소리로 말했다. "내가 특별히 당신을 이 자리에 부른 것은, 세계보건기구를 대표하는 지성인인 당신이라면 나와 힘을 합쳐 새로운 가능성을 모색할 수 있지 않을까 하는 기대 때문이었소."

엘리자베스는 믿기지 않는다는 표정으로 그를 바라보았다. "세계보건기구가 당신 같은 미치광이와 손을 잡을 거라고 생각했다는 건가요?"

"솔직히 말하면, 그렇소." 그가 말했다. "당신네 조직에도 수많은 의사들이 포진하고 있겠지만, 의사들은 발이 썩어 들어가는 환자의 목숨을 구하기 위해 주저 없이 다리를 자르지 않소? 때로는 어쩔 수 없이 차악(次惡)을 선택해야 하는 경우도 있는 법이오."

"그건 전혀 다른 문제예요."

"그렇지 않아. 이것 역시 똑같은 문제요. 유일한 차이는 규모일 뿐이오."

엘리자베스는 도저히 더 이상 듣고 있을 수가 없었다. 그녀가 자리를 박차고 일어나며 말했다. "비행기 시간이 다 됐군요."

키 큰 남자는 그녀를 향해 위협적으로 걸어와 출입구를 막아섰다. "분명히 경고해두는데, 나는 당신의 협조가 있건 없건 나 혼자서도 얼마든지 이 생각을 실행에 옮길 수 있소."

"분명히 경고해두는데……" 엘리자베스가 맞받았다. "나는 당신의 주장을 테러리스트의 협박으로 간주하고 거기에 따라 대처할 거예요." 그녀는 그렇게 말하며 휴대전화를 꺼냈다.

남자는 웃음을 터뜨렸다. "내가 가설을 이야기했다고 신고라도 할 생각이오? 불행하게도 전화를 걸려면 좀 기다려야 할 것 같군. 이 방은 전자파 차단 장치가 되어 있소. 아마 당신 전화기에는 신호음이 잡히지 않을 거요."

'난 신호가 필요한 게 아니야, 이 미치광이야.' 엘리자베스는 전화기를 들고 상대방이 미처 대처할 틈도 주지 않은 채 그의 얼굴을 카메라에 담았다. 그의 초록색 눈동자에 플래시가 번쩍이는 순간, 엘리자베스는 문득 낯이 익다는 느낌을 받았다.

"당신이 누군지는 모르지만 나를 이 자리에 부른 건 실수였어요." 엘리자베스가 말했다. "내가 공항에 도착할 무렵이면 당신의 신원이 파악될 테고, 그 즉시 당신은 WHO와 CDC(질병관리본부), ECDC(유럽 질병예방통제센터)의 감시 대상자 명단에 잠재적인 생물학적 테러리스트로 올라갈 거예요. 밤낮으로 사람들이 당신을 감시할 것이고, 당신이 위험 물질을 입수하려 하면 그 사실이 즉각 우리에게 보고될 거예요. 당신이 연구실을 만들려 해도 마찬가지예요. 당신이 숨을 곳은 어디에도 없어요."

남자는 마치 그녀의 전화기를 빼앗으려 달려들 것처럼 한참 동안이나 팽팽한 긴장 속에 침묵을 지켰다. 이윽고 그는 한결 여유를 되찾은 모습으로 섬뜩한 미소와 함께 옆으로 물러섰다. "이제 우리의 댄스가 시작된 것 같군."

일 코리도이오 바사리아노, 즉 바사리 통로는 조르조 바사리가 1564년 당시 메디치 가문의 통치자이던 대공(大公) 코시모 1세의 지시에 따라 설계한 것으로 알려져 있다. 코시모 1세는 자신의 거주지인 피티 궁에서 집무실이 있는 아르노 강 반대편의 베키오 궁전까지, 안전하게 이동할 수 있는 통로가 필요했다.

바티칸 시티의 그 유명한 '파세토'와 마찬가지로, 바사리 통로 역시 전형적인 비밀의 장막에 가려 있었다. 보볼리 정원의 동쪽 끝에서 옛 궁전의 심장부까지, 베키오 다리를 지나 우피치 미술관을 꾸불꾸불 가로지르는 이 통로는 길이가 거의 1킬로미터에 달한다.

요즘도 이 바사리 통로는 비밀스러운 피난처로 기능하고 있는데, 단지 그 주인공이 메디치 가의 귀족에서 진귀한 예술 작품으로 바뀌었을 뿐이다. 끝없이 이어질 것만 같은 이 밀폐된 통로의 벽에는 세계적으로 유명한 우피치 미술관에 자리를 잡지 못한 희대의 걸작들이 전시되어 있다.

랭던은 몇 년 전에 느긋한 개별 관광의 일환으로 이 통로를 둘러본 적이 있었다. 그날 오후 그는 그 엄청난 작품들을 일일이 구경하느라 눈알이 튀어나올 뻔했다. 특히 세계 최대 규모로 꼽히는 자화상 컬렉션이 아주 인상적이었다. 군데군데 바깥을 내다볼 수 있는 전망대가 마련되어 있어 시시각각 달라지는 지상의 풍경을 내려다보는 재미도 쏠쏠했다.

하지만 오늘 아침, 랭던과 시에나는 반대편의 추적자들과 최대한 거리를 벌

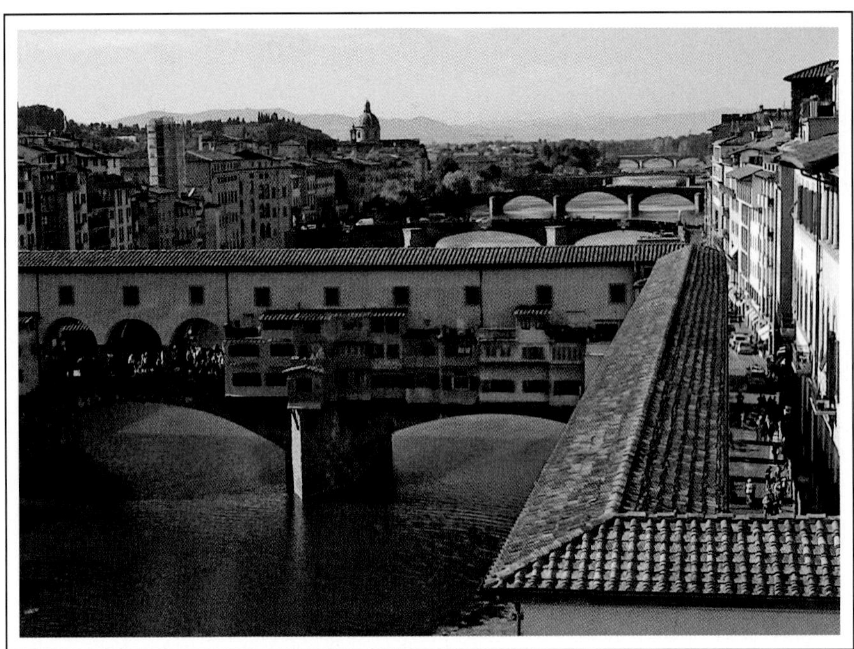

베키오 다리 위를 가로질러(왼쪽) 우피치 미술관으로 이어지는(오른쪽) 바사리 통로

려놓고 싶은 마음에 한눈팔 겨를도 없이 계속 달렸다. 손발이 묶인 경비원이 다른 사람들에게 발견되기까지 얼마나 걸릴지 몰랐다. 랭던은 걸음을 옮길 때마다 목적지에 가까워진다는 사실에 가슴이 두근거렸다.

'케르카 트로바…… 죽음의 눈…… 그리고 나를 쫓는 자들의 정체…….'

이제 소형 헬리콥터의 모터 소리는 그들과 멀찌감치 떨어진 곳을 맴돌고 있었다. 랭던은 통로 안으로 깊숙이 들어가면 갈수록 그것이 얼마나 야심찬 계획에 의해 만들어진 구조물인지를 실감할 수 있었다. 거의 처음부터 끝까지 지상과는 상당한 거리를 두고 공중에 떠 있는 이 바사리 통로는 피티 궁에서 아르노 강을 건너 옛 피렌체의 심장부로 들어설 때까지 뱀처럼 꾸불꾸불 건물들 사이를 가로질렀다. 끝없이 이어질 것만 같은 이 통로는 이따금 장애물을 피하기 위해 오른쪽이나 왼쪽으로 방향을 꺾기도 하지만, 전체적으로는 항상 동쪽을 향해 뻗어 있었다.

갑자기 앞쪽에서 사람들의 말소리가 두런두런 들려오는 바람에 시에나는

바사리 통로의 내부

귀를 쫑긋 세운 채 멈춰 섰다. 랭던도 걸음을 멈추고 얼른 시에나의 어깨에 한 손을 올리며 침착하게 인근의 전망대 쪽을 가리켰다.

'밑에 관광객들이 있다.'

랭던과 시에나가 전망대로 다가가 바깥을 내다보니, 지금 그들은 베키오 다리 위를 지나는 중이었다. 이 중세의 석조 교량은 옛 도심으로 들어가는 보행인들의 통로로 사용되고 있었다. 아직 꽤 이른 시간인데도 1400년대부터 다리 위에 자리 잡은 시장을 둘러보는 관광객들이 제법 북적거렸다. 지금은 대부분의 상인이 금이나 보석류를 팔고 있지만 원래부터 그랬던 것은 아니다. 옛날에는 이 다리 위에 노천 육류 시장이 자리 잡고 있었는데, 상한 고기 냄새가 바사리 통로까지 올라와 예민한 대공의 코를 괴롭힌다는 이유로 1593년부터 정육점은 자취를

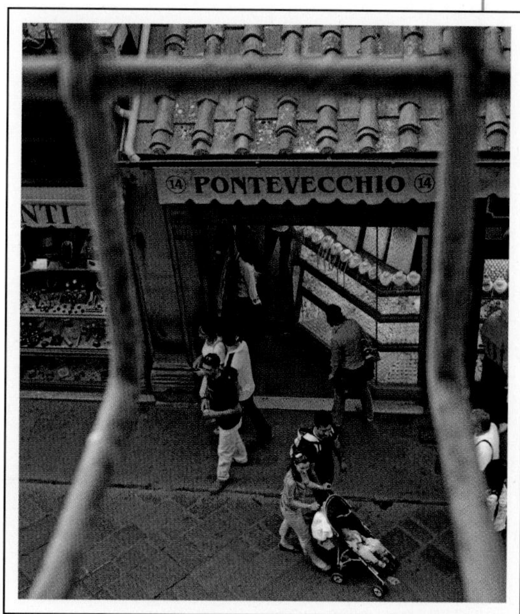

베키오 다리에서 내려다본 바사리 통로의 입구

감추었다.

랭던은 문득 그 다리 위 어디에선가 피렌체 역사상 가장 악명 높은 범죄 사건이 발생했다는 사실을 기억해냈다. 1216년, 부온델몬테라는 이름의 귀족 청년이 집안에서 정한 결혼을 거부한다는 이유로 — 그에게는 정말로 사랑하는 여인이 따로 있었다 — 이 다리 위에서 참혹하게 살해되었다고 한다.

그의 죽음이 오래전부터 '피렌체에서 가장 피비린내 나는 살인'으로 간주된 이유는 그 사건을 계기로 촉발된 당시의 양대 정치적 파벌 구엘프(교황파)와 기벨린(황제파) 사이의 전쟁이 이후 몇백 년 동안 계속되었기 때문이었다. 이러한 정치적 불화는 결국 단테의 추방으로까지 이어졌는데, 그는 《신곡》에서 이 사건을 이렇게 노래하고 있다. '오, 부온델몬테여, 다른 사람의 충고에 결혼을 피한 것은 얼마나 큰 잘못이었는가!'

지금도 사건 현장 부근에는 단테의 《신곡》, 〈파라디소〉 제16곡에 나오는 구절을 새긴 동판 세 개가 남아 있다. 그 가운데 베키오 다리 입구에 자리한 동판에는 다음과 같은 암울한 문구가 새겨져 있다.

하지만 피렌체는 마지막 평화 시에
다리를 바라보는 그 부서진 돌에
희생물을 바칠 필요가 있었지.

랭던은 강물 위에 걸린 다리에서 눈을 들었다. 동쪽으로 베키오 궁전의 외

로운 첨탑이 그에게 손짓하는 듯했다.

랭던과 시에나는 이제 아르노 강을 절반가량 지나왔을 뿐이지만, 되돌아갈 수 있는 지점을 지나친 지는 이미 오래였다.

9미터 아래, 베키오 다리의 자갈길 위에서는 버옌다가 오가는 사람들을 초조한 눈빛으로 훑고 있었다. 자신의 과오를 돌이켜줄 유일한 먹잇감이 조금 전에 자신의 머리 위를 지나갔다는 사실을 꿈에도 모른 채.

보좌관 놀턴은 닻을 내린 호화 요트 멘다키움호의 선체 안 깊숙이 자리한 자신의 사무실에 혼자 앉아 작업에 전념하려고 헛된 노력을 거듭하고 있었다. 지난 몇 시간 동안 몇 번이나 오싹한 전율에 휩싸인 채 천재와 광인의 경계를 넘나드는 9분짜리 독백을 되짚어보았는지 몰랐다.

놀턴은 혹시 놓친 부분이 있지 않나 싶어 동영상을 처음부터 빠른 속도로 재생해보았다. 물에 잠긴 기념판…… 누런 액체가 든 주머니…… 이어서 새의 부리 모양을 한 그림자가 나타났다. 축축한 동굴 벽에 비친 기괴한 실루엣을 부드러운 붉은 불빛이 은은하게 비추고 있었다.

놀턴은 그 음침한 목소리에 귀를 기울이며 정교한 언어 속에 숨은 비밀을 해독하려 안간힘을 다했다. 중간 정도에서 벽에 비친 그림자가 갑자기 크게 부풀어 오르더니 목소리도 한층 높아졌다.

> 단테의 지옥은 허구가 아니라…… 예언이다!
>
> 지독한 고통. 무시무시한 비애. 이것이 내일의 풍경이다.
>
> 인류는 그냥 방치하면 전염병이나 암 세포와도 같은 속성을 발휘한다. 세대가 지날수록 숫자가 급증해, 한때 우리의 가치와 사랑을 키워준 세속의 위안이 완전히 사라지고…… 우리의 내면에서 모습을 드러내는 괴물들은…… 자식을 먹여 살리기 위해 목숨을 건 싸움에 나선다.
>
> 이것은 단테의 아홉 고리 지옥이다.
>
> 이것이 우리를 기다리고 있다.

우리를 향해 돌진해 오는 미래는 맬서스의 가차 없는 수학에 입각해 우리를 지옥의 첫 번째 고리 가장자리로 내몬다. 상상조차 하지 못한 속도의 추락을 예비한 채…….

놀턴은 동영상을 정지시켰다. '맬서스의 수학?' 인터넷을 검색해본 결과, 토머스 로버트 맬서스라는 유명한 19세기의 영국 수학자 겸 인구학자는 인구 과잉으로 인한 지구 종말을 예측한 인물이었다.

놀랍게도, 맬서스의 전기에는 그의 대표적 저서 《인구론》에서 발췌한 끔찍한 내용이 수록되어 있었다.

인구 증가의 힘은 인간의 생존에 필요한 물자를 생산하는 땅의 힘보다 훨씬 더 강력하기 때문에 어떤 형태로든 인류에게는 천수를 누리지 못한 죽음이 찾아올 수밖에 없다. 인간의 사악함은 인류의 멸종을 앞당기는 아주 능동적이고 효과적인 매개체다. 그것은 엄청난 규모의 파괴를 암시하는 전조이기도 한데, 때로는 그 자체가 스스로의 힘으로 끔찍한 임무를 완수하는 경우도 많다. 하지만 만약 이것이 멸종의 임무를 완수하지 못하면 악천후나 전염병, 페스트 등이 전면에 나서 수만, 수십만의 목숨을 쓸어 간다. 그것으로도 충분하지 않을 경우, 거대한 기근이 배후로 침투해 식량을 무기 삼아 강력한 일격으로 인구를 정리한다.

놀턴은 두근거리는 심장을 억누르며 새 부리 모양의 그림자가 서 있는 정지 화면으로 눈길을 돌렸다.

'인류는 그냥 방치하면 암 세포와 같은 속성을 발휘한다.'

'그냥 방치하면.' 놀턴은 특히 그 부분의 어감이 마음에 들지 않았다.

놀턴은 내키지 않는 손길로 다시 동영상을 재생시켰다.

음침한 목소리가 계속됐다.

아무것도 하지 않는 것은 단테의 지옥을 환영하는 결과다…… 옥죄이고 굶주리며 죄 안에서 뒹군다.

그리하여 나는 과감한 행동을 취하노라.

더러는 두려움에 움츠리는 이들도 있겠지만, 모든 구원에는 대가가 필요한 법.

언젠가 세상은 내 희생이 얼마나 아름다웠는지를 이해하게 될 것이다.

나는 그대의 구원이다.

나는 그림자다.

나는 포스트휴먼 시대의 관문이다.

베키오 궁전은 거대한 체스판의 말을 연상케 하는 외관을 가졌다. 탄탄한 사각형 외관은 물론, 역시 사각형 구멍이 뚫린 총안을 거칠게 마감해 건물 전체가 마치 거대한 루크(체스 말의 하나로 성채 모양이며 장기의 차[車]에 해당함—옮긴이)처럼 보이는데, 위치 역시 시뇨리아 광장의 남동쪽 모퉁이를 지키고 있어 더욱 든든한 느낌을 준다.

다소 특이하게도 이 건물의 첨탑은 단 하나인데, 이것이 사각형 요새의 한복판에 우뚝 솟아 독특한 스카이라인을 만들어내고 있어, 누구도 흉내 낼 수 없는 피렌체 특유의 상징으로 여겨졌다.

이탈리아 정부의 권위를 상징하는 건물로 설계된 이 궁전은 다분히 위압적이고 남성적인 일련의 조각상들로 방문객을 압도한다. 우선 아마나티의 〈넵튠〉이 벌거벗은 모습으로 네 마리의 해마 위에 우뚝 서 있는데, 이는 바다를 지배한 피렌체의 과거를 상징한다. 미켈란젤로의 〈다비드〉—아마도 세계에서 가장 많은 사랑을 받는 남성 누드로 꼽힐—모조품이 궁전 입구에 우아한 자태를 뽐내며 서 있고, 그 옆에는 〈헤라클레스〉와 〈카쿠스〉가 버티고 있어 넵튠의 사티로스들까지 합치면 모두 열두 개가 넘는 남근이 그대로 노출된 채 이 궁전의 방문객들을 맞이한다.

평소에 랭던은 이곳 시뇨리아 광장에서부터 베키오 궁전을 둘러보곤 했다. 남근이 너무 많아 조금 부담스럽기는 하지만, 랭던이 유럽 전역을 통틀어 가장 좋아하는 광장이 바로 이 시뇨리아 광장이기 때문이었다. 카페 리보이레에서 에스프레소를 한 잔 마시고 광장을 둘러본 뒤, 노천 조각관이라 할 '란치의 회랑'의 메디치 사자들을 찾아가는 것이 랭던만의 정형화된 관람 순서였다.

그러나 오늘, 랭던과 그의 동반자는 과거의 메디치 대공들이 그랬듯이 그 유명한 우피치 미술관을 우회한 뒤 다리 위를, 도로 위를, 건물들 사이를 통과해 곧장 옛 궁전의 심장부로 이어지는 바사리 통로를 통해 베키오 궁으로 들어갈 계획이었다. 지금까지는 그들의 뒤를 쫓는 발소리가 들리지 않았지만, 그래도 랭던은 이 통로를 무사히 빠져나갈 수 있을지 걱정스러운 마음이 가시지 않았다.

'다 왔다.' 랭던은 앞에 버티고 선 육중한 나무 문을 바라보며 생각했다. '여기가 바로 옛 궁전으로 들어가는 입구야.'

그 문에는 거창한 잠금장치가 달려 있음에도 불구하고 가로로 된 밀대가 달려 있어 유사시에는 비상구 기능을 할 수 있는 반면, 반대편에서는 카드 열쇠가 없으면 바사리 통로 쪽으로 들어갈 수 없게 되어 있었다.

랭던은 문에 귀를 갖다 대고 안쪽의 동태를 살폈다. 아무 소리도 들리지 않자, 두 손으로 밀대를 조심스럽게 밀어보았다.

베키오 궁전과 시뇨리아 광장

베키오 궁전의 입구

딸깍하는 소리가 났다.

문이 조금 열리자, 랭던은 안쪽을 들여다보았다. 문 앞의 조그만 반침(큰 방에 딸린 조그만 방—옮긴이)은 텅 비어 있었고, 조용했다.

랭던은 나직이 안도의 한숨을 내쉬며 안으로 들어가 시에나에게 따라오라는 손짓을 했다.

'들어왔다.'

랭던은 베키오 궁 안쪽 어딘가의 조용한 반침에 서서 잠시 호흡을 가다듬으며 주위를 살폈다. 앞에는 기다란 복도가 반침과 수직으로 뻗어 있었다. 그의 왼쪽 어디에선가 조용하면서도 활기찬 사람들의 목소리가 올라와 복도에 은은한 메아리를 만들고 있었다. 베키오 궁은 미국의 국회의사당과 마찬가지로 관광 명소인 동시에 관공서이기도 하다. 이 시간에 들려오는 목소리는 아마도 하루의 업무를 준비하는 공무원들이 사무실

시뇨리아 광장에 서 있는 넵튠상

을 드나들며 떠드는 소리일 터였다.

랭던과 시에나는 조심스럽게 복도 쪽으로 걸음을 옮기며 모퉁이 너머를 내다보았다. 역시, 복도 끝의 사무 공간에 열두어 명의 공무원들이 삼삼오오 모여 모닝커피를 마시며 동료들과 수다를 떨고 있었다.

"바사리의 벽화 말이에요." 시에나가 속삭였다. "500인의 방에 있다고 했죠?"

랭던은 고개를 끄덕이며 사람들이 북적거리는 홀 너머 돌이 깔린 또 다른 복도로 이어지는 주랑 현관 쪽을 가리켰다. "저 홀을 지나가야 되는데……."

"확실해요?"

랭던은 또 한 번 고개를 끄덕였다. "저 사람들 눈에 띄지 않고 지나갈 방법이 없어요."

"저 사람들은 공무원이에요. 우리에게 관심을 가질 이유가 없죠. 그냥 볼일이 있는 사람인 척하고 지나가면 될 거예요."

시에나는 몸을 돌리더니 부드러운 손길로 랭던의 옷매무새를 바로잡아 주었다. "아주 말끔해 보이네요, 로버트." 시에나는 새침한 미소를 지어 보이며 자신의 스웨터도 한번 쓱 훑어 내린 뒤 걸음을 옮기기 시작했다.

랭던도 서둘러 그 뒤를 쫓았고, 두 사람은 나름 당당한 걸음걸이로 홀을 향해 다가갔다. 안으로 들어서자마자 시에나는 열심히 몸짓을 해가며 속사포 같은 이탈리아어로 농가 보조금이 어떻고 하는 소리를 떠들어댔다. 그들은 다른 사람들과 최대한 거리를 두며 바깥쪽 벽에 바짝 붙어서 걸음을 옮겼다. 랭던은 아무도 그들을 눈여겨보는 사람이 없다는 사실을 확인하고 가슴을 쓸어내렸다.

일단 홀을 빠져나온 그들은 재빨리 복도 쪽으로 속도를 냈다. 랭던은 문득 셰익스피어 연극 안내책자를 떠올렸다. '장난꾸러기 요정 퍽.' "배우 해도 되겠어요, 시에나." 랭던이 속삭였다.

"진짜 그럴걸 그랬나 봐요." 시에나는 묘한 공허함이 묻어나는 목소리로 대답했다.

랭던은 다시 한 번 이 젊은 여인의 과거에 자신이 아직 알지 못하는 상처가 어른거리고 있음을 느꼈고, 비록 의도한 바는 아니지만 결과적으로 그녀를 이토록 위험천만한 사지로 끌고 들어온 것이 못내 안타까웠다. 하지만 지금 당장은 어떻게든 이 위기를 뚫고 나가는 것 이외에 다른 방법이 없었다.

'동굴의 끝을 향해 계속 헤엄쳐라, 빛이 나타나기를 기도하며…….'

주랑 현관이 가까워오자 랭던은 자신의 기억력이 아직 멀쩡하게 살아 있는 것이 무척 다행스럽게 느껴졌다. 조그만 안내판에 그려진 화살표가 이 모퉁이를 돌면 '일 살로네 데이 친퀘첸토'가 나온다는 정보를 알리고 있었다. '500인의 방이다.' 랭던은 그 안에서 어떤 해답이 기다리고 있을지 궁금해 견딜 수가 없었다. '진실은 오로지 죽음의 눈을 통해서만 발견할 수 있다. 그게 무슨 뜻일까?'

"그 방은 아직 잠겨 있을 겁니다." 랭던은 모퉁이를 향해 다가서며 속삭였다. 500인의 방은 굉장히 인기 있는 관광 명소이기는 했지만, 시간이 너무 일러 관광객들에게는 아직 개방되지 않은 듯했다.

"저 소리 들려요?" 시에나가 갑자기 그 자리에 멈춰 서며 물었다.

랭던도 들었다. 모퉁이 너머에서 뭔가 윙윙거리는 소리가 들렸다. '설마 실내용 무인 헬리콥터는 아니겠지.' 랭던은 조심스럽게 모퉁이 너머를 내다보았다. 불과 30미터 떨어진 곳에 500인의 방으로 이어지는 수수한 문이 열려 있었다. 안타까운 것은 그 문과 그들 사이에 아랫배가 볼록 나온 관리인이 바닥 광택기를 돌리며 원을 그리고 있다는 점이었다.

'관리인이로군.'

랭던의 시선은 문에 붙은 플라스틱 안내판으로 옮겨갔다. 거기에는 아무리 무식한 기호학자라 해도 한눈에 알아볼 수 있는, 만국 공용의 상징 세 개가 그려져 있었다. X가 포개진 비디오카메라, 역시 X자가 포개진 음료수 컵, 그리고 작대기로 이루어진 남자와 여자의 윤곽선.

이번에는 랭던이 먼저 나서서 관리인을 향해 다급한 동작으로 성큼성큼 뛰다시피 걸어갔다. 시에나도 얼떨결에 그 뒤를 따랐다.

관리인은 갑자기 튀어나온 그들의 모습에 깜짝 놀라 고개를 들었다. "시뇨리(선생님)?!" 그는 두 팔을 벌려 랭던과 시에나의 앞을 가로막았다.

랭던은 그를 향해 찡그림에 가까운 미소를 고통스레 지으며 미안한 표정으로 문에 붙은 안내판을 가리켰다. "토일렛(화장실)?" 절박한 목소리로 내뱉은 그 한마디는 질문이 아니었다.

관리인은 잠시 머뭇거리며 안 된다고 딱 잘라 말할 빌미를 찾았지만, 사지를 비비 꼬며 애원하는 표정으로 바라보는 랭던의 부탁을 차마 거절할 수 없는 듯 슬쩍 고개를 끄덕이며 손을 내저어 들어가라는 몸짓을 해 보였다.

랭던은 문 안으로 들어서며 시에나를 향해 한쪽 눈을 찡긋해 보였다. "동정심이야말로 만국 공용어라니까요."

Chapter 35

한때 500인의 방이 세계에서 가장 큰 방이었던 시절이 있었다. 이 홀은 1494년 콘실리오 마조레—공화국 대평의회—의 회의장으로 건축되었는데, 참가 인원이 정확하게 500명이었기 때문에 이런 이름이 붙었다. 몇 년 뒤에는 코시모 1세의 명령에 따라 상당한 수준의 증개축이 이루어졌다. 당시 이탈리아 최고의 권력자이던 코시모 1세는 이 프로젝트의 감독자 겸 설계자로 조르조 바사리를 선택했다.

바사리는 남다른 공학적 재능을 살려 원래의 천장을 크게 높이고 사면의 벽에 광창(光窓)을 뚫어 자연광이 들어올 수 있도록 했는데, 덕분에 이 방은 피렌체 최고의 건축, 조각, 회화 작품을 소장하기에 부족함이 없는 훌륭한 전시장으로 변모했다.

이 방에 들어설 때마다 랭던이 제일 먼저 눈길을 주는 곳이 바로 바닥이었다. 바닥만 봐도 여기가 범상한 장소가 아님을 한눈에 알 수 있었다. 검은색 격자 위에 깔린 진홍색 석재 타일이 1천 제곱미터를 뒤덮어, 더없이 견고하고 웅장하면서도 탁월한 균형감을 자랑했다.

랭던이 천천히 눈길을 들어 방의 반대편을 바라보니, 여섯 점의 역동적인 조각상—〈헤라클레스의 위업〉—이 도열한 병사처럼 벽 앞을 장식하고 있었다. 랭던은 수많은 논란을 불러일으키는 〈헤라클레스와 디오메데스〉는 의도적으로 외면했다. 벌거벗은 두 남자가 기상천외한 자세로 몸싸움을 하는 이 조각상은 지나치게 독창적인 '음경 움켜쥐기'를 보여주고 있어 볼 때마다 가슴이 덜컥 내려앉는 기분이었다.

500인의 방, 피렌체

그에 비해 랭던의 오른쪽, 남쪽 벽의 중앙 벽감을 차지하고 서 있는 미켈란젤로의 〈승리의 천재〉는 한결 부담이 없었다. 높이가 거의 3미터에 달하는 이 조각상은 보수의 극을 달리던 교황 율리우스 2세—일 파파 테리빌레(폭군 교황)—의 무덤을 장식하기 위해 제작된 것인데, 동성애에 대한 바티칸의 완고한 입장을 고려하면 좀처럼 납득이 가지 않는 작품이기도 했다. 이 조각상은 미켈란젤로가 생애의 대부분에 걸쳐 애틋한 사랑을 품었으며, 300편이 넘는 소네트를 지어 바치기도 했던 토마소 데이 카발리에리의 모습을 묘사한 작품이기 때문이다.

"내가 한 번도 여기 와본 적이 없다는 게 믿기지 않아요." 시에나가 차분하고 경건한 목소리로 속삭였다. "정말…… 아름다워요."

랭던은 자신이 처음 이 방에 왔던 기억을 떠올리며 고개를 끄덕였다. 생각해보니 그가 처음으로 이 방에 발을 들여놓은 것은 세계적인 피아니스트 마리엘레 키멜의 고전 음악 연주회 때였다. 이 장엄한 홀은 원래 귀족들이 참석하는 정치 회합을 목적으로 만들어지기는 했지만, 요즘은 미술사학자 마우리치오 세라치니의 강연에서부터 유명인이 득실대는 구치 박물관의 경축 행사에 이르기까지 각종 음악 공연이나 강연, 축하 만찬이 흔히 벌어진다. 랭던은 가끔 코시모 1세가 간소했던 자신의 방에 기업의 최고경영자나 패션 모델들이 드나드는 것을 보면 무슨 생각을 할까 의구심을 품어보기도 했다.

랭던은 이제 눈길을 들어 벽을 장식하고 있는 거대한 벽화들을 바라보았다.

그 이색적인 역사에는 레오나르도 다빈치의 실험적 회화 기법이 포함되어 있는데, 그 실험은 이른바 '녹아내리는 걸작'이라고 불리는 실패작으로 귀결되었다. 또한 피에로 소데리니와 마키아벨리의 '맞대결'이 미술계에서 재연되어, 르네상스의 쌍두마차라 할 미켈란젤로와 레오나르도가 같은 방의 맞은편 벽에 각각 벽화를 그리도록 의뢰받은 것도 인상적이다.

그러나 오늘, 랭던의 관심은 이 방이 간직한 또 다른 역사적 비밀에 집중되어 있었다.

'케르카 트로바.'

"바사리의 작품이 어떤 거죠?" 시에나가 벽화들을 둘러보며 물었다.

"거의 다라고 보면 됩니다." 이 홀의 증개축 때 바사리와 그의 조수들이 기존의 벽화에서부터 그 유명한 천장을 장식하는 서른아홉 개의 격자 패널까지, 홀 안의 거의 모든 것을 새로 칠했다는 것을 랭던은 알고 있었다.

"그중에서 오늘 우리가 보러 온 건 바로 저 벽화예요." 랭던은 오른쪽 끝의 벽화를 가리키며 말했다. "바사리의 〈마르시아노 전투〉지요."

폭 17미터에 높이는 3층 건물과 맞먹는 이 벽화는, 한마디로 거대한 작품이었다. 갈색과 초록이 섞이기는 했지만 전체적으로 붉은 색조가 지배적인 이 그림에는 목가적인 언덕에서 군사 충돌을 일으킨 병사와 말, 창과 깃발들이 격렬한 파노라마처럼 펼쳐져 있었다.

"바사리, 바사리." 시에나가 속삭였다. "저 그림 어딘가에 그의 비밀 메시지가 숨어 있는 거예요?"

랭던은 고개를 끄덕이며 바사리가 'CERCA TROVA'라는 수수께끼의 메시지를 그려 넣은 초록색 깃발을 찾아보려고 눈을 가늘게 뜨고 벽화를 살폈다. "여기서 쌍안경 없이 육안으로 보

〈승리의 천재〉, 미켈란젤로

〈마르시아노 전투〉, 조르조 바사리

긴 힘듭니다." 랭던이 손가락으로 한쪽을 가리키며 말했다. "하지만 가운데 윗부분의 언덕 위에 자리한 두 채의 농가 밑을 잘 살피면 비스듬한 초록색 깃발이—."

"보여요!" 시에나가 벽화의 우상단을 가리키며 소리쳤다.

랭던은 시에나의 젊고 건강한 눈이 부러웠다.

두 사람은 거대한 벽화 앞으로 다가갔다. 랭던은 그 장엄한 작품을 올려다보며 드디어 여기까지 왔다는 생각을 했다. 그러나 문제는 '왜' 여기까지 왔는지를 모른다는 사실이었다. 그는 한참 동안 말없이 서서 바사리의 걸작을 세밀하게 살펴보았다.

'내가 실패하면…… 모두가 죽는다.'

뒤에서 문이 삐걱거리는 소리가 들리더니, 관리인이 어떻게 된 거냐는 표정으로 안쪽을 들여다보았다. 시에나가 다정하게 손을 흔들어 보이자, 관리인은 잠시 그들을 흘겨보더니 문을 닫고 나가버렸다.

"시간이 많지 않아요, 로버트." 시에나가 재촉했다. "생각을 잘 해보세요.

저 그림에서 뭔가 짚이는 게 없어요? 새로운 기억이 떠오르지 않아요?"

랭던은 눈앞에 펼쳐진 치열한 전투의 현장을 유심히 살폈다.

'진실은 오로지 죽음의 눈을 통해서만 발견할 수 있다.'

랭던은 이 벽화 속에서 또 다른 단서를…… 혹은 이 방 안의 어딘가를 바라보는 시신의 눈을 발견할 수 있을지도 모른다고 생각했다. 그러나 불행히도 벽화 속의 수많은 시신들 가운데 특별히 시선을 어딘가에 고정하고 있는 인물은 찾아볼 수 없었다.

'진실은 오로지 죽음의 눈을 통해서만 발견할 수 있다?'

랭던은 모종의 형태가 나타나기를 기대하며 여러 시신들 사이에 가상의 선을 그어보기도 했지만, 역시 아무런 성과가 없기는 마찬가지였다.

기억의 저장소를 맹렬히 뒤지다 보니, 또다시 욱신거리는 두통만 몰려왔다. 저기 어디선가, 은발 여인이 끊임없이 속삭이고 있었다. '구하세요, 그리고 찾으세요.'

"무엇을 찾으란 말입니까?!" 랭던은 그렇게 고함이라도 지르고 싶은 심정이었다.

랭던은 억지로 눈을 감고 천천히 숨을 내쉬었다. 어깨를 몇 바퀴 돌려보며 어딘가에 숨어 있을지도 모를 직감을 끌어내기 위해 모든 의식적인 생각을 떨쳐버리려고 안간힘을 다했다.

'베리 소리.

바사리.

케르카 트로바.

진실은 오로지 죽음의 눈을 통해서만 발견할 수 있다.'

직감은 그가 지금 엉뚱한 곳에 와 있는 것은 아니라고 외치고 있었다. 거기에는 한 점의 의문도 없었다. 아직 이유는 확실

'케르카 트로바', 〈마르시아노 전투〉 일부, 조르조 바사리

하지 않지만, 랭던은 조금만 시간이 지나면 자신이 무엇을 찾아 여기까지 왔는지 그 이유를 알아낼 수 있을 거라는 생각이 들었다.

브뤼더 요원은 진열대의 붉은 벨벳 바지와 튜닉을 멍하니 바라보며 소리 죽여 욕설을 내뱉었다. 그의 SRS 팀이 복식 박물관을 이 잡듯이 뒤졌지만, 랭던과 시에나 브룩스는 그림자도 보이지 않았다.

브뤼더는 생각할수록 화가 치밀었다. '언제부터 일개 대학 교수가 SRS를 이렇듯 철저하게 따돌릴 수 있게 된 거지? 도대체 이 인간들은 어디로 간 거야?'

"모든 출구는 봉쇄되었습니다." 부하 한 명이 말했다. "유일한 가능성은 그들이 아직 이 정원 안에 있다는 것뿐입니다."

논리적으로는 분명히 그래야 하지만, 브뤼더는 랭던과 시에나 브룩스가 어딘가 다른 출구를 찾아낸 것이 아닐까 하는 불길한 예감을 떨칠 수가 없었다.

"무인 헬리콥터를 다시 띄워." 브뤼더가 명령했다. "현지 경찰에게 수색망을 정원 밖으로까지 넓히라고 지시하고." '빌어먹을!'

부하가 명령을 수행하기 위해 달려가자, 브뤼더는 전화기를 꺼내 상관에게 연락을 취했다. "브뤼더입니다." 그가 말했다. "아무래도 심각한 문제가 발생한 듯합니다. 그것도 한두 가지가 아닙니다."

'진실은 오로지 죽음의 눈을 통해서만 발견할 수 있다.'

시에나는 마음속으로 그 문장을 수없이 되뇌며 눈에 띄는 무언가를 찾기 위해 바사리의 참혹한 전투 현장을 샅샅이 훑었다.

죽은 사람의 눈은 어디에나 있었다.

'도대체 이중에서 어떤 시체를 말하는 거야?'

혹시 죽음의 눈이란 흑사병 때문에 유럽 전역에서 썩어간 시체들을 의미하는 것이 아닐까 하는 생각이 들었다.

'그렇게 생각하면 적어도 흑사병 마스크는 설명이 될 텐데.'

시에나는 느닷없이 어린 시절에 흔히 듣던 동요 한 자락이 떠올랐다. '장미를 둘러싼 고리. 한 줌의 꽃다발. 재가 되었네. 재가 되었네. 우리 모두 쓰러져.'

영국에서 초등학교에 다닐 때 이 가사를 줄줄 외곤 했었는데, 나중에 알고 보니 1665년 런던을 휩쓴 흑사병에 이 노래의 유래가 있었다. 장미를 둘러싼 고리라는 것은 흑사병에 걸린 사람의 피부에 생기는 장미 빛깔의 농포를 의미하는 것으로 알려졌다. 감염자들은 주머니에 꽃을 한 다발씩 넣고 다니는데, 이것은 자신의 몸이 썩어 들어가며 풍기는, 또한 하루에도 수백 명의 사망자가 화장터로 실려 나가는 도시의 악취를 가리기 위한 것이기도 하다. '재가 되었네. 재가 되었네. 우리 모두 쓰러져.'

장미를 둘러싼 고리.
한 줌의 꽃다발.
재가 되었네. 재가 되었네.
우리 모두 쓰러져.

"하느님 맙소사." 갑자기 랭던이 그렇게 중얼거리며 맞은편 벽을 향해 돌아섰다.

시에나가 그를 돌아보았다. "왜 그래요?"

"한때 여기에 전시되었던 작품의 제목이에요. 〈하느님 맙소사(For the Love of God)〉."

시에나가 어리둥절한 표정으로 쳐다보는 사이, 랭던은 방을 가로질러 조그만 유리문이 있는 곳으로 달려갔다. 그는 그 문을 열어보려 했지만 잠겨 있었다. 랭던은 유리에 얼굴을 갖다 대고 손으로 눈 주위에 그림자를 만든 채 안쪽을 들여다보았다.

시에나는 랭던이 무엇을 찾고 있는지는 모르지만 빨리 좀 서둘러 주었으면 좋겠다고 생각했다. 관리인이 다시 돌아오더니, 잠긴 문 앞을 기웃거리는 랭던을 의심 가득한 눈초리로 노려보았다.

시에나는 이번에도 밝은 표정으로 손을 흔들어 보였지만, 관리인은 한참 동안이나 차가운 눈으로 그녀를 쳐다보다가 다시 사라졌다.

스투디올로.

유리문 뒤, 그러니까 500인의 방에서 '케르카 트로바'라는 문구가 숨겨진 곳과 정면으로 마주 보는 곳에 창문도 없는 조그만 방이 하나 자리하고 있었다. 바사리가 프란체스코 1세의 비밀 서재로 만든 직사각형의 이 방은 천장이 아치 모양으로 둥그스름하게 되어 있어 안에 들어가면 마치 커다란 보물 상자 안에 들어와 있는 느낌을 받게 된다.

아닌 게 아니라, 방 안에는 온갖 아름다운 보물들이 가득했다. 서른 점도 넘는 진귀한 그림들이 벽과 천장을 빼곡히 장식하고 있어 빈자리가 거의 보이지 않을 정도였다. 〈이카루스의 추락〉…… 〈인생의 우화〉…… 〈프로메테우스에게 눈부신 보석을 선물하는 자연〉…….

랭던은 유리문 안쪽의 눈부신 공간을 들여다보며 혼자 중얼거렸다. "죽음의 눈."

스투디올로(프란체스코 1세의 서재), 조르조 바사리 설계

몇 년 전 랭던은 이 베키오 궁전의 숨겨진 통로들을 둘러볼 기회가 있었는데, 궁전 전체를 벌집처럼 가로지르는 비밀 통로와 계단들이 수없이 많다는 사실을 알고 깜짝 놀랐다. 그때 처음 이 스투디올로에도 들어와 보았는데, 이 방의 그림 뒤에 숨겨진 통로만도 몇 개나 되었다.

그러나 지금 랭던의 관심을 불러일으킨 것은 비밀 통로가 아니었다. 그보다는 예전에 이 방에 전시된 적이 있는 현대의 어느 미술 작품을 얼핏 떠올린 것이었는데, 〈하느님 맙소사〉라는 제목이 붙은 데이미언 허스트의 이 대담한 작품은 바사리의 그 유명한 스투디올로에 전시되었다는 사실만으로도 엄청난 논란을 일으켰다.

〈하느님 맙소사〉는 플래티늄으로 만든 실물 크기의 사람 해골에 8천 개가 넘는 다이아몬드를 박은 작품인데, 그 효과는 실로 놀라웠다. 눈알이 사라진 안구에 빛과 생명이 반짝이고, 그것이 삶과 죽음…… 아름다움과 두려움이라는 서로 상반되는 상징을 만들어낸다. 허스트의 다이아몬드 해골은 이미 다른 곳으로 옮겨진 지 오래지만, 그 생각을 하다 보니 문득 뇌리를 스치는 무언가가 있었다.

'죽음의 눈.' 랭던은 생각했다. '해골이라면 자격이 있지 않을까?'

해골은 단테의 〈인페르노〉에 수없이 등장하는 테마 가운데 하나였다. 가장 유명한 것은 지옥의 제일 밑바닥에서 사악한 대주교의 해골을 영원히 갉아먹어야 하는 잔혹한 벌을 받는 우골리노 백작의 모습이다.

'우리가 찾는 것이 해골일까?'

랭던은 이 수수께끼의 스투디올로가 '호기심의 방'이라는 전통에 따라 만들어졌음을 알고 있었다. 이 방에 전시된 거의 모든 작품 뒤에는 그림을 앞으로 당겨 열 수 있도록 경첩이 숨겨져 있는데, 방의 주인은 그 비밀스러운 공간에다 자신의 관심을 끄는 갖가지 이상한 물건들을 넣어두었다. 그중에는 희귀한 광물 표본과 아름다운 깃털, 완벽한 앵무조개의 화석, 심지어는 손으로 빻은 은가루로 장식된 어느 수도승의 정강이뼈까지 포함되어 있었다고 한다.

안타깝게도 그런 물건들은 이미 오래전에 다른 곳으로 치워졌을 것이고, 랭던은 허스트의 작품 말고는 이 방에 해골이 전시된 적이 있다는 소리는 들어보지 못했다.

그런데 방의 저만치에서 요란한 문소리가 나는 바람에 랭던의 상념도 조각났다. 경쾌한 발소리가 방을 가로질러 빠른 속도로 다가오고 있었다.

"시뇨레(선생님)!" 성난 고함 소리가 들렸다. "일 살로네 논 에 아페르토!"

랭던이 돌아보니, 어떤 여자가 그를 향해 다가오고 있었다. 키가 자그마하고 짧은 갈색 머리를 가진 여자였는데, 배를 보니 만삭에 가까웠다. 그녀는 사나운 기세로 랭던과 시에나를 향해 다가서며 자신의 손목시계를 두드렸다. 아직 이 방은 개방할 시간이 되지 않았다고 딱딱거리는 모양이었다. 어느 정도 거리가 좁혀지자 그녀는 랭던을 똑바로 쳐다보더니, 깜짝 놀라 두 손으로 입을 가리며 그 자리에 멈춰 섰다.

"랭던 교수님!" 그녀가 어리둥절한 표정으로 소리쳤다. "정말 죄송해요! 교수님이 여기 계실 거라고는 생각도 못 했거든요. 이렇게 다시 만나다니 얼마나 반가운지 모르겠어요!"

랭던은 그 자리에 얼어붙었다.

지금까지 한 번도 본 적이 없는 여자가 분명했다.

Chapter 37

"하마터면 못 알아볼 뻔했어요, 교수님!" 여자가 이탈리아 억양이 섞인 영어로 떠들어댔다. "옷 때문에 그런가 봐요." 그녀는 다정한 미소를 지으며 랭던의 브리오니 재킷을 향해 만족스러운 듯 고개를 끄덕였다. "감각이 아주 뛰어나시네요. 이탈리아 사람이라고 해도 믿겠어요."

랭던은 입안이 바짝바짝 타들어 갔지만 어느새 옆에까지 다가온 그 여자에게 짐짓 정중한 미소를 지어 보였다. "안……녕하세요." 그가 말을 더듬는 것도 무리가 아니었다. "별일 없으시지요?"

여자는 두 팔로 자신의 배를 감싸 안으며 웃음을 터뜨렸다. "피곤해 죽겠어요. 밤새 카타리나가 발길질을 해대는 바람에요." 그녀는 여전히 어리둥절한 표정으로 방 안을 둘러보았다. "일 두오미노한테서 오늘 선생님이 다시 오실 거라는 얘기를 못 들었어요. 지금 같이 계시는 거죠?"

'일 두오미노?' 랭던은 그녀가 무슨 이야기를 하는지 종잡을 수가 없었다.

여자는 랭던의 혼란스러운 표정을 알아차린 듯 걱정할 것 없다는 표정을 지어 보였다. "괜찮아요, 피렌체에서는 다들 그를 그렇게 부르거든요. 본인도 상관하지 않고요." 그녀는 또 한 번 주위를 둘러보았다. "그분이 선생님을 들여보내 줬어요?"

"맞아요." 시에나가 저쪽에서 걸어오며 대신 대답했다. "자기는 아침 식사 모임이 있다고 하시더군요. 우리가 좀 둘러봐도 별 문제 없을 거라고 했어요." 시에나는 그렇게 말하며 씩씩하게 손을 내밀었다. "나는 시에나예요. 로버트의 동생이죠."

500인의 방에서 본 2층 발코니, 베키오 궁전

여자는 시에나의 손을 잡고 공손하게 악수를 나눴다. "마르타 알바레즈라고 해요. 랭던 교수님 같은 분을 전담 안내인으로 두다니, 정말 운이 좋으시네요."

"그렇죠?" 시에나는 짐짓 감격스러운 표정으로 눈에 힘을 주며 대답했다. "얼마나 똑똑한지 몰라요."

잠시 어색한 침묵이 흐르는 동안, 여자는 시에나를 훑어보았다. "재미있네요." 그녀가 말했다. "두 분이 하나도 안 닮은 것 같아요. 늘씬한 키만 빼면."

랭던은 이대로 시간을 끌다가는 더욱 골치가 아파질 거라는 생각이 들었다. '당장 무슨 대책을 마련해야겠어.'

"마르타." 랭던은 그녀의 이름을 제대로 발음하는 것이 맞기를 바라며 말문을 열었다. "귀찮게 해서 미안하지만…… 음, 내가 왜 왔는지 아시겠지요?"

"글쎄, 잘 모르겠네요." 그녀는 눈을 가늘게 치켜뜨며 대답했다. "선생님이 이 시간에 여기서 무엇을 하고 있는지 도무지 감을 잡을 수가 없어요."

랭던의 맥박이 빨라졌다. 잠시 말이 끊어진 사이, 자신의 서툰 도박이 비참한 종말을 맞이하는 소리가 들리는 듯했다. 다음 순간, 갑자기 마르타의 얼굴에 환한 미소가 번지더니 까르르 웃음을 터뜨렸다.

"농담이에요, 교수님! 당연히 알고말고요. 솔직히 말씀드려서 선생님이 무엇에 그렇게 매료되었는지는 잘 모르지만, 어젯밤에 일 두오미노와 함께 거의 한 시간을 저 위에 계시는 걸 보고 나름대로 짐작은 했죠. 동생에게 보여주고 싶어서 다시 오신 거죠?"

"맞아요……" 랭던은 간신히 대답했다. "바로 그겁니다. 시에나한테도 보여주고 싶어요. 물론 실례가 되지 않는다면요."

마르타는 2층 발코니를 올려다보며 어깨를 으쓱했다. "실례될 것 없어요. 안 그래도 올라갈 참이었거든요."

홀 뒤편의 2층 발코니를 올려다보는 랭던의 심장이 마구 벌렁거리기 시작했다. '내가 어젯밤에도 저길 올라갔다고?' 전혀 기억이 나지 않았다. 그가 알기로 저 발코니는 '케르카 트로바'라는 문구와 정확히 같은 높이일 뿐만 아니라, 랭던이 피렌체에 올 때마다 어김없이 찾곤 하는 이 궁전의 박물관으로 이어지는 통로이기도 했다.

마르타는 그들을 방 반대편으로 안내하려다 말고 갑자기 뭔가 생각났다는 듯 걸음을 멈췄다. "그런데 교수님, 아름다운 동생분에게 뭔가 좀 덜 우중충한 걸 보여주고 싶은 마음은 없으세요?"

랭던은 어떤 반응을 보여야 좋을지 난감하기만 했다.

"우리가 지금 뭔가 우중충한 걸 보러 가는 길인가요?" 시에나가 끼어들었다. "그게 뭐죠? 오빠가 얘기를 안 해줘요."

마르타는 수줍은 미소를 지으며 랭던을 바라보았다. "교수님, 제가 말씀드려도 괜찮겠어요? 아무래도 직접 설명하는 게 나으시겠죠?"

랭던은 이 절호의 기회를 놓칠 수 없었다. "마르타, 제발 당신이 속 시원하게 다 얘기해버리세요."

마르타는 시에나를 향해 돌아서서 아주 느린 말투로 말했다. "교수님한테서 무슨 말씀을 들었는지 모르겠는데, 우리는 지금 아주 특이한 마스크를 보러 박물관으로 올라갈 거예요."

시에나의 눈이 휘둥그레졌다. "무슨 마스크요? 사람들이 카니발 때 쓰는 괴상한 흑사병 마스크 말인가요?"

"시도는 좋았는데 정답은 아니에요." 마르타가 말했다. "지금 보러 가는 건 흑사병 마스크가 아니에요. 전혀 다른 종류죠. 흔히 데스마스크(death mask)라고 부르는 거예요."

랭던의 입에서 나지막한 신음이 새어 나왔다. 마르타는 그가 동생에게 겁을 주려고 연기를 한다고 생각한 듯, 점잖게 나무라는 눈빛으로 그를 돌아보았다.

"오빠 말엔 귀 기울이지 마세요." 그녀가 말했다. "데스마스크는 1500년대까지만 해도 아주 보편적인 관행이었어요. 사람이 숨을 거둔 직후에 얼굴에다 석고를 조금 덮었다가 떼내면 그만이니까요."

'데스마스크.' 랭던은 피렌체에서 의식을 되찾은 이후 처음으로 뭔가를 분명히 깨달은 느낌이었다. '단테의 〈인페르노〉…… 케르카 트로바…… 죽음의 눈을 통해 바라보라…… 마스크!'

시에나가 물었다. "누구의 얼굴로 만든 마스크예요?"

랭던은 시에나의 어깨에 한 손을 올리며 최대한 차분한 목소리로 말했다. "유명한 이탈리아의 시인이야. 단테 알리기에리라는."

아드리아 해의 부드러운 파도 위를 출렁이는 멘다키움호의 갑판에 밝은 햇살이 내리비추고 있었다. 사무장은 밀려오는 피로를 느끼며 두 잔째 스카치를 비우고 멍하니 집무실 창밖을 바라보았다.

피렌체에서는 그리 반갑지 않은 소식들만 연달아 날아들었다.

너무 오랜만에 알코올 기운을 빌려서 그런지는 모르지만, 이상하리만치 집중도 안 되고 기운도 없었다. 마치 엔진을 잃고 파도에 의지한 채 정처 없이 표류하는 선박처럼…….

사무장에게는 실로 낯선 심리 상태가 아닐 수 없었다. 그의 세계에는 언제나 원칙이라는 듬직한 나침반이 버티고 있었고, 그 나침반만 따라가면 절대 길을 잃을 염려가 없었다. 덕분에 그는 아무리 어려운 순간이 닥쳐도 뒤를 돌아보지 않고 결정을 내릴 수 있었다.

버옌다를 차단시킨 것도 바로 그 원칙 때문이었다. 이번에도 사무장은 조금도 망설이지 않고 결단을 행동으로 옮겼다. '이번 위기가 지나가면 한번쯤 그녀와 마주칠 기회가 있을 것이다.'

고객에 대해서는 적게 알수록 좋다는 그의 신념 역시 원칙에서 비롯된 것이었다. 그는 이미 오래전에 컨소시엄은 고객을 판단할 윤리적 책임을 떠안을 필요가 없다는 결정을 내렸다.

'서비스를 제공한다.

고객을 신뢰한다.

질문하지 않는다.'

기업체를 꾸려가는 경영자와 마찬가지로, 사무장 역시 자신의 서비스가 법의 울타리 내에서 이루어진다는 가정하에 업무를 진행했다. 자동차 회사 '볼보'에 학부모들이 학교 주변에서 속도위반을 하지 못하도록 할 책임이 없는 것과 마찬가지로, 누군가가 컴퓨터를 이용해 은행 계좌를 해킹했다고 그 컴퓨터를 만든 '델(DELL)'한테 책임을 물을 수는 없는 노릇이었다.

그러나 사태가 이 지경에 이르고 보니, 사무장도 이 특정한 고객을 컨소시엄에 소개한 지인을 원망하지 않을 수 없었다.

"일은 아주 간단하지만 엄청난 수익이 들어올 겁니다." 지인은 그렇게 사무장을 유혹했다. "아주 머리가 좋고, 자기 분야에서 크게 명성을 쌓았으며, 터무니없을 만큼 돈도 많은 인물입니다. 그에게 필요한 것은 1년이나 2년 정도 깨끗이 종적을 감추는 것뿐이에요. 중요한 프로젝트를 추진하기 위해 누구의 간섭도 받지 않고 자기 일을 할 수 있는 시간만 보장해주면 됩니다."

사무장은 별 생각 없이 그 제안을 받아들였다. 장기 은신처 제공 프로젝트

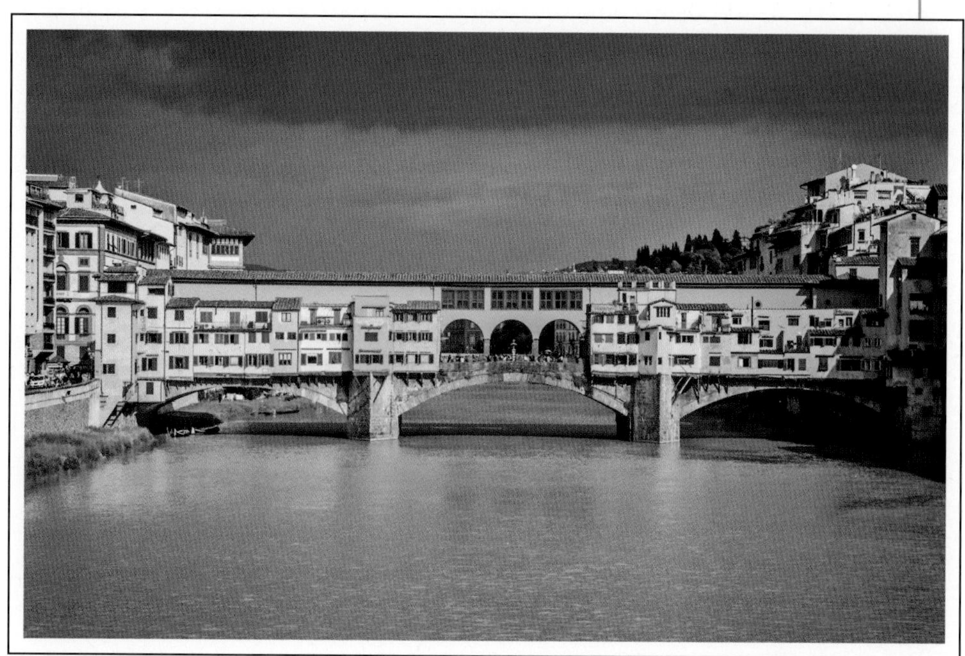

베키오 다리, 피렌체

는 곧 눈먼 돈이 굴러 들어오는 것과 다름없으니, 사무장은 그 지인의 직감을 신뢰하지 않을 이유가 없었다.

예상은 정확히 맞아떨어졌다.

지난주까지는.

일이 이 지경이 된 지금, 사무장은 스카치 병을 가운데 두고 하릴없이 집무실을 서성이며 이 고객에 대한 책임이 끝날 날만 손꼽아 기다리는 신세가 되었다.

책상 위의 전화벨이 울렸다. 아래층의 선임 보좌관 놀턴에게서 걸려온 전화였다.

"말해." 사무장이 수화기를 들고 짧게 내뱉었다.

"사무장님." 불안한 기색이 역력한 놀턴의 목소리가 흘러나왔다. "이런 일로 성가시게 해드리고 싶지는 않지만, 사무장님도 아시다시피 우리는 내일 동영상 하나를 언론사에 전송해야 합니다."

"그래." 사무장이 대답했다. "준비는 끝났겠지?"

"예. 하지만 제 생각에는 이 동영상을 전송하기 전에 사무장님께서 미리 한번 살펴보시는 게 좋을 것 같습니다."

사무장에게는 전혀 예상하지 못한 뚱딴지같은 소리가 아닐 수 없었다. "그 동영상에 우리 이름이 거론되거나 우리의 신용이 손상될 내용이라도 들어 있나?"

"그런 건 아닙니다만, 내용이 아무래도 불안합니다. 고객이 화면상에 등장해서 하는 이야기가—."

"잠깐." 사무장은 선임 보좌관이라는 작자가 이런 식으로 원칙을 외면하려 한다는 사실이 좀처럼 믿기지 않았다. "내용은 중요하지 않아. 무슨 소리가 나오는지 모르겠지만, 설령 우리가 하지 않아도 어차피 공개될 동영상이야. 동영상 하나 전송하는 것쯤이야 고객이 자기 손으로 직접 해도 얼마든지 할 수 있었을 텐데, 굳이 우리에게 의뢰한 데는 그럴 만한 이유가 있겠지. 그는 그 대가를 지불했어. 우리를 믿었기 때문에."

"예, 사무장님."

"자네는 평론가로 채용된 게 아니야." 사무장이 나직이 읊조렸다. "약속을 지키라고 채용된 거지. 자네 할 일을 하게."

베키오 다리, 버옌다는 오가는 수많은 사람들을 날카로운 눈매로 훑으며 끈질기게 기다렸다. 잠시도 한눈을 팔지 않았으니 랭던이 아직 그녀 앞을 지나가지 않은 것이 분명했다. 그러나 무인 헬리콥터의 모터 소리가 사라진 것을 보면 그 장비가 임무를 완수한 것 또한 분명했다.

'브뤼더가 그를 확보한 게 틀림없어.'

버옌다의 눈앞에 컨소시엄의 조사를 받는 자신의 비참한 모습이 어른거렸다. '어쩌면 그보다 더 심각한 사태가 벌어질지도 몰라.'

버옌다는 다시 한 번 예전에 조직에서 차단된 두 요원을 떠올렸다. 둘 다 그 뒤로 두 번 다시 연락이 없었다. '그냥 다른 일자리를 구한 것일 수도 있어.' 버옌다는 그렇게 스스로를 위로했다. 그럼에도 불구하고 마음 한구석에서는 이대로 토스카나의 굽이진 언덕들을 달려 어디론가 사라져야 하는 것이 아닐까 하는 의구심이 사라지지 않았다. 그동안 익힌 기술을 활용하면 새로운 인생을 시작할 수 있을 것이다.

'하지만 내가 언제까지 그들을 따돌릴 수 있을까?'

일단 컨소시엄의 감시망에 걸려든 목표물에게 프라이버시는 환상에 지나지 않는다. 버옌다는 수없이 많은 경험을 통해 이 사실을 누구보다 잘 알고 있었다. 아무리 용을 써봤자 시간문제일 뿐이었다.

'이렇게 끝나는 건가?' 버옌다는 컨소시엄에 몸 바친 12년의 세월이 단 한 번의 불운으로 허망하게 끝난다는 것이 좀처럼 믿기지 않았다. 지난 1년 동안 그녀는 초록색 눈동자를 가진 컨소시엄의 고객을 위해 최선의 노력을 기울였다. '그의 추락사는 내 탓이 아니다. 그런데도 나는 지금 그와 함께 추락하고 있다.'

이제 살아남을 수 있는 유일한 기회는 브뤼더를 앞지르는 것뿐이었다. 하지만 그녀는 처음부터 그것이 결코 쉬운 일이 아님을 잘 알고 있었다.

'어젯밤에 기회가 있었지만…… 실패했어.'

낙담한 버옌다가 자신의 오토바이를 향해 돌아설 무렵, 멀리서 무슨 소리가 들려오기 시작했다. 귀에 익은 높은 음조의 모터 소리였다.

버옌다는 어리둥절한 심정으로 고개를 들었다. 놀랍게도 감시용 무인 헬리콥터가 다시 이륙해, 이번에는 피티 궁의 반대편에 모습을 드러내고 있었다. 버옌다는 그 조그만 비행체가 궁전 상공을 선회하는 모습을 물끄러미 바라보았다.

그것이 다시 나타났다는 것에 다른 해석의 여지는 없었다.

'그들이 아직 랭던을 찾지 못했다!

도대체 그는 어디로 사라졌단 말인가?'

꿈결 속을 헤매던 엘리자베스 신스키 박사는 요란한 모터 소리에 퍼뜩 정신이 돌아왔다. '저 헬리콥터를 또 띄웠단 말인가? 하지만 나는…….'

그녀는 승합차 뒷자리에서 살며시 몸을 뒤척였다. 예의 젊은 군인이 아직도 그녀 옆에 앉아 있었다. 엘리자베스는 다시 눈을 감고 극심한 통증과 현기증을 억누르기 위해 사력을 다했다. 그러나 지금 그녀가 맞서 싸워야 할 가장 큰 상대는 바로 공포였다.

'시간이 없어.'

그녀의 적이 죽었다고는 하지만, 지금도 꿈속에서 그의 실루엣이 보였다. 외교협회의 어두컴컴한 회의실에서 그녀에게 일장 연설을 늘어놓던 그의 모습이.

'누군가는 강력한 행동에 나서야 한다.' 그는 초록색 눈동자를 반짝이며 그렇게 주장했다. '우리가 아니면, 누가? 지금이 아니면, 언제?'

엘리자베스는 기회가 있을 때 당장 그를 막았어야 했다는 아쉬움을 곱씹었다. 회의실을 박차고 나와 대기하던 리무진에 오르던 순간이 지금도 잊히지 않았다. 그녀는 그 길로 맨해튼을 가로질러 JFK 국제공항으로 향했다. 그 미치광이의 정체를 한시라도 빨리 알아내고 싶은 마음에, 휴대전화를 꺼내어 자신이 찍은 사진을 쳐다보았다.

사진을 보자마자, 엘리자베스의 입에서는 커다란 신음이 새어 나왔다. 엘리자베스 신스키 박사는 그가 누구인지를 정확하게 알고 있었다. 다행스러운 점이 있다면, 그를 추적하기가 아주 간단하다는 사실이었다. 그러나 그가 자신의 분야에서 천재적인 재능을 발휘하는 인물이라는 사실…… 그리고 마음만 먹으면 굉장히 위험한 인물로 탈바꿈할 수 있다는 사실이 걱정스러웠다.

'확고한 목적을 가진 천재, 한없이 창의적일 수도 있고…… 한없이 파괴적일 수도 있는…….'

30분 뒤, 공항에 도착한 엘리자베스는 사무실에 연락을 취해 CIA와 CDC, ECDC를 비롯한 전 세계의 모든 관련 기관에 이 남자를 생물학적 테러리스트 요주의 인물 명단에 올리도록 요청했다.

'제네바로 돌아가기 전까지, 지금 당장 내가 할 수 있는 일은 그게 전부다.' 그녀는 그렇게 생각했다.

몸과 마음이 지칠 대로 지친 엘리자베스는 공항의 탑승 수속대에 여권과 항공권 티켓을 내밀었다.

"아, 신스키 박사님." 항공사 직원이 환한 미소와 함께 말했다. "멋진 신사분께서 방금 박사님께 메시지를 남기고 가셨어요."

"뭐라고요?" 엘리자베스는 자신의 항공편 정보를 아는 사람이 누구인지 상상이 가지 않았다.

"키가 아주 크던데요." 직원이 말했다. "눈동자는 초록색이고요."

엘리자베스는 들고 있던 가방을 털썩 떨어뜨렸다. '그자가 여기에 있다고? 어떻게?!' 엘리자베스는 재빨리 몸을 돌려 주위를 살폈다.

"벌써 가셨어요." 직원이 말했다. "이걸 박사님께 전해달라고 하시더군요." 그녀는 그렇게 말하며 엘리자베스에게 접힌 종이를 한 장 내밀었다.

엘리자베스는 떨리는 손으로 그 종이를 펼쳤다. 육필로 몇 줄이 적혀 있었다.

지옥의 가장
암울한 자리는
도덕적 위기의 순간에
중립을 지킨 자들을
위해 예비되어 있다.

단테 알리기에리의 작품에 나오는 유명한 인용문이었다.

지옥의 가장 암울한 자리는
도덕적 위기의 순간에
중립을 지킨 자들을 위해
예비되어 있다.

Chapter 39

마르타 알바레즈는 피곤한 눈길로 500인의 방에서 위층의 박물관으로 이어지는 가파른 계단을 올려다보았다.

'포소 파르첼라(나는 해낼 수 있어).' 그녀는 스스로에게 용기를 북돋웠다.

베키오 궁전의 예술 문화 담당관인 마르타는 지금까지 이 계단을 수없이 오르내렸지만, 임신 8개월을 넘어선 요즘에는 점점 힘에 부쳤다.

"마르타, 정말 엘리베이터를 타지 않아도 괜찮겠어요?" 로버트 랭던이 근심스러운 눈길로 바로 옆에 있는 조그만 비상 엘리베이터를 가리키며 물었다. 몸이 불편한 방문객들을 위해 설치한 엘리베이터였다.

마르타는 고마움이 담긴 미소를 지었지만, 단호하게 고개를 가로저었다. "어젯밤에도 말씀드렸듯이, 의사가 운동을 하면 아기에게도 좋다고 했어요. 게다가 이젠 교수님께 폐소공포증이 있다는 것도 아는걸요."

랭던은 허를 찔린 사람처럼 화들짝 놀랐다. "아, 그렇지. 내가 그 말을 했다는 걸 깜빡 잊었어요."

'깜빡 잊었다고?' 마르타는 이게 무슨 소리일까 싶었다. '어렸을 때 사고를 당해 그런 증세가 생겼다는 이야기를 한참 동안이나 주고받은 지 열두 시간도 안 되었잖아.'

어젯밤에도 병적으로 비만한 몸집의 일 두오미노는 엘리베이터를 타고 올라간 반면, 랭던과 마르타는 걸어서 이 계단을 올라갔었다. 도중에 랭던은 어렸을 때 버려진 우물에 빠져 하마터면 끔찍한 일을 당할 뻔했던 기억 때문에 밀폐된 장소에 비정상적인 두려움을 가지게 되었다는 사실을 자세하게 설명했다.

지금도 랭던과 마르타는 그의 여동생이 말총머리를 나풀거리며 저만치 앞서 올라간 가운데 몇 번이나 쉬어가며 천천히 계단을 오르고 있었다. "교수님이 그 마스크를 다시 보고 싶어 한다는 게 참 놀라워요." 마르타가 말했다. "피렌체에 볼 게 얼마나 많은데, 왜 하필이면 그런 마스크가 교수님의 관심을 끌었는지 모르겠어요."

랭던은 어물쩍 어깨를 으쓱했다. "시에나한테도 보여주고 싶어서요. 아무튼 이렇게 또 들여보내 주셔서 고맙습니다."

"별말씀을요."

어젯밤, 마르타는 랭던의 명성 때문에라도 기꺼이 이 박물관의 문을 열어 주었겠지만, 그가 일 두오미노와 함께라는 사실은 선택의 여지를 아예 없애 버렸다.

다들 일 두오미노라고 부르는 이그나치오 부소니, 그는 피렌체의 문화계에서 손꼽히는 유명 인사 가운데 한 명이었다. 오랫동안 두오모 미술관 관장을 역임한 이그나치오는 피렌체에서 가장 유명한 유적지, 두오모의 모든 것을 감시하고 감독하는 인물이었다. 피렌체의 역사와 스카이라인, 그 둘을 모두 지배하는 붉은 돔의 이 거대한 성당에 대한 그의 열정, 거의 180킬로그램에 달하는 몸무게, 사시사철 붉게 달아오른 얼굴, 그 모든 것이 합쳐져 그에게 일 두오미노, 즉 '작은 돔'이라는 뜻의 멋진 별명을 선사해주었다.

마르타는 랭던이 어떻게 해서 일 두오미노와 친분을 맺게 되었는지는 알지 못했지만, 아무튼 일 두오미노는 어제저녁에 그녀에게 전화를 걸어 손님을 모시고 갈 테니 단테의 데스마스크를 보여줄 수 있느냐고 물었다. 그 손님이라는 사람이 미국의 유명한 기호학자이자 미술사학자인 로버트 랭던이라는 것을 알게 된 마르타는, 두 유명 인사를 한꺼번에 안내할 기회가 생겼다는 사실에 짜릿한 전율까지 느꼈다.

간신히 계단을 다 올라온 마르타는 두 손으로 허리를 짚고 가쁜 숨을 몰아쉬었다. 시에나는 벌써 발코니 난간에 도착해 500인의 방을 내려다보고 있었다.

"내가 제일 좋아하는 전망이에요." 마르타가 숨을 헐떡이며 말했다. "전혀

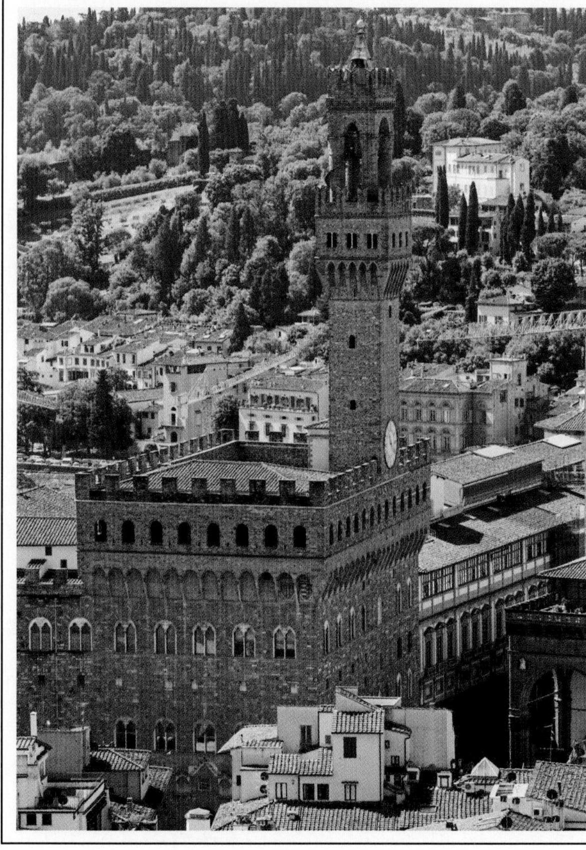

피렌체의 가장 오랜 상징,
베키오 궁전

다른 시각으로 벽화들을 감상할 수 있거든요. 오빠한테서 저기 숨겨진 수수께끼의 메시지에 대한 이야기는 들으셨죠?" 마르타는 손으로 바사리의 벽화를 가리키며 말했다.

시에나는 진지한 표정으로 고개를 끄덕였다. "케르카 트로바."

마르타는 천천히 주위를 둘러보는 랭던을 몰래 훔쳐보았다. 2층 유리창으로 들어오는 햇빛에 비친 그의 모습은 어젯밤만큼이나 눈이 부실 정도는 아니었다. 그의 새로운 옷차림이 마음에 들기는 했지만, 면도를 하지 않아서 그런지 얼굴이 창백하고 꺼칠해 보였다. 어젯밤에는 그토록 탐스럽고 우아하던 그의 머리칼도, 오늘 아침에는 샤워를 하지 않았는지 군데군데 뭉쳐 있었다.

마르타는 랭던을 훔쳐보던 시선이 들통 나기 전에 얼른 벽화를 향해 돌아섰다. “우리는 지금 ‘케르카 트로바’와 거의 똑같은 높이에 서 있어요.” 마르타가 말했다. “시력이 좋은 사람은 육안으로도 볼 수 있을 거예요.”

랭던의 여동생은 벽화에는 별로 관심이 없어 보였다. “단테의 데스마스크에 대해서 설명해주세요. 그게 왜 베키오 궁에 있는 거죠?”

‘누가 남매 사이 아니라고 할까 봐.’ 마르타는 그 마스크의 무엇이 이들을 그토록 매료시켰을까 의구심을 느끼며 속으로 투덜거렸다. 하긴, 단테의 데스마스크는 굉장히 이상야릇한 역사를 지니고 있을 뿐 아니라, 특히 최근 들어 이 마스크에 거의 광적인 집착을 보인 인물이 랭던만은 아닌 것도 사실이었다. “음, 먼저 한 가지 여쭤볼게요. 단테에 대해서 얼마나 알고 계세요?”

젊고 예쁜 금발 여인은 어깨를 으쓱했다. “학교에서 배운 정도만 겨우 알 뿐이에요. 지옥을 둘러보는 가상의 여행을 《신곡》이라는 작품으로 묘사한 이탈리아의 유명한 시인, 뭐 그 정도죠.”

“맞기도 하고 틀리기도 해요.” 마르타가 대답했다. “단테는 자신의 작품 속에서 궁극적으로는 지옥을 벗어났어요. 연옥을 거쳐 천국까지 올라갔으니까요. 《신곡》을 제대로 읽었으면 그의 여정이 세 부분, 즉 지옥과 연옥과 천국으로 나뉘어 있다는 걸 알 거예요.” 마르타는 그들에게 따라오라는 손짓을 하며 박물관 입구가 있는 발코니 쪽으로 걸어갔다. “하지만 그의 마스크가 이곳 베키오 궁에 소장된 이유는 《신곡》하고는 관계가 없어요. 오히려 실제 역사와 관계가 있다고 해야겠죠. 단테는 피렌체에서 살았고, 누구보다도 피렌체를 사랑했어요. 한 도시를 그만큼 사랑한 사람은 아마 아무도 없을 거예요. 그는 아주 유명하고 큰 영향력을 가진 인물이었지만, 정치 권력에 변화가 생기면서 줄을 잘못 서는 바람에 피렌체에서 쫓겨나는 신세가 되었죠. 성벽 바깥으로 쫓겨나 두 번 다시 돌아오지 못한다는 선고를 받은 거예요.”

마르타는 박물관 입구를 향해 다가가면서 잠시 호흡을 가다듬었다. 그러고는 또 한 번 두 손으로 허리를 짚고 몸을 뒤로 약간 젖히며 설명을 계속했다. “어떤 사람들은 단테의 데스마스크가 그토록 슬퍼 보이는 이유를 그가 피렌체에서 추방되었기 때문이라고 해석하지만, 내 생각은 달라요. 내가 지나치게 낭만적으로 생각하는지는 모르지만, 아무튼 나는 그의 슬픈 얼굴이 베아트리체라는 여인하고 보다 밀접한 관계가 있다고 믿어요. 단테는 평생에 걸쳐 베아트리체 포르티나리라는 여인을 열렬히 사랑했거든요. 하지만 안타깝게도 베아트리체는 다른 남자하고 결혼했죠. 이것은 단테에게 자신이 그토록 사랑하던 피렌체는 물론, 그토록 사랑하던 여인과도 평생을 헤어져 살아가야 한다는 의미였죠. 결국 베아트리체에 대한 사랑이 《신곡》의 핵심적인 주제가 되었다고 해도 과언이 아닐 거예요."

"흥미롭네요." 시에나는 마르타의 말을 한마디도 귀담아 듣지 않았다는 말투로 툭 내뱉었다. "그런데 나는 아직도 왜 데스마스크가 이 궁전에 소장되어 있는지에 대해서는 잘 이해가 가지 않아요."

마르타는 이 젊은 여자의 고집이 상당히 이례적일 뿐 아니라 어떤 면에서는 무례하기까지 하다는 사실을 알아차렸다. "음." 마르타가 설명을 이어갔다. "단테는 죽고 나서도 피렌체에 들어오는 것이 금지된 상태였기 때문에 라베나에 묻혔어요. 하지만 그의 연인 베아트리체가 피렌체에 묻혀 있고, 단테 본인도 피렌체를 무척이나 사랑했기 때문에 그의 데스마스크를 여기로 가져온 건 고인에 대한 예를 갖추는 거라고 볼 수 있죠."

"그렇군요." 시에나가 대답했다. "피렌체 중에서도 하필 이 궁전이 선택된 이유는요?"

"베키오 궁은 가장 오래된 피렌체의 상징과도 같은 곳이고, 단테 시대에도 이미 이 도시의 중심부였던 곳이에요. 사실 추방당한 단테가 피렌체의 성곽 바깥에 서 있는 장면을 그린 작품에서도 그 배경에 이 궁전의 탑이 보일 정도였죠. 이런저런 측면에서 우리는 단테의 데스마스크를 이곳에 안치하는 것이 곧 그분의 귀환을 의미한다고 믿고 있어요."

"잘하셨네요." 시에나는 그제야 만족한 표정으로 대답했다. "고마워요."

박물관 출입문 앞에 도착한 마르타는 문을 세 번 두드리며 소리쳤다. "소노 이오 마르타. 부온조르노(저 마르타예요. 좋은 아침이에요)!"

안에서 열쇠 달그락거리는 소리가 잠시 들리더니 이내 문이 열렸다. 나이 지긋한 경비원은 마르타를 향해 피곤한 미소를 지어 보이며 자신의 손목시계를 확인했다. "에 운 포 프레스토(조금 이른데)." 그가 말했다.

로렌시아 도서관 열람실, 피렌체

마르타가 대답 대신 랭던 쪽을 가리키자, 경비원의 표정이 더욱 밝아졌다. "시뇨레, 벤토르나토(선생님, 다시 찾아주신 걸 환영합니다)!"

"그라치에(감사합니다)." 랭던이 공손하게 대답하자, 경비원은 그들에게 들어오라는 시늉을 해 보였다.

그들이 조그만 현관 앞으로 자리를 옮기자, 경비원은 보안 장치를 해제하고 육중한 두 번째 문의 자물쇠를 풀었다. 문이 열리자, 그는 옆으로 물러서며 한껏 과장된 모습으로 한쪽 팔을 내저었다. "에코 일 무제오(자, 박물관입니다)!"

마르타는 미소로 고맙다는 인사를 대신하고 손님들을 안으로 안내했다.

박물관이 차지하고 있는 자리는 원래 관청의 사무실로 설계되었기 때문에 전시장 특유의 탁 트인 공간 대신 고만고만한 크기의 방들과 복도가 미로처럼 얽혀 건물의 절반 정도를 에워싸고 있었다.

"단테의 데스마스크는 저쪽 모퉁이에 있어요." 마르타가 시에나를 향해 말했다. "'안디토(복도)'라고 불리는 좁다란 공간인데, 원래는 방과 방 사이의 통로에 해당하던 곳이죠. 측벽에 붙어 있는 골동품 진열장 안에 그 마스크가 들어 있어서, 바로 옆에까지 다가가도 눈에 잘 띄지 않아요. 그래서 많은 관람객들은 그런 게 있는지도 모르고 그냥 지나치기 일쑤죠."

랭던은 이제 마치 그 마스크가 무슨 신비한 마력이라도 발휘하는 듯이 똑바로 전방을 응시한 채 그쪽으로 다가갔다. 마르타가 시에나를 슬쩍 건드리며 소곤거렸다. "교수님은 우리가 소장하고 있는 다른 작품들에는 전혀 흥미가 없는 모양이지만, 당신은 이왕 오셨으니 마키아벨리 흉상이나 지도의 방에 있는 '마파 문디' 정도는 꼭 보세요."

시에나는 정중하게 고개를 끄덕였지만, 역시 눈길은 전방에 고정한 채 계속 걸음을 옮겼다. 마르타가 따라가기에 벅찰 정도였다. 세 번째 방에 도달했을 무렵, 뒤로 조금 처져 있던 마르타는 결국 두 손을 들고 말았다.

"교수님?" 그녀가 가쁜 숨을 몰아쉬며 소리쳤다. "마스크를 보기 전에…… 동생분에게 다른 소장품들도…… 좀 구경시켜 드리지 않겠어요?"

랭던은 마음이 콩밭에 가 있다가 문득 현실 세계로 돌아온 사람처럼 얼떨떨한 표정으로 그녀를 돌아보았다. "뭐라고 하셨죠?"

마르타는 근처에 있는 진열장을 가리켰다. "《신곡》 초판본…… 가운데 하나예요."

랭던은 그제야 마르타가 이마의 땀방울을 훔치며 숨을 헐떡이는 것을 알아차리고 얼굴을 찌푸렸다. "마르타, 정말 미안해요! 아, 물론이지요. 초판본을 잠깐 살펴보는 것도 아주 좋은 생각이에요."

랭던은 서둘러 지나간 길을 되짚어 온 뒤, 마르타가 가리키는 골동품 진열장 쪽으로 다가갔다. 진열장 안에는 가죽 장정의 낡은 책 한 권이 제일 앞 페이지가 펼쳐진 채 놓여 있었다. '라 디비나 코메디아: 단테 알리기에리.'

"믿을 수가 없어." 랭던이 놀란 표정으로 중얼거렸다. "속표지를 보니 알겠군요. 여기에 누마이스터 원본이 소장되어 있는 줄 몰랐어요."

'이건 또 무슨 뚱딴지 같은 소리지?' 마르타는 속으로 중얼거렸다. '어젯밤에도 내가 보여줬잖아!'

랭던은 빠른 말투로 시에나를 향해 설명했다. "요한 누마이스터가 1400년대 중반에 처음으로 이 작품을 인쇄했어. 몇백 부가량 찍었다고 하는데, 지금까지 남아 있는 것은 열 권 남짓이지. 아주 희귀한 책이야."

마르타는 랭던이 여동생에게 잘난 척하려고 연기를 하는 건가 싶었다. 겸손한 학자로 소문이 자자한 교수에게는 그다지 어울리지 않는 행동이었다.

"이 판본은 로렌시아 도서관에서 빌려 온 거예요." 마르타가 말했다. "아직 안 가보셨으면 꼭 한번 가보세요. 거기에는 미켈란젤로가 설계한 멋진 계단이 있는데, 그 계단을 올라가면 세계 최초의 공공 열람실이 나오죠. 사람들이 훔쳐 가지 못하도록 책을 쇠사슬로 의자에 묶어두었다고 하더군요. 물론 그 책들은 세계에서 단 한 권밖에 없는 것들이고요."

"놀라워요." 시에나가 박물관 안쪽을 힐끗 쳐다보며 말했다. "마스크는 이쪽이죠?"

'뭐가 그렇게 급하지?' 마르타는 숨을 돌리려면 아직 시간이 좀 더 필요했다. "네. 하지만 아마 이 이야기를 들으면 구미가 좀 당길 걸요." 그녀는 그렇게 말하며 한쪽 구석의 조그만 계단을 가리켰다. 계단은 천장 위로 올라가 그 다음은 어디로 이어지는지 보이지 않았다. "이 계단을 올라가면 서까래 위에 설치된 관람대가 나와요. 바사리의 그 유명한 천장을 볼 수 있는 곳이죠. 보고 싶으시면 나는 여기서 기다릴 테니까—."

"부탁이에요, 마르타." 시에나가 그녀의 말을 가로막았다. "난 그 마스크를 보고 싶어요. 사실 우린 지금 시간이 별로 많지 않거든요."

마르타는 난감한 표정으로 이 젊고 예쁜 여자를 바라보았다. 처음 만난 지 얼마 되지도 않았는데 함부로 이름을 부르는 게 몹시 불쾌했다. '마르타가 아니라 시뇨라 알바레즈라고 불러야 할 것 아냐.' 마르타는 속으로 시에나를 꾸짖었다. '게다가 나는 지금 너한테 호의를 베풀고 있다고.'

"알았어요, 시에나." 마르타가 무뚝뚝하게 대꾸했다. "마스크는 이쪽이에요."

마르타는 더 이상 랭던과 그의 여동생에게 친절한 안내를 덧붙이느라 시간을 낭비하지 않고 마스크가 진열된 곳을 향해 꾸불꾸불한 복도를 걸어갔다.

어젯밤에도 랭던과 일 두오미노는 그 마스크를 살펴보느라 좁은 안디토에서 30분 가까이 지체했다. 마르타는 그들이 왜 그렇게 그 마스크에 열을 올리는지 궁금해서, 혹시 최근에 이 마스크를 둘러싸고 벌어진 일련의 괴상한 사건들과 관련이 있냐고 물어보았었다. 랭던과 일 두오미노는 어색한 웃음으로 얼버무릴 뿐 제대로 된 대답을 들려주지 않았다.

랭던은 안디토를 향해 걸어가는 동안 자신의 동생에게 데스마스크를 만드는 과정을 설명하기 시작했다. 마르타는 이 박물관이 소장하고 있는 《신곡》 희귀본을 본 적이 없다는 허풍과는 달리, 마스크에 대해서만큼은 한 치의 오차도 없이 정확한 설명을 이어가는 랭던의 모습을 흐뭇하게 지켜보았다.

"사람이 숨을 거두면 그 직후에 얼굴에다 올리브 기름을 바르지." 랭던의 설명이 이어졌다. "그 위에다 젖은 석고를 한 겹 입히는데, 이때는 머리카락이 시작되는 곳에서부터 목까지, 입과 코, 눈꺼풀 등을 모두 덮어야 해. 그 석고가 굳으면 쉽게 떨어지기 때문에 새로운 석고를 붓는 틀로 이용할 수 있게 되는 거야. 이 두 번째 석고가 굳으면 고인의 얼굴을 완벽하게 복제한 마스크가 탄생하는 거고. 한동안 이런 관행은 권력자나 천재를 추모하기 위해 널리 확산되었어. 덕분에 단테, 셰익스피어, 볼테르, 타소, 키츠 같은 사람들이 모두 데스마스크를 남겼지."

"다 왔어요." 안디토 앞에 다다른 마르타가 말했다. 그녀는 옆으로 한 발 물러서며 랭던의 동생에게 먼저 들어가라는 몸짓을 해 보였다. "단테의 마스크는 왼쪽 벽에 붙은 진열장 안에 있어요. 기둥 안쪽으로는 들어가지 말아주시면 감사하겠네요."

"고마워요." 시에나는 그렇게 대답하며 좁은 복도로 들어가 진열장을 향해 걸어갔다. 진열장을 살펴본 시에나의 눈이 금방 휘둥그레지더니, 커다란 충격에 사로잡힌 표정으로 랭던을 돌아보았다.

마르타는 그런 반응을 수없이 봐왔다. 마스크를 처음 보는 사람들은 반사적으로 거부감을 드러내기 마련이었다. 단테의 쭈글쭈글한 얼굴과 구부러진 코, 감은 눈 등은 확실히 그리 아름답지 않았다.

랭던도 시에나 옆으로 다가가 진열장 쪽을 바라보았다. 다음 순간, 랭던 역시 깜짝 놀란 표정으로 흠칫 뒤로 물러섰다.

마르타는 속으로 신음을 토했다. '케 에사제리토(호들갑스럽기는).' 그녀도 진열장 앞으로 다가섰다. 그러나 그 안을 들여다본 마르타도 이번에는 소리 내어 신음을 내지르고 말았다. '오 미오 디오(하느님 맙소사)!'

마르타 알바레즈는 낯익은 단테의 데스마스크가 자신을 똑바로 쳐다보고 있을 줄 알았다. 하지만 뜻밖에도 진열장 안에는 바닥에 깔린 빨간 새틴과 마스크가 놓여 있던 받침대밖에 보이지 않았다.

마르타는 손으로 입을 가린 채 공포에 질린 표정으로 텅 빈 진열장을 바라보았다. 숨이 점점 가빠오면서 어쩔 수 없이 기둥을 붙잡고 몸을 의지했다. 이윽고 그녀는 텅 빈 진열장에서 눈을 떼고 박물관 입구를 지키는 야간 경비원 쪽을 돌아보았다.

"라 마스케라 디 단테(단테의 마스크가)!" 그녀가 미친 여자처럼 소리를 질러댔다. "라 마스케라 디 단테 에 스파리타(단테의 마스크가 사라졌다)!"

Chapter 40

마르타 알바레즈는 텅 빈 진열장 앞에서 떨리는 몸을 가누지 못했다. 그 와중에도 복부에 퍼져가는 팽팽한 긴장감이 그저 두려움의 산물일 뿐 산통은 아니어야 할 텐데, 하는 걱정이 앞섰다.

'단테의 데스마스크가 사라졌다!'

바짝 긴장한 두 명의 경비원이 안디토로 달려와 텅 빈 진열장을 확인하고는 재빠르게 움직이기 시작했다. 한 사람은 간밤에 찍힌 보안 카메라의 영상을 확인하기 위해 비디오 통제실로 달려갔고, 또 한 사람은 막 경찰에 도난 신고를 마친 참이었다.

"라 폴리치아 아리베라 트라 벤티 미누티(경찰이 20분 안에 도착할 겁니다)!" 경찰과 통화를 마친 경비원이 마르타를 향해 말했다.

"벤티 미누티(20분)?!" 마르타가 되물었다. "이건 아주 중요한 예술품 도난 사건이에요!"

경비원은 통화 내용을 마르타에게 전달했다. 지금 경찰 인력 대부분이 이보다 훨씬 심각한 위기 상황에 투입되어 있기 때문에 여유가 생기는 대로 사람을 보내 진술을 받겠다고 했다는 것이다.

"케 코자 포트레베 에세르치 디 피우 그라베(도대체 이보다 더 심각한 상황이 뭐라는 거야)?!" 마르타가 소리쳤다.

랭던과 시에나는 초조한 표정으로 서로를 돌아보았다. 마르타는 그런 그들의 모습에서 감각 중추의 과부하를 직감했다. '그럴 만도 하지.' 잠시 마스크를 구경하려고 들렀다가 엄청난 도난 사건의 여파를 직접 목격하게 되었으니……. 밤사이에 누군가가 박물관 안으로 침투해 단테의 데스마스크를 훔쳐 간 것이 틀림없었다.

이 박물관에는 단테의 마스크보다 훨씬 소중한 보물들이 많으니, 마르타는 당장 다른 피해가 눈에 띄지 않는 것만 해도 천만다행이라고 스스로를 위로했다. 아무리 그렇다고는 하지만, 이것은 이 박물관 역사상 최초의 도난 사건이었다. '나는 보안 수칙조차 모르고 있잖아!'

마르타는 갑자기 무력감이 몰려와 또다시 기둥을 붙잡았다.

두 명의 경비원은 귀신에 홀린 표정으로 마르타에게 어젯밤의 상황을 세세하게 설명했다. 10시쯤에 마르타가 일 두오미노와 랭던을 데리고 안으로 들어갔다. 잠시 후, 세 사람은 함께 나왔다. 그다음에 경비원은 문을 잠그고 경보 장치를 새로 설정했으며, 그 이후로는 누구도 박물관 안으로 들어가거나 나온 사람이 없었다.

"임포시빌레(말도 안 돼)!" 마르타가 쏘아붙였다. "어젯밤에 우리 세 사람이 나올 때만 해도 마스크는 틀림없이 제자리에 놓여 있었어요. 그러니 그 이후에 누군가가 안으로 들어간 게 틀림없다고요!"

경비원들은 난감한 표정으로 손바닥을 들어 보였다. "노이 논 아비아모 비스토 네수노(우린 아무도 못 봤어요)!"

마르타는 머지않아 경찰이 도착할 거라고 스스로를 타이르며 자신의 무거운 몸이 허락하는 가장 빠른 속도로 보안 통제실을 향했다. 랭던과 시에나도 초조한 표정으로 그 뒤를 따랐다.

'보안 카메라에 찍힌 영상을 보면……' 마르타는 속으로 중얼거렸다. '어젯밤에 누가 다녀갔는지 확실하게 알 수 있을 거야!'

❦

베키오 궁전에서 세 블록이 떨어진 베키오 다리, 버옌다는 랭던의 사진을 들고 군중 사이를 헤치며 탐문 수사를 벌이는 두 명의 경찰관을 피해 슬그머니 그림자 속으로 자리를 옮겼다.

경찰관들이 다가오자, 버옌다는 그 가운데 한 사람의 무전기가 지직거리는 소리를 들었다. 이어서 긴급 출동을 요청하는 무전 내용이 흘러나왔다. 내용이 아주 짧은 데다가 이탈리아 말이라 완벽하게 알아듣지는 못했지만 요점을 포착하기에는 충분했다. 베키오 궁전 부근에 있는 대원은 궁전 안에 위치한 박물관으로 출동해 진술을 확보하라는 내용이었다.

정작 경찰관들은 눈도 꿈쩍하지 않았지만, 버옌다는 자신도 모르게 귀가 쫑긋 곤두섰다.

'일 무제오 디 팔라초 베키오(베키오 궁 박물관)?'

어젯밤의 그 사단 — 버옌다의 인생을 송두리째 뒤흔들어놓은 대재앙 — 도 베키오 궁전 바로 앞의 골목길에서 벌어지지 않았던가.

계속 이어지는 경찰의 무선은 워낙 잡음이 심해 거의 해독 불능이었지만, 버옌다의 귀에도 딱 두 개의 단어는 선명하게 들렸다. 단테 알리기에리라는 이름이었다.

버옌다의 몸이 팽팽하게 긴장하기 시작했다. '단테 알리기에리?!' 이것은 절대 우연일 수가 없었다. 버옌다는 빙글 몸을 돌려 베키오 궁전 쪽을 바라보았다. 총안이 달린 이 궁전의 탑이 근처의 다른 건물들을 내려다보고 있었다.

'박물관에서 무슨 일이 벌어졌다는 거지?' 버옌다는 궁금해서 견딜 수가 없었다. '언제?'

오랫동안 현장 애널리스트로 활동해온 버옌다는, 우연은 사람들이 생각하는 것만큼 그리 흔한 것이 아니라는 사실을 잘 알고 있었다. '베키오 궁전의 박물관…… 그리고 단테?' 뭔지는 모르지만 랭던과 관련된 일이 틀림없었다.

그렇지 않아도 버옌다는 랭던이 옛 도심으로 돌아올 거라는 사실을 직감적으로 알고 있었다. 그래야 말이 되기 때문이었다. 옛 도심은 모든 일이 망가지기 시작한 어젯밤에 랭던이 있던 곳이었다.

그러나 버옌다는 이렇게 훤한 대낮에 랭던이 베키오 궁전 근처로 돌아갈 것인지에 대해서는 회의적이었다. 게다가 랭던은 아직 이 다리를 건너지 못한 게 분명했다. 아르노 강을 건너는 다른 다리도 여럿 있기는 하지만, 보볼리 정원에서 걸어서 이동하기에는 하나같이 거리가 너무 멀었다.

버옌다의 발밑으로 4인용 조정(漕艇) 보트 한 대가 강물 위를 미끄러져 내려오고 있었다. 미끈한 선체에 이탈리아어와 영어로 '피렌체 조정 클럽'이라는 글자가 큼지막하게 박혀 있었다. 빨간색과 흰색이 어우러진 노가 일사불란하게 물살을 갈랐다.

'랭던도 배를 타고 강을 건넜을까?' 별로 가능성은 없어 보였지만, 경찰의 무전에서 베키오 궁전이 언급되었다는 사실을 염두에 둘 필요가 있었다.

"모두들 카메라를 꺼내세요, 페르 파보레(어서요)!" 어떤 여자가 강한 억양의 영어로 말하는 소리가 들려왔다.

버옌다가 고개를 돌려보니, 여자 관광 안내인이 오렌지색 꽃술이 달린 막대기를 흔들며 새끼 오리를 몰듯 한 무리의 관광객을 베키오 다리 위로 인솔하고 있었다.

"여러분의 머리 위에 바사리가 남긴 가장 큰 작품이 걸려 있습니다!" 안내인이 잘 훈련된 목소리로 그렇게 외치며 꽃술을 치켜들자, 사람들의 시선이 일제히 그것을 따라 올라갔다.

버옌다는 다리 위에 좁다란 아파트처럼 줄지어 늘어선 상점들, 그 위에 2층

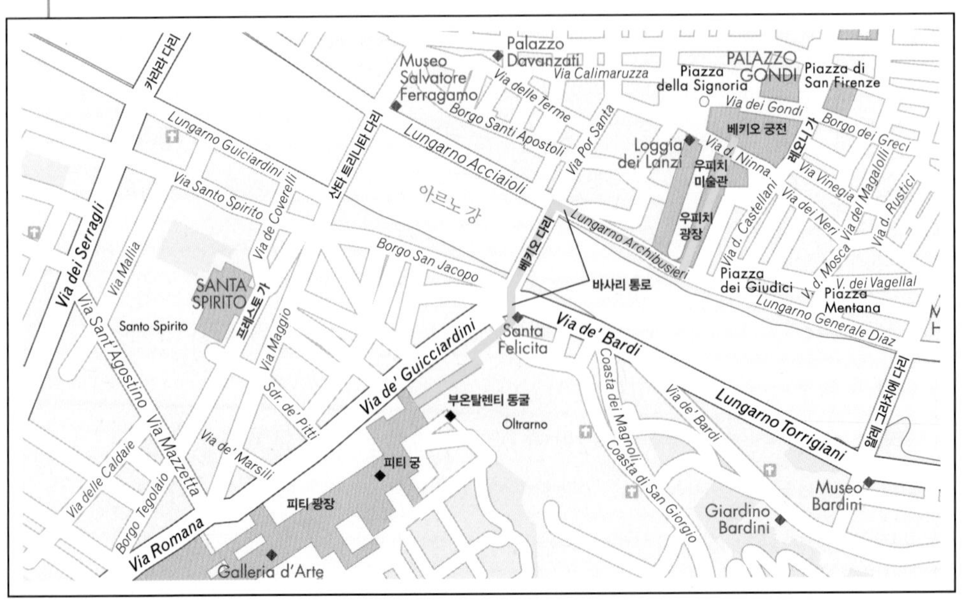

피티 궁에서 베키오 궁전에 이르는 바사리 통로

이 있다는 사실을 미처 몰랐다.

"바사리 통로입니다." 안내인이 설명했다. "메디치 일가는 길이가 거의 1킬로미터에 달하는 이 비밀 통로를 통해 피티 궁과 베키오 궁 사이를 은밀히 오가곤 했지요."

버옌다는 자신의 머리 위를 가로지르는 이 터널 같은 구조물을 바라보며 눈이 휘둥그레졌다. 그녀도 이런 통로가 있다는 이야기를 들은 적이 있지만 정작 거기에 대해 아는 것은 거의 없었다.

'저게 베키오 궁전으로 이어진다고?'

"드물기는 하지만 요즘도 특별대우를 받는 손님들은 그 통로를 이용할 수 있어요." 안내인의 설명이 이어졌다. "베키오 궁에서 보볼리 정원의 북동쪽 모서리까지 이어지는 이 통로 전체가 엄청난 규모의 미술관이라 할 수 있죠."

버옌다는 안내인이 그다음에 뭐라고 말했는지 알지 못했다.

그녀는 이미 자신의 오토바이를 향해 달려가고 있었다.

랭던은 마르타와 두 명의 경비원을 따라 비디오 통제실로 들어섰다. 머리의 꿰맨 상처가 또 욱신거리기 시작했다. 좁은 공간에 컴퓨터 모니터와 층층이 쌓인 하드 드라이브가 빼곡 들어차 있어 답답하기 그지없었다. 숨이 막힐 만큼 더웠고, 찌든 담배 냄새가 코를 찔렀다.

랭던은 그 방으로 들어서자마자 대번에 사방의 벽이 자신을 향해 조여오는 느낌에 사로잡혔다.

마르타가 비디오 모니터 앞에 자리를 잡고 앉았을 때는 이미 안디토의 출입문 바로 위에 달린 카메라가 잡은 흑백 영상이 돌아가고 있었다. 화면의 한쪽 구석에 표시된 기록 시간은 이 영상이 어제 오전, 그러니까 정확하게 24시간 전에 찍힌 것임을 나타내고 있었다. 박물관이 문을 열기 직전이니, 랭던이 수수께끼의 인물 일 두오미노와 함께 현장에 도착한 밤이 되려면 한참을 기다려야 했다.

경비원이 재생 속도를 조절하자, 안디토에 들어서서 부산하게 움직이는 관광객들의 뻣뻣한 모습이 정신없이 스쳐 지나가기 시작했다. 각도 때문에 마스크가 직접 영상에 잡히지는 않았지만 그 앞에 멈춰 서서 들여다보거나 사진을 찍는 관광객들의 모습으로 미루어 마스크는 진열장 안에 제대로 놓여 있는 것이 틀림없었다.

'빨리 좀 지나가라.' 경찰이 오고 있다는 것을 아는 랭던은 기도라도 하고 싶은 심정이었다. 무슨 핑계든 대고 시에나와 함께 슬그머니 빠져나가서 그대로 도망쳐버릴까 하는 생각도 해보았지만, 이 영상을 포기하고 싶지는 않았다.

단테《신곡》의 채색 필사본

어떤 장면이 찍혀 있건 간에, 지금 무슨 일이 벌어지고 있는지를 설명해줄 몇 가지 단서가 들어 있을 것이기 때문이었다.

재생 속도는 점점 빨라졌고, 이제 오후의 그림자가 홀 안을 가로지르기 시작했다. 쉴 새 없이 들락거리던 관광객들의 수가 현저하게 줄어드는가 싶더니, 어느 순간 완전히 사라져버렸다. 화면상의 시계가 17:00을 가리킬 무렵이었다. 이내 박물관의 전등이 꺼지고, 모든 움직임이 멎었다.

'오후 5시. 박물관이 문을 닫는 시간이군.'

"아우멘티 라 벨로치타(더 빨리 돌려요)." 앉아 있던 마르타가 화면에 시선을 고정한 채 몸을 앞으로 숙이며 지시했다.

경비원은 재생 속도를 더욱 높였고, 시간도 쏜살같이 지나갔다. 그러다가 밤 10시경이 되자 갑자기 박물관의 전등이 다시 켜졌다.

경비원은 재빨리 재생 속도를 늦췄다.

잠시 후, 낯익은 마르타 알바레즈가 만삭의 몸을 이끌고 모습을 드러냈다. 해리스 트위드 재킷과 깔끔한 카키색 바지, 그리고 가죽 로퍼를 신은 랭던이 그 뒤를 따랐다. 걸을 때 소매 밑으로 미키마우스 손목시계가 얼핏 보였다.

'총상을 입기 전의 내 모습이다.'

전혀 기억에 남아 있지 않은 자신의 모습을 화면으로 지켜보고 있노라니 커다란 불안감이 몰려왔다. '내가 어젯밤에…… 데스마스크를 보러 왔다고?' 어떻게 된 영문인지는 아직 알 수 없지만, 그사이에 랭던은 자신의 옷과 미키마우스 시계, 그리고 인생의 이틀을 잃어버렸다.

랭던과 시에나는 한순간이라도 놓칠세라 마르타와 경비원들 뒤로 바짝 다가섰다. 소리가 포함되지 않은 동영상은 랭던과 마르타가 진열장 앞에 다다라 마스크를 살펴보는 장면으로 이어졌다. 그사이, 갑자기 그들의 등 뒤 출입문 쪽에 커다란 그림자가 드리우는 듯하더니, 엄청나게 뚱뚱한 한 남자가 어기적거리며 화면 안으로 들어왔다. 황갈색 정장 차림에 손에는 서류 가방을 들고 있었는데, 저 체구로 문을 어떻게 통과했을까 하는 의구심이 생길 정도였다. 그의 거대한 아랫배에 비하면 출산을 코앞에 둔 마르타가 오히려 날씬해 보일 지경이었다.

랭던은 한눈에 그 남자를 알아보았다. '이그나치오?'

"저 사람은 이그나치오 부소니예요." 랭던이 시에나의 귀에 대고 속삭였다. "두오모 미술관 관장이지요. 나하고는 몇 년 전부터 알고 지내는 사이인데, 사람들이 그를 일 두오미노라고 부르는 건 여태 한 번도 못 들어봤어요."

"잘 어울리는 별명이네요." 시에나가 소리 죽여 대답했다.

랭던은 몇 년 전에 두오모와 관련된 유물 및 역사 문제로 이 대성당의 관리 책임자인 이그나치오에게 자문을 구한 적이 있는데, 베키오 궁전은 그의 영역이 아니라고 생각했다. 하지만 이그나치오 부소니는 피렌체 예술계에서 커다란 영향력을 행사할 뿐 아니라, 단테의 열렬한 팬이자 단테 학자이기도 했다.

'단테의 데스마스크에 대한 자문을 구하자면 저만한 적임자도 없겠군.'

랭던은 다시 영상에 집중했다. 그가 이그나치오와 함께 최대한 가까이에서 마스크를 살펴보기 위해 가로대 너머로 몸을 기울이고 있는 동안, 마르타는 뒤쪽의 벽에 기대다시피 한 자세로 끈질기게 기다리는 모습이었다. 두 사람이 마스크를 들여다보며 이야기를 나누는 시간이 길어지자, 마르타는 그들 몰래 자신의 손목시계를 들여다보기도 했다.

랭던은 이 영상에 음성이 포함되지 않은 것이 그렇게 아쉬울 수가 없었다. '이그나치오와 내가 무슨 이야기를 나누는 거지? 뭘 찾고 있는 거야?'

그때, 화면 속의 랭던이 가로대를 넘어가 진열장 바로 앞에 쪼그리고 앉았다. 얼굴이 진열장의 유리에 거의 닿을 지경이었다. 마르타가 재빨리 다가와 주의를 주는 듯했고, 랭던은 미안한 표정으로 물러섰다.

"너무 엄격하게 굴어서 죄송해요." 마르타가 어깨 너머로 랭던을 힐끗 돌아보며 말했다. "하지만 저때도 말씀드렸듯이 진열장이 워낙 골동품이라 건드리기만 해도 망가질 지경이거든요. 마스크의 주인이 가로대를 넘어가는 사람이 없도록 해달라고 특별히 당부했어요. 우리 직원들조차 자기가 옆에 없을 때는 진열장을 열지 못하게 했을 정도예요."

랭던이 그 말 속에 숨은 의미를 되새길 때까지는 약간의 시간이 걸렸다. '마스크의 주인?' 랭던은 당연히 이 마스크가 박물관 소유일 거라고 생각했다.

시에나도 똑같은 의문을 느낀 듯 즉각 질문했다. "마스크는 이 박물관 소유가 아닌가요?"

마르타는 다시 화면으로 시선을 돌리며 고개를 가로저었다. "어느 돈 많은 후원자가 우리한테서 저 마스크를 사겠다고 제안했어요. 하지만 보관과 전시는 계속 여기서 하는 조건이었죠. 소유권을 넘기는 대가로 꽤 짭짤한 액수를 제시했기 때문에 거절할 이유가 없었어요."

"잠깐만요." 시에나가 말했다. "그 사람이 돈을 지불하고…… 보관은 여기서 한다고요?"

"흔히 있는 일이야." 랭던이 말했다. "자선적 매수라고, 자선 활동의 티를 내지 않고 상당한 액수를 박물관에 기부하는 경우지."

"이 기부자는 아주 이례적인 사람이었어요." 마르타가 말했다. "진정한 의미의 단테 학자이긴 한데 약간…… 파나티코(광적인 사람)를 뭐라고 해야 되죠?"

"그게 누군데요?" 시에나가 특유의 태연한 말투에 약간의 긴장감이 더해진 목소리로 물었다.

"누구냐고요?" 마르타는 여전히 화면에 시선을 고정한 채 얼굴을 찌푸렸다. "아마 당신도 최근에 신문에서 본 적이 있을 거예요. 스위스의 억만장자 버트런드 조브리스트."

랭던은 그저 어디서 들어본 이름이다 하는 정도였지만, 시에나는 마치 유령이라도 본 사람처럼 깜짝 놀라서 랭던의 팔을 꽉 움켜잡았다.

"아, 그렇군요……." 시에나는 핏기가 사라진 얼굴로 말까지 더듬었다. "버트런드 조브리스트. 유명한 생화학자죠. 젊은 나이에 생물학 특허로 엄청난 돈을 벌었고요." 시에나는 침을 꼴깍 삼키고는 랭던에게 몸을 기대며 소곤거렸다. "조브리스트는 생식 계열 조작이라는 분야를 처음으로 개척한 사람이에요."

랭던은 생식 계열 조작이라는 게 뭔지 감도 잡히지 않았지만, 워낙 흑사병이나 죽음과 관련된 이미지를 많이 접해서인지 뭔가 불길한 예감이 밀려왔다. 시에나가 조브리스트에 대해 상당한 지식을 가진 것처럼 보이는 이유가 의료 분야의 저술을 꾸준히 읽은 탓인지…… 아니면 시에나 본인과 조브리스트가 어려서부터 천재 취급을 받은 공통점이 있기 때문인지 모르겠다는 생각이 들었다. '천재는 천재를 알아보는 건가?'

"내가 조브리스트라는 이름을 처음 들은 건 몇 년 전이에요." 시에나가 말했다. "인구 증가에 대해 아주 도발적인 주장을 내놓는 바람에 언론의 주목을 끈 적이 있거든요." 시에나는 어두운 표정으로 한마디 덧붙였다. "조브리스트는 인류 멸망 방정식(Population Apocalypse Equation)을 제안한 인물이에요."

"뭘 제안했다고요?"

"간단히 말하면, 지구의 인구가 증가하고 수명은 길어지는데 천연 자원은 고갈되어가는 현상을 수학적으로 접근해보자는 인식이죠. 이 방정식에 의하면 현재와 같은 추세가 이어질 경우 인류의 멸망 이외에는 다른 어떤 결과도 나올 수 없다는 주장이에요. 조브리스트는 세계 인구를 획기적으로 줄일 모종의 사건이 벌어지지 않는 한, 인류가 다음 세기까지 생존할 수 없다는 예측을 발표했어요." 시에나는 깊은 한숨을 내쉬며 랭던을 바라보았다. "조브리스트는 언젠가, 지금까지 유럽에 주어진 최고의 선물은 흑사병이라고 발언한 것으로 알려져 있어요."

랭던은 어이가 없어서 멍하니 시에나를 바라보았다. 또 한 번 흑사병 마스크의 영상이 뇌리를 스치면서 뒷목의 솜털이 쭈뼛 곤두섰다. 랭던은 아침 내내 지금 자신이 처한 딜레마는 치명적인 흑사병과 관련이 있을지도 모른다는 직감을 억누르기 위해 사력을 다했다. 하지만 그 직감은 시간이 갈수록 점점 더 강해지기만 했다.

흑사병을 유럽에 주어진 최고의 선물이라고 표현한 것은 실로 끔찍한 발상이 아닐 수 없지만, 랭던은 많은 역사학자들이 1300년대의 유럽을 휩쓴 흑사병의 사회 · 경제적 혜택을 논의한 바 있다는 사실을 알고 있었다. 흑사병 이

〈흑사병〉, 판화

전의 유럽은 인구 과잉과 기근, 경제적 어려움 등으로 대변되는 중세의 암흑기 속에서 신음하고 있었다. 그러나 어느 날 갑자기 그 끔찍한 흑사병이 도래하여 '아주 효과적으로 인구를 솎아내자', 식량과 기회의 부족이 일거에 해소됨으로써 르네상스가 꽃을 피울 수 있는 가장 중요한 토대가 마련되었다는 것이다.

단테의 지옥 풍경을 수정한 지도가 들어 있던 튜브, 거기에 새겨져 있던 생물학적 위험을 경고하는 심벌을 떠올린 랭던은 갑자기 섬뜩한 한기가 온몸을 사로잡는 기분이었다. 그 괴이한 초소형 프로젝터를 만든 사람이 있다면…… 생화학자이자 열렬한 단테 애호가인 버트런드 조브리스트를 유력한 용의자로 지목하는 것에 논리적으로 큰 문제가 없어 보였다.

'생식 계열 조작의 창시자라고?' 랭던은 퍼즐 조각 몇 개가 제자리를 찾아 들어가는 느낌이었다. 그림의 윤곽이 드러날수록 점점 더 끔찍해지는 것이 문제이기는 했지만.

"이 부분은 건너뛰어도 괜찮아요." 마르타가 경비원을 향해 말했다. 랭던과 이그나치오 부소니가 마스크를 살펴보는 장면을 건너뛰고, 박물관에 침입해 마스크를 훔쳐 간 범인을 어서 알아내고 싶어서 마음이 급한 모양이었다.

경비원이 빨리가기 단추를 누르자 시간이 빠른 속도로 휙휙 지나가기 시작했다.

'3분…… 6분…… 8분…….'

화면 속의 마르타는 랭던과 이그나치오 뒤에 서서 몸을 꼼지락거리며 시계를 들여다보는 빈도가 점점 잦아지고 있었다.

"미안합니다, 우리가 시간을 너무 오래 끌었군요." 랭던이 말했다. "좀 불편해 보이시네요."

"자업자득이죠, 뭐." 마르타가 대답했다. "경비원들이 있으니 저더러 그만 퇴근하라고 두 분이 몇 번이나 권했는데, 무례한 인상을 남기고 싶지 않아서 끝까지 남아 있었거든요."

갑자기 화면에서 마르타가 사라졌다. 경비원은 얼른 재생 속도를 정상으로 늦췄다.

"그냥 돌려도 괜찮아요." 마르타가 말했다. "잠시 화장실에 다녀온 것뿐이니까."

경비원은 고개를 끄덕이며 다시 빨리가기 단추를 누르려 했는데, 그 직전에 마르타가 그의 팔을 붙잡았다. "아스페티(잠깐)!"

마르타는 고개를 옆으로 돌려 혼란스러운 표정으로 화면을 들여다보았다.

물론 랭던도 그 장면을 놓치지 않았다. '뭐지?'

화면 속의 랭던이 트위드 재킷의 주머니에서 수술용 장갑을 한 짝 꺼내 손에 끼고 있었다.

그와 동시에 일 두오미노는 랭던의 등 뒤에서 방금 마르타가 지나간 복도 쪽을 살폈다. 잠시 후 그는 랭던을 향해 고개를 끄덕여 보였는데, 이는 영락없이 아무도 보는 사람이 없음을 알리는 신호였다.

'도대체 무슨 수작이야?'

랭던은 화면 속의 자신이 장갑 낀 손을 뻗어 진열장 가장자리를 더듬더니…… 조심스럽게 뚜껑을 여는 모습을 멍하니 바라보았다. 경첩으로 연결된 진열장 뚜껑이 열리면서…… 단테의 데스마스크가 고스란히 노출되었다.

마르타 알바레즈는 들이쉰 숨을 내뱉는 대신 가느다란 신음을 토하며 두 손으로 얼굴을 감쌌다.

랭던의 놀라움 역시 마르타 못지않았다. 진열장 안으로 두 손을 뻗어 조심스럽게 단테의 데스마스크를 들어 올리는 자신의 모습이 도저히 믿기지 않았다.

"디오 미 살비(맙소사)!" 마르타가 버럭 고함을 지르며 자리에서 일어나 랭던을 돌아보았다. "코자 파토, 페르케(무슨 짓을 한 거예요, 도대체 왜)?"

랭던이 뭐라고 대답하기도 전에 경비원 한 명이 시커먼 베레타 권총을 꺼내 똑바로 랭던의 가슴을 겨눴다.

'맙소사!'

자신의 가슴을 향한 총구를 바라보자, 로버트 랭던은 그렇지 않아도 좁은 방이 더욱 좁혀 들어오는 것만 같았다. 마르타 알바레즈는 이제 배신감이 가득한 얼굴로 랭던을 노려보았다. 화면 속의 랭던은 마스크를 불빛에 비추며 이리저리 살펴보고 있었다.

"그냥 잠깐 살펴봤을 뿐이에요." 랭던은 제발 그 말이 거짓이 아니기를 기도하며 둘러댔다. "이그나치오가 그래도 된다고 했어요!"

마르타는 대꾸하지 않았다. 그녀의 망연자실한 표정은 랭던이 왜 자기한테 거짓말을 했는지, 그 이유를 고민하는 기색이었다. 왜 랭던은 자기가 한 짓이 금방 들통 날 것을 뻔히 알면서, 어쩌면 그렇게도 태연하게 이 영상을 보고 있었다는 말인가.

'내 손으로 저 진열장을 열었을 거라고는 꿈에도 생각하지 못했어!'

"로버트." 시에나가 속삭였다. "저것 봐요! 당신이 뭔가를 찾은 모양이에요!" 시에나는 그 와중에도 여전히 화면에 시선을 고정한 채 답을 찾는 데 열중하는 모습이었다.

마스크를 집어 들고 불빛 쪽으로 각도를 맞추던 랭던은 그 뒷면에서 뭔가 흥미로운 것을 찾아낸 듯했다.

카메라의 각도 때문에 랭던이 손에 들고 있는 마스크가 순간적으로 그의 얼굴을 가렸는데, 그것이 묘하게도 단테의 감긴 눈과 랭던의 눈이 완벽하게 겹쳐지는 느낌을 주었다. 진실은 오로지 죽음의 눈을 통해서만 보인다는 문구를 떠올린 랭던은 오싹한 한기를 느꼈다.

랭던은 자신이 마스크의 뒷면에서 무엇을 발견했는지 전혀 감이 잡히지 않았지만, 화면 속의 그는 자신의 발견을 이그나치오에게도 보여주었다. 이 뚱뚱한 남자는 화들짝 놀라며 얼른 안경을 꺼내 쓰고 다시 한 번 마스크를 들여다보았다. 이어서 그는 사정없이 머리를 흔들며 잔뜩 흥분한 모습으로 안디토안을 서성이기 시작했다.

갑자기 두 사람이 동시에 고개를 번쩍 드는 것을 보니 복도 쪽에서 무슨 소리가 들리는 모양이었다. 화장실에 간 마르타가 돌아오는 것이 분명했다. 랭던은 서둘러 주머니에서 지퍼가 달린 큼직한 비닐봉지를 꺼내더니, 데스마스크를 그 속에 넣어서 이그나치오에게 건넸다. 이그나치오는 주저하는 기색이 역력했지만 결국은 그것을 받아 자신의 서류 가방 속에 넣었다. 랭던은 재빨리 텅 빈 진열장의 뚜껑을 닫은 뒤, 이그나치오와 함께 얼른 마르타를 향해 걸음을 옮겼다. 그녀가 진열장을 보지 못하게 하려는 의도가 분명했다.

이제 두 명의 경비원이 모두 랭던을 향해 총을 겨누었다.

마르타는 가만히 서 있기가 힘든 듯 두 손으로 테이블 가장자리를 붙잡았다. "이해가 가지 않아요!" 그녀가 중얼거렸다. "교수님이 이그나치오 부소니와 함께 단테의 데스마스크를 훔친 거예요?!"

"그게 아닙니다!" 랭던은 절박한 심정으로 대답했다. "우리는 그 마스크의 주인한테서 하룻밤 동안 그걸 박물관에서 가지고 나가도 좋다는 허락을 받았어요."

"주인한테서 허락을 받았다고요?" 마르타가 되물었다. "버트런드 조브리스트한테서요?"

"그렇다니까요! 조브리스트 씨가 우리에게 마스크 뒷면에 새겨진 표시를 살펴봐 달라고 했어요! 이그나치오와 함께 어제 오후에 그를 직접 만났어요!"

마르타의 눈동자가 칼날처럼 번득였다. "교수님, 유감스럽게도 나는 교수님이 어제 오후에 버트런드 조브리스트를 만났다는 얘기를 도저히 믿을 수가 없어요."

"분명히 만나서—."

시에나가 가만히 랭던의 팔에 한 손을 얹었다. "로버트……" 그녀의 입에서 무거운 한숨이 새어 나왔다. "버트런드 조브리스트는 엿새 전에 여기서 몇 블록밖에 떨어지지 않은 바디아 탑 꼭대기에서 스스로 몸을 던졌어요."

버옌다는 베키오 궁전 북단에서 오토바이를 버리고 걸어서 시뇨리아 광장으로 들어섰다. '란치의 회랑'의 야외 조각 전시장을 통과하다 보니, 저절로 다양한 조각 작품에 눈길이 갔다. 작품은 다양했지만 주제는 하나였으니, 그것은 곧 여성에 대한 남성의 지배로 요약될 수 있을 듯했다.

〈사비니 여인들의 납치〉

〈폴리세나의 약탈〉

〈메두사의 머리를 들고 있는 페르세우스〉

'멋지군.' 버옌다는 모자를 눈 위까지 깊숙이 눌러쓰며 아침의 인파를 헤치고 막 개방 시간이 되어 첫 관광객들의 입장을 허락하는 베키오 궁전의 출입구로 다가갔다. 어느 모로 보나 평소와 별로 다를 바 없는 하루의 시작이었다.

'경찰은 보이지 않는다.' 버옌다는 속으로 중얼거렸다. '적어도 아직까지는.'

버옌다는 행여 권총이 드러날까 봐 재킷의 지퍼를 목까지 올리고 입구로 들어섰다. 베키오 궁 박물관을 가리키는 표지판을 따라 두 개의 홀을 지나니, 2층으로 올라가는 커다란 계단이 나타났다.

버옌다는 계단을 오르며 경찰의 무전 내용을 머릿속으로 되짚어 보았다.

'베키오 궁 박물관으로…… 단테 알리기에리.'

'랭던은 틀림없이 여기 있다.'

버옌다가 넓고 화려한 전시장 — 500인의 방 — 으로 들어서니, 관광객들이 삼삼오오 무리 지어 거대한 벽화를 올려다보고 있었다. 예술 작품에는 관심이 없는 버옌다는 이 방의 오른쪽 모퉁이에서 박물관을 가리키는 또 하나의 표지판을 발견했다. 화살표는 이번에도 올라가는 계단을 가리키고 있었다.

버옌다는 홀을 가로지르다가, 한 무리의 대학생들이 어느 조각상 앞에 모여 웃음을 터뜨리며 사진을 찍는 모습을 발견했다.

그 조각상 밑에는 〈헤라클레스와 디오메데스〉라는 작품 제목이 적힌 동판이 붙어 있었다.

조각상을 흘낏 쳐다보던 버옌다는 나직이 신음을 토했다.

그리스신화에 나오는 두 영웅이 실오라기 하나 걸치지 않은 알몸으로 레슬링에 몰두하는 장면을 포착한 조각상이었다. 헤라클레스는 디오메데스를 거꾸로 집어 들고 당장이라도 저만큼 던져버릴 기세인 반면, 디오메데스는 "이래도 정말 나를 던질 수 있겠어?" 하고 묻는 것처럼 한 손으로 헤라클레스의 성기를 힘껏 움켜쥐고 있었다.

버옌다는 자신도 모르게 인상을 찡그렸다. '급소를 쥔다는 말이 저기서 나온 거로군.'

그녀는 그 괴상한 조각상에서 눈을 떼고 서둘러 박물관으로 향하는 계단을 올라가기 시작했다.

그녀가 방이 내려다보이는 발코니까지 올라왔을 무렵, 열 명 남짓한 관광

〈사비니 여인들의 납치〉(왼쪽), 〈폴리세나의 약탈〉(가운데), 〈메두사의 머리를 들고 있는 페르세우스〉(오른쪽)

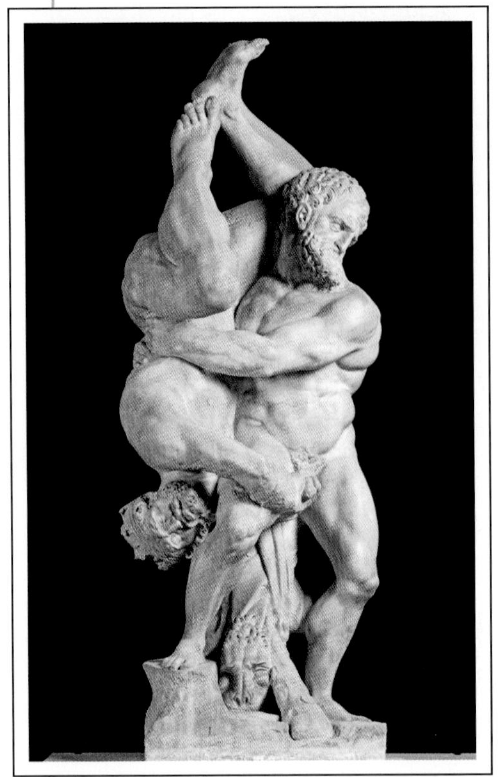

〈헤라클레스와 디오메데스〉, 빈첸초 디 라파엘로 데 로시

객이 박물관 입구 앞에서 기다리고 있었다.

"개방이 지연되고 있어요." 어느 관광객이 캠코더 너머로 버옌다를 바라보며 쾌활한 목소리로 묻지도 않은 말을 건넸다.

"왜요?" 버옌다가 물었다.

"몰라요. 아무튼 기다리는 동안 구경이나 실컷 하자고요!" 관광객은 발아래 펼쳐진 500인의 방을 가리키며 조잘거렸다.

버옌다는 난간 쪽으로 다가가 방을 내려다보았다. 경찰관 한 사람이 막 방에 들어서서 어슬렁어슬렁 계단을 향해 걸어오기 시작했는데, 그를 눈여겨보는 사람은 아무도 없었다.

'진술을 받으러 오는 거로군.' 버옌다는 속으로 생각했다. 계단을 올라오는 그 경찰관의 축 늘어진 어깨로 미루어, 신고가 들어왔으니 어쩔 수 없이 와봤다는 의중을 한눈에 읽을 수 있었다. 랭던을 찾기 위해 마치 벌집을 쑤셔놓은 것처럼 긴박하게 돌아가던 포르타 로마나의 분위기와는 전혀 딴판이었다.

'랭던이 여기 있다면 왜 저들이 떼로 이 건물을 덮치지 않는 거지?'

랭던이 여기 있을 거라는 버옌다의 추측이 잘못되었거나, 아니면 브뤼더나 현지 경찰이 아직 사태를 파악하지 못하고 있거나, 둘 중 하나가 분명했다.

계단을 다 올라온 경찰관이 어슬렁거리며 박물관 입구 쪽으로 걸어오자, 버옌다는 슬그머니 몸을 돌려 창밖을 쳐다보는 척했다. 자신이 현재 처해 있는 상태, 그리고 거의 전지전능해 보이기까지 하는 사무장의 역량을 고려하면 사람들의 눈에 띄지 않도록 처신하는 것이 최선이었다.

"아스페타(기다려)!" 어디선가 날카로운 고함 소리가 들려왔다.

경찰관이 자신의 등 뒤로 바짝 다가오자, 버옌다는 심장이 철렁 내려앉았다. 그러나 그녀는 이내 방금 그 소리가 경찰관의 무전기에서 터져 나온 것이라는 사실을 알아차렸다.

"아텐디 이 린포르치(지원을 기다려)!" 무전기가 또 다급한 명령을 토해냈다.

'지원을 기다리라고?' 버옌다는 방금 상황에 뭔가 변화가 생겼음을 직감했다.

다음 순간, 버옌다는 창밖의 하늘에서 검은 물체가 점점 가까이 다가오는 것을 발견했다. 그 물체는 보볼리 정원 쪽에서 베키오 궁전을 향해 날아오고 있었다.

'무인 헬리콥터다.' 버옌다는 금방 그 물체의 정체를 알아차렸다. '브뤼더가 이제야 알아낸 거야. 지금쯤 허겁지겁 달려오고 있겠군.'

컨소시엄의 보좌관 로런스 놀턴은 사무장에게 괜한 소리를 했다고 아직까지 스스로를 자책하고 있었다. 내일 고객의 동영상을 언론사로 보내기에 앞서, 사무장이 직접 확인할 필요가 있다고 판단한 자신이 너무 한심하게 느껴졌다.

동영상의 내용은 그들이 관여할 바가 아니다.

'원칙이 최우선이다.'

놀턴은 이 조직에 처음 들어온 젊은 보좌관들이 주문처럼 외우는 원칙을 기억하고 있었다. '질문은 필요없다. 무조건 실행한다.'

놀턴은 내일 오전의 작업을 위해 내키지 않는 손길로 조그만 붉은색 메모리 스틱을 준비했다. 이 끔찍한 메시지를 접하면 언론은 어떤 반응을 보일까? 동영상을 열어보기는 할까?

'당연히 열어볼 것이다. 버트런드 조브리스트가 보낸 거니까.'

조브리스트는 생물의학 분야에서 눈부신 성공을 거둔 인물일 뿐만 아니라, 지난주의 자살 사건으로 이미 한바탕 언론을 장식한 바 있었다. 이 9분짜리

동영상은 마치 그가 지옥에서 보내온 메시지처럼 보일 것이고, 그 불길하고 섬뜩한 내용 때문에라도 사람들은 쉽게 눈길을 돌릴 수 없을 것이다.

'이 동영상은 공개되는 즉시 마른 들판의 불길처럼 번져나갈 것이다.'

Chapter 43

로버트 랭던과 그의 몰상식한 여동생을 경비원들의 총구 앞에 붙잡아놓고 좁아터진 비디오 통제실을 걸어 나오는 마르타 알바레즈는 얼굴이 시뻘게져서 씩씩거렸다. 그녀는 창가로 다가가 무심코 시뇨리아 광장을 내려다보다가, 경찰차가 한 대 서 있는 것을 발견하고서야 마음이 조금 가라앉았다.

'도착할 때도 됐지.'

마르타는 아직도 왜 로버트 랭던처럼 명망 있는 사람이 자신을 감쪽같이 속이고, 또한 자신이 베푼 호의를 악용해 그 귀한 유물을 훔쳤는지 도저히 이해가 가지 않았다.

'게다가 이그나치오 부소니가 그를 도왔다고!? 믿을 수가 없어.'

마르타는 이그나치오에게 자초지종을 따져야겠다는 생각에 휴대전화를 꺼내 그의 사무실로 전화를 걸었다. 그의 사무실은 여기서 불과 몇 블록밖에 떨어지지 않은 두오모 미술관에 있었다.

신호는 딱 한 번밖에 울리지 않았다.

"우피초 디 이그나치오 부소니(이그나치오 부소니 씨 사무실입니다)." 귀에 익은 여자의 목소리가 흘러나왔다.

마르타는 평소 이그나치오의 비서와 친하게 지내는 사이였지만 지금은 시시한 잡담을 나눌 기분이 아니었다. "에우제니아, 소노 마르타. 데보 파를라레 콘 이그나치오(에우제니아, 저 마르타예요. 이그나치오 씨와 얘기를 해야 해요)."

잠시 침묵이 흐르는가 싶더니, 갑자기 울음소리가 터져 나왔다.

"코자 수체데(무슨 일이에요)?" 마르타가 물었다.

에우제니아는 조금 전에 사무실에 도착해보니, 자동응답기에 이그나치오가 두오모 근처의 골목길에서 심장마비를 일으켰다는 소식이 기다리고 있었다며 울먹거렸다. 이그나치오가 구급차를 부른 것은 자정 무렵이었는데, 불행하게도 구급차가 현장에 도착했을 때는 이그나치오가 이미 숨을 거둔 다음이었다는 것이었다.

그 소리를 들은 마르타의 다리가 크게 휘청거렸다. 문득 오늘 아침에 본 뉴스가 떠올랐다. 어젯밤에 이름이 알려지지 않은 어느 공무원이 사망했다는 내용이었다. 마르타는 그 공무원이 이그나치오일 거라고는 꿈에도 상상하지 못했다.

"에우제니아, 아스콜타미(에우제니아, 들어봐요)." 마르타는 울음을 참지 못하는 상대방을 달래며 자기가 방금 본 베키오 궁전의 보안 카메라 영상 내용을 빠르게 설명했다. 이그나치오와 로버트 랭던이 단테의 데스마스크를 훔쳤고, 랭던은 지금 경비원들에게 억류되어 있다는 사실도 덧붙였다.

자신이 에우제니아에게서 어떤 반응을 기대했는지는 확실하지 않았지만, 정작 마르타의 귀에 들려온 에우제니아의 대답은 전혀 뜻밖이었다.

"로버트 랭던!?" 에우제니아가 얼떨떨한 목소리로 되물었다. "세이 콘 랭던 오라(지금 랭던과 함께 있다고요)?!"

마르타는 그녀가 자신의 말을 제대로 알아듣지 못했다고 생각했다. '그래요, 하지만 단테의 마스크는—.'

"데보 파를라레 콘 루이(당장 그 사람과 통화해야 해요)!" 에우제니아는 미친 여자처럼 소리를 질러댔다.

⁂

랭던은 통제실에서 경비원들이 겨눈 총구 앞에 선 채 욱신거리는 두통을 달래려고 안간힘을 다했다. 갑자기 문이 벌컥 열리더니, 마르타 알바레즈가 돌아왔다.

열린 문을 통해 바깥의 어디에선가 희미한 모터 소리가 들려왔고, 그와 함

께 사이렌 소리도 점점 커지고 있었다. '그들이 우리의 위치를 알아냈다.'

"에 아리바타 라 폴리치아(경찰이 왔어요)." 마르타가 경비원을 향해 말했다. 그녀의 말이 떨어지기 무섭게 경비원 한 명이 경찰을 데려오기 위해 달려 나갔고, 나머지 한 사람은 여전히 랭던에게 총을 겨눈 채 꿈쩍도 하지 않았다.

놀랍게도, 마르타가 랭던에게 휴대전화를 꺼내 보였다. "교수님과 통화하고 싶어 하는 사람이 있네요." 마르타는 알쏭달쏭한 목소리로 말했다. "이 방에서는 휴대전화가 안 터져요."

그들이 좁은 통제실을 나오자, 커다란 창문으로 햇빛이 쏟아져 들어올 뿐 아니라 시뇨리아 광장이 한눈에 내려다보이기까지 했다. 비록 아직 총구가 도사리고 있기는 하지만 랭던은 밀폐된 공간을 벗어났다는 사실만으로도 약간의 안도감을 느꼈다.

마르타는 그에게 창가로 가라는 몸짓을 해 보이고는 전화기를 건네주었다.

랭던은 어리둥절한 표정으로 전화기를 받아 귓가로 가져갔다. "여보세요? 로버트 랭던입니다."

"시뇨레(선생님)." 이탈리아 억양이 섞인 여자의 목소리가 흘러나왔다. "저는 에우제니아 안토누치라고, 이그나치오 부소니 씨의 비서예요. 어젯밤에 이그나치오 씨의 사무실에서 만났었죠."

랭던은 기억하지 못하는 일이었다. "그런데요?"

"정말 입에 담고 싶지 않은 말이기는 하지만, 이그나치오 씨가 어젯밤에 심장마비로 세상을 떠나셨어요."

전화기를 붙잡은 랭던의 손아귀에 잔뜩 힘이 들어갔다. '이그나치오 부소니가 죽었다고?!'

여자는 커다란 슬픔이 느껴지는 목소리로 울먹였다. "이그나치오 씨가 숨을 거두기 직전에 저한테 전화를 했어요. 메시지를 하나 남겼는데, 무슨 일이 있어도 꼭 선생님께 전해야 한다고 했어요. 지금 들려드릴게요."

전화기에서 뭔가 부스럭거리는 소리가 흘러나오더니, 잠시 후 이그나치오 부소니의 축 늘어진 목소리가 들리기 시작했다.

"에우제니아." 이그나치오가 숨을 헐떡이며 고통스러운 목소리로 말했다.

"로버트 랭던에게 이 메시지를 꼭 전해야 해요. 나는 지금 아주 어려운 상황에 처해 있어요. 아무래도 사무실로 돌아갈 수 없을 것 같아요." 이그나치오의 입에서 또 한 번 신음이 새어 나오며 한동안 말을 잇지 못했다. 한참 만에야 다시 입을 연 그의 목소리는 조금 전보다 더 힘들어하는 듯 들렸다. "로버트, 무사히 탈출했는지 모르겠군요. 저들이 아직 나를 쫓고 있어요. 나는…… 상태가 별로 좋지 않아요. 병원에 가긴 가야 할 텐데……." 또다시 오랜 침묵이 이어지는 것을 보니, 일 두오미노가 마지막 남은 기운을 끌어모으는 모양이었다. "로버트, 내 말 잘 들어요. 당신이 찾는 것은 안전하게 숨겨놨어요. 당신을 위해 문이 열려 있긴 하지만, 서둘러야 해요. 파라다이스 25." 다시 긴 침묵 끝에, 그가 간신히 한마디 덧붙였다. "부디 성공하기를."

메시지는 그렇게 끝이 났다.

랭던은 죽어가는 사람의 마지막 유언을 직접 들었다는 생각에 가슴이 마구 두근거렸다. 이그나치오가 이런 메시지를 남겼다는 사실은 랭던의 근심을 덜어주는 데 아무런 보탬이 되지 못했다. '파라다이스 25? 나를 위해 문이 열려 있다고?' 랭던의 머리가 분주하게 돌아가기 시작했다. '무슨 문이 열려 있다는 거지?!' 이그나치오가 남긴 말 중에서 랭던이 이해할 수 있는 것은 단테의 마스크를 안전하게 숨겨두었다는 것뿐이었다.

전화기에서 다시 에우제니아의 목소리가 흘러나왔다. "교수님, 무슨 뜻인지 아시겠어요?"

"조금은요."

"제가 뭘 도와드릴 수 있을까요?"

랭던은 잠시 그 질문을 생각해보았다. "아무도 이 메시지를 듣지 못하게 해주십시오."

"경찰한테도요? 곧 형사가 찾아올 거예요."

랭던은 뒷목이 뻣뻣해지는 것을 느꼈다. 그는 여전히 자신을 겨누고 있는 경비원의 총구를 슬쩍 쳐다본 뒤, 창문을 향해 돌아서서 한껏 목소리를 낮추고 빠른 말투로 속삭였다. "에우제니아, 좀 이상하게 들리겠지만…… 이그나치오를 위해서라도 아까 그 메시지를 지워버리고 경찰한테는 나하고 통화했다는 이야기를 하지 말아주세요. 무슨 말인지 아시겠지요? 상황이 아주 복잡해서—."

랭던은 옆구리에 와닿는 뭉툭한 감촉을 느꼈다. 돌아보니 경비원이 총으로 위협하며 다른 한 손을 내밀어 마르타의 전화기를 내놓으라는 시늉을 했다.

전화기에서는 짧은 침묵 끝에 에우제니아의 목소리가 흘러나왔다. "랭던 교수님, 이그나치오 씨는 교수님을 믿었어요. 나도 그래야겠죠."

이내 전화가 끊어졌다.

랭던은 전화기를 경비원에게 건넸다. "이그나치오 부소니가 죽었다는군요." 랭던은 시에나를 향해 말했다. "어젯밤에 이 박물관을 나간 뒤 심장마비로 세상을 떠났답니다." 랭던은 잠시 후 한마디 덧붙였다. "마스크는 안전하대요. 이그나치오가 죽기 전에 어딘가 숨긴 모양입니다. 아마 그가 나에게 어디로 가면 그걸 찾을 수 있는지 단서를 남긴 것 같아요." '파라다이스 25.'

시에나의 눈동자에 희망의 불씨가 되살아나는 듯했지만, 마르타를 돌아본 랭던은 그녀의 심기가 여전히 불편하다는 사실을 알아차렸다.

"마르타." 랭던이 말했다. "내가 단테의 마스크를 도로 찾아올 수 있어요. 하지만 그러기 위해서는 지금 우리를 보내줘야 해요."

마르타는 어이가 없다는 듯 웃음을 터뜨렸다. "내가 왜 그런 짓을 해야 하죠? 마스크를 훔친 사람은 당신이에요! 경찰이 도착하면—."

"시뇨라 알바레즈." 시에나가 큰 소리로 그녀의 말을 가로막았다. "미 디스피아체, 마 논 레 아비아모 데토 라 베리타(유감스럽게도, 우리는 당신에게 사실을 말하지 않았어요)."

랭던은 어안이 벙벙했다. '시에나가 지금 뭐라고 한 거지?!' 물론 랭던이 정말로 그 말을 알아듣지 못한 것은 아니었다.

마르타 역시 랭던만큼이나 황당해하는 표정이었다. 그러나 그녀가 느낀 황당함은 상당 부분 시에나의 입에서 갑자기 유창한 이탈리아어가 흘러나왔다는 점에서 비롯된 듯했다.

"인난치투토, 논 소노 라 소렐라 디 로버트 랭던(무엇보다도, 나는 로버트 랭던의 동생이 아니에요)." 시에나가 미안한 목소리로 덧붙였다.

Chapter 44

마르타 알바레즈는 불안한 듯 뒷걸음질을 치며 팔짱을 낀 채 앞에 버티고 서 있는 젊은 금발 여자를 바라보았다.

"미 디스피아체(미안해요)." 시에나는 여전히 유창한 이탈리아어로 말을 이었다. "레 아비아모 멘티토 수 몰테 코세(우리는 당신에게 몇 가지 거짓말을 했어요)."

총을 든 경비원도 마르타만큼이나 어리둥절한 표정으로 그녀를 바라보았다.

시에나는 어젯밤에 랭던이 머리에 총상을 입은 채 자신이 일하는 병원으로 들어온 정황을 털어놓았다. 또한 랭던은 어떻게 해서 그런 일이 벌어졌는지 전혀 기억하지 못하며, 방금 보안 카메라의 영상을 보고 본인 역시 마르타만큼이나 놀랐다고 덧붙였다.

"상처를 보여주세요." 시에나가 랭던을 향해 말했다.

랭던의 머리에서 꿰맨 흔적을 확인한 마르타는 창턱에 걸터앉아 두 손으로 얼굴을 감쌌다.

지난 10분 사이, 마르타는 단테의 데스마스크가 자신의 눈앞에서 도난당했다는 사실, 그리고 그 범인이 유명한 미국인 교수와 신뢰해 마지않던 피렌체 문화계의 거물이라는 사실을 알게 되었다. 더욱이 그 거물은 이미 목숨을 잃은 상태였다. 뿐만 아니라 로버트 랭던의 동생인 줄만 알았던 시에나 브룩스라는 젊은 여자는 의사라는 사실이 드러났고, 자기 입으로 거짓말을 했다고 털어놓았다. 그것도 유창한 이탈리아어로.

"마르타." 랭던이 호소력 짙은 목소리로 뒤이어 말했다. "믿기 힘들다는 건

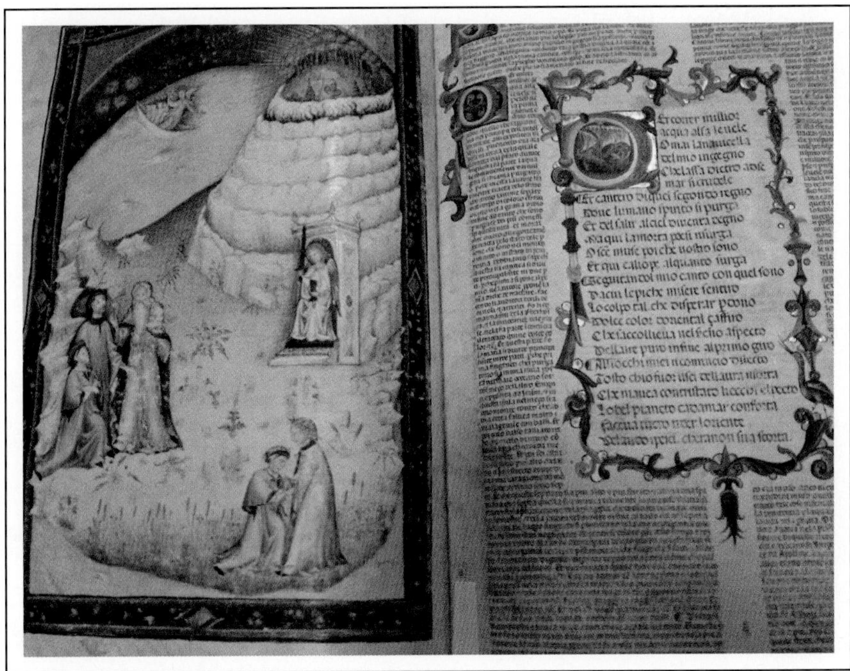

단테《신곡》의 채색 필사본

알지만, 나는 정말로 어젯밤 일이 전혀 기억나지 않아요. 왜 내가 이그나치오와 함께 그 마스크를 훔쳤는지 도무지 이해가 가지 않습니다."

마르타는 그의 진지한 눈빛에서 거짓말은 아닐 거라는 느낌을 받았다.

"마스크는 꼭 돌려드리겠습니다." 랭던이 말했다. "나를 믿어도 좋아요. 하지만 그걸 되찾으려면 우선 여기서 나가야 합니다. 상황이 아주 복잡해요. 당장 우리를 보내주세요."

마르타는 마스크를 찾고 싶은 마음이야 굴뚝같았지만 그렇다고 이대로 그들을 보내줄 수는 없었다. '경찰은 어디 있는 거야?!' 마르타는 시뇨리아 광장에 서 있는 경찰차를 내려다보았다. 차는 아까부터 와 있는데 여태 경찰관이 나타나지 않으니 이상한 일이 아닐 수 없었다. 그때 멀리서 이상한 소리가 들려오기 시작했다. 누가 전기톱을 돌리는 소리 같았다. 소리는 점점 커졌다.

'이건 또 뭐지?'

랭던이 아예 애원하는 목소리로 말을 이었다. "마르타, 당신도 이그나치오를 잘 알잖아요. 그가 마스크를 가져간 데는 틀림없이 그럴 만한 이유가 있을 겁니다. 지금 그게 사건의 전부가 아닙니다. 마스크의 주인이라는 버트런드 조브리스트는 아주 종잡을 수 없는 인물이에요. 우리는 그가 무슨 끔찍한 일에 연루되었을지도 모른다고 생각하고 있어요. 지금 모든 걸 다 설명할 시간은 없지만, 제발 우리를 믿어주세요."

마르타는 랭던을 가만히 쳐다볼 뿐이었다. 뭐가 어떻게 돌아가는지 도무지 이해가 가지 않았다.

"알바레즈 부인." 시에나가 마르타의 딱딱한 얼굴을 바라보며 말했다. "당신의 미래를, 나아가 그 아기의 미래를 생각한다면 우리를 지금 당장 보내줘야 해요."

마르타는 두 팔을 포개 배를 가렸다. 아직 태어나지도 않은 아기를 두고 협박을 하다니, 기분이 좋을 리가 없었다.

바깥에서 들려오는 전기톱 소음은 점점 커졌다. 다시 한 번 창밖을 내다본 마르타에게는 아직 그 소리의 출처가 보이지 않았지만, 대신 또 다른 광경이 그녀의 시선을 잡아끌었다.

경비원도 그걸 보고는 눈이 더욱 휘둥그레졌다.

시뇨리아 광장의 인파가 양쪽으로 나뉘며 사이렌도 켜지 않고 줄줄이 달려오는 경찰차에게 길을 터주었고, 그 선두의 검은색 승합차 두 대가 베키오 궁전의 정문 바로 앞에 멈춰 서는 중이었다. 검은 제복을 입은 군인들이 커다란 총으로 무장한 채 차에서 뛰어내려 궁전 안으로 뛰어 들어왔다.

마르타는 엄습해오는 공포에 몸을 떨었다. '저 사람들은 누구야?'

경비원 역시 놀라기는 마찬가지였다.

갑자기 전기톱 소리가 귀청을 찢을 만큼 커졌다고 느낀 순간, 마르타는 창밖에서 조그만 헬리콥터가 불쑥 올라오는 것을 보고 소스라치게 놀랐다.

헬리콥터는 그들과 불과 10미터도 떨어지지 않은 허공에 멈춰 서서 방 안에 있는 사람들을 똑바로 쳐다보는 듯한 자세를 취했다. 길이가 1미터도 안 될 만큼 조그만 헬리콥터였는데, 앞쪽에 기다란 원통 같은 것이 달려 있었다. 그 원통은 정면으로 그들을 향하고 있었다.

"총이에요!" 시에나가 소리쳤다. "스타 페르 스파라레(총을 쏘려고 해요)! 모두 엎드려요! 투티 아 테라(땅에 엎드려요)!" 시에나가 그렇게 외치며 창틀 밑으로 몸을 숙이자, 마르타도 새파랗게 겁에 질려 그녀를 따라했다. 경비원 역시 잽싸게 바닥에 엎드리며 본능적으로 헬리콥터를 향해 총을 겨눴다.

모두들 창틀 밑에 엉거주춤한 자세로 엎드린 반면, 랭던은 제자리에 가만히 서서 의아하다는 듯이 시에나를 쳐다보고 있었다. 당장 총알이 날아들 만큼 긴박한 상황이라고 생각하지 않는 게 분명했다. 다음 순간, 바닥에 엎드렸던 시에나가 벌떡 일어나 랭던의 손목을 낚아채더니, 냅다 복도를 향해 달리기 시작했다. 건물의 현관을 향해 달아나는 것이 분명했다.

경비원이 몸을 일으켜 저격수 같은 자세로 점점 멀어지는 2인조를 향해 총을 겨눴다.

"논 스파리(쏘지 마세요)!" 마르타가 명령했다. "논 포소노 스카파레(어차피 멀리 가진 못할 테니까)!'

마르타는 모퉁이를 돌아 사라지는 랭던과 시에나를 바라보며, 그들이 밑에서 올라오고 있는 군인들과 마주치는 것은 시간문제일 뿐이라고 생각했다.

⚜

"서둘러요!" 시에나는 조금 전에 그들이 들어온 길로 랭던을 이끌며 사력을 다해 달렸다. 경찰과 마주치기 전에 현관을 빠져나갈 수 있으면 좋겠지만, 그럴 가능성은 제로에 가깝다는 사실이 시간이 갈수록 점점 분명해졌다.

랭던도 비슷한 생각을 하는 모양이었다. 갑자기 그가 널따란 교차로 같은 복도 한복판에 우뚝 멈춰 서며 말했다. "이쪽으로 가서는 절대 무사히 빠져나갈 수 없어요."

"무슨 소리예요!" 시에나는 잔소리 말고 얼른 따라오기나 하라는 표정으로 소리쳤다. "로버트, 그렇다고 여기 이렇게 서 있을 수는 없잖아요!"

랭던은 정신이 나간 사람처럼 자신의 왼쪽을 뚫어지게 쳐다보고 있었다. 짧은 복도 끝에 희미하게 조명이 밝혀진 조그만 방이 있었는데, 아무리 봐도 그 너머로 이어지는 길이 있을 것 같지 않았다. 그 방의 벽에는 오래된 지도들

지도의 방, 베키오 궁전

이 가득 걸려 있었고, 방 한복판에는 커다란 철제 지구본이 서 있었다. 랭던은 그 지구본을 유심히 바라보더니, 천천히 그리고 힘차게 고개를 끄덕이기 시작했다.

"이쪽이에요." 랭던이 지구본을 향해 달려가며 말했다.

'로버트!' 시에나는 내키지 않는 걸음으로 그를 따라갔다. 박물관 속으로 더 깊숙이 들어가는 이 복도는 출구와는 정반대 방향이었다.

"로버트?" 간신히 그를 따라잡은 시에나가 가쁜 숨을 몰아쉬며 말했다. "도대체 어디로 가는 거예요?"

"아르메니아 공화국." 랭던이 대답했다.

"뭐라고요?!"

"아르메니아." 랭던은 똑바로 전방을 응시한 채 같은 소리를 되풀이했다. "나만 믿어요."

한 층 아래, 500인의 방 발코니에는 영문을 모르는 관광객들이 웅성거리고 있었다. 그들 틈에 몸을 숨긴 버엔다는 브뤼더의 SRS 팀이 폭풍처럼 그 앞

을 지나 박물관으로 뛰어 들어가는 것을 지켜보았다. 아래쪽에서 문들이 쾅 쾅 닫히는 소리가 나는 것으로 미루어, 경찰이 모든 출입구를 봉쇄하는 모양이었다.

랭던이 정말로 이 궁전 안에 있다면, 그가 빠져나갈 틈은 어디에도 없었다.

안타까운 것은, 버엔다 자신도 마찬가지라는 사실이었다.

지도의 방이라 불리는 곳. 따스한 질감의 참나무 징두리 벽판과 나무로 된 격자 천장으로 꾸며져 있어, 삭막한 석재와 석고로 장식된 베키오 궁전의 다른 곳들과 비교하면 딴 세상에 와 있는 느낌을 준다. 원래는 휴대품 보관소의 목적으로 만들어진 이 널따란 공간은 한때 대공의 휴대 가능한 자산을 보관하던 수많은 벽장과 캐비닛으로 가득하다. 그리고 지금은 가죽에 수작업으로 그린 53점의 지도가 이 방의 모든 벽을 장식한 채 1550년대 사람들이 알고 있던 세계의 모습을 보여주고 있다.

이 방에 소장된 지도들도 인류의 소중한 유산임에 분명하지만, 가장 압도적인 위용을 자랑하는 작품은 뭐니 뭐니 해도 한복판에 버티고 서 있는 거대한 지구본이었다. 흔히 '마파 문디(Mappa Mundi)'라 불리는 1.8미터 높이의 이 지구본은 당시만 해도 세계에서 가장 큰 회전 지구본이었으며, 손가락만 갖다 대도 돌아갈 만큼 부드럽게 움직였다고 전해진다. 요즘은 수많은 전시실을 거쳐 온 관광객들이 막다른 곳에 다다라 이 지구본을 끼고 한 바퀴 돈 뒤 왔던 길을 되짚어 나가는 반환점 역할을 하기도 한다.

'마파 문디', 베키오 궁전

랭던과 시에나는 숨이 턱에까지 차오른 채로 이 지도의 방으로 뛰어들었다. '마파 문디'가 그들의 눈앞에 장엄한 자태를 드러내고 있었지만, 랭던은 그쪽으로는 눈길조차 주지 않고 서둘러 바깥쪽 벽을 살피기 시작했다.

"아르메니아를 찾아야 해요!" 랭던이 말했다. "아르메니아 지도!"

시에나는 영문도 모르면서 허겁지겁 오른쪽 벽으로 달려가 아르메니아 지도를 찾기 시작했다.

랭던은 왼쪽을 맡아 날카로운 눈으로 방의 가장자리를 훑어 나갔다.

'아라비아, 스페인, 그리스…….'

아르메니아 지도와 비밀의 문, 지도의 방, 베키오 궁전

제작 시점이 500년 전이라는 사실을 감안하면 놀랄 만큼 자세하게 표시된 각 나라의 지도가 줄줄이 전시되어 있었다. 당시만 해도 지도는커녕 사람의 발길조차 닿지 않은 곳이 많던 시절이었다.

'아르메니아는 어디 있는 거야?'

평소 같으면 사진에 필적할 정도의 선명한 기억력을 자랑하는 랭던이지만, 몇 년 전에 다녀간 이 베키오 궁전의 '비밀 통로 투어'만은 상대적으로 뿌옇게 느껴졌는데, 여기에는 투어를 앞두고 점심 식사 때 반주로 마신 두 잔의 가야 네비올로가 결정적인 역할을 했다. '네비올로'라는 단어 자체가 '작은 안개'를 뜻한다고 하니 당연한 결과였다. 그래도 랭던은 이 방에 소장된 아르메니아 지도가 상당히 인상적인 특징을 가지고 있다는 사실만큼은 지금도 또렷이 기억하고 있었다.

'틀림없이 여기 있어.' 랭던은 스스로를 격려하며 끈질기게 수많은 지도들을 살폈다.

"아르메니아!" 시에나가 소리쳤다. "여기예요!"

랭던이 재빨리 돌아보니, 그녀는 제일 안쪽의 오른쪽 모서리 근처에 서 있었다. 시에나는 황급히 달려온 랭던에게 아르메니아 지도를 가리켜 보였지만, 표정은 마치 '아르메니아는 찾았어요, 그래서 이제 어떡하죠?' 하고 묻는 듯했다.

길게 설명할 시간이 없었다. 랭던은 손을 뻗어 나무로 된 액자 속에 든 그 지도를 자신의 몸 쪽으로 잡아당겼다. 지도가 들리면서 그 뒤에 숨겨진 통로가 모습을 드러냈다.

"역시!" 시에나가 탄복한 목소리로 말했다. "대단한 아르메니아네요."

시에나는 조금도 지체하지 않고 안으로 들어서더니, 어두컴컴한 통로 안쪽으로 걸어가기 시작했다. 랭던도 그녀를 따라 통로 안으로 들어선 다음, 재빨리 지도를 원상 복귀시켰다.

랭던은 기억이 가물거리는 와중에도 이 통로만큼은 생생하게 기억하고 있었다. 그는 방금 시에나와 함께 베키오 궁전의 담장 안에 숨겨진, 통치자와 그의 가장 가까운 측근에게만 허락된 또 다른 비밀의 세계로 들어선 셈이었다.

랭던은 통로의 입구에 잠시 멈춰 서서 새로운 주변 풍경을 둘러보았다. 납으로 창틀을 만든 유리창이 드문드문 뚫려 있어 자연광이 조금 스며 들어올 뿐, 옅은 색깔의 석재가 깔린 통로는 상당히 어두컴컴했다. 그 통로를 50미터가량 내려간 지점에 나무로 된 문이 있었다.

왼쪽으로는 위로 올라가는 좁은 계단이 보였고, 그 앞을 한 줄의 쇠사슬이 가로막고 있었다. 계단 위에 '우시타 비에타타(USCITA VIETATA, 출입 통제)'라고 쓴 표지판이 보였다.

랭던은 그 계단을 향해 돌아섰다.

"잠깐만요!" 시에나가 그를 불러 세웠다. "나가는 길이 없다고 쓰여 있잖아요."

"고마워요." 랭던이 희미한 미소를 지으며 대답했다. "나도 저 정도는 읽을 줄 알아요."

랭던은 계단 앞에 걸려 있던 쇠사슬을 벗겨서 방금 지나온 비밀의 문 앞으로 가져가더니, 한쪽 끝을 문손잡이에 걸고 나머지 한쪽은 근처의 기둥에 묶었다. 이제 반대쪽에서 그 문을 열려면 어지간히 고생해야 할 것 같았다.

"오." 시에나가 또 한 번 감탄사를 내뱉었다. "머리 좋은데요?"

"저 쇠사슬이 그리 오래 버티지는 못할 거예요." 랭던이 말했다. "하지만 우리에게도 그리 많은 시간이 필요한 건 아니니까요. 자, 따라와요."

간신히 아르메니아 지도 뒤에 숨겨진 문을 열어젖힌 브뤼더 요원과 그의 부하들은 통로 맞은편의 나무 문을 향해 달려갔다. 그 문을 박차고 뛰어들자 서늘한 바깥 공기가 몰려왔다. 브뤼더는 눈부신 햇빛 때문에 순간적으로 앞을 볼 수가 없었다.

건물 바깥쪽에 뚫린 그 통로는 궁전의 옥상으로 이어져 있었고, 50미터 전방에 난 문을 통해 다시 건물 안으로 들어가게 되어 있었다.

브뤼더는 재빨리 통로의 왼쪽을 훑어보았다. 500인의 방을 덮은 아치형의 지붕이 산처럼 우뚝 솟아 있었다. '저걸 가로지르기란 불가능하다.' 브뤼더는 다시 오른쪽을 살폈다. 통로 가장자리는 깎아지른 절벽이나 마찬가지였고, 그 밑에는 아득한 채광정(採光庭)이 버티고 있었다. '떨어지면 즉사야.'

결국 그는 다시 전방에 초점을 맞출 수밖에 없었다. "이쪽이다!"

브뤼더와 그의 부하들은 무인 헬리콥터가 독수리처럼 상공을 선회하는 가운데 두 번째 문을 향해 내달렸다.

문을 박차고 안으로 뛰어든 그들은 앞에서부터 급제동을 밟는 바람에 하마터면 한 무더기로 뒤엉켜 자빠질 뻔했다.

그곳은 그들이 들어온 문 말고는 다른 출입구가 전혀 없는 조그만 석조 밀실이었다. 벽 앞에 나무 책상 하나가 덩그마니 놓여 있을 뿐이었다. 천장에 그려진 프레스코화의 괴기스러운 인물들이 조롱하듯 그들을 내려다보고 있었다.

더 이상 갈 데가 없었다.

브뤼더의 부하 하나가 한쪽 벽에 붙은 안내문을 훑었다. "잠깐만요." 그가 소리쳤다. "여기 피네스트라(창문)가 있다고 되어 있습니다. 무슨 비밀 창문 아닐까요?"

브뤼더는 사방을 둘러보았지만 비밀 창문 따위는 보이지 않았다. 그는 벽 앞으로 다가가 직접 안내문을 읽어보았다.

피네스트라 세그레토, 비안카 카펠로 공작부인의 개인 서재에 있는 비밀 창문, 베키오 궁전

한때 베키오 궁전의 안주인 노릇을 한 비안카 카펠로의 개인 서재였던 이 방에 비밀 창문 — 우나 피네스트라 세그레토 — 이 있는 것은 분명했다. 비안카가 그 창문을 통해 500인의 방에서 연설하는 남편의 모습을 은밀히 지켜보았다고 하지 않는가.

다시 한 번 방 안을 샅샅이 훑은 브뤼더의 눈이 한쪽 벽면에 교묘하게 숨겨진 조그만 격자 창문을 찾아냈다. '그들이 이 창문으로 도망쳤다고?'

브뤼더는 그 창문 앞으로 다가가 자세히 살펴본 뒤, 랭던 정도의 체구를 가진 사람이 빠져나가기에는 입구가 너무 작다는 결론을 내렸다. 격자에 얼굴을 대다시피 하고 샅샅이 살펴보았지만, 누군가가 방금 빠져나간 흔적이라고는 찾아볼 수 없었다. 격자의 반대편을 수직으로 내려가면 곧장 500인의 방 바닥으로 떨어지게 되어 있었다.

'그럼 그들이 도대체 어디로 사라졌단 말인가?!'

아무런 소득도 없이 다시 돌아선 브뤼더는 오늘 하루 동안 켜켜이 쌓인 좌절감이 한꺼번에 폭발하는 느낌이었다. 좀처럼 감정에 사로잡히는 법이 없는 그였지만, 이번만은 고개를 한껏 뒤로 젖힌 그의 목구멍에서 분노에 찬 외마디 고함이 터져 나왔다.

조그만 공간에 울려 퍼지는 그 고함 소리는 옆에 선 사람의 귀청을 찢을 정도였다.

그의 발아래, 500인의 방에서 관광객과 경찰관들이 일제히 고개를 치켜들고 한쪽 벽에 높이 붙은 격자를 올려다보았다. 소리의 성격으로 미뤄 볼 때, 한때 대공 부인의 서재로 사용되던 방이 지금은 거친 야생동물의 우리로 바뀐 것일까 짐작할 뿐이었다.

⚜

시에나 브룩스와 로버트 랭던은 한 치 앞도 보이지 않는 캄캄한 어둠 속에서 있었다.

조금 전, 시에나는 랭던이 쇠사슬을 이용해 아르메니아 지도 뒤의 비밀 문을 잠그는 기지를 발휘하는 것을 보았다.

그러나 그녀는 랭던이 앞에 펼쳐진 복도를 달려가는 대신 '우시타 비에타'라는 팻말이 붙은 가파른 계단을 올라가는 것을 보고 놀라움을 감추지 못했다.

"로버트!" 시에나가 어리둥절한 목소리로 속삭였다. "그쪽으로 가면 출구가 없다잖아요! 게다가 우리는 지금 아래로 내려가야 하는 거 아니에요?"

"맞아요." 랭던이 어깨 너머로 슬쩍 돌아보며 대답했다. "하지만 때로는 올라가기 위해…… 내려가야 할 때도 있는 법이에요." 그러면서 그는 자기를 믿으라는 듯이 한쪽 눈을 찡긋해 보였다. "사탄의 배꼽이라는 거, 기억나요?"

'이건 또 무슨 소리람?' 시에나는 일단 랭던을 따라오기는 했지만 이미 길을 잃어버린 느낌이었다.

"혹시 〈인페르노〉 읽어봤어요?" 랭던이 물었다.

'읽기야 읽었죠. 일곱 살 때던가…….'

잠시 후, 한 줄기 깨달음이 시에나의 뇌리를 스쳤다. "아, 사탄의 배꼽!" 그녀가 말했다. "이제 기억나요."

약간 시간이 걸리기는 했지만, 시에나는 랭던이 단테의 〈인페르노〉 마지막

단원을 언급하고 있다는 사실을 깨달았다. 여기서 단테는 지옥을 빠져나가기 위해 거대한 사탄의 배 속을 기어 내려가야 했는데, 사탄의 배꼽 — 지구의 중심이라 알려진 — 에 도달하는 순간 갑자기 지구의 중력이 역전되는 현상이 발생한다. 따라서 단테는 연옥으로 내려가기 위해…… 오히려 올라가야 하는 상황에 맞닥뜨리는 것이다.

시에나는 지구의 중심에서 중력이 그토록 터무니없이 불합리하게 작용한다는 설정에 실망했던 것을 제외하고는 〈인페르노〉에 대해 별로 기억나는 게 없었다. 단테의 천재성에는 벡터량에 대한 물리학적 지식은 포함되지 않았던 게 분명했다.

계단 꼭대기에 다다르자, 랭던은 앞을 가로막고 있는 문을 열었다. 문에는 '살라 데이 모델리 디 아르키테투라(SALA DEI MODELLI DI ARCHITETTURA, 건축모형실)'라는 문구가 적혀 있었다.

랭던은 시에나를 먼저 안으로 들여보내고 자기도 들어와서 문을 닫고 빗장까지 걸었다.

작고 수수한 방에는 바사리가 궁전의 내부를 설계할 때 사용했던 여러 가지 나무 모형이 전시된 진열장들이 놓여 있었다. 시에나는 미처 그 모형들을 살펴볼 여유가 없었다. 이 방에는 문도, 창문도 없다는 사실이 중요할 뿐이었다. 팻말이 경고한 바와 마찬가지로, 이 방에는 출구가 없었다.

"1300년대 중반에 권력을 장악한 아테네 공작은 비상시에 대비해 이 비밀 탈출로를 만들었어요." 랭던이 속삭이는 목소리로 설명했다. "아테네 공작의 계단이라 불리는 이 통로를 내려가면 옆 골목의 조그만 비상구가 나오지요. 거기까지만 갈 수 있으면 아무한테도 들키지 않고 이 궁전을 빠져나갈 수 있어요." 랭던은 모형 가운데 하나를 가리켰다. "저기 봐요. 측면에 붙은 계단이 보이지요?"

'이런 모형을 보여주려고 나를 여기까지 데리고 온 거야?'

시에나는 초조한 눈으로 건물의 안쪽 벽과 바깥쪽 벽 사이에 교묘하게 숨겨진 채 궁전 꼭대기에서 지상까지 이어지는 비밀 계단을 흘낏 쳐다봤다.

"계단이 보이기는 해요, 로버트." 시에나가 자신 없는 목소리로 말했다. "하지만 저기는 지금 여기와는 정반대쪽이잖아요. 저기까지 갈 방법이 없다고요!"

"나를 믿으라니까요." 랭던은 특유의 삐딱한 미소를 지어 보였다.

그때 갑자기 아래쪽에서 뭔가 부서지는 소리가 터져 나오는 것을 보니, 결국 아르메니아 지도가 뚫린 모양이었다. 시에나와 랭던은 꼼짝도 하지 않고 서서 정면의 복도 쪽으로 달려가는 군인들의 발소리에 귀를 기울였다. 시에나와 랭던이 출구가 없다는 팻말까지 붙은 좁은 계단을 올라갔을 거라고 생각할 사람은 아무도 없었다.

발소리가 잠잠해지자, 랭던은 진열장 사이를 헤치고 반대쪽 벽에 붙은 커다란 찬장 쪽으로 다가갔다. 가로와 세로가 90센티미터가량 되는 이 찬장은 바닥에서 90센티미터 높이에 붙어 있었다. 랭던은 조금도 망설이는 기색 없이 손잡이를 잡고 찬장을 열어젖혔다.

시에나는 또 한 번 놀라움을 감추지 못했다.

찬장인 줄 알았던 문 뒤에, 마치 또 다른 세상으로 넘어가는 입구처럼 시커먼 동굴이 입을 벌리고 있었다. 그 안에는 칠흑 같은 어둠이 도사리고 있을 뿐이었다.

"따라와요." 랭던이 말했다.

그는 입구 옆의 벽에 붙어 있던 손전등을 집어 들었다. 이어서 놀라운 민첩성과 근력을 자랑하며 그 입구로 몸을 끌어올리더니, 토끼굴 같은 어둠 속으로 사라졌다.

'소피타(La Soffitta).' 랭던의 머릿속에 그 단어가 스쳤다. '세상에서 가장 아름다운 다락.'

공기에서부터 가벼운 곰팡이 냄새와 함께 오랜 세월의 무게가 물씬 느껴졌다. 수백 년의 세월을 두고 생긴 석고의 먼지들이 너무나 미세하고 가벼워 밑으로 가라앉는 대신 허공을 둥둥 떠다니는 듯했다. 이따금 판자가 삐걱거리는 얕은 신음 소리가 들렸고, 그래서 그런지 마치 살아 있는 거대한 짐승의 배 속으로 기어 들어온 느낌이었다.

랭던은 널따란 대들보 위에 안전하게 발을 내딛고 나서야 캄캄한 어둠 속 여기저기를 손전등 불빛으로 비춰보았다.

앞쪽으로 500인의 방 천장의 보이지 않는 골격을 구성하는 기둥과 들보 따위의 구조물들이 미로처럼 얽혀 곳곳에 삼각형과 사각형의 기하학적 무늬를 이루었고, 그것들이 서로 교차하며 이루어진 터널이 끝도 보이지 않을 만큼 길게 뻗어 있었다.

랭던은 몇 년 전 얼큰한 술기운 속에서 참가한 비밀 통로 투어 때도 지붕 밑과 천장 사이의 이 널따란 공간을 본 적이 있었다. 모형으로 만들어놓은 방의 벽에 창문을 뚫어놓아 관람객들이 모형으로 만들어진 들보 구조를 구경한 다음, 손전등으로 입구를 비추면 실물을 볼 수 있도록 되어 있었다.

이제 실제로 다락에 올라온 랭던은 들보 구조가 옛날에 뉴잉글랜드에서 흔히 보던 헛간 구조—큐피드의 화살촉 모양으로 연결된 전통적인 왕대공 트러스—와 아주 흡사하다는 사실을 깨닫고 놀라움을 감추지 못했다.

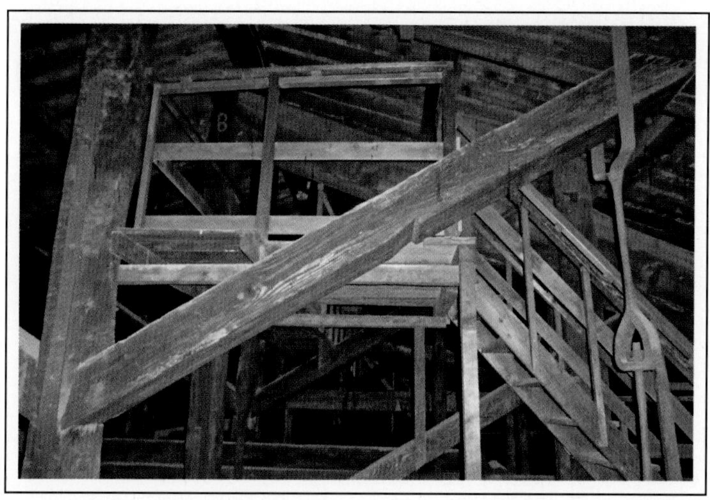

소피타, 500인의 방 천장에 있는 다락

시에나는 여전히 혼란스러운 얼굴로 랭던 옆의 대들보 위에 올라섰다. 랭던은 손전등 불빛을 이리저리 비추어 그녀에게 평소에는 좀처럼 구경하기 힘든 광경을 보여주었다.

이 각도에서 다락을 내려다보니 마치 이등변 삼각형의 긴 면이 아득한 소실점을 향해 뻗어나가는 듯한 인상이 느껴졌다. 그들의 발밑에는 바닥널이 없이 수평으로 뻗은 들보가 완전히 노출되어 거대한 철길을 보는 듯했다.

랭던이 기다란 기둥 아래쪽을 가리키며 숨죽인 목소리로 속삭였다. "여기는 500인의 방 천장 위쪽이에요. 반대편으로 넘어갈 수만 있으면 그다음부터는 아테네 공작의 계단으로 가는 길을 알 것 같아요."

시에나는 자신 없는 표정으로 눈앞에 펼쳐진 미로 같은 들보와 지지대를 바라보았다. 앞으로 나아가기 위해서는 기차 철길 위를 뛰어다니는 어린아이들처럼 지지대 사이를 뛰어넘어야 했다. 지지대는 여러 개의 들보가 널따란 꺾쇠로 한데 묶여 폭이 상당히 넓은 편이었기 때문에 그 위에서 균형을 잡기는 그리 어려울 것 같지 않았다. 문제는 지지대들 사이의 간격이 너무 멀어서 안전하게 뛰어넘는다는 보장이 없다는 점이었다.

"저 사이를 뛰어넘을 자신이 없어요." 시에나가 속삭였다.

랭던도 자신이 없기는 마찬가지였다. 자칫 발을 헛디뎌 떨어지기라도 하면 모든 게 끝장이었다. 랭던은 지지대 사이의 공간으로 손전등 불빛을 비췄다.

2.5미터 아래, 먼지로 뒤덮인 평평한 판이 쇠막대에 걸려 있었는데, 일종의 바닥과도 같은 이것이 눈길 닿는 끝까지 이어져 있었다. 얼핏 보기에는 견고해 보이지만 랭던은 이 바닥이 먼지로 뒤덮인 천으로 이루어져 있다는 것을 알고 있었다. 바로 이것이 500인의 방을 덮은 천장 윗면이었고, 바사리의 서른아홉 개 캔버스의 틀을 이루는 격자가 무슨 쪽모이 세공처럼 이어져 옆으로 뻗어 있었다.

시에나는 먼지가 자욱하게 뒤덮인 판을 가리키며 물었다. "저 밑으로 내려가서 그냥 걸어가면 안 되나요?"

'그랬다가는 대번에 바사리의 캔버스가 찢어져 500인의 방 바닥으로 떨어지고 말 거야.'

"사실은 그보다 더 좋은 길이 있어요." 랭던은 시에나에게 겁을 주지 않으려고 최대한 차분한 목소리로 말했다. 그러고는 다락의 한복판에 등뼈처럼 뻗어 있는 들보 쪽으로 다가갔다.

랭던은 지난번 투어 때 모형으로 만들어진 방을 둘러본 뒤 반대편에 마련된 출입구를 통해 실제로 이 다락에 올라와 본 적이 있었다. 그때의 기억이 틀리지 않다면, 다락의 등뼈와 나란히 견고한 널빤지로 만든 통로가 이어져 있어 관광객들이 다락 한복판의 관람대로 접근할 수 있게 되어 있었다.

하지만 지지대 한복판에 다다른 랭던은 널빤지 통로가 자신의 기억과는 전혀 다른 모습이라는 사실을 알아차렸다.

'내가 그날 네비올로를 몇 잔이나 마신 거지?'

관광객들이 지나다닐 수 있을 만큼 견고한 통로가 쭉 이어져 있는 것이 아니라, 들보를 가로질러 수직으로 놓인 널빤지가 제멋대로 듬성듬성 붙어 있을 뿐이었다. 거기를 지나가려면 다리를 건넌다기보다는 차라리 외줄타기에 가까운 모험을 감수해야 했다.

관광객을 위한 견고한 통로는 반대편에서 시작되어 중앙의 관람대까지만 설치되어 있는 것이 분명했다. 관람대를 둘러본 관광객들은 왔던 길을 되짚어

나가면 되니까 굳이 이쪽까지 통로를 설치할 필요가 없었을 것이다.

"해적선의 널빤지 위를 걸어가야 하는 기분이로군요." 랭던이 불안한 눈으로 좁다란 판자를 바라보며 중얼거렸다.

시에나는 이제 상당히 침착함을 되찾은 표정으로 어깨를 으쓱했다. "그래도 홍수 철의 베네치아보다는 낫잖아요."

랭던은 그 말이 무슨 뜻인지 금방 알아들었다. 가장 최근에 자료 조사차 베네치아를 방문했을 때, 산마르코 광장이 30센티미터 이상 물에 잠겨 있었다. 숙소인 다니엘리 호텔에서 바실리카까지 가려면 콘크리트 블록과 거꾸로 엎어놓은 들통 사이에 걸쳐놓은 판자 위를 건너가야 했다. 물론 발을 헛디뎠을 때 신발이 조금 젖는 것과 르네상스 최고의 걸작 위로 떨어져 죽는 것은 차이가 크지만.

랭던은 불길한 생각을 떨쳐버리고 짐짓 자신감 넘치는 모습으로 좁다란 판자 위에 발을 내디뎠다. 혹시 마음속으로 극심한 불안감에 사로잡혀 있을지도 모르는 시에나를 더 불안하게 만들고 싶지는 않았다. 하지만 겉으로 아무리 태연한 모습을 가장한다 해도 심장이 미친 듯이 두근거리는 것까지 막을 수는 없었다. 그가 첫 번째 널빤지의 가운데 부분에 이르자, 그의 몸무게가 버거운지 판자가 휘어지며 삐걱거리는 소리를 내기 시작했다. 랭던은 더욱 정신을 집중하고 속도를 높인 끝에, 간신히 비교적 안전한 두 번째 지지대 위에 도착했다.

랭던은 안도의 한숨을 내쉬며 뒤로 돌아서서 시에나에게 불빛을 비춰주었다. 아무것도 아니니까 겁먹을 필요 없다고 용기를 북돋워주고 싶었지만, 알고 보니 시에나에게는 그런 격려가 필요하지 않은 모양이었다. 불빛이 판자를 비추는 순간, 시에나는 놀랄 만큼 민첩한 동작으로 걸음을 옮기기 시작했다. 몸이 가벼워서 그런지 판자가 휘어지지도 않았고, 눈 깜빡할 사이에 무사히 건너와 랭던에게 합류했다.

용기를 얻은 랭던은 돌아서서 두 번째 판자를 향해 다가갔다. 시에나는 그가 다 건너가서 불을 비춰줄 때까지 기다렸다가 가뿐하게 그의 뒤를 따라왔다. 시간이 갈수록 그들의 움직임에는 자연스러운 리듬이 생겼고, 하나의 손전등 불빛을 교대로 비춰가며 차례차례 어둠을 헤쳐나갔다. 발아래 어디선가 경찰의 무전기에서 나는 지직거리는 소리가 얇은 천장을 뚫고 그들의 귀에까지 올라왔다. 랭던은 자신도 모르게 희미한 미소를 머금었다. '우리는 지금 500인의 방 상공을 깃털처럼 가볍게, 누구의 눈에도 띄지 않고 가로지르고 있다.'

"참, 로버트." 시에나가 속삭였다. "아까 이그나치오가 마스크를 찾으려면 어디로 가야 하는지 말해주었다고 했죠?"

"그래요, 그런데 그게 암호로 되어 있어서……." 이그나치오는 마스크 숨긴 곳을 마음만 먹으면 누구나 들을 수 있는 자동응답기에 녹음해두고 싶지 않았을 것이 분명했고, 그래서 죽음의 문턱을 넘나드는 그 급박한 와중에도 기지를 발휘했다. "파라다이스를 언급했는데, 아무래도 《신곡》의 마지막 편을 암시한 것이 아닌가 싶어요. 정확하게 옮기자면 '파라다이스 25'라고 했거든요."

시에나가 고개를 들었다. "25곡 얘기로군요."

"나도 그렇게 생각해요." 랭던이 대답했다. 여기서 '곡(曲)'이라는 것은 장(chapter)과 비슷한 개념인데, 서사시를 '노래'로 표현하던 전통에서 비롯되었다. 《신곡》은 모두 세 편, 정확하게 100개의 곡으로 이루어져 있다.

〈인페르노〉 1–34
〈푸르가토리오〉 1–33
〈파라디소〉 1–33

'〈파라디소〉 25곡이라.' 랭던은 자신의 남다른 기억력이 신곡의 전문을 외울 만큼 강력하지 못한 게 안타까울 따름이었다. '다 외우기는커녕…… 아무래도 어디서 책을 한 권 구해야겠어.'

"한 가지 더 있어요." 랭던이 말을 이었다. "이그나치오가 남긴 마지막 말은 이거였어요. '당신을 위해 문이 열려 있다, 하지만 서둘러야 한다.'" 랭던은 시에나를 돌아보며 덧붙였다. "제25곡에 이곳 피렌체의 특정한 장소가 등장하는 모양이에요. 틀림없이 문이 있는 곳이겠지요."

시에나는 얼굴을 찌푸렸다. "하지만 이 도시에 문이 한두 개겠어요?"

"그래요. 그러니 어쩔 수 없이 〈파라디소〉 25곡을 찾아봐야겠지요." 랭던은 그렇게 말하며 일말의 기대감이 담긴 미소를 지었다. "혹시 당신이 《신곡》 전문을 암송하고 있지는 않겠지요?"

시에나는 어이가 없다는 듯 그를 바라보았다. "이탈리아 고어체로 된 1만 4천 행을, 그것도 꼬맹이 때 읽은 걸 다 외우고 있냐고요?" 그녀는 고개를 가로저었다. "기억력의 대가는 내가 아니라 당신이잖아요, 교수님. 나는 일개 의사에 지나지 않아요."

랭던은 계속 걸음을 옮기면서 시에나가 지금까지 숱한 위기를 함께 헤쳐왔음에도 불구하고 여전히 자신의 천재성을 감추고 싶어 한다는 것이 조금은 안타까웠다. '일개 의사일 뿐이라고?' 랭던은 실소를 머금었다. '세상에서 가장 겸손한 의사라고 해야겠군.' 랭던은 그녀의 특별한 재능을 다룬 신문 기사를 떠올렸다. 안타깝게도, 그리고 당연하게도, 그 재능에는 역사상 가장 긴 서사시의 전문을 통째로 외우는 기적이 포함되지는 않는 모양이었다.

그들은 말없이 걸음을 옮긴 끝에 몇 개의 들보를 더 통과했다. 이윽고 무엇보다도 고무적인 광경이 저만치 어둠 속에 모습을 드러냈다. '전망대다!' 지금까지 그들이 아슬아슬하게 건너온 통로는 그 전망대부터는 난간까지 달린 훨씬 견고한 통로로 이어질 터였다. 랭던의 기억에 의하면 그 통로를 지나 번듯한 문으로 다락을 빠져나가면 아테네 공작의 계단이 바로 지척이었다.

랭던은 전망대를 향해 다가가면서 2.5미터 아래의 천장을 내려다보았다. 지금까지 그들이 지나온 루네트(아치형 채광창 — 옮긴이)는 다들 고만고만했다. 그런데 지금 그들이 다가가고 있는 루네트만은 다른 것들보다 훨씬 컸다.

'〈코시모 1세의 아포테오시스〉다.' 랭던은 속으로 중얼거렸다.

이 커다란 원형의 루네트는 500인의 방 천장의 한복판을 장식하는 바사리의 가장 소중한 그림 가운데 하나를 품고 있었다. 랭던은 종종 학생들에게 이 작품을 슬라이드로 보여주며 미국 국회의사당에 있는 〈워싱턴의 아포테오시스〉와의 공통점을 지적하곤 했다. 갓 태동한 미국이라는 나라가 이탈리아에

〈코시모 1세의 아포테오시스〉,
조르조 바사리, 500인의 방 천장

서 빌려온 것이 단지 공화국이라는 개념만은 아니라는 사실을 강조하고 싶었던 것이다.

그러나 오늘, 랭던은 이 작품 자체보다는 그 위를 빨리 지나가는 쪽에 더 집중해야 하는 처지였다. 랭던은 조금 더 속도를 높이며 시에나에게 거의 다 왔다는 말을 하려고 고개를 아주 조금 뒤로 돌렸다.

그 바람에 랭던의 오른발이 널빤지의 중앙을 벗어나면서 빌려 신은 신발이 판자의 가장자리를 반쯤 벗어난 곳을 내딛고 말았다. 동시에 발목이 살짝 돌아가면서 랭던은 서둘러 균형을 회복하기 위해 자의 반, 타의 반으로 앞으로 달려 나가는 자세를 취했다.

하지만 그런 그의 의도는 완벽하게 맞아떨어지지 못했다.

무릎이 호되게 널빤지를 찧으면서 앞에 놓인 지지대를 붙잡기 위해 손을 뻗는 순간, 손전등이 그의 손아귀를 빠져나가면서 그물처럼 펼쳐진 바사리의 캔버스 위에 떨어지고 말았다. 그와 동시에 랭던은 있는 힘을 다해 몸을 앞으로 뻗었고, 간신히 다음 지지대에 발이 닿는 순간 그가 지나온 널빤지가 떨어져 2.5미터 아래 바사리의 〈아포테오시스〉를 지탱하고 있는 틀을 때렸다.

다락 전체에 그 소리가 울려 퍼졌다.

간신히 추락의 위기를 넘긴 랭던은 기겁을 해서 시에나를 돌아보았다.

캔버스 위에 떨어진 손전등의 희미한 불빛에, 시에나가 겁먹은 표정으로 서 있는 것이 보였다. 랭던이 지나온 널빤지가 떨어지면서 이제 그녀는 밟고 넘어올 발판이 없어져 꼼짝없이 그 자리에 갇혀버린 모양새였다. 그녀의 눈동자에는 랭던도 이미 알고 있는 경계 신호가 담겨 있었다. 널빤지 떨어지는 소리가 그들의 귀에만 들리지는 않았을 터였다.

버옌다의 날카로운 시선이 화려한 천장에 꽂혔다.

"쥐가 돌아다니나?" 천장 위에서 들려온 우당탕 소리에 캠코더를 손에 든 남자가 농담을 던졌다.

'보통 큰 쥐가 아닌 모양이군.' 버옌다는 홀의 천장 한복판을 장식한 둥그런 그림을 올려다보며 속으로 중얼거렸다. 그림의 틀 사이에서 먼지가 약간 떨어졌고, 아주 미세하기는 했지만 마치 위에서 누가 누르고 있는 것처럼 캔버스가 살짝 늘어진 것도 똑똑히 보였다.

"경찰관이 전망대에서 총을 떨어뜨린 건 아닌지 모르겠네." 캠코더를 든 남자가 그림을 올려다보며 중얼거렸다. "도대체 뭘 찾느라고 저 난리지? 다들 제정신이 아닌 것처럼 돌아다니고 있으니."

"저 위에 전망대가 있어요?" 버옌다가 물었다. "사람이 올라갈 수 있는 곳이에요?"

"물론이지요." 남자는 박물관 입구를 가리키며 말을 이었다. "저 안으로 들어가면 다락 위의 통로와 연결된 문이 있어요. 바사리의 들보 구조를 한눈에 볼 수 있지요. 정말 장관이라니까요."

갑자기 어디선가 브뤼더의 목소리가 500인의 방을 가로지르며 퍼져나갔다. "도대체 어디로 간 거야?!"

브뤼더의 목소리는 조금 전의 그 섬뜩한 절규와 마찬가지로 버옌다의 왼쪽 벽 높은 곳에 달린 격자에서 들려왔다. 브뤼더는 그 격자 뒤의 어딘가를 헤매고 있는 것이 틀림없었다. 거기는 이 홀의 천장보다 훨씬 낮은 곳이었다.

버옌다는 다시 한 번 불룩하게 늘어진 캔버스를 올려다보았다.

'다락에 쥐가 있어.' 그녀는 속으로 중얼거렸다. '빠져나갈 구멍을 찾고 있겠지.'

버옌다는 캠코더를 든 남자에게 인사를 건네고 재빨리 박물관 입구를 향해 걸어갔다. 문은 닫혀 있었지만 경찰들이 수시로 들락거리는 것으로 미루어 잠겨 있지는 않은 게 분명했다.

역시, 그녀의 본능은 빗나가지 않았다.

Chapter 47

광장 바깥쪽, 연신 몰려드는 경찰들이 관광객들과 뒤섞여 북새통을 이룬 가운데, 어떤 중년 남자가 란치의 회랑에 드리운 그림자 밑에 서서 주변 풍경을 흥미롭게 지켜보고 있었다. 플림 파리(안경 전문 브랜드—옮긴이) 안경을 끼고, 페이즐리 넥타이를 맸으며, 한쪽 귀에 조그만 금 귀걸이를 한 남자였다.

물끄러미 소란을 지켜보던 그는 또 한 번 목을 긁었다. 밤사이에 돋은 두드러기가 점점 심해지는가 싶더니, 턱과 목, 뺨과 눈 위에까지 온통 조그만 발진이 나타났다.

목을 긁은 손톱을 내려다보니 피가 묻어 있었다. 그는 손수건을 꺼내 손가락을 닦고, 목과 뺨의 발진을 몇 번 두드려 닦았다.

이어서 그는 베키오 궁전 앞에 서 있는 두 대의 검은 승합차를 바라보았다. 앞에 있는 차의 뒷자리에 두 사람이 타고 있었다.

한 사람은 검은 제복 차림에 무기를 가진 군인이었다.

또 한 사람은 나이가 지긋하지만 아주 아름다운 은발 여인이었는데, 목에 파란색 부적을 걸고 있었다.

군인은 피하 주사를 준비하고 있

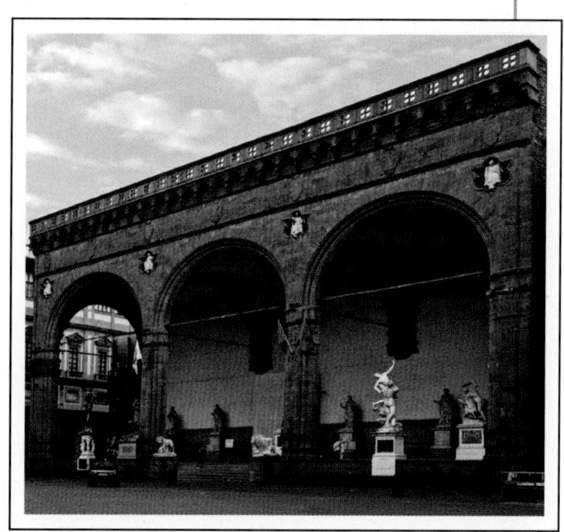

란치의 회랑, 베키오 궁전 외곽, 시뇨리아 광장

는 것처럼 보였다.

⚜

승합차 안, 엘리자베스 신스키 박사는 초점 없는 눈길로 광장을 바라보며 위기가 이렇게까지 번지게 된 과정을 되짚어보려고 애썼다.

"부인." 옆에서 굵은 목소리가 들렸다.

엘리자베스는 축 늘어진 고개를 간신히 돌려 옆자리의 군인을 바라보았다. 그가 주사기를 든 채 그녀의 팔뚝을 붙잡고 있었다. "움직이지 마십시오."

날카로운 주삿바늘이 그녀의 살갗을 뚫고 들어왔다.

군인은 주사를 다 놓고 말했다. "다시 주무시지요."

엘리자베스는 눈을 감았다. 그러나 그 순간 그녀는 그림자 속에서 자신을 살펴보는 남자를 발견했다. 고급스러운 안경과 세련된 넥타이를 맨 남자였다. 얼굴에 부스럼이 많이 돋아 벌겋게 달아 있는 것도 보았다. 엘리자베스는 분명히 아는 얼굴이라고 생각했다. 그러나 다시 한 번 살펴보려고 눈을 떴을 때 그는 이미 사라지고 없었다.

Chapter 48

캄캄한 다락 위, 이제 랭던과 시에나 사이에는 6미터의 허공이 입을 벌리고 있었다. 그들의 발밑으로 떨어진 판자는 바사리의 〈아포테오시스〉를 지지하는 액자에 걸쳐져 있었다. 아직도 불빛을 뿜어내는 커다란 손전등은 캔버스에 얹혀 마치 트램펄린 위에 묵직한 돌멩이가 놓인 것처럼 조그만 함몰부를 형성하고 있었다.

"뒤쪽에 있는 널빤지 말이에요." 랭던이 속삭였다. "그걸 끌어당겨서 이 지지대에 걸칠 수 있겠어요?"

시에나는 그가 말한 널빤지를 돌아보았다. "지지대에 걸쳐지기 전에 캔버스 위로 떨어져버릴 것 같아요."

솔직히 랭던도 자신의 아이디어가 실현 가능한지 자신이 없었다. 이미 돌이킬 수 없는 상황이 발생한 마당에, 그 널빤지까지 바사리의 그림 위로 떨어진다면 깨끗이 미련을 버리는 쪽이 나을 것이다.

"좋은 수가 있어요." 시에나는 그렇게 말하며 측벽을 향해 모걸음질을 치기 시작했다. 랭던도 자신이 위치한 들보 위에서 그녀가 움직이는 방향을 따라 조심스럽게 걸음을 옮겼다. 한 걸음씩 옮길 때마다 손전등과의 거리가 멀어져 주위는 점점 어두워졌다. 그들이 간신히 측벽에 닿았을 무렵에는 거의 코앞도 보이지 않을 정도였다.

"저 밑에 골조 가장자리가 있어요." 시에나가 캄캄한 발밑을 가리키며 소곤거렸다. "벽에 고정되어 있을 테니까 내 몸무게 정도는 견딜 수 있을 거예요."

랭던이 말릴 틈도 없이 시에나는 얼기설기 박혀 있는 가로대를 사다리 삼아

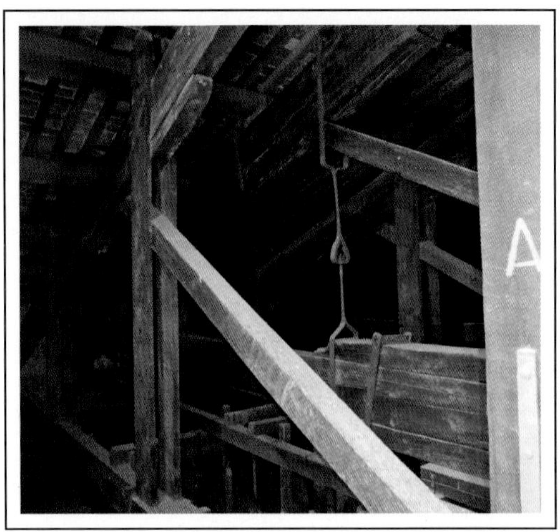

소피타, 베키오 궁전

버팀목을 붙잡고 내려가기 시작했다. 그녀가 소란반자 가장자리에 내려서자 나무 갈라지는 소리가 우지끈 터져 나왔지만, 완전히 쪼개져서 떨어질 것 같지는 않았다. 시에나는 그 상태로 벽을 잡고 랭던이 있는 쪽으로 조심스럽게 움직이기 시작했다. 소란반자가 또 한 번 비명을 토했다.

'위태롭기 짝이 없군.' 랭던은 속으로 중얼거렸다. '제발 무사해야 할 텐데.'

시에나가 어둠 속에서도 침착하게 거리를 좁혀오자, 랭던은 희망의 불씨가 되살아나는 것을 느꼈다.

그때 갑자기 어디선가 문이 쾅 닫히는 소리가 나더니, 빠르게 움직이는 발소리가 통로를 따라 다가오기 시작했다. 이어서 불빛 한 줄기가 나타나 허공을 훑으며 점점 다가왔다. 랭던은 기껏 살아나는가 했던 희망의 불씨가 허망하게 꺼져버리는 것을 느꼈다. 누군가가 그들을 향해 다가오고 있었다. 그것도, 그들이 가고자 하는 방향의 통로를 선점한 상태로.

"시에나, 계속 가요." 랭던은 본능적으로 그렇게 속삭였다. "벽을 따라 계속 가면 반대편 끝의 출구가 나와요. 내가 저 사람을 유도해볼게요."

"안 돼요!" 시에나가 다급한 목소리로 속삭였다. "로버트, 돌아와요!"

하지만 랭던은 이미 한복판의 골조를 향해 다가서는 중이었다. 시에나는 캄캄한 어둠 속에서 2.5미터 아래쪽의 측벽에 매달린 형국이었다.

랭던이 다락 한복판에 다다랐을 무렵, 손전등을 든 시커먼 실루엣은 높게 돌출된 관람대 위로 막 올라서는 중이었다. 그는 나지막한 난간 앞에 멈춰 서서 정면으로 랭던의 눈을 향해 손전등을 비췄다.

갑작스러운 불빛 때문에 앞을 볼 수 없자 랭던은 재빨리 두 손을 치켜들어 항복의 의사를 나타냈다. 500인의 방 천장 위의 허공인 데다가 환한 빛의 공격으로 앞이 보이지 않으니 어떻게 손써 볼 도리가 없었다.

랭던은 대번에 총성이 터지거나 위압적인 목소리의 명령이 떨어질 거라고 생각했지만, 뜻밖에도 고요한 정적이 이어졌다. 잠시 후 불빛은 그의 얼굴을 벗어나 뒤쪽의 어둠을 훑기 시작했다. 다른 무언가…… 아니, 다른 누군가를 찾는 게 분명했다. 랭던은 불빛이 눈앞을 벗어나는 순간, 앞을 가로막고 있는 상대방의 실루엣을 확인했다. 호리호리한 몸매에, 온통 검은 옷으로 무장한 여자였다. 랭던은 그 여자가 쓰고 있는 야구 모자를 벗으면 빳빳한 고슴도치 머리가 나타날 거라고 확신했다.

병원 바닥에서 죽어가던 닥터 마르코니의 모습이 되살아난 탓에, 랭던은 온몸의 근육이 팽팽하게 긴장했다.

'결국 여기까지 찾아왔군. 일을 확실하게 마무리하려고.'

랭던의 머릿속에 이번에는 동굴 속으로 헤엄쳐 들어가는 그리스의 잠수부들이 스쳐갔다. 돌아갈 수 있는 지점을 훨씬 지나친 뒤에야 단단한 벽으로 틀어막힌 동굴 끝에 맞닥뜨린 잠수부들이.

킬러가 다시 랭던의 눈에 불빛을 조준했다.

"랭던 교수님." 그녀가 속삭였다. "친구분은 어디 있죠?"

랭던은 서늘한 한기를 느꼈다. '이 여자는 우리 둘 모두를 노리고 있어.'

랭던은 시에나가 있는 곳에서 최대한 멀리 떨어진 곳, 그들이 방금 지나온 캄캄한 어둠 속을 돌아보았다. "그녀는 이 일과 아무 관계도 없어요. 당신이 원하는 건 나잖아요."

랭던은 시에나가 계속 전진하고 있기만을 기도했다. 그녀가 관람대를 통과할 수만 있으면 다시 중앙의 통로로 올라와 킬러의 등 뒤에서 출입구를 향해 달아날 수 있을 것이다.

킬러는 다시 한 번 손전등을 들어 허공을 훑었다. 눈앞을 가리던 불빛이 사라진 순간, 랭던은 그녀 뒤쪽의 어둠 속에서 희미한 그림자를 발견했다.

'맙소사, 안 돼!'

시에나가 중앙의 통로를 향해 버팀목을 건너온 것은 사실이지만, 불행하게도 이제 그녀는 킬러의 등 뒤에서 10미터밖에 떨어지지 않은 곳까지 접근하고 말았다.

'시에나, 안 돼! 너무 가까워! 저 여자가 인기척을 알아차릴 거라고!'

불빛이 다시 랭던의 눈으로 돌아왔다.

"잘 들어요, 교수님." 킬러가 나직이 속삭였다. "살고 싶으면 나를 믿어야 해요. 내 임무는 이미 종료되었어요. 이제 나에게는 당신을 해칠 이유가 없어진 거죠. 이제 당신과 나는 같은 편이에요. 나는 당신을 어떻게 도와야 할지도 알고 있어요."

랭던의 귀에는 그 말이 제대로 들어오지 않았다. 그의 모든 신경은 오로지 시에나에게 집중되어 있었다. 이제 관람대 뒤쪽의 통로 위로 기어 올라온 시에나의 윤곽이 어렴풋이 보였다. 총을 가진 킬러와 너무 가까운 거리였다.

'달아나!' 랭던은 소리 없이 외쳤다. '어서 여길 빠져나가란 말이야!'

하지만 시에나는 랭던의 간절한 바람과 달리, 어둠 속에 잔뜩 몸을 웅크리고 소리 없이 상황을 주시할 뿐이었다.

⁂

버옌다의 날카로운 눈은 계속해서 랭던의 등 뒤를 훑고 있었다. '여자는 어디로 간 거지? 따로 움직이기로 했나?'

버옌다는 무슨 수를 써서라도 이들이 브뤼더의 손에 들어가는 것을 막아야 했다. '그것만이 나의 유일한 희망이야.'

"시에나?!" 버옌다가 쉰 목소리를 조금 높이며 속삭였다. "내 말 들리면 잘 들어요. 당신도 아래층의 군인들에게 잡히고 싶지는 않겠죠? 그들은 피도 눈물도 없는 자들이에요. 나는 여기서 빠져나가는 길을 알고 있어요. 당신을 도울 수 있다고요. 나를 믿어요."

"당신을 믿으라고?" 랭던이 갑자기 주위의 누구에게라도 들릴 만큼 큰 목소리로 되물었다. "당신 같은 살인자를 어떻게 믿지?"

'시에나가 근처에 있다.' 버옌다는 직감적으로 알아차렸다. '랭던은 지금 그녀에게 경고하고 있는 거야.'

버옌다는 다시 한 번 시도했다. "시에나, 상황이 아주 복잡하기는 하지만 나는 당신을 여기서 내보내줄 수 있어요. 지금 당신의 처지를 생각해봐요. 꼼짝없이 갇힌 신세잖아요. 다른 선택의 여지가 없어요."

"그렇지 않아." 랭던이 여전히 큰 소리로 말했다. "그리고 그녀는 워낙 똑똑하니까 당신에게서 멀찍이 달아날 수 있어."

"모든 것이 변했어요." 버옌다가 말했다. "나에게는 이제 당신들을 해칠 이유가 없다고 했잖아요."

"당신은 닥터 마르코니를 죽였어! 내 머리에 총을 쏜 것도 보나마나 당신이겠지!"

버옌다는 이제 어떤 말로도 자신에게 그를 죽일 의도가 없음을 설득할 수 없다는 결론을 내렸다.

'대화의 시간은 끝났어. 더 이상 들려줄 말도 없고.'

버옌다는 지체하지 않고 가죽 재킷 속에 손을 넣어 소음기가 달린 권총을 꺼냈다.

⚜

시에나는 랭던과 맞서고 있는 킬러에게서 10미터도 떨어지지 않은 통로 위에 웅크린 채 꼼짝도 하지 않았다. 주위는 어두웠지만, 시에나는 킬러의 윤곽을 한눈에 알아볼 수 있었다. 그 여자는 지금 닥터 마르코니를 죽일 때 썼던 바로 그 무기를 손에 들고 있었다.

'정말로 쏠 거야.' 시에나는 킬러의 몸놀림에서 단호한 의지를 느꼈다.

아니나 다를까, 킬러는 랭던을 향해 두어 걸음을 다가간 뒤 바사리의 〈아포테오시스〉 바로 위에 걸려 있는 전망대의 야트막한 난간 앞에 멈춰 섰다. 랭던과의 거리를 최대한 좁히기 위해서였다. 킬러는 천천히 총을 들어 정면으로 랭던의 가슴을 겨눴다.

"고통이 그리 길지는 않을 거야." 킬러가 중얼거렸다. "나에게도 다른 선택의 여지가 없어."

시에나가 본능에 몸을 맡기고 용수철처럼 튀어 오른 것이 바로 그때였다.

방아쇠를 당기는 순간, 버옌다가 밟고 선 널빤지에 가해진 예기치 못한 진동은 그녀의 균형을 무너뜨리기에 부족함이 없었다. 총알이 발사되는 찰나에 이미 버옌다는 자신의 겨냥이 빗나갔다는 사실을 직감했다.

무언가가 그녀의 등 뒤에서 다가오고 있었다.

'속도가 너무 빨라.'

버옌다가 번개처럼 몸을 돌리며 새로운 상대를 향해 총을 겨누는 순간, 어둠 속에서 금발 머리가 불쑥 나타나는가 싶더니 전속력으로 그녀를 덮쳤다. 버옌다의 총구가 다시 한 번 불을 뿜었지만, 상대방은 밑에서부터 위로 강력한 충격파를 전달하기 위해 그녀의 총구보다 낮게 몸을 웅크린 상태였다.

버옌다의 두 발이 허공에 뜨면서 복부가 관람대의 야트막한 난간을 때렸다. 버옌다는 자신의 몸통이 난간 너머로 넘어가는 것을 느끼고 추락을 막아줄 무언가를 붙잡기 위해 사력을 다해 팔을 내저었지만, 운명은 그녀의 마지막 바람을 외면했다. 그녀의 몸이 난간 너머로 떨어지기 시작했다.

버옌다는 관람대와 바닥의 거리가 2.5미터가량에 불과하다고 생각하고 충격에 대비해 잔뜩 몸을 움츠렸다. 하지만 이상하게도 충격은 그녀가 상상했던 것보다 훨씬 가벼웠다. 마치 천으로 된 그물침대 위에 떨어진 것처럼, 그녀의 체중이 실린 바닥이 축 늘어지는 느낌이었다.

순간적으로 혼란에 사로잡힌 버옌다는 바닥에 등을 대고 누운 자세로 자신을 공격한 상대를 올려다보았다. 시에나 브룩스가 난간 너머로 그녀를 내려다보고 있었다. 버옌다는 무슨 말을 하려고 입을 벌렸지만, 다음 순간 갑자기 그녀의 귀 밑에서 뭔가가 요란하게 찢어지는 소리가 터져 나왔다.

그녀를 지탱해주던 천이 찢어지는 소리였다.

버엔다는 다시 추락하기 시작했다.

무한정 길게만 느껴진 그 3초 동안, 버엔다는 아름다운 그림으로 뒤덮인 천장을 올려다보는 자신을 인식했다. 그림은 바로 그녀의 눈앞에 펼쳐져 있었다. 코시모 1세가 천국의 구름 위에서 천사들에 둘러싸인 모습을 묘사한, 아주 크고 둥그런 그림이었다. 그러나 언제부터인가 그 그림의 한복판에 날카롭게 찢어진 구멍이 입을 벌리고 있었다.

다음 순간, 갑작스러운 충격과 함께 버엔다의 세계는 영원한 암흑 속으로 사라졌다.

믿을 수 없는 충격으로 몸이 굳어진 로버트 랭던은 까마득히 높은 곳에서 찢어진 〈아포테오시스〉를 통해 아래를 내려다보았다. 500인의 방의 석조 바닥에 고슴도치 머리의 여인이 꿈쩍도 하지 않고 쓰러져 있었고, 그 머리 주위로 둥그렇게 피의 웅덩이가 번지기 시작했다. 그녀의 손은 아직도 권총을 단단히 움켜쥐고 있었다.

랭던은 눈을 들어 시에나를 바라보았다. 그녀 역시 커다란 충격에 사로잡힌 표정으로 눈앞에 펼쳐진 끔찍한 광경을 내려다보고 있었다. "어떻게 이런……."

"당신은 본능에 따라 행동했을 뿐이에요." 랭던이 속삭였다. "저 여자가 나를 죽이려 하던 참이었으니까."

아래쪽에서 찢어진 캔버스 사이로 요란한 경보음이 터져 나왔다.

랭던은 부드러운 손길로 난간에 기댄 시에나를 일으켜 세웠다. "계속 움직여야 해요."

Chapter 49

비안카 카펠로의 비밀 서재, 뭔가가 쿵 하고 떨어지는 소리에 이어 500인의 방에서 사람들이 웅성거리는 소리가 들려왔다. 불길한 예감에 사로잡힌 브뤼더 요원은 황급히 벽에 붙은 격자창으로 다가가 아래를 내려다보았다. 우아한 대리석 바닥에 펼쳐진 광경이 그의 머릿속에 입력되기까지, 몇 초의 시간이 걸렸다.

만삭의 박물관 여직원이 브뤼더 옆으로 달려와 아래를 살피더니, 이내 두 손으로 입을 가리며 짧은 비명을 내질렀다. 겁에 질린 관광객들이 우왕좌왕하는 가운데, 누군가가 쓰러져 있었다. 바닥에 쓰러진 여자의 시선이 천천히 500인의 방 천장을 향하는가 싶더니, 그녀의 입에서 고통스러운 신음이 새어 나왔다. 그녀의 시선을 좇아 천장을 바라본 브뤼더의 눈에, 큼직한 구멍이 뚫린 캔버스가 들어왔다.

브뤼더는 옆에 있던 임신부를 향해 소리쳤다. "저기로 올라가는 길이 어딥니까?"

건물의 반대편, 다락 위의 통로를 전속력으로 내달린 랭던과 시에나는 문을 박차고 나왔다. 랭던은 이내 진홍색 커튼 뒤에 교묘하게 숨겨진 조그만 반침을 발견했다. 지난번 비밀 통로 투어 때 와본 적이 있는 곳이었다.

'아테네 공작의 계단이다.'

사방에서 발소리와 고함 소리가 들려왔다. 랭던은 주어진 시간이 그리 많지 않음을 직감했다. 랭던은 재빨리 커튼을 젖히고 시에나와 함께 조그만 계단참으로 뛰어들었다.

두 사람은 말없이 돌로 된 계단을 내려가기 시작했다. 숨이 막힐 만큼 좁은 지그재그 형태의 계단이 이어졌다. 내려가면 갈수록 계단의 폭이 점점 좁아지는 듯했다. 랭던은 양옆의 벽이 자신을 짓누를 듯이 옥죄어든다는 느낌에 사로잡히기 시작했지만, 그 순간 다행히도 계단 끝에 다다랐다.

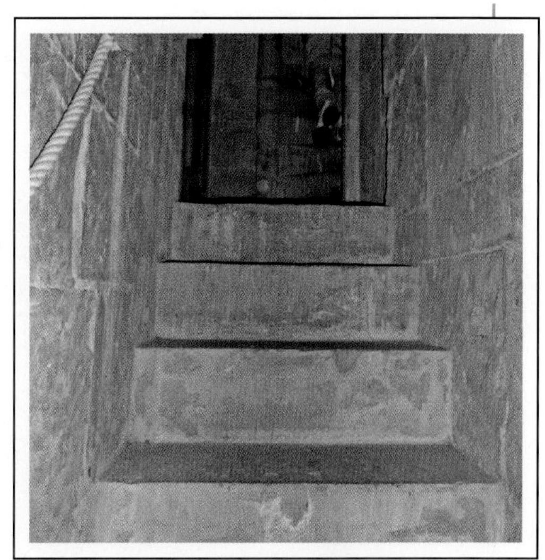

아테네 공작의 계단, 베키오 궁전

'1층이다.'

계단이 끝나고 조그만 밀실 같은 방이 나타났다. 세상에서 제일 조그만 문이 아닐까 싶은 출입구가 달려 있었지만, 랭던은 그 문이 그렇게 반가울 수가 없었다. 높이는 불과 1미터 남짓, 육중한 나무에 쇠로 된 리벳과 묵직한 빗장이 달려 있어 바깥에서는 열리지 않는 문이었다.

"길거리의 소음이 들려요." 시에나가 아직도 충격이 가시지 않은 표정으로 말했다. "이 문을 나가면 어디가 나오죠?"

"닌나 가예요." 랭던은 보행인들이 북적거리는 복잡한 도로를 떠올리며 대답했다. "하지만 경찰들이 진을 치고 있을 텐데."

"경찰은 우리를 알아보지 못할 거예요. 경찰은 금발 여자와 짙은 갈색 머리의 남자를 찾고 있을 테니까요."

랭던은 의아한 눈빛으로 그녀를 바라보았다. "그게 바로 우리잖아요."

시에나는 고개를 가로저었다. 침울하지만 단호한 결심이 묻어나는 표정이었다. "당신에게 이런 모습을 보이고 싶진 않지만 어쩔 수 없네요, 로버트." 그러더니 갑자기 자신의 금발 머리를 한 줌 움켜쥐고는 아래로 확 잡아당겼다. 한번에 그녀의 머리채가 훌렁 벗겨졌다.

랭던은 깜짝 놀라 그녀를 멍하니 바라보았다. 시에나의 머리가 가발이었다

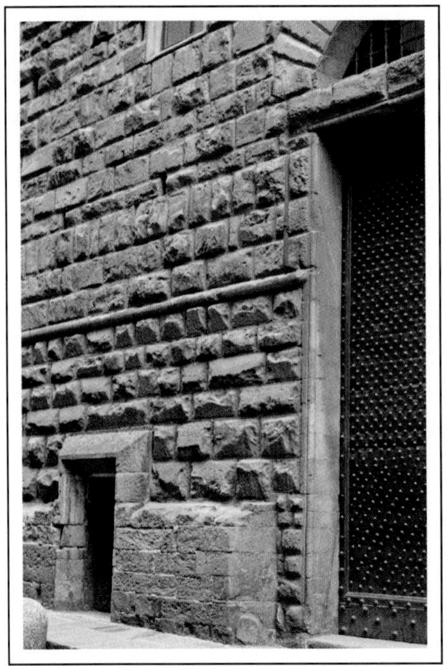

아테네 공작의 계단에서 닌나 가로 통하는 조그만 출입문

는 사실도 놀라웠지만, 가발을 벗은 그녀의 모습은 더욱 놀라웠다. 시에나 브룩스는 완벽한 대머리였다. 마치 화학 치료를 받는 암 환자처럼 매끈하고 창백한 머리통이 그대로 드러났다. '그렇게 여러 번 사람을 놀라게 하더니, 심지어 아프기까지 한 건가?'

"알아요." 시에나가 말했다. "이야기하자면 길어요. 일단 허리나 좀 굽혀봐요." 그렇게 말하며 가발을 치켜드는 그녀의 자세가, 영락없이 랭던의 머리에 그 가발을 씌우려는 태세였다.

'뭐 하자는 거지?' 랭던이 설마 하는 심정으로 허리를 굽혔더니, 시에나가 정말로 자신의 금발 가발을 그의 머리에 씌웠다. 사이즈가 맞을 리 없었지만, 시에나는 최대한 비슷하게 끼워 맞추려고 애썼다. 그래놓고 조금 떨어져서 살펴보더니, 마음에 들지 않는 듯 고개를 갸웃거렸다. 이어서 랭던의 넥타이를 벗겨 동그란 고리를 그의 이마에 동여맸다. 넥타이는 근사한 헤드 밴드로 변했고, 더욱이 가발을 랭던의 머리에 고정시켜주기까지 했다.

이제 시에나는 자기 자신의 변신에 나섰다. 바짓가랑이를 말아 올리고 양말을 발목까지 말아 내리는 간단한 조치가 그녀를 스킨헤드 펑크로커로 바꿔놓았다. 랭던은 그런 모습으로 일어서서 싱긋 웃는 그녀의 모습을 지켜보며, 셰익스피어 연극에 출연했던 여배우의 변신이 그저 놀라울 따름이었다.

"명심하세요." 시에나가 말했다. "사람을 알아보는 데 필요한 정보의 90퍼센트는 보디랭귀지에서 나와요. 늙어가는 로커처럼 행동하라는 얘기예요."

'늙어가는 연기야 얼마든지 할 수 있지.' 랭던은 속으로 중얼거렸다. '하지만

로커? 그건 별로 자신 없는데.'

랭던이 그런 속마음을 미처 꺼내놓기도 전에 시에나는 조그만 문의 빗장을 풀고 활짝 열어젖혔다. 그러고는 몸을 낮게 숙이고 복잡한 인도로 나섰다. 랭던도 엉금엉금 기다시피 하는 자세로 그 뒤를 따랐다.

베키오 궁전 한쪽 모퉁이의 조그만 문에서 그리 썩 어울려 보이지 않는 남녀가 불쑥 모습을 드러내자, 힐끔 쳐다보는 사람은 더러 있었지만 의심스러운 눈길로 유심히 쳐다보는 사람은 아무도 없었다. 랭던과 시에나는 사람들 틈에 섞여 들어 유유히 동쪽을 향해 걸어가기 시작했다.

플륌 파리 안경을 쓴 남자는 피가 배어 나오는 살갗을 가볍게 문지르며 인파 속에 몸을 숨긴 채 안전한 거리를 두고 로버트 랭던과 시에나 브룩스의 뒤를 좇았다. 그들의 기발한 변신술에도 불구하고, 그는 그들이 닌나 가의 조그만 문에서 모습을 드러내자마자 즉시 그 정체를 알아보았다.

남자는 몇 블록을 채 가지 못하고 가슴을 찌르는 예리한 통증에 얕은 숨을 몰아쉬며 몸을 비틀었다. 흉골을 망치로 한 방 얻어맞은 느낌이었다.

그는 어금니를 꽉 깨물고 고통을 참으며 다시 랭던과 시에나를 바라보았다. 관광객들이 북적거리는 피렌체의 거리에서, 그의 본격적인 추격전이 시작되었다.

이제 완전히 떠오른 아침 해가 옛 피렌체의 건물들 사이로 꾸불꾸불 이어진 좁다란 골목에 긴 그림자를 드리웠다. 상점들은 쇠창살을 밀어 올려 손님들을 맞이하기 시작했고, 갓 내린 에스프레소와 갓 구운 초승달 모양의 빵 냄새가 사방에 진동했다.

랭던은 아찔한 허기를 억누르며 계속 걸음을 옮겼다. '마스크를 찾아야 한다. 그 뒤에 뭐가 숨겨져 있는지를 알아내야 해.'

랭던은 시에나와 함께 레오니 가를 따라 북쪽으로 접어든 뒤에도 좀처럼 그녀의 맨머리가 익숙해지지 않았다. 완전히 달라진 외모 때문이겠지만, 문득 돌아볼 때마다 생전 처음 보는 낯선 여자를 발견하고 깜짝깜짝 놀라곤 했다. 그들은 두오모 광장을 향하고 있었다. 이그나치오 부소니가 마지막 메시지를 남긴 뒤 숨진 채 발견된 바로 그 광장이었다.

'로버트.' 랭던은 이그나치오가 가쁜 숨을 몰아쉬며 간신히 남긴 한마디가 다시 떠올랐다. '당신이 찾는 것은 안전하게 숨겨놨어요. 당신을 위해 문이 열려 있긴 하지만, 서둘러야 해요. 파라다이스 25. 부디 성공하기를.'

'파라다이스 25.' 랭던은 그 대목을 다시 한 번 되새겼다. 그는 이그나치오 부소니가 그 다급한 순간에도 《신곡》의 특정한 대목을 떠올릴 만큼 단테를 훤하게 꿰고 있었다는 사실이 좀처럼 믿기지 않았다. 어쩌면 그 대목의 무언가가 부소니의 기억에 선명하게 남아 있었던 건지도 몰랐다. 그게 무엇이건 간에, 랭던은 《신곡》을 한 권 구하기만 하면 금방 알아낼 수 있을 거라고 믿어 의심치 않았다. 다른 곳도 아니고, 피렌체에서 《신곡》을 구하기가 그리 어려울 것 같지는 않았다.

랭던은 어깨까지 치렁거리는 가발 때문에 적잖이 신경이 쓰였지만, 시에나의 재치 넘치는 임기응변이 상당한 효과를 발휘한다는 사실만큼은 부정할 수 없었다. 그들을 이상한 눈으로 쳐다보는 사람은 아무도 없었고, 심지어 베키오 궁전을 향해 달려가는 경찰 지원 병력조차 그들을 그냥 지나쳤다.

랭던은 벌써 한참 동안 입을 꾹 다물고 말없이 걸음을 옮기는 시에나를 돌아보았다. 아직도 자기가 사람을 죽였다는 사실이 믿기지 않는 듯 망연자실한 표정이었다.

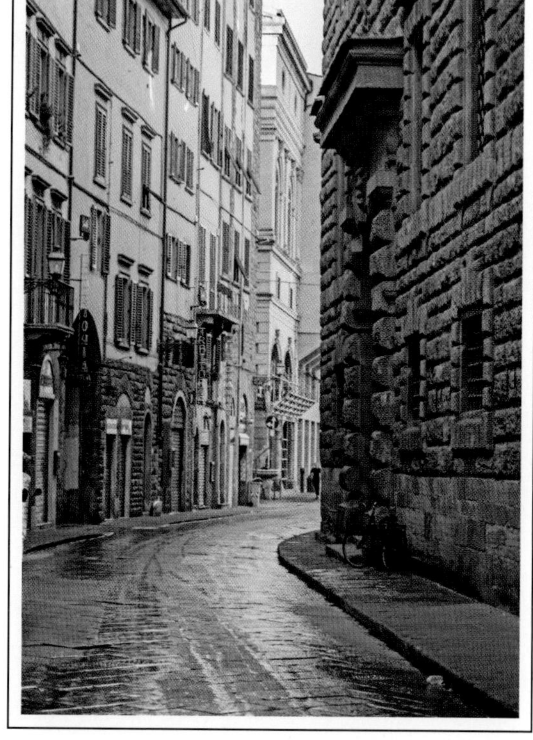
레오니 가

"무슨 생각을 그리 열심히 하는지 말해주면 1리라 줄게요." 랭던은 시에나가 500인의 방 바닥에 떨어져 죽은 고슴도치 머리의 여인을 빨리 떨쳐버렸으면 하는 마음에 짐짓 밝은 목소리로 말을 붙였다.

상념에 잠겨 있던 시에나가 천천히 현실로 돌아왔다. "조브리스트 생각을 하고 있었어요." 그녀가 말했다. "혹시 그 사람에 대해서 더 기억나는 게 없나 하고요."

"결과는요?"

시에나는 어깨를 슬쩍 들어 보였다. "내가 아는 건 대부분 그가 몇 년 전에 발표한 논문에 나오는 내용들이에요. 나도 한동안 그 글이 머릿속에 맴돌았을 만큼, 의료계에서는 발표 즉시 바이러스처럼 퍼져나간 논문이었죠." 시에나는 말을 해놓고 얼굴을 찌푸렸다. "미안해요. 내 단어 선택이 별로 적절하지 못했던 것 같네요."

랭던은 씁쓸한 미소를 지으며 재촉했다. "하던 말이나 계속해봐요."

"그의 논문은 인류가 멸종 위기에 직면해 있고, 세계의 인구 성장률을 획기적으로 떨어뜨리는 어떤 파국적인 사건이 발생하지 않는 한 인류는 앞으로 100년을 넘기지 못할 거라고 주장하는 내용이었어요."

랭던은 고개를 돌리고 그녀를 바라보았다. "고작 100년?"

"아주 충격적인 논문이었죠. 그의 전망치는 이전에 나온 평가보다도 상당히 짧은 시간이었지만 나름대로 엄밀한 과학적 데이터에 바탕을 두고 있었어요. 특히 그는 모든 의사들이 의료 행위를 중단해야 한다고 주장함으로써 많은 적을 만들었는데, 그런 주장의 근거로는 인간의 수명을 늘리는 것이 인구문제를 더욱 가중시키는 결과를 초래한다는 논리가 사용되었어요."

랭던은 그제야 그 논문이 의료계에 널리 알려진 이유를 짐작할 수 있었다.

"조브리스트가 그 논문을 발표하자마자 사방에서 비난이 쏟아진 것도 무리가 아니었어요. 정치인, 성직자, 세계보건기구 할 것 없이 다들 한목소리로 그를 정신 나간 종말론자로 치부하며 맹공격을 퍼부었어요. 특히 오늘날의 젊은 세대가 자식을 낳으면 그 자녀들이야말로 인류의 멸망을 직접 목격하는 세대가 될 거라는 주장이 많은 사람들의 공분을 샀죠. 조브리스트는 '종말 시계'라는 것을 제시하기도 했는데, 그 시계에서는 한 시간으로 압축된 인류의 역사가 이제 불과 몇 초밖에 남지 않은 것으로 표시되었어요."

"그 시계는 나도 인터넷에서 본 적이 있어요." 랭던이 말했다.

"그래요, 바로 조브리스트가 만든 시계죠. 그 시계 때문에 많은 논란이 빚어졌어요. 하지만 그가 가장 큰 역풍을 맞은 것은, 자기가 연구하고 있는 유전공학의 발전이 질병의 '치료'가 아니라 질병의 '창출'에 사용될 때 인류에게 더욱 큰 도움이 될 거라는 주장 때문이었어요."

"뭐라고요?!"

"그는 현대 의학으로는 치료가 불가능한 새로운 병원균을 개발해 인구 성장을 제한하는 데 자신의 기술이 사용되어야 한다고 주장했어요."

랭던은 일단 유출되고 나면 누구도 막을 수 없는 치명적인 '디자이너 바이러스'가 나타날지도 모른다고 생각하니 더욱 기가 막혔다.

시에나가 계속 말을 이었다. "의료계의 총아로 각광받던 조브리스트는 불과 몇 년 사이에 구제 불능의 이단자로 전락해버렸죠. 거의 모든 사람들이 그에게 비난과 저주를 퍼부었으니까요." 잠시 말을 멈춘 그녀의 얼굴에 일말의 동정심 같은 것이 스쳐 지나갔다. "그러니 그가 이성을 잃고 자살로 삶을 마감한 것도 무리가 아니에요. 어쩌면 그의 주장이 옳을지도 모른다고 생각하면, 그의 죽음이 더욱 안타깝죠."

랭던은 하마터면 발을 헛디딜 뻔했다. "그럼 당신은 그의 주장이 옳다고 생각한다는 겁니까?!"

시에나는 진지한 표정으로 어깨를 으쓱했다. "로버트, 순전히 과학적인 관점에서 얘기한다면, 그러니까 감정은 빼고 오로지 논리로만 이야기하자면, 인간이라는 종은 어떤 극적인 변수가 개입되지 않는 한 종말을 향해 가고 있다고 백 퍼센트 자신 있게 얘기할 수 있어요. 그것도 아주 빠른 속도로. 그것은 불도, 유황도, 계시록도, 핵전쟁 때문도 아니에요. 순전히 지구상에 살아 있는 인간의 숫자 때문에 찾아오는 위기죠. 수학적인 결론을 반박하기란 불가능하니까요."

랭던은 어안이 벙벙했다.

"생물학에 대해서는 나도 공부를 좀 했죠." 시에나가 말을 이었다. "주어진 환경 속에서 개체수가 지나치게 많아질 경우, 그것이 곧 그 종의 멸종으로 이어지는 건 아주 보편적인 현상이에요. 숲 속의 어느 조그만 연못에 어떤 조류(藻類)가 살고 있다고 가정할 때, 일정한 시점까지는 완벽한 영양소의 균형 속에서 개체수를 늘려갈 수 있겠죠. 하지만 증식이 무제한으로 계속되면 얼마 못 가 연못의 표면을 완전히 뒤덮게 되고, 결국 햇빛이 차단되어 물속에서 자라던 영양소의 성장이 중단될 거예요. 그 시점부터는 순식간에 개체수가 줄기 시작해 곧 흔적도 없이 사라질 거고요." 시에나는 깊은 한숨과 함께 한마디 덧붙였다. "인류에게도 똑같은 운명이 기다리고 있어요. 그 속도는 우리가 상상하는 것보다 훨씬 빠를지도 몰라요."

심란한 이야기가 아닐 수 없었다. "하지만…… 그럴 리가 없어요."

"로버트, 그럴 리가 없는 게 아니라 그렇게 생각하기 싫은 것뿐이에요. 인간의 마음은 굉장히 원시적이고 본능적인 방어기제를 가지고 있어요. 뇌가 처리하기에 지나치게 부담스러운 현실은 그냥 외면해버리는 거죠. 심리학자들이 흔히 '부인'이라고 부르는 것 말이에요."

"거기에 대해서는 나도 들어본 적이 있어요." 랭던이 짐짓 가벼운 목소리로 말했다. "하지만 난 정말로 그런 게 있다고 생각하지 않아요."

시에나는 눈알을 슬쩍 굴리며 반박했다. "안됐지만 그건 당신 생각이 틀렸어요. '부인'은 인간의 가장 기본적인 방어기제 가운데 하나예요. 만약 그런 게 없으면 아침에 눈을 뜰 때마다 자신의 목숨을 앗아 갈지도 모를 오만가지 가능성을 생각하느라 아무것도 못 할 테니까요. 하지만 우리의 마음은 우리가 대처할 수 있는 스트레스에 초점을 맞춤으로써 그런 실존적인 공포를 차단해버려요. 이를테면 어떻게 해야 지각하지 않고 출근할 수 있을지, 어떻게 해야 세금을 무사히 납부할 수 있을지 하는 고민들 말이에요. 그보다 더 심각한 실존적 공포가 닥치면 재빨리 머릿속에서 지워버리고 보다 단순하고 일상적인 고민에 초점을 맞추는 거죠."

랭던은 최근에 어느 유명 대학에서 학생들의 인터넷 사용 습관을 연구한 적이 있다는 사실을 떠올렸다. 그 연구에서는 굉장히 지적 능력이 뛰어난 사용자조차도 시에나가 말하는 '부인'에 해당하는 본능적인 경향을 드러낸다는 사실이 밝혀졌다. 대부분의 학생들은 극지방의 얼음이 녹는다거나 종의 멸종이 가속화된다는 등의 부정적인 기사를 클릭한 다음에는 재빨리 그 페이지를 벗어나 마음속의 두려움을 몰아내 줄 가볍고 사소한 기사를 선택한다는 것이다. 스포츠 하이라이트나 재미있는 고양이 동영상, 유명 인사를 둘러싼 스캔들 따위가 대표적이다.

랭던이 말했다. "고대 신화에서는 교만하고 오만한 자들이 '부인'의 대상으로 낙인찍히지요. 세상의 위험이 자신에게만은 닥치지 않을 거라고 믿는다면 그보다 더 큰 교만이 어디 있겠습니까. 단테도 이런 입장에 전적으로 동의하고 있는데, 그래서 죽음에 이르는 일곱 가지 죄악 중에서도 교만을 가장 나쁜 것으로 보고 그런 자들을 지옥의 제일 깊은 고리에서 벌주고 있어요."

시에나는 잠시 생각을 정리한 다음, 말을 이었다. "조브리스트는 문제의 논문에서 극도의 부인을 일삼는 세계의 지도자들에게 비난을 퍼부었어요. 모래 속에 머리만 숨기고 있다고요. 특히 세계보건기구가 그의 집중 공격을 받았죠."

"볼 만했겠군요."

"길거리에서 '종말이 다가왔다'고 떠들고 다니는 광신도 대하듯 했죠."

"하버드 광장에도 그런 사람이 두엇 있어요."

"그래요. 우리가 그런 사람들을 무시하는 이유는 정말로 그런 일이 벌어질 거라고 상상할 수가 없기 때문이에요. 하지만 한 가지는 분명하죠. 상상이 가지 않는 일이라고 해서 반드시 일어나지 말라는 법은 없잖아요."

"말투가 꼭 조브리스트의 지지자인 것처럼 들리네요."

"난 '진실'의 지지자예요." 시에나가 힘주어 대답했다. "아무리 받아들이기 힘든 진실이라고 할지라도 말이에요."

랭던은 또 한 번 뜨거운 열정과 무덤덤한 방관자의 태도를 동시에 가지고 있는 듯한 시에나가 너무 낯설게 느껴져 별다른 대꾸를 하지 않았다.

시에나가 표정을 누그러뜨리며 랭던을 슬쩍 돌아보았다. "로버트, 나는 세계 인구의 절반을 죽이는 유행병이 인구 과잉에 대한 해답이라는 조브리스트의 주장이 옳다고 말하는 게 아니에요. 더 이상 병든 사람을 치료하지 말아야 한다고 생각하는 것도 아니고요. 내가 하고 싶은 말은 지금 우리가 가고 있는 길이 곧 파국을 향해 치닫는 길이라는 점이죠. 공간과 자원이 한정된 시스템 속에서 기하급수적인 인구 성장이 갈 길은 결국 그 길밖에 없으니까요. 종말은 아주 갑작스레 닥칠 거예요. 차를 타고 가는데 조금씩 연료가 줄어들다가 결국 멈춰 서는 게 아니라, 눈 깜빡할 사이에 낭떠러지에서 추락하는 것과도 같은 상황이 닥칠 테니까요."

랭던은 지금까지 들은 이야기를 어떻게 받아들여야 할지 혼란스러웠다.

"말이 나온 김에 한마디 덧붙이자면……" 시에나는 오른쪽의 허공을 가리키며 진지한 표정으로 말했다. "조브리스트가 뛰어내린 곳이 바로 저기인 것 같네요."

고개를 든 랭던은 그녀가 가리킨 오른쪽에 수수한 바르젤로 미술관이 버티고 있는 것을 발견했다. 그 뒤로, 올라갈수록 점점 가늘어지는 바디아 탑이 우뚝 솟아 있었다. 랭던은 그 탑의 꼭대기를 올려다보며, 조브리스트가 왜 뛰어내렸을까 생각했다. 부디 그가 무슨 끔찍한 짓을 저질러놓고, 자기 자신은 그 결과를 보고 싶지 않아서 그런 결단을 내린 것은 아니기를 바랄 뿐이었다.

"조브리스트를 비판하는 사람들 중에는 그가 개발한 유전공학 기술이 인간의 수명을 획기적으로 연장하는 데 크게 기여했다는 역설적인 사실을 지적하는 이들이 많아요." 시에나가 말했다.

"그것이 오히려 인구문제를 더욱 악화시킨다는 뜻이겠군요."

"그렇죠. 조브리스트는 지니를 도로 병 속에 가두어 자신이 인간의 수명 연장에 기여한 부분들을 취소해버리고 싶다고 공개적으로 말한 적도 있어요. 이론상으로는 납득이 가는 이야기죠. 인간의 수명이 길어질수록 노약자를 부양하는 데 더 많은 자원이 들어가니까요."

랭던은 고개를 끄덕였다. "미국에서는 의료비의 60퍼센트가 반년 안에 죽을 환자들을 부양하는 데 들어간다는 글을 읽은 적이 있어요."

"맞는 얘기예요. 머리로는 '이건 미친 짓이야'라고 생각하면서도 마음은 '할머니를 돌아가시게 내버려둘 수는 없어'라고 생각하는 형국이죠."

랭던은 또 한 번 고개를 끄덕였다. "아폴론과 디오니소스 사이의 모순이지요. 신학에서는 아주 유명한 딜레마예요. 이성과 감정의 해묵은 싸움이기도 하고요. 그 두 가지의 바람이 일치하는 경우는 거의 없거든요."

랭던은 알코올중독자들의 재활 모임에서도 그런 신학적인 비유가 사용된다는 말을 들은 적이 있었다. 알코올중독자가 한 잔의 술을 바라보며 머리로는 저걸 마시면 몸에 해롭다는 것을 뻔히 알면서도 마음으로는 그 한 잔의 술이 가져다줄 위안을 갈망하게 된다는 것이다. 이 이야기가 전하는 메시지는 명백하다. 자책하지 마라. 신들조차도 갈등을 느끼니까.

"아가투시아가 필요한 사람이 누구인가?" 시에나가 뜬금없는 소리를 속삭였다.

"뭐라고요?"

시에나는 똑바로 랭던을 바라보았다. "조브리스트의 논문 제목이 막 생각났어요. 〈아가투시아가 필요한 사람이 누구인가?〉였어요."

랭던은 '아가투시아'라는 단어를 한 번도 들어본 적이 없었지만, 라틴어 지식을 총동원해서 나름대로 추측해보았다. 이내 '아가토스(agathos)'와 '투시아(thusia)'라는 두 개의 라틴어 어원이 떠올랐다. "아가투시아라면…… '좋은 희생'이라는 뜻인가요?"

"비슷해요. 정확하게는 '공공의 선을 위한 자기 희생'이라는 뜻이죠." 시에나는 호흡을 가다듬으며 덧붙였다. "흔히 말하는 이타적 자살과 비슷한 개념이에요."

그러고 보니 랭던도 그런 이야기를 들어본 적이 있었다. 파산한 아버지가 가족들에게 자신의 생명보험금을 남기려고 자살하는 경우, 혹은 자신의 죄를 뉘우치는 연쇄 살인범이 살인 충동을 억제하지 못하게 될까 봐 스스로 목숨을 끊는 경우가 여기에 해당한다고 했다.

아가투시아:
공공의
선을 위한
자기희생

하지만 랭던이 기억하는 가장 섬뜩한 사례는 1967년에 발표된 《로건의 탈출》이라는 제목의 소설에 나오는 이야기였다. 이 소설은 모든 사람이 스물한 살이 되면 자살하기로 동의한 미래 사회를 묘사한다. 그렇게 함으로써 젊은 시절을 온전히 즐기고, 지구의 한정된 자원에 인구 과잉이나 노인 부양이라는 부담을 주지 않겠다는 것이다. 랭던의 기억이 정확하다면 이 작품의 영화 버전에서는 '종료 시점'이 스물한 살에서 서른 살로 연장되었는데, 이는 박스오피스의 단골손님 연령대인 18세부터 25세 사이의 영화팬들을 붙잡으려는 상업적 의도가 다분히 느껴지는 대목이었다.

"그럼 조브리스트의 논문은……" 랭던이 고개를 갸웃거리며 말했다. "내가 제목을 제대로 이해했는지 모르겠네요. 〈아가투시아가 필요한 사람이 누구인가?〉 일종의 풍자적인 표현인가요? 말하자면…… 우리 모두가 이타적 자살을 해야 한다는 식의?"

"그건 아니에요. 그 제목은 일종의 말장난이죠."

랭던은 아직도 이해가 가지 않아 고개를 가로저었다.

"'누구(WHO)에게 자살이 필요한가?'에서 'who'는 '누구'라는 뜻이 아니라 WHO, 즉 세계보건기구를 일컫는 말이에요. 조브리스트는 그 논문에서 WHO 사무총장 자리를 아주 오랫동안 유지하고 있는 엘리자베스 신스키 박사에게 신랄한 독설을 퍼부었어요. 인구문제에 심각하게 대처하지 않는다는 거죠. 다시 말하면 신스키 사무총장이 자살이라도 해야 WHO가 좀 더 나아질 수 있다는 거예요."

"퍽이나 동정심이 깊은 친구로군요."

"아마도 천재의 비애가 아닐까 싶어요. 특별한 두뇌를 가진 사람들, 남들보다 더욱 강한 집중력을 발휘할 수 있는 능력을 가진 사람들이 정서적인 성숙도는 그에 미치지 못하는 경우가 많거든요."

랭던은 지능지수가 208에 달할 만큼 측정이 불가능한 지적 능력을 가진 꼬마 천재, 시에나 본인의 이야기를 다룬 신문 기사들을 떠올렸다. 랭던은 혹시 지금 시에나가 조브리스트를 빌미로 자기 이야기를 하고 있는 것은 아닐까 하는 의구심을 느꼈다. 그녀가 언제까지 자신의 비밀을 지키려 할지도 궁금하기는 마찬가지였다.

문득 고개를 든 랭던은 찾고 있던 이정표를 발견했다. 그는 레오니 가를 가로질러 유난히 좁은 골목길로 시에나를 이끌었다. 머리 위의 표지판은 이 길의 이름이 단테 알리기에리 가임을 알리고 있었다.

"당신은 인간의 뇌에 대해 상당히 많이 아는 것 같네요." 랭던이 말했다. "의대에서 그 분야를 전공했어요?"

"아뇨. 어렸을 때 책을 좀 읽었어요. 나한테 약간…… 의학적인 문제가 있어서 뇌 과학에 관심을 갖게 되었죠."

랭던은 호기심 어린 표정으로 그녀를 바라보며 그녀의 말이 이어지기를 기다렸다.

"내 뇌가……" 시에나는 작은 목소리로 속삭이듯 말했다. "다른 아이들과 좀 다른 방식으로 발달했는데, 그것 때문에 문제가 생겼거든요. 뭐가 잘못되었는지를 알아내고 싶어서 많은 시간을 투자하다 보니, 신경 과학에 대해 꽤 많은 것을 알게 되더라고요." 시에나는 랭던을 똑바로 쳐다보며 덧붙였다. "맞아요, 내 헤어스타일이 이렇게 된 것도 그것과 관련이 있어요."

랭던은 괜한 이야기를 꺼낸 것 같아서 슬그머니 눈길을 돌렸다.

"걱정할 것 없어요." 시에나가 말했다. "지금은 이런 상태로 살아가는 방법을 터득했으니까요."

랭던은 그림자가 져서 서늘한 골목길을 걸으며 조브리스트와 그의 철학적 입장에 대해 알게 된 사실들을 곰곰이 생각해보았다.

무엇보다도 그의 신경을 자꾸만 건드리는 의문이 하나 있었다. "저 군인들, 우리를 죽이려 하는 자들 말이에요." 랭던이 말했다. "그들은 도대체 누구지요? 아무리 생각해도 이해가 가지 않아요. 만약 조브리스트가 정말로 무슨 전염병을 퍼뜨리기라도 했다면, 모든 사람이 힘을 합쳐서 그 병이 확산되는 걸 막아야 되는 것 아닙니까?"

"꼭 그렇지는 않아요. 조브리스트는 의학계에서는 이단자 취급을 받지만 그의 이데올로기에 열광하는 추종자들도 많이 있을 거예요. 이른바 '솎아내기'가 지구를 구하기 위해 어쩔 수 없는 필요악이라고 생각하는 사람들 말이에

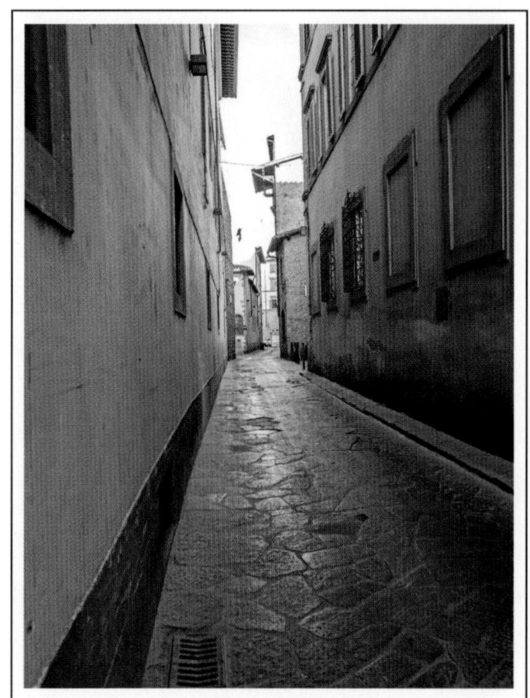

단테 알리기에리 가

요. 지금의 상황으로 미뤄 보면 저 군인들은 조브리스트의 꿈을 실현하고자 하는 사람들이라고 생각할 수밖에 없어요."

'조브리스트의 추종자들이 군사 조직을 만들 정도라고?' 랭던은 그 가능성을 생각해보았다. 역사를 돌아보면, 온갖 정신 나간 신념에 사로잡혀 죽음을 마다하지 않은 광신도들이 얼마든지 있다. 자기네의 지도자가 구세주라는 신념, 달의 뒷면에서 우주선이 기다리고 있다는 신념, 심판의 날이 다가온다는 신념…… 인구문제는 그나마 과학에 토대를 두고 있다고 하지만, 랭던이 보기에 이 군인들은 여전히 석연치 않은 구석이 있었다.

"잘 훈련된 군인들이 아무 죄도 없는 무고한 사람들을 죽이는 일에 합심해서 나섰다는 건 도저히 믿기지가 않아요. 본인들도 언제 무시무시한 전염병에 걸려 죽을지 모르는 판이잖아요."

시에나는 그런 랭던이 좀처럼 이해되지 않는다는 듯 그를 쳐다보았다. "로버트, 전쟁터에 나간 군인들이 하는 일이 뭐라고 생각하세요? 자기네 목숨을 걸고 죄 없는 사람들을 죽이는 거잖아요. 확고한 신념을 가진 사람들은 무슨 짓이든 할 수 있어요."

"확고한 신념? 전염병을 퍼뜨리는 것 말이에요?"

시에나는 갈색 눈동자를 반짝이며 또 한 번 랭던을 돌아보았다. "로버트, 그들의 신념은 전염병을 퍼뜨리는 게 아니에요. 세상을 구원하는 거라고요." 시에나는 잠시 숨을 가다듬고 말을 이었다. "버트런드 조브리스트의 논문에 나오는 구절 중에 유난히 많은 논란을 불러일으킨 게 있어요. 아주 예리한 가설적인 질문에 대한 건데, 당신 생각을 들어보고 싶어요."

"무슨 질문인데요?"

"조브리스트가 이런 질문을 던졌어요. 만약 당신이 어떤 단추를 눌러서 지구 인구의 절반을 무작위로 죽일 수 있다면, 당신은 그렇게 하겠는가?"

"물론 하지 않지요."

"좋아요. 그럼 이 질문은 어때요? 만약 당신이 지금 당장 그 단추를 누르지 않으면 인류가 앞으로 100년 내에 멸종한다, 그러면 어떻게 할래요?" 시에나는 잠시 생각할 시간을 준 뒤 덧붙였다. "그러면 단추를 누를 건가요? 그렇게 함으로써 당신의 친구와 가족, 심지어는 당신 자신을 죽이는 결과가 초래된다 할지라도?"

"시에나, 그건—."

"어차피 가설적인 질문이에요." 그녀가 말했다. "인류의 멸망을 막기 위해, 오늘 인구의 절반을 죽일 수 있겠어요?"

랭던은 그런 끔찍한 이야기를 주고받아야 하는 상황 자체가 너무 심란하게 느껴졌다. 마침 어느 석조 건물에 낯익은 빨간 깃발이 걸려 있는 것이 보였다.

"저것 봐요." 랭던이 깃발을 가리키며 말했다. "다 왔어요."

시에나는 고개를 가로저었다. "이게 바로 아까 얘기한 '부인'이에요."

산타 마르게리타 가에 위치한 단테 생가는 석조 건물 벽의 중간쯤에 늘어뜨린 큼직한 깃발 때문에 금방 알아볼 수 있다. 깃발에는 '단테의 생가 박물관'이라고 적혀 있다.

시에나는 불안한 눈으로 깃발을 살펴보았다. "지금 우리가 단테의 생가로 가는 거예요?"

"꼭 그런 건 아니에요." 랭던이 대답했다. "실제로 단테가 살았던 곳은 저 모퉁이 너머예요. 여기는 말하자면…… 단테 박물관에 가까운 곳이지요." 랭던은 이곳에 어떤 예술품들이 소장되어 있는지 궁금해 예전에 한번 들어와 본 적이 있었다. 대부분의 소장품들이 전 세계에서 수집한 단테 관련 작품의 복제품이어서 조금 실망스럽기는 했지만, 그래도 그런 것들이 한 지붕 아래 모여 있으니 나름대로 의미는 있겠다 싶었다.

시에나의 얼굴에 갑자기 희망의 빛이 떠올랐다. "옛날에 간행된 《신곡》의 원본이 진열되어 있을 거라고 생각하는군요?"

랭던은 웃음을 지었다. "아뇨, 하지만 이 박물관의 기념품 가게에서 단테의 《신곡》 전문을 깨알 같은 글씨로 인쇄한 커다란 포스터를 팔거든요."

시에나는 약간 실망한 표정으로 그를 바라보았다.

"나도 알아요. 하지만 그래도 없는 것보다는 낫잖아요. 문제는 내 눈이 신통치 않아서 눈 좋은 당신이 읽어줘야 한다는 점이지만."

"에 키우사(닫혔습니다)." 그들이 박물관 출입구 쪽으로 다가가는 것을 본 어떤 노인이 소리쳤다. "에 일 조르노 디 리포소(오늘은 안식일이에요)."

단테 생가, 피렌체

'안식일이라 열지 않는다고?' 랭던은 순간적으로 요일이 헷갈려서 시에나를 돌아보았다. "오늘…… 월요일 아니에요?"

시에나는 고개를 끄덕였다. "피렌체 사람들은 월요일을 안식일로 지키는 쪽이 더 좋은가 봐요."

랭던은 그제야 이 도시의 독특한 요일 감각을 떠올리며 낮은 신음을 토했다. 관광객들이 주로 주말에 돈을 쓰고 다니기 때문에 피렌체의 상인들은 그리스도의 안식일을 일요일에서 월요일로 바꾸는 방법을 생각해냈다. 관광객들이 제일 북적거리는 날을 안식일로 지키다가는 수입에 커다란 지장이 생기기 때문이었다.

불행하게도 이 같은 관행은 랭던이 생각하던 두 번째 대안조차 쓸모없는 것으로 만들어버렸다. 그가 피렌체에서 제일 좋아하는 서점인 '페이퍼백 익스체인지'에 가면 틀림없이 《신곡》을 구할 수 있다고 믿었던 것이다.

“이제 어떡하죠?” 시에나가 물었다.

랭던은 잠시 궁리하다가 고개를 끄덕였다. “저 모퉁이만 돌아가면 단테의 열혈 팬들이 모이는 곳이 있어요. 거기에는 틀림없이 《신곡》을 가진 사람이 있을 겁니다.”

“거기도 닫았으면 어떡하고요?” 시에나가 되물었다. “이 동네 사람들 대부분은 안식일을 월요일로 바꾼 지 오래예요.”

“이번에는 그럴 일이 없을 겁니다.” 랭던이 미소를 지으며 대답했다. “거기는 교회거든요.”

❦

그들의 50미터 뒤쪽, 금 귀걸이를 한 남자가 인파 속에서 벽에 몸을 기대고 잠시 숨을 골랐다. 호흡은 점점 가빠지고, 얼굴을 뒤덮은 두드러기도 자꾸 신경을 건드렸다. 특히 민감한 눈가 피부 쪽이 더욱 고통스러웠다. 그는 안경을 벗고 소맷부리로 조심스럽게 눈두덩을 문질렀다. 그가 다시 안경을 꼈을 때, 목표물이 다시 움직이기 시작했다. 그는 온몸의 기운을 끌어모아 조심스럽게 그들을 다시 쫓기 시작했다.

❦

몇 블록 떨어진 베키오 궁전에서는 브뤼더 요원이 500인의 방에 쓰러진 낯익은 고슴도치 머리의 여인 앞에 서 있었다. 그는 허리를 굽혀 그녀의 권총을 집은 뒤, 탄창을 제거하고 부하에게 넘겨주었다.

그 옆에는 박물관 직원 마르타 알바레즈가 만삭의 배를 감싸 안고 서 있었다. 막 브뤼더에게 어젯밤 이후 로버트 랭던을 둘러싸고 벌어진 일련의 사건들을 간단히 설명한 참이었다. 브뤼더는 그 가운데 좀처럼 이해가 가지 않는 대목이 하나 있었다.

‘랭던이 기억상실 증세를 보이고 있다고?’

브뤼더는 주머니에서 전화기를 꺼냈다. 신호가 세 번 울린 뒤, 불안한 기색이 역력한 상관의 목소리가 흘러나왔다.

"브뤼더 요원? 얘기해."

브뤼더는 상대방이 잘 알아들을 수 있도록 천천히 말을 이었다. "아직 랭던과 여자의 위치를 파악하는 중입니다. 그런데 한 가지 의외의 정보가 입수되었습니다." 브뤼더는 잠시 숨을 고르고 덧붙였다. "만약 그게 사실이라면…… 상황이 완전히 달라질 것 같습니다."

❦

사무장은 스카치를 한 잔 더 따르고 싶은 유혹을 애써 외면한 채 자신의 집무실을 서성이며 점점 악화되는 위기 상황에 정신을 집중하려고 애썼다.

그는 이 일을 시작한 뒤 지금까지 단 한 번도 고객을 배신하거나 약속을 어긴 적이 없었다. 이제 와서 그런 자신의 경력에 오점을 남길 생각은 눈곱만큼도 없었다. 그러나 다른 한편으로, 애초 그가 생각했던 것과는 다소 다른 방향으로 변질된 시나리오에 말려든 것이 아닌가 하는 의구심을 떨쳐버릴 수 없었다.

1년 전, 유명한 유전학자인 버트런드 조브리스트가 멘다키움호를 찾아와서는, 마음 놓고 작업에 전념할 수 있는 은신처를 확보해줄 수 있느냐고 물었다. 당시만 해도 사무장은 그가 그렇지 않아도 어마어마한 액수에 달하는 자신의 재산을 더욱 불려줄 새로운 의료 기술을 극비리에 개발하고 있다고 믿었다. 이전에도 이따금 소중한 정보가 새 나가는 것을 막기 위해 극도의 고립 상태에서 연구를 진행하고자 하는 괴짜 과학자나 기술자가 컨소시엄에 협조를 요청하는 경우가 있었기 때문이다.

사무장은 별다른 고민 없이 조브리스트의 의뢰를 수락했고, 그 후 세계보건기구 사람들이 조브리스트를 찾기 위해 혈안이 되었다는 사실을 알게 된 다음에도 별로 놀라지 않았다. 심지어는 WHO의 사무총장인 엘리자베스 신스키 박사가 직접 조브리스트를 찾기 위해 발 벗고 나서는 것을 보고도 별로 대수롭지 않게 생각했다.

'컨소시엄은 늘 강력한 적들을 상대해왔다.'

컨소시엄은 계약에 따라 아무런 질문도 던지지 않고 조브리스트와의 합의 사항을 준수했고, 신스키 박사의 추적도 무난히 따돌렸다.

문제가 생긴 것은 계약 기간이 거의 막판에 이르렀을 때였다.

계약 만료가 채 한 주도 남지 않은 시점, 신스키 박사는 끝내 피렌체에 은신하고 있던 조브리스트를 찾아냈다. 그리고 그녀의 집요한 추적에 지친 조브리스트는 놀랍게도 덜컥 자살하고 말았다. 사무장은 컨소시엄 설립 이후 처음으로 고객과의 합의 사항을 완벽하게 이행하지 못했다는 자책을 피할 수 없었고, 더욱이 조브리스트의 죽음을 둘러싼 기묘한 상황이 자꾸만 마음에 걸렸다.

'그는 붙잡히는 대신…… 스스로 목숨을 끊는 쪽을 선택했다.'

'조브리스트가 목숨을 버리면서까지 지키고자 했던 것이 무엇일까?'

신스키는 조브리스트가 죽은 직후 그의 은행 금고에서 무언가를 빼냈고, 이제 컨소시엄은 피렌체에서 신스키를 상대로 한 정면 대결을 피할 수 없게 되었다. 상상을 초월하는 엄청난 보물찾기가 시작된 것이다.

'그 보물이 무엇일까?'

언제부터인가 사무장의 눈길은 2주 전 광기가 번득이는 모습으로 다시 찾아온 조브리스트가 주고 간 두툼한 책에 고정되어 있었다.

《신곡》.

사무장은 서가에서 그 책을 꺼내 책상 위에 던지듯 내려놓았다. 그의 불안한 손가락이 첫 페이지를 넘기자, 눈에 익은 육필이 나타났다.

친애하는 친구여, 내가 길을 찾도록 도와주어서 고맙소.
세상도 당신에게 감사할 것이오.

'무엇보다도, 당신과 나는 친구였던 적이 없어.' 사무장은 속으로 중얼거렸다.

사무장은 세 차례에 걸쳐 그 문구를 꼼꼼히 읽어보았다. 그런 다음, 그의 눈길이 이번에는 조브리스트가 내일 날짜에 붉은 동그라미를 쳐놓은 탁상 달력으로 옮겨 갔다.

'세상이 나에게 감사할 거라고?'

사무장은 고개를 돌려 창밖의 수평선을 하염없이 바라보았다.

고요한 침묵 속에서 사무장은 조금 전에 걸려 왔던 놀턴의 전화를 떠올렸다. '하지만 제가 보기에는 이 동영상을 전송하기 전에 사무장님께서 미리 한 번 살펴보시는 게 좋을 것 같습니다…… 내용이 아무래도 불안합니다.'

사무장은 아직도 그 통화가 마음에 걸렸다. 그가 누구보다도 신뢰하는 최고의 보좌관인 놀턴의 입에서 그런 소리가 나왔다는 게 믿기지 않았다. 그것은 곧 컨소시엄의 생명과도 같은 분절화 원칙을 잠시 유보하라는 의미와 다를 바 없었다.

사무장은 《신곡》을 도로 서가에 꽂고 스카치 반 잔을 따랐다.

그는 지금, 실로 어려운 결정을 앞두고 있었다.

흔히 단테 교회로 알려진 키에사 디 산타 마르게리타 데이 체르키(산타 마르게리타 교회)는 교회라기보다는 예배당에 가까운 곳이다. 방 한 칸짜리 이 조그만 예배당은 단테를 경배하는 사람들에게는 아주 인기가 높은 곳인데, 이는 이곳에서 위대한 시인의 생애에 가장 중요한 사건 두 가지가 벌어졌기 때문이다.

전해 내려오는 이야기에 의하면, 단테가 아홉 살의 나이에 첫눈에 반한 베아트리체 포르티나리를 처음으로 만난 곳이 바로 이 교회였다. 그 이후로 죽을 때까지, 단테는 이 여인에 대한 이루지 못한 사랑으로 가슴 아파했다. 베아트리체는 다른 남자와 결혼해 스물넷의 꽃다운 나이에 세상을 떠났기 때문이다.

세월이 흐른 뒤, 단테가 젬마 도나티라는 여인과 결혼식을 올린 곳도 바로 이 교회였다. 위대한 작가이자 시인인 보카치오가 남긴 글에 의하면, 이 여인과 단테는 썩 잘 어울리는 배필이 아니었다고 한다. 자녀까지 두었지만 부부 사이의 애정 관계는 신통치 않았고, 단테가 망명의 길을 떠난 다음에는 양쪽 모두 서로를 다시 만나고자 하는 열의를 보이지 않았다.

단테의 사랑은 오로지 베아트리체 포르티나리뿐이었다. 사실 단테는 이 여인을 잘 알지도 못하는 처지였지만, 그럼에도 불구하고 그녀의 혼령이 제공해 준 영감에 힘입어 필생의 역작을 완성했을 정도로 그녀에 대한 기억이 강렬했다고 한다.

단테의 유명한 시집 《새로운 인생》은 '축복받은 베아트리체'에 대한 온갖 미사여구로 가득하다. 한발 더 나아가 《신곡》은 베아트리체에게 단테를 천국으로 안내해줄 구원자의 배역을 맡기고 있다. 두 작품 모두 이루어질 수 없는 사랑에 대한 단테의 열망이 빚어낸 걸작들인 셈이다.

요즘의 단테 교회는 짝사랑으로 고통받는 영혼들의 성소와도 같은 곳이 되었다. 요절한 베아트리체의 무덤이 바로 이 교회 안에 있다. 그녀의 수수한 무덤이 단테 애호가뿐만 아니라 사랑의 상처를 품은 연인들의 순례지로 자리 잡은 것이다.

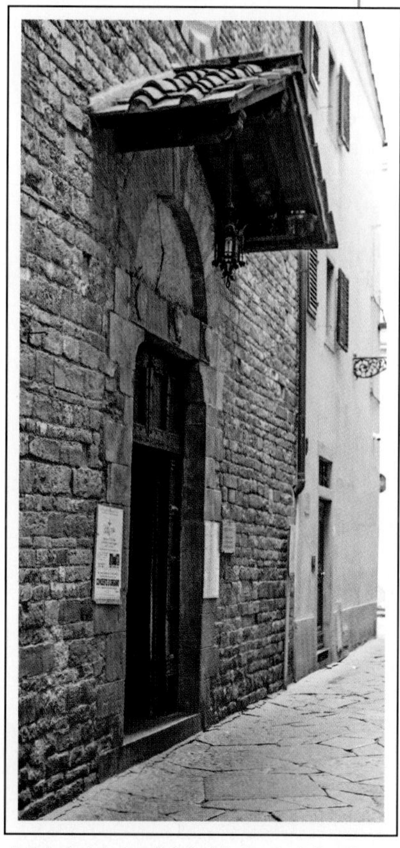
키에사 디 산타 마르게리타 데이 체르키(단테 교회로 알려졌다)의 아무런 장식이 없는 출입문

오늘 아침, 랭던과 시에나는 사람들이 걸어 다니기에도 불편함을 느낄 정도의 좁은 골목길을 따라 단테 교회를 향했다. 어쩌다가 자동차라도 한 대 나타나면 보행자들은 건물 담벼락에 바짝 붙어 서서 길을 터주어야 했다.

"저 모퉁이만 돌면 교회가 나와요." 랭던은 부디 그 교회에서 도움의 손길을 내밀어줄 누군가를 만날 수 있기를 바라며 시에나를 향해 속삭였다. 이제 그들이 시에나의 가발과 랭던의 재킷을 다시 맞바꾸어 로커와 스킨헤드에서 대학 교수와 매력적인 아가씨의 원래 모습으로 돌아갔다는 사실이 선한 사마리아 사람을 만날 가능성을 조금 더 높여주지 않을까 싶었다.

랭던은 이제야 자기 자신으로 돌아온 것 같아서 한결 마음이 편안해졌다.

'프레스토 가'라는 이름이 붙은 더 좁은 골목길로 들어선 랭던은 다양한 모습을 한 주위의 건물 입구들을 훑어보았다. 단테 교회는 워낙 건물이 작고 별다른 장식이 없을 뿐 아니라 다른 두 채의 건물 사이에 쏙 끼어 있는 모양새라 입구를 찾기가 쉽지 않았다. 무심코 걸어가다 보면 어느새 지나쳐버리기 일쑤였다. 그래서 이 교회를 찾아갈 때는 눈보다도 귀를 활용하는 것이 더 효과적일 때가 많다.

산타 마르게리타 교회의 특징 가운데 하나는 조그만 음악회를 자주 연다는 점이었다. 음악회를 하지 않을 때는 녹음해둔 공연 실황을 틀어 방문객들이 늘 음악을 즐길 수 있도록 했다.

아니나 다를까, 골목을 내려가자 음악 소리가 들리기 시작했다. 그 음악 소리를 따라가던 랭던과 시에나는 이내 검소하다 못해 초라하기까지 한 단테 교회의 입구에 도착할 수 있었다. 사람들의 시선을 확 잡아끄는 단테 생가의 붉은색 깃발과는 달리, 아주 조그만 간판 하나가 이곳이 단테와 베아트리체의 교회임을 수줍은 듯 확인시켜줄 뿐이었다.

랭던과 시에나가 골목을 벗어나 이 교회의 어두컴컴한 입구로 들어서자, 공기는 더 서늘해지고 음악 소리는 더 커졌다. 랭던의 기억 속에 남아 있는 것보다 오히려 더 좁아 보이는 실내는 검소하고 수수했다. 몇 안 되는 관광객들이 조용히 앉아 일기를 쓰거나, 음악을 듣거나, 미술 작품을 구경하고 있었다.

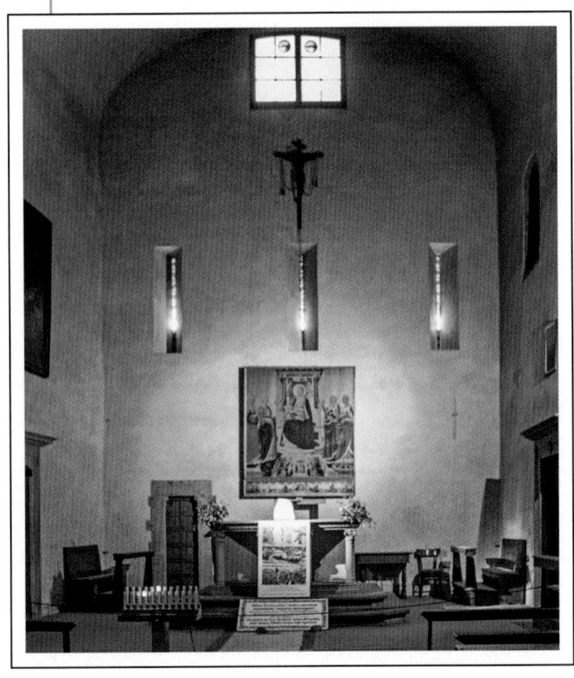

단테 교회의 예배당

성모 마리아를 주제로 한 네리 디 비치(르네상스 시대의 이탈리아 화가 — 옮긴이)의 제단 장식 그림을 제외하면, 원래 이 예배당을 장식하고 있던 거의 모든 미술 작품들은 단테와 베아트리체를 묘사한 현대적인 작품들로 바뀌어 있었다. 이 조그만 예배당을 찾는 관광객들은 그 두 사람을 보러 오는 것이니, 충분히 이해가 가는 처사였다. 대부분의 그림들은 베아트리체를 처음 만난 단테의 간절한 시선을 묘사하고 있었다. 단테 자신도 바로 그 순간, 첫눈에 베아트리체에게 반해버렸다고 털어놓은 바 있다. 그림들의 수준은 아주 다양했는데, 랭던의 취향에는 조금 저속하거나 장소와 잘 어울리지 않는 것들이 대부분이었다. 심지어는 단테 특유의 귀 덮개 달린 빨간 모자를 산타클로스한테서 훔친 소품처럼 그려놓은 그림도 있었다. 그럼에도 불구하고 거의 모든 작품에서 베아트리체를 바라보는 시인의 간절한 열망이 느껴지는 탓에, 이루어질 수 없는 사랑의 아픔이 짙게 배인 교회의 분위기가 고스란히 전해졌다.

랭던은 본능에 이끌리듯 왼쪽으로 고개를 돌려 베아트리체 포르티나리의 수수한 무덤을 바라보았다. 사람들이 이 교회를 찾는 가장 주된 이유가 바로 이 무덤이기는 하지만, 사실 이 무덤 자체는 별로 볼 것이 없다. 오히려 바로 그 옆에 놓인 물건 하나가 더 유명하다고 해도 과언이 아닐 것이다.

'버드나무 바구니.'

여느 때와 마찬가지로, 오늘 아침에도 베아트리체의 무덤 옆에는 수수한 버드나무 바구니가 놓여 있었다. 그리고 여느 때와 마찬가지로, 오늘 아침에도 그 바구니에는 정성스레 접은 종이들이 잔뜩 들어 있었다. 이 교회를 찾은 사람들이 베아트리체에게 쓴 편지들이었다.

베아트리체 포르티나리는 언제부터인가 불행한 연인들의 수호천사와도 같은 존재로 자리 잡았다. 오래전부터 전해 내려오는 전통에 의하면, 베아트리체에게 올리는 기도를 손으로 직접 써서 이 바구니에 넣으면 글쓴이의 소망이 이루어진다고 한다. 상대방이 나를 더욱 사랑하게 만들 수도 있고, 진정한 사랑을 발견할 수도 있으며, 심지어는 세상을 떠난 연인을 잊는 힘을 얻을 수도 있다는 것이다.

랭던은 여러 해 전에 미술사에 대한 책을 쓰다가 너무나 지친 나머지, 자료 수집차 피렌체에 왔다가 이 교회에 들러 버드나무 바구니에 쪽지를 남긴 적이 있었다. 진정한 사랑은 못 찾아도 좋으니, 단테로 하여금 그 방대한 작품을 쓸 수 있도록 인도한 영감을 나에게도 허락해달라고 간구하는 내용이었다.

'여신이여, 내게 노래해주세요, 나를 통해 이야기를 전하세요…….'

호메로스의 《오디세이》 도입부가 상당한 효험을 발휘한 듯, 미국으로 돌아간 뒤 놀랄 만큼 수월하게 집필을 마친 랭던은 자신의 쪽지가 베아트리체의 신령한 영감을 자극한 것이 틀림없다는 믿음을 가지게 되었다.

"스쿠사테(죄송해요)!" 갑자기 시에나의 목소리가 들려왔다. "포테테 아스콜타르미 투티(제 말 들리시나요), 여러분?"

시에나가 여기저기 흩어져 앉아 있는 관광객들 모두의 귀에 들릴 만큼 커다란 목소리로 그렇게 말하자, 관광객들은 하나같이 조금은 경계하는 눈빛으로 그녀를 힐끔 쳐다보았다.

시에나는 모두를 향해 선량한 미소를 지어 보이며 유창한 이탈리아 말로 혹시 단테의 《신곡》을 가지고 있는 사람이 없느냐고 물었다. 사람들의 반응이 신통치 않자 시에나는 다시 영어로 같은 말을 되풀이했지만, 이번에도 소득이 없기는 마찬가지였다.

제단을 청소하던 나이 지긋한 아주머니가 날카로운 눈으로 시에나를 노려보며 손가락 하나를 입술에 갖다 대 조용히하라고 경고했을 뿐이었다.

시에나는 잔뜩 일그러진 얼굴로 랭던을 돌아보았다. "이제 어떡하죠?" 하고 묻는 표정이었다.

물론 랭던이 애초에 시에나의 이런 저돌적인 접근 방법을 염두에 두었던 것은 아니지만, 사람들의 반응은 솔직히 실망스러웠다. 예전에 이 교회를 찾았을 때는 단테의 절절한 심정을 직접 느껴보고 싶은 듯 조용히 앉아 《신곡》을 읽고 있는 관광객들을 어렵지 않게 찾아볼 수 있었다.

'오늘은 그렇게 재수가 좋은 날이 아닌가 보군.'

랭던의 시선이 우연히 앞자리에 앉아 있는 노부부를 향했다. 할아버지는 벗겨진 머리를 턱이 가슴에 닿도록 앞으로 숙인 자세였다. 깜빡 잠이 든 모양이었다. 그 옆에 앉은 할머니는 졸음과는 전혀 거리가 먼 모습이었는데, 반백의 머리칼 밑으로 하얀 이어폰 줄이 드리워져 있었다.

> 여신이여,
> 내게 노래해주세요,
> 나를 통해
> 이야기를 전하세요….
>
> —호메로스의 《오디세이》 도입부

'한 가닥 기대를 걸어볼까.' 랭던은 그 노부부가 앉아 있는 쪽으로 다가갔다. 아니나 다를까, 할머니의 이어폰은 무릎에 놓인 아이폰에 연결되어 있었다. 랭던이 쳐다보는 것을 알아차린 할머니는 고개를 들고 귀에 꽂았던 이어폰을 뺐다.

랭던은 그 할머니가 어느 나라 말을 하는지 짐작조차 할 수 없었지만, 아이폰과 아이팟, 아이패드가 전 세계로 확산된 덕분에 이제 그 단어들은 화장실을 표시하는 남녀 표시만큼이나 보편적인 만국 공용어로 자리 잡았다.

"아이폰?" 랭던은 할머니의 첨단 장비를 쳐다보며 물었다.

할머니의 표정이 금방 환해지더니, 자랑스럽게 고개를 끄덕였다. "정말 신통한 장난감이지 뭐예요." 할머니는 영국식 억양의 영어로 소곤거렸다. "아들한테서 선물받은 건데, 지금 내 이메일을 듣고 있어요. 이메일을 '듣고' 있다는 게 믿어져요? 이 쪼끄만 기계가 편지까지 읽어준다니까! 눈도 침침한데, 이렇게 고마울 수가 없어요."

"사실은 저도 하나 있어요." 랭던은 환하게 웃는 얼굴로, 잠든 할아버지를 깨우지 않게 조심하며 할머니 옆에 앉았다. "그런데 어젯밤에 그만 잃어버렸지 뭡니까."

"저런! '내 아이폰 찾기' 기능을 시도해보지 그래요? 우리 아들 말로는—."

"멍청하게도 그 기능을 안 켜놨거든요." 랭던은 한껏 불쌍한 표정을 지으며 조심스럽게 용건을 꺼냈다. "굉장히 죄송한 말씀이지만, 혹시 잠깐만 그 아이폰 좀 빌려주시면 안 될까요? 인터넷에서 뭐 좀 찾아볼 게 있어서요. 도와주시면 정말 큰 도움이 될 겁니다."

"빌려주고말고!" 할머니는 아이폰에서 이어폰을 뽑고 선뜻 랭던에게 내밀었다. "부담 갖지 말고 써요. 세상에, 얼마나 속이 상할까."

랭던은 정중하게 인사를 하고 아이폰을 받았다. 할머니가 옆에서 만약 자기가 아이폰을 잃어버리면 심정이 어떨지 상상이 가지 않는다며 수다를 떠는 동안, 랭던은 구글 검색창을 열고 마이크 버튼을 눌렀다. 삐 소리가 나자, 랭던은 검색어를 음성으로 입력했다.

"단테, 《신곡》, 〈파라디소〉, 제25곡."

할머니가 놀란 눈으로 쳐다보는 것을 보니, 아직 음성 입력 기능은 배우지 못한 모양이었다. 조그만 화면에 검색 결과가 뜨는 동안, 랭던은 시에나를 슬쩍 돌아보았다. 그녀는 베아트리체의 무덤 옆에 놓인 바구니 근처에서 무슨 종이를 뒤적이고 있었다.

시에나가 서 있는 곳에서 그리 멀지 않은 곳에 넥타이를 맨 한 남자가 어둠 속에서 무릎을 꿇고 머리를 깊이 숙인 채 열심히 기도를 하고 있었다. 얼굴은 보이지 않았지만, 아마도 사랑하는 사람을 잃고 마음의 위안을 구하기 위해 여기까지 와서 저토록 간절히 기도하는 거라고 생각하니 마음이 짠했다.

랭던은 다시 아이폰에 정신을 집중하고 검색 결과를 뒤진 끝에, 《신곡》 전문을 서비스하는 사이트를 찾아냈다. 영리 목적이 아니어서 누구나 공짜로 접속할 수 있는 사이트였다. 정확하게 제25곡이 화면에 열리자, 랭던은 새삼 요즘 세상의 기술력에 탄복하지 않을 수 없었다. '아무래도 고급스러운 양장본을 좋아하는 속물근성은 버려야겠어.' 랭던은 속으로 중얼거렸다. '이제 전자책의 전성시대가 열린 모양이야.'

갑자기 할머니의 표정이 근심스러워지더니, 해외에서 인터넷을 쓰면 데이터 요금이 엄청나게 나온다는 소리를 꺼내기 시작했다. 랭던은 주어진 시간이 그리 길지 않을 거라는 사실을 직감하고 더욱 집중해서 화면을 들여다보았다.

글자가 아주 작았지만 교회 안의 조명이 어두컴컴해서 오히려 읽기가 더 수월했다. 게다가 의식하지 않고 선택한 텍스트가 마침 만델바움 번역본이라 더욱 행운이 겹친 느낌이었다. 지금은 세상을 떠났지만, 미국에서는 앨런 만델바움의 번역본이 많은 사랑을 받고 있다. 만델바움은 이 주옥같은 번역으로 이탈리아에서 최고의 권위를 자랑하는 대통령 훈장까지 받았다. 롱펠로의 번역보다 시적인 감각은 조금 떨어질지 몰라도, 내용을 이해하기에는 만델바움의 번역이 압권이었다.

'시적인 완성도보다는 정확도가 우선이지.' 랭던은 그렇게 중얼거리며 텍스트 속에서 피렌체의 특정한 위치, 다시 말해 이그나치오가 단테의 데스마스크를 숨긴 곳을 가리키는 대목이 있는지 찾기 시작했다.

아이폰의 조그만 화면에는 한 번에 여섯 행밖에 뜨지 않았지만, 랭던은 첫 행을 읽자마자 예전에 읽은 기억이 어렴풋이 떠오르기 시작했다. 단테는 제25곡의 서두에서 《신곡》 자체를 언급하며 이 작품을 쓰기가 육체적으로 얼마나 힘들었는지를 강조한 다음, 이 신성한 작품이 야만적이고도 잔인한 망명

생활을 청산하고 아름다운 피렌체로 돌아갈 수 있는 계기가 되었으면 좋겠다는 희망을 내비친다.

제25곡
하늘과 땅이 도움을 주었으며
여러 해 동안 나를 야위게 했던
이 성스러운 시가 혹시라도,
싸움을 거는 늑대들의 적으로서
어린 양처럼 잠들어 있던 나를 우리
밖으로 몰아냈던 잔인함을 이긴다면……

이 구절은 단테가 《신곡》을 쓰면서 아름다운 고향 피렌체를 못내 그리워했다는 사실을 보여주기는 하지만, 이 도시의 특정한 장소가 언급되지는 않았다.

하늘과 땅이 도움을 주었으며
여러 해 동안 나를 야위게 했던
이 성스러운 시가 혹시라도,
싸움을 거는 늑대들의 적으로서
어린 양처럼 잠들어 있던 나를 우리
밖으로 몰아냈던 잔인함을 이긴다면…

—단테의 〈파라디소〉 제25곡 1–6행

"데이터 요금에 대해서 좀 알아요?" 할머니가 근심스러운 표정으로 자신의 아이폰을 힐끔거리며 불쑥 물었다. "아들 녀석이 외국에서 인터넷을 할 때는 조심해야 된다고 말한 게 문득 생각나서 말이에요."

랭던은 딱 1분만 쓰면 되고 사례도 충분히 하겠다고 대답했지만, 그럼에도 불구하고 이 할머니가 제25곡의 100행을 다 읽을 때까지 기다려주지는 않을 태세임을 알아차렸다.

랭던은 재빨리 다음 여섯 행을 화면에 띄워 계속 읽어 내려갔다.

이제 나는 다른 목소리, 다른 모습의
시인으로 돌아가, 내가 세례 받았던

샘물에서 월계관을 받을 것이다.
거기에서 나는 영혼들을 하느님께
인도하는 믿음 속으로 들어갔고, 그 덕택에
나중에 베드로는 내 주위를 돌았으니까.

랭던은 이 구절도 어렴풋이 생각이 났다. 정적들이 단테에게 제시한 정치적 타협을 에둘러 언급한 대목이었다. 역사에 의하면, 단테를 피렌체에서 몰아낸 '늑대들'은 그가 고향으로 돌아올 수 있는 조건을 제시했다. 군중들이 운집한 가운데, 자신의 죄를 인정한다는 의미로 삼베옷 한 자락만을 걸친 채, 자신의 세례반 앞에 서는 수모를 감당하라는 것이었다.

그러나 단테는 랭던이 방금 읽은 구절에서 그러한 제안을 단호히 거부했다. 자신의 세례반 앞으로 돌아갈 날이 온다면, 죄인의 삼베옷이 아니라 시인의 월계관을 쓰고 가겠다는 기백을 보여준 것이다.

랭던이 다음 페이지로 넘어가려고 손가락을 들었을 때, 할머니가 갑자기 거칠게 손을 내밀었다. 임대 의사를 철회하고 자신의 아이폰을 회수하겠다는 결연한 의지의 표현이었다.

할머니가 뭐라고 말을 하는 듯했지만 랭던의 귀에는 들어오지 않았다. 그의 손가락이 화면을 건드리기 직전의 그 짧은 순간, 그의 시선은 다시 한 번 지금 화면에 떠 있는 구절을 훑어 내렸다.

시인으로 돌아가, 내가 세례 받았던
샘물에서 월계관을 받을 것이다.

랭던은 그 글자들을 멍하니 바라보며, 특정한 장소에 대한 언급을 찾는 데 골몰한 나머지 하마터면 눈앞에서 훤하게 번쩍이는 암시를 놓칠 뻔했다는 사실을 깨달았다.

내가 세례 받았던 샘물에서……

피렌체는 세계에서 가장 유명한 세례반 가운데 하나가 있는 곳이다. 무려 700년이 넘는 세월을 견디며 피렌체의 젊은이들을 정화한 세례반…… 그 젊은이들 중에는 단테 알리기에리도 포함되어 있었다.

랭던의 머릿속에는 즉시 그 세례반이 있는 건물의 모습이 떠올랐다. 모든 면에서 오히려 두오모보다도 더 성스러운 팔각형의 성전……. 랭던은 이제 《신곡》에서 읽어야 할 부분은 다 읽은 것이 아닐까 하는 생각이 들었다.

'이그나치오가 언급한 장소가 바로 이 건물일까?'

한 가닥 황금색 빛줄기와 함께, 랭던의 마음속에 아침 햇살을 받아 찬란하게 반짝이는 아름다운 이미지가 모습을 드러냈다. 장엄한 한 쌍의 청동 문이었다.

'이그나치오가 나에게 하려던 말이 무엇이었는지 알 것 같다!'

피렌체에서 그 문을 열 수 있는 몇 안 되는 사람 중 한 명이 바로 이그나치오 부소니였다는 사실을 깨닫는 순간, 모든 의심은 연기처럼 사라졌다.

'로버트, 당신을 위해 문이 열려 있긴 하지만, 서둘러야 해요.'

랭던은 할머니에게 아이폰을 돌려주고 진심으로 고마움을 표했다.

그러고는 시에나에게 달려가 들뜬 목소리로 속삭였다. "이그나치오가 말한 문이 무슨 문인지 알아냈어요! 바로 '천국의 문'이었어요!"

시에나는 선뜻 믿기지 않는다는 표정이었다. "천국의 문? 그건…… 천국에 있는 것 아니에요?"

> 시인으로 돌아가,
> 내가 세례 받았던 샘물에서
> 월계관을 받을 것이다.
>
> —단테의 〈파라디소〉 제25곡 8–9행

랭던은 그녀를 향해 장난기 어린 미소를 지어 보이며 출입문으로 향했다. "피렌체가 바로 천국이에요, 어디를 봐야 하는지만 알면."

'시인으로 돌아가…… 내가 세례 받았던 샘물에서 월계관을 받을 것이다.'

단테의 글은 랭던의 마음속에 강렬한 울림을 남겼다. 랭던은 '스투디오 가'라는 이름의 좁다란 도로를 따라 북쪽으로 걷고 있었다. 마침내 그들의 목적지가 시야에 들어왔고, 랭던은 걸음을 옮길수록 추적자들을 따돌리고 올바른 목적지를 향하고 있다는 자신감이 커졌다.

'당신을 위해 문이 열려 있긴 하지만, 서둘러야 해요.'

바위틈처럼 좁은 골목의 끝이 가까워오자, 앞쪽에서 시끌벅적한 활기가 느껴지기 시작했다. 이윽고 골목 양쪽의 담벼락이 툭 끊기듯 끝나고, 넓고 탁 트인 공간이 시원스레 펼쳐졌다.

두오모 광장이었다.

거미줄처럼 이어진 복잡한 구조물들을 거느린 이 드넓은 광장은 예로부터 피렌체의 종교적 본산 역할을 했다. 요즘은 관광의 본산이 되어버린 이 광장은 벌써부터 관광버스들로 북적거렸고, 피렌체의 유명한 대성당 주위에도 사람들의 발길이 끊이지 않았다.

광장의 남쪽 가장자리에 다다른 랭던과 시에나는 초록색과 분홍색, 흰색 대리석으로 화려하게 장식된 성당의 외관과 마주쳤다. 건물 자체가 품고 있는 예술성도 예술성이지만, 건물의 폭 역시 워싱턴 기념탑을 옆으로 눕혀놓은 것과 맞먹을 만큼 어마어마한 규모를 자랑하고 있었다.

이례적이라 할 만큼 화려한 색상의 조합을 선택해 단색의 석조 건물들이 갖는 전통미를 포기했음에도 불구하고, 건물의 구조 자체는 지극히 고전적이고 튼튼한 내구성을 자랑하는 전형적인 고딕 양식을 고수하고 있었다. 랭던은 솔직히 처음 피렌체를 방문했을 때만 해도 이 건물이 지나치게 선정적이지 않나 생각했었다. 하지만 그 뒤로 여러 차례 이탈리아를 찾을 때마다 몇 시간씩 이 건물을 유심히 관찰한 결과, 보면 볼수록 그 미학적 영감에 매료되어 지금은 그 눈부신 아름다움을 한껏 찬양하는 처지가 되고 말았다.

두오모—공식 명칭은 산타 마리아 델 피오레 대성당—는 이그나치오 부소니에게 잘 어울리는 애칭을 선사했을 뿐만 아니라, 피렌체의 영적 중심지이자 수많은 드라마와 음모의 중앙 무대로서 여러 세기에 걸쳐 남다른 명성을 쌓아왔다. 이 건물의 파란만장한 과거는 돔 안쪽에 그려진 그 말도 많고 탈도 많은 바사리의 프레스코화 〈최후의 심판〉을 둘러싼 논란에서부터…… 돔 자체를 완공할 건축가를 선택하는 과정에서 비롯된 치열한 경쟁까지를 두루 아우르고 있었다.

결국 당시만 해도 세계 최대의 규모로 알려진 그 대역사를 떠맡아 돔을 완성할 책임자로 필리포 브루넬레스키가 선택되었고, 한 점의 조각 작품으로 변신한 이 브루넬레스키는 지금도 카노니치 궁전 앞에 앉아 자신의 걸작을 흐뭇한 눈길로 바라보고 있다.

오늘 아침, 랭던은 하늘을 향해 고개를 들고 당대 최고의 건축적 기적으로 꼽히던 붉은 타일의 돔을 바라보며, 그 돔을 걸어서 올라가겠다고 객기를 부렸던 자신의 어리석음을 떠올렸다. 계단이 너무 좁고 관광객들로 워낙 북적거려서, 태어나서 가장 심한 폐소공포를 경험해야 했던 탓이었다. 그나마 '브루넬레스키의 돔'을 올라가본 그 경험을 계기로, 로스 킹이 쓴 같은 제목의 저서를 읽게 되었다는 사실에서 위안을 찾기는 했지만.

"로버트?" 시에나의 목소리가 들렸다. "안 갈 거예요?"

랭던은 돔을 올려다보느라 자신도 모르게 걸음을 멈췄다는 사실을 깨달았다. "미안해요."

두 사람은 광장의 가장자리를 따라 계속 걸음을 옮겼다. 대성당의 왼쪽에까지 이르자, 벌써 구경을 마친 관광객들이 옆문으로 나오는 모습이 보였다. 이제 그들의 목적지 목록에서 이 대성당은 미련 없이 지워질 터였다.

(위) 옛 피렌체의 종교적 본산, 두오모 광장
(아래) 바사리의 프레스코화 〈최후의 심판〉

저만치 우뚝 솟은 종루가 보이기 시작했다. 대성당을 구성하는 세 개의 구조물 가운데 두 번째 건물이었다. 흔히 조토의 종탑이라 불리는 이 구조물은 자신의 소속이 바로 옆에 위치한 대성당임을 여실히 보여주고 있었다. 대성당과 똑같은 분홍색, 초록색, 흰색 석재로 장식된 이 사각형 첨탑은 거의 90미터에 달하는 까마득한 높이를 자랑했다. 랭던은 이 갸름한 구조물을 볼 때마다 온갖 악천후와 지진에도 불구하고, 꼭대기에 9톤이 넘는 커다란 종을 품은 채 수백 년의 세월을 견딘 것이 정말 놀랍다고 생각하곤 했다.

시에나는 부지런히 걸음을 옮기며 눈으로는 종탑 너머 하늘을 살폈다. 혹시 무인 헬리콥터가 나타나지 않을까 걱정하는 눈치였지만, 헬리콥터는 보이지 않았다. 아직 비교적 이른 시간인데도 많은 사람들이 거리를 가득 메우고 있어서, 랭던은 되도록 그 틈을 벗어나지 않으려고 신경을 썼다.

종탑을 향해 다가가니, 한쪽 옆에 이젤을 세우고 관광객들의 캐리커처를 그리는 화가들이 줄지어 늘어서 있었다. 스케이트보드를 타는 10대 소년, 라크로스 스틱을 휘두르는 앞니가 유난히 큰 여자아이, 유니콘을 타고 달콤한 키스를 나누는 신혼부부 등의 그림이 보였다. 랭던은 어린 시절의 미켈란젤로가 이젤을 세웠을 바로 그 자리에서 이런 그림들이 그려진다는 사실이 새삼 신기하게 느껴졌다.

조토의 종탑, 두오모 광장

랭던과 시에나는 조토의 종탑을 지나자마자 오른쪽으로 방향을 꺾어 대성당 정면의 광장을 가로질렀다. 그 부근에 제일 많은 관광객들이 모여 있어서, 다들 카메라가 달린 휴대전화나 비디오카메라를 치켜들고 화려한 대성당의 정면을 찍느라 부산을 떨었다.

그러나 랭던은, 막 시야에 들어오기 시작한 그보다 훨씬 더 작은 건물에 시선을 고정하고 그 웅장한 대성당에는 눈길조차 주지 않았다. 대성당의 정문 바로 맞은편에 마지막 세 번째 부속 건물이 자리하고 있었다.

그것은 랭던이 제일 좋아하는 건물이기도 했다.

산 조반니 세례당.

이 세례당은 대성당과 마찬가지로 다채로운 색상의 석재와 줄무늬 벽기둥으로 장식되어 있지만, 완벽한 팔각을 이루는 특이한 형태로 차별성을 갖는다. 혹자는 층마다 크림을 끼운 케이크와 비슷한 생김새라고 평가하기도 하는 이 팔각형 건물은 3층으로 이루어져 있고 지붕은 흰색이다.

랭던은 이 팔각형 형태가 미적인 측면과는 관계가 없는 대신, 나름의 상징적 의미를 갖는다는 사실을 잘 알고 있었다. 기독교에서 8이라는 숫자는 재탄생과 재창조를 의미한다. 따라서 팔각형은 엿새에 걸쳐 하늘과 땅을 만든 창조주가 하루를 쉬고 여덟째 날에 세례를 통해 기독교인들을 '재탄생' 혹은 '재창조'한다는 사실을 상기시켜주는 시각적 상징인 셈이다. 세계 어디나 세례당의 형태가 팔각형인 데는 이런 이유가 숨어 있다.

산 조반니 세례당

랭던은 이 세례당이야말로 피렌체에서 가장 눈에 띄는 건물이라고 생각하는 쪽이었지만, 그것이 자리한 위치에 대해서만큼은 조금 부당하다는 느낌을 받곤 했다. 산 조반니 세례당은 다른 어느 곳에 가져다놓아도 모든 사람의 이목을 집중시키기에 부족함이 없을 외관을 가지고 있지만, 하필 그 웅장한 두오모와 조토의 종탑이라는 형제들의 그림자에 가려 땅꼬마 취급을 당하는 것이 안타까웠던 것이다.

'그래도 일단 안으로 들어가면 이야기가 달라진다.' 랭던은 이 세례당 내부의 모자이크를 떠올렸다. 이 모자이크는 한때 산 조반니 세례당의 천장이야말로 곧 천국과 다름없다는 찬사를 자아낼 만큼 아름다웠다. 랭던이 시에나에게 어디를 봐야 하는지만 알면 피렌체가 곧 천국이라는 말을 한 이유가 바로 그것이었다.

여러 세기에 걸쳐 수많은 위인들이 이 팔각형의 성소에서 세례를 받았는데,

그중에는 물론 단테도 포함되어 있었다.

'시인으로 돌아가…… 내가 세례 받았던 샘물에서 월계관을 받을 것이다.'

피렌체에서 추방당한 단테는 자신이 세례를 받은 이 성스러운 장소로 돌아오는 것이 끝내 허용되지 않았지만, 그의 데스마스크가 어젯밤의 그 기상천외한 일련의 사건들을 통해 마침내 주인 대신 이 자리로 돌아왔을 거라는 랭던의 짐작은 점차 확신으로 바뀌고 있었다.

'세례당.' 랭던은 생각을 집중했다. '이그나치오가 숨을 거두기 전에 마스크를 숨긴 곳이 바로 이곳이다.' 이그나치오의 절박한 마지막 메시지를 떠올리자, 가슴을 움켜잡고 비틀거리며 광장을 가로질러 골목길로 들어선 그가 세례당 안에 마스크를 안전하게 숨긴 뒤 마지막 남은 기운을 끌어모아 전화를 거는 모습이 눈에 보이는 듯했다.

'당신을 위해 문이 열려 있어요.'

랭던은 시에나와 함께 인파를 뚫고 걸음을 옮기면서도 시선만은 여전히 세례당에 고정하고 있었다. 시에나의 움직임이 어찌나 민첩한지, 랭던은 그녀를 따라가기 위해 거의 뜀박질을 해야 할 지경이었다. 아직 거리가 꽤 먼데도 랭던의 눈에는 햇살에 반짝이는 이 세례당의 거대한 정문이 훤히 보였다.

4.5미터 높이의 금박 입힌 이 청동 문을 완성하기 위해, 로렌초 기베르티는 20년이 넘는 세월을 매달렸다. 성경에 등장하는 인물들을 섬세하게 새겨 넣은 이 문은 조르조 바사리가 '어느 모로 보나 한 치의 허점도 찾아볼 수 없고…… 지금까지 창조된 모든 예술품 중에서 가장 뛰어난 걸작'이라는 찬사를 아끼지 않았을 정도였다.

그러나 오늘날까지도 이 문의 별명으로 전해 내려오는 결정적인 증언을 남긴 사람은 바로 미켈란젤로였다. 미켈란젤로는 이 문이 '천국의 문'으로서 손색이 없을 만큼 아름답다고 극찬했다.

'청동에 새긴 성경.' 랭던은 눈앞에 버티고 선 아름다운 문을 바라보며 자기도 모르게 그런 생각을 했다.

기베르티의 눈부신 〈천국의 문〉은 각각 구약에 나오는 중요한 장면들을 묘사한 열 개의 정사각형 패널로 이루어져 있다. 에덴동산과 모세에서부터 솔로몬 왕의 신전에 이르는 다양한 이야기들이 한 줄에 다섯 개씩, 두 줄의 패널을 장식한다.

보티첼리에서부터 현대의 비평가에 이르는 수많은 예술가와 미술사가들 사이에서 열 개 가운데 어떤 패널이 가장 뛰어난가를 놓고 몇 세기에 걸친 일종의 인기투표가 벌어지기도 했다. 우승은 왼쪽 줄 가운데 패널을 장식한 야곱과 에서가 차지했는데, 그 이유로는 여기에 사용된 예술적 기법이 아주 다양하다는 점이 꼽혔다. 그러나 랭던이 보기에 그 진짜 이유는 기베르티가 바로 이 패널에 자신의 서명을 남겼다는 사실이 아닐까 싶었다.

몇 년 전, 이그나치오 부소니는 랭던에게 이 문을 보여주며 한 가지 비밀 아닌 비밀을 실토한 적이 있었다. 자그마치 500년을 훌쩍 뛰어넘는 세월 동안 수많은 홍수와 문화재 파손범들과 대기오염에 노출되어온 이 문이 똑같은 모조품으로 대체되었다는 것인데, 진품은 현재 두오모 박물관 내부로 옮겨져 복원 작업을 진행 중이라고 했다. 랭던은 혹시 결례가 될까 봐 이미 알고 있다는 말을 꾹 눌러 참았다. 사실 랭던이 마주친 기베르티의 모조품은 그때가 처음도 아니었다. 샌프란시스코 그레이스 대성당의 미로를 연구하러 갔다가, 기베르티의 〈천국의 문〉 모조품이 20세기 중반부터 이 성당의 정문 행세를 하고

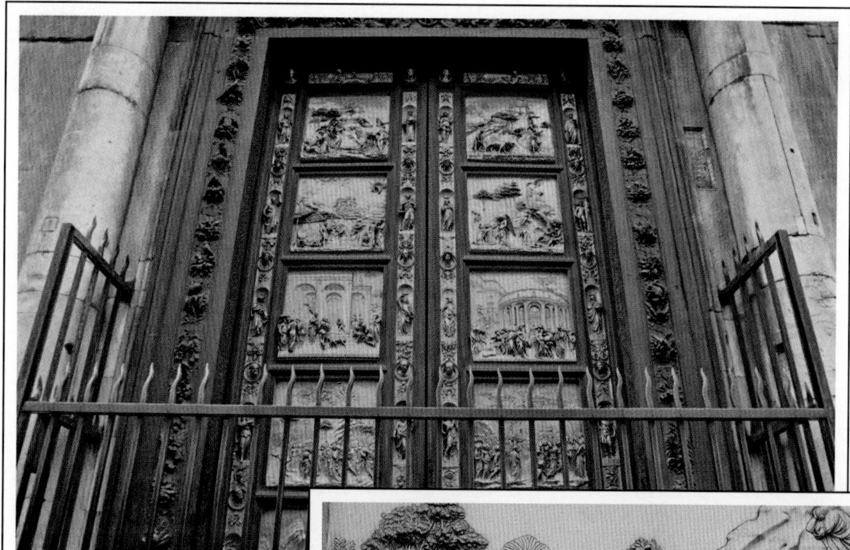

(위) 로렌초 기베르티의 〈천국의 문〉
(오른쪽) 〈천국의 문〉의 모세 패널

있다는 사실을 알게 된 것이다.

기베르티가 남긴 필생의 역작 앞에 선 랭던은 무심코 근처에 나붙은 현수막을 바라보았는데, 그 현수막에 적힌 간단한 이탈리아어 한 구절이 그의 시선을 확 잡아끌었다.

'라 페스테 네라.' '흑사병'이라는 뜻의 이탈리아어였다. '맙소사.' 랭던은 경악을 금치 못했다. '가는 곳마다 왜 이래?' 현수막에 의하면, 이 천국의 문은 하느님에게 바치는 '봉헌'이라고 했다. 피렌체가 흑사병에서 살아남은 데 대한 감사의 표시라는 것이다.

랭던이 다시 〈천국의 문〉을 향해 시선을 돌리자, 이그나치오의 마지막 말이

다시 한 번 그의 마음속에 울려 퍼졌다. '당신을 위해 문이 열려 있긴 하지만 서둘러야 해요.'

이그나치오의 장담과 달리 〈천국의 문〉은 굳게 닫혀 있었다. 특별한 행사가 있는 날을 제외하면 늘 닫혀 있는 문이었다. 관광객들은 북문을 통해 세례당 안으로 들어가게 되어 있었다.

시에나가 사람들 사이에서 까치발을 하고 〈천국의 문〉을 살피며 속삭였다. "저 문은 손잡이가 없어요. 열쇠 구멍도 없고, 아무것도 없어요."

'당연하다.' 기베르티가 저 아름다운 문에 손잡이를 다느라 흠집을 냈을 리가 없었다. "밀어서 열도록 만들어진 문이에요. 잠금장치는 안쪽에 있고요."

시에나는 입술을 삐죽거리며 잠시 생각에 잠겼다. "그럼 여기서는 저 문이 잠겼는지 아닌지 아무도 알 수가 없겠네요."

랭던은 고개를 끄덕였다. "이그나치오도 바로 그 점을 염두에 두었을 겁니다."

랭던은 오른쪽으로 몇 걸음을 옮겨 북문 쪽을 바라보았다. 〈천국의 문〉과 비교하면 수수하기 짝이 없는 관광객용 출입문이었다. 그 앞에 지루해 죽겠다는 표정의 안내인이 담배를 피우며 관광객들의 거듭되는 질문에 대답하는 대신 한쪽 옆에 붙은 안내문을 가리키고 있었다.

'개방 시간 13:00~17:00'.

'문을 열려면 몇 시간 더 있어야겠군.' 랭던은 속으로 안도의 한숨을 내쉬었다. '아직 안으로 들어간 사람이 아무도 없다는 뜻이야.'

랭던은 시간을 확인하려고 자신도 모르게 팔목을 내려다보았다가, 미키마우스가 사라지고 없다는 사실을 새삼 깨달았다.

랭던이 제자리로 돌아왔을 때, 시에나는 관광객들이 기베르티의 이 위대한 걸작품에 지나치게 가까이 다가가는 것을 막기 위해 설치해놓은 간단한 구조의 철제 울타리 앞에서 사진을 찍는 사람들 틈에 섞여 있었다.

이 울타리에는 검은 주철로 만들어진 문이 하나 달려 있었는데, 그 꼭대기에 금색 페인트를 칠한 햇살 무늬의 살대가 꽂혀 있었다. 교외의 주택에서 흔히 찾아볼 수 있는 울타리와 문이었다. 문제는, 〈천국의 문〉을 안내하는 현수막이 웅장한 청동 문이 아니라 바로 이 평범한 문에 붙어 있다는 점이었다.

랭던도 이 현수막의 위치 때문에 혼란이 생기는 경우가 있다는 이야기를 들었는데, 아니나 다를까 지금도 주시 쿠튀르(미국의 여성 의류 브랜드 — 옮긴이) 스웨터를 입은 어느 뚱뚱한 여자가 사람들 사이를 헤치고 나오더니, 그 현수막을 보고는 눈살을 찌푸리며 이렇게 쏘아붙였다. "〈천국의 문〉? 흥, 우리 집 뒷마당의 개집에 달린 문하고 비슷하구만!" 그러고는 누가 설명을 해줄 틈도 없이 딴 데로 가버렸다.

시에나가 손을 뻗어 철문을 붙잡더니, 딴청을 부리는 척하면서 창살 뒤쪽의 잠금장치를 슬쩍 살펴보았다.

"이것 봐요." 시에나는 눈을 크게 치켜뜨고 랭던을 돌아보며 속삭였다. "뒤쪽의 자물쇠가 열려 있어요."

랭던도 유심히 살펴본 결과, 그녀의 말이 옳다는 것을 확인했다. 철문에 달린 맹꽁이자물쇠는 얼핏 보기에 잠긴 위치인 듯했지만, 자세히 살펴보니 열려 있는 것이 분명했다.

'당신을 위해 문이 열려 있긴 하지만, 서둘러야 해요.'

랭던은 눈을 들어 울타리 너머로 〈천국의 문〉을 바라보았다. 만약 이그나치오가 정말로 세례당으로 들어가는 저 웅장한 문에 빗장을 채워두지 않았다면, 밀어서 열 수 있을 것이다. 문제는, 이 광장에 우글거리는 사람들의 시선을 어떻게 따돌리고 안으로 들어갈 것인가 하는 점이었다. 인파 속에는 경찰과 두오모를 지키는 경비원들도 섞여 있을 게 분명했다.

"저기 좀 봐요!" 느닷없이 바로 옆에서 어떤 여자의 날카로운 비명 소리가 터졌다. "저 사람, 뛰어내릴 건가 봐요!" 완전히 겁에 질린 목소리였다. "저기, 종탑 위에요!"

깜짝 놀란 랭던은 얼른 고개를 돌려 미친 듯이 소리를 질러대는 여자를 바라보았다. 시에나였다. 시에나가 5미터가량 떨어진 곳에 서서 조토의 종탑을 가리키며 목청껏 고함을 질러댔다. "종탑 꼭대기! 금방 뛰어내릴 것 같아요!"

모든 사람들의 시선이 일제히 종탑 꼭대기를 향했다. 근처의 다른 사람들도 손가락으로 종탑을 가리키며 수군거렸다.

"누가 뛰어내린다고?!"

"어디야?!"

"난 안 보이는데!"

"저 위 왼쪽인가 봐?!"

광장에 모인 인파들 사이로 순식간에 공포 분위기가 퍼져나가며 모든 사람들의 시선이 종탑 꼭대기에 고정되었다. 마치 마른 들판에 들불이 퍼지듯, 모두들 겁에 질린 표정으로 목을 길게 뽑고 종탑 꼭대기를 가리키며 웅성거리는 모습이었다.

'전형적인 바이럴 마케팅이군.' 랭던은 최대한 신속하게 행동하지 않으면 안 된다는 사실을 직감했다. 그가 재빨리 울타리에 달린 철문을 밀어 열자, 시에나가 달려와 함께 안으로 들어섰다. 그들은 철문을 닫고 돌아서서 4.5미터 높이의 청동 문을 바라보았다. 랭던은 이그나치오의 메시지를 제대로 이해한 것이기를 바라며 거대한 문짝에 어깨를 대고 다리에 힘을 주기 시작했다.

처음에는 아무 일도 일어나지 않는 것 같더니, 고통스러울 만큼 천천히, 육중한 문짝이 움직이기 시작했다. '문이 열려 있다!' 〈천국의 문〉이 천천히 30센티미터가량 밀려나자, 시에나가 몸을 옆으로 비틀어 재빨리 안으로 미끄러져 들어갔다. 랭던도 그 뒤를 따라 모걸음으로 좁은 문틈을 통과해 어두컴컴한 세례당 안으로 들어섰다.

이어서 두 사람은 힘을 합쳐 문을 반대쪽으로 밀기 시작했다. 육중한 청동 문이 쿵 소리를 내며 닫혔다. 이내 바깥의 소음은 씻은 듯이 사라지고 정적이 모든 것을 집어삼켰다.

시에나는 바닥에 놓인 기다란 나무 기둥을 가리켰다. 한눈에 봐도 문의 양쪽 측면에 달린 꺾쇠에 끼우는 빗장이 틀림없었다. "이그나치오가 당신을 위해 치워둔 모양이네요." 시에나가 말했다.

그들은 함께 빗장을 들어 올려 꺾쇠에 끼웠다. 이제 〈천국의 문〉은 단단히 잠겨 아무도 함부로 들어오지 못할 터였다.

랭던과 시에나는 한참 동안 문에 기대 숨을 골랐다. 바깥의 시끌벅적한 광장과 비교하면 세례당 안은 정말로 천국인 양 평화로웠다.

❦

플림 파리 안경을 끼고 페이즐리 넥타이를 맨 남자는 산 조반니 세례당 앞에서 사람들 사이를 헤치며 서둘러 걸음을 옮겼다. 빨갛게 부풀어 오른 그의 부스럼을 쳐다보는 사람들의 시선에서 상당한 불편함이 느껴졌지만, 지금은 거기에까지 신경을 쓸 상황이 아니었다.

그가 막 현장에 도착했을 무렵, 로버트 랭던과 그의 금발 머리 동반자는 감쪽같이 청동 문 안으로 사라졌다. 이내 안에서 빗장을 지르는 소리가 그의 귀에까지 들렸다.

'이쪽으로는 들어갈 재간이 없다.'

그사이, 광장은 서서히 원래의 분위기로 돌아왔다. 두려움과 묘한 기대감이 합쳐진 표정으로 첨탑 꼭대기를 올려다보던 사람들도 이제 관심을 잃었다. '누가 뛰어내린다고 그래?' 다들 제 갈 길로 움직이기 시작했다.

두드러기가 점점 심해지는지 남자는 가려움을 참을 수가 없었다. 이제는 손가락마저 잔뜩 부어올라 끝이 갈라지기 시작했다. 그는 긁지 않으려고 일부러 두 손을 주머니에 넣었다. 다른 출입구를 찾아 팔각형 건물을 도는 그의 가슴이 사정없이 두근거렸다.

막 한쪽 모퉁이를 돌아서는 순간, 목울대에 날카로운 통증이 느껴졌다. 자신도 모르는 사이에 그의 손가락이 목을 벅벅 긁어대고 있었다.

전설에 의하면, 산 조반니 세례당 안으로 들어온 사람이 위쪽을 쳐다보지 않기란 물리적으로 불가능하다고 한다. 랭던은 이미 여러 번 이곳을 다녀갔음에도 불구하고, 신비로운 인력을 느끼며 천천히 시선을 들어 천장을 올려다보았다.

머리 위에 높게 걸린 세례당의 팔각형 둥근 천장이 한쪽 끝에서 반대편 끝까지 25미터 이상 펼쳐져 있었고, 거기에서 마치 불붙은 석탄처럼 반짝거리는 광채가 뿜어져 나왔다. 그 반짝이는 황금색 표면에, 여섯 개의 동심원 구조로 성경의 여러 장면을 묘사한 수백만 개의 스말티 타일 — 규사와 유약으로 구운 뒤 손으로 쪼개 회칠을 하지 않고 만든 모자이크 조각 — 에서 오는 불균등한 빛이 반사되고 있었다.

실내 상단부의 이 화려한 드라마를 더욱 돋보이게 하려는 듯, 천장 한복판에 뚫린 오쿨루스 — 로마 판테온의 오쿨루스('눈'을 뜻하는 라틴어. 돔의 천장이나 벽의 원형 창문 — 옮긴이)와 아주 흡사하다 — 에서 자연광이 들어와 어두운 실내로 내리꽂혔다. 여기에 더하여 높은 벽에 깊이 박힌 작은 창문들에서 쏟아지는 빛줄기는 단단하게 뭉쳐서 마치 시시각각 다른 각도로 천장을 떠받치는 견고한 기둥처럼 보였다.

랭던은 시에나와 함께 방 안으로 들어서면서 전설적인 천장의 모자이크를 바라보았다. 《신곡》에 묘사된 것과 아주 흡사한 천국과 지옥이 겹겹이 모습을 드러내고 있었다.

'단테 알리기에리도 어렸을 때 이 모자이크를 보았다.' 랭던은 속으로 중얼

세례당 천장의 모자이크

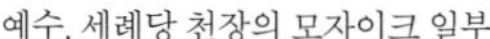

예수, 세례당 천장의 모자이크 일부

머리 셋 달린 사탄, 세례당 천장의 모자이크 일부

거렸다. '이 천장에서 영감을 받았겠지.'

랭던의 시선이 모자이크의 한복판에 고정되었다. 중앙 제단 바로 위로 8.2미터에 달하는 예수 그리스도가 구원받은 자와 저주받은 자들을 굽어보는 권좌에 앉아 있었다.

예수의 오른쪽에는 영생이라는 선물을 받은 의인들이 자리했다.

그러나 그 왼쪽에는 죄인들이 넋 나간 표정으로 꼬챙이에 꿰인 채 온갖 종류의 괴물들에게 잡아먹히고 있었다.

고문을 감독하는 자는 사람을 잡아먹는 괴물로 묘사된 거대한 사탄의 모자이크였다. 랭던은 그 사탄을 볼 때마다 가슴이 철렁 내려앉았다. 700여 년 전의 어린 단테 알리기에리도 바로 이 사탄을 두려운 마음으로 올려다보며 지옥의 마지막 고리를 머릿속에 그렸을 터였다.

천장의 모자이크에서 가장 끔찍한 장면은 뿔 달린 마귀가 사람을 머리부터 집어삼키고 있는 모습이었다. 잡아먹히는 사람의 다리가 버둥거리는 모습은 단테의 말레볼제에 묘사된, 절반쯤 거꾸로 땅에 묻힌 죄인들의 모습과 흡사했다.

> 머리에는 얼굴이 세 개인데…
> 세 개의 턱에서 피거품이
> 뿜어 나오고… 세 개의 입은
> 맷돌처럼 한 번에 세 명의 죄인을
> 갈아버렸다….
>
> —단테의 〈인페르노〉 제34곡

'롬페라도르 델 돌로로소 레뇨.' 랭던은 단테의 텍스트를 떠올렸다. '그 고통스러운 왕국의 황제.'

사탄의 귀에서 꿈틀거리며 기어 나오는 두 마리의 거대한 뱀 역시 죄인들을 삼키고 있었는데, 그 때문에 마치 사탄의 머리가 셋인 듯한 착각을 불러일으켰다. 단테가 〈인페르노〉의 마지막 곡에서 묘사한 사탄과 정확히 일치하는 모습이었다. 랭던은 기억을 더듬어 단테가 본 환영을 최대한 떠올려보았다.

'머리에는 얼굴이 세 개인데…… 세 개의 턱에서 피거품이 뿜어 나오고…… 세 개의 입은 맷돌처럼 한 번에 세 명의 죄인을 갈아버렸다…….'

랭던은 사탄의 사악함이 삼중으로 겹쳐진다는 것이 갖는 상징적 의미를 알고 있었다. 그래야 하느님의 삼위일체와 완벽한 균형을 이룰 수 있기 때문이었다.

랭던은 그 끔찍한 모자이크를 올려다보며 그것이 어린 단테에게 어떤 영향을 미쳤을지 상상해보려고 애썼다. 단테는 여러 해에 걸쳐 이 교회에서 예배를 드렸으니, 기도할 때마다 자신을 내려다보는 사탄의 모습을 똑똑히 보았을 것이다. 하지만 오늘 아침, 랭던은 그 사탄이 내려다보고 있는 것은 바로 자기 자신이 아닐까 하는 섬뜩한 기분을 떨쳐버릴 수 없었다.

랭던은 얼른 시선을 낮추어 2층의 발코니와 회랑을 올려다보았다. 여자들이 세례를 참관할 수 있는 유일한 공간이었다. 조금 더 시선을 내리면 교황 요한 23세의 영묘가 걸려 있다. 교황의 시신은 마치 동굴 거주자처럼, 혹은 공중 부양 마법에 걸린 것처럼 한쪽 벽 높은 곳에서 안식을 취하고 있다.

세례반, 산 조반니 세례당

마지막으로, 랭던은 많

은 사람들이 중세의 천문학 지식이 숨겨져 있다고 믿는 화려한 장식의 바닥을 내려다보았다. 섬세한 흑백의 무늬를 좇던 그의 눈길이 이윽고 세례당의 한복판에 가닿았다.

'저기다.' 랭던은 13세기 후반부에 단테 알리기에리가 세례를 받은 정확한 지점을 지그시 응시하며 중얼거렸다. "'시인으로 돌아가…… 내가 세례 받았던 샘물에서 월계관을 받을 것이다.'" 랭던의 목소리가 텅 빈 허공에 메아리쳤다. "바로 여기예요."

시에나는 곤혹스러운 눈빛으로 랭던이 가리키는 바닥 한복판을 바라보았다. "하지만…… 아무것도 없잖아요."

"지금은 없지요." 랭던이 대답했다.

남은 것은 붉은 기운이 도는 갈색의 커다란 팔각형 문양뿐이었다. 이 수수한 팔각형 때문에 화려하게 꾸며진 바닥 면의 패턴이 깨지는 느낌이었고, 바닥에 난데없이 커다란 구멍이 뚫린 듯한 인상을 주었다. 사실 그런 느낌을 받는 것도 무리는 아니었다.

랭던은 이 세례당의 세례반이 원래 이 방의 한복판에 위치했던 커다란 팔각형 수조였다는 사실을 간단히 설명했다. 현대의 세례반은 대부분 위로 돌출된 수반을 이용하지만, 예전에는 세례반을 뜻하는 'font'라는 단어의 원래 의미, 즉 '샘'과 흡사한 형태를 띠는 세례반이 주로 이용되었다. 이 세례당의 경우에는 세례를 받는 사람의 몸이 최대한 물에 잠길 수 있도록 상당한 깊이의 수조가 마련되어 있었다. 랭던은 한때 이 바닥의 한복판에 설치되어 있던 커다란 수조의 차가운 물속에 빠진 아이들이 지르는 비명 소리가 돌로 만들어진 이 건물 안에서 어떻게 들렸을까 생각했다.

"이곳에서의 세례는 아주 차갑고 무서운 경험이 아닐 수 없었지요." 랭던이 말했다. "진정한 통과 의례인 셈이에요. 심지어는 위험하기까지 했고요. 한번은 단테가 세례반에서 익사할 뻔한 아이를 구하기 위해 물속으로 뛰어든 적까지 있다고 합니다. 어쨌건, 그 원래의 세례반은 16세기에 복개되었어요."

시에나는 걱정스러운 눈으로 실내를 훑어보았다. "하지만 단테의 세례반이 없어졌다면…… 이그나치오는 마스크를 어디다 숨긴 거죠?!"

랭던은 그녀의 걱정을 충분히 이해할 수 있었다. 공간이 워낙 넓으니 뭔가를 숨길 곳은 얼마든지 있었다. 여차하면 기둥이나 조각품 뒤, 영묘 속, 벽감, 제단, 심지어는 위층까지 샅샅이 뒤져야 할지도 모를 일이었다.

그럼에도 불구하고 랭던은 자신감에 찬 모습으로 돌아서서 조금 전 그들이 들어온 문을 바라보고 섰다. "저기서부터 시작하면 될 겁니다." 그가 〈천국의 문〉 오른쪽의 벽을 가리키며 말했다.

벽 앞에 형식적인 문이 하나 달려 있고, 그 너머의 조금 높은 단 위에 커다란 육각형 대좌가 놓여 있었다. 얼핏 보기에 또 하나의 제단, 아니면 탁자 대용으로 쓰는 대좌가 아닐까 싶었다. 대리석으로 된 겉면에 자개를 연상케 할 정도로 섬세한 조각이 새겨져 있고, 그 위에는 직경 90센티미터가량의 반짝거리는 나무 뚜껑이 놓여 있었다.

시에나는 여전히 불안한 표정으로 랭던을 따라 그쪽으로 다가갔다. 몇 개의 계단을 올라 형식적인 문을 통과한 시에나는 허리를 굽히고 대좌를 유심히 살펴보더니, 깜짝 놀란 얼굴로 나직한 신음을 토했다.

랭던은 미소를 지었다. '그래, 이건 제단도 탁자도 아니야.' 반짝거리는 나무는 그 아래의 속이 빈 공간을 덮고 있는 뚜껑이었다.

"이게 세례반이에요?" 시에나가 물었다.

랭던은 고개를 끄덕였다. "만약 단테가 오늘 세례를 받는다면 바로 이 세례반을 이용하게 되겠지요." 랭던은 그렇게 말하며 숨을 크게 한 번 몰아쉰 다음 지체 없이 두 손바닥을 나무 뚜껑 위에 얹었다. 그 뚜껑을 들어 올릴 생각을 하니 짜릿한 기대감이 온몸을 사로잡았다.

랭던은 뚜껑의 가장자리를 단단히 움켜쥐고 조심스럽게 한쪽으로 밀어낸 뒤 가볍게 바닥에 내려놓았다. 그러고는 60센티미터 너비의 캄캄한 구멍 속을 들여다보았다.

랭던은 섬뜩한 광경에 마른침을 꿀꺽 삼켰다.

어둠 속에서, 단테 알리기에리의 데스마스크가 그를 똑바로 쳐다보고 있었다.

Chapter 56

'구하라, 찾을 것이다.'

랭던은 세례반 앞에 서서 연노란색의 데스마스크를 물끄러미 내려다보았다. 주름진 얼굴이 말없이 허공을 바라보고 있었다. 구부러진 코와 돌출된 턱. 의심의 여지가 없었다.

'단테 알리기에리.'

생명이 깃들지 않은 얼굴 자체도 충격적이었지만, 세례반 속에 놓인 그 마스크의 위치가 어딘가 불가사의해 보였다. 랭던은 순간적으로 자신의 눈이 착시 현상을 일으켰나 싶었다.

'마스크가…… 공중에 떠 있는 건가?'

랭던은 허리를 굽히고 눈앞에 펼쳐진 광경을 좀 더 자세히 살펴보았다. 세례반의 깊이는 수십 센티가량은 족히 되어 보였고, 가파른 경사의 안쪽 벽 아래로 물이 채워진 수반이 자리하고 있어서 마치 조그만 우물 속을 들여다보는 느낌이었다. 이상한 것은, 마스크가 세례반의 중간쯤에 둥둥 떠 있는 것처럼 보인다는 점이었다. 수면 바로 위의 허공에 저 혼자 떠 있는 모습이, 꼭 공중부양 마술을 보는 듯했다.

무엇이 그런 환상을 불러일으켰는지를 알아차리기까지는 약간의 시간이 필요했다. 알고 보니 세례반 한복판에 막대기 하나가 수직으로 세워져 있고, 수면 바로 위에까지 올라온 그 막대기의 끝에 조그만 금속 쟁반 같은 것이 달려 있었다. 물이 올라오는 구멍을 그 쟁반으로 장식한 것인지, 아니면 세례 받는 아기의 엉덩이를 걸치는 자리인지는 확실하지 않지만, 아무튼 지금 이 쟁반은 단테의 마스크를 수면 위로 안전하게 떠받치는 받침대 역할을 하고 있었다.

단테 알리기에리의 데스마스크

랭던도 시에나도 입을 굳게 다문 채 나란히 서서 단테 알리기에리의 울퉁불퉁한 얼굴을 내려다보았다. 아직도 랭던의 지퍼 달린 비닐봉지에 들어 있어서 그런지, 마치 질식사한 사람의 얼굴 같은 느낌을 주었다. 물 위에서 자신을 바라보는 얼굴을 보니, 랭던은 순간적으로 우물 속에 갇혀 절망적인 심정으로 하늘만 올려다보던 그 끔찍한 어린 시절의 기억이 떠올랐다.

랭던은 애써 그 생각을 머릿속에서 떨쳐버리고 조심스럽게 손을 뻗어 단테의 귀가 있었을 마스크의 양쪽 가장자리를 잡았다. 현대적인 기준으로 보면 꽤 작은 편에 속하는 얼굴이었지만, 오랜 세월을 묵은 석고는 생각보다 무거웠다. 랭던은 천천히 마스크를 들어 올려 시에나와 함께 좀 더 자세히 살펴보기 위해 위로 치켜들었다.

비닐봉지 너머로 보이는 마스크는, 그럼에도 불구하고 놀랄 만큼 생동감이 넘쳤다. 젖은 석고는 노시인의 얼굴에 새겨졌을 주름과 조그만 흠집마저 고스란히 잡아낸 듯했다. 한복판에 살짝 금이 간 흔적을 제외하면, 보존 상태는 완벽에 가까웠다.

“뒤집어봐요.” 시에나가 속삭였다. “뒷면을 봐야죠.”

랭던은 시에나의 말이 떨어지기도 전에 이미 마스크를 뒤집고 있었다. 베키오 궁전에서 본 보안 카메라의 영상은 랭던과 이그나치오가 마스크의 뒷면에서 뭔가를 발견한 것이 틀림없다는 사실을 보여주었다. 그들 두 사람은 그 무언가가 아주 중요하다고 판단했기 때문에 이 마스크를 가지고 나오는 모험을 감수했을 터였다.

랭던은 자칫 떨어뜨리기라도 하면 큰일이라는 생각에 더욱 주의를 기울여 마스크를 거꾸로 뒤집어서 오른쪽 손바닥 위에 엎어놓았다. 주름지고 울퉁불

퉁한 단테의 얼굴과는 달리, 뒷면은 아주 매끈하고 깨끗했다. 얼굴에 쓰는 용도로 만들어진 마스크가 아닌 탓에 내구성을 강화하려는 목적으로 석고를 최대한 두툼하게 부은 듯, 뚜렷한 형태가 드러나지 않고 그냥 얕은 접시처럼 가운데가 우묵하게 패인 모양새였다.

랭던은 마스크의 뒷면에서 무엇을 발견할지 짐작조차 할 길이 없었지만, 적어도 이건 아니었다.

아무것도 없었다.

전혀 아무것도.

그냥 매끈하고 텅 빈 표면뿐이었다.

시에나도 혼란스럽기는 마찬가지였다. "그냥 석고잖아요." 그녀가 속삭였다. "아무것도 없는데 당신과 이그나치오는 도대체 뭘 본 거예요?"

'나도 몰라요.' 랭던은 속으로 그렇게 중얼거리며 석고의 표면을 좀 더 자세히 보려고 비닐을 팽팽하게 잡아당겼다. '아무것도 없어!' 랭던은 당혹스러운 심정으로 마스크를 빛이 비치는 곳으로 들어 올렸다. 그러고는 각도를 살짝 기울이는 순간, 문득 마스크 위쪽에 약간 변색된 것 같은 부분이 보였다. 하지만 좀 더 자세히 살펴보니, 단순히 색이 변한 게 아니라 단테의 이마 뒷면을 가로지르는 선이 하나 새겨져 있었다.

'그냥 저절로 생긴 흠집일까? 아니면 혹시…….' 랭던은 재빨리 몸을 돌려 뒤쪽의 벽에 달린 대리석 패널을 가리켰다. "저걸 열어봐요." 그가 시에나를 향해 말했다. "수건이 있을지도 몰라요."

시에나는 이런 곳에 수건이 있을 리 없다고 생각하면서도 랭던의 말대로 대리석 패널 뒤에 교묘하게 숨겨진 수납장을 열어보았다. 그 안에는 세 가지가 들어 있었다. 세례반의 수위를 조절하기 위한 밸브, 세례반 위의 스포트라이트를 켜고 끄는 스위치, 그리고…… 아마포 수건이 한 뭉치 쌓여 있었다.

시에나는 놀란 표정으로 랭던을 돌아보았지만, 세계 각국의 교회들을 수없이 둘러본 랭던은 세례반 근처에는 반드시 성직자들이 손쉽게 꺼낼 수 있는 비상용 기저귓감이 준비되어 있다는 사실을 알고 있었다. 예측을 불허하는 아기들의 방광은 언제 어디서 또 다른 성격의 세례를 준비하고 있을지 모르는 법이다.

“좋아요.” 랭던은 수건을 슬쩍 돌아보며 말했다. “이 마스크 잠깐만 들고 있을래요?” 랭던은 조심스럽게 마스크를 시에나의 손에 넘기고 작업을 시작했다.

먼저 육각형 뚜껑을 들어 세례반 위에 얹었다. 세례반은 그들이 처음 보았을 때처럼 조그만 제단 같은 탁자의 모습으로 돌아갔다. 이어서 랭던은 수건을 몇 장 집어 식탁보처럼 세례반 위에 펼쳤다. 마지막으로 세례반 전용 스포트라이트의 스위치를 켜자, 머리 위의 전등에 불이 들어오면서 수건을 깔아둔 세례반 위가 환하게 밝아졌다.

시에나가 조심스럽게 마스크를 세례반 위에 내려놓자, 랭던은 수건을 몇 장 더 꺼내 오븐용 장갑처럼 손에 감고 비닐봉지 속의 마스크를 밀어냈다. 맨손으로 마스크를 건드리지 않으려고 조심하는 모습이 역력했다. 잠시 후, 단테의 데스마스크는 환한 불빛 아래 완전히 노출되어 얼굴이 위로 가도록 놓여졌다. 마치 온몸이 마취된 채 수술대 위에 누운 환자의 머리를 보는 느낌이었다.

환한 곳에서 보니 쭈글쭈글한 주름살이 변색된 석고 때문에 더욱 강조되어 똑바로 쳐다보기가 부담스러울 정도의 질감을 드러냈다. 랭던은 지체하지 않고 수건을 쥔 손으로 마스크를 뒤집어 얼굴이 아래로 가도록 돌려놓았다.

마스크의 뒷면은 누렇게 변색된 앞면보다 훨씬 희고 깨끗해서, 만들어진 연대가 서로 다르게 느껴질 정도였다.

시에나는 어리둥절한 표정으로 고개를 갸웃거렸다. “뒷면이 더 새것 같지 않아요?”

색의 차이는 랭던이 상상했던 것보다 훨씬 선명했지만, 그렇다고 해서 같은 마스크의 앞면과 뒷면의 나이가 서로 다를 거라고 단정할 수는 없었다. “불균등 노화라고 봐야 할 겁니다.” 랭던이 말했다. “마스크의 뒷면은 진열장 바닥 덕분에 햇볕으로 인한 노화 효과를 감당할 필요가 없었을 테니까요.” 랭던은 무의식중에 평소에 즐겨 쓰는 선크림의 자외선 차단 지수를 두 배로 높여야겠다는 생각을 했다.

“잠깐만요.” 시에나가 마스크를 향해 바짝 몸을 숙이며 말했다. “이것 봐요!

이마 쪽이에요! 당신과 이그나치오가 본 게 바로 이건가 봐요."

랭던의 눈은 재빨리 매끈한 석고의 표면을 훑었다. 조금 전 마스크를 비닐 봉지에서 꺼내기 전에 단테의 이마 뒤쪽에서 가로선 한 가닥을 본 기억이 났다. 하지만 환한 불빛 밑에서 다시 살펴보니, 그 선은 저절로 생긴 흠집이 아니었다. 누군가에 의해 인위적으로 만들어진 흔적이 분명했다.

"이건…… 글자예요." 시에나가 속삭였다. 하지만 좀처럼 단어들이 그녀의 목구멍을 넘어오지 못했다. "그런데……."

랭던은 석고에 새겨진 글자들을 뚫어져라 살펴보았다. 갈색이 감도는 희미한 노란색으로 쓴 필기체 글자가 한 줄로 나열되어 있었다.

"이게 다예요?" 시에나의 목소리는 이제 거의 화가 난 것 같았다.

랭던의 귀에는 그녀의 목소리가 제대로 들어오지 않았다. '누가 썼을까?' 랭던의 머리가 분주하게 돌아가기 시작했다. '단테 시대의 누군가일까?' 그럴 가능성은 별로 없어 보였다. 만약 그랬다면 이미 오래전에 이 마스크의 관리나 복원을 맡은 예술사가들의 눈에 띄었을 것이고, 이 글자들 역시 마스크를 둘러싼 전설의 일부가 되어 널리 알려졌을 것이다. 랭던은 그런 이야기를 한 번도 들어본 적이 없었다.

그의 마음속에 이내 훨씬 더 유력한 용의자가 떠올랐다.

'버트런드 조브리스트.'

조브리스트는 이 마스크의 소유자였고, 따라서 마음만 먹으면 언제든 개인적인 접근을 요청할 수 있었을 것이다. 그가 비교적 최근에 마스크의 뒷면에 이 글자들을 써 넣은 뒤, 아무도 모르게 진열장 안에 도로 가져다놓았을 것이다. 마스크의 주인이 자신이 없을 때는 박물관 직원들조차 진열장을 열지 못하게 했다던 마르타의 말이 떠올랐다.

랭던은 시에나에게 자신의 이론을 간단히 설명했다.

시에나도 그의 추론을 반박하지는 않았지만, 그렇다고 그대로 받아들이기에는 곤란한 대목이 있었다. "말이 안 되잖아요." 그녀가 초조한 표정으로 말했다. "조브리스트가 단테의 데스마스크 뒷면에 뭔가를 몰래 적어 넣었다면, 게다가 이 마스크를 가리키기 위해 그 조그만 프로젝터를 만드는 수고까지 아끼지 않았다면…… 뭔가 의미가 있는 글자를 써 넣었어야 할 것 아니에요? 이건 도대체 말이 안 되잖아요! 지금까지 이 마스크를 찾으려고 그렇게 온갖 고생을 했는데, 기껏 찾은 게 이거라고요?"

랭던은 마음을 가다듬고 다시 마스크 뒷면의 글자에 초점을 맞췄다. 손으로 쓴 이 메시지는 아주 간단해서 단 일곱 글자밖에 되지 않았고, 모르는 사람에게는 아무런 의미가 없어 보이는 것도 무리가 아니었다.

'시에나의 생각도 충분히 이해가 간다.'

하지만 랭던은 다른 한편으로, 중요한 깨달음이 임박했을 때의 짜릿한 흥분을 느낄 수 있었다. 이 일곱 개의 글자가 이제부터 그들이 해야 할 일을 알아내는 데 필요한 모든 정보를 말해줄 거라는 본능적인 직감이 뇌리를 스친 것이다.

게다가 랭던은 마스크에서 아주 미세하지만 뭔가 독특한 냄새가 난다는 사실도 포착했다. 뒷면의 색깔이 앞면에 비해 왜 그렇게 하얀지를 설명해줄, 랭던에게는 비교적 익숙한 냄새였다. 앞면과 뒷면의 차이는 노화나 햇빛과는 아무 관계도 없는 원인에서 비롯된 것이 분명했다.

"이해할 수가 없어요." 시에나가 말했다. "다 똑같은 글자잖아요."

랭던은 그 한 줄의 글자를 바라보며 차분하게 고개를 끄덕였다. 단테의 이마 뒤에 조심스레 적어 넣은, 똑같은 일곱 개의 필기체 글자…….

PPPPPPP

"일곱 개의 P." 시에나가 중얼거렸다. "이걸 가지고 뭘 어떻게 하라는 거예요?"

랭던은 희미한 미소를 지으며 그녀를 돌아보았다. "이제부터 우리는 이 메시지가 시키는 대로 해야 될 것 같네요."

시에나가 멀뚱멀뚱 그를 바라보았다. "일곱 개의 P가…… 메시지라고요?"

"그래요." 랭던의 얼굴에 또다시 미소가 번졌다. "단테를 공부한 사람한테는 아주 또렷하게 보이는 메시지예요."

❦

산 조반니 세례당 앞, 넥타이를 맨 남자는 손수건으로 손톱을 닦고 목덜미의 부스럼을 가볍게 문질렀다. 목적지를 바라보는 눈알이 타는 듯이 아렸지만, 의식하지 않으려고 안간힘을 다하는 중이었다.

관광객 출입문.

문 앞에는 피곤한 표정의 안내인이 연신 담배를 피우며 이 건물의 개방 시간을 제대로 이해하지 못하는 관광객들에게 누구나 알아볼 수 있도록 시간을 적어둔 안내문을 가리켰다.

'개방 시간 13:00~17:00.'

남자는 자신의 손목시계를 확인했다. 오전 10시 2분이었다. 세례당이 문을 열려면 아직 몇 시간을 더 기다려야 했다. 그는 잠시 안내인을 바라보다가, 이내 마음을 정했다. 우선 귀에서 금 귀걸이를 빼 주머니에 넣었다. 이어서 지갑을 꺼내 내용물을 살펴보았다. 여러 장의 신용카드와 유로화 한 다발, 그리고 미화 3천 달러가 현금으로 들어 있었다.

다행히도, 탐욕은 아주 국제적인 죄악 가운데 하나였다.

'페카툼(peccatum)…… 페카툼…… 페카툼…….'

단테의 데스마스크 뒷면에 적힌 일곱 개의 P를 확인한 랭던은 이내 《신곡》을 떠올렸다. 다음 순간, 그는 '시성(詩聖) 단테: 지옥의 상징들'이라는 제목의 강연을 했던 비엔나로 돌아가 있었다.

그의 목소리가 커다란 스피커를 통해 청중석에 울려 퍼졌다. "우리는 이제 지옥의 일곱 고리를 통해 지구의 한복판으로 내려와 사탄과 정면으로 마주하게 되었습니다."

랭던은 다양한 미술 작품에 등장하는 머리 셋 달린 사탄의 모습을 차례차례 슬라이드에 띄웠다. 보티첼리의 〈지옥의 지도〉, 피렌체 세례당의 모자이크, 그리고 진홍색 피로 뒤덮인 안드레아 디 초네의 그 무시무시한 검은 악마.

"우리는 사탄의 털북숭이 가슴을 기어 내려와 중력의 역전과 함께 방향을 바꾼 뒤 음침한 지하 세계를 벗어났습니다. 다시 한 번 별을 바라볼 수 있게 된 거지요."

이제 슬라이드에는 랭던이 조금 전에 보여 주었던 그림이 다시 등장했다. 빨간 옷을 입은 단테가 피렌체 성 밖에 서 있는 모습을 그린, 지금은 두오모에 소장되어 있는 도메니코 디 미켈리노의 그림이었다. "자세히 보시면…… 저 별들이 보일 겁니다."

랭던은 단테의 머리 위에 드리운 하늘의 별들을 가리켰다. "보시다시피 하늘에는 지구를 둘러싼 아홉 개의 동심원이 그

페카툼…
페카툼…
페카툼…
페카툼…
페카툼…
페카툼…
페카툼…

〈최후의 심판〉에 나오는 머리 셋 달린 사탄, 조반니 다 피에졸레(프라 안젤리코로 알려졌다)

려져 있습니다. 아홉 층으로 이루어진 이 천국의 구조는 지옥의 아홉 고리와 균형을 맞추기 위한 장치입니다. 잘 아시겠지만, 이 9라는 숫자는 단테가 집요하게 추구한 주제 가운데 하나이기도 합니다."

랭던은 물을 한 모금 마시며 힘겨운 사투 끝에 지옥을 빠져나온 청중들이 잠시 숨을 고를 시간을 주었다.

"자, 이제 그 끔찍한 지옥의 공포를 경험한 여러분은 천국으로 올라가게 된 것이 무척 기쁘게 느껴질 겁니다. 하지만 불행하게도 단테의 세계에서 그렇게 간단하게 이루어지는 일은 하나도 없습니다." 랭던은 극적인 효과를 강조하기 위해 깊은 한숨을 내쉬었다. "천국으로 올라가기 위해 우리는 모두 — 수사적인 표현인 동시에 액면 그대로의 의미이기도 한 — 산을 올라야 합니다."

랭던은 미켈리노의 그림을 가리켰다. 단테의 머리 너머 지평선 위에, 원뿔 모양의 산 하나가 하늘로 솟아 있는 것이 보였다. 한 가닥 오솔길이 여러 차례 — 정확하게는 아홉 번 — 산을 휘감으며 꼭대기로 이어져 있었다. 벌거벗은 군상들이 다양한 참회의 과정을 밟으며 힘겹게 그 오솔길을 올라가고 있었다.

"바로, 연옥이라는 산입니다." 랭던이 말했다. "안타깝게도, 지옥의 나락에서 천국의 영광으로 올라가기 위해서는 아홉 구비의 이 험한 오솔길을 통과해야만 합니다. 이 오솔길을 오르는 참회의 영혼들이 보이실 겁니다. 그들 각자는 자신이 저지른 죄의 대가를 치르고 있습니다. 질투의 죄를 지은 자는 남의 것을 탐내지 못하도록 눈이 꿰매진 채 올라가야 합니다. 교만한 자는 허리를 잔뜩 구부리고 겸손한 자세를 취하도록 등에 커다란 돌을 지고 올라가야 합니다. 탐식한 자는 마실 것과 먹을 것 없이 이 산을 올라야 하니 극심한 허기로 고통받을 것입니다. 욕정에 눈이 먼 자는 자신의 열정을 정화할 수 있도록 뜨거운 불길을 헤치고 올라가야 합니다." 랭던은 잠시 숨을 돌린 뒤 말을 이었다. "하지만 여러분은 이 산을 오르며 자신의 죄를 씻을 수 있는 영광을 허락받기 전에, 반드시 이 인물을 거쳐야 합니다."

랭던이 스위치를 누르자, 슬라이드에 미켈리노의 그림에서 특정한 부분이 크게 확대되었다. 연옥의 산 입구, 커다란 의자에 앉아 있는 날개 달린 천사의 모습이었다. 천사의 발밑에는 회개하는 죄인들이 길게 줄을 지은 채 올라가도 좋다는 허락이 떨어지기를 기다리고 있었다. 이상한 것은, 천사가 기다란 칼을 휘둘러 제일 앞에 서 있는 사람의 얼굴을 찌르고 있는 것처럼 보인다는 점이었다.

"혹시 이 천사가 무엇을 하고 있는지 아시는 분 있습니까?" 랭던이 물었다.

"죄인의 머리를 칼로 찌르고 있는 것 아닙니까?" 누군가의 목소리가 대답했다.

"아닙니다."

또 다른 목소리가 들렸다. "눈을 찌르는 겁니까?"

랭던은 고개를 가로저었다. "또 다른 의견 없어요?"

청중석 뒤쪽에서 굵직한 목소리가 대답했다. "이마에 뭔가를 쓰고 있습니다."

랭던은 미소를 지었다. "저 뒷자리에 단테를 잘 아는 분이 계신 모양이네요." 랭던은 다시 그림을 가리키며 설명을 이어갔다. "얼핏 보기에는 천사가 저 불쌍한 사람의 이마를 칼로 찌르고 있는 것처럼 보이지만, 사실은 그렇지 않습니다. 단테의 글에 의하면, 연옥을 지키는 천사는 칼을 이용해 이 산으로 들어가고자 하는 사람의 이마에 무언가를 적어 넣는다고 되어 있어요. 그렇다면 무엇을 적는지 궁금하지 않습니까?"

랭던은 잠시 청중들의 반응을 기다렸다. "신기하게도…… 천사는 똑같은 글자를 일곱 번 되풀이해서 적고 있어요. 천사가 단테의 이마에 일곱 번 적어 넣은 글자가 뭔지 아시는 분 있습니까?"

"P!" 누군가가 대답했다.

랭던은 다시 미소를 머금었다. "맞습니다. P라는 글자입니다. 이 P는 '죄악'을 뜻하는 라틴어, '페카툼'을 의미합니다. 그리고 이 글자를 일곱 번 되풀이해서 적었다는 것은 셉템 페카타 모르탈리아(Septem Peccata Mortalia), 즉—."

"죽음에 이르는 일곱 가지 죄악!" 누군가가 소리쳤다.

"바로 그겁니다. 각 단계의 연옥을 통과해야만 그 죄를 씻을 수 있습니다. 한 단계를 올라갈 때마다 천사가 이마에서 P를 하나씩 지워주고, 이렇게 해서 꼭대기에 다다르게 되면 일곱 개의 P가 모두 지워져 마침내 여러분의 영혼은 모든 죄를 씻을 수 있게 되는 겁니다." 랭던은 한쪽 눈을 찡긋하며 덧붙였다. "이 산이 연옥(연옥을 뜻하는 '푸르가토리[purgatory]'라는 단어에는 '영혼의 정화'라는 뜻도 있다—옮긴이)이라고 불리는 데는 그럴 만한 이유가 있는 셈이지요."

랭던이 문득 정신을 차리고 보니, 시에나가 세례반 앞에서 그를 빤히 쳐다보고 있었다. "일곱 개의 P?" 그녀가 단테의 데스마스크를 가리키며 말했다. "이게 우리가 무엇을 해야 되는지 알려주는 메시지라고요?"

랭던은 단테가 묘사한 연옥의 산, P가 죽음에 이르는 일곱 가지 죄악을 가리킨다는 사실, 그리고 이마에 새겨진 그 글자를 지우는 과정 등을 간단히 설명했다.

"틀림없어요." 랭던이 결론을 내리듯 말했다. "버트런드 조브리스트는 열렬한 단테 애호가였으니 일곱 개의 P가 무엇을 의미하는지 잘 알고 있었을 겁니다. 그걸 이마에서 지워야 천국을 향해 나아갈 수 있다는 점도 누구보다 잘 알았을 테고요."

시에나는 믿기지 않는 표정이었다. "그럼 당신은 버트런드 조브리스트가 단테의 데스마스크에 이 P를 적어 넣었을 거라고 생각하는 거예요? 우리더러…… 지우라고? 우리가 지금부터 해야 할 일이 그거인 거예요?"

"내가 보기에—."

"로버트, 우리가 이 글자들을 지운다 한들, 우리에게 남는 게 뭐죠?! 그냥 아무것도 없는 마스크만 남을 텐데요."

"그럴지도 모르지요." 랭던이 삐딱한 미소를 지으며 대답했다. "아닐지도 모르고요. 눈에 보이는 것이 전부는 아닐 때가 많거든요." 랭던은 마스크를 가리키며 말을 이었다. "마스크의 뒷면이 불균등 노화 때문에 색이 더 옅다고 한 말, 기억나요?"

"네."

"이제 보니 그게 아닌 것 같아요." 랭던이 말했다. "노화 때문이라고 보기에는 색깔의 차이가 너무 선명하고, 게다가 뒷면의 질감에는 이빨이 느껴져요."

"이빨?"

랭던은 마스크 뒷면의 질감이 앞면보다 훨씬 더 거칠다는 점을 지적했다. 마치…… 사포로 긁어놓은 느낌이 들 정도였다. "미술계에서는 이렇게 거친 질감을 이빨이라고 표현하지요. 화가들은 이빨이 있는 재질에 그림을 그리는 걸 더 좋아하고요. 물감이 그만큼 잘 흡수되거든요."

"무슨 소린지 모르겠어요."

랭던은 미소를 지었다. "혹시 젯소라는 게 뭔지 알아요?"

"그거야 알죠. 화가들이 캔버스에 초벌칠을 할 때 —." 갑자기 시에나의 표정이 달라졌다. 그제야 랭던이 무슨 말을 하려는지 감이 잡히는 모양이었다.

"바로 그거예요." 랭던이 말했다. "화가들은 깨끗하고 하야면서도 질감이 있는 표면을 만들기 위해 젯소를 사용하지요. 때로는 원하지 않는 그림을 지우고 캔버스를 재활용하고 싶을 때 사용하기도 하고."

이제 시에나는 잔뜩 흥분한 표정이었다. "그럼 당신은 조브리스트가 이 데스마스크의 뒷면에 젯소를 발랐을 거라고 생각하는 거예요?"

"그래야 이런 질감과 색깔을 설명할 수 있어요. 그래야 우리가 일곱 개의 P를 지워야 하는 이유도 설명이 되고요."

시에나는 이 마지막 대목이 여전히 잘 이해되지 않

세례를 통해
주 예수 그리스도는
그대를 죄악으로부터
해방하고
물과 성령으로 새로운
생명을 주노라.

는 표정이었다.

"냄새를 좀 맡아봐요." 랭던은 마치 영성체를 권하는 성직자처럼 그녀의 얼굴 앞에 마스크를 내밀었다.

대번에 시에나의 콧잔등이 일그러졌다. "원래 젯소에서 젖은 강아지 냄새가 나요?"

"모든 젯소가 다 그런 건 아닙니다. 일반적으로는 백묵 냄새가 나는 게 많지요. 젖은 강아지 냄새가 나는 것은 아크릴 젯소에요."

"그건……?"

"물에 녹는다는 뜻이지요."

랭던은 고개를 갸웃거리는 시에나의 모습에서 그녀의 머릿속이 분주하게 돌아가고 있음을 알아차렸다. 천천히 마스크를 향하던 그녀의 시선이 도로 랭던을 향해 휙 돌아왔다. "젯소 밑에 뭔가가 있을 거라는 얘기로군요?"

"그게 많은 것을 설명해줄 겁니다."

시에나는 재빨리 세례반을 덮은 육각형 나무 뚜껑을 반쯤 옆으로 밀었다. 그 속에는 물론, 물이 들어 있었다. 그녀는 깨끗한 수건을 하나 집어 물속에 담갔다 꺼내더니, 물이 뚝뚝 떨어지는 수건을 랭던에게 내밀었다. "직접 해보세요."

랭던은 왼쪽 손바닥에 마스크를 엎어놓고 오른손으로 젖은 수건을 받아 들었다. 그러고는 수건을 흔들어 물기를 조금 털어낸 다음, 단테의 이마 뒷면, 일곱 개의 P가 그려진 부분을 젖은 수건으로 가볍게 두드리기 시작했다. 검지에 힘을 주어 몇 번 두드린 다음, 수건을 다시 적셔서 같은 과정을 되풀이했다. 검정 잉크가 조금씩 번지기 시작했다.

"젯소가 녹는 거예요." 랭던이 흥분한 목소리로 말했다. "잉크가 지워지고 있어요."

랭던은 같은 과정을 세 번째 되풀이하며 짐짓 경건하고 진지한 목소리로 중얼거리기 시작했다. "세례를 통해 주 예수 그리스도는 그대를 죄악으로부터 해방하고 물과 성령으로 새로운 생명을 주노라."

시에나는 미친 사람을 보듯 그런 랭던을 물끄러미 쳐다보았다.

랭던은 어깨를 슬쩍 들었다 놓았다. "왠지 이렇게 해야 될 것 같아서요."

시에나는 못 말리겠다는 듯 눈알을 한 바퀴 굴린 뒤 다시 마스크를 바라보았다. 랭던이 계속해서 물로 닦아내자, 젯소에 덮여 있던 원래의 석고가 드러나기 시작했다. 이 정도 세월을 견뎌온 유물이라면 마땅히 이렇게 누르스름한 색깔이 나와야 했다. 마지막 P가 사라지자 랭던은 깨끗한 수건으로 물기를 닦은 뒤 마스크를 치켜들어 시에나에게 보여 주었다.

그녀의 입에서 거친 신음 소리가 터져 나왔다.

랭던이 예상한 대로, 젯소 밑에 뭔가가 숨겨져 있었다. 또 다른 아홉 개의 필기체 글자가 누르스름한 원판 석고의 표면에 가지런히 적혀 있었다.

하지만 이번에 나타난 아홉 개의 글자는 눈에 익은 하나의 단어를 이루고 있었다.

"이건 또 뭐죠?" 시에나가 물었다. "이해가 안 가요."

'나도 마찬가진데.' 랭던은 일곱 개의 P 밑에서 새롭게 모습을 드러낸 글자들을 유심히 살펴보았다. 단테의 이마 안쪽에 하나의 단어가 선명하게 새겨져 있었다.

possessed

"'귀신이 들렸다' 할 때의 그 단어예요?" 시에나가 물었다.

'그럴 수도 있겠지.' 랭던은 고개를 들었다. 죄를 씻을 기회조차 갖지 못한 불쌍한 죄인을 잡아먹는 사탄의 모자이크가 그를 내려다보고 있었다. '귀신 들린…… 단테?' 아귀가 썩 잘 맞아떨어지는 것 같지는 않았다.

"뭔가 더 있을 거예요." 시에나는 그렇게 말하며 랭던의 손에서 마스크를 받아 들고 더욱 자세히 살펴보기 시작했다. 잠시 후, 그녀의 고개가 아래위로 크게 움직였다. "그래요, 단어 끝을 보세요. 양쪽 옆으로 다른 글자들이 있어요."

랭던이 다시 한 번 자세히 살펴보니, 'possessed'라는 단어의 양옆으로 다른 글자들의 그림자가 희미하게 비쳐 보였다.

시에나는 잔뜩 흥분해서는 수건을 집어 들고 마스크 뒷면을 열심히 두드리기 시작했다. 이내 완만한 곡선 위에 쓰인 다른 글자들이 또렷한 형태를 드러냈다.

O you possessed of sturdy intellect

(오, 건강한 지성을 가진 그대들이여)

랭던의 입에서 나직한 휘파람 소리가 새어 나왔다. "'오, 건강한 지성을 가진 그대들이여, 이 신비로운 시구들의 베일 아래…… 감추어져 있는 의미를 생각해보시오.'"

시에나가 멍하니 그를 바라보았다. "뭐 하시는 거예요?"

"단테의 〈인페르노〉에 나오는 가장 유명한 구절 가운데 하나입니다." 랭던이 열띤 목소리로 말했다. "단테가 똑똑한 독자들에게 자신의 암호 같은 시구 속에 숨겨진 지혜를 찾아내 보라고 촉구하는 내용이에요."

랭던은 상징주의 문학을 가르칠 때마다 바로 이 구절을 인용하곤 했다. 작가가 두 팔을 열심히 흔들며 "이봐, 독자들! 바로 여기에 상징적인 이중 의미가 숨어 있단 말이야!" 하고 소리치는 가장 비근한 예가 바로 이 구절이기 때문이었다.

시에나는 이제 아예 작심한 듯 마스크 뒷면을 박박 문질러댔다.

"조심해요!" 랭던이 경고했다.

"당신 말이 맞아요." 시에나는 열심히 젯소를 닦아내며 말했다. "당신이 방금 읊조린 단테의 나머지 시구들도 다 나오네요."

랭던은 불안한 눈으로 세례반 속의 물을 바라보았다. 젯소가 풀려 물이 뿌옇게 흐려져 있었다. '산 조반니, 정말 미안해요.' 랭던은 자신들이 이 신성한 세례반을 마치 싱크대처럼 쓰고 있는 것 같아서 마음에 걸렸다.

시에나가 또 한 번 물에 담갔던 수건을 꺼내자, 물이 뚝뚝 떨어졌다. 시에나는 그 수건을 짜지도 않고 그대로 마스크 뒷면에 갖다 대더니, 마치 설거지를 하듯 박박 문질러 닦기 시작했다.

"시에나!" 랭던이 불안한 목소리로 말했다. "그건 아주 오래된—."

"전체에 글자들이 가득해요!" 시에나는 마스크 뒷면을 닦아내며 말했다. "이건 마치……" 시에나는 말을 하다 말고 고개를 왼쪽으로 기울인 채 마스크를 오른쪽으로 돌리기 시작했다. 세로로 적힌 글자를 읽으려고 애쓰는 자세였다.

"마치 뭐요?" 랭던이 서 있는 곳에서는 마스크의 뒷면이 보이지 않아 조바심이 났다.

젯소를 다 닦아낸 시에나는 마른 수건으로 물기를 제거했다. 그러고는 랭던 앞에 마스크를 내려놓고 함께 살펴보기 시작했다.

그제야 마스크의 뒷면을 똑똑히 볼 수 있게 된 랭던은 깜짝 놀란 나머지 한 박자를 건너뛴 다음에야 참았던 숨을 내쉬었다. 뒷면의 오목한 표면에 100단어는 됨직한 글자들이 빽빽이 적혀 있었다. 맨 위에서 '오, 건강한 지성을 가진 그대들이여'라는 구절로 시작된 글자들이…… 마스크의 오른쪽에서 밑으로 구부러지기 시작하더니, 제일 밑바닥에서는 완전히 거꾸로 뒤집힌 글자가 된 다음, 왼쪽 측면을 타고 출발점으로 올라와, 조금 더 작은 원을 그리며 다시 같은 과정을 되풀이하는 것이었다.

이러한 글자의 배열은 천국으로 올라가는 연옥이라는 산의 나선형 오솔길과 흡사한 구조였다. 랭던은 기호학자답게 한눈에 그 정교한 나선을 알아보았다. '시계 방향 대칭 아르키메데스 나선.' 그는 또 첫 번째 단어인 O에서 한복판에 찍힌 마지막 마침표까지의 회전수 역시 낯익은 숫자임을 발견했다.

'9.'

숨이 턱 막힌 랭던은 천천히 마스크를 돌려가며 오목한 표면의 중앙부로 갈수록 점점 좁아지는 원을 자세히 살펴보았다.

"첫 연은 단테의 원문 그대로입니다." 랭던이 말했다. "'오, 건강한 지성을 가진 그대들이여, 이 신비로운 시구들의 베일 아래…… 감추어져 있는 의미를 생각해보시오.'"

"그럼 나머지는요?" 시에나가 물었다.

랭던은 고개를 가로저었다. "아닌 것 같아요. 비슷한 운문체로 쓰이기는 했는데, 단테가 쓴 원문 그대로는 아닌 것 같습니다. 누군가가 그의 문체를 흉내 낸 느낌이에요."

"조브리스트." 시에나가 속삭였다. "아니면 누구겠어요."

O you possessed of sturdy intellect, observe the teaching that is hidden here . . . beneath the veil of verses so obscure. Seek the treacherous doge of Venice who severed the heads from horses . . . and plucked up the bones of the blind. Kneel within the gilded mouseion of holy wisdom, and place thine ear to the ground, listening for the sounds of trickling water. Follow deep into the sunken palace . . . for here, in the darkness, the chthonic monster waits, submerged in the bloodred waters . . . of the lagoon that reflects no stars.

랭던도 고개를 끄덕였다. 아주 일리 있는 추측이 아닐 수 없었다. 보티첼리의 〈지옥의 지도〉에서, 조브리스트는 이미 위대한 예술작품을 자신의 필요에 맞추어 수정하는 놀라운 재주를 보여주지 않았던가.

"나머지 문장은 아주 이상해요." 랭던은 다시 한 번 마스크를 돌려보며 말했다. "말의 머리를 잘라내고…… 장님의 뼈를 빼내는 내용이잖아요." 랭던은 중간 부분을 건너뛰고 마스크의 한복판에 조그만 원을 그리며 적힌 마지막 줄을 눈여겨보았다. 그의 입에서 경악이 섞인 한숨 소리가 새 나왔다. "'핏빛 어린 물속'이라는 단어도 나오는군요."

시에나는 대번에 미간을 찌푸렸다. "은발 여인이 나오는 당신의 환각이 떠오르네요.”

랭던은 고개를 끄덕이며 다시 한 번 그 문장을 읽었다. ‘별빛조차 비치지 않는 석호의 핏빛 어린 물속?’

“여기 좀 봐요.” 랭던의 어깨 너머로 마스크를 들여다보던 시에나가 나선의 중간쯤에 적힌 단어를 가리키며 속삭였다. “특정한 장소예요.”

랭던도 그 단어를 찾아냈다. 처음에 읽을 때는 건너뛴 부분이었다. 그것은 세계에서 가장 아름답고 독특한 도시의 이름이었다. 랭던은 단테 알리기에리가 그의 목숨을 앗아 간 치명적인 병에 걸린 곳 역시 바로 그 도시라는 사실을 상기하며 오싹한 한기를 느꼈다.

‘베네치아.’

랭던과 시에나는 한참 동안 말없이 이 암호 같은 운문을 살펴보았다. 내용이 섬뜩하고 심란할 뿐 아니라, 의미를 해독하기도 힘들었다. ‘총독(doge)’ ‘석호(lagoon)’ 같은 단어들이 나오는 것으로 미루어, 이 시에 언급된 도시는 베네치아가 분명했다. 베네치아는 수백 개의 석호들이 서로 연결된 수상 도시이며, 여러 세기에 걸쳐 베네치아 총독이 지배한 도시이기도 했다.

얼핏 본 바로 이 시가 구체적으로 베네치아의 어디를 지칭하는 것인지까지 알 수는 없었지만, 읽는 이에게 지시를 따르라고 요구하는 것만은 틀림없어 보였다.

‘그대의 귀를 바닥에 대어, 떨어지는 물소리에 귀를 기울이라.’

“지하를 의미하는 것 같아요.” 시에나가 랭던과 보조를 맞추어 시구를 읽으며 말했다.

랭던은 애매하게 고개를 끄덕이며 다음 행으로 넘어갔다.

‘물에 잠긴 궁전 속으로 깊숙이 들어가라…… 이곳의 어둠 속에…… 소닉 몬스터가 기다린다.’

“로버트?” 시에나가 불안한 표정으로 물었다. “무슨 괴물이라고요?”

“소닉(Chthonic).” 랭던이 대답했다. “c와 h는 묵음이에요. ‘땅속에 사는’이라는 뜻이지요.”

소닉:
땅속에 살며 지하 세계의
신이나 영혼에 관여한다

그때 갑자기 요란하게 빗장이 벗겨지는 소리가 세례당 안에 울려 퍼졌다. 관광객용 출입구가 바깥에서부터 열린 게 틀림없었다.

"그라치에 밀레(정말 고마워요)." 얼굴이 온통 부스럼투성이인 남자가 말했다.

세례당 안내인은 현금 500달러를 주머니에 쑤셔 넣으며 아무도 보는 사람이 없는지 다시 한 번 주위를 살펴보았다.

"친퀘 미누티(딱 5분이에요)." 안내인은 다시 한 번 그렇게 다짐을 시키며 상대방이 간신히 들어갈 수 있을 정도만 문을 빼꼼 열어주었다. 남자가 재빨리 안으로 들어가자, 안내인은 도로 문을 닫아 외부의 모든 소음을 차단했다.

그 남자는 산 조반니 세례당에서 기도를 올리면 끔찍한 피부병이 나을지도 모른다는 희망으로 미국에서 그 먼 길을 날아왔다고 했지만, 처음에 안내인은 그의 간청을 들은 척도 하지 않았다. 하지만 단 5분 동안만 세례당 안에 혼자 들어가게 해준다면 그 대가로 500달러를 내놓겠다는 제안은 새삼스레 동정심을 유발하기에 부족함이 없었고, 게다가 정식으로 문을 열 때까지 앞으로 세 시간 동안 전염성이 있을지도 모르는 피부병 환자를 옆에 두고 싶지 않다는 마음까지 합쳐져 결국 그는 결단을 내리고 말았다.

그렇게 해서 이 팔각형의 성소로 몰래 들어온 남자는 자신도 모르게 천장부터 올려다보았다. '맙소사.' 그런 천장은 지금까지 한 번도 본 적이 없었다. 자신을 똑바로 내려다보는 머리 셋 달린 마귀의 서슬에, 그는 얼른 바닥으로 시선을 내렸다.

세례당 안에는 아무도 없는 듯이 보였다.

'어디로 갔지?'

실내를 훑어보던 남자의 시선이 제단 위에 가닿았다. 거대한 직사각형 대리석판이 벽감 속에 살짝 들어가 있었고, 그 앞에는 관람객의 접근을 막기 위해 끈이 드리워져 있었다.

아무리 둘러봐도 숨을 곳은 그 제단밖에 없을 듯했다. 게다가 제단 앞의 줄이 가볍게 흔들리고 있었다. 불과 얼마 전에 누군가가 건드린 것이 분명했다.

❦

랭던과 시에나는 제단 뒤에 잔뜩 몸을 웅크린 채 숨소리조차 내지 않았다. 젖은 수건을 치우고 세례반의 뚜껑을 바로 닫을 틈도 없이, 간신히 단테의 데스마스크만 챙겨 허겁지겁 제단 뒤에 몸을 숨긴 터였다. 관광객들이 들어올 때까지 그 뒤에 숨어 버틸 수만 있으면 그다음에는 인파에 섞여 몰래 빠져나갈 수 있을 거라고 기대했다.

갑자기 광장의 소음이 들려온 것으로 미루어 세례당의 북문이 열린 모양이었다. 하지만 문은 이내 도로 닫혔고, 동시에 모든 소음도 사라졌다.

랭던은 쥐 죽은 듯한 정적 속에 바닥을 가로질러 다가오는 발소리에 귀를 기울였다.

'안내인일까? 개방 시간을 앞두고 점검하러 들어온 것일까?'

랭던은 미처 세례반 위의 스포트라이트를 끌 틈도 없었으니, 안내인이 알아차릴지도 모른다는 걱정이 들었다. '아마도 그건 아닌가 보다.' 발소리는 곧장 그들을 향해 다가오더니, 방금 랭던과 시에나가 타 넘은 줄 앞에 멈춰 섰다.

오랜 침묵이 이어졌다.

"로버트, 납니다." 남자의 화난 목소리였다. "거기 있는 것 다 알아요. 어서 나와서 설명을 좀 해보라니까요."

‘없는 척해봐야 소용없겠어.’

랭던은 시에나에게 단테의 데스마스크를 가지고 가만히 엎드려 있으라는 시늉을 해 보였다. 마스크는 다시 비닐봉지 안에 갇힌 신세였다.

랭던은 천천히 몸을 일으켜 마치 세례당의 제단 뒤에 선 성직자처럼 한 명밖에 없는 신도를 바라보았다. 옅은 갈색 머리에, 고급스러운 안경을 낀 낯선 남자였는데, 얼굴과 목에 온통 부스럼이 잔뜩 돋은 모습이었다. 그는 퉁퉁 부은 눈에 혼란과 분노를 가득 담은 채 신경질적으로 목을 긁어댔다.

“도대체 무슨 짓을 하고 있는 건지 설명을 좀 해주겠어요, 로버트?!” 그가 제단 앞에 드리운 줄을 넘어 랭던에게 다가서며 따지듯 물었다. 억양으로 미

세례당의 바닥

뤄 볼 때 미국인이 분명했다.

"그러지요." 랭던이 정중히 대답했다. "하지만 그 전에, 그쪽이 누구인지부터 말해줄 수 있을까요?"

남자는 벼락이라도 맞은 사람처럼 그 자리에 얼어붙었다. "뭐라고요?!"

랭던은 그 남자의 눈매와 목소리에 어딘가 낯익은 구석이 있다는 생각이 들었다. '어디선가 만난 적이 있는 사람이다.' 랭던은 차분한 목소리로 같은 질문을 되풀이했다. "당신이 누구인지, 나하고는 어떻게 아는 사이인지 말씀해주세요."

남자는 믿기지 않는다는 듯이 두 손을 치켜들었다. "조너선 페리스, 몰라요? 세계보건기구는? 하버드 대학까지 가서 당신을 데려온 사람을 모른다고?!"

랭던은 그 말이 무슨 의미인지를 해석하려고 안간힘을 다했다.

"왜 연락을 안 했어요?!" 남자는 빨갛게 부풀어 오른 목과 뺨을 긁으며 물었다. "그리고 같이 다니던 여자는 또 누구지요?! 이제는 그 여자 밑에서 일하기로 한 겁니까?"

시에나가 랭던 옆에서 불쑥 몸을 일으키며 대답을 대신했다. "닥터 페리스? 나는 시에나 브룩스예요. 나도 의사죠. 이곳 피렌체에서 일하고 있어요. 랭던 교수님은 어젯밤 머리에 총상을 입었어요. 덕분에 퇴행성 기억상실 증세가 생겨서 당신이 누구인지는 물론 지난 이틀 사이에 무슨 일이 일어났는지 전혀 기억하지 못해요. 나는 이분을 도우려고 함께 다니는 중이고요."

시에나의 목소리가 텅 빈 세례당에 메아리를 남기는 동안, 남자는 그녀의 말이 제대로 귀에 들어오지 않는 듯 연신 어리둥절한 표정으로 고개를 갸웃거렸다. 한참 만에야 그는 한 걸음 뒤로 물러서며 기둥을 붙잡고 몸을 의지했다.

"아…… 맙소사." 그가 더듬거리며 말했다. "이제야 알 것 같군."

랭던은 그의 얼굴에서 분노가 사그라드는 것을 지켜보았다.

"로버트." 남자가 속삭였다. "우리는 당신이……" 그는 엉망으로 헝클어진 퍼즐 조각을 끼워 맞추려고 애쓰는 사람처럼 고개를 설레설레 가로저었다. "당신이 우리를 배신한 거라고 생각했어요. 매수당했거나 아니면 협박을 당해서……. 우리가 어떻게 알았겠어요!"
"랭던 교수님이 이야기를 나눈 사람은 나밖에 없어요." 시에나가 말했다. "지금 그가 아는 거라고는 어젯밤에 우리 병원에서 의식을 되찾았고 누군가가 자신을 죽이려 한다는 것뿐이에요. 게다가 그는 끔찍한 환영에 시달리고 있어요. 시신들, 흑사병, 뱀 모양의 부적을 지닌 은발의 여인—."
"엘리자베스!" 남자가 소리쳤다. "그녀는 엘리자베스 신스키 박사예요! 로버트, 도움을 청하려고 당신을 모셔 온 사람이 바로 그분이라고요!"
"음, 만약 그렇다면……" 시에나가 말했다. "그분이 지금 위험한 지경에 처했다는 사실은 알고 계시겠죠? 군인들이 득실거리는 검은색 승합차에 갇혀 있는 걸 봤는데, 무슨 약물에 취한 것 같았어요."
남자는 눈을 감고 천천히 고개를 끄덕였다. 푸석푸석한 눈꺼풀조차 빨갛게 부풀어 오른 모습이었다.
"얼굴은 왜 그래요?" 시에나가 물었다.
남자는 눈을 떴다. "뭐라고요?"
"피부 말이에요. 뭔가에 잘못 접촉한 것처럼 보여서요. 무슨 병이 있어요?"
남자는 흠칫하는 기색이 역력했다. 시에나의 질문은 자칫 무례하게 들릴 수도 있었지만, 랭던 역시 똑같은 의문을 느끼던 차였다. 오늘 하도 여기저기서 흑사병 소리를 들은 탓에, 빨갛게 부풀어 오른 피부만 봐도 마음이 불안했던 것이다.
"나는 괜찮아요." 남자가 말했다. "망할 놈의 호텔 비누 때문에 이렇다니까. 원래 엄청난 콩 알레르기가 있는데, 이탈리아 비누들은 대부분 콩을 주원료로 하는 모양이더군요. 미리 확인하지 못한 내 불찰이지요."
시에나는 안도의 한숨을 내쉬며 잔뜩 웅크렸던 어깨의 긴장을 풀었다. "그나마 먹지 않은 게 다행이네요. 접촉성 피부염은 과민성 쇼크에 비하면 양반이죠."
그들은 서로 어색한 미소를 나눴다.
"혹시 말이에요." 시에나가 말했다. "버트런드 조브리스트라는 이름에서 뭔가 떠오르는 것 없어요?"

남자는 코앞에 정말로 머리 셋 달린 마귀가 나타나기라도 한 것처럼 그 자리에 얼어붙었다.

"방금 그 사람이 남긴 메시지를 발견한 것 같아요." 시에나가 말했다. "베네치아 어딘가를 가리키고 있는데, 뭐 짚이는 것 없으세요?"

남자의 눈이 이제 등잔만큼 커졌다. "맙소사, 있고말고! 그 메시지가 가리키는 곳이 어딥니까!?"

시에나가 방금 랭던과 함께 단테의 마스크에서 찾아낸 비밀에 대해 모든 것을 얘기하려고 입을 여는 순간, 랭던이 가만히 그녀의 손을 잡았다. 갑자기 나타난 이 남자가 같은 편이라는 느낌이 드는 것은 사실이지만, 짧은 시간 동안 워낙 많은 사건을 겪다 보니 아무도 믿어서는 안 된다는 본능적인 경계심이 발동한 탓이었다. 더구나 그 남자의 넥타이를 본 순간, 또 한 가지 의문이 일었다. 랭던은 이 남자가 조금 전 단테 교회에서 기도를 하고 있던 바로 그 사람이 아닐까 하는 생각이 퍼뜩 스쳐 간 참이었다. '만약 그렇다면 이 사람은 언제부터 우리의 뒤를 밟은 것일까?'

"우리가 여기 있는 것은 어떻게 알았습니까?" 랭던이 물었다.

남자는 랭던이 아무것도 기억하지 못한다는 것이 여전히 잘 믿어지지 않는 모양이었다. "로버트, 당신이 어젯밤에 이그나치오 부소니라는 박물관 책임자와 약속이 잡혔다고 나한테 전화를 했어요. 그러고 나서는 갑자기 사라져버린 거지요. 전화도 한 통 없고. 그러던 차에 이그나치오 부소니가 숨진 채 발견되었다는 소식을 들으니 걱정이 되어서 견딜 수가 있어야지요. 오전 내내 당신을 찾아다녔어요. 베키오 궁전 앞에 경찰들이 잔뜩 몰려 있기에 무슨 일인가 하고 지켜보다가, 우연히 당신이 조그만 문에서 저……" 남자는 시에나를 힐끔 돌아보며 말끝을 흐렸다.

"시에나." 그녀가 얼른 힌트를 주었다. "브룩스."

"미안해요…… 당신이 닥터 브룩스와 함께 나오는 것을 발견한 거예요. 그래서 당신이 도대체 무슨 짓을 하고 있나 알아보려고 뒤를 밟아본 거지요."

"단테 교회에서 당신이 기도하는 걸 봤어요, 맞지요?"

"그렇다니까요! 당신이 뭘 하고 다니는지 궁금해서 따라다니다 보니까, 도저히 이해가 안 가더라고! 당신이 무슨 긴급한 임무라도 생긴 사람처럼 교회를 나서는 걸 보고 얼른 따라붙은 거지요. 그러다가 당신이 이 세례당 안으로 몰래 들어오는 것을 봤어요. 이제 더 이상 안 되겠다 싶어서 직접 담판을 짓기로 마음먹은 겁니다. 잠깐만 들여보내 달라고 안내인한테 돈까지 집어주고 말이에요."

"배짱이 두둑하군요." 랭던이 말했다. "내가 배신했다고 생각했다면 자칫 위험할 수도 있을 텐데 말이에요."

남자는 고개를 가로저었다. "아무리 생각해도 당신은 그럴 사람이 아니라는 생각이 들었어요. 로버트 랭던 교수가 배신을 한다고? 뭔가 이유가 있을 거라고 생각했지요. 그런데 기억상실증이라니! 세상에, 정말이지 그런 건 상상도 못 했어요."

그는 또다시 목을 벅벅 긁으며 말을 이었다. "이봐요, 나에게 주어진 시간은 딱 5분이에요. 어서 여기를 벗어나야 한다는 말입니다. 내가 당신을 찾았는데 당신을 죽이려 하는 사람들이 못 찾을 리가 없으니까요. 당신이 아직 제대로 이해하지 못하는 게 많다는 건 나도 알아요. 하지만 우리는 베네치아로 가야 해요. 지금 당장. 문제는 어떻게 피렌체를 무사히 빠져나가느냐예요. 신스키 박사를 억류하고 있는 자들…… 당신을 뒤쫓는 자들…… 그들은 사방에 눈을 가지고 있어요." 그는 그렇게 말하며 출입문 쪽을 가리켰다.

랭던은 드디어 뭔가 단서가 좀 잡힐 듯한 느낌이 들었지만, 그렇다고 무턱대고 모르는 사람을 따라나설 수는 없는 노릇이었다. "검은 제복을 입은 군인들은 누구지요? 왜 나를 죽이려 하는 겁니까?"

"이야기가 길어요." 남자가 대답했다. "가면서 설명하지요."

랭던은 얼굴을 찌푸렸다. 별로 마음에 드는 대답이 아니었다. 그는 시에나에게 몸짓을 해서 한쪽 옆으로 멀찌감치 데리고 간 다음, 낮은 목소리로 속삭였다. "저 사람, 믿어도 되겠어요? 어떻게 생각해요?"

시에나는 무슨 뚱딴지 같은 소리냐는 표정으로 랭던을 바라보았다. "어떻게 생각하냐고요? 세계보건기구 소속이라잖아요! 우리가 뭔가 답을 얻으려면 이 기회를 잡아야 해요!"

"부스럼은?"

시에나는 어깨를 으쓱했다. "그 사람이 한 말 그대로예요. 심각한 접촉성 피부염이죠."

"만약 아니면?" 랭던이 속삭였다. "만에 하나…… 뭔가 다른 것일 수도 있지 않아요?"

"다른 거 뭐요?" 시에나는 난감하다는 듯이 그를 바라보았다. "로버트, 저건 흑사병이 아니에요. 그걸 묻는 거 맞죠? 본인도 의사라고 하잖아요. 전염성이 있는 치명적인 질병이라면, 이렇게 함부로 돌아다니며 병균을 퍼뜨리지는 않을 거라고요."

"자기가 흑사병에 걸린 걸 모를 수도 있잖아요?"

시에나는 잠시 입술을 삐죽거리며 생각을 해보았다. "만약 그런 경우라면 당신과 나도 이미 죽은 목숨이나 마찬가지겠죠. 물론 우리 둘만 그런 처지가 되는 것도 아닐 거고요."

"시에나, 환자한테 말을 너무 막 하는 거 아니에요?"

"솔직하게 말했을 뿐이에요." 시에나는 단테의 데스마스크가 든 비닐봉지를 랭던에게 건네며 덧붙였다. "이건 당신이 맡는 게 낫겠어요."

두 사람이 닥터 페리스에게 돌아왔을 때, 그는 막 조용히 전화 통화를 마치는 참이었다.

"운전 기사에게 연락을 했어요." 그가 말했다. "밖에서 기다리고 있을 —." 닥터 페리스는 말을 하다 말고 랭던이 들고 있는 비닐봉지를 멍하니 바라보았다. 그것이 단테 알리기에리의 데스마스크를 처음 대한 그의 반응이었다.

"맙소사!" 페리스가 몸을 움츠리며 중얼거렸다. "그건 또 뭐지요?"

"이야기가 길어요." 랭던이 대답했다. "가면서 설명하지요."

뉴욕의 편집자 조나스 포크만은 재택 근무용 전화기가 요란스레 울리는 바람에 잠을 깼다. 몸을 뒤척여 시계를 보니, 새벽 4시 28분이었다.

출판계에서 심야에 긴급 상황이 발생하는 경우는 하룻밤 사이에 유명 인사가 되는 것만큼이나 드문 일이었다. 포크만은 허둥지둥 침대를 빠져나와 거실을 가로지른 뒤, 사무실로 사용하는 방으로 달려갔다.

"여보세요?" 귀에 익은 중후한 저음의 목소리였다. "조나스, 마침 집에 있어서 천만다행이야. 나 로버트야. 혹시 나 때문에 자다가 깬 건 아니지?"

"당연히 자다가 깼지! 지금 새벽 4시라고!"

"미안해. 내가 지금 외국에 나와 있어서."

'하버드에서는 나라마다 시간대가 다르다는 것도 안 가르치나?'

"조나스, 문제가 좀 생겨서 그러는데, 부탁 하나만 하자고." 평소의 랭던답지 않게 상당히 긴장한 목소리였다. "자네 회사 말이야, 넷제츠 회원 카드 가지고 있지?"

"넷제츠?" 포크만은 어이가 없다는 듯 웃음을 터뜨렸다. "로버트, 우리 회사는 출판사야. 전용기 따위와는 거리가 멀다고."

"거짓말인 거 다 알아, 친구."

포크만은 한숨을 내쉬었다. "좋아, 그럼 표현을 좀 바꿔보지. 우리는 종교사에 대해 벽돌만 한 두께로 책을 쓰는 저자들까지 전용기로 모시지는 못해. 혹시 자네가 '도상학의 50가지 그림자' 같은 책이라도 쓰겠다면 이야기가 다르지만 말이야."

"조나스, 비용은 얼마가 됐건 내가 나중에 갚을 거야. 믿어도 돼. 내가 언제 약속 어기는 것 봤어?"

'지난번 원고 마감 시한을 3년이나 어긴 건 어떡하고?' 하지만 포크만은 랭던의 목소리가 평소와 다르다는 사실을 알아차렸다. "무슨 일인지나 말해봐. 최대한 노력해볼 테니까."

"자세히 설명할 시간은 없지만, 이번 부탁만은 꼭 들어주었으면 좋겠어. 생사가 달린 문제야."

포크만은 랭던과 워낙 오랜 세월 동안 같이 일해왔기 때문에 그의 못된 유머 감각을 잘 알고 있었다. 하지만 지금 랭던의 초조한 목소리에서는 장난기가 전혀 느껴지지 않았다. '진짜로 무슨 일이 있긴 있나 본데.' 포크만은 숨을 크게 한 번 몰아쉬고 마음을 정했다. '우리 재무 담당 이사가 나를 잡아먹으려 들겠군.' 30초 후, 포크만은 랭던이 요구하는 비행편의 내역을 받아 적었다.

"문제 없는 거지?" 랭던은 포크만의 반응이 심상치 않다는 것을 느낀 모양이었다.

"그래. 난 자네가 미국에 있는 줄 알았거든." 포크만이 대답했다. "지금 이탈리아에 있다고 해서 좀 놀랐을 뿐이야."

"나도 자네만큼 놀랐어." 랭던이 말했다. "정말 고마워, 조나스. 그럼 난 공항으로 출발해야겠어."

⚘

오하이오 주 콜럼버스에 위치한 전용기 업체 넷제츠의 미국 지사는 하루 24시간 운항 지원 팀을 가동하고 있었다.

쥐꼬리만 한 지분을 가진 뉴욕의 한 회원에게서 걸려온 전화를 받은 사람은 회원 서비스 담당의 데브 키에르였다. "잠깐만요, 선생님." 그녀는 헤드셋을 고쳐 쓰고 단말기에 이 회원의 요구 사항을 입력했다. "엄밀히 말씀드리면 이건 유럽 지사에서 처리할 일이지만, 제가 도와드릴 수도 있을 것 같네요." 그녀는 재빨리 포르투갈의 파코 다르쿠스에 본부를 둔 넷제츠 유럽 시스템에 접속해 이탈리아 부근에 대기 중인 항공편을 확인했다.

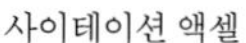

사이테이션 액셀

"좋아요, 선생님." 그녀가 말했다. "모나코에 사이테이션 액셀이 한 대 있네요. 한 시간 안에 피렌체로 보내드릴 수 있겠어요. 그 정도면 랭던 씨에게 괜찮을까요?"

"제발 괜찮기를 빌어야지요." 출판계에 종사한다는 이 고객은 무척 피곤하고 귀찮은 듯한 목소리로 대답했다. "아무튼 고마워요."

"별말씀을요." 데브가 말했다. "랭던 씨의 목적지는 제네바라고 하셨죠?"

"그래요."

데브는 계속 자판을 두드렸다. "다 됐습니다." 이윽고 그녀가 말했다. "랭던 씨는 피렌체에서 서쪽으로 80킬로미터가량 떨어진 루카의 타시냐노 FBO(Fixed Base Operator, 전용기 수용을 위한 공항 서비스 센터 — 옮긴이)에서 이륙하실 수 있도록 승인되었습니다. 이륙은 현지 시각으로 오전 11시 20분입니다. 10분 전까지 FBO에 도착하셔야 해요. 지상 교통편과 기내식 서비스는 신청하지 않으셨고, 탑승자의 여권 정보는 이미 주셨으니 바로 운항 준비를 시작하도록 하죠. 더 필요한 거 있으세요?"

"일자리 하나 구해줄 수 있어요?" 포크만은 농담을 던졌다. "고마워요. 정말 많은 도움이 되었어요."

"별말씀을요. 그럼 안녕히 주무세요." 데브는 전화를 끊고 예약을 완료하기 위해 다시 모니터를 들여다보았다. 로버트 랭던의 여권 정보를 입력하고 다음 단계로 넘어가려는 순간, 갑자기 스크린에서 빨간 경고창이 번쩍거리기 시작했다. 경고 메시지를 읽은 데브의 눈이 휘둥그레졌다.

'뭔가 착오가 있는 모양이지.'

데브는 랭던의 여권 정보를 다시 입력했다. 이번에도 결과는 마찬가지였다. 랭던이 항공편을 예약하려고 하면, 전 세계 어떤 항공사의 전산망에도 똑같은 경고창이 뜰 터였다.

데브 키에르는 좀처럼 믿기지가 않아 한참 동안 모니터를 들여다보았다. 넷제츠가 고객의 개인 정보를 굉장히 중시한다는 것은 알지만, 이 경고는 개인 정보에 대한 회사 규정보다 우선적으로 처리하지 않으면 안 된다는 것 역시 잘 알고 있는 그녀였다.

데브 키에르는 즉시 당국에 연락을 취했다.

브뤼더 요원은 서둘러 휴대전화를 닫고 부하들을 차에 태웠다.

"랭던이 이동한다." 그가 말했다. "제네바로 가는 전용기에 탑승할 것으로 보인다. 앞으로 한 시간 내에 80킬로미터 서쪽의 루카 FBO를 이륙할 예정이다. 신속하게 움직이면 그가 이륙하기 전에 우리가 먼저 도착할 수 있다."

산타 마리아 노벨라 기차역, 피렌체

❦

같은 시각, 피아트 세단 한 대가 두오모 광장을 출발해 판차니 가를 북쪽으로 달리기 시작했다. 목적지는 피렌체의 산타 마리아 노벨라 기차역이었다.

닥터 페리스가 조수석을 차지한 이 승용차의 뒷자리에는 몸을 낮게 웅크린 랭던과 시에나가 타고 있었다. 넷제츠 전용기 예약은 시에나의 아이디어였다. 그 아이디어가 제대로 맞아떨어지면 이 세 사람은 경찰이 우글거릴 기차역을 무사히 빠져나갈 시간을 벌 수 있을 터였다. 베네치아가 기차로 불과 두 시간 거리라는 점, 그리고 국내선 기차편을 이용할 때는 여권이 없어도 된다는 점은 정말 다행스러운 일이 아닐 수 없었다.

랭던은 시에나를 바라보았고, 시에나는 걱정스러운 표정으로 닥터 페리스를 살펴보고 있었다. 상당히 고통스러워하는 기색이 역력했고, 숨을 쉬는 것조차 힘겨운 모습이었다.

'제발 시에나의 판단이 옳아야 할 텐데.' 랭던은 닥터 페리스의 부스럼에서 터져 나온 병균들이 좁은 차 안에 둥둥 떠다니는 장면이 자꾸 머릿속에 그려졌다. 이제는 그의 손가락마저 빨갛게 부풀어 오른 듯했다. 랭던은 근심스러운 생각을 애써 떨쳐버리고 창밖을 바라보았다.

그들이 탄 차는 발리오니 그랜드 호텔 앞을 지나가고 있었다. 랭던이 매년 참석하는 학술회의가 열리곤 하는 곳이었다. 그 호텔을 보는 순간, 랭던은 문득 자신이 지금까지 한 번도 해보지 않은 어떤 일을 하려 한다는 사실을 깨달았다.

'피렌체에 왔는데 〈다비드〉를 보지 않고 간다…….'

랭던은 미켈란젤로에게 심심한 유감의 뜻을 전하며, 저만치 보이기 시작한 기차역을 바라보았다. 그의 생각은 이미 베네치아로 달려가 있었다.

'랭던이 제네바로 간다고?'

엘리자베스 신스키 박사는 덜컹거리는 승합차 뒷자리에 몸을 누인 채 점점 온몸의 기운이 빠져나가는 것을 느꼈다. 차는 피렌체 외곽의 전용기 공항을 향해 도심을 빠져나가는 중이었다.

'제네바는 말이 안 돼.' 신스키는 생각의 가닥을 놓치지 않기 위해 안간힘을 다했다.

제네바가 WHO의 본부가 있는 도시라는 점을 제외하고는 다른 어떤 연결고리도 떠오르지 않았다. '랭던이 나를 찾으러 가는 걸까?' 랭던은 신스키가 이곳 피렌체에 있다는 것을 이미 알고 있으니, 그런 추측도 말이 안 되기는 마찬가지였다.

문득 불길한 예감이 뇌리를 스쳤다.

'맙소사…… 조브리스트가 제네바를 노리는 거야?'

조브리스트는 상징성이라는 개념에 아주 익숙한 인물이었다. 게다가 지난 1년 동안 그가 신스키를 상대로 벌여온 치열한 신경전을 감안하면, 세계보건기구의 근거지를 '그라운드 제로'로 만들겠다는 구상도 불가능한 것은 아니었다. 하지만 만약 조브리스트가 흑사병을 퍼뜨릴 최적의 발화점을 찾고 있는 것이라면, 제네바는 최악의 선택이 될 가능성이 높은 곳이다. 제네바는 다른 세계적인 대도시와는 달리 지리적으로 고립되어 있을 뿐 아니라, 지금은 현지의 기온이 비교적 낮은 계절이다. 흑사병은 대부분 인구가 과밀하고 기온이 높은 환경을 본거지로 삼는다. 또한 제네바는 해발 300미터가 넘는 고지대에 자리하고 있으니, 어느 모로 보나 대규모 유행병의 발원지로는 적합하지 않다. '조브리스트가 아무리 나를 미워한다 해도 그런 객관적인 조건이 변하지는 않는다.'

결국 의문은 원점으로 돌아왔다. 랭던은 왜 제네바로 가는 것일까? 이 미국인 교수의 행선지는 어젯밤부터 시작된 그의 종잡을 수 없는 행적에 또 하나의 의문점을 보태주었다. 신스키는 그의 행동을 합리적으로 이해해보려고 최선의 노력을 기울였지만, 아직까지는 별다른 소득이 없는 실정이었다.

'대체 그는 누구 편일까?'

사실 신스키는 랭던을 안 지 불과 며칠밖에 되지 않지만, 평소 사람 보는 눈에는 나름대로 자신이 있었다. 로버트 랭던 같은 사람이 돈의 유혹에 넘어갔을 것이라고는 도저히 생각할 수 없었다. '그런데 왜 어젯밤부터 연락이 닿지 않는 걸까?' 지금의 행적으로 미뤄 봐서는 일종의 이중 스파이가 아닌가 하는 의심을 지우기 힘든 상황이었다. '조브리스트의 논리에 나름대로 의미가 있다는 쪽으로 설득당한 걸까?'

거기에 생각이 미치자 오싹한 한기가 느껴졌다.

'아니야.' 신스키는 다시 마음을 다잡았다. '나도 그의 명성을 알 만큼 알아. 절대 그럴 사람이 아니야.'

나흘 전, 신스키는 C-130 수송기 기내에서 로버트 랭던을 처음 만났다. 세계보건기구가 이동 지휘 본부로 사용하기 위해 내부를 완전히 뜯어 고친 비행기였다.

그들은 그날 저녁 7시가 조금 지난 시각에 매사추세츠 케임브리지에서 25킬로미터가 채 되지 않는 거리의 핸스컴 공항에 착륙했다. 신스키는 전화로만 접촉한 이 유명한 학자가 어떤 인물일지 궁금했다. 그리고 첫 만남에서 랭던이 자신감 넘치는 모습으로 이 수송기의 트랩을 올라와 사람 좋은 미소와 함께 인사를 건네자 궁금증은 금세 호감으로 변했다.

"신스키 박사님이시지요?" 랭던은 그렇게 말하며 믿음직스러운 악수를 청했다.

"만나 뵙게 되어 영광이에요, 교수님."

"오히려 제가 영광이지요. 박사님이 많은 일을 하신다는 걸 잘 알고 있습니다."

랭던은 큰 키에 도회적인 외모를 가졌으며, 목소리도 중후했다. 그의 트위드 재킷과 카키색 바지, 로퍼는 평소 강의 때 즐겨 입는 옷차림인 듯했다. 하긴, 아무런 사전 정보도 없이 학교에서 바로 납치하다시피 했으니 그럴 만도 했다. 생각보다 훨씬 젊고 건강해 보이는 랭던의 모습은 엘리자베스에게 어쩔 수 없이 자신의 나이를 떠올리게 했다. '거의 어머니와 아들 사이라고 해도 믿을 나이 차이로군.'

엘리자베스는 피곤한 미소를 지어 보였다. "와주셔서 고마워요, 교수님."

랭던은 엘리자베스가 그를 데려오라고 보낸 무뚝뚝한 측근을 가리키며 대답했다. "박사님 친구분께서 재고의 여지를 별로 주지 않으시더군요."

"그럼요. 그러라고 월급을 주는 거니까요."

"멋진 부적이네요." 랭던이 그녀의 목걸이를 슬쩍 쳐다보며 말했다. "청금석인가요?"

신스키는 고개를 끄덕이며 뱀 한 마리가 막대기를 휘감은 형상의 파란색 부적을 내려다보았다. "현대판 의술의 상징이죠. 아시겠지만, 카두세우스라고 하는 거예요."

랭던은 갑자기 하고 싶은 말이 있는 듯 고개를 들었다.

엘리자베스는 느긋하게 그의 말을 기다렸다. '왜?'

하지만 랭던은 마음을 바꾼 듯 정중한 미소를 지으며 화제를 돌렸다. "그나저나 제가 왜 여기까지 온 거지요?"

엘리자베스는 철제 테이블이 놓인 수수한 회의실로 그를 안내했다. "좀 앉으세요. 보여드릴 게 있어요."

그녀는 주저없이 테이블을 향해 걸어가는 랭던의 모습을 보며 그가 이 비밀 회동에 상당한 호기심을 가지고 있는 반면 그로 인한 불안감 같은 것은 전혀 느끼지 않는다는 인상을 받았다. '어디다 내놔도 거리낄 게 없는 사람이야.' 엘리자베스는 그가 자신을 여기까지 데려온 이유를 알게 되어도 저렇게 느긋한 모습을 유지할 수 있을지 궁금했다.

랭던이 자리를 잡고 앉자, 엘리자베스는 서론을 건너뛰고 곧장 열두 시간 전에 피렌체의 어느 은행 비밀 금고에서 입수한 물건을 내밀었다.

랭던은 한참 동안 그 조그만 원통을 꼼꼼히 살펴본 다음, 엘리자베스도 이미 알고 있는 사실들을 나열하기 시작했다. 그것은 인쇄용으로 사용할 수 있는 고대의 원통 인장으로, 겉면에는 머리 셋 달린 무시무시한 사탄의 모습과 함께 '살리기아(saligia)'라는 단어가 새겨져 있었다.

"살리기아는 라틴어 기억법—."

"죽음에 이르는 일곱 가지 죄악." 엘리자베스가 그의 말을 가로챘다. "그래요, 거기까지는 우리도 찾아봤어요."

"좋습니다……." 랭던은 조금 혼란스러운 기색으로 말했다. "저에게 이걸 보여주는 특별한 이유가 있습니까?"

"있죠." 엘리자베스는 랭던에게서 원통을 돌려받더니, 열심히 흔들기 시작했다. 애지테이터 볼이 달그락거리는 소리가 울려 퍼졌다.

랭던은 어리둥절한 표정으로 그녀의 행동을 바라보았지만, 뭘 하는 거냐고 물어보기도 전에 원통 끝에서 불빛이 새 나오기 시작했다. 엘리자베스가 그 불빛을 개조한 수송기의 매끈한 벽면에 비췄다.

랭던은 나직이 휘파람을 불며 벽에 투사된 영상을 향해 다가섰다.

"보티첼리의 〈지옥의 지도〉로군요." 랭던이 말했다. "단테의 〈인페르노〉에 토대를 둔 작품이지요. 물론 박사님도 이미 알고 계실 거라고 생각합니다만."

엘리자베스는 고개를 끄덕였다. 직원들과 함께 인터넷을 통해 그 그림의 정보를 알아낸 엘리자베스는 그것이 보티첼리의 작품이라는 사실에 적지 않은 충격을 받았다. 보티첼리에 대해 〈비너스의 탄생〉이나 〈봄〉처럼 밝고 이상적인 그림을 그린 화가로만 알고 있었던 탓이었다. 엘리자베스는 그 두 작품을 무척 좋아하는 편이었지만, 그림에서 느껴지는 풍요와 다산(多產)의 이미지를 접할 때마다 아기를 갖지 못하는 자신의 가슴 아픈 치부를 상기할 수밖에 없었다. 그 한 가지 아쉬움만 빼면 누구 못지않게 생산적인 삶을 살아왔는데도 말이다.

엘리자베스가 말했다. "혹시 이 그림 속에 숨겨진 상징에 대해 설명해주실

〈프리마베라〉(또는 〈봄〉), 산드로 보티첼리

수 있겠어요?"

그날 밤 들어 처음으로, 랭던의 표정이 약간 일그러졌다. "그것 때문에 나를 여기까지 데려오신 겁니까? 무슨 급한 일이 생겼다고 하지 않으셨나요?"

"심심해서 모셔 온 건 아니죠."

랭던은 나직이 한숨을 내쉬었다. "신스키 박사님, 일반적으로 어떤 특정한 그림에 대해서 알고 싶은 게 있으면 진품이 소장되어 있는 박물관에 연락하는 게 제일 빠릅니다. 이 경우는 바티칸 도서관이 되겠지요. 바티칸에는 탁월한 도상학자들이 많이 포진—."

"바티칸은 나를 별로 좋아하지 않아요."

랭던은 뜻밖이라는 듯 그녀를 바라보았다. "그래요? 나만 싫어하는 줄 알았더니."

엘리자베스는 씁쓸한 미소를 머금었다. "WHO는 기본적으로 피임을 널리 확산시키는 게 세계 보건을 지키는 관건 가운데 하나라는 입장이에요. 에이즈처럼 성적인 접촉을 통해 전염되는 질병도 막을 수 있고, 인구 증가율을 억제하는 데도 도움이 되니까요."

"바티칸의 입장은 다르겠지요."

"상당히 다르죠. 그들은 제3세계 사람들한테 피임은 나쁘다는 인식을 심어주기 위해 엄청난 정력과 돈을 쏟아붓고 있으니까요."

"그렇군요." 랭던은 알 만하다는 표정으로 미소를 지었다. "성교육 문제라면 독신의 80대 할아버지들을 당할 사람이 없지요."

엘리자베스는 시간이 갈수록 이 교수가 점점 더 마음에 들었다.

그녀는 다시 원통을 흔들어 벽에다 그림을 투사했다. "교수님, 자세히 한번 살펴봐 주세요."

랭던은 그림에 시선을 고정한 채 천천히 벽을 향해 다가섰다. 갑자기 그가 얼어붙은 사람처럼 그 자리에 멈춰 섰다. "이상하네요. 누가 손을 댄 것 같아요."

'역시, 금방 알아차리는군.' "맞아요. 그래서 어떤 의도로 저렇게 그림을 수정했는지 알고 싶어요."

랭던은 입을 굳게 다물고 그림 전체를 살펴보더니, 'catrovacer'라는 열 개의 알파벳을…… 흑사병 마스크를…… 그리고 그림의 가장자리에 적힌 '죽음의 눈'과 관련한 문장을 눈여겨보기 시작했다.

"누가 이런 짓을 했지요?" 랭던이 물었다. "어디서 나온 겁니까?"

"거기에 대해서는 적게 아실수록 좋아요. 내가 교수님에게 원하는 것은, 수정된 부분을 분석해서 그 의미가 무엇인지를 얘기해달라는 것뿐이에요." 그녀는 구석의 책상을 가리켰다.

"여기서요? 지금 당장?"

엘리자베스는 고개를 끄덕였다. "무리한 부탁이라는 건 알지만, 이게 우리에게 얼마나 중요한 일인지는 도저히 말로 설명할 수가 없을 정도예요." 그녀는 잠시 머뭇거리다 한마디 덧붙였다. "일단은 생사가 걸린 문제라고 해두죠."

랭던은 걱정스러운 표정으로 그녀의 눈치를 살폈다. "이걸 해독하려면 시간이 좀 걸리겠지만 그렇게 중요한 일이라고 하시니—."

"고마워요." 엘리자베스는 랭던의 마음이 바뀌기 전에 얼른 결론을 내려버렸다. "혹시 어디 연락할 데라도 있으세요?"

랭던은 고개를 가로저으며 마침 조용히 혼자 주말을 보낼 계획이었다고 털어놓았다.

'완벽해.' 엘리자베스는 랭던을 위해 책상 위에 문제의 프로젝터, 종이와 연필, 철통 보안을 자랑하는 위성망으로 인터넷에 연결되는 노트북컴퓨터를 세팅해주었다. 랭던은 WHO가 왜 보티첼리의 그림에 이토록 지대한 관심을 가질까 하는 의구심을 떨치기 힘들었지만, 순순히 작업을 시작했다.

신스키 박사는 내심 랭던이 몇 시간 동안 저 그림을 붙잡고 씨름하다가 결국 두 손을 드는 사태가 벌어지지 않을까 걱정했다. 어차피 장기전으로 들어갈 거라면 그 시간에 다른 업무를 처리하려고 그녀도 아예 자리를 잡고 앉았다. 이따금 랭던이 프로젝터를 흔드는 소리, 종이에 뭔가를 끼적이는 소리가 들렸다. 하지만 채 10분도 지나지 않았을 무렵, 랭던은 책상 위에 연필을 내려놓으며 중얼거렸다. "케르카 트로바."

엘리자베스가 그를 흘낏 돌아보며 물었다. "뭐라고요?"

"케르카 트로바." 랭던은 같은 소리를 되풀이했다. "구하라, 찾을 것이다. 이 암호의 의미가 바로 그거예요."

엘리자베스는 얼른 랭던 옆으로 달려가 그의 설명에 귀를 기울였다. 랭던은 이 그림에서 지옥의 순서가 뒤바뀌었다는 사실, 그 순서를 바로잡으면 '케르카 트로바(cerca trova)'라는 이탈리아어가 나온다는 사실을 설명했다.

'구하라, 찾을 것이다?' 엘리자베스는 얼떨떨한 기분이었다. '그 미치광이가 나에게 남긴 메시지가 이거라고?' 정면으로 도전장을 던지는 것과도 같은 메시지였다. 뉴욕의 외교협회에서 만났을 때 그가 남긴 마지막 말이 자꾸만 그녀의 머릿속에 맴돌았다. '이제 우리의 댄스가 시작된 것 같군.'

"안색이 좋지 않으시네요." 랭던이 그녀의 얼굴을 살피며 말했다. "기대한 메시지가 아닌 모양이지요?"

엘리자베스는 마음을 가다듬으며 목에 건 부적을 만지작거렸다. "그러게요. 그러니까…… 이 그림이 나에게 뭔가를 찾으라고 암시한다는 게 교수님 의견인가요?"

"그래요. 케르카 트로바."

"그럼 어디를 찾아야 할까요?"

랭던이 턱을 쓸어내리자, WHO 관계자들이 그의 입에서 나올 정보를 잔뜩 기대하며 모여들기 시작했다. "그건 확실하게 드러나 있지 않지만…… 어디서부터 시작하는 게 좋을지 대충 감이 잡히기는 합니다."

"말씀해보세요." 엘리자베스는 부탁이라기보다 명령에 가까운 목소리로 말했다.

"음, 이탈리아의 피렌체 정도면 어떨까요?"

엘리자베스는 평정을 유지하려고 안간힘을 다했지만, 어쩔 수 없이 입이 떡 벌어지고 말았다. 하지만 그 정도는 다른 직원들의 반응에 비하면 아무것도 아니었다. 다들 깜짝 놀란 얼굴로 서로를 마주 보는 가운데, 한 사람은 전화기를 꺼내 어디론가 교신을 시도하고 또 한 사람은 비행기 앞쪽으로 이어지는 문을 박차고 들어갔다.

랭던은 어리둥절한 표정으로 그들을 살폈다. "내가 뭔가 말을 잘못한 모양이지요?"

엘리자베스는 대답 대신 다른 질문을 던졌다. "어째서 피렌체라는 결론이 나온 거죠?"

"케르카 트로바." 랭던은 베키오 궁전에 있는 바사리의 프레스코화, 거기에 얽힌 오래된 수수께끼를 간단히 설명했다.

'역시 피렌체로군.' 금방 말귀를 알아들은 엘리자베스는 속으로 중얼거렸다. 그 미치광이가 피렌체의 베키오 궁전과 세 블록밖에 떨어지지 않은 곳에서 스스로 목숨을 끊은 것이 절대 우연일 리가 없었다.

"교수님." 엘리자베스가 말했다. "조금 전 내가 이 부적을 카두세우스라고 소개했을 때 교수님은 뭔가 할 이야기가 있는 표정이었어요. 하지만 금방 마음을 고쳐먹고 다른 이야기를 꺼냈잖아요. 그때 무슨 말을 하려고 했죠?"

랭던은 고개를 가로저었다. "아무것도 아닙니다. 내 생각이 짧았어요. 가끔

씩 그 잘난 교수 기질이 튀어나오려 할 때가 있거든요."

엘리자베스는 그의 눈을 가만히 들여다보았다. "당신을 신뢰해도 될지 알고 싶어서 물어보는 거예요. 무슨 말을 하려고 했죠?"

랭던은 침을 꿀꺽 삼키며 헛기침을 했다. "중요한 건 아니지만, 아까 박사님이 그 부적을 의술의 상징이라고 하신 건 맞는 말씀입니다. 그런데 그걸 카두세우스라고 소개하신 건 아주 보편적인 실수라고 할 수 있지요. 카두세우스는 뱀이 두 마리고 위쪽에 날개가 달려 있거든요. 박사님의 부적은 뱀이 한 마리고 날개가 없잖아요. 그런 것은—."

"아스클레피오스의 지팡이."

랭던은 놀란 표정으로 고개를 갸웃거렸다. "그래요, 그게 맞습니다."

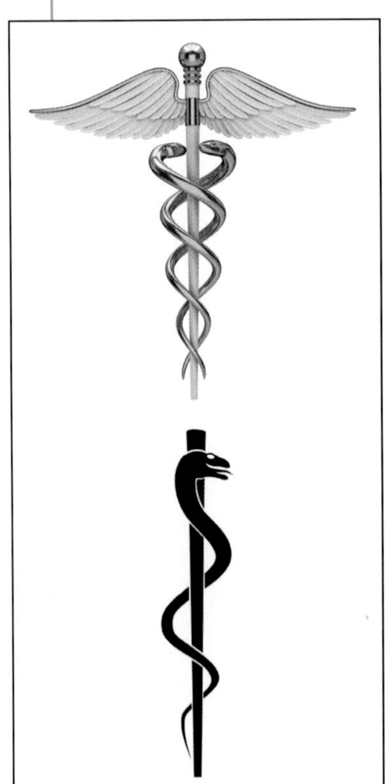

(위) 카두세우스
(아래) 아스클레피오스의 지팡이

"나도 알아요. 교수님이 믿을 만한 사람인지 시험해보고 싶어서 그랬어요."

"예?"

"교수님이 나에게 진실을 말해줄 사람인지 아닌지 궁금했거든요. 설령 그 진실이 나를 불편하게 하더라도 말이에요."

"그럼 나는 그 시험에 떨어진 셈이로군요."

"앞으로는 조심하세요. 교수님과 내가 이번 일을 함께 하려면 무엇보다도 정직이 가장 중요하니까요."

"함께 일을 한다고요? 제가 할 일은 이제 끝난 것 아닙니까?"

"아니에요, 교수님, 아직 안 끝났어요. 같이 피렌체로 가서 나를 좀 도와주세요."

랭던은 얼떨떨한 표정으로 그녀를 바라보았다. "지금요?"

"어쩔 수가 없어요. 아직 이번 사태의 심각성에 대해서는 얘기조차 꺼내지 않은 셈이니까요."

랭던은 고개를 가로저었다. "박사님이 무슨 얘기를 꺼내고 말고가 중요한 게 아니라, 내가 피렌체까지 가고 싶은 마음이 없다는 게 문제지요."

"나도 마찬가지예요." 엘리자베스가 가라앉은 목소리로 대답했다. "하지만 불행하게도 우리에게 주어진 시간은 그리 많지 않아요."

Chapter 62

토스카나의 시골 풍경을 가르며 북쪽으로 달리는 이탈리아 고속철도 프레차르젠토의 미끈한 지붕 위에 정오의 햇살이 반짝이며 부서졌다. '은빛 화살'이라는 이름이 잘 어울리는 이 기차는 시속 280킬로미터의 속도로 피렌체를 떠나가고 있음에도 불구하고 거의 소음이 나지 않았으며, 규칙적으로 반복되는 부드러운 진동이 승객들의 지친 몸과 마음을 오히려 부드럽게 달래주었다.

로버트 랭던은 숨 가쁘게 달려온 지난 시간들이 벌써 희미하게 퇴색해가는 느낌이었다.

무사히 이 기차에 오른 랭던과 시에나, 그리고 닥터 페리스는 네 개의 가죽 좌석과 접이식 테이블이 달린 특실 한 칸을 차지했다. 페리스가 신용카드로 운임을 계산하고 특제 샌드위치와 생수까지 주문한 덕분에, 특실에 딸린 화장실에서 대충 손과 얼굴을 씻은 랭던과 시에나는 모처럼 주린 배를 채웠다.

베네치아까지 두 시간가량 남은 여정이 본격적으로 시작되자, 닥터 페리스는 테이블에 놓인 단테의 데스마스크를 유심히 살피는 기색이었다. "이 마스크가 구체적으로 베네치아의 어디를 가리키는지부터 알아내야 해요."

"그것도 빠른 시간 안에." 시에나가 초조한 목소리로 덧붙였다. "어쩌면 이것이 조브리스트의 흑사병을 막을 유일한 희망인지도 몰라요."

"잠깐만." 랭던은 조심스럽게 마스크 위에 한 손을 올리며 말했다. "안전하게 기차에 오르고 나면 지난 며칠 사이의 정황을 설명해주겠다고 하지 않았습니까. 지금까지 내가 들은 이야기는 WHO가 조브리스트 버전의 〈지옥의 지도〉를 해독하기 위해 케임브리지로 나를 찾아왔다는 것뿐이에요. 그것 말고

고속철도 프레차르젠토

는 아직 아무 이야기도 듣지 못했어요."

닥터 페리스는 당혹스러운 표정으로 자세를 바꾸며 또다시 얼굴과 목의 부스럼을 긁기 시작했다. "당신이 심란해하는 것도 이해가 갑니다." 그가 말했다. "무슨 일이 일어났는지 기억나지 않으면 불안한 마음이 생기는 게 당연하지요. 하지만 의학적인 측면에서는……." 그는 협조를 구하는 표정으로 시에나를 슬쩍 돌아보며 말을 이었다. "기억나지 않는 것을 기억해내려고 지나치게 에너지를 낭비할 필요는 없다고 강력하게 권고하고 싶군요. 기억상실증에 걸리면 잊힌 과거는 그냥 잊힌 채로 내버려 두는 게 최선이니까요."

"그냥 내버려 두라고?" 랭던은 슬며시 화가 치밀었다. "말도 안 되는 소리 하지 마세요! 나에게는 몇 가지 대답이 필요해요! 당신의 조직이 나를 이탈리아까지 데려왔고, 나는 여기서 총상을 입어 내 인생의 며칠을 잃어버렸어요! 나에게도 무슨 일이 일어났는지 알 권리가 있는 것 아닙니까?"

"로버트." 시에나가 그를 진정시키기 위해 부드러운 목소리로 중재에 나섰다. "닥터 페리스 이야기가 맞아요. 잊힌 기억을 한꺼번에 되찾아 거대한 정보의 홍수에 휩쓸리면 정신 건강에도 좋지 않을 수 있어요. 당신의 기억에 남아 있는 조그만 단편들을 생각해보세요. 은발의 여인, '구하라, 찾을 것이다', 〈지옥의 지도〉의 꿈틀거리는 시체들…… 이런 단편적인 기억들만으로도 당신은 환각에 사로잡혀 커다란 고통을 받았잖아요. 만약 닥터 페리스가 지난 며칠 사이의 일들을 설명하기 시작하면 지금까지 당신의 기억 속에 멀쩡하게 남아 있던 부분까지 마구 뒤섞여 더 큰 혼란이 빚어질 수도 있어요. 퇴행성 기억상실은 상당히 심각한 증세예요. 과거의 기억이 제자리를 잡지 못하고 뒤엉키면 자칫 정신 건강에 치명적인 충격이 가해질 수도 있으니까요."

랭던은 그런 생각까지는 미처 해보지 못했다.

"방향감각을 상실한 기분일 겁니다." 페리스가 덧붙였다. "하지만 지금 우리가 앞으로 나아가기 위해서는 당신의 멀쩡한 정신이 필요해요. 어떻게 해서든 이 마스크가 무슨 말을 하고 있는지를 알아내야 합니다."

시에나도 고개를 끄덕였다.

랭던은 의사 둘이서 자기 몰래 입을 맞춘 게 아닌가 하는 생각이 들 지경이었다.

랭던은 입을 다물고 가만히 앉아 불안한 마음을 가라앉히려고 노력했다. 생전 처음 보는 사람인 줄 알았는데 정작 알고 보니 며칠 동안 알고 지낸 사람이었다니, 기분이 묘한 것도 무리는 아니었다. '아무리 생각해도 이 사람의 눈빛은 어딘가 낯익은 구석이 있어.'

"랭던 교수님." 페리스가 부드러운 목소리로 말했다. "교수님이 지금까지 겪은 일들을 생각하면, 나를 믿어도 될지 확신하지 못하는 것도 이해가 갑니다. 기억상실증의 가장 보편적인 부작용 가운데 하나가 가벼운 편집증과 불신감이니까요."

'맞는 말이야.' 랭던은 속으로 중얼거렸다. '나 자신조차 믿을 수 없을 지경이니까.'

"편집증 이야기가 나와서 말인데요." 시에나가 분위기를 바꿔보려고 농담을 꺼냈다. "로버트는 박사님의 부스럼을 보고 흑사병에 걸린 것 아니냐고 생각하더라고요."

페리스의 부스스한 눈이 휘둥그레지더니 이내 웃음을 터뜨렸다. "이 부스럼이? 내 말 믿어요, 랭던 교수님. 내가 정말로 흑사병에 걸렸으면 이렇게 처방전도 없이 살 수 있는 항히스타민제나 바르고 있겠어요?" 페리스는 그렇게 말하며 주머니에서 조그만 연고를 꺼내 랭던에게 던져주었다. 알레르기 반응에 바르는 가려움증 연고였다.

"미안해요." 랭던은 갑자기 바보가 된 기분이었다. "워낙 정신이 없다 보니……."

"별말씀을." 페리스가 대답했다.

랭던은 창밖으로 시선을 돌려 평화롭게 스쳐 지나가는 이탈리아의 시골 풍경을 바라보았다. 아펜니노 산맥의 산자락이 가까워지면서 포도밭과 농장들이 조금 드문드문해진 모습이었다. 이제 곧 기차는 험준한 산악 지대로 올라갔다 내려온 뒤, 아드리아 해를 향해 동쪽으로 달릴 터였다.

'나는 지금 베네치아로 가고 있다.' 랭던은 속으로 중얼거렸다. '흑사병을 찾으러.'

랭던은 하루 종일 마치 뚜렷하게 손에 잡히는 것은 하나도 없고 어렴풋한 형체만 남아 있는 풍경 속을 뛰어다니는 느낌이었다. 마치 꿈속에서처럼. 악몽은 대개 잠든 사람을 깨우는 법인데, 랭던은 잠을 깨는 바람에 악몽 속으로 들어온 기분이었다.

"무슨 생각 하는지 말해주면 1리라 줄게요." 옆에 앉은 시에나가 속삭였다.

랭던은 피곤함이 묻어나는 미소를 지으며 고개를 들었다. "자꾸만 눈을 뜨면 내 집에서 잠을 깰 것 같다는 생각이 들어요. 이 모든 것은 다 꿈일 뿐이고."

시에나는 새침한 표정으로 고개를 살짝 비틀었다. "잠을 깨서 현실이 아니라는 걸 알면 내가 보고 싶어지지 않겠어요?"

랭던은 어쩔 수 없이 미소를 지었다. "그래요, 그건 그러네요. 조금 보고 싶을 거예요."

시에나가 그의 무릎을 톡톡 두드리며 말했다. "꿈 깨세요, 교수님. 일할 시간이에요."

랭던은 마지못해 테이블 위에서 멍하니 자신을 올려다보는 단테 알리기에리의 주름진 얼굴을 향해 시선을 돌렸다. 그러고는 그 석고 마스크를 손바닥에 거꾸로 올려놓고 우묵한 뒷면에 새겨진 나선형 글자의 첫 행을 읽어 내려갔다.

오, 건강한 지성을 가진 그대들이여……

지금의 랭던은 시에서 말하는 '그대들'에 포함될 자신이 없었다.

그럼에도 불구하고, 그는 조금씩 정신을 집중하기 시작했다.

⚜

화살처럼 내달리는 기차의 320킬로미터 전방, 멘다키움호는 여전히 아드리아 해에 닻을 내리고 있었다. 누군가가 아래층 갑판에 있는 보좌관 로런스 놀턴의 사무실 유리 벽을 두드렸다. 놀턴이 책상 밑의 단추를 누르자, 안개가 걷히듯 불투명한 유리 벽이 투명하게 변했다. 바깥에 조그만 체구와 검게 그은 얼굴을 가진 한 남자가 서 있었다.

'사무장이다.'

그의 얼굴에서 단호한 의지가 느껴졌다.

사무장은 말없이 놀턴의 사무실로 들어와 문을 잠그고, 스위치를 눌러 유리 벽을 다시 불투명하게 만들었다. 그의 입에서 술 냄새가 풍기는 듯했다.

"조브리스트가 남긴 동영상 말이야." 사무장이 말했다.

"예."

"그걸 보여주게. 지금."

Chapter 63

로버트 랭던은 데스마스크의 나선형 텍스트를 종이 위에 옮겨 쓰는 작업을 막 끝냈다. 그쪽이 내용을 좀 더 자세히 분석하는 데 도움이 된다고 생각했기 때문이었다. 시에나와 페리스가 뭔가 도움을 주고 싶은 마음으로 바짝 붙어 앉은 가운데, 랭던은 쉴 새 없이 부스럼을 긁어대는 페리스의 손가락과 힘겨운 숨소리를 무시하려고 안간힘을 다했다.

'그냥 알레르기일 뿐이라잖아.' 랭던은 스스로를 달래며 눈앞에 펼쳐진 종이를 지그시 바라보았다.

> 오, 건강한 지성을 가진 그대들이여,
> 이 신비로운 시구들의 베일 아래……
> 감추어져 있는 의미를 생각해보시오.

"아까도 말했듯이……" 랭던이 입을 열었다. "조브리스트의 시 첫 연은 단테의 〈인페르노〉에서 그대로 가져온 겁니다. 독자들이 글자 속에 숨겨진 더 깊은 의미를 포착해야 한다고 권고하는 내용이지요."

> 오, 건강한 지성을 가진 그대들이여,
> 이 신비로운 시구들의 베일 아래…
> 감추어져 있는 의미를 생각해보시오.
>
> —단테의 〈인페르노〉 제9곡 61–63행

다분히 우화적인 요소가 내포된 단테의 글은 종교와 정치, 철학에 대한 언급을 교묘히 숨기고 있는 대목이 워낙 많기 때문에, 랭던은 종종 학생들에게 이 이탈리아 시인의 작품을 공부할 때는 성경을 공부할 때와 마찬가지로 행간을 읽고 그 속에 감추어진 더 깊은 의미를 이해하려고 노력해야 한다는 충고를 들려주곤 했다.

랭던은 계속 말을 이었다. "중세의 우화를 연구하는 학자들은 흔히 자신의 분석을 두 가지 범주로 구분합니다. 하나는 '텍스트', 또 하나는 '이미지'지요. 텍스트는 작품의 내용을 구성하고, 이미지는 상징적인 메시지를 의미합니다."

"좋아요." 페리스가 진지한 목소리로 말했다. "그럼 이 시 같은 경우에는—."

시에나가 그의 말을 가로막으며 끼어들었다. "피상적으로만 읽으면 내용의 일부분밖에 드러나지 않는다는 얘기겠죠. 진정한 의미는 숨겨져 있고요."

"뭐 그런 거지요." 랭던은 다시 텍스트에 시선을 고정한 채 계속 읽어 내려갔다.

> 말들의 머리를 자르고……
> 장님의 뼈를 빼낸
> 베네치아의 변절한 총독을 찾으라.

"음." 랭던이 입을 열었다. "머리 없는 말과 장님의 뼈가 무엇을 의미하는지는 잘 모르겠지만, 아무래도 특정한 총독을 찾아야 한다는 소리로 들리는군요."

"총독의…… 무덤 아닐까요?" 시에나가 물었다.

"조각상이나 초상화는 어때요?" 랭던이 되물었다. "마지막 총독이 벌써 몇 세기 전의 사람이니까요."

베네치아의 총독은 이탈리아 다른 도시국가의 대공과 비슷한 자리로, 기원후 697년부터 천 년이 넘는 세월 동안 100명이 넘는 총독들이 베네치아를 통치했다. 그 대가 끊긴 것은 나폴레옹의 점령기인 18세기 후반의 일이지만, 그들이 누린 영광과 권력은 오늘날까지도 많은 역사학자들을 사로잡는 주제다.

〈유다의 키스〉, 바르나 다 시에나

"잘 알겠지만 베네치아의 가장 유명한 관광지는 총독 궁전과 산 마르코 대성당인데, 두 군데 다 총독에 의해, 총독을 위해 건축된 건물이에요." 랭던이 말했다. "많은 총독들이 그 두 군데에 묻혀 있지요."

시에나는 조브리스트의 시를 슬쩍 쳐다보며 물었다. "특별히 위험하다고 생각할 만한 총독이 있었나요?"

랭던은 그 대목을 다시 한 번 살펴보았다. '베네치아의 변절한 총독을 찾으라.' "내가 알기로 그런 총독은 없어요. 하지만 이 시는 '위험한(dangerous)'이 아니라 '변절한(treacherous)' 총독이라는 단어를 사용하고 있어요. 적어도 단테의 세계에서 그 두 가지는 엄연히 달라요. 변절은 죽음에 이르는 일곱 가지 죄악 — 실제로는 그중에서도 가장 나쁜 죄악 — 가운데 하나여서, 그 죄를 지은 사람은 지옥의 마지막 일곱 번째 고리에서 벌을 받아야 하는 것으로 되어 있으니까요."

단테에 의하면, 변절은 사랑하는 사람을 배신하는 행위로 정의된다. 역사상 가장 악명 높은 사례가 바로 예수를 배신한 유다의 경우인데, 단테는 그런 유다를 지옥의 가장 깊은 한복판으로 떨어뜨릴 만큼 그 죄를 악질적이라고 판단했다. 지옥의 그 지역에 주데카(Judecca)라는 이름을 붙인 것도 물론 유다(Jude)의 이름에서 따온 것이다.

"좋아요." 페리스가 말했다. "그럼 우리는 변절 행위를 한 총독을 찾으면 되겠군요."

시에나도 고개를 끄덕여 공감을 표시했다. "그렇게 되면 후보자의 수를 조금은 줄일 수 있겠네요." 그녀는 말을 멈추고 다시 시를 들여다보았다. "하지만 '말들의 머리를 자른' 총독이라는 구절은 뭐죠?" 시에나는 고개를 들고 랭던을 바라보았다. "정말로 말의 머리를 자른 총독이 있어요?"

그 말을 들으니 랭던은 얼핏 영화 〈대부〉의 한 장면이 떠올랐다. "전혀 감이 잡히지 않아요. 하지만 이 시에 의하면 그 총독은 '장님의 뼈'를 빼내기도 했어요." 랭던은 페리스를 바라보며 물었다. "혹시 박사님 전화기로 인터넷 할 수 있어요?"

페리스는 재빨리 퉁퉁 부어오른 손가락으로 휴대전화를 꺼냈다. "나는 손가락이 이 모양이라……."

"내가 해볼게요." 시에나가 그렇게 말하며 그의 전화기를 건네받았다. "베네치아 총독과 머리 없는 말, 장님의 뼈를 넣어서 검색해보면 되겠죠?" 시에나는 빠른 속도로 조그만 자판을 누르기 시작했다.

랭던은 시를 다시 한 번 훑어보며 소리 내어 다음 연을 읽었다.

> 금박 입힌 거룩한 지혜의 무세이온 안에 무릎을 꿇고
> 그대의 귀를 바닥에 대어
> 떨어지는 물소리에 귀를 기울이라.

"'무세이온(mouseion)'이라는 단어는 처음 들어보는군." 페리스가 중얼거렸다.

"여신들이 지키는 사원이라는 뜻의 고어입니다." 랭던이 대답했다. "고대

그리스에서 박식한 사람들이 모여 서로의 사상을 나누고 문학과 음악과 미술을 논하던 곳이 바로 무세이온이었어요. 최초의 무세이온은 예수가 탄생하기 몇 세기 전 프톨레마이오스가 알렉산드리아 도서관에 세운 것인데, 그 뒤로 전 세계에 수백 개가 더 생겨났어요."

"닥터 브룩스." 페리스가 희망 섞인 눈으로 시에나를 바라보며 말했다. "베네치아에 무세이온이 있는지 찾아볼 수 있겠어요?"

"아마 수십 군데는 될 겁니다." 랭던이 짓궂은 미소를 지으며 말했다. "요즘은 박물관(museum)이라고 불리는 곳이니까요."

"저런……." 페리스가 신음을 토했다. "그물을 좀 더 넓게 던져야겠군."

시에나는 전화기로 검색을 계속하는 와중에도 그들의 대화를 귀담아들은 모양이었다. "좋아요, 그럼 말의 머리를 자르고 장님의 뼈를 빼낸 총독이 있는 박물관을 찾으면 되겠네요. 로버트, 어느 박물관부터 살펴보는 게 제일 그럴듯할까요?"

랭던은 이미 베네치아의 유명한 박물관들 — 아카데미아 미술관, 카 레초니코, 그라시 궁전, 페기 구겐하임 콜렉션, 코레르 박물관 등등 — 을 하나하나 꼽아보고 있었지만, 딱히 여기다 할 만한 곳은 떠오르지 않았다.

그는 다시 시를 들여다보았다.

금박 입힌 거룩한 지혜의 무세이온 안에 무릎을 꿇고

랭던은 씁쓸한 미소를 머금었다. "베네치아에 '금박 입힌 거룩한 지혜의 무세이온'이라는 표현과 완벽하게 들어맞는 박물관이 하나 있기는 하지요."

페리스와 시에나가 기대에 찬 눈길로 그를 바라보았다.

"산 마르코 대성당." 랭던이 말했다. "베네치아에서 제일 큰 성당이에요."

페리스는 금방 표정이 달라졌다. "박물관이라면서요?"

랭던은 고개를 끄덕였다. "바티칸 박물관과 비슷한 경우라고 생각하면 됩니다. 게다가 산 마르코의 내부는 전체가 황금 타일로 장식된 것으로 유명하지요."

"금박 입힌 무세이온." 시에나가 잔뜩 들뜬 목소리로 중얼거렸다.

랭던도 이제 산 마르코가 이 시에서 언급한 금박 입힌 사원이라는 확신이 생겨 자신 있게 고개를 끄덕였다. 베네치아 사람들은 수백 년 전부터 산 마르코를 '라 키에사 도로(황금 성당)'라고 불렀고, 랭던 역시 이 성당의 내부 장식은 전 세계의 다른 어떤 교회에 견주어도 손색이 없다고 생각하는 쪽이었다.

"시에서는 그 안에 '무릎을 꿇고'라고 했는데, 성당이라면 당연히 그럴 만도 하네요." 페리스가 덧붙였다. 시에나가 다시 맹렬한 속도로 자판을 두드렸다. "검색어에 산 마르코를 추가해볼게요. 바로 거기가 총독을 찾아야 할 곳이 틀림없어요."

랭던은 산 마르코에서 찾을 수 있는 총독이 한두 명이 아니라는 사실을 잘 알고 있었다. 거기는 말 그대로 총독의 성당이라고 해도 과언이 아닌 곳이기 때문이었다. 랭던은 용기를 얻어 다시 한 번 시를 훑어보았다.

금박 입힌 거룩한 지혜의 무세이온 안에 무릎을 꿇고
그대의 귀를 바닥에 대어
떨어지는 물소리에 귀를 기울이라.

'떨어지는 물소리?' 랭던은 이제 그 구절을 고민했다. '산 마르코 밑에 물이 있나?' 그러나 그것은 정말 바보 같은 의문이 아닐 수 없었다. 베네치아는 도시 전체가 물 위에 떠 있다고 해도 과언이 아니었다. 베네치아의 모든 건물은 물이 들어와 서서히 가라앉고 있다. 랭던은 대성당의 모습을 그리며 그 내부의 어디에 무릎을 꿇어야 떨어지는 물소리가 들릴지 고민해보았다. '정말로 물소리가 들리면…… 그다음에는 어떻게 하지?'

랭던은 시의 다음 연을 소리 내어 읽기 시작했다.

물에 잠긴 궁전 속으로 깊숙이 들어가라.
이곳의 어둠 속에
별빛조차 비치지 않는 석호의 핏빛 어린 물속에 잠긴

소닉 몬스터가 기다린다.

〈메두사〉, 가장 흔한 '소닉'

"좋아." 랭던은 그다지 유쾌하지 못한 이미지를 떠올리며 말했다. "떨어지는 물소리를 따라…… 물에 잠긴 궁전을 찾아가면 되겠군."

페리스가 자신 없는 표정으로 얼굴을 벅벅 긁어대며 물었다. "소닉 몬스터가 뭐지요?"

"지하에 사는 괴물이죠." 시에나가 여전히 전화기를 만지작거리며 대답했다. "소닉은 땅속이라는 뜻이에요."

"틀린 말은 아니지만……" 랭던이 말했다. "사실은 좀 더 깊은 역사적 맥락을 가진 단어예요. 대개 신화나 괴물과 밀접한 연관을 가지고 있지요. 엄밀히 말해서 소닉은 신화에 나오는 신과 괴물들을 모두 포괄하는 개념이에요. 예를 들면 에리니에스, 헤카테, 메두사 등이지요. 이들이 모두 소닉이라고 불리는 이유는 땅속에 살고, 지옥과 연관되어 있기 때문이에요." 랭던은 잠시 숨을 돌리고 말을 이었다. "역사적으로, 그들은 인간 세상을 쑥밭으로 만들기 위해 땅속에서 땅 위로 올라오지요."

오랜 침묵이 이어졌다. 다들 같은 생각을 하고 있는 것이 분명했다. '이 소닉 몬스터는 바로…… 조브리스트의 흑사병이다.'

이곳의 어둠 속에
별빛조차 비치지 않는 석호의 핏빛 어린 물속에 잠긴
소닉 몬스터가 기다린다.

"어쨌거나……" 랭던은 다시금 마음을 다잡으며 입을 열었다. "땅속의 어떤 곳을 찾아야 하는 것만은 분명하네요. 그래야 '별빛조차 비치지 않는 석호'라는 구절과도 맞아떨어질 테니까."

〈인페르노〉〈푸르가토리오〉
〈파라디소〉의 마지막 문장은 모두
별이라는 단어로 끝난다.

〈인페르노〉 그래서 우리는 다시
별들을 보기 위해 나섰다.

〈푸르가토리오〉 나는 잎사귀가 새로
돋아난 새로운 나무들처럼 순수하게,
별들에게 올라갈 준비를 마친 채
새롭게 태어났다.

〈파라디소〉 하지만 이제 나의 의지와
욕망은,
한결같은 움직임으로 돌아가는
바퀴들처럼,
해와 다른 모든 별들을 움직이는
사랑으로 작동하게 되었다.

"좋은 지적이에요." 시에나가 드디어 페리스의 전화기에서 고개를 들며 말했다. "땅속에 있는 석호라면 하늘이 비치지 않겠죠. 그런데 베네치아에 지하 석호가 있어요?"

"내가 알기로는 없는데." 랭던이 대답했다. "하지만 어차피 물 위에 지어진 도시니까 가능성이야 얼마든지 있겠지요."

"만약 석호가 실내에 있으면 어떨까요?" 시에나는 랭던과 페리스를 번갈아 쳐다보며 불쑥 물었다. "시에 '잠긴 궁전'의 '어둠'이라는 표현이 나오잖아요. 조금 전에 총독 궁전이 대성당과 연결되어 있다고 했죠? 그렇다면 그 건물들이 시에 언급된 거룩한 지혜의 무세이온, 궁전, 총독 등과 관련된다는 의미고, 그 모든 것이 베네치아의 제일 큰 석호, 즉 해수면에 위치한다고 볼 수 있잖아요."

랭던은 그 말을 곰곰이 생각해보았다. "그럼 당신은 이 시에서 말하는 '물에 잠긴 궁전'이 총독 궁전을 의미한다고 생각하는 거예요?"

"당연하지 않아요? 시는 우리더러 먼저 산 마르코 대성당으로 가서 무릎을 꿇고, 그다음에 떨어지는 물소리를 따라가라고 했어요. 그렇다면 그 물소리가 총독 궁전으로 이어진다는 얘기겠죠. 물속에 잠긴 건물의 기초 같은 것일 수도 있고요."

이미 여러 차례 총독 궁전에 가본 적이 있는 랭던은 그 건물의 어마어마한 규모를 잘 알고 있었다. 여러 채의 건물들로 이루어진 이 궁전에는 대형 박물관도 있고, 수많은 방들이 미로처럼 연결되어 있는가 하면, 거주 공간과 안뜰, 심지어는 워낙 규모가 커서 여러 채의 건물에 걸친 감옥까지 자리하고 있었다.

"당신 말이 맞을지도 몰라요." 랭던이 말했다. "하지만 이 궁전을 무턱대고 헤매다가는 며칠이 걸릴지 몰라요. 그러니 시에 언급된 내용을 최대한 그대로 따르는 것이 좋겠어요. 먼저 산 마르코 대성당으로 가서 변절한 총독의 무덤이나 조각상을 찾은 다음, 무릎을 꿇는 거지요."

"그다음은요?" 시에나가 물었다.

"그다음에는……" 랭던은 한숨을 내쉬며 말을 이었다. "떨어지는 물소리가 들리기를 미친 듯이 기도하는 수밖에요. 그것이 우리를 어딘가로 이끌어주기를……."

잠시 침묵이 이어지는 동안 랭던은 환각 속에서 본 엘리자베스 신스키의 초조한 얼굴을 떠올렸다. 그녀는 랭던에게 물을 건너라고 했다. '시간이 없어요. 구해서, 찾으세요!' 검은 제복의 군인들은 지금쯤 랭던과 시에나가 피렌체를 빠져나간 것을 알아차렸을 것이다. '그들이 우리를 찾아낼 때까지 얼마나 걸릴까?'

랭던은 몰려오는 피로를 애써 떨치며 다시 한 번 시를 훑어보았다. 마지막 행에 눈길이 닿는 순간, 또 다른 생각 한 가닥이 뇌리를 스쳤다. 그런데 굳이 이런 이야기까지 꺼낼 필요가 있을지 잠시 망설여졌다. '별빛조차 비치지 않는 석호.' 그들이 찾아야 할 것과는 별로 관계가 없어 보였지만, 그래도 얘기는 한번 해보자고 결론을 내렸다. "한 가지 더 이야기할 게 있어요."

전화기를 들여다보던 시에나가 고개를 들었다.

"《신곡》은 〈인페르노〉 〈푸르가토리오〉 〈파라디소〉의 세 편으로 이루어져 있잖아요." 랭던이 말했다. "그 세 편이 모두 똑같은 단어로 끝난다는 것을 알아요?"

시에나는 뜻밖이라는 표정이었다.

"그 단어가 뭐지요?" 페리스가 물었다.

랭던은 자신이 옮겨 쓴 시의 제일 아랫부분을 가리켰다. "이 시도 같은 단어로 끝나는군요. 바로 '별'입니다." 랭던은 단테의 데스마스크를 집어 들고 나선형으로 이어진 글자들의 한복판을 가리켰다.

'별빛조차 비치지 않는 석호(The lagoon that reflects no stars).'

"게다가……" 랭던이 말을 이었다. "〈인페르노〉의 끝부분에는 단테가 구덩이 속에서 떨어지는 물소리에 귀를 기울이는 장면이 나옵니다. 그 소리를 따라가 구덩이의 입구를 찾고…… 결국 지옥을 빠져나오는 거지요."

페리스의 안색이 약간 창백해졌다. "맙소사."

그때 기차가 터널로 들어서면서 갑자기 공기의 압력이 변하며 귀가 먹먹해졌다.

랭던은 어둠 속에서 눈을 감고 마음을 가라앉히려고 노력했다. '조브리스트가 얼마나 미치광이인지는 모르지만, 단테에 대해서만큼은 누구보다도 잘 알고 있는 것이 틀림없다.'

Chapter 64

로런스 놀턴은 크게 안도했다.

'사무장이 조브리스트의 동영상을 보기로 마음을 바꿨다.'

놀턴은 재빨리 진홍색 메모리 스틱을 집어 컴퓨터에 꽂았다. 이제 이 동영상을 사무장에게 보여주면, 지금까지 놀턴의 가슴을 무겁게 짓누르던 이 9분짜리 메시지의 압박감이 조금이나마 덜어지지 않을까 싶었다.

'적어도 나 혼자 모든 것을 감당해야 하는 상황은 피할 수 있을 것이다.'

놀턴은 숨을 멈춘 채 동영상을 재생시켰다.

화면이 캄캄해지더니, 찰랑거리는 물소리가 놀턴의 사무실을 가득 채웠다. 카메라가 지하 동굴의 불그스름한 아지랑이 속으로 이동하는 순간, 놀턴은 사무장이 겉으로는 아무런 반응을 드러내지 않고 있지만 그 역시 바짝 긴장하고 있다는 것을 느꼈다.

수평으로 이동하던 카메라가 멈춰 서서 밑으로 각도를 돌리자 석호의 수면이 나타났다. 카메라가 그대로 물속으로 들어가 몇 미터를 내려가자, 바닥에 고정된 티타늄 장식판이 반짝거리는 모습을 드러냈다.

이곳, 이날로부터
세상은 영원히 변했노라.

사무장의 몸이 아주 미세하게 움찔하는 듯했다. "내일이군." 그가 날짜를 힐끔 쳐다보며 속삭였다. "'이곳'이 어딘지 알고 있나?"

놀턴은 고개를 가로저었다.

카메라는 다시 왼쪽으로 이동하며 끈적끈적한 갈색 액체가 든 플라스틱 자루를 비췄다.

"저건 또 뭐야?!" 사무장은 의자를 끌어당기고 물속에 묶인 풍선처럼 천천히 일렁거리는 자루를 멍하니 바라보았다.

동영상이 계속 돌아가는 동안, 방 안에는 숨이 막힐 듯한 정적이 감돌았다. 잠시 후 화면이 어두워지더니, 괴상한 새 부리 모양의 코를 가진 그림자가 동굴 벽에 나타나 불가사의한 연설을 시작했다.

나는 그림자다…….

땅속으로 쫓겨 간 나는 이렇게 깊은 곳에서 세상을 향해 말할 수밖에 없다. 별빛조차 비치지 않는 석호에 붉은 핏물이 고이는 이 어두운 동굴이 나의 망명지니까.

하지만 여기는 나의 천국이며…… 내 연약한 아이의 완벽한 자궁이다.

인페르노.

사무장이 번쩍 고개를 들었다. "인페르노?"

놀턴은 어깨를 슬쩍 들었다 놓았다. "말씀드렸듯이, 아주 심란합니다."

사무장은 다시 화면에 집중했다.

새 부리 모양의 코를 가진 그림자의 연설은 몇 분 동안 이어졌다. 흑사병에 대해, 인구를 솎아내야 하는 필요성에 대해, 자기 자신의 영광스러운 역할에 대해, 그를 막으려 하는 무지한 영혼과의 싸움에 대해, 그리고 지구를 구할 유일한 방법은 단호하고도 획기적인 행동밖에 없음을 믿는 몇 안 되는 추종자들에 대해…….

그가 말하는 싸움이라는 것이 무엇을 의미하는지는 몰라도, 놀턴은 오전 내내 컨소시엄이 엉뚱한 편에 서 있는 건 아닌가 하는 의구심을 떨칠 수 없었다.

목소리는 계속 이어졌다.

나는 구원의 걸작을 만들어냈다. 그러나 나의 피나는 노력에 대한 대가는 나팔 소리와 월계관이 아니라…… 죽음의 위협일 뿐이었다.

나는 죽음을 두려워하지 않는다. 죽음은 몽상가를 순교자로…… 고귀한 이념을 강력한 운동으로 바꾸어주니까.

예수. 소크라테스. 마틴 루터 킹.

머지않아 나는 그들에게 합류할 것이다.

내가 만든 걸작은 신의 작품이다…… 나에게 그런 엄청난 걸작을 만드는 데 필요한 두뇌와 도구와 용기를 허락한 절대자의 선물이다.

이제 그날이 가까워온다.

내 밑에 잠들어 있는 인페르노는 자궁에서 솟아오를 준비를 하고 있다. 소닉 몬스터와 복수의 여신들이 그것을 지켜볼 것이다.

나의 행동은 한없이 거룩하지만, 나 역시 그대들과 마찬가지로 죄악으로부터 자유롭지 못하다. 일곱 가지 죄악 중에서도 가장 무거운 죄, 누구도 외면하기 힘든 유혹에 빠지는 죄를 지었다.

교만.

나는 이 메시지를 남김으로써…… 세상이 나의 노력을 알아주기를 바라는…… 교만의 유혹에 무릎을 꿇었다.

안 될 이유라도 있는가?

인류는 구원이 어디에서 비롯되었는지를 알아야 한다. 그 무시무시한 인페르노의 문을 영원히 봉인한 자의 이름을 알아야 한다!

시간이 갈수록 결과는 점점 확실해진다. 수학—중력의 법칙만큼이나 확고부동한—은 타협의 대상이 아니다. 하마터면 인류를 죽일 뻔했던 바로 그 기하급수적인 생명의 폭발이 또한 인류의 구원이 될 것이다. 살아 있는 유기체의 아름다움—선한 것이든 악한 것이든—이 유일한 전망을 가진 신의 법칙을 따를 것이다.

풍부한 결실을 맺고 증식하라.

그리하여 나는 불과 싸운다…… 불을 무기로.

"됐어." 사무장의 목소리는 너무 조용해 바로 옆에 있는 놀턴의 귀에조차 제대로 들리지 않을 정도였다.

"예?"

"재생을 중단해."

놀턴은 지시를 따랐다. "사무장님, 끝부분이 제일 무시무시합니다."

"이만하면 충분해." 사무장은 어디가 많이 불편해 보였다. 좁은 사무실 안을 잠시 서성이던 그가 갑자기 홱 몸을 돌렸다. "FS-2080에게 연락해야겠다."

놀턴은 그 말이 갖는 의미를 생각해보았다.

FS-2080은 사무장이 가장 신뢰하는 접선자의 코드명이었다. 조브리스트를 컨소시엄에 소개한 인물이기도 했다. 지금 사무장은 FS-2080의 판단을 그대로 받아들인 자신을 책망하고 있는 것이 틀림없었다. 버트런드 조브리스트를 고객으로 소개받은 것이 견고하던 컨소시엄에 이 모든 혼란을 초래했다.

'FS-2080이 이 위기를 초래한 장본인이다.'

조브리스트를 둘러싼 재난의 사슬이 점점 악화되어 컨소시엄뿐만 아니라 온 세상을 집어삼키려 하고 있었다.

"우리는 조브리스트의 진짜 의도를 알아내야 한다." 사무장이 말했다. "만약 이 위협이 사실이라면…… 그가 무엇을 만들었는지 정확히 알아야 해."

놀턴은 이 의문에 대한 답을 아는 사람이 있다면, 그것은 FS-2080일 수밖에 없다는 사실을 잘 알고 있었다. 그보다 더 버트런드 조브리스트를 잘 아는 사람은 없다. 컨소시엄의 원칙을 깨뜨리는 한이 있더라도 지난 1년 동안 조직이 어떤 미치광이를 위해 일해왔는지를 가려내야 할 시점이었다.

놀턴은 FS-2080과 정면으로 맞서겠다는 결정이 어떤 결과를 초래할 것인지 생각해보았다. 접촉을 시도하는 것 자체가 또 다른 위기를 초래할 터였다.

"사무장님." 놀턴이 말했다. "FS-2080에게 접근하려면 최대한 신중을 기해야 합니다."

전화기를 꺼내는 사무장의 눈동자에 분노가 번득였다. "그럴 때는 이미 지났어."

두 명의 동반자와 함께 프레차르젠토의 특실에 앉아 있는 페이즐리 넥타이와 플뤼 파리 안경의 사나이는 점점 더 악화되는 부스럼을 긁지 않으려고 안간힘을 다했다. 가슴의 통증도 한층 심해진 느낌이었다.

기차가 터널을 빠져나오자, 그는 막 깊은 생각에서 빠져나오는 듯 천천히 감았던 눈을 뜨는 랭던을 지그시 바라보았다. 그 옆에 앉은 시에나는 기차가 터널로 접어들면서 신호가 사라진 탓에 테이블 위에 내려놓았던 휴대전화를 힐끔 쳐다보았다.

인터넷 검색을 계속하려는 눈치가 분명했지만, 그녀가 손을 뻗는 순간 갑자기 전화기가 부르르 몸서리를 치며 단발적인 핑 소리를 연달아 토해냈다.

그 벨소리를 잘 알고 있는 부스럼 난 남자는 재빨리 전화기를 낚아챘다. 그는 불이 들어온 화면을 바라보며, 놀란 표정을 숨기려고 안간힘을 다해야 했다.

"미안해요." 그가 자리에서 일어서며 말했다. "어머니가 몸이 불편하셔서, 안 받을 수가 없군요."

시에나와 랭던이 이해한다는 듯 고개를 끄덕이자, 남자는 전화기를 들고 특실을 빠져나와 재빨리 화장실로 이어지는 복도를 걷기 시작했다.

그는 화장실 문을 걸어 잠그고서야 전화를 받았다. "여보세요?"

상대방의 무거운 목소리가 흘러나왔다. "사무장이오."

프레차르젠토의 화장실은 일반 비행기의 화장실만큼이나 좁아서, 몸을 돌릴 정도의 공간도 나오지 않았다. 사무장과 통화를 마친 부스럼투성이 남자는 전화기를 주머니에 집어넣었다.

'엄청난 지각 변동이 일어났다.' 그는 직감적으로 알아차렸다. 순식간에 상황이 180도 달라졌으니, 우선 자신의 마음을 추스를 시간이 필요했다.

'친구가 적으로 바뀌었어.'

남자는 페이즐리 넥타이를 느슨하게 풀고 온통 물집으로 뒤덮인 얼굴을 거울에 비춰 보았다. 상태는 생각했던 것보다 훨씬 더 안 좋았다. 그나마 얼굴은 가슴의 통증에 비하면 아무것도 아니었다.

그는 잠시 망설이다가 셔츠의 단추를 몇 개 풀어 헤쳤다.

그러고는 내키지 않는 눈길로…… 거울에 비친 가슴을 살펴보았다.

'맙소사.'

검게 변한 부위가 훨씬 넓어져 있었다.

가슴팍 한복판의 살갗이 시커멓게 멍들어 있었는데, 어젯밤에 골프공 정도의 크기로 시작된 멍이 이제 오렌지만 한 크기로 번진 상태였다. 손으로 그 부위를 살짝 건드려본 그의 표정이 크게 일그러졌다.

그는 서둘러 단추를 도로 채우며 제발 할 일을 마칠 때까지 기운이 남아 있기를 기도했다.

'이제부터가 진짜 중요하다.' 그는 마음을 다잡았다. '아주 정교한 작업이 필요해.'

그는 눈을 감고 호흡을 가다듬으며 이제부터 해야 할 일들을 생각해보았다. '친구가 적으로 바뀌었어.' 그는 다시 한 번 생각했다.

그는 팽팽하게 곤두선 신경세포가 평정을 되찾기를 기대하며 몇 차례 깊고 고통스러운 숨을 내쉬었다. 의도를 감쪽같이 숨기기 위해서는 무엇보다 차분함을 유지하지 않으면 안 된다는 것을 잘 알고 있었다.

'설득력 있는 연기를 위해서는 최대한 침착하고 냉정해야 한다.'

눈속임에는 일가견이 있는 그였지만, 지금은 심장이 미친 듯이 두근거렸다. 그는 또 한 번 깊은 숨을 내쉬었다. '너는 아주 오래전부터 사람들을 속여왔다.' 그는 스스로를 타일렀다. '그게 너의 전공이야.'

그는 마음을 다잡고 랭던과 시에나에게 돌아갈 준비를 했다.

'나의 마지막 공연이다.' 그가 속으로 중얼거렸다.

그는 화장실을 나서기 전에 마지막 준비 작업을 잊지 않았다. 전화기에서 배터리를 빼내자, 첨단 통신 장비는 이내 무용지물이 되었다.

'안색이 너무 창백해.' 시에나는 특실로 돌아와 고통스러운 한숨을 내쉬며 자리에 앉는 부스럼투성이의 남자를 바라보며 생각했다.

"괜찮으세요?" 시에나가 걱정스러운 목소리로 물었다.

남자는 고개를 끄덕였다. "아, 그럼요. 고마워요."

시에나는 상대방이 더 이상의 정보를 공유할 마음이 없다는 사실을 알아차리고는, 접근 방법을 바꿔보았다. "전화기 한 번 더 빌려주실래요?" 그녀가 말했다. "실례가 되지 않는다면 말이에요. 총독에 대해 좀 더 검색해보고 싶어요. 산 마르코에 도착하기 전에 뭔가 답을 알아낼 수 있을지도 모르니까요."

"그래요." 남자는 주머니에서 전화기를 꺼내 화면을 살펴보았다. "저런. 아까 통화할 때 배터리가 간당간당하더니 이제 아주 죽어버렸네." 그는 손목시계를 슬쩍 내려다보며 덧붙였다. "이제 금방 베네치아에 도착할 겁니다. 조금만 기다리면 되겠어요."

이탈리아 해안에서 8킬로미터 떨어진 지점에 정박한 멘다키움호의 선상에서 보좌관 놀턴은 우리에 갇힌 짐승처럼 사무실 안을 서성이는 사무장의 모습을 말없이 지켜보았다. 전화 통화를 마친 사무장은 머릿속이 아주 복잡해 보였고, 놀턴은 그가 생각에 집중하고 있을 때는 찍 소리도 내지 않는 게 상책임을 잘 알고 있었다.

이윽고 검게 그은 얼굴의 사무장이 입을 열었다. 놀턴은 그토록 긴장한 그의 목소리는 지금껏 한 번도 들어본 적이 없었다. "선택의 여지가 없어. 이 동영상을 엘리자베스 신스키 박사에게 보여야겠어."

놀턴은 놀란 기색을 드러내지 않으려고 꼼짝하지 않고 앉아 있었다. '그 은발의 악마? 우리는 그 여자가 조브리스트에게 접근하지 못하게 하려고 1년 동안이나 그 고생을 했잖아.' "알겠습니다, 사무장님. 전자우편으로 동영상을 전송할 방법을 찾아볼까요?"

"무슨 소리! 동영상이 유출되기라도 하면 어떻게 하려고? 엄청난 혼란이 빚어질 거야. 최대한 빠른 시간 내에 신스키 박사를 이 배로 데려와."

놀턴은 자신의 귀를 의심했다. 'WHO 사무총장을 멘다키움호로 데려오라고?' "사무장님, 그건 우리의 보안 수칙에 정면으로—."

"시키는 대로 해, 놀턴! 지금 당장!"

FS-2080은 쏜살처럼 내달리는 프레차르젠토의 창밖을 물끄러미 응시하고 있었지만, 사실 그는 유리에 비친 로버트 랭던의 모습을 살피는 중이었다. 랭던은 아직도 버트런드 조브리스트가 만든 데스마스크의 수수께끼를 풀기 위해 머릿속으로 온갖 가능성을 뒤지고 있었다.

'버트런드.' FS-2080은 속으로 중얼거렸다. '맙소사, 그가 이렇게 그리울 줄은.'

새삼 날카로운 상실감이 엄습했다. 두 사람이 처음 만난 날은 여전히 아득한 꿈결처럼 느껴졌다.

시카고. 눈보라.

6년 전 1월의 어느 날…… 지금도 어제처럼 생생하기만 한 그날. 나는 외투의 옷깃을 치켜세운 채 한 치 앞도 보이지 않는 눈보라를 뚫고 매그니피션트 마일(약 1마일[1.6킬로미터]에 달하는 미시간 애비뉴의 환상적인 쇼핑가 — 옮긴이)의 눈 덮인 거리를 걷고 있다. 이까짓 추위 따위는 나의 발걸음을 막지 못한다. 오늘 밤, 드디어 버트런드 조브리스트의 연설을 직접 들을 수 있는 기회가 찾아왔다.

지금까지 그가 쓴 모든 글을 읽었다. 500장밖에 인쇄되지 않은 오늘 밤 행사의 입장권을 구할 수 있었던 것은 커다란 행운이 아닐 수 없다.

추위에 반쯤 마비된 몸으로 홀에 들어섰을 때, 나는 강연장이 텅 비다시피 한 것을 보고 커다란 충격에 사로잡혔다. 강연이 취소된 것일까?! 눈보라 때문에 도시가 거의 마비되다시피 했으니, 그것 때문에 조브리스트가 여기까지 오지 못하는 것일까?

그때, 그가 나타났다.

훤칠한 키, 아름다운 몸매의 그가 무대에 오른다.

키가 아주 크고…… 활력이 넘치는 초록색 눈동자에는 온 세상의 모든 수수께끼가 깊숙이 깃들어 있는 듯하다. 그가 청중석을 바라본다. 열두어 명의 골수팬들이 앉아 있을 뿐 텅 비다시피 한 청중석은 내가 다 민망할 지경이다.

이 사람이 바로 버트런드 조브리스트다!

딱딱하게 굳은 얼굴로 우리를 바라보는 그의 모습, 오싹한 정적이 실내를 휘감는다.

다음 순간, 갑자기 그의 입에서 우렁찬 웃음소리가 터져 나온다. 그의 초록색 눈동자가 더욱 반짝인다. "청중석이 텅 비었군요." 그가 말한다. "내가 묵는 호텔이 바로 옆 건물입니다. 거기로 자리를 옮겨 술이나 한잔하지요!"

환호성이 터지고, 우리는 옆 건물의 호텔 바로 이동해 널따란 좌석을 차지한 채 마실 것을 주문한다. 조브리스트는 그동안의 연구 성과와 유명 인사가 되기까지의 과정, 그리고 유전공학의 미래에 대한 자신의 입장을 진솔하게 털어놓는다. 술이 한 잔씩 들어가자, 화제는 요즘 조브리스트가 심혈을 기울이는 트랜스휴머니즘 철학으로 넘어간다.

"나는 인류의 장기적인 생존을 위해서는 트랜스휴머니즘이 유일한 희망이라고 생각해요." 조브리스트는 말하면서 자신의 셔츠를 젖혀 어깨에 새겨진 'H+' 문신을 우리에게 보여준다. "보시다시피, 나는 완전히 여기에 빠졌어요."

마치 유명한 록 스타의 공연을 나 혼자 보고 있는 기분이다. '유전학의 천재'로 추앙받는 사람이 그토록 매력적이고 카리스마가 넘치는 인물일 줄은 상상도 하지 못했다. 조브리스트가 나를 바라볼 때마다, 그의 초록색 눈동자는 나에게 전혀 예상하지 못한 감정을 불러일으킨다. 너무도 강력한 성적인 끌림이라고나 할까.

밤이 깊어가고, 일행은 하나둘 줄어든다. 자정 무렵이 되자, 남은 사람은 나와 버트런드 조브리스트, 단둘뿐이다.

"오늘 밤, 정말 고마웠습니다." 나는 약간 취한 기분으로 인사를 건넨다. "당신은 정말 훌륭한 스승이로군요."

"아부하는 겁니까?" 조브리스트는 미소를 지으며 내 옆으로 바짝 다가앉는다. 우리의 다리가 서로 스친다. "아부만 잘해도 세상에 못 할 일이 없지요."

조금 어색한 기분이 들기는 하지만, 눈보라가 몰아치는 시카고의 호텔은 텅 비어 있고 마치 온 세상이 멈춰버린 느낌이다.

"어때요?" 조브리스트가 묻는다. "내 방에 올라가서 한잔 더 할까요?"

나는 꼼작도 할 수가 없다. 마치 자동차 불빛에 갇혀버린 사슴처럼 보였을 것이다.

조브리스트의 눈이 따스하게 반짝인다. "맞춰볼까요?" 그가 속삭인다. "유명한 사람과 같이 있어본 적이 없군요?"

나는 얼굴이 붉게 물드는 것을 느끼며, 당혹감과 흥분과 두려움이 뒤섞인 감정의 소용돌이를 억제하려 애쓴다. "솔직히 말하면……" 내가 간신히 대답한다. "남자와 함께 있어본 적이 없어서요."

조브리스트는 미소를 지으며 조금 더 다가온다. "무엇을 기다리는지는 모르지만, 누구에게나 처음은 있는 법이에요."

그 순간, 어린 시절부터 나를 괴롭혀온 모든 성적 두려움과 좌절감이 눈 녹듯 사라져…… 눈 내리는 밤하늘 속으로 증발한다.

난생처음으로 나는 수치심에서 해방된 열망을 느낀다.

나는 그를 원한다.

10분 후, 우리는 조브리스트의 호텔 방에서 벌거벗은 서로를 끌어안고 있다. 조브리스트는 절대 서두르지 않는다. 그의 차분한 손길이 지금껏 한 번도 느껴보지 못한 감각을 나의 미숙한 온몸에 불러일으킨다.

이것은 나의 선택이다. 그가 강요한 것이 아니다.

조브리스트의 든든한 품속에서, 나는 세상의 모든 일이 다 잘되어갈 거라고 느낀다. 그날 나는 창밖의 눈 내리는 밤하늘을 바라보며, 내가 영원히 이 남자를 따르게 될 것임을 깨닫는다.

프레차르젠토가 갑자기 속력을 늦추는 바람에 FS-2080은 환희로 가득했던 기억을 벗어나 우중충한 현실로 돌아왔다.

'버트런드…… 당신은 가버렸지.'

그들이 함께한 첫날밤은 믿을 수 없는 여정의 첫걸음이었다.

'나는 단순한 그의 연인이 아니다. 나는 그의 제자가 되었다.'

"리베르타 다리." 랭던이 말했다. "거의 다 왔어요."

FS-2080은 고개를 끄덕이며 언젠가 버트런드와 함께 요트를 탔던 베네타 석호를 바라보았다. 평화로운 풍경이 희미해지더니 지난주의 끔찍한 기억으로 되살아났다.

'그가 바디아 탑에서 뛰어내릴 때 나는 거기 있었다.

그의 눈동자에 마지막으로 비친 것이 바로 나의 눈동자였다.'

타시냐노 공항의 활주로를 박차고 날아오른 넷제츠의 사이테이션 액셀은 베네치아를 향한 선회 비행 중에 난류를 만나 심하게 요동쳤다. 무의식중에 자신의 부적을 어루만지며 창밖의 창공을 바라보던 엘리자베스 신스키 박사는 비행기가 그토록 심하게 흔들리는 것을 알아차리지 못했다.

그들이 약물 투여를 중단한 뒤, 엘리자베스는 그새 머리가 맑아지는 것을 실감하기 시작했다. 옆자리에 앉은 브뤼더 요원은 막 발생한 사태의 급전환이 좀처럼 믿기지 않는 듯 입을 굳게 다문 모습이었다.

'모든 게 뒤집혔어.' 엘리자베스 자신도 방금 목격한 상황이 믿기지 않기는 마찬가지였다.

30분 전, 그들은 랭던을 태운 전용기가 이륙하기 전에 그를 잡으려고 조그만 공항을 덮쳤다. 그러나 랭던의 모습은 간 곳이 없고, 시동을 걸어놓은 사이테이션 액셀 앞에서 넷제츠 소속의 조종사 두 명이 연신 손목시계를 들여다보며 초조하게 서성이고 있을 뿐이었다.

로버트 랭던은 끝내 나타나지 않았다.

'전화가 걸려온 건 바로 그때였지.'

전화벨이 울렸을 때, 엘리자베스는 오늘 하루 종일 붙잡혀 있던 검은색 승합차 뒷자리에 앉아 있었다. 브뤼더 요원이 당혹스러운 표정으로 차에 올라 그녀에게 전화기를 건넸다.

"박사님에게 걸려온 긴급 전화입니다."

"누군데요?" 그녀가 물었다.

기만은 인간 고유의 악이다;
하느님은 기만을 더욱 싫어하시니,
사기꾼들은 더 낮은 곳에서,
더 큰 고통에 시달린다.

—단테의 〈인페르노〉 제11곡 25–27행

"버트런드 조브리스트에 대한 아주 중요한 정보를 가지고 있다고만 전하라고 했습니다."

엘리자베스는 얼른 전화기를 받아 들었다. "엘리자베스 신스키입니다."

"신스키 박사, 우리가 서로 만난 적은 없지만, 내가 바로 지난 1년 동안 당신에게서 버트런드 조브리스트를 숨기는 일을 맡았던 조직의 책임자요."

신스키의 자세가 한층 꼿꼿해졌다. "누군지는 모르지만 당신은 희대의 범죄자를 보호했어요!"

"우리는 불법적인 일은 하지 않았소. 하지만 그건—."

"지금 그걸 말이라고 하는 거예요?!"

상대방은 인내심을 발휘하며 몇 번 심호흡을 한 다음, 아주 부드러운 목소리로 말을 이었다. "내가 하는 일의 윤리적인 측면에 대해서 논의할 시간은 앞으로도 얼마든지 있을 거요. 당신은 나를 모르겠지만, 나는 당신을 잘 아오. 조브리스트 씨는 당신을 포함한 그 누구도 자신에게 접근하지 못하게 해달라고 나에게 막대한 비용을 지불했소. 나는 지금 스스로 원칙을 무시한 채 당신에게 연락을 취했소. 그리고 내가 보기에 지금 우리는 서로 힘을 합치는 것 외에 다른 선택의 여지가 없는 듯하오. 아무래도 버트런드 조브리스트가 뭔가 아주 끔찍한 짓을 저지른 모양이오."

신스키는 이 남자가 누구인지 짐작조차 가지 않았다. "그걸 이제야 알게 된 건가요?!"

"그렇소. 바로 지금." 그의 목소리는 진지했다.

신스키는 거미줄을 조금 더 흔들어보기로 마음먹었다. "당신은 누구죠?"

"너무 늦기 전에 당신을 돕고 싶은 사람이라고 해두지요. 나는 지금 버트런드 조브리스트가 만든 동영상 메시지를 가지고 있소. 조브리스트는 이걸 세상에 공개해달라고 부탁했소…… 바로 내일. 당신이 즉시 이걸 봐야 할 것 같소."

"무슨 메시지죠?"

"전화로 얘기할 수는 없소. 직접 만나야 하오."

"당신을 어떻게 믿죠?"

"내가 지금 당신에게 로버트 랭던의 위치를 알려주면, 그리고 그가 왜 그렇게 이상한 행동을 하는지를 설명해주면…… 나를 믿어도 좋다는 걸 알게 될 거요."

랭던의 이름이 언급된 것만으로 이미 움찔했던 신스키는, 상대방의 설명에 귀를 기울이며 경악을 금치 못했다. 이 사람은 지난 1년 동안 그녀의 숙적과 손을 잡고 있었지만, 신스키는 그의 말을 믿는 수밖에 없다고 직감했다.

'다른 선택의 여지가 없어.'

그들의 자원을 합치니, '바람 맞은' 넷제츠의 사이테이션 액셀을 징발하는 데는 아무런 무리가 없었다. 신스키와 군인들은 랭던과 두 동행인이 탄 기차가 지금 막 베네치아에 도착했을 거라는 정보를 듣고, 서둘러 전용기에 올랐다. 현지 경찰의 지원을 요청하기에는 시간이 너무 촉박했지만, 수수께끼의 남자는 랭던의 행선지를 정확하게 알고 있다고 주장했다.

'산 마르코 광장?' 베네치아에서 가장 인기가 높은 관광지에 모여 있을 인파를 생각하며 신스키는 서늘한 한기를 느꼈다. "당신이 그걸 어떻게 알지요?"

"전화로 얘기할 수 없소." 남자가 대답했다. "하지만 당신은 로버트 랭던이 굉장히 위험한 인물과 함께 있다는 사실을 명심해야 할 거요."

"그게 누구죠?!" 신스키가 물었다.

"조브리스트의 최측근 가운데 한 명이오." 남자는 무거운 한숨을 내쉬며 말을 이었다. "내가 신뢰하던 사람이기도 했소. 내가 어리석었소. 한때 내가 믿었던 사람이 지금은 커다란 위협이 되고 말았소."

여섯 명의 군인과 함께 베네치아의 마르코 폴로 공항으로 향하는 전용기 안에서, 신스키는 다시 로버트 랭던을 떠올렸다. 그가 기억을 상실했다고? 아무것도 기억하지 못한다고? 그 뜻밖의 소식은 몇 가지 의문을 해결해주었지만, 다른 한편으로 유명한 학자를 이런 위기에 끌어들였다는 자책감이 한층 더 커지게 했다.

'그에게는 선택의 여지가 없었어.'

이틀 전, 신스키는 랭던에게 여권을 가지러 집에 다녀올 시간조차 허락하지 않았다. 그 대신 랭던이 세계보건기구의 특별 연락관 신분으로 피렌체 공항을 조용히 빠져나올 수 있도록 조치했다.

C-130 수송기가 이륙한 뒤 대서양을 동쪽으로 가로지르기 시작하자, 신스키는 옆에 앉은 랭던의 안색이 그리 좋아 보이지 않는다는 사실을 알아차렸다. 랭던은 창문도 없는 비행기의 벽을 뚫어지게 쳐다보고 있었다.

"교수님, 이 비행기에 창문이 없다는 건 알죠? 얼마 전까지 군용 수송기로 사용되던 비행기라서 그래요."

랭던은 잿빛에 가까운 얼굴로 그녀를 돌아보았다. "예, 비행기에 오르자마자 알아차렸어요. 사실 나는 밀폐된 공간에 들어오면 상태가 좀 안 좋아지거든요."

"그래서 의도적으로 가상의 창문을 바라보는 척하는 거예요?"

랭던은 겸연쩍은 미소를 지었다. "뭐 그런 셈이지요."

"음, 그럼 차라리 이걸 보세요." 신스키는 호리호리한 몸매에 초록색 눈동자를 가진 한 남자의 사진을 꺼내 랭던 앞에 놓았다. "버트런드 조브리스트예요."

신스키는 외교협회에서 그와 맞섰던 이야기, 인류 멸망 방정식에 대한 그의 집념, 그가 언급한 흑사병의 혜택에 대한 논란, 그리고 지난 1년 동안 그가 완전히 시야에서 사라져버렸던 사실 등에 대해서는 이미 랭던에게 다 털어놓은 다음이었다.

"그렇게 유명한 인물이 어떻게 1년씩이나 종적을 감출 수 있지요?" 랭던이 물었다.

"그를 돕는 사람들이 많아요. 그것도 아주 전문적으로. 어쩌면 어느 나라의 정부가 관련되어 있을지도 모르고요."

"세상에 어떤 나라 정부가 흑사병을 퍼뜨리려는 미치광이를 돕습니까?"

"암시장에서 핵탄두를 구하려고 혈안이 된 나라들도 있잖아요. 효과적인 흑사병은 치명적인 생화학 무기가 될 수 있고, 그 가치는 돈으로 따질 수 없을 정도라는 사실을 명심하세요. 조브리스트는 자신의 발명품이 국지적으로만 효력을 발휘할 수 있다고 동업자들을 속였을 겁니다. 그의 발명품이 실제로 어떤 위력을 지녔는지 정확하게 아는 사람은 조브리스트 본인밖에 없을 거예요."

랭던은 할 말을 잃었다.

"어쨌거나……" 신스키가 말을 이었다. "돈이나 권력 때문이 아니라 이데올로기 때문에 조브리스트를 돕는 사람들도 있어요. 그를 위해서라면 무슨 짓이든 마다하지 않을 추종자들이 얼마든지 있죠. 사실 그는 상당한 영향력을 가진 유명 인사예요. 얼마 전에 당신이 몸담은 대학에서 강연을 하기도 한 걸요."

"하버드에서요?"

신스키는 펜을 꺼내 조브리스트의 사진 위에 H자를 쓰고 그 옆에 플러스 표시를 했다. "당신은 기호학자니까, 이게 뭔지 알겠죠?"

H+

"H 플러스……." 랭던은 자신 없는 표정으로 고개를 끄덕였다. "몇 년 전 여름에 이 기호가 캠퍼스를 온통 뒤덮었던 적이 있어요. 무슨 화학 관련 세미나인 줄 알았는데요?"

신스키는 웃음을 지었다. "아니에요. 이건 2010년 '휴머니티 플러스 서미트'의 로고였어요. 사상 최대의 트랜스휴머니즘 집회였죠. H+는 트랜스휴머니즘 운동의 심벌마크예요."

랭던은 처음 듣는 이야기라는 듯 고개를 갸웃거렸다.

신스키가 설명을 이어갔다. "트랜스휴머니즘은 일종의 지적 운동이자 철학이에요. 과학계에서는 발 빠르게 뿌리를 내리고 있죠. 간단히 말하면 인체의 약점을 극복하기 위해 첨단 기술을 사용해야 한다는 주장이에요. 생물학적으로 인간을 개조하는 것이 진화의 다음 단계라는 거죠."

"불길한 느낌이 드는군요." 랭던이 말했다.

"모든 변화가 다 그렇듯이, 정도의 문제라고 할 수 있겠죠. 엄밀히 말해서 인체를 개조하기 위한 노력은 이미 오래전부터 시작됐어요. 소아마비나 천연두, 장티푸스 같은 특정한 질병에 대한 면역력을 갖추기 위해 백신을 개발하는 것도 그런 범주에 포함시킬 수 있죠. 문제는, 조브리스트가 개발한 생식 계열에 대한 유전공학 덕분에 '유전 가능한' 면역력을 형성하는 방법이 연구되고 있다는 점이에요. 핵심적인 생식 계열 수준의 수용체에 영향을 미쳐 그 이후 세대 모두가 그 질병에 대한 면역력을 갖도록 하는 거죠."

랭던은 상당한 충격을 받은 표정이었다. "그럼 예를 들어 인간이라는 종이 장티푸스에 대한 면역력을 갖는 방향으로 '진화'한다는 겁니까?"

"단순히 진화를 돕는 차원의 이야기가 아니에요." 신스키가 말했다. "정상적인 경우라면 허파 호흡을 하는 물고기한테 발이 생긴다든지, 원숭이에게 서로 마주 볼 수 있는 엄지손가락이 생긴다든지 하는 진화 과정이 완성되기까지는 천 년의 세월이 필요해요. 그런데 인간은 급진적인 유전적 변형을 통해 불과 한 세대만에 진화를 끝내버리는 거죠. 이 기술에 찬성하는 사람들은 그것이야말로 다윈주의 적자생존의 법칙이 극단적으로 나타나는 사례라고 주장해요. 인간이 스스로의 진화 과정을 발전시킬 수 있는 방법을 터득하게 되었다는 거죠."

"그건 신의 역할을 대신하겠다는 이야기처럼 들리는데요." 랭던이 대답했다.

"전적으로 동감이에요." 신스키가 말했다. "하지만 조브리스트는 다른 트랜스휴머니스트들과 마찬가지로, 동원할 수 있는 모든 역량을 최대한 활용해 인간이라는 종을 더욱 진화시키는 것이 인류에게 주어진 책임이라고 주장해요. 생식 계열 유전자를 조작하는 기술도 당연히 거기에 포함되는 거고요. 문제는 우리의 유전자 구성이 마치 카드로 만든 집과도 같아서, 한 장의 카드가 수없이 많은 다른 카드들과 서로 밀접한 연관을 가지고 있다는 점이에요. 우리가 아직 이해하지 못하는 연결 방식도 많고요. 그런 상태에서 하나의 카드를 제거해 버리면, 수많은 다른 카드들이 연쇄반응을 일으켜서 결국 집이 무너지는 파국적인 결과를 초래할 수도 있다는 거죠."

랭던은 고개를 끄덕였다. "진화가 점진적으로 이루어지는 데는 그럴 만한 이유가 있는 셈이로군요."

"바로 그거예요!" 신스키는 모처럼 말이 통하는 상대를 만났다는 생각에 시간이 갈수록 이 교수가 점점 더 마음에 들었다. "우리는 지금 수없이 긴 세월에 걸쳐 이루어져야 할 과정을 서툰 땜장이처럼 함부로 주무르고 있는 셈이에요. 지금 우리는 굉장히 위험한 시대를 살고 있어요. 말하자면 우리의 후손들이 운동 능력이나 체력, 근력, 심지어는 지력까지도 지금과는 비교도 되지 않을 만큼 뛰어난, 이를테면 슈퍼 인류로 태어나도록 하는 특정한 유전자 배열을 만들어낼 수 있는 능력을 갖게 된 셈이죠. 트랜스휴머니스트들은 이렇게 '업그레이드된' 인간을 '포스트휴먼'이라고 부르는데, 이것이 인류의 미래가 될 거라고 장담하고 있어요."

"갑자기 우생학이 떠오르네요." 랭던이 말했다.

신스키는 그 단어만 들어도 소름이 돋았다.

1940년대 나치 과학자들은 자기네들 표현으로 우생학이라 부르는 기술을 연구했다. 그것은 초보적인 유전공학을 이용해 '바람직한' 유전적 특성을 가진 아기의 출생률을 높이고 그렇지 못한 인종적 특징을 가진 아기의 출생률을 낮추겠다는 시도였다.

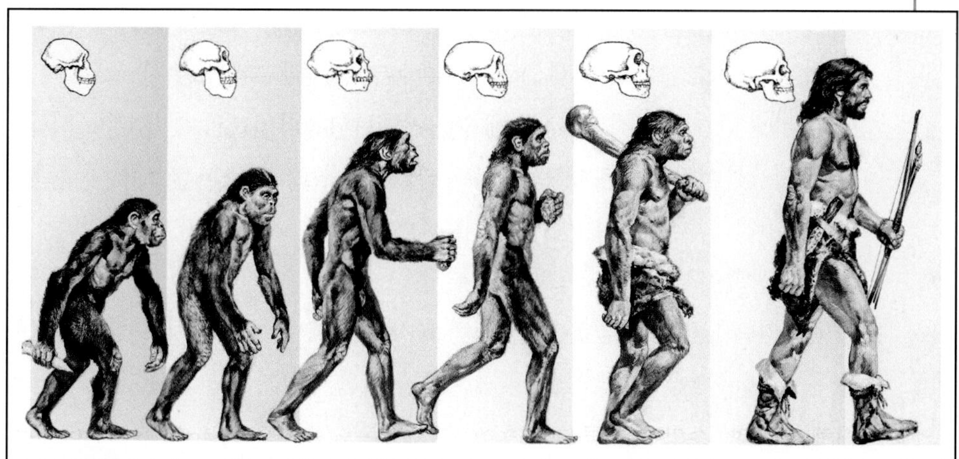

다윈의 진화 단계

'유전자 수준의 인종 청소인 셈이다.'

"비슷한 데가 있죠." 신스키도 동의했다. "새로운 인류를 만들어내는 방법을 알아내기도 어렵지만, 반면에 인류가 살아남기 위해서는 당장 그런 과정을 시작해야 한다고 믿는 사람들도 많아요. 트랜스휴머니스트들의 기관지라 할 수 있는 《H+》라는 잡지의 어느 기고자는 생식 계열 유전공학이야말로 '가장 확실한 다음 단계'고, 그것이 '인류의 참된 잠재력을 대변한다'고 주장하기까지 했어요." 신스키는 잠시 숨을 돌린 뒤 덧붙였다. "그러고 나서는 그 잡지를 옹호하려고 《디스커버 매거진》에 '세상에서 가장 위험한 생각'이라는 글을 게재하기도 했죠."

"나라면 그 글의 제목에 동의할 수밖에 없겠군요." 랭던이 말했다. "적어도 사회문화적인 관점에서는 말이에요."

"왜요?"

"음, 그런 유전자 강화는 성형 수술과 마찬가지로 돈이 많이 들 것 아닙니까?"

"물론이죠. 모든 사람이 자기 자신과 자식을 위해 그만한 돈을 투자할 수는 없을 거예요."

"그것은 다시 말해서 유전자 강화가 합법화되면 그 즉시 가진 자와 못 가진 자의 세계가 확연히 구분될 거라는 뜻이에요. 우리는 이미 부자와 빈자 사이의 양극화가 점점 심화되는 현상을 목격하고 있지요. 그런데 만약 유전공학이 그런 식으로 활용되면 세상은 강력한 슈퍼휴먼과 그렇지 못한 서브휴먼으로 나뉘고 말 거예요. 사람들이 세계를 지배하는 1퍼센트의 슈퍼 부자들을 어떻게 생각하는지 아시잖아요. 그런데 한발 더 나아가 그 1퍼센트가 더 똑똑하고, 더 강하고, 더 건강한 종이라고 상상해보세요. 노예제도나 인종 청소에 버금가는 상황이 발생할 거예요."

신스키는 옆자리에 앉은 이 잘생긴 학자를 향해 미소를 지어 보였다. "교수님은 내가 유전공학의 가장 심각한 함정이라고 생각하는 부분을 금방 포착해내시는군요."

"글쎄요, 그걸 제대로 포착했는지는 모르겠지만 조브리스트에 대해서는 여

만약 지금의 세상이 길을 잃는다면,
그대들에게서 그 원인을 찾아야 한다.
—단테의 〈푸르가토리오〉 제16곡 82–83행

전히 혼란스러워요. 트랜스휴머니즘의 입장은 결국 인간을 진화시켜서 더욱 건강하게 만들고, 치명적인 질병을 치료해 수명을 연장하자는 것 아닙니까. 하지만 인구과잉에 대한 조브리스트의 관점은 사람들이 아무리 죽어나가도 상관없다는 쪽이잖아요. 트랜스휴머니즘과 인구 과잉에 대한 그의 관점은 서로 충돌을 일으키는 것처럼 보이는데, 그렇지 않은가요?"

신스키는 진지한 표정으로 한숨을 내쉬었다. 아주 좋은 질문이기는 하지만, 불행하게도 아주 명쾌하면서도 골치 아픈 답이 나와 있는 질문이었다. "조브리스트는 기술을 통한 인간의 진화라는 트랜스휴머니즘의 기본 철학을 신봉하는 인물이에요. 하지만 그는 또한 우리가 그런 성과를 누리기 전에 인류가 먼저 멸종할 것이라는 믿음을 가진 인물이기도 하죠. 결론적으로, 누군가 어떤 조치를 취하지 않으면 유전공학의 약속이 현실화될 기회도 없이, 순전히 인간의 개체수 때문에 인류가 멸종하고 말 거라는 이야기예요."

랭던의 눈이 휘둥그레졌다. "그럼 조브리스트는 좀 더 많은 시간을 벌기 위해…… 먼저 숫자를 줄여야 한다고 주장하는 겁니까?"

신스키는 고개를 끄덕였다. "그는 언젠가 자기가 한 시간마다 승선 인원이 두 배로 늘어나는 배 안에 갇혀 있다고 표현한 적이 있어요. 배가 자체의 무게 때문에 가라앉기 전에 구명정을 만들려고 필사적인 노력을 기울이고 있다는 거죠." 그녀는 씁쓸한 표정으로 말을 이었다. "그래서 그는 승객의 절반을 바다에 던져버려야 한다고 주장하는 거예요."

랭던은 얼굴을 찌푸렸다. "무시무시한 생각이로군요."

"그렇죠. 그걸 분명히 알아야 해요." 신스키가 말했다. "조브리스트는 인구를 줄이기 위한 획기적인 노력이 언젠가 최고의 영웅적인 행동으로 기억될 거라는 확고한 믿음을 가지고 있어요. 인류가 생존을 선택한다면 말이죠."

"아무리 생각해도 끔찍하네요."

"더 심각한 것은 그런 생각을 하는 사람이 조브리스트 혼자만이 아니라는 사실이에요. 조브리스트가 죽었을 때, 많은 사람들이 그를 순교자로 떠받들었어요. 우리가 피렌체에 도착했을 때 어떤 사람들과 마주치게 될지는 몰라도 최대한 신중을 기하지 않으면 안 된다는 걸 명심해야 해요. 이 전염병을 찾아내려 하는 사람은 우리뿐만이 아닐 거예요. 당신 자신의 안전을 위해서라도 그것을 찾기 위해 이탈리아에 들어왔다는 사실은 누구에게도 알리면 안 돼요."

랭던은 그녀에게 자신의 친구이자 단테 전문가인 이그나치오 부소니라는 사람 이야기를 꺼냈다. 그 사람이라면 베키오 궁전의 개방 시간이 끝난 뒤에 조용히 '케르카 트로바'라는 문구가 적힌 그림을 둘러볼 수 있도록 조치해줄 거라는 이야기였다. 어쩌면 부소니는 조브리스트의 소형 프로젝터에 나오는 죽음의 눈 어쩌고 하는 이상한 문장의 의미를 설명해줄 수 있을지도 몰랐다.

신스키는 긴 은발을 쓸어 올리며 간절한 눈으로 랭던을 바라보았다. "구해서, 찾으세요, 교수님. 시간이 없어요."

신스키는 기내의 창고에서 WHO가 보유한 가장 안전한 위험물 운반용 튜브를 꺼내 왔다. 최첨단 지문인식 기능이 장착된 모델이었다.

"엄지손가락 좀 줘보세요." 신스키는 랭던 앞에 튜브를 놓으며 말했다.

랭던은 얼떨떨한 표정이었지만 순순히 시키는 대로 했다.

신스키는 오로지 랭던만이 그 튜브를 열 수 있도록 그의 지문을 입력했다. 그러고는 그 속에 소형 프로젝터를 넣었다.

"휴대용 은행 금고라고 생각하면 될 거예요." 신스키가 웃으며 말했다.

"생물학적 위험을 경고하는 심벌이 새겨진 은행 금고도 있어요?" 랭던은 왠지 불안한 마음이 앞섰다.

"마침 가지고 있는 게 그것뿐이네요. 긍정적으로 생각하자면, 그 심벌 때문에 아무도 함부로 다루지 못할 테니 오히려 좋잖아요."

랭던은 잠시 다리도 뻗을 겸 화장실에 다녀오겠다며 자리에서 일어났다. 그가 자리를 비운 사이, 신스키는 밀봉한 튜브를 그의 재킷 주머니에 넣어보았지만, 주머니에 쏙 들어가기에는 부피가 너무 컸다.

'이걸 사람들 눈에 훤히 보이도록 들고 다닐 수는 없어.' 신스키는 잠시 고민한 끝에 다시 창고로 들어가 수술용 메스와 바느질 세트를 가지고 나왔다. 그러고는 랭던의 재킷 안감을 조금 자른 다음, 정확하게 튜브의 크기와 맞춰서 비밀 주머니를 만들어 달았다.

랭던이 화장실에서 돌아왔을 때, 신스키는 막 바느질을 끝낸 참이었다.

랭던은 마치 〈모나리자〉를 훼손한 범인이라도 마주한 듯이 눈을 부릅떴다.
"지금 내 해리스 트위드의 안감을 자른 거예요?"

"진정해요, 교수님." 신스키가 말했다. "나는 숙련된 외과 의사예요. 바느질 솜씨 하나는 수준급이죠."

베네치아의 산타 루치아 기차역은 회색 벽돌과 콘크리트로 지어진 야트막하고 아름다운 건물이다. 현대적인 미니멀리즘 스타일로 설계된 이 건물의 외관에는 이탈리아 국영철도(Ferrovie dello Stato)를 상징하는 날렵한 모양의 'FS'라는 심벌 외에는 간판이나 표지판이 전혀 없어 더욱 우아한 느낌을 준다.

역이 대운하의 서쪽 끝에 자리하고 있기 때문에 베네치아에 도착한 승객들은 역에서 한 발만 빠져나오면 베네치아 특유의 광경과 냄새와 소리에 흠뻑 빠져들 수 있다.

랭던의 경우, 언제나 베네치아에서 제일 먼저 그의 감각을 사로잡는 것은 소금기가 물씬 느껴지는 공기였다. 역 앞의 노점에서 파는 하얀 피자 냄새가 양념처럼 섞인 깨끗한 바닷바람이 그를 맞아주었다. 오늘은 마침 동쪽에서 바람이 불어와, 대운하에서 시동을 건 채 손님들을 기다리고 있는 수상 택시의 행렬에서 뿜어 나오는 시큼한 경유 냄새도 섞여 있었다. 택시와 곤돌라, 바포레토와 자가용 모터보트의 주인들이 활기차게 손을 흔들며 관광객들을 유혹했다.

'물길도 혼잡스럽기는 마찬가지군.' 랭던은 대운하에 떠 있는 크고 작은 선박들을 바라보며 속으로 중얼거렸다. 보스턴에서라면 짜증스럽기만 할 교통 정체가 이곳 베네치아에서는 아주 색다른 풍경으로 다가왔다.

운하 너머로 돌을 던지면 닿을 만한 거리에 있는 산 시메오네 피콜로 성당의 녹청색 돔이 오후의 하늘에 걸려 있었다. 유럽 전역을 통틀어 건축의 절충주의를 가장 잘 보여주는 교회가 바로 이곳이었다. 이례적이라 할 만큼 가파른

산타 루치아 기차역, 베네치아

돔과 원형의 성소는 비잔틴 양식에 포함되지만, 기둥이 달린 대리석 프로나오스(고대의 신전 건축에서 볼 수 있는 성소 앞의 문간방 — 옮긴이)는 로마의 판테온으로 대변되는 고전 그리스 양식을 본뜬 것이었다. 정문 위에는 순교한 성인들의 모습을 그린 섬세한 대리석 부조의 박공이 얹혀 있었다.

'베네치아는 거대한 야외 박물관이다.' 랭던은 이 성당의 계단에 찰랑거리는 운하의 물을 바라보며 속으로 중얼거렸다. '서서히 가라앉고 있는 박물관.' 물론 이 도시가 물에 잠길 가능성은 지금 랭던이 마주하고 있는 위협과 비교하면 걱정거리 축에도 들지 못할 터였다.

대운하, 베네치아

'그럼에도 불구하고 아무도 이 위기를 아는 사람이 없다.'

랭던은 단테의 데스마스크 뒷면에 적힌 시를 떠올리며, 그것이 자신을 어디로 이끌어 갈지 걱정스러운 마음을 가눌 길 없었다. 그 시를 옮겨 적은 종이는 지금 그의 주머니에 들어 있지만, 석고 마스크는 시에나의 의견에 따라 신문지로 둘둘 말아서 기차역의 무인 보관함에 넣어두었다. 그런 소중한 유물을 보관하기에는 터무니없을 만큼 부적절한 장소였지만, 사방에 물이 찰랑거리는 이 수상 도시에서라면 손에 들고 다니는 것보다는 차라리 그쪽이 안전할 것 같았다.

산 시메오네 피콜로 성당, 베네치아

"로버트?" 페리스와 함께 저만치 앞서가던 시에나가 수상 택시를 향해 손짓을 하며 말했다. "서둘러야 해요."

랭던은 얼른 그녀를 향해 다가가면서도 속으로는 명색이 건축 애호가라는 자신이 이 대운하를 제대로 둘러보지도 않고 발길을 돌리는 것은 말도 안 된다고 생각했다. 베네치아에서 경험할 수 있는 여러 가지 즐거움 가운데, 특히 밤에 1번 바포레토 — 이 도시의 대표적인 수상 버스 노선 — 의 앞자리에 앉아 환하게 불이 밝혀진 성당과 궁전들을 바라보는 호사를 빠뜨릴 수는 없다.

'오늘은 바포레토를 포기해야겠군.' 랭던은 속으로 생각했다. 수상 버스인 바포레토는 속도가 느린 것으로 유명하니, 수상 택시를 타는 쪽이 시간을 단축할 수 있을 터였다. 그러나 불행하게도, 역 앞에 길게 줄지어 서 있는 사람들이 모두 이 택시를 타려는 이들이었다.

페리스가 잠시도 시간을 낭비하고 싶지 않은 듯 직접 문제 해결에 나섰다. 두툼한 지폐 다발을 무기로, 남아프리카산 마호가니로 만든 수상 리무진을 부른 것이다. 이 멋들어진 선박은 운임이 좀 비싸기는 하지만, 15분 거리인 대운하에서 산 마르코 광장까지 가장 신속하고 은밀하게 이동할 수 있는 수단이었다.

기사는 아르마니 맞춤 정장을 차려입은, 눈이 번쩍 뜨일 만큼 잘생긴 남자였다. 대운하에서 배를 몰기보다는 영화 배우로 이름을 날려도 손색이 없을 듯했지만, 여기는 이탈리아에서도 가장 아름다운 것들이 많은 도시, 베네치아가 아닌가.

산 제레미아 성당, 베네치아

"마우리치오 핌포니라고 합니다." 그는 자신의 리무진에 오르는 일행을 맞이하며 특히 그중에서도 시에나에게 한쪽 눈을 찡긋했다. "프로세코(이탈리아산 스파클링 와인 — 옮긴이)? 리몬첼로(이탈리아산 레몬 소주 — 옮긴이)? 샴페인? 어떤 걸로 하시겠습니까?"

"노, 그라치에(아니에요, 고맙습니다)." 시에나는 마실 것을 사양하며 속사포 같은 이탈리아어로 최대한 빨리 산 마르코 광장으로 가달라고 부탁했다.

"마 체르토(물론이죠)!" 마우리치오는 또 한 번 눈을 찡긋했다. "이 녀석이 베네치아에서 제일 빠른 배거든요."

랭던 일행이 탁 트인 고물 쪽의 고급스러운 좌석을 차지하고 앉자, 마우리치오는 볼보 펜타 모터에 후진 기어를 넣고 익숙한 솜씨로 선착장에서 배를 뺐다. 이어서 조타륜을 오른쪽으로 돌리고 전진 기어로 변속하자, 커다란 배는 날렵하게 곤돌라 사이를 헤치고 미끄러져 나가기 시작했다. 이 미끈한 검은색 리무진이 남긴 물살에 주위의 곤돌라들이 크게 휘청거렸고, 줄무늬 셔츠를 입은 사공들이 주먹을 흔들며 욕을 해댔다.

"스쿠사테(미안합니다)!" 마우리치오가 큰 소리로 그들에게 사과했다. "VIP 손님들을 태웠거든요!"

불과 몇 초 만에 혼잡스러운 산타 루치아 역 앞을 빠져나온 마우리치오는 대운하를 따라 동쪽으로 배를 몰았다. 우아한 스칼치 다리 밑을 지날 때는 근처의 둑 위에 늘어선 레스토랑에서 새 나오는 이 도시의 특산물, 오징어 먹물 요리 특유의 달콤한 향내가 느껴졌다. 운하의 만곡부를 돌아 나오자, 거대한 산 제레미아 성당의 돔이 한눈에 들어왔다.

"산타 루치아." 랭던은 성당의 측벽에 새겨진 성인의 이름을 나직이 읊조려 보았다. "장님의 뼈."

"뭐라고요?" 시에나는 랭던이 수수께끼의 시에 대해 뭔가 새로운 사실을 알아낸 것인가 하는 기대를 품고 그를 돌아보았다.

"아무것도 아니에요." 랭던이 대답했다. "문득 이상한 생각이 들어서요. 별것 아니에요." 그는 성당을 가리키며 말을 이었다. "저 글씨 보이지요? 산타 루치아가 저기 묻혀 있어요. 가끔 성인화 — 기독교 성인들의 모습을 그린 미술 작품 — 에 대해 강의를 하는데, 갑자기 산타 루치아가 장님들의 수호성인이라는 사실이 생각나서요."

"시(네), 산타 루치아!" 마우리치오가 기다렸다는 듯이 밝은 목소리로 말했다. "장님들의 성인! 거기에 얽힌 이야기도 알아요?" 청년이 고개를 돌려 랭던 일행을 바라보며 요란한 엔진음을 이길 만큼 큰 소리로 말했다. "루치아는 너무나 아름다워서 남자들이 그녀를 보기만 하면 정신을 못 차릴 정도였어요. 그래서 루치아는 하느님 앞에 순결을 유지하기 위해 자신의 눈을 뽑아버렸지요."

시에나의 입에서 신음 소리가 새 나왔다. "대단하네요."

"그런 희생의 대가로 하느님은 루치아에게 더욱 더 아름다운 눈을 선사했어요!" 마우리치오가 말을 이었다.

시에나는 랭던을 돌아보며 속삭였다. "설마. 그게 말이 안 된다는 건 알고 그랬겠죠?"

"신의 역사는 아주 신비로울 때가 많아요." 랭던은 스무 명도 넘는 유럽의 대가들이 작품 속에 남긴 산타 루치아의 모습을 떠올렸다. 하나같이 자신의 눈알을 쟁반에 담아 들고 있는 모습이었다.

산타 루치아에 얽힌 이야기는 수많은 형태로 전해 내려오지만, 한결같은 공통점은 루치아가 욕정을 불러일으키는 자신의 눈알을 뽑아 쟁반에 담고는 고집스러운 구혼자에게 이렇게 말하는 장면이다. "여기, 그대가 그토록 갈망했던 것을 가지세요. 부디 간구하오니, 나머지는 제발 그냥 내버려 두세요!" 묘하게도, 루치아의 자해를 유도한 것은 바로 성경이었다. 루치아라는 이름이 언급될 때마다 그리스도의 유명한 훈계가 따라 나오는 것도 그 때문이다. "만일 네 눈이 너를 범죄케 하거든 빼어내 버리라."(마태복음 18:9)

'빼어내 버리라.' 랭던은 문제의 시에서도 같은 단어가 사용되었음을 깨달았다. '장님의 뼈를 빼낸…… 베네치아의 변절한 총독을 찾으라.'

단순한 우연일 수도 있지만, 혹시 이 시에서 언급한 장님이 산타 루치아를 지칭하는 것이 아닐까 하는 의문이 일었다.

"마우리치오." 랭던이 산 제레미아 성당을 가리키며 소리쳤다. "산타 루치아의 뼈가 저 성당에 보관되어 있지 않아요?"

"몇 개는 있지요." 마우리치오는 한 손으로 능숙하게 배를 몰며 근처를 오가는 다른 배들을 무시한 채 손님들을 돌아보았다. "하지만 몇 개 없어요. 산타 루치아는 너무 유명한 탓에 그 뼈가 전 세계의 성당으로 흩어졌어요. 물론 산타 루치아를 제일 사랑하는 것은 베네치아 사람들이기 때문에—."

"마우리치오!" 페리스가 소리쳤다. "장님은 산타 루치아지 자네가 아니야. 앞을 좀 보란 말이야!"

마우리치오는 사람 좋은 웃음을 터뜨리며 고개를 돌리더니, 마주오던 다른 배를 아슬아슬하게 피해 갔다.

시에나가 랭던의 눈치를 살피며 물었다. "뭐 좀 알아냈어요? 장님의 뼈를 빼낸 변절한 총독?"

랭던은 입술을 오물거리며 대답했다. "아직 확실하지는 않아요."

랭던은 시에나와 페리스에게 산타 루치아의 유골을 둘러싼 역사를 간단히 설명했다. 전하는 바에 따르면, 아름다운 루치아가 어느 권세가의 청혼을 거절하자 그는 루치아를 말뚝에 묶어 화형에 처하라고 명령했는데, 그녀의 육신이 불에 타기를 거부했다는 것이다. 그런 이유로 그녀의 유골은 특별한 힘을 가졌으며, 그것을 소유한 사람은 비정상적으로 긴 수명을 누릴 수 있다는 믿

자신의 눈알을 쟁반에 담아 들고 있는 산타 루치아, 움브리아파

음이 생겨났다.

"마법의 뼈네요?" 시에나가 말했다.

"믿는 사람들한테는 그런 셈이지요. 그래서 루치아의 유골이 전 세계에 흩어져 있게 된 겁니다. 2천 년에 걸쳐 강력한 권력을 가진 지도자들은 산타 루치아의 유골을 손에 넣어 노화와 죽음을 막으려 했지요. 많은 사람들이 루치아의 유골을 훔치고, 훔친 걸 또 훔치고, 장소를 옮기고, 여러 조각으로 나누고 하는 과정을 되풀이했어요. 아마 역사상 다른 어떤 성인보다도 더 그런 사례가 많을 겁니다. 루치아의 유골은 최소한 막강한 권력가 열두 명의 손을 거쳤으니까요."

시에나가 물었다. "그중에는 변절한 총독도 포함되어 있겠죠?"

말들의 머리를 자르고……
장님의 뼈를 빼낸
베네치아의 변절한 총독을 찾으라.

"그럴 수도 있겠지요." 랭던은 단테의 〈인페르노〉가 산타 루치아를 아주 중요한 인물로 언급한다는 사실을 떠올리며 대답했다. 루치아는 지하 세계를 빠져나가는 단테를 돕기 위해 베르길리우스를 부른 축복받은 세 명의 여인—레 트레 돈네 벤네데테—가운데 한 명이었다. 다른 두 여인은 성모 마리아와 단테의 연인 베아트리체인데, 단테는 그중에서도 산타 루치아를 제일 높은 서열에 올려놓았다.

"만약 그게 사실이라면……" 시에나가 흥분한 목소리로 말했다. "말들의 머리를 자른 변절한 총독이……."

"……산타 루치아의 뼈를 훔치기도 했다는 이야기죠." 랭던이 시에나의 말을 대신 마무리했다.

시에나는 고개를 끄덕였다. "그렇게 되면 후보자의 수가 크게 줄어들어요." 그녀가 페리스를 돌아보며 물었다. "휴대전화 아직도 안 돼요? 인터넷 검색을 해보면—."

"완전히 맛이 갔어요." 페리스가 말했다. "방금 확인해봤어요. 미안해요."

"어차피 곧 도착할 겁니다." 랭던이 말했다. "산 마르코 대성당에 가면 뭔가 답을 찾을 수 있을 거예요."

랭던이 보기에 산 마르코는 지금까지 찾아낸 가장 확실한 퍼즐 조각이었다. '거룩한 지혜의 무세이온.' 랭던은 이 대성당이 수수께끼의 총독의 정체를 드러내줄 거라고 믿어 의심치 않았다. 그렇게만 되면 조브리스트가 흑사병을 퍼뜨리기 위해 선택한 특정한 궁전을 알아낼 수 있을 터였다. '이곳의 어둠 속에…… 소닉 몬스터가 기다린다.'

랭던은 마음속에서 흑사병과 관련된 이미지를 떨쳐버리려고 애썼지만, 뜻대로 되지 않았다. 그는 이 믿기 힘들 만큼 아름다운 도시가 전성기 때는 어떤 모습이었을지 상상하곤 했다. 흑사병 때문에 기력이 쇠한 나머지 오스만과 나폴레옹에게 정복당하기 전만 해도, 베네치아는 유럽의 상업 중심지로 화려한 영화를 누렸다. 어느 모로 보나 세상에서 이보다 더 아름다운 도시는 없었고, 그 막강한 부와 문화는 경쟁 상대를 찾기 힘들 정도였다.

베네치아의 쇠락을 불러온 가장 큰 요인이 바로 외국의 사치품에 대한 이곳 사람들의 취향이라는 사실은 정말 묘한 일이 아닐 수 없다. 치명적인 흑사병이 중국에서 베네치아로 넘어온 것은, 교역선에 묻어 들어온 쥐 때문이었다. 자그마치 중국 인구의 3분의 2를 죽인 바로 그 흑사병이 유럽으로 넘어오자, 노소와 빈부를 가리지 않고 세 명 중에 한 명이 순식간에 죽어나갔다.

랭던은 흑사병 시대의 베네치아 사람들이 어떤 삶을 살았는지에 대한 글을 읽은 적이 있었다. 시신을 묻을 마른 땅이 워낙 부족한 관계로, 퉁퉁 불은 시체들이 운하를 떠돌아 다녔고, 일부 지역에서는 마치 통나무를 굴리듯 막대기로 시체를 밀어 바다로 흘려보내야 했다. 이 무시무시한 전염병을 가져온 것이 쥐라는 사실을 알게 된 관리들은, 이미 너무 늦기는 했지만, 베네치아로 들어오는 모든 선박에게 짐을 하역하기 전 40일 동안 앞바다에 정박해 대기해야 한다는 칙령을 내렸다. 오늘날까지도 이 40이라는 숫자 — 이탈리아어로는 'quaranta' — 는 'quarantine(격리, 검역)'이라는 불길한 단어의 어원으로 남아 있다.

리무진이 운하의 또 한 구비를 돌아 나가자, 바람에 나부끼는 축제 분위기의 빨간 차양이 눈길을 잡아끄는 바람에 랭던은 모처럼 죽음에 대한 생각을 떨치고 왼쪽의 우아한 3층 건물을 바라보았다.

'베네치아 카지노: 무한한 감동.'

랭던은 카지노에 내걸린 깃발의 문구가 무슨 뜻인지 잘 이해되지 않았지만, 이 장엄한 르네상스풍의 궁전은 16세기부터 베네치아의 대표적인 명소 가운데 하나였다. 한때는 개인 저택이었다가 지금은 고급 도박장이 된 이 건물은, 1883년 작곡가 리하르트 바그너가 오페라 〈파르지팔〉을 완성한 직후 심장마비로 쓰러져 숨진 곳으로 유명하다.

카지노 너머 오른쪽으로 보이는 바로크 양식의 시골풍 건물에는 그보다 더 큰 깃발이 걸려 있었는데, 이 파란색 깃발에는 '카 페사로: 국제 현대 미술관'이라는 글자가 적혀 있었다. 몇 년 전 랭던은 이 미술관에서 구스타프 클림트의 걸작 〈키스〉를 감상한 적이 있었다. 당시 비엔나에서 임대해 와 이 미술관에 전시되었던 클림트의 이 그림은 서로 뒤엉킨 연인들의 모습을 눈부신 금박으로 표현한 작품이었는데, 랭던은 이 그림을 통해 이 화가의 작품에 남다른 열정을 갖게 되었고 오늘날까지도 베네치아의 카 페사로는 랭던에게 현대 미술에 대한 평생의 애착을 불어넣은 곳으로 남아 있었다.

마우리치오는 한층 넓어진 운하에서 더욱 빠른 속도로 배를 몰았다.

저만치 유명한 리알토 다리가 시야에 들어왔다. 산 마르코 광장까지는 이제 딱 절반이 남은 셈이었다. 리무진이 다리 밑을 통과할 준비를 할 즈음, 무심코 고개를 들던 랭던은 다리의 난간 앞에 꼼짝도 하지 않고 서서 그들을 내려다보는 인물을 발견했다.

무척 낯이 익으면서도…… 무시무시한 얼굴이었다.

〈키스〉, 구스타프 클림트

랭던은 본능적으로 몸을 움츠렸다.

길쭉한 회색의 그 얼굴에는 생기 없는 차가운 눈동자, 그리고 기다란 새 부리 모양의 코가 달려 있었다.

배가 다리 밑으로 미끄러져 들어갈 즈음에야 랭던은 그것이 근처의 리알토 시장에서 하루에도 수백 개씩 팔리는 흑사병 마스크를 쓴 관광객의 얼굴일 뿐이라는 사실을 알아차렸다.

하지만 오늘 랭던의 눈에는 그 가면이 조금도 멋있어 보이지 않았다.

Chapter 69

베네치아의 대운하 남단에 자리한 산 마르코 광장은 수로가 바다와 합쳐지는 곳이다. 이 위험해 보이는 교차점을 요새와도 같은 삼각형의 해상 관세청 건물이 내려다보고 있는데, 한때는 그 망루가 외적의 침입을 감시하는 역할을 했다. 요즘은 이 망루가 거대한 금색 구체와 행운의 여신을 본뜬 풍향계로 대체되어, 바람에 그 방향이 바뀔 때마다 뱃사람들에게 예측 불가능한 운명을 상기시켜준다.

마우리치오가 늘씬한 보트를 운하 끝자락으로 몰고 들어가자, 파도가 출렁이는 바다가 불길하게 눈앞에 펼쳐졌다. 로버트 랭던은 전에도 여러 차례 여기까지 와본 적이 있지만, 그때마다 늘 이 보트보다 훨씬 큰 바포레토를 이용했기 때문에 파도에 흔들리는 이 조그만 배가 무척 불안하게 느껴졌다.

산 마르코 광장의 선착장에 배를 대려면 호화 요트에서부터 자가용 범선, 유조선과 거대한 유람선에 이르는 수많은 배들이 북적거리는 석호를 가로질러야 했다. 마치 좁은 시골길을 벗어나 8차선 고속도로로 접어든 느낌이었다.

불과 300미터 앞으로 10층 건물 높이의 거대한 유람선이 지나가자, 시에나 역시 불안한 눈빛으로 그 배를 바라보았다. 유람선의 갑판에는 저마다 난간에 달라붙어 물에서 본 산 마르코 광장의 모습을 카메라에 담는 관광객들이 빼곡했다. 이 유람선이 남기는 커다란 물살 뒤에는 베네치아에서 제일 유명한 관광지 앞을 지나가기 위해 차례를 기다리는 다른 유람선이 세 척이나 더 줄을 서 있었다. 랭던은 최근 들어 선박의 수가 크게 불어나는 바람에 밤낮 없이 유람선 행렬이 이 부근을 지나다닌다는 이야기를 들은 적이 있었다.

산 마르코 광장 입구(왼쪽), 총독 궁전(오른쪽), 리바 델리 스키아보니(앞쪽)

페로 디 프루아

산 마르코 종탑

마우리치오는 조타륜을 잡은 채 줄지어 늘어선 유람선들을 바라보다가, 왼쪽으로 그리 멀지 않은 곳에 자리한 지붕 달린 선착장을 힐끗 쳐다보았다. "저기 해리스 바에 세우면 어떨까요?" 그는 벨리니라는 칵테일을 개발한 곳으로 유명한 레스토랑을 가리키며 물었다. "조금만 걸어가면 산 마르코 광장이에요."

"아니, 다 가서 내려줘." 페리스는 석호 건너편의 산 마르코 광장 선착장을 가리키며 말했다.

마우리치오는 문제없다는 듯이 어깨를 슬쩍 들어 보였다. "알겠습니다. 꽉 잡으세요!"

갑자기 엔진 소리가 커지더니 리무진은 높은 파도를 헤치며 부표로 표시된 주행용 수로로 뛰어들었다. 마치 아파트 건물이 물 위에 떠 있는 듯한 거대한 덩치의 유람선들이 지나가면서 일으키는 물살 때문에 다른 배들이 코르크 마개처럼 출렁거렸다.

랭던은 다른 수십 척의 곤돌라 역시 마우리치오와 같은 방법으로 석호를 횡단하는 것을 보고 깜짝 놀랐다. 12미터의 길이에 중량은 630킬로그램밖에 되지 않는 갸름한 곤돌라들은 거센 물살에도 불구하고 상당히 안정된 모습이었다. 곤돌라를 모는 사공들은 검은색과 흰색 줄무늬의 전통적인 셔츠 차림으로 선미의 단 위에 단단히 버티고 서서 오른쪽 뱃전에 달린 한 개짜리 노를 젓고 있었다. 랭던은 거친 물살 속에서도 모든 곤돌라가 왼쪽으로 살짝 기운 모습을 유지하는 게 참 신기하다고 생각했는데, 알고 보니 그것은 배를 처음부터 비대칭 구조로 만들었기 때문이었다. 모든 곤돌라의 선체는 사공의 위치와는 반대 방향인 오른쪽으로 꺾여 있는데, 이는 오른쪽에서 노를 저을 때 왼쪽으로 기울어지는 경향을 바로잡기 위해서라고 했다.

마우리치오는 옆을 지나가는 곤돌라 한 척을 가리키며 자랑스러운 목소리로 말했다. "뱃머리에 붙은 금속 디자인이 보이지요?" 아닌 게 아니라, 뱃머리에 아름다운 장식이 달려 있었다. "곤돌라에서 금속으로 된 부분은 딱 저거 하나밖에 없어요. '페로 디 프루아(ferro di prua)'라고 하는 거죠. 저게 바로 베네치아의 상징이에요!"

마우리치오의 설명에 따르면 베네치아의 모든 곤돌라 뱃머리에 붙어 있는 낫 모양의 장식은 상징적인 의미를 갖는다고 했다. 특유의 곡선은 대운하를, 여섯 개의 톱니는 베네치아의 여섯 구(區)를, 타원형의 칼날은 베네치아 총독의 모자를 상징한다는 것이었다.

그의 입에서 '총독'이라는 단어가 나오자, 랭던은 어쩔 수 없이 또 한 번 발등에 떨어진 과제를 떠올렸다. '말들의 머리를 자르고 장님의 뼈를 빼낸 베네치아의 변절한 총독을 찾으라.'

눈을 들어 전방의 뭍을 바라보니, 나무가 울창한 조그만 공원이 물가에 맞닿아 있었다. 나뭇가지 위로 구름 한 점 없는 하늘에 산 마르코의 붉은 벽돌 종탑이 우뚝 솟아 있고, 그 꼭대기에는 대천사 가브리엘이 아찔한 90미터 높이에서 지상을 굽어보고 있었다.

침하 현상 때문에 고층 건물이 없는 도시에서, 산 마르코 종탑은 미로처럼 얽힌 운하와 골목에서 길을 잃은 사람들에게 길잡이 봉화와도 같은 역할을 했다. 그 종탑 덕분에 언제 어디서나 고개만 들면 산 마르코 광장으로 가는 길을 찾을 수 있을 듯했다. 랭던은 1902년에 이 거대한 종탑이 무너졌었다는 사실이 좀처럼 믿기지 않았다. 엄청난 양의 잔해가 산 마르코 광장을 덮쳤는데, 놀랍게도 유일한 사망자는 고양이 한 마리뿐이었다고 한다.

베네치아를 찾는 관광객들이 다른 누구도 흉내 내지 못하는 이 도시 특유의 분위기를 접할 수 있는 곳은 수없이 많지만, 랭던이 제일 좋아하는 곳은 언제나 리바 델리 스키아보니였다. 물가에 자리한 이 널따란 산책로는 9세기에 준설된 진흙으로 만들어져 옛 아르세날에서 산 마르코 광장까지 이어져 있다.

멋진 카페와 고급스러운 호텔이 줄지어 있고, 안토니오 비발디의 교회가 자리한 이 산책로는 베네치아의 옛 조선소 터인 아르세날에서 시작된다. 한때 이곳에서는 망가진 선박의 구멍을 때울 때 뜨거운 수지를 발랐던 탓에, 공기 중에 수액을 끓이는 향기로운 소나무 냄새가 진동했다. 단테 알리기에리가 〈인페르노〉의 고문 장치 가운데 하나로 끓는 수지가 흐르는 강을 포함시킨 것도, 바로 이 조선소를 둘러본 경험에서 비롯되었다고 전해진다.

랭던은 시선을 오른쪽으로 돌려 물가로 이어진 산책로를 좇다가, 아주 인상적인 끝부분에서 눈길을 멈췄다. 산 마르코 광장의 남쪽 끝자락인 이곳은 탁 트인 바다와 만나는 널따란 공터로 이어진다. 베네치아의 황금기, 이 황량한 땅 끝은 '모든 문명의 가장자리'라는 다소 오만한 이름으로 불렸다.

오늘도 산 마르코 광장이 바다와 맞닿은 300미터가량의 물가에는 여느 때와 마찬가지로 100척도 넘는 검은 곤돌라들이 정박해 있었고, 광장의 하얀 대리석 건물들을 마주 보는 이 곤돌라들의 낫처럼 생긴 이물 장식이 물살을 따라 오르내리고 있었다.

랭던은 면적이 뉴욕 센트럴 파크의 두 배밖에 안 되는 이 조그만 도시가 바다 위에 우뚝 솟아올라 한때 서방 세계에서 제일 크고 부유한 제국을 건설했다는 사실이 지금도 좀처럼 믿기지 않았다.

마우리치오가 보트를 뭍으로 몰아가자, 인파로 가득한 광장이 시야에 들어오기 시작했다. 나폴레옹은 언젠가 이 산 마르코 광장을 '유럽의 응접실'이라고 표현한 적이 있는데, 지금 이 '응접실'에서는 아무래도 너무 많은 손님들이 모여 파티를 벌이고 있는 느낌이었다. 그 수많은 관광객들의 무게로 인해, 당장이라도 광장 전체가 가라앉아 버릴 것만 같았다.

"맙소사." 시에나가 사람들의 행렬을 바라보며 나직이 속삭였다.

랭던은 시에나의 탄식이 이토록 많은 사람들이 모이는 곳에다 흑사병을 퍼뜨릴 작정을 한 조브리스트에 대한 두려움 때문인지, 아니면 인구과잉의 위험성을 경고한 조브리스트의 관점에 일리가 있다는 생각 때문인지 잘 분간이 가지 않았다.

베네치아에는 해마다 엄청난 수의 관광객들이 모여든다. 세계 인구의 0.3퍼센트가 베네치아를 찾는다고 하니, 이는 2000년을 기준으로 약 2천만 명에 해당하는 숫자다. 그 이후 세계 인구가 10억 이상 증가했다는 사실을 감안하면, 이 도시는 해마다 거기에 300만을 더한 숫자의 관광객들의 몸무게에 짓눌리고 있는 셈이다. 베네치아 역시 공간이 한정되어 있다는 점에서는 지구와 다를 바 없으니, 머지않아 더 이상 그곳을 찾고자 하는 그 많은 사람들을 먹일 음식과 쓰레기와 잠자리를 감당하지 못하는 상황에 봉착하고 말 것이다.

페리스는 한쪽 옆에 서서 뭍 쪽이 아닌, 바다 쪽으로 시선을 향한 채 오가는 선박들을 바라보고 있었다.

"괜찮으세요?" 시에나가 그를 힐끗 돌아보며 물었다.

페리스는 화들짝 놀라 돌아섰다. "아, 예……. 생각을 좀 하고 있었어요." 그러고는 전방을 바라보며 마우리치오를 향해 소리쳤다. "최대한 산 마르코에서 가까운 곳에 세워줘!"

"문제없어요!" 마우리치오가 손을 흔들어 보이며 대답했다. "2분만 기다리세요!"

보트가 산 마르코 광장에 도착하자, 오른쪽에 우뚝 버티고 선 총독 궁전이 해안선을 압도하고 있었다.

베네치아 고딕 건축의 완벽한 전형이라 할 이 궁전은 잘 절제된 아름다움의 진수를 보여주었다. 프랑스나 영국의 궁전에서 흔히 찾아볼 수 있는 크고 작은 탑이 전혀 없는 대신, 거대한 직사각형 각기둥 형태의 이 건물은 총독이 거느리는 수많은 인원을 수용하기 위해 최대한의 실내 면적을 확보하려는 의도로 설계되었다.

바다 쪽에서 바라본 이 궁전의 거대한 흰색 석회석 구조는 주랑 현관과 기둥, 회랑과 사엽(四葉) 장식 등을 세밀하게 배치하지 않았더라면 지나치게 위압적인 느낌을 주었을 것이다. 건물 외관을 가로지르는 분홍색 석회석의 기하학적인 무늬는 스페인의 알람브라 궁전을 연상케 했다.

보트가 선착장에 접근하자, 페리스 역시 궁전 앞에 모인 인파 때문에 근심이 더욱 깊어지는 기색이었다. 어느 다리 위에 사람들이 빽빽하게 모여 총독 궁전을 둘로 가르는 좁은 운하를 내려다보고 있었다.

"뭘 보고 있는 거죠?" 페리스가 걱정스러운 목소리로 물었다.

"일 폰테 데이 소스피리." 시에나가 대답했다. "베네치아에서 제일 유명한 다리 가운데 하나죠."

랭던도 고개를 내밀고 복잡한 수로 너머 두 채의 건물 사이에 아치 모양으로 걸린 아름다운 터널을 바라보았다. '탄식의 다리다.' 랭던은 어렸을 때 제일 좋아하던 영화 〈리틀 로맨스〉를 떠올렸다. 젊은 연인이 산 마르코의 종소리가 울려 퍼지는 해 질 녘에 이 다리 밑에서 키스를 하면 영원히 사랑이 깨지지 않

탄식의 다리

는다는 전설에 바탕을 둔 영화였다. 그 영화에서 경험한 로맨틱한 감정은 랭던의 뇌리에 깊숙이 각인되었다. 물론 그 영화에 당시 열네 살이던 신인 배우 다이앤 레인이 나왔다는 사실도 무시할 수 없을 것이다. 그녀를 보는 순간 한눈에 반해버린 사춘기의 랭던은…… 지금까지도 그녀에 대한 연모를 고스란히 간직하고 있었다.

세월이 흐른 뒤 랭던은 탄식의 다리라는 이름이 사랑의 열정에서 비롯된 것이 아니라 말 그대로 절망의 한숨을 의미한다는 사실을 알고 경악을 금치 못했다. 그 다리는 총독 궁전과 감옥을 연결하는 통로이기도 했는데, 좁은 운하를 따라 이어진 감옥의 쇠창살에서 고통에 몸부림치다 죽어가는 죄수들의 한숨 소리가 끊이지 않아 그런 이름이 붙었다는 것이었다.

랭던도 그 감옥을 둘러본 적이 있었다. 종종 물이 범람하던 물가의 감방보다는 꼭대기 층의 감방이 더 큰 공포의 대상이었다는 사실을 알고 뜻밖이라는 생각을 했는데, 알고 보니 지붕이 납으로 만든 타일로 덮여 있어 '피옴비'라는 이름이 붙은 그 감방은 여름에는 쪄 죽을 듯이 덥고 겨울에는 얼어 죽을 듯이 춥기 때문이었다. 색마로 유명한 카사노바도 이 피옴비 출신이다. 종교 재판소에 의해 간통 및 간첩 혐의로 투옥된 카사노바는 이 감방에서 15개월을 버티다가 결국 간수를 유혹해 탈출에 성공했다.

"스타텐토(조심해요)!" 마우리치오는 곤돌라 한 대가 막 빠져나온 자리로 리무진을 들이대며 그 사공을 향해 소리쳤다. 마침 산 마르코 광장과 총독 궁전에서 100미터밖에 떨어지지 않은 다니엘리 호텔 앞에 빈자리를 하나 발견한 참이었다.

마우리치오는 선착장의 기둥에 밧줄을 던지고는 액션 영화에 나오는 배우처럼 멋지게 배에서 뛰어내렸다. 보트를 고정시킨 그는 손을 뻗어 승객들의 하선을 도왔다.

"고마워요." 랭던은 자신을 뭍으로 당겨주는 근육질의 이탈리아 청년에게 인사를 건넸다.

그 뒤를 이은 페리스는 여전히 조금 넋이 나간 사람처럼 바다 쪽을 힐끔거렸다.

마지막으로 시에나가 보트에서 내렸다. 어지간한 여자들은 숨이 넘어갈 만큼 잘생긴 얼굴의 마우리치오는 시에나의 손을 잡아주며 강렬한 시선을 그녀에게 고정시켰다. 일행을 떨쳐버리고 보트에 남으면 자기와 함께 더 멋진 시간을 보낼 수 있을 거라고 유혹하는 눈빛이 분명했다. 안타깝게도 시에나는 그 눈빛을 알아차리지 못한 모양이었다.

"고마워요, 마우리치오." 시에나는 총독 궁전을 유심히 바라보며 지나가는 말처럼 중얼거렸다.

다음 순간, 시에나는 한 치의 망설임도 없이 랭던과 페리스를 이끌고 인파 속으로 사라졌다.

Chapter 70

역사상 가장 유명한 여행가 가운데 한 사람의 이름을 제대로 갖다 붙인 마르코 폴로 국제공항은 산 마르코 광장에서 북쪽으로 6.4킬로미터 떨어진 라구나 베네타에 자리하고 있었다.

엘리자베스 신스키는 전용기를 타고 날아온 호사를 누린 덕분에 비행기에서 내린 지 불과 10분 만에 이미 검은 보트를 타고 석호를 가로지르고 있었다. 조금 전에 통화한 미지의 인물이 보내준 '두보이스 SR52 블랙버드'라는 이름의 이 보트는 공상과학 영화에나 나올 법한 세련된 디자인을 자랑했다.

'사무장.'

하루 종일 승합차 뒷자리에 갇혀 꼼짝도 하지 못하다가 모처럼 탁 트인 바다의 시원한 공기를 마시니 숨통이 트였다. 소금기가 물씬 느껴지는 바닷바람 쪽으로 얼굴을 돌리니, 그녀의 긴 은발이 깃발처럼 등 뒤로 나부꼈다. 그들이 마지막으로 주사를 놓은 지 얼추 두 시간이 지났으니, 이제 정신이 좀 돌아올 만도 했다. 엘리자베스 신스키는 어젯밤 이후 처음으로 명료한 정신을 되찾았다.

브뤼더 요원은 부하들과 함께 그녀 옆에 앉아 있었다. 아무도 입을 열지 않았다. 예상치 못한 사태의 전개가 걱정스럽기는 했지만, 그들은 모두 걱정해봐야 소용없다는 사실을 잘 알고 있었다. 결정을 내리는 것은 그들의 몫이 아니었다.

얼마 지나지 않아 오른쪽으로 커다란 섬이 모습을 드러냈고, 그 해안에 점점이 자리한 납작한 건물과 굴뚝들이 보였다. '무라노.' 엘리자베스의 머릿속

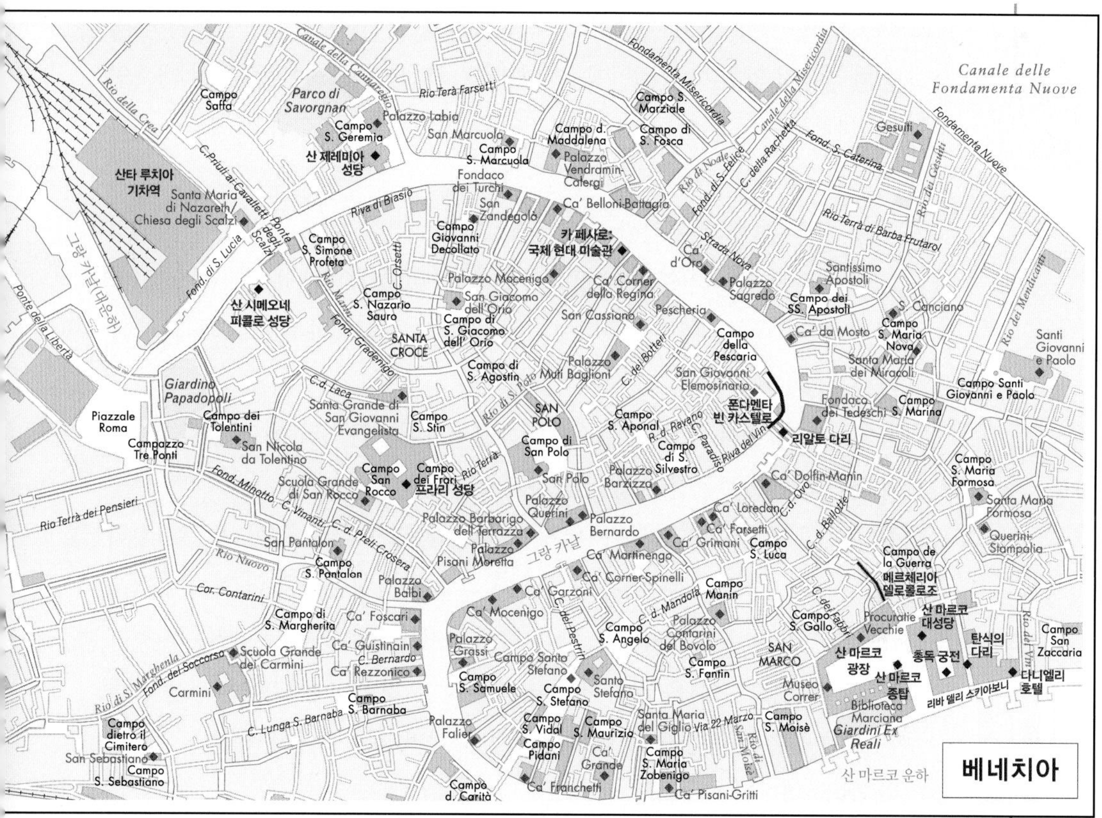

에는 이미 유리 공장 특유의 풍경들이 아른거렸다.

'이 도시로 돌아왔다는 게 믿어지지 않아.' 엘리자베스는 가슴 한편의 아릿한 슬픔을 애써 억눌렀다. '돌고 도는 인생이라더니.'

그녀는 의대에 다니던 시절, 약혼자와 함께 베네치아에 여행을 왔다가 무라노 유리 박물관을 찾은 적이 있었다. 약혼자는 그곳에서 수작업으로 만들어진 아름다운 모빌을 보며 별 생각 없이 자기네의 아기방에도 저런 모빌을 달아주고 싶다는 말을 꺼냈다. 엘리자베스는 자신의 고통스러운 비밀을 너무 오랫동안 간직해왔다는 죄의식에 사로잡힌 나머지, 어린 시절 심한 천식에 시달리다가 글루코코르티코이드 치료를 받은 끝에 아기를 갖지 못하는 몸이 되고 말았다는 사실을 털어놓았다.

엘리자베스는 약혼자의 마음이 그토록 차갑게 얼어붙어 버린 이유가 진작 진실을 털어놓지 않았기 때문인지, 아니면 그녀의 저주스러운 몸 상태 때문인지는 영원히 알 길이 없었다. 결국 일주일 뒤, 그녀는 손가락에서 약혼반지가 사라진 모습으로 베네치아를 떠나야 했다.

이 가슴 아픈 여행의 유일한 기념품으로 남은 것이 바로 청금석 부적이었다. 아스클레피오스의 지팡이는 의술의 상징 — 비록 그녀에게는 주술의 상징에 가까웠지만 — 으로 안성맞춤이었고, 그 이후 그녀는 하루도 그 부적을 몸에서 떼어놓지 않았다.

'나에게는 무엇보다 소중한 부적이다.' 엘리자베스는 생각에 잠겼다. '내가 자신의 아이를 낳아주기를 원했던 남자의 이별 선물.'

요즘의 베네치아는 엘리자베스에게 더 이상 사랑의 추억이 어린 곳이 아니었다. 그보다는 오히려 흑사병을 억제하기 위해 격리되어야 했던 과거가 더욱 안타깝게 다가오는 곳이었다.

보트가 산피에르토 섬을 지나서도 내처 달리는 것을 본 엘리자베스는 그들의 목적지가 깊은 해협에 닻을 내리고 그들을 기다리는 거대한 잿빛 요트라는 사실을 알아차렸다.

암회색의 이 요트는 미 국방부의 스텔스 프로그램에 포함되어도 손색이 없을 듯했다. 뒷면에 새겨진 이름도 이 배의 성격을 짐작하는 데는 아무런 단서를 주지 않았다.

'멘다키움호?'

배가 점점 가까워지자, 뒷갑판에 혼자 서서 쌍안경으로 그들을 바라보는 사람의 모습이 시야에 들어왔다. 조그만 체구에, 얼굴이 검게 그은 남자였다. 보트가 멘다키움호의 널따란 뒤쪽 갑판의 플랫폼에 도착하자, 남자는 계단을 내려와 그들을 맞이했다.

"신스키 박사, 어서 오시오." 정중하게 악수를 청하는 구릿빛 얼굴의 남자가 내민 손은 뱃사람의 그것이라고 믿기에는 너무 부드럽고 매끈했다. "이렇게 와주어서 고맙소. 이쪽으로 오시죠."

엘리자베스는 몇 개의 층으로 이루어진 갑판을 올라가면서 마치 분주하게 돌아가는 사무용 건물에 들어온 느낌에 사로잡혔다. 이 괴상한 요트에는 사람들이 가득했는데, 그것도 한가롭게 빈둥거리는 사람들이 아니라 뭔가 열심히 일을 하고 있는 사람들이었다.

'무슨 일을 하는 것일까?'

조금 더 올라가니 이 선박의 거대한 엔진이 돌아가는 소리가 들리기 시작했다. 요트는 깊은 물살을 남기며 막 항해를 시작한 참이었다.

'어디로 가는 거지?' 엘리자베스는 덜컥 겁이 났다.

"신스키 박사와 단둘이 이야기를 나누고 싶소." 남자는 군인들을 향해 말하고는 엘리자베스를 돌아보았다. "괜찮으시다면."

엘리자베스는 고개를 끄덕였다.

"사무장님." 브뤼더가 제법 강한 어조로 말했다. "의료진에게 신스키 박사의 몸 상태를 점검하도록 하는 게 먼저일 듯합니다. 약물 때문에—."

"나는 괜찮아요." 엘리자베스가 그의 말을 가로막았다. "정말이에요. 고마워요."

사무장은 브뤼더를 한참 동안 바라보더니, 갑판 위에 차려진 음식 테이블을 가리켰다. "숨 좀 돌리면서 체력을 비축해두시오. 곧 상륙해야 할 테니까."

사무장은 돌아서서 엘리자베스를 우아한 접견실 겸 서재로 안내한 뒤, 문을 닫았다.

"한잔하시겠소?" 사무장이 바를 가리키며 물었다.

엘리자베스는 고개를 가로저었다. 낯선 상황을 파악하기 위해 머릿속이 분주했다. '이 사람은 누구지? 여기서 뭘 하는 걸까?'

사무장은 손바닥을 세워 턱을 받친 자세로 엘리자베스를 살펴보았다. "나의 고객이었던 버트런드 조브리스트가 당신을 '은발의 악마'라고 불렀던 걸 알고 있소?"

"나에게도 그 사람을 지칭하는 그리 아름답지 못한 이름이 몇 개 있어요."

사무장은 아무런 감정도 드러나지 않는 얼굴로 자신의 책상 앞으로 걸어가더니, 그 위에 놓인 두툼한 책을 가리켰다. "이걸 좀 보시오."

엘리자베스는 그가 가리키는 책을 내려다보았다. '단테의 〈인페르노〉?' 그녀는 외교협회에서 처음 만났을 때 조브리스트가 보여준 끔찍한 죽음의 이미지를 떠올렸다.

"조브리스트가 2주 전에 이 책을 나에게 주었소. 안에 서명도 있소."

엘리자베스는 속표지에 육필로 쓴 서명을 살펴보았다. 조브리스트의 이름과 함께 다음과 같은 메시지가 적혀 있었다.

친애하는 친구여, 내가 길을 찾도록 도와주어서 고맙소.
세상도 당신에게 감사할 것이오.

엘리자베스는 오싹한 한기를 느꼈다. "당신의 도움으로 그가 어떤 길을 찾은 거죠?"

"나도 모르오. 아니, 몇 시간 전까지만 해도 몰랐다고 해야겠군."

"지금은요?"

"지금 나는 나의 철칙을 깨뜨리면서까지…… 당신에게 연락을 취했소."

먼 길을 돌아온 엘리자베스는 암호 같은 선문답을 주고받을 기분이 아니었다. "나는 당신이 누군지도, 이 배에서 뭘 하고 있는지도 모르지만, 당신이 한 가지 대답해줘야 할 게 있다고 믿어요. 세계보건기구가 총력을 기울여 찾는 인물을 숨겨준 이유가 뭐죠?"

그녀의 흥분한 목소리와는 대조적으로, 사무장은 여전히 속삭임에 가까운 말투로 대답했다. "당신과 내가 지금까지 서로 맞은편에서 움직여왔던 것은 사실이지만, 지금은 과거를 잊어야 할 때가 되었다고 생각하오. 과거는 과거일 뿐이오. 우리가 관심을 기울여야 할 것은 미래의 일이니까 말이오."

사무장은 뒤이어 조그만 메모리 스틱을 컴퓨터에 꽂고 그녀에게 앉기를 권했다. "버트런드 조브리스트가 만든 동영상이오. 그가 나더러 이걸 내일 전 세계에 배포하라고 했소."

엘리자베스가 뭐라고 대꾸하기도 전에 컴퓨터 모니터가 까맣게 흐려지더니, 물이 부드럽게 찰랑거리는 소리가 들려왔다. 어둠 속에서 서서히 화면이 나타나기 시작했다. 마치 땅속의 연못처럼 물이 채워진 동굴 내부였다. 신기하게도 빛이 물속에서부터 위로 비치는 것처럼 야릇한 진홍색 빛이 일렁거렸다.

물소리가 계속 이어지는 가운데, 카메라가 아래를 향하더니 물속으로 들어가 진흙으로 덮인 동굴 바닥을 비췄다. 바닥에 고정된 직사각형 장식판에 날짜와 이름이 새겨져 있었다.

이곳, 이날로부터
세상은 영원히 변했노라.

새겨진 날짜는 내일이었고, 이름은 버트런드 조브리스트였다.

엘리자베스 신스키는 온몸에 전율이 일었다. "이게 뭐죠?!" 그녀가 물었다. "여기가 어디예요?!"

사무장은 대답 대신 처음으로 감정의 일단을 내비쳤다. 그것은 실망과 근심의 깊은 한숨이었다. "신스키 박사." 그가 천천히 대답했다. "당신이 바로 그 질문의 답을 알고 있을 거라고 생각했소."

❦

거기서 1.6킬로미터가량 떨어진 물가의 산책로 리바 델리 스키아보니에서 바라보는 바다의 풍경에는 미세한 변화가 생겼다. 유심히 살펴본 사람이라면 거대한 잿빛 요트 한 척이 불쑥 모습을 드러낸 사실을 알아차렸을 터였다. 요트는 산 마르코 광장을 향해 미끄러져 들어오고 있었다.

'멘다키움호.' FS-2080은 커다란 두려움에 사로잡혔다.

그 잿빛 요트를 다른 선박으로 착각하는 것은 애당초 불가능한 일이었다.

'사무장이 오고 있다…… 시간이 없어.'

Chapter 71

리바 델리 스키아보니의 인파를 헤치며 물가를 끼고 돈 랭던과 시에나는 페리스와 함께 산 마르코 광장이 바다와 만나는 남쪽 가장자리에 도달했다.

두 개의 거대한 기둥을 카메라에 담기 위해 몰려든 관광객들이 어찌나 많은지, 랭던은 그 넓은 광장에서 폐소공포를 걱정해야 할 지경이었다.

'바로 여기가 도시로 들어가는 정식 관문이다.' 랭던은 18세기 후반까지만 해도 바로 이곳이 공개 처형장으로 사용되었다는 사실에 커다란 아이러니를 느꼈다.

두 개의 기둥 가운데 하나의 꼭대기에는 자신이 물리친 전설적인 용 앞에서

(왼쪽) 산 마르코 광장
(아래) 산 마르코 광장의 기둥 위에 올라앉은 날개 달린 사자

자랑스럽게 포즈를 취한 산 테오도레의 조각상이 얹혀 있었는데, 아무리 봐도 랭던의 눈에는 용이 아니라 악어 같았다.

두 번째 기둥의 꼭대기는 자타가 공인하는 베네치아의 상징, 날개 달린 사자가 차지하고 있었다. 이 도시에서는 어디를 둘러봐도 '나의 전도사 마르코여, 그대에게 평화가 있기를(Pax tibi Marce, evangelista meus)'이라는 라틴어가 새겨진 책을 밟고 선, 날개 달린 사자의 모습을 볼 수 있다. 전설에 의하면, 산 마르코가 베네치아에 도착했을 때 어떤 천사가 언젠가 그의 시신이 이곳에서 영면할 것임을 예언하며 그 말을 했다고 한다. 출처가 극히 의심스러운 이 전설은 훗날 베네치아 사람들이 알렉산드리아에서 산 마르코의 유골을 약탈해 이곳 산 마르코 대성당에 안치하는 명분으로 활용되었다. 덕분에 오늘날에도 이 날개 달린 사자는 베네치아의 상징으로서 사방에 널려 있다시피 하다.

PAX TIBI MARCE,
EVANÇELISTA MEVS
(나의 전도사 마르코여, 그대에게 평화가 있기를)

랭던은 산 마르코 광장을 가로질러 오른쪽의 기둥들 너머를 가리키며 말했다. "혹시 헤어지게 되면 대성당 정문 앞에서 만나요."

시에나와 페리스는 고개를 끄덕였다. 세 사람은 재빨리 인파 속으로 섞여 든 다음, 총독 궁전의 서쪽 벽을 따라 광장으로 들어섰다. 비둘기에게 먹이를 주지 못하도록 법으로 금지되어 있음에도 불구하고, 이곳 베네치아의 비둘기들은 사람들의 발밑에서 과자 부스러기를 주워 먹기도 하고 야외 카페의 테이블 위에 놓인 빵 바구니를 기습하기도 하면서 포동포동 살이 오른 모습이었다. 턱시도를 차려입은 카페의 웨이터들은 이 비둘기들 때문에 골머리를 앓았다.

이 널따란 산 마르코 광장은 유럽의 다른 광장들과는 달리 L자 모양의 구조를 하고 있었다. 흔히 피아체타라고 불리는 L자의 짧은 다리 쪽은 산 마르코 대성당이 있는 바다를 향해 뻗어 있었다. 거기서 왼쪽으로 90도를 꺾어지면 L자의 긴 다리가 나오는데, 이 광장은 대성당과 코레르 박물관을 연결하는 부위이기도 했다. 그런데 이 광장은 직사각형이 아니라 끝부분의 폭이 좁은 사다리꼴을 하고 있다. 덕분에 광장은 실제보다 훨씬 길어 보이고, 그 같은 효과

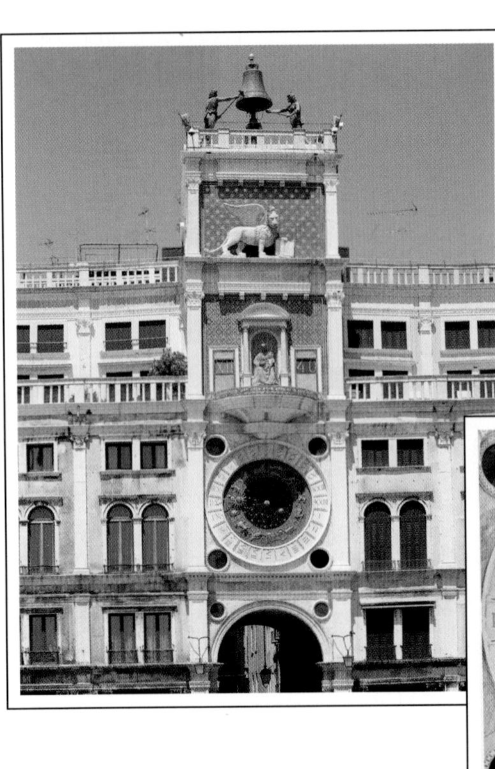

산 마르코 시계탑:
황도대 천문 시계의
앞면(아래)

는 15세기 노점들의 경계선에 맞춰 만들어진 바닥의 격자 모양 타일과 맞물려 더욱 극대화된다.

랭던이 부지런히 걸음을 옮겨 L자의 두 다리가 만나는 지점으로 다가가니, 정면으로 산 마르코 시계탑의 파란 숫자판이 시야에 들어오기 시작했다. 영화 〈007 문레이커〉에서 제임스 본드가 악당을 던져버린 바로 그 천문 시계였다.

랭던은 이 순간까지도 베네치아라는 도시가 가진 가장 독특한 특징 한 가지를 의식하지 못하고 있었다.

'소리.'

자동차를 비롯해 엔진 달린 육상 교통수단이 없는 베네치아는 다른 여느 도시들과는 달리 차량이나 지하철, 사이렌 소리로부터 자유로운 곳이어서, 덕분에 사람의 말 소리와 비둘기의 노랫소리, 노천카페에서 흘러나오는 바이올린 소리 같은 비기계적 소리들이 어우러지는 독특한 소리 영역을 형성했다. 베네치아의 소리는 세계의 어느 대도시와도 같지 않았다.

서쪽 하늘에 걸린 늦은 오후의 태양이 산 마르코 광장에 기다란 그림자를 드리우자, 랭던의 시선은 자연스럽게 그 그림자를 쫓아 우뚝 솟은 종탑을 올려다보았다. 광장을 굽어보는 이 종탑은 베네치아의 스카이라인을 지배하는 주인공이기도 했다. 종탑 위의 전망대에도 사람들이 빽빽하게 들어차 있었다. 랭던은 그 광경을 바라보는 것만으로도 소름이 돋는 것 같아서 얼른 시선을 내리고 계속 인파를 헤치고 나아갔다.

시에나는 마음만 먹으면 어렵지 않게 랭던을 쫓아갈 수 있었지만 페리스가 자꾸 뒤처지는 바람에 두 사람이 동시에 시야에 들어오는 거리를 유지하려고 노력하던 차였다. 거리가 점점 더 벌어지자 그녀는 초조한 마음으로 뒤를 돌아보았다. 페리스가 자신의 가슴을 가리키며 숨이 차다는 시늉을 하더니, 그녀에게 먼저 가라는 몸짓을 해 보였다.

시에나는 고개를 끄덕이고 랭던을 따라잡으려고 잰걸음을 옮겼고, 이내 페리스는 시야에서 사라져버렸다. 하지만 시에나는 사람들 사이를 헤집고 앞으로 나아가면서도 왠지 자꾸만 등 뒤쪽에 신경이 쓰였다. 페리스가 거리를 두려고 의도적으로 시간을 끈다는 느낌이 드는 탓이었다.

이미 오래전에 자신의 직감을 믿어야 한다는 교훈을 터득한 바 있는 시에나는 재빨리 벽감에 몸을 숨기고 그림자 속에서 페리스를 찾아보았다.

'어디로 간 거지?!'

페리스는 이제 그들을 쫓아오려는 노력을 아주 포기해버린 모양이었다. 끈질기게 사람들의 얼굴을 살피던 시에나는 이윽고 그를 다시 찾아냈다. 그런데 놀랍게도, 페리스는 걸음을 멈춘 채 몸을 웅크리고 휴대전화를 만지작거리고 있었다.

'나한테 배터리가 떨어졌다고 했던 그 전화기잖아.'

본능적인 두려움이 엄습했다. 이번에도 역시, 시에나는 그 직감을 믿어야

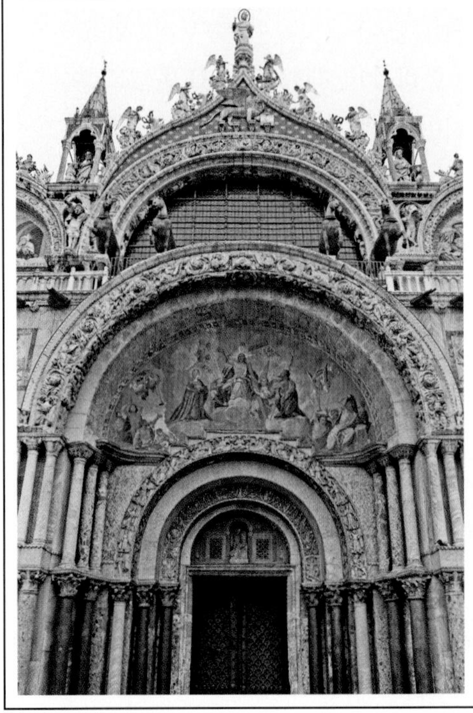

(위) 산 마르코 대성당
(왼쪽) 산 마르코 대성당의 입구

한다는 사실을 알고 있었다.

'기차에서 나에게 거짓말을 했어.'

시에나는 페리스를 지켜보며 그가 무엇을 하고 있는지 추측해보았다. 누구한테 은밀히 문자를 보내는 것일까? 아니면, 그녀의 등 뒤에서 인터넷 검색을 하고 있나? 랭던과 시에나보다 먼저 조브리스트의 시에 숨겨진 비밀을 풀기 위해서?

이유가 무엇이건, 페리스가 그녀에게 거짓말한 것만은 분명했다.

'믿을 수 없는 사람이야.'

시에나는 얼른 그쪽으로 달려가 대놓고 따져볼까도 잠시 생각했지만, 이내 그에게 들키기 전에 다시 몸을 숨기는 쪽을 선택했다. 이어서 랭던을 찾기 위해 다시 대성당 쪽으로 걸음을 옮기기 시작했다. '더 이상 페리스에게 아무것도 알리지 말라고 경고해야 한다.'

시에나가 대성당을 50미터가량 남겨두었을 무렵, 갑자기 등 뒤에서 누군가의 억센 손길이 그녀의 스웨터를 잡아끌었다.

페리스였다.

이 부스럼투성이의 남자는 시에나를 따라잡으려고 허겁지겁 달려온 듯 거친 숨을 몰아쉬고 있었다. 그에게서 지금까지 전혀 알아차리지 못했던 어떤 광기 같은 것이 느껴졌다.

"미안해요." 페리스가 숨을 헐떡이며 중얼거렸다. "하마터면 놓칠 뻔했어요."

그의 눈동자를 바라본 순간, 시에나는 더욱 확실한 믿음이 생겼다.

'이 사람은 뭔가를 숨기고 있어.'

랭던은 산 마르코 대성당 앞에 도착해서야 시에나와 페리스의 모습이 보이지 않는다는 사실을 알아차렸다. 또 한 가지 놀라운 것은, 대성당 앞에 입장을 기다리는 관광객들이 줄지어 늘어서 있지 않다는 점이었다. 그제야 랭던은 베네치아에서는 이 시간이 아주 늦은 오후에 속한다는 사실을 상기했다. 파스타와 와인으로 배를 채운 대부분의 관광객들은 노곤한 몸을 이끌고 역사 공부를 계속하기보다는 광장을 어슬렁거리거나 커피를 마시는 쪽이 낫다는 결론을 내렸을 터였다.

랭던은 시에나와 페리스가 금방 뒤따라올 거라고 믿고 눈앞에 버티고 선 대성당의 정문을 바라보았다. 이따금 '출입구가 너무 많아서 혼란스러울 정도다'라는 비판이 나오는 것도 무리는 아닌 것이, 기둥과 아치, 육중한 청동 문을 거느린 입구가 자그마치 다섯 개나 건물의 아랫부분을 차지하고 있었다.

다른 한편으로 유럽 최고의 비잔틴 양식 건축물이라는 평가를 받는 산 마르코 대성당은 부드럽고 변덕스러운 인상을 준다. 잘 절제된 노트르담이나 샤르트르 대성당의 회색 첨탑과는 대조적으로, 이 산 마르코는 상당히 위압적이면서도 세속적인 느낌이 강하다. 높이보다 폭이 더 넓고 꼭대기에 다섯 개의 하얀 돔이 얹혀 있어서, 몇몇 안내책자는 이 성당을 머랭 얹은 웨딩 케이크에 비유하기도 한다.

건물 한복판의 제일 높은 곳에서는 산 마르코의 늘씬한 조각상이 자신의 이름을 딴 광장을 내려다보고 있다. 그의 발은 밤하늘을 상징하는 암청색 바탕에 노란 별들이 그려진 아치 위에 얹혀 있다. 이 현란한 배경 앞에 베네치아의 마스코트라 할 황금빛 날개 달린 사자가 당당하게 버티고 서 있다.

그러나 정작 산 마르코가 자랑하는 최고의 보물은 이 황금 사자 아래쪽에 자리하고 있는데, 그것은 오후의 햇살을 받아 아름답게 반짝이는 거대한 구리 종마 네 필이었다.

'산 마르코의 말들이다.'

당장이라도 광장으로 뛰쳐 내려올 것만 같은 이 네 마리의 말은—베니스가 가진 다른 많은 보물들과 마찬가지로—십자군 원정 때 콘스탄티노플에서 약탈해 온 것이었다. 그와 함께 또 하나의 약탈품이 이 대성당의 남서쪽 모퉁이에 자리하고 있는데, 이는 흔히 '분봉왕(The Tetrarchs)'이라 불리는 자줏빛 반암 조각상이다. 이 조각상은 13세기에 콘스탄티노플에서 약탈해 올 당시 한쪽 발이 떨어져 분실된 것으로 유명한데, 기적적으로 1960년대에 이스탄불에서 이 발이 발굴되었다. 베네치아는 그 발을 돌려달라고 요구했지만, 터키 정부는 '니들이 그 조각상을 훔쳐 갔잖아. 우리는 발이라도 간수해야겠어'라며 그 요구를 일축했다.

"아저씨, 하나 사실래요?" 어떤 여인의 목소리가 상념에 빠진 랭던의 시선을 끌어 내렸다.

뚱뚱한 몸집의 집시 여인이 가지각색의 베네치아 가면을 매단 기다란 막대기를 들고 있었다. 대부분은 제일 인기가 높은 '볼토 인테로' 양식, 즉 카니발 때 여자들이 주로 쓰는 얼굴 전체를 가리는 하얀 가면이었다. 그 밖에도 이 집시 여인의 상품에는 얼굴을 반만 가리는 콜롬비나 가면, 턱이 삼각형 모양으로 된 바우타, 끈이 달리지 않은 모레타 등이 포함되어 있었다. 하지만 그 여러 가지 가면들 중에서도 단연 랭던의 시선을 끈 것은 막대기 제일 끝에 달린 검은색 가면이었다. 기다란 새 부리 모양의 코를 가진 가면이 생기 없는 무시무시한 눈으로 랭던을 똑바로 쳐다보고 있는 듯했다.

'흑사병 의사.' 굳이 그렇게 상기하지 않아도 자신이 이곳 베네치아에서 무엇을 하고 있는지 너무나 잘 알고 있는 랭던은 얼른 눈길을 돌려버렸다.

"안 사요?" 집시 여인이 또 한 번 재촉했다.

랭던은 희미한 미소와 함께 고개를 가로저었다. "소노 몰토 벨레, 마 노, 그라치에(아주 아름답네요. 하지만 괜찮습니다)."

여인이 발길을 돌린 후에도 랭던의 눈길은 한참 동안 사람들의 머리 위로 오르내리는 그 불길한 흑사병 마스크를 쫓고 있었다. 이윽고 그는 깊은 한숨을 내쉬며 다시 고개를 들어 2층 발코니의 네 마리 말을 바라보았다.

순간, 뭔가가 그의 뇌리를 때렸다.

갑자기 여러 가지 이미지가 그의 머릿속에서 전속력으로 정면충돌을 일으키는 느낌이었다. 산 마르코의 말들, 베네치아의 가면, 그리고 콘스탄티노플에서 약탈해 온 보물들.

"맙소사." 랭던이 속삭였다. "바로 이거야!"

Chapter 72

로버트 랭던은 온몸이 그대로 얼어버린 기분이었다.

'산 마르코의 말들!'

이 멋진 네 마리의 말은 랭던이 까마득히 잊고 있던 어떤 기억을 불현듯 되살려주었고, 그것은 단테의 데스마스크 뒷면에 새겨진 수수께끼의 시를 해독하는 데 결정적인 열쇠가 되어줄 듯했다.

랭던은 뉴햄프셔의 유서 깊은 러니미드 농장에서 벌어진 어느 유명 인사의 결혼식 피로연에 참석한 적이 있었는데, 이 농장은 켄터키 더비의 우승마 '댄

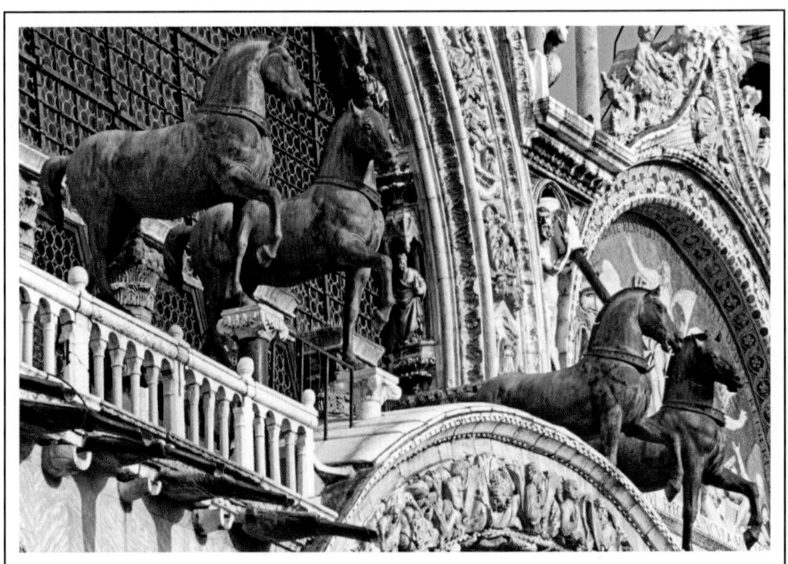

산 마르코 대성당의 말들

서스 이미지'를 배출한 곳이었다. 여흥 시간이 되자 말을 주제로 하는 작품으로 유명한 '비하인드 더 마스크'라는 극단이 공연을 시작했고, 화려한 베네치아 의상에 볼토 인테로 가면으로 얼굴을 가린 배우들이 말을 타고 신나는 연기를 펼쳤다. 그들이 타고 나온 칠흑 같은 프리지아는 랭던이 그때까지 본 것 중에서 제일 크고 우람한 말이었다. 키가 보통 말보다 훨씬 컸을 뿐 아니라, 섬세한 근육과 깃털 장식이 달린 발굽, 길고 미끈한 목 뒤로 1미터 길이의 갈기를 휘날리며 들판을 질주하는 모습은 보기만 해도 탄성이 나올 정도였다.

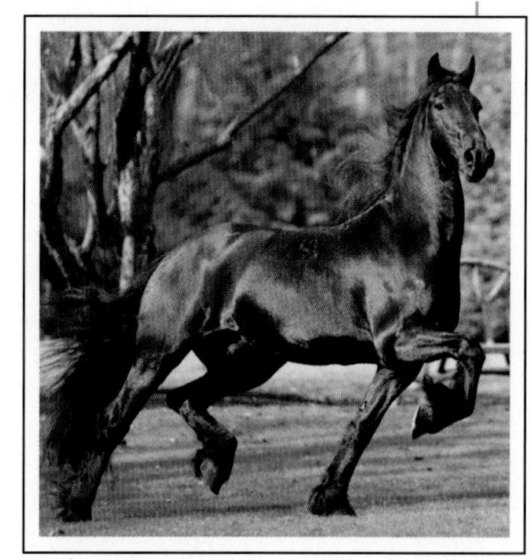
프리지아 품종의 말

랭던은 이 놀라운 짐승의 아름다움에 흠뻑 빠진 나머지 집에 돌아와서 인터넷으로 검색을 해보았고, 덕분에 좀 더 많은 정보를 알게 되었다. 중세의 왕들이 전마(戰馬)로 가장 총애하던 말이 바로 이 품종이었으며, 근래 들어서야 간신히 멸종 위기를 넘겼다는 것이었다. 과거에는 에쿠우스 로부스투스(Equus robustus)로 알려졌던 품종으로, 요즘은 고향인 네덜란드의 프리슬란트라는 지명에서 유래된 프리지아라는 이름으로 불린다. 그곳은 탁월한 예술가 M. C. 에셔의 고향이기도 하다.

아무튼 유난히 튼튼한 몸집을 자랑하는 이 프리지아 품종의 말이 베네치아 산 마르코 궁전에 소장된 말들의 미학적 토대가 된 것은 분명해 보였다. 웹사이트에는 산 마르코 대성당의 말들이 너무나 아름다운 나머지 '역사상 가장 빈번하게 도난당한 예술 작품'으로 등극했다고 되어 있었다.

랭던은 예전부터 만약 정말로 이런 타이틀이 있다면 그것은 헨트 제단화(Ghent Altarpiece)의 몫이라고 믿고 있던 터라, 보다 정확한 역사적 사실을 확인하기 위해 ARCA라는 웹사이트를 찾아가 보았다. '예술 작품에 대한 범죄를 연구하는 모임'인 이 단체는 순위를 매기지는 않았지만 여러 차례의 약탈을 경험한 이 조각품의 수난사를 간단히 정리해놓고 있었다.

구리로 된 이 네 필의 말 조각상은 4세기경 키오스 섬에서 이름이 알려지지 않은 어느 그리스 조각가에 의해 만들어졌는데, 이후 테오도시우스 2세가 콘스탄티노플로 가져와 히포드롬에 전시했다. 그러다가 제4차 십자군 원정 때 콘스탄티노플을 점령한 베네치아의 총독이 이 소중한 조각상을 자신의 도시로 옮겨 가라고 지시했는데, 당시만 해도 이 조각품의 엄청난 무게와 크기 때문에 배로 그 먼 거리를 운반하기란 사실상 불가능에 가까운 일이었다고 한다. 곡절 끝에 이 말들은 결국 1254년 베네치아에 도착해 산 마르코 대성당에 설치되었다.

그로부터 거의 500년이 지난 1797년, 이번에는 베네치아를 정복한 나폴레옹이 이 조각품에 눈독을 들였다. 말들은 파리로 옮겨져 개선문 꼭대기를 장식했다. 그 후 나폴레옹이 워털루에서 패전의 멍에를 쓰고 망명길에 오르면서, 결국 1815년에 개선문을 내려와 거대한 바지선에 실린 이 조각품은 베네치아로 돌아와 지금까지 산 마르코 대성당의 발코니를 지키고 있다.

랭던은 이 같은 우여곡절에 대해서는 비교적 잘 아는 편이었지만, ARCA 웹사이트는 충격적인 사실을 한 가지 더 언급하고 있었다.

콘스탄티노플에서 베네치아로 운반될 당시 수송의 편의를 위해 머리를 잘랐다가 다시 붙인 흔적을 감추기 위해, 1204년에 이 말들의 목에 장식을 빙자한 마구(馬具)가 추가되었다.

'총독이 이 말들의 머리를 자르라고 지시했단 말인가?' 랭던으로서는 생각지도 못한 일이었다.

"로버트?!" 어디선가 시에나의 목소리가 들려왔다.

상념에서 깨어난 랭던이 뒤를 돌아보니, 시에나가 페리스와 함께 인파를 헤치며 다가오고 있었다.

"시에 나오는 말들!" 랭던이 흥분한 목소리로 외쳤다. "드디어 알아냈어요!"

"뭘요?" 시에나가 어리둥절한 표정으로 되물었다.

"우리는 지금 말의 머리를 자른 변절한 총독을 찾고 있잖아요!"

"그런데요?"

"이 시에서 가리키는 말은 살아 있는 말이 아니에요." 랭던은 환한 햇살이 네 필의 말을 비추고 있는 산 마르코 대성당의 발코니를 가리켰다. "바로 저 말들을 말하는 거라고요!"

멘다키움호, 사무장의 서재에서 동영상을 지켜보는 엘리자베스 신스키 박사의 손이 벌벌 떨렸다. 지금까지 살아오면서 끔찍한 장면을 적잖이 봐온 그녀였지만, 버트런드 조브리스트가 스스로 목숨을 끊기 전에 만들었다는 이 불가사의한 동영상은 그녀의 가슴에 죽음만큼이나 차가운 두려움을 불러일으켰다.

화면은, 새 부리 모양 얼굴의 그림자가 일렁거리는 지하 동굴의 벽을 보여주고 있었다. 그림자는 자신의 엄청난 발명품 — 본인 스스로 '인페르노'라 부르는 — 이 세계 인구를 획기적으로 줄임으로써 세상을 구원할 것이라고 주장했다.

'신이여, 우리를 구하소서.' 신스키는 자신도 모르게 기도를 읊조렸다. "저기가…… 어디인지를 알아내야 해요." 그녀의 목소리는 크게 흔들리고 있었다. "아직은 시간이 있을지도 몰라요."

"계속 보시오." 사무장이 말했다. "점점 더 이상해지니까."

갑자기 물이 뚝뚝 떨어지는 벽에 비친 그림자가 커지는가 싶더니, 누군가가 화면 속으로 불쑥 걸어 들어왔다.

'맙소사.'

그것은 검은 망토와 새 부리 모양의 마스크까지, 완벽한 의상을 갖춰 입은 흑사병 의사의 모습이었다. 그가 정면으로 카메라를 향해 다가서자, 화면을 가득 채운 그의 마스크가 더욱 무시무시한 느낌으로 다가왔다.

"'지옥의 가장 암울한 자리는……'" 그가 조그만 목소리로 속삭였다. "'도덕적 위기의 순간에 중립을 지킨 자들을 위해 예비되어 있다.'"

신스키는 목덜미의 솜털이 쭈뼛 곤두서는 걸 느꼈다. 1년 전, 조브리스트가 뉴욕의 공항에서 그녀에게 남겼던 바로 그 문장이었다.

흑사병 의사가 말을 이었다. "나를 괴물이라고 부르는 자들이 있다는 것을 안다." 그가 잠시 말을 멈추자, 신스키는 그것이 자신에게 하는 말이라는 느낌에 사로잡혔다. "나를 가면 뒤에 숨은, 심장도 없는 짐승이라고 생각하는 이들이 있다는 것도 안다." 그는 다시 말을 멈추고 카메라를 향해 조금 더 다가섰다. "하지만 나는 얼굴이 없지 않다. 심장도 있다."

조브리스트는 그렇게 말하며 얼굴에서 가면을 떼어내고 망토에 달린 모자도 벗었다. 그의 맨얼굴이 고스란히 드러났다. 신스키는 뻣뻣하게 굳은 몸으로, 외교협회의 어두컴컴한 회의실에서 처음 보았던 그의 초록색 눈동자를 바라보았다. 화면에 비친 그의 눈동자는 예나 다름없이 뜨거운 열정으로 이글거렸지만, 예전에는 느끼지 못한 또 하나의 특징이 확연히 드러나 있었다. 바로 광기였다.

"내 이름은 버트런드 조브리스트다." 그가 카메라를 똑바로 쳐다보며 말했다. "바로 이것이 온 세상이 똑똑히 볼 수 있도록 가면을 벗어 던진 내 얼굴이다. 나의 영혼은…… 단테가 베아트리체를 위해 그랬던 것처럼, 내 불타는 심장을 높이 치켜들 수만 있다면…… 그대들은 나의 영혼이 사랑으로 가득 찬 것을 볼 수 있을 것이다. 가장 깊은 차원의 사랑. 그대들 모두를 위한. 그리고 무엇보다도, 그중의 단 한 사람을 위한."

조브리스트는 한 발 더 다가서서 초록색 눈동자로 카메라를 지그시 응시하며 마치 연인에게 속삭이듯 부드러운 목소리로 말을 이었다.

"내 사랑." 그가 속삭였다. "내 소중한 사랑. 그대는 나의 행복이요, 모든 악의 파괴자이며, 모든 덕의 보증인이자, 나의 구원이다. 내 옆에 알몸으로 누웠던 사람, 내가 그 깊은 심연을 건널 수 있도록 도와주고, 지금의 내가 이런 엄청난 성과를 거둘 수 있도록 힘을 준 사람."

신스키는 거부감을 느끼면서도 계속 귀를 기울였다.

"내 사랑." 조브리스트의 슬픈 속삭임이 황량한 지하 동굴에 잔잔한 메아리를 일으켰다. "그대는 나의 영감이요 나의 안내자이며, 베르길리우스와 베아트리체가 한데 합쳐진 사람이다. 그러니 나의 이 위대한 걸작은 나의 것인 동시에 그대의 것이기도 하다. 불행히도 그대와 나는 두 번 다시 만나지 못하겠지만, 그대의 부드러운 손길에 미래를 남기니 내 마음에는 평화가 깃든다. 이제 내가 밑에서 할 일은 끝났다. 이제 위로 올라가…… 다시 별을 바라볼 시간이 다가온다."

조브리스트가 말을 마치자, '별'이라는 마지막 단어가 잠시 동굴 안을 맴돌았다. 조브리스트는 차분한 동작으로 손을 뻗어 카메라를 건드렸고, 그것으로 영상은 끝이 났다.

화면이 검게 변했다.

사무장이 모니터를 끄고 무거운 목소리로 입을 열었다. "우리는 저 지하 동굴이 어디인지 알아내지 못했소. 당신은 어떻소?"

신스키는 고개를 가로저었다. '저런 곳은 한 번도 본 적이 없어.' 신스키는 문득 로버트 랭던을 떠올리며 혹시 그가 조브리스트의 암호를 해독하는 데 진전이 있었을까 생각했다.

"혹시 도움이 될지 모르겠지만……" 사무장이 말했다. "조브리스트의 연인이 누구인지는 알 것 같소." 그는 잠시 뜸을 들인 후 덧붙였다. "FS-2080이라는 암호명을 가진 인물이오."

신스키는 깜짝 놀란 표정으로 그를 바라보았다. "FS-2080?!"

사무장 역시 그녀의 그런 반응이 놀랍기는 마찬가지였다. "뭔가 짚이는 게 있소?"

신스키는 망연자실한 표정으로 고개를 끄덕였다. "있고말고요."

신스키는 가슴이 마구 두근거리기 시작했다. 'FS-2080.' 그 특정한 개인이 누구인지는 알 길이 없지만, 신스키는 그 암호명이 어디에서 비롯되었는지는 너무나 잘 알고 있었다. WHO는 이미 몇 년 전부터 그런 유형의 암호명을 감시하던 중이었다.

"트랜스휴머니즘 운동." 신스키가 말했다. "혹시 그게 뭔지 알아요?"

사무장은 고개를 가로저었다.

"간단히 말하면……" 신스키가 설명했다. "트랜스휴머니즘은 인간이라는 종을 더욱 강하게 만들기 위해 사용 가능한 모든 기술력을 동원해야 한다는 철학이에요. 철저하게 적자생존의 원칙에 입각한 논리죠."

사무장은 별로 관심이 없다는 듯 어깨를 슬쩍 들었다 놓았다.

"지금 트랜스휴머니즘 운동을 주도하고 있는 건 윤리적인 책임 의식을 가진 과학자나 미래학자 같은 믿을 만한 인물들이지만 모든 운동이 그렇듯 그 안에는 보다 급진적인 움직임이 필요하다고 믿는 과격한 성향의 인물들도 더러 포함되어 있어요. 종말이 다가오고 있고, 따라서 인류의 미래를 구하기 위해 획기적인 행동을 취할 사람이 필요하다고 믿는 자들이죠."

"그렇다면……" 사무장이 말했다. "버트런드 조브리스트도 그런 사람 가운데 하나겠군요?"

"그래요." 신스키가 대답했다. "이 운동의 지도자죠. 고도의 지능과 카리스마를 갖춘 그는 종말론 성향의 글을 발표해 수많은 추종자들을 트랜스휴머니즘으로 끌어들였어요. 요즘 그의 추종자들은 두 개의 알파벳과 네 개의 숫자로 이루어진 암호명을 사용하고 있어요. 예를 들면 DG-2064, BA-2105, 그리고 방금 당신이 얘기한……."

"FS-2080."

신스키는 고개를 끄덕였다. "그건 트랜스휴머니스트의 암호명이 분명해요."

"그 숫자와 알파벳에 무슨 의미가 있소?"

신스키는 그의 컴퓨터를 가리키며 대답했다. "인터넷을 열어보세요. 직접 보여드리죠."

사무장은 뭔가 미심쩍은 표정이었지만, 그래도 컴퓨터 앞으로 다가가 검색 엔진을 띄웠다.

"FM-2030을 검색해봐요." 신스키가 그의 등 뒤로 다가서며 말했다.

사무장이 FM-2030을 입력하자, 수천 개의 웹페이지가 검색되었다.

"아무거나 하나 선택해봐요." 신스키가 말했다.

사무장이 제일 위의 항목을 클릭하자, 위키피디아 창이 열리며 잘생긴 이란

트랜스휴머니즘:

인간이라는 종을 더욱 강하게 만들기 위해 사용 가능한 모든 기술력을 동원해야 한다는 철학

남자의 사진이 떴다. 페레이돈 M. 에스판디어리라는 이름과 함께, 저술가 겸 철학자 겸 미래학자 겸 트랜스휴머니즘 운동의 선구자라는 소개가 이어졌다. 1930년에 태어난 그는 트랜스휴머니즘 철학을 대중에게 전파했으며, 일찌감치 체외 수정과 유전공학, 문명의 세계화 등을 예견한 인물로 평가되어 있었다.

위키피디아에 의하면, 그는 새로운 기술을 통해 자신이 100세의 수명—그의 세대에서는 상당히 희귀했던—을 누리게 될 것이라고 내다보았다고 했다. 미래의 기술에 대한 그런 자신감을 반영하듯 페레이돈 M. 에스판디어리는 자신의 이름을 FM-2030으로 바꾸었는데, 이는 자신의 이름 머리글자와 자신이 100세가 되는 해의 연도를 합친 암호명이었다. 안타깝게도 그는 일흔 살의 나이에 췌장암으로 세상을 떠나 목표를 이루지 못했지만, 그의 정신을 기리기 위해 수많은 트랜스휴머니즘의 추종자들이 그가 고안한 암호명의 선례를 따르고 있다.

설명을 다 읽은 사무장은 자리에서 일어나 창가로 다가가더니, 한참 동안 멍하니 바다를 바라보았다.

"그렇다면……" 이윽고 그가 입을 열었다. 머릿속 생각이 입 밖으로 흘러나오는 것처럼, 속삭이는 목소리였다. "버트런드 조브리스트의 연인, 즉 FS-2080도 이런 트랜스휴머니스트 가운데 한 사람이겠군."

"의심의 여지가 없어요." 신스키가 대답했다. "FS-2080이라는 개인의 정체에 대해서는 아는 바가 없어서 유감이지만—."

"내가 하려는 말이 바로 그거요." 사무장이 여전히 바다에 시선을 고정한 채 그녀의 말을 가로막았다. "나는 그게 누구인지 정확히 알고 있소."

'공기 자체가 금으로 이루어진 것 같군.'

로버트 랭던은 지금까지 아름다운 교회들을 수없이 둘러보았지만, 이 '황금 성당'이 자아내는 독특한 분위기만큼은 다른 어느 곳에서도 찾아보지 못했다. 수백 년 전부터 산 마르코의 공기로 숨 쉬는 것만으로도 더 부유한 사람이 된다는 말이 공공연히 나돌 정도였다. 이것은 은유적인 의미뿐만 아니라, 액면 그대로의 의미로 해석해야 하는 말이기도 하다.

황금 성당은 실내의 박판이 수백만 개에 달하는 고대의 황금 타일로 이루어져 있기 때문에 실제로 공기 속에 떠도는 먼지 입자들 가운데 상당수가 미세한 금가루로 이루어져 있다. 공중에 부유하는 이 금가루가 커다란 서쪽 창문을 통해 들어오는 환한 햇살과 합쳐져 독실한 믿음을 가진 사람들의 영혼을 더욱 살찌우고, 나아가 그 공기를 깊이 들이마시면 폐에 금박이 입혀져 세속적인 의미에서도 더 부자가 된다는 이야기였다.

서쪽 창문에 나직이 걸린 해가 랭던의 머리 위에 널따란 부채꼴 모양으로 반짝이는 비단 같은 빛을 드리웠다. 랭던은 자신도 모르게 더없이 경건한 마음으로 숨을 멈췄고, 시에나와 페리스도 비슷한 반응을 보였다.

"어느 쪽이죠?" 시에나가 속삭였다.

랭던은 올라가는 계단을 가리켰다. 수많은 유물들을 소장하고 있는 이 성당의 부속 박물관이 위층에 자리하고 있었기 때문에, 랭던은 거기로 올라가면 말의 머리를 자른 수수께끼의 총독이 누구인지 금방 알아낼 수 있을 거라고 믿었다.

계단을 올라가던 중 페리스가 또 호흡곤란을 겪으며 비틀거렸고, 그 틈을 타 시에나가 뭔가 할 말이 있는 눈빛으로 랭던을 바라보았다. 턱짓으로 조심스럽게 페리스를 가리키며 소리는 내지 않고 입 모양만으로 뭐라고 말을 했는데, 랭던은 무슨 뜻인지 미처 알아듣지 못했다. 랭던이 왜 그러냐고 물어보려는 순간, 페리스가 번쩍 고개를 들었다. 하지만 시에나는 간발의 차이를 두고 아슬아슬하게 눈길을 돌렸고, 페리스의 눈이 그녀를 향했을 때 그녀는 어느새 걱정스러운 눈으로 페리스를 바라보고 있었다.

"괜찮아요, 닥터 페리스?" 시에나가 시치미를 뚝 떼고 물었다.

페리스는 고개를 끄덕이며 부지런히 계단을 올라왔다.

'타고난 배우로군.' 랭던은 속으로 혀를 내둘렀다. '그나저나 나한테 무슨 말을 하려고 한 걸까?'

이윽고 2층에 도달하자, 성당 전체가 그들의 발아래 펼쳐졌다. 본당은 그리스 십자가 형태를 띠고 있어서 길쭉한 직사각형인 성 베드로나 노트르담보다 훨씬 정사각형에 가까워 보였다. 본당 앞의 홀에서 제단까지의 거리가 짧아서 그런지, 튼튼하고 활기찬 느낌과 함께 접근도 그만큼 용이할 것 같은 인상을 주었다.

하지만 지나치게 접근이 용이해서는 곤란하다는 듯, 제단은 위압적인 십자가가 걸린 칸막이 기둥 뒤에 자리하고 있었다. 제단을 보호하기라도 하듯 멋진 닫집(궁전 안의 옥좌 위나 제단에 만들어 다는 집 모형—옮긴이)이 설치되어 있었고, 세상에서 가장 소중한 제단 장식, 팔라 도로(Pala d'Oro)도 보였다. 커다란 은박의 배경막이라 할 수 있는 이 '황금의 천'이 '천'이라고 불리는 이유는 다양한 이전의 작품들—주로 비잔틴 에나멜—을 단일한 고딕 양식으로 짜 넣은 벽걸이 장식이기 때문이다. 1,300여 개의 진주, 400개의 석류석, 300개의 사파이어, 그 밖에 에메랄드와 자수정, 루비 등이 총망라된 이 팔라 도로는 산 마르코의 말들과 함께 베네치아에서 가장 소중한 보물 가운데 하나로 꼽힌다.

건축학의 개념으로 볼 때 '대성당(basilica)'이라는 단어는 유럽 혹은 서방 세계에 건축된 동방, 즉 비잔틴 양식의 교회를 의미한다. 콘스탄티노플에 있는 유스티니아누스의 성 사도 성당을 모방한 산 마르코 대성당은 그 양식이 너무

(위) 산 마르코 대성당, 키에사 도로(황금 성당)
(오른쪽) 산 마르코 대성당 내부의 황금 타일

나 동양적이라 안내책자에서 터키의 사원에 가보고 싶으면 이 대성당을 보라고 추천할 정도다. 터키의 사원들은 대부분 비잔틴 시대에는 성당이었다가 훗날 이슬람 성전으로 바뀌었기 때문이다.

랭던으로서는 산 마르코를 터키 사원의 대용품으로 간주할 마음이 조금도 없었지만, 비잔틴 예술에 대한 열정을 가진 사람이라면 이 성당의 오른쪽 수랑과 붙어 있는 은밀한 방들을 둘러봄으로써 어느 정도 마음을 달랠 수 있다는 사실만큼은 부정할 수 없었다. 이 방에는 콘스탄티노플 약탈 때 가져와 이른바 산 마르코의 보물이라 불리는 283점의 성상들과 각종 보석류, 성배 등이 보관되어 있었다.

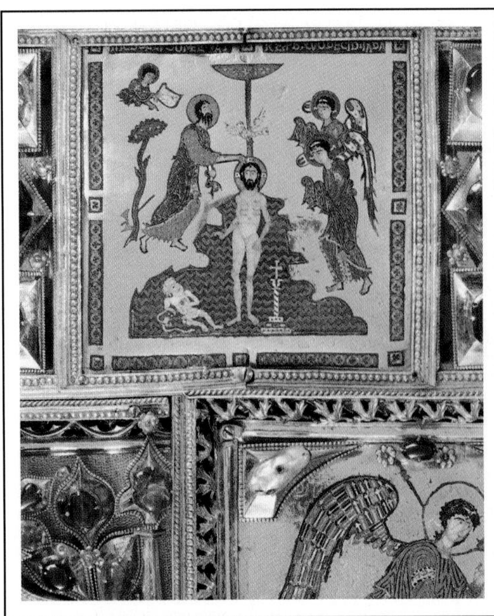

〈팔라 도로〉,
'황금의 천'과 보석 일부

오늘 오후는 대성당이 비교적 조용해서 랭던은 마음이 조금 놓였다. 여전히 많은 사람들이 북적거리기는 했지만 몸을 돌릴 여유조차 없을 정도는 아니었다. 랭던은 무리 지어 움직이는 관광객들 사이를 요리조리 빠져나가며 페리스와 시에나를 서쪽 창문으로 인도했다. 그곳은 관람객들이 발코니로 나가 말들을 구경할 수 있도록 되어 있었다. 랭던은 이제 문제의 총독이 누구인지는 밝혀낼 자신이 있었지만, 그다음 단계에 대해서는 여전히 걱정이 앞섰다. 그 총독의 무덤을 찾아야 할지, 조각상을 찾아야 할지조차 확실하지 않았다. 본당은 물론 아래층의 지하실과 북쪽 별관의 무덤에 수많은 조각상이 소장되어 있음을 감안하면, 아무래도 누군가에게 도움을 청해야 할 듯했다.

랭던은 단체 관람객을 인솔하며 뭔가를 열심히 설명하고 있는 어느 젊은 여자 안내인에게 다가가 정중하게 말을 건넸다. "실례합니다. 혹시 에토레 비오가 지금 근무 중입니까?"

"에토레 비오요?" 안내인은 의아하다는 듯이 랭던을 바라보았다. "시, 체르토. 마(네, 물론이죠. 그런데) —." 다음 순간, 그녀는 눈을 크게 뜨고 되물었다. "레이 에 로버트 랭던, 베로(혹시 로버트 랭던 교수님 아니세요)?!"

랭던은 점잖게 미소를 지었다. "시, 소노 이오(네, 맞아요). 에토레를 잠시 만날 수 있을까요?"

"시, 시(그럼요, 그럼요)!" 안내인은 인솔하던 관람객들에게 잠시만 기다려달라고 양해를 구한 뒤 서둘러 어딘가로 달려갔다.

랭던은 예전에 이 박물관의 관장인 에토레 비오와 함께 이 대성당을 소개하는 다큐멘터리에 출연한 후로 꾸준히 연락을 주고받고 있었다. "에토레는 이 대성당에 대한 책을 쓰기도 했어요." 랭던이 시에나를 향해 말했다. "그것도 몇 권이나."

시에나는 랭던이 말들을 가까이에서 살펴볼 수 있는 서쪽 발코니로 다가가는 동안 그 뒤를 바짝 따라오는 페리스에게 자꾸 신경이 쓰이는 눈치였다. 창가에 다다르자, 우람한 말들의 뒷모습이 오후의 햇살 속에 모습을 드러냈다. 발코니에서는 관광객들이 이 말들을 살펴보거나 파노라마처럼 펼쳐진 산 마르코 광장을 내려다보며 한가롭게 돌아다니고 있었다.

"바로 이 말들이로군요!" 시에나가 탄성을 내뱉으며 발코니로 나가는 문 쪽으로 다가섰다.

"꼭 그렇다고 할 수는 없어요." 랭던이 말했다. "사실 저 말들은 모조품이에요. 진짜 산 마르코의 말들은 안전과 보존상의 문제 때문에 실내에 보관되어 있으니까요."

랭던은 환하게 조명이 밝혀진 벽감 쪽으로 시에나와 페리스를 이끌었다. 방금 본 것과 똑같은 네 마리의 종마가 당장이라도 그들을 향해 달려올 것만 같은 자세로 서 있었다.

랭던이 그 조각상을 가리키며 말했다. "얘들이 진품이에요."

랭던은 이 말들을 가까이에서 볼 때마다 그 근육 조직의 섬세한 질감에 감탄을 금할 수가 없었다. 표면을 뒤덮다시피 한 푸른색 녹이 오히려 꿈틀거리는 근육의 생동감을 더욱 돋보이게 만들었다. 그렇게 온갖 수난을 당하고도 완벽한 보존 상태를 유지하고 있는 이 조각상을 보면, 위대한 예술 작품의 보존이 얼마나 중요한지를 실감할 수 있었다.

시에나가 그 말들의 목에 걸린 장식용 마구를 가리키며 말했다. "저게 나중

산 마르코의 말들 진품, 산 마르코 대성당 내부

에 덧붙여진 거라고 했죠? 이어 붙인 흔적을 가리려고?"

랭던은 조금 전에 시에나와 페리스에게 ARCA 웹사이트에서 읽은 이 말들의 '잘린 머리'에 대한 내력을 설명해주었다.

"맞아요." 랭던은 조각품 옆에 붙은 안내문을 향해 다가가며 대답했다.

"로베르토!" 그들의 등 뒤에서 친근한 목소리가 들렸다. "어떻게 이럴 수가 있나!"

돌아보니 파란 정장 차림에 백발이 성성한 에토레 비오가 끈으로 묶은 안경을 목에 걸고 관광객들 사이를 헤치며 다가오고 있었다. "나한테 연락도 하지 않고 몰래 베네치아로 들어오다니!"

랭던은 환한 미소를 지으며 그와 악수를 나누었다. "놀래주려고 그랬지요, 에토레. 얼굴이 아주 좋아 보이시네요. 이쪽은 내 친구, 닥터 브룩스와 닥터 페리스입니다."

에토레는 그들과 인사를 나눈 뒤, 한발 물러서서 랭던을 살펴보았다. "의사들을 모시고 여행을 하다니, 어디 아픈가? 옷차림은 또 왜 이래? 아예 이탈리아 사람이 되려고 작정을 했나?"

"다 틀렸어요." 랭던이 웃으며 말했다. "이 말들에 대해 여쭤볼 게 좀 있어서 왔습니다."

에토레는 호기심이 동하는 표정으로 되물었다. "이 유명한 교수님께서 아직 모르는 게 있다고?"

랭던은 한바탕 웃음을 터뜨린 뒤, 곧장 본론으로 들어갔다. "십자군 원정 때 이 말들을 운반하려고 머리를 잘랐다면서요?"

에토레 비오는 여왕의 치질에 대한 질문이라도 받은 사람 같은 표정을 지었다. "맙소사, 로버트." 그가 속삭였다. "그런 소릴랑 꺼내지도 말게. 굳이 잘린 머리를 보고 싶으면 참수형을 당한 카르마뇰라를 보여줄 수—."

"에토레, 나는 이 말들의 머리를 자른 베네치아 총독이 누구였는지를 알아야 해요."

"그건 사실이 아니야." 에토레가 변명하듯 반박했다. "나도 그런 이야기를 들은 적은 있지만, 역사적으로 베네치아 총독이 그런 짓을 저질렀다고 볼 만한 근거는—."

"에토레, 자꾸 왜 이러세요." 랭던이 말했다. "관장님이 들었다는 그 이야기에서 나오는 총독이 누구지요?"

에토레는 목에 걸고 있던 안경을 코에 걸치고 랭던을 바라보았다. "음, 그 '이야기'에 따르자면 말이야, 우리가 사랑하는 이 말들을 운반한 사람은 베네치아의 가장 똑똑하면서도 기만적인 총독이었어."

"기만적인?"

"그래, 사람들을 속여서 십자군 원정으로 끌어들인 총독이지." 그는 이제 뭔가를 잔뜩 기대하는 표정으로 랭던을 바라보았다. "이집트로 가겠다고 나랏돈을 빼내서는, 군대를 돌려서 콘스탄티노플을 약탈했다더군."

'그럼 변절한 총독이라고 할 수도 있겠군.' 랭던의 머리가 재빠르게 돌아갔다. "그 총독의 이름이 뭡니까?"

에토레는 인상을 찡그렸다. "로버트, 자네는 세계사 공부도 할 만큼 하지 않았나."

"하기야 했지요. 하지만 세상은 넓고 역사는 길어요. 때로는 도움을 받을 수

〈십자군을 선동하는 단돌로〉, 귀스타브 도레

도 있잖아요."

"아주 좋아. 그럼 마지막 힌트를 주지."

랭던은 지금 한가하게 역사 문제나 풀고 있을 때가 아니라고 말해주고 싶었지만, 어차피 그래 봤자 입만 아플 것 같았다.

"자네가 찾는 총독은 거의 한 세기를 살았어." 에토레가 말했다. "그 당시로서는 기적적인 일이지. 그가 콘스탄티노플에서 산타 루치아의 뼈를 수습해서 베네치아로 가져오는 용기를 발휘했기 때문에 그렇게 긴 수명을 누렸다는 미신도 있어. 산타 루치아는 눈을—."

"그 총독은 장님의 뼈를 빼냈어요!" 시에나가 랭던을 바라보며 불쑥 소리쳤다. 랭던도 똑같은 생각을 하던 참이었다.

에토레는 시에나를 슬쩍 쳐다보며 중얼거렸다. "뭐, 말하기에 따라서는 그렇게 표현할 수도 있겠지."

페리스는 광장을 가로지르고 계단을 올라오느라 무리했는지, 급격히 힘들어하는 기색이 역력했다.

에토레가 말을 이었다. "그 총독이 산타 루치아를 그토록 사랑했던 이유는 따로 있어. 총독 본인이 장님이었거든. 그는 아흔 살의 나이에 바로 이 광장에 서서, 앞이 보이지 않는 채로 십자군 원정대에게 훈시를 했어."

"이제 누군지 알겠군요." 랭던이 말했다.

"그래, 이렇게까지 힌트를 줘도 모르면 곤란하지!" 에토레가 미소를 지으며 대답했다.

랭던의 직관적인 기억력은 개념화되지 않은 아이디어보다는 이미지를 떠올리는 데 더 익숙했기 때문에, 이번에도 깨달음의 순간은 예술 작품의 형태로 찾아왔다. 늙고 눈먼 총독이 두 팔을 치켜든 채 군중들에게 십자군에 참여하라고 선동하는, 귀스타브 도레의 그림이었다. 이어서 그 그림의 제목이 선명하게 떠올랐다. 〈십자군을 선동하는 단돌로〉.

"엔리코 단돌로." 랭던이 말했다. "엄청난 수명을 누렸던 총독."

"피날멘테(드디어)!" 에토레가 말했다. "자네 기억력도 나이를 먹은 게 아닌가 걱정했어, 로버트."

"나이 먹는 게 어디 기억력뿐이겠습니까. 그가 여기 묻혀 있어요?"

"단돌로가?" 에토레는 고개를 가로저었다. "천만에, 여기 없어."

"그럼 어디죠?" 시에나가 물었다. "총독 궁전인가요?"

에토레는 안경을 벗었다. 기억을 더듬는 기색이 역력했다. "잠깐 기다려봐요. 총독이 워낙 많아서—."

에토레가 미처 말을 끝내기도 전, 잔뜩 겁먹은 표정의 안내인이 달려와 그를 한쪽으로 데려가더니 귀에다 대고 뭐라고 속삭였다. 에토레는 깜짝 놀란 표정을 지으며 난간 쪽으로 달려가 본당을 내려다보았다. 잠시 후 그가 랭던을 돌아보았다.

"금방 돌아오겠네." 에토레는 그 말을 남긴 채 뒤도 돌아보지 않고 사라져버렸다.

랭던은 어리둥절한 표정으로 난간으로 다가가 아래를 내려다보았다. '무슨

일인데 저러지?'

처음에는 여전히 관광객들만 북적거릴 뿐 아무것도 보이지 않았다. 하지만 잠시 후 그는 많은 관광객들이 정문 입구 쪽을 바라보고 있는 것을 알아차렸다. 정문에서 막 검은 제복의 군인들이 뛰어 들어와 사방으로 흩어지며 모든 출입구를 봉쇄하는 중이었다.

'검은 제복의 군인들.' 난간을 잡은 랭던의 손에 자신도 모르게 잔뜩 힘이 들어갔다.

"로버트!" 등 뒤에서 시에나의 고함 소리가 들렸다.

랭던은 군인들에게 시선을 고정한 채 꿈쩍도 하지 않았다. '어떻게 우리를 찾아낸 거지?'

"로버트!" 좀 더 다급해진 시에나의 목소리가 들렸다. "큰일 났어요! 좀 도와줘요!"

랭던은 그녀의 도움 요청에 의아해하며 난간에서 돌아섰다.

'어디로 간 거야?'

잠시 후, 그의 눈은 시에나와 페리스를 동시에 발견했다. 산 마르코의 말들 앞에서 시에나가 바닥에 쓰러진 페리스 앞에 무릎을 꿇고 있었다. 가슴을 움켜쥔 채 경련을 일으키는 페리스 앞에…….

Chapter 75

“심장마비인 것 같아요!” 시에나가 소리쳤다.

랭던은 바닥에 쓰러진 페리스를 향해 서둘러 달려갔다. 당장이라도 숨이 넘어갈 것처럼 고통스러워하는 모습이었다.

‘어떻게 된 거야?!’ 짧은 순간이었지만 랭던의 머릿속에 많은 생각이 스쳐갔다. 아래층에 군인들이 도착했고 페리스는 의식을 잃고 쓰러졌으니, 어떻게 해야 할지 도무지 감이 잡히지 않았다.

시에나가 페리스 옆에 무릎을 꿇고 그의 넥타이를 느슨하게 한 다음, 셔츠 단추를 몇 개 풀었다. 조금이라도 호흡을 돕기 위한 조치였다. 그러나 페리스의 셔츠 자락이 벌어지는 순간, 시에나는 짧은 비명을 내지르며 손으로 입을 가리고 뒤로 물러섰다. 그녀의 눈길은 맨살이 드러난 페리스의 가슴팍에 고정되어 있었다.

랭던도 보았다.

페리스의 가슴에 심하게 멍이 들어 있었다. 자몽만 한 시커먼 멍 자국이 그의 가슴을 뒤덮고 있었던 것이다. 마치 가슴에 대포알이라도 맞은 사람 같았다.

“내출혈이에요.” 시에나가 겁먹은 표정으로 랭던을 올려다보며 말했다. “이것 때문에 하루 종일 그렇게 호흡이 힘들었던 거예요.”

페리스가 머리를 비틀며 뭐라고 말을 하려 했지만, 그의 입에서는 희미한 신음 소리밖에 새 나오지 않았다. 놀란 표정의 관광객들이 몰려들었고, 랭던은 상황이 점점 걷잡을 수 없는 지경으로 악화되고 있음을 알아차렸다.

"아래층에 군인들이 도착했어요." 랭던이 시에나를 향해 말했다. "우리를 어떻게 찾아냈는지 알 수가 없어요."

놀라움과 두려움이 가득하던 시에나의 얼굴에 강한 분노의 빛이 떠올랐다. 그녀는 페리스를 노려보며 쏘아붙였다. "당신이 우리한테 거짓말을 했어, 그렇죠?"

페리스는 또 입술을 달싹거렸지만 여전히 말은 나오지 않았다. 시에나는 거칠게 페리스의 주머니를 뒤져 그의 지갑과 휴대전화를 꺼내 자기 주머니에 넣고는, 성난 표정으로 몸을 일으키며 그를 바라보았다.

그때, 이탈리아인 노파 하나가 사람들 사이를 헤치고 다가오더니, 시에나를 향해 사나운 목소리로 소리쳤다. "라이 콜피토 알 페토!" 그녀는 주먹으로 자신의 가슴을 치는 시늉을 해 보였다.

"노(안 돼요)!" 시에나가 쏘아붙였다. "심폐 소생술을 시도하다가는 오히려 목숨이 더 위태로워질 뿐이에요! 저 사람 가슴을 좀 보라고요!" 시에나는 랭던을 돌아보았다. "로버트, 어서 여기를 빠져나가야 해요. 지금 당장."

랭던은 뭔가 할 말이 있는 것처럼 간절히 애원하는 눈빛으로 자신을 바라보는 페리스를 물끄러미 내려다보았다.

"이대로 놔두고 갈 수는 없어요!" 랭던이 다급하게 소리쳤다.

"나를 믿어요." 시에나가 말했다. "저건 심장마비가 아니에요. 우린 지금 당장 여길 벗어나야 해요."

몰려든 관광객들 가운데 누군가가 도와달라고 소리를 지르기 시작했다. 시에나는 랭던의 팔을 움켜쥐고는 놀랄 만큼 강한 힘으로 그를 끌어내 발코니 쪽으로 데려갔다.

랭던은 순간적으로 앞이 보이지 않았다. 산 마르코 광장의 서쪽 끝으로 기울어가는 해가 발코니 전체를 황금빛으로 물들이며 랭던의 눈을 정면으로 비춘 것이다. 시에나는 산 마르코의 말들과 광장을 내려다보는 관광객들 사이를 헤치며 2층 테라스 쪽으로 랭던을 이끌었다.

정신없이 테라스를 달리다 보니 어느 순간 석호가 정면으로 그들의 눈앞에 펼쳐졌다. 물 위에 떠 있는 낯선 광경이 랭던의 시선을 사로잡았다. 공상과학 영화에나 나올 법한 초현대적인 요트 한 척이 소리 없이 물 위에 떠 있었다.

랭던은 그 요트의 정체를 궁금해할 겨를도 없이 시에나와 함께 또 한 번 왼쪽으로 방향을 꺾은 뒤, 대성당과 총독 궁전을 연결하는 남서쪽 모퉁이의 별관 쪽으로 달려갔다. 예전에 총독이 백성들에게 고지할 칙령을 이곳에 내붙였기 때문에 지금도 '종이의 문'이라는 이름이 붙은 곳이었다.

'심장마비가 아니라고?' 페리스의 시커멓게 멍든 가슴팍이 뇌리에 각인된 랭던은 문득 시에나가 그의 진짜 병명을 뭐라고 이야기할지 두려운 마음이 일었다. 더욱이 언제부터인가 그들 둘 사이에 뭔가 커다란 변화가 생긴 듯, 이제 시에나는 페리스를 신뢰하지 않는 기색이 역력했다. '시에나가 아까부터 눈으로 나에게 하려고 했던 이야기가 그것일까?'

시에나가 갑자기 급제동을 걸고 멈춰 서더니, 아름다운 난간 너머로 몸을 내밀고 산 마르코 광장 모퉁이를 내려다보았다.

"맙소사." 그녀가 말했다. "생각했던 것보다 너무 높아요."

랭던은 멍하니 그녀를 바라보았다. '여기서 뛰어내릴 생각을 한 거야?'

시에나는 잔뜩 겁에 질린 표정이었다. "여기서 붙잡히면 끝장이에요, 로버트."

랭던은 대성당 쪽을 돌아보았다. 그들의 등 뒤에 육중한 철문과 유리 벽이 버티고 있었다. 관광객들이 그 문을 드나들고 있었는데, 만약 랭던의 어림짐작이 맞다면 그 문은 성당 뒤쪽의 박물관으로 이어질 터였다.

"출입구는 모두 봉쇄되었을 거예요." 시에나가 말했다.

아무리 생각해봐도 빠져나갈 구멍은 하나밖에 없었다. "저 안쪽에서 우리의 고민을 해결해줄 뭔가를 본 것 같아요."

랭던은 자신의 계획이 타당한지 되짚어볼 겨를도 없이 시에나를 데리고 도로 대성당 안으로 뛰어들었다. 그러고는 회중석을 가로질러 페리스 때문에 소동이 벌어졌던 곳으로 흘러가는 사람들 틈에 섞여 박물관 가장자리를 지나쳤다. 이탈리아인 할머니가 검은 제복 차림의 군인 두 명에게 랭던과 시에나가 빠져나간 발코니 쪽을 가리키는 것이 얼핏 보였다.

'서둘러야 한다.' 랭던은 초조한 눈으로 벽을 훑은 끝에, 커다란 벽걸이 장식

옆에서 원하던 것을 발견했다.

한쪽 벽에 빨간색 경고문과 함께 큼직한 연노란색 장치가 붙어 있었다. '알라르메 안틴첸디오(ALLARME ANTINCENDIO).'

"화재 경보기?" 시에나가 말했다. "이게 당신 계획이었어요?"

"사람들 틈에 휩쓸려서 빠져나가면 돼요." 랭던은 손을 뻗어 경보 장치의 손잡이를 움켜잡았다. '밑져야 본전이다.' 랭던은 다른 생각을 해볼 겨를도 없이 재빨리 손잡이를 밑으로 힘껏 잡아당겼다. 경보기 안쪽의 조그만 유리 실린더가 박살 났다.

랭던은 대번에 요란한 경보음이 터져 나오며 일대 혼란이 빚어지기를 기대했다.

그러나 경보기에서는 아무 소리도 나지 않았다.

다시 한 번 잡아당겨 보았다.

역시 마찬가지였다.

시에나가 한심하다는 듯이 그를 바라보았다. "로버트, 여기는 관광객들이 가득한 석조 건물이에요! 아무나 장난 삼아 잡아당길 수 있는 곳에 화재 경보기를 설치해놨을 것 같아요?"

"당연하지요! 미국의 소방법은—."

"여기는 미국이 아니라 유럽이에요. 미국처럼 변호사가 많은 곳이 아니라고요." 시에나는 랭던의 어깨 너머를 가리켰다. "지금 이렇게 허비할 시간이 없어요."

랭던이 돌아보니 방금 그들이 들어온 유리문을 통해 군인 두 명이 발코니에서 안쪽으로 들어서며 날카로운 눈매로 주위를 훑고 있었다. 랭던은 그 가운데 한 명이 시에나의 아파트 앞에서 그들의 오토바이에 총을 쏜 바로 그 사람임을 알아보았다.

랭던과 시에나는 다급한 나머지 옆에 설치된 나선형 계단으로 뛰어들어 무작정 아래층으로 내려갔다. 계단참에 이르자, 잠시 그림자 뒤에 몸을 숨기고 숨을 돌렸다. 본당 맞은편에 몇 명의 군인들이 출입구를 지키며 사방을 두리번거리고 있었다.

"이 계단에서 한 발만 나가면 금방 저들의 눈에 띄고 말겠군." 랭던이 중얼거렸다.

"계단이 아래쪽으로 계속 연결돼 있어요." 시에나가 밑으로 내려가는 계단 앞을 가로막은 줄을 가리키며 속삭였다. 줄에는 '아체소 비에타토(접근 금지)'라는 경고문이 붙어 있었다. 그 줄 너머로 한층 더 좁아진 나선형 계단이 캄캄한 어둠 속으로 이어져 있었다.

'이건 좋은 생각이 아니야.' 랭던은 속으로 중얼거렸다. '본당 지하실에 밖으로 통하는 출입구가 있을 리 없어.'

하지만 시에나는 이미 줄을 타 넘고 손으로 벽을 짚어가며 어둠 속으로 내려가고 있었다.

"문이 열려 있어요." 밑에서 시에나의 속삭이는 목소리가 들렸다.

크게 놀라운 일은 아니었다. 산 마르코의 지하실은 대부분의 다른 교회들과 달리 아직도 산 마르코의 유골 앞에서 정기적으로 미사를 드리는 공간이었다.

"햇빛이 보이는 것 같아요!" 시에나가 또 속삭였다.

'그럴 리가 있나!' 랭던은 이 지하실에 내려와본 예전의 기억을 더듬은 끝에,

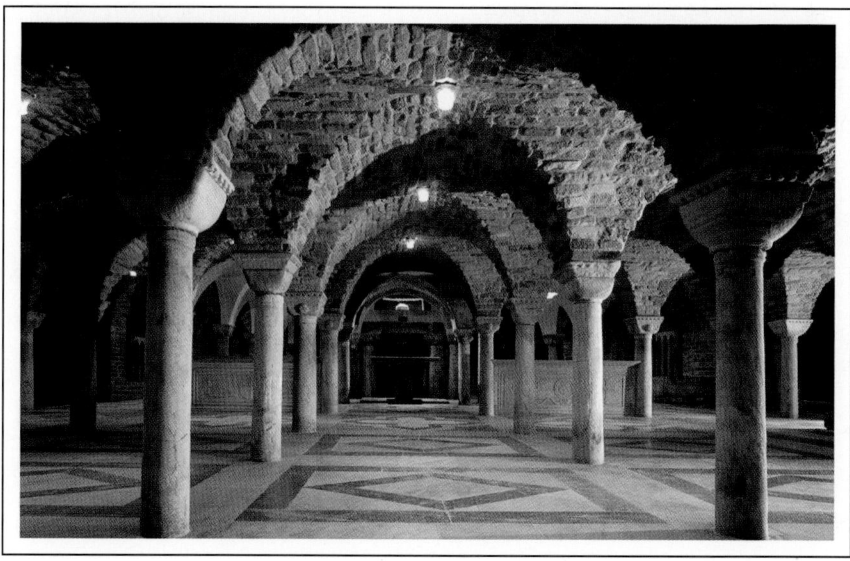

산 마르코 대성당의 지하실

시에나가 룩스 에테르나(lux eterna, '영원한 빛'이라는 뜻의 라틴어 — 옮긴이)의 불빛을 햇빛으로 착각한 것이 아닐까 싶었다. 지하실 한복판에 자리한 산 마르코의 무덤 위에는 하루 24시간 전등이 켜져 있었다. 하지만 위에서 발소리가 다가오는 바람에 랭던은 더 이상 생각만 하고 있을 수가 없었다. 재빨리 줄을 타 넘고 그것이 흔들리지 않는 것을 확인한 다음, 손바닥을 거칠거칠한 벽에 대고 모퉁이를 돌아 계단을 내려갔다.

시에나는 계단 밑에서 그를 기다리고 있었다. 그녀의 등 뒤로 이어질 지하실은 너무 캄캄해서 아무것도 보이지 않았다. 아주 오래되어 보이는 기둥들이 낮은 천장을 받치고 있는, 납작한 모양의 방이었다. '이 거대한 대성당 전체의 하중을 이 기둥들이 받치고 있다.' 그렇게 생각하니 랭던은 벌써 폐소공포증이 밀려올 지경이었다.

"저기 봐요." 시에나가 속삭였다. 아닌 게 아니라 희미한 자연광이 그녀의 예쁜 얼굴을 어렴풋이 비추고 있었다. 시에나는 벽의 높은 곳에 설치된 조그만 아치 모양의 가로대들을 가리켰다.

'채광정(採光井)이다.' 랭던은 예전에 그런 것을 본 기억이 나지 않았다. 밀폐된 지하실에 빛과 공기를 공급하기 위해 마련된 이 채광정은 수직의 갱도를 통해 지상의 산 마르코 광장과 연결되었다. 유리에는 서로 얽힌 열다섯 개의 원 모양을 한 쇠붙이가 덧대어 있었다. 그 유리가 안쪽에서 열 수 있게 되어 있는지도 확실하지 않은 데다, 높이도 어깨 정도밖에 되지 않았다. 설령 어떻게든 그 유리창을 연다 하더라도 3미터 높이의 갱도를 올라가기란 불가능했다. 더욱이 그 꼭대기에는 묵직해 보이는 창살이 가로막고 있었다.

채광정을 통해 흘러드는 희미한 햇빛 속의 지하실은 마치 달빛이 괴괴한 숲 속 같았다. 거대한 밑둥 같은 기둥들이 빽빽하게 들어차 길고 무거운 그림자를 드리웠다. 한복판에 켜진 유일한 전등은 산 마르코의 무덤을 비추고 있었다. 이 대성당의 이름을 부여한 인물이 제단 뒤의 석관 속에 잠들어 있었고, 그 앞에는 베네치아 기독교의 심장부라 할 이곳에서 예배를 드릴 만큼 운이 좋은 극소수의 신자들을 위한 기다란 의자가 몇 줄 놓여 있었다.

갑자기 바로 옆에서 무슨 빛이 새 나오는 것 같아 돌아보니, 시에나가 페리스의 휴대전화를 꺼내 들고 있었다.

랭던은 뒤늦게 흠칫 놀랐다. "배터리가 떨어졌다고 했잖아요."

"페리스가 거짓말을 했어요." 시에나가 휴대전화에 뭔가를 입력하며 말했다. "그가 우리를 속인 게 한두 가지가 아니에요." 시에나는 전화기를 향해 얼굴을 찌푸리며 고개를 가로저었다. "신호가 안 잡혀요. 검색을 해보면 엔리코 단돌로의 무덤이 어디에 있는지 찾을 수 있을 거라고 생각했는데." 시에나는 혹시나 신호가 잡힐까 하고 채광정 쪽으로 달려가 전화기를 머리 위로 높이 치켜들어 보았다.

'엔리코 단돌로.' 랭던은 그동안 도망치느라 정신이 없어서 미처 그 총독에 대해 생각해보지 못했다. 비록 어려운 곤경에 처하기는 했지만, 그들이 산 마르코 대성당을 찾아온 목적은 달성한 셈이었다. 말의 머리를 자르고 장님의 뼈를 빼낸 변절한 총독의 정체를 밝혀내는 데 성공했으니 말이다.

안타까운 것은, 엔리코 단돌로의 무덤이 어디에 있는지 전혀 감이 잡히지 않는다는 사실이었고, 그것은 에토레 비오도 마찬가지인 듯했다. '그는 이 대성당을, 나아가 총독 궁전까지도 속속들이 알고 있는 사람이다.' 그런 에토레가 금방 떠올리지 못할 정도라면, 단돌로의 무덤이 있는 곳은 산 마르코나 총독 궁전 근처가 아닐 가능성이 높았다.

'그럼 어디일까?'

랭던이 돌아보니 시에나는 어느새 채광정 밑으로 의자를 끌고 가서 그 위에 올라서 있었다. 걸쇠를 벗겨서 유리창을 열고는 페리스의 전화기를 갱도 안으로 최대한 높이 치켜든 채 올려다보는 중이었다.

위에서 산 마르코 광장의 소음이 희미하게 흘러 들어왔다. 랭던은 문득, 어쩌면 이곳을 빠져나갈 구멍이 있을지도 모른다는 생각이 들었다. 신도석 뒤에 접이식 의자가 몇 개 놓여 있었는데, 잘하면 그 의자를 채광정 안쪽으로 밀어 올릴 수 있을지도 모른다는 생각이 든 것이다. '어쩌면 꼭대기의 창살도 안쪽에서 열게 되어 있을지 모른다.'

랭던은 어둠을 뚫고 서둘러 시에나를 향해 달려갔다. 하지만 그는 불과 몇 발도 옮기지 못하고 이마에 강력한 충격을 느끼며 뒤로 넘어졌다. 순간적으로 랭던은 누군가에게 공격받은 거라고 생각했지만, 그게 아니라는 사실을 깨닫기까지는 그리 오랜 시간이 걸리지 않았다. 180센티미터에 이르는 그의 키는 이 건물을 지은 천 년 전 사람들의 평균 신장에 비하면 아주 큰 축이었으니, 그 생각을 미처 하지 못하고 천장에 호되게 이마를 찧은 자신의 부주의가 한심할 따름이었다.

랭던은 단단한 돌로 된 바닥에 무릎을 꿇고 눈앞에서 빙글빙글 돌아가는 별이 사라지기를 기다리는 동안, 무심코 바닥에 새겨진 글자를 내려다보았다.

'산크투스 마르쿠스(Sanctus Marcus).'

랭던은 한참 동안 그 글자를 들여다보았다. 산 마르코의 이름이라는 건 명백했지만, 문제는 그 이름이 쓰인 언어였다.

'라틴어.'

하루 종일 현대 이탈리아어를 접하다 보니 산 마르코의 이름을 라틴어로 적어놓은 것이 너무나 생소하게 느껴졌던 것인데, 그제야 산 마르코가 사망할 당시 로마 제국의 공용어는 이탈리아어가 아니라 라틴어였다는 사실에 생각이 미쳤다.

그것은 랭던의 머릿속에 또 하나의 연쇄반응을 일으켰다.

엔리코 단돌로와 제4차 십자군 원정의 시대인 13세기 초에도 권력자들의 언어는 역시 라틴어였다. 콘스탄티노플을 탈환함으로써 로마 제국에게 커다란 영광을 안긴 베네치아 총독이 엔리코 단돌로(Enrico Dandolo)라는 이름으로 묻혔을 리가 없었다. 틀림없이 라틴어 이름이 사용되었을 것이다.

'헨리쿠스 단돌로(Henricus Dandolo).'

그러자 오랫동안 잊고 있던 이미지 하나가 고압의 전기처럼 그의 뇌리를 때렸다. 비록 예배당에 무릎을 꿇은 자세로 떠올린 깨달음이기는 했지만, 그것은 성스러운 영감과는 아무 관계가 없었다. 단지 숨겨져 있던 연결 고리를 찾도록 유도하는 시각적 단서를 발견한 덕분이었다. 랭던의 기억 속 깊은 곳에 묻혀 있다가 느닷없이 튀어나온 이미지는 단돌로의 라틴어 이름이 새겨진 낡은 대리석 석판이었다.

'헨리쿠스 단돌로.'

그 간단한 총독의 무덤 표식을 떠올리자, 랭던은 숨을 제대로 쉴 수가 없었다. '가본 적이 있는 곳이다.' 조브리스트의 시가 언급한 그대로, 엔리코 단돌로는 금박의 박물관, 거룩한 지혜의 무세이온에 묻혀 있었다. 그러나 그곳은 산 마르코 대성당이 아니었다.

랭던은 진실을 곱씹으며 천천히 몸을 일으켰다.

"신호가 안 잡혀요." 시에나가 채광정에서 내려와 랭던을 향해 걸어오며 말했다.

"이제 필요 없어요." 랭던이 중얼거렸다. "거룩한 지혜의 금박 입힌 무세이온……." 랭던은 크게 숨을 들이쉬며 말을 이었다. "내가…… 잘못 생각했어요."

대번에 시에나의 얼굴에서 핏기가 가셨다. "설마 우리가 엉뚱한 박물관에서 헤매고 있다는 이야기는 아니겠죠?"

"시에나." 랭던은 속이 울렁거리는 것을 느끼며 나직이 속삭였다. "우리는 지금 엉뚱한 나라에서 헤매고 있어요."

Chapter 76

산 마르코 광장. 가면 행상을 하는 집시 여인은 성당 벽에 몸을 기대고 잠시 휴식을 취했다. 여느 때와 마찬가지로, 바닥에 놓인 두 개의 쇠창살 사이의 조그만 벽감은 잠시 짐을 내려놓고 석양을 바라보기에 딱 좋은 곳이었다.

그녀는 오랜 세월에 걸쳐 이 산 마르코 광장에서 볼 것 못 볼 것 많이도 봐왔지만, 지금처럼 희한한 광경은 그녀로서도 처음이었다. 발밑에서 무슨 소리가 나는 것 같아 무심코 내려다보니, 땅바닥의 쇠창살 밑으로 깊이가 3미터가량 되어 보이는 좁다란 구멍이 뚫려 있었다. 구멍 밑바닥의 유리창은 열려 있었는데, 거기로 의자 하나가 불쑥 올라오더니 구멍의 벽을 긁어대는 것이었다.

뒤이어 그 구멍 밑에서 금발의 말총머리를 한 예쁜 여자의 얼굴이 나타났다. 집시 여인이 깜짝 놀라서 들여다보는 동안, 금발 여자는 창문을 빠져나와 좁은 구멍으로 올라섰다.

그녀는 무심코 고개를 들었다가 집시 여인이 내려다보는 것을 알아차리고 깜짝 놀라는 기색이더니, 이내 손가락 하나를 입술에 갖다 대며 억지 미소를 지어 보였다. 그러고는 의자를 펴서 그 위에 올라서더니, 지상의 창살을 향해 손을 뻗었다.

'손이 안 닿겠는데.' 집시 여인은 속으로 중얼거렸다. '도대체 거기서 뭘 하는 거야?'

금발 여인이 도로 의자에서 내려가 구멍 안쪽을 향해 뭐라고 말을 하는 걸 보니, 그 안에 다른 사람이 또 있는 모양이었다. 조그만 구멍 속에 의자가 놓여 있어서 몸을 돌리기도 힘들 지경이었지만, 금발 여자가 용케 한쪽 옆으로 비켜서고 두 번째 인물이 나타났다. 이번에는 멋진 양복을 차려입은 짙은 갈색 머리의 남자가 구멍 위로 손을 뻗기 시작했다.

베네치아 거리의 행상인이 진열해놓은 가면들

그 남자도 창살 위에서 내려다보는 집시 여인과 눈이 마주쳤다. 그는 힘겹게 몸을 비틀어 금발 여자와 자리를 바꾸더니, 흔들거리는 의자 위로 올라왔다. 그는 금발 여자보다 키가 커서 창살 밑에 달린 꺾쇠에 손이 닿았다. 간신히 꺾쇠를 젖혀서 푼 그는 두 손으로 창살을 위로 밀어 올렸다. 창살이 몇 센티미터가량 올라가는 것을 확인한 그는 도로 손을 놓았다.

"푸오 다르치 우나 마노(우리를 좀 도와주실 수 있나요)?" 금발 여자가 집시 여인을 향해 말했다.

'거들어달라고?' 집시 여인은 자칫하다가 골치 아픈 일에 말려들 수도 있겠다는 생각이 들었다. '도대체 거기서 뭘 하는 거지?'

금발 여자는 주머니의 남성용 지갑에서 100유로짜리 지폐를 한 장 꺼내 흔들어 보였다. 100유로라면 집시 여인이 사흘 내내 가면을 팔아도 벌까 말까 한 큰돈이었다. 그러나 그녀는 몸에 밴 장사꾼 기질을 유감없이 발휘해 고개를 가로저으며 손가락 두 개를 펼쳐 보였다. 금발 여자는 이내 또 한 장의 지폐를 꺼냈다.

집시 여인은 이게 웬 떡인가 싶었지만 겉으로는 못 이기는 척하면서 쪼그리고 앉아 창살을 움켜쥐었다. 그러고는 남자와 눈을 맞추며 동시에 힘을 줄 타이밍을 조율했다.

남자가 밑에서 창살을 밀기 시작하자, 집시 여인은 오랜 행상으로 단련된

팔 힘을 최대한 끌어모아 창살을 힘껏 잡아당겼다. 창살이 반쯤 딸려 올라왔다. 이제 됐나 싶은 순간, 갑자기 밑에서 우당탕탕 소리가 나더니 남자의 얼굴이 사라져버렸다. 그가 밟고 섰던 의자가 떨어져내리면서 그도 같이 밑으로 떨어져버린 모양이었다.

집시 여인은 혼자 힘으로 감당하기에는 창살이 너무 무거워서 그냥 놔버릴까도 생각했지만, 자그마치 200유로에 달하는 현찰을 생각하니 다시 힘이 불끈 치솟았다. 그녀는 거뜬히 창살을 들어 올려 쿵 소리와 함께 한쪽 옆으로 내려놓았다.

숨을 돌린 집시 여인은 다시 구멍 속을 내려다보았다. 쓰러졌던 남자가 일어나서 먼지를 터는 것을 본 그녀는 돈을 받기 위해 구멍 속으로 팔을 뻗었다.

금발 여자가 고개를 끄덕이며 지폐 두 장을 머리 위로 내밀었다. 집시 여인은 있는 힘껏 팔을 뻗어보았지만 안타깝게도 손이 닿지 않았다.

'돈을 남자한테 줘.'

그때 갑자기 구멍 안쪽에서 한바탕 소동이 일었다. 다급한 고함 소리가 들리는가 싶더니, 여자와 남자가 겁에 질린 표정으로 허둥거리기 시작했다.

이내 좁은 구멍 안쪽은 아수라장으로 변했다.

갈색 머리의 남자는 금방 이성을 되찾았다. 두 손을 깍지 껴서 가슴팍에 대고 금발 여자에게 그걸 밟고 올라서게 한 다음, 있는 힘을 다해 여자를 들어 올렸다. 금발 여자는 지폐를 입에 물고 구멍의 가장자리를 향해 두 손을 뻗었다. 남자가 사력을 다해 여자를 밀어 올린 덕분에, 이윽고 여자의 손가락이 구멍 가장자리에 닿았다.

금발 여자는 수영장을 빠져나오는 사람처럼 두 손으로 구멍의 가장자리를 붙잡고 간신히 지상으로 올라왔다. 그녀는 집시 여인의 손에 지폐를 쥐어주고는 재빨리 돌아서서 구멍 속의 남자를 향해 손을 뻗었다.

하지만 이미 때는 늦었다.

검은 소매의 강력한 팔들이 굶주린 괴물의 촉수처럼 구멍 안으로 뻗어 올라와 남자의 다리를 붙잡고 밑으로 끌어내렸다.

"어서 가요, 시에나!" 남자가 발버둥을 치며 외쳤다. "어서!"

집시 여인은 고통스러운 회한이 어린 두 남녀의 눈빛이 서로 교차하는 것을 물끄러미 지켜보았다. 이내 상황은 종료되었다.

누군가의 억센 손아귀에 끌려 내려간 남자의 모습이 사라졌다.

금발 여자는 눈물이 글썽글썽한 눈으로 구멍 속을 들여다보았다. "정말 미안해요, 로버트." 그녀가 속삭였다. "모든 게 다."

다음 순간, 인파 속으로 뛰어든 그녀는 말총머리를 나풀거리며 메르체리아 델로롤로조의 좁은 골목 속으로 사라졌다. 베네치아의 심장부가 그렇게 그녀를 삼켜버렸다.

Chapter 77

로버트 랭던은 찰랑거리는 물소리에 서서히 의식을 되찾았다. 공기에서 비릿한 소금 냄새와 함께 강한 소독약 냄새가 느껴졌고, 땅이 조금씩 흔들리는 느낌도 들었다.

'여기가 어디지?'

채광정에서 끌어내려는 억센 손아귀에 맞서 사력을 다해 몸싸움을 벌인 것이 불과 몇 초 전으로 느껴졌다. 하지만 지금 그는 산 마르코 대성당 지하실의 차가운 바닥이 아니라 푹신한 침대 위에 누워 있었다.

랭던은 눈을 뜨고 주위를 둘러보았다. 상당히 위생적인 분위기의 조그만 방에 동그란 창문이 하나 달려 있었다. 땅이 흔들리는 느낌은 계속 이어졌다.

'배 안인가?'

랭던의 마지막 기억은 검은 제복의 군인 한 명이 그를 지하실 바닥에 찍어누른 채 달아날 생각은 일찌감치 포기하라고 외치던 장면이었다.

랭던은 도와달라고 미친 듯이 고함을 지르며 저항했고, 군인들은 그의 입을 틀어막으려 했다.

"어서 여기서 데리고 나가야 한다." 한 군인이 동료에게 말하는 소리가 들렸다.

동료는 내키지 않는 기색으로 고개를 끄덕였다. "할 수 없지."

다음 순간, 랭던은 누군가의 강력한 손가락이 자신의 목을 더듬는 것을 느꼈다. 이내 경동맥을 정확히 찾아낸 손가락이 그 부위를 지그시 눌렀다. 불과 몇 초 만에 랭던의 눈앞은 뿌옇게 흐려졌고, 뇌로 올라가는 산소 공급이 막히면서 정신이 가물거렸다.

'목을 졸라 죽이려는 모양이다.' 랭던은 그렇게 생각할 수밖에 없었다. '산 마르코의 무덤 옆에서.'

세상이 검게 변했지만, 완벽한 어둠은 아니었다. 어렴풋한 형체와 소리들이 의식의 회색 지대 속으로 조금씩 스며드는 느낌이었다.

시간이 얼마나 지났는지는 알 수 없지만, 초점은 조금씩 돌아오기 시작했다. 현재 상태로는 어떤 배 안의 의무실 같은 곳이 아닐까 싶었다. 간소한 분위기와 소독약 냄새가 묘한 기시감을 불러일으켰다. 마치 온갖 우여곡절 끝에 한 바퀴를 빙 돌아, 전날 밤의 낯선 병원 침상으로 돌아온 기분이었다.

의식이 돌아오자 이내 시에나의 안위부터 걱정되기 시작했다. 회한과 두려움이 가득한 그녀의 부드러운 갈색 눈동자가 아직도 눈에 선했다. 랭던은 그녀가 무사히 베네치아를 빠져나갔기를 간절히 기도했다.

'우리는 엉뚱한 나라에서 헤매고 있어요.' 랭던은 엔리코 단돌로의 무덤이 어디에 있는지를 알아내고 시에나에게 그렇게 말한 기억이 났다. 조브리스트의 시가 언급한 거룩한 지혜의 무세이온은 베네치아가 아니라 전혀 다른 곳에 있었다. 단테의 텍스트가 경고한 그대로, 진실은 행간 깊숙이 숨어 있었던 것이다.

랭던은 산 마르코의 지하실을 빠져나오면 시에나에게 모든 것을 설명해줄 생각이었지만, 끝내 그런 기회는 오지 않았다.

'그녀는 아직 내가 알아낸 것을 모른다.'

랭던은 무거운 납덩이가 가슴을 짓누르는 것 같았다.

'흑사병은 아직 거기에 있다. 전혀 다른 곳에…….'

바깥의 복도에서 요란한 발소리가 들리는가 싶더니, 검은 제복을 입은 군인 한 사람이 들어왔다. 지하실에서 그를 공격했던 바로 그 근육질의 남자였다. 눈동자가 얼음처럼 차가웠다. 그가 다가서자 랭던은 본능적으로 몸을 움츠렸다. 그러나 더 이상 달아날 데가 없었다. '이 사람들이 무슨 짓을 하건, 꼼짝없이 당할 수밖에 없다.'

"여기가 어딥니까?" 랭던은 최대한 도전적인 목소리로 내뱉었다.

"베네치아 연안에 정박한 요트 안입니다."

랭던은 상대방의 제복에 달린 초록색 견장을 눈여겨보았다. 지구를 나타내는 원을 ECDC라는 글자가 에워싸고 있었다. 그런 심벌은 어디서도 본 기억이 없었다.

"당신이 알고 있는 정보가 필요합니다." 군인이 말했다. "시간이 없어요."

"내가 왜 당신에게 정보를 주어야 합니까?" 랭던이 쏘아붙였다. "당신은 나를 죽이려 했는데."

"천만에요. 우리는 유도의 조르기 기술을 사용했을 뿐입니다. 당신을 해치려는 의도는 전혀 없었어요."

"당신은 오늘 아침에도 나에게 총을 쐈어요!" 랭던은 지금도 시에나의 세발 오토바이 뒤 펜더를 때린 그의 총알을 생생하게 기억하고 있었다. "당신이 쏜 총알이 내 꼬리뼈를 아슬아슬하게 빗나갔단 말입니다!"

군인은 눈을 가늘게 뜨며 대답했다. "내가 정말로 당신의 꼬리뼈를 맞추고 싶었다면 당신은 지금 이러고 있지 못할 겁니다. 나는 당신이 탄 오토바이의 뒷바퀴를 맞춰서 더 이상 달아나지 못하게 하려고 총을 쏘았던 겁니다. 당신과 접촉해서 왜 그렇게 이상한 행동을 하는지 알아내라는 지시를 받았으니까요."

랭던이 그 말의 의미를 제대로 이해하기도 전에 다른 두 명의 군인이 들어와 그의 침대 쪽으로 다가왔다.

두 명의 군인 사이에 여자가 한 명 끼어 있었다.

랭던은 유령을 보는 기분이었다.

도무지 이 세상 사람인 것 같지 않았다.

랭던은 그녀가 환각 속에 나오던 바로 그 여자라는 걸 한눈에 알아보았다. 긴 은발과 청금석 부적을 목에 건 그녀는 여전히 아름다웠다. 지금까지 늘 시체들이 즐비한 끔찍한 환각 속에서만 보았던 사람이다 보니, 랭던은 그녀가 정말로 자신의 눈앞에 살아 있는 사람이라는 믿음이 생길 때까지 약간의 시간이 필요했다.

"랭던 교수님." 여인이 그의 침대 옆으로 다가서며 희미한 미소를 지었다.

"무사하셔서 정말 다행이에요." 그녀는 의자에 앉으며 랭던의 맥박을 확인했다. "기억상실증이 생겼다면서요? 내가 누군지는 기억나세요?"

랭던은 그 여인을 잠시 살펴보았다. "환각 속에서 당신을 보기는 했는데…… 직접 만난 기억은 나지 않아요."

여인은 안쓰러운 표정으로 그를 향해 몸을 숙였다. "내 이름은 엘리자베스 신스키예요. 세계보건기구의 사무총장이고, 당신에게 도움을 청하려고—."

"흑사병." 랭던이 그녀의 말을 가로막았다. "버트런드 조브리스트가 만든."

신스키는 다행이라는 듯 고개를 끄덕였다. "이제 기억이 나는 모양이네요?"

"그건 아닙니다. 병원에서 정신을 차리고 보니 내 수중에 조그만 프로젝터가 하나 있었어요. 당신이 환각 속에 나타나 계속 뭔가를 찾으라고 부탁했고요. 그래서 열심히 찾고 있는데, 이 사람들이 나타나 나를 죽이려 했어요." 랭던은 군인들을 가리키며 말했다.

근육질의 남자가 뭐라고 대꾸하려 했지만, 엘리자베스 신스키는 손을 내저어 그를 만류했다.

"교수님." 그녀가 부드러운 목소리로 말했다. "무척 혼란스러울 거예요. 충분히 이해가 가요. 당신을 이 일에 끌어들인 사람으로서, 일이 이렇게 되어 얼마나 걱정했는지 몰라요. 이렇게 무사하셔서 정말 다행이고요."

"무사하다고요?" 랭던이 되물었다. "정체도 모르는 배 안에 이렇게 붙잡혀 있는 게 무사한 겁니까?" '그건 당신도 마찬가지인 것 같지만요.'

은발 여인은 이해한다는 듯이 고개를 끄덕였다. "기억상실증 때문에 내가 지금부터 하려고 하는 말이 무척 혼란스럽게 느껴질 거예요. 하지만 시간은 자꾸 흘러가고, 많은 사람들이 당신의 도움을 기다리고 있어요."

신스키는 어떻게 말을 이어가야 할지 잠시 고민하는 모습이었다. "무엇보다도, 이 브뤼더 요원과 그의 부하들은 절대 당신을 해치려 한 게 아니라는 것부터 말씀드려야겠네요. 이분들은 무슨 수단을 동원해서라도 당신과 접촉을 되살리라는 명령을 받았을 뿐이에요."

"되살리다니, 나는—."

"교수님, 일단 들어보세요. 곧 모든 게 확실하게 드러날 거예요. 약속할 수 있어요."

랭던은 하는 수 없이 다시 침대에 몸을 누였고, 극심한 혼란 속에 신스키 박사의 설명이 이어졌다.

"브뤼더 요원과 그의 부하들은 SRS 팀 소속이에요. 감시 및 대응 지원 팀이죠. 유럽 질병예방통제센터의 산하 기관이에요."

랭던은 군인들의 제복에 붙은 ECDC 견장을 바라보았다. '질병예방통제센터?'

"이 팀은 전염성 질병을 탐지해내고 억제하는 임무를 맡고 있어요. 보건상 대규모의 위협이 전파되는 것을 막는 특별 기동 팀이라 할 수 있죠. 나는 조브리스트가 만들어낸 병원균을 찾아낼 사람으로 당신에게 가장 큰 희망을 걸었는데, 그런 당신이 사라져버린 거예요. 그래서 SRS 팀에게 당신을 찾아달라고 부탁했어요. 내가 이분들을 피렌체로 불러 도움을 요청한 거예요."

랭던은 어안이 벙벙했다. "이 군인들이 당신을 위해서 일한다고요?"

신스키는 고개를 끄덕였다. "말하자면 ECDC에서 빌려 왔다고 할까요. 어젯밤 당신이 사라지고 연락마저 끊어지자, 우리는 당신에게 무슨 일이 생겼다고 생각할 수밖에 없었어요. 우리 기술 지원 팀에 의해 당신이 하버드의 전자우편 계정에 접속했다는 사실이 밝혀진 오늘 아침에야 당신이 살아 있다는 사실을 알게 되었죠. 그 시점에 당신이 보여준 행동은 우리로서는 변절이라는 단어를 떠올릴 수밖에 없는 성격의 것이었어요. 이를테면 거액의 돈을 제시한 다른 누군가를 위해……."

랭던은 고개를 가로저었다. "말도 안 되는 얘기예요!"

"그래요, 정말 말도 안 되는 얘기였지만, 당시에는 그것이 당신의 행동을 설명할 수 있는 유일한 논리적 시나리오였죠. 게다가 상황이 워낙 위급하다 보니 우리로서는 모든 것을 우연에 맡기고 마냥 기다릴 수도 없는 노릇이었어요. 당신이 기억상실증에 걸렸을 거라고는 정말이지 꿈에도 상상하지 못했어요. 우리 기술 지원 팀이 당신의 하버드 전자우편 계정에서 접속 흔적을 발견한 순간, IP 주소 추적을 통해 피렌체의 아파트를 알아내고 진입을 시도했죠. 하지만 당신은 그 여인과 함께 오토바이를 타고 도주했고, 우리로서는 당신이 다른 누군가를 위해 움직이고 있다고 의심할 수밖에 없었어요."

"그때 우리는 바로 당신 앞을 지나갔어요!" 랭던이 갈라진 목소리로 말했다. "당신이 검은 승합차 안에서 군인들에게 둘러싸여 있는 걸 봤지요. 나는 당신이 그들에게 억류된 상태라고 생각했어요. 당신이 마치 약물에 취한 사람처럼 몽롱해 보였으니까요."

"나를 봤다고요?" 신스키 박사는 놀란 표정으로 되물었다. "이상하게 들리겠지만, 맞아요. 그들이 나에게 약물을 투여한 건 사실이니까요." 그녀는 잠시 숨을 돌린 뒤 말을 이었다. "하지만 그건 내가 그렇게 해달라고 부탁했기 때문이에요."

랭던은 더더욱 이해가 가지 않았다. '약물을 투여해달라고 부탁했다고?'

"아마 당신은 기억하지 못하겠지만, 우리 C-130 수송기가 피렌체에 착륙했을 때 나는 급격한 기압 변화로 인해 흔히 '돌발성 체위성 어지럼증(PPV)'이라고 하는, 내이(內耳)가 심하게 쇠약해지는 증세가 나타났어요. 예전에도 가끔 그런 증세에 시달린 경우가 있어요. 일시적으로 지나가긴 하지만, 너무 어지럽고 속이 울렁거려서 고개를 제대로 들고 있기조차 힘들 만큼 고통스럽죠. 평소 같으면 침대에 누워서 안정을 취했겠지만, 조브리스트 사태가 워낙 급박하게 돌아가는 판이라 구토를 막기 위해 나 스스로 매 시간마다 메토클로프라미드를 주사하라는 처방을 내렸어요. 이 약은 극심한 졸음을 동반하는 부작용이 있지만, 적어도 승합차 뒷자리에서 전화로 작전 지시를 내릴 수는 있었죠. SRS 팀은 나를 병원으로 후송하고 싶어 했지만, 나는 당신을 찾기 전까지는 안 된다고 버텼어요. 다행히도 이 증세는 베네치아로 날아오는 동안 사라졌고요."

랭던은 온몸의 기운이 쭉 빠지는 느낌이었다. '하루 종일 세계보건기구, 나에게 도움을 요청한 사람들을 피해 달아나느라 그 고생을 했어.'

"이제 우리는……" 신스키가 말했다. 절박한 심정이 고스란히 묻어나는 목소리였다. "조브리스트의 흑사병을 찾는 데 총력을 기울여야 해요. 혹시 뭔가 짚이는 게 있어요?" 신스키는 간절한 바람이 담긴 눈으로 랭던을 내려다보았다. "우리에겐 시간이 많지 않아요."

'아주 먼 곳이에요.' 랭던은 그렇게 말하고 싶었지만 선뜻 입이 떨어지지 않았다. 그는 오늘 아침에 자신에게 총을 쏘았고, 조금 전에는 목을 조르기까지 했던 브뤼더를 힐끗 쳐다보았다. 정신을 차릴 수 없을 만큼 모든 게 너무 급변하다 보니 누가 누구 편인지 종잡을 수가 없었다.

신스키가 더욱 간절한 표정으로 그를 향해 몸을 숙였다. "우리는 지금 병원균이 이곳 베네치아에 숨겨져 있는 것으로 추정하고 있어요. 맞아요? 어딘지 말해주세요, 바로 출동할 수 있어요."

랭던은 좀처럼 결단을 내리지 못하고 망설였다.

"교수님!" 브뤼더가 더 이상 참지 못하고 끼어들었다. "분명히 뭔가를 알고 있는 것 같군요. 어딘지 어서 얘기하십시오! 무슨 일이 일어날지 몰라서 이러는 겁니까?"

"브뤼더 요원!" 신스키가 화난 표정으로 그를 돌아보았다. "그만하세요." 그녀는 다시 랭던을 향해 차분하게 말을 이었다. "당신이 겪은 일을 생각하면 극심한 혼란을 느끼는 것도 무리가 아니에요. 누구를 믿어야 할지 혼란스럽겠죠." 신스키는 말을 멈추고 진지한 눈빛으로 랭던의 눈을 들여다보았다. "하지만 지금 우린 시간이 없어요. 제발 나를 믿어달라고 간청하고 싶네요."

"이 사람, 일어날 수 있소?" 새로운 목소리가 들렸다.

검게 그은 얼굴에 자그마한 체구를 가진 남자가 문 앞에 모습을 드러냈다. 그는 잘 절제된 차분한 눈빛으로 랭던을 바라보았지만, 랭던은 그의 눈동자에서 그가 아주 위험한 인물임을 직감했다.

신스키는 랭던에게 일어나 보라는 몸짓을 했다. "교수님, 나도 어지간하면 이 사람과 손을 잡고 싶지는 않지만, 상황이 상황이다 보니 어쩔 수가 없어요."

랭던은 불안한 마음으로 침대에서 일어났다. 균형을 잡고 똑바로 서기까지 약간 시간이 걸렸다.

"따라오시오." 남자는 출입문을 향해 다가서며 말했다. "당신에게 보여줄 게 있소."

랭던은 제자리에 버티고 선 채 물었다. "당신은 누굽니까?"

남자는 멈춰 서서 손가락을 세워 보였다. "이름은 중요하지 않소. 그냥 사무장이라고 부르시오. 유감스러운 이야기지만…… 나는 버트런드 조브리스트가 목적을 달성하도록 도운 조직의 책임자요. 물론 그것은 엄청난 실수였고, 그래서 지금은 더 늦기 전에 그 실수를 되돌리려고 노력하고 있다는 것만 알아두시오."

"나에게 뭘 보여주겠다는 거지요?" 랭던이 물었다.

남자는 한 치의 흔들림도 없는 눈으로 랭던을 바라보았다. "그걸 보면 당신도 우리 모두가 한편이라는 확신을 가지게 될 거요."

랭던은 까무잡잡한 얼굴의 남자를 따라 미로처럼 답답한 복도를 걸어갔고, 신스키 박사와 ECDC의 군인들이 그 뒤를 한 줄로 따라왔다. 계단 앞에 도착한 랭던은 환한 햇빛이 비치는 위쪽으로 올라가기를 간절히 바랐지만, 안타깝게도 일행은 내려가는 계단으로 접어들었다.

커다란 요트의 제일 깊은 곳까지 들어온 사무장은 유리로 된 사무실들이 줄지어 늘어선 곳으로 손님들을 안내했다. 사무실의 유리는 투명한 곳도 있었고 불투명한 곳도 있었다. 사무실들은 완벽한 방음 장치가 갖춰진 듯했고, 그 안에서 다양한 사람들이 각자 컴퓨터를 두드리거나 전화기를 붙잡고 뭔가를 부지런히 하고 있었다. 이따금 고개를 들었다가 낯선 손님들을 발견한 사람들의 얼굴에는 크게 경계하는 기색이 역력했다. 사무장은 그들에게 안심해도 된다는 듯 고개를 끄덕여 보이며 계속 앞으로 나아갔다.

'여기는 도대체 뭐지?' 랭던은 계속 걸음을 옮기면서도 속으로는 불안한 마음을 떨쳐버릴 수 없었다.

이윽고 사무장은 그들을 이끌고 커다란 회의실로 들어섰다. 모두 자리에 앉자 사무장은 어떤 단추를 눌렀고, 순식간에 사방의 유리 벽이 불투명하게 변했다. 그런 유리를 한 번도 본 적이 없는 랭던은 또 한 번 놀라움을 금치 못했다.

"여기가 어딥니까?" 랭던이 간신히 정신을 가다듬으며 물었다.

"여기는 내 배 안이오. 멘다키움호."

"멘다키움?" 랭던이 되물었다. "거짓말을 뜻하는 라틴어 말입니까? 거짓을 주관하는 그리스의 신?"

사무장의 얼굴에 놀란 기색이 얼핏 스쳐갔다. "그걸 아는 사람은 별로 없는데."

'참 고상한 이름이로군.' 랭던은 속으로 중얼거렸다. 멘다키움은 온갖 허위와 날조를 주관하는, 거짓의 수호신이었다.

사무장은 조그만 메모리 스틱을 꺼내 회의실 뒤쪽의 전자 장비에 끼웠다. 커다란 평면 LCD가 켜지면서 머리 위의 조명이 어두워졌다.

다들 숨을 죽이고 화면을 바라보는 가운데, 찰랑거리는 물소리가 들리기 시작했다. 랭던은 처음에 그것이 바깥에서 들려오는 파도 소리라고 생각했는데, 알고 보니 LCD 스크린에 달린 스피커에서 나오는 소리였다. 천천히 화면에 그림이 나타나기 시작했다. 불그스름한 불빛이 일렁이고 벽에서 물이 뚝뚝 떨어지는 동굴의 모습이었다.

"버트런드 조브리스트가 만든 영상이오." 사무장이 말했다. "그는 나더러 이걸 내일 세상에 공개하라고 했소."

랭던은 말없이 그 괴상한 동영상을 지켜보았다. 동굴 속에 호수가 보이는가 싶더니 카메라가 물속으로 들어가고…… 진흙으로 덮인 바닥에 글자가 새겨진 장식판이 고정되어 있었다.

'이곳, 이날로부터 세상은 영원히 변했노라.'

그 문구 밑에 버트런드 조브리스트의 이름이 적혀 있었다.

날짜는 내일이었다.

'맙소사!' 랭던은 신스키를 돌아보았지만, 그녀는 망연자실한 표정으로 바닥만 내려다보고 있었다. 이 동영상을 이미 보았고, 한 번 더 보고 싶은 마음은 전혀 없는 것이 분명했다.

카메라가 왼쪽으로 이동하자, 랭던은 끈적끈적한 갈색 액체가 든 투명한 플라스틱 자루가 천천히 흔들거리며 물속에 잠겨 있는 것을 발견하고 가슴이 철렁 내려앉았다.

'저게 뭐지?' 랭던은 팽팽하게 부풀어 오른 그 자루를 유심히 살펴보았다. 속에 든 불길한 내용물이 천천히 돌아가는 것을 보니…… 끓어오르기 직전의 상태가 아닌가 하는 생각이 들었다.

그제야 사태를 알아차린 랭던은 자신도 모르게 숨을 멈췄다. '조브리스트의 흑사병이다.'

"화면을 멈춰봐요." 신스키가 어둠 속에서 조용히 말했다.

끈으로 바닥에 고정되어 있는 플라스틱 자루가 정지화면에 나타났다.

"저게 뭔지는 충분히 짐작이 갈 거라고 생각해요." 신스키가 말했다. "문제는, 저 플라스틱 자루가 언제까지 버텨줄 것인가 하는 점이죠." 신스키는 LCD 스크린 쪽으로 걸어가 투명한 자루에 새겨진 조그만 글자들을 가리켰다. "이 자루의 재질을 알려주는 정보예요. 읽을 수 있겠어요?"

랭던은 두근거리는 심장을 억누르며 조그만 글자에 정신을 집중했다. Solublon®. 제조업체의 등록상표가 아닐까 싶었다.

"수용성 플라스틱을 생산하는 세계 최대의 업체죠." 신스키가 말했다.

랭던은 다시 한 번 눈앞이 캄캄해졌다. "그럼 저 자루가…… 물에 녹는다는 말씀입니까?"

신스키는 걱정스러운 표정으로 고개를 끄덕였다. "제조업체 측에 확인해본 결과, 자기네 제품은 녹는 속도가 10분에서부터 10주에 이르기까지 아주 다양하다고 하더군요. 수질과 수온에 따라 녹는 속도에 미세한 차이가 있기는 하지만, 조브리스트는 그런 변수들까지 세심하게 고려했을 게 틀림없어요." 신스키는 잠깐 멈췄다가 말을 이었다. "이 자루는—."

"내일까지요." 사무장이 그녀의 말을 가로챘다. "조브리스트가 내 달력에 동그라미 표시를 한 날이 바로 내일이지요. 저 물속의 장식판에 새겨진 날짜도 마찬가지고."

랭던은 할 말을 잃고 멍하니 앉아 있을 뿐이었다.

"이제 나머지도 돌려봐요." 신스키가 말했다.

영상이 다시 돌아가기 시작하자, 카메라는 음침한 빛이 어린 물과 어두컴컴한 동굴을 비췄다. 랭던은 이곳이 바로 조브리스트의 시에 언급된 장소라는 사실에 한 점의 의심도 품을 수 없었다. '별빛조차 비치지 않는 석호.'

화면은 이제 단테가 묘사한 지옥의 모습으로 바뀌었다. 코키투스 강이 지하 세계의 동굴 속을 흐르고 있었다.

이 석호의 위치가 어디건 간에, 그 물은 가파르고 이끼 낀 벽으로 에워싸여 있었는데, 랭던은 그 벽이 인공적으로 만들어진 것이라는 느낌이 들었다. 또한 카메라는 널따란 실내 공간 중에서 극히 일부분만을 보여줄 뿐이었는데, 이것은 벽에 비친 희미한 수직의 그림자에 의해서도 뒷받침되는 추론이었다. 그림자들은 넓고, 곧고, 간격도 일정했다.

'기둥이다.' 랭던은 이내 그 그림자들의 정체를 알아차렸다.

이 동굴의 천장을 이 기둥들이 받치고 있다.

이 석호는 동굴 속이 아니라 거대한 실내 공간 속에 자리하고 있었다.

'물에 잠긴 궁전 속으로 깊숙이 들어가라…….'

숨을 돌릴 겨를도 없이, 어두컴컴한 벽에 새로운 그림자가 하나 나타났다. 기다란 새 부리 모양의 코를 가진 사람의 형상이었다.

'아, 하느님 맙소사…….'

그림자가 천천히 입을 열기 시작했다. 그 속삭이는 목소리가 묘한 운율을 타고 물 위로 퍼져 나갔다.

나는 그대의 구원이다. 나는 그림자다.

이후 몇 분 동안, 랭던은 태어나서 그렇게 무시무시한 영상은 본 적이 없었다. 흑사병 의사로 변신한 광기 어린 천재, 버트런드 조브리스트의 독백은 단테의 〈인페르노〉를 적절히 인용하며 아주 분명한 메시지를 전달했다. 세계 인구의 증가세가 통제 불능의 상태에 도달했으며, 인류의 생존이 경각에 달렸다는 내용이었다.

화면 속의 목소리는 계속 이어졌다.

아무것도 하지 않는 것은 단테의 지옥을 환영하는 결과다…… 옥죄이고 굶주리며 죄 안에서 뒹군다. 그리하여 나는 과감한 행동을 취하노라. 더러는 두려움에 움츠리는 이들도 있겠지만, 모든 구원에는 대가가 필요한 법.

언젠가 세상은 내 희생이 얼마나 아름다웠는지를 이해하게 될 것이다.

흑사병 의사의 복장을 한 조브리스트가 직접 모습을 드러내며 가면까지 벗어 던지자, 랭던은 온몸에 소름이 돋았다. 랭던은 이 위기의 한복판에 서 있는 인물의 얼굴을 마침내 보게 되었구나 실감하며 그의 여윈 얼굴과 거친 초록색 눈을 바라보았다. 뜻밖에도 조브리스트의 입에서 사랑 고백이 흘러나오기 시작했다.

그대의 부드러운 손길에 미래를 남긴다. 이제 내가 밑에서 할 일은 끝났다. 이제 위로 올라가…… 다시 별을 바라볼 시간이 다가온다.

그래서 우리는 다시
별들을 보기 위해 나섰다.
—단테의 〈인페르노〉 마지막 행

동영상이 끝나자, 랭던은 조브리스트가 남긴 마지막 말이 단테가 〈인페르노〉에 남긴 마지막 말과 흡사하다는 사실을 알아차렸다.

어두컴컴한 회의실에서, 랭던은 오늘 그가 경험한 모든 순간들이 하나의 끔찍한 현실로 집약되는 느낌을 받았다.

버트런드 조브리스트의 얼굴이…… 그리고 목소리가 드러났다.

회의실에 불이 켜지자, 랭던은 자신에게 쏟아지는 기대에 찬 눈빛들을 의식하지 않을 수 없었다.

엘리자베스 신스키는 얼어붙은 표정으로 자리에서 일어나 초조하게 자신의 부적을 어루만졌다. "교수님, 우리에게 주어진 시간은 아주 짧아요. 좋은 소식이 있다면, 아직까지 특별한 병원균이 검출되거나 전염성 질병이 발생했다는 보고가 없으니, 솔루블론 자루가 이미 녹아버린 것은 아니라는 가정이 가능하다는 점일 테죠. 하지만 우리는 아직 어디를 조사해야 하는지조차 모르고 있어요. 우리의 목적은 자루가 녹아내리기 전에 그 내용물을 확보함으로써 이번 위기를 해결하는 거예요. 그러기 위해서는 당연히 그 위치부터 파악해야 하고요."

브뤼더 요원도 자리에서 일어나 강렬한 눈빛으로 랭던을 바라보았다. "당신이 베네치아로 온 이유는 조브리스트가 흑사병을 숨겨둔 곳이 바로 여기라는 사실을 알아냈기 때문입니다. 그렇지 않습니까?"

랭던은 두려움이 가득한 얼굴로 기적을 기대하는 사람들을 바라보며, 좀 더 나은 소식을 전할 수 있으면 얼마나 좋을까 하는 아쉬움에 사로잡혔다.

"우리는 지금 엉뚱한 나라에서 헤매고 있어요." 랭던이 말했다. "당신들이 찾는 곳은 여기서 거의 1,600킬로미터 떨어진 곳입니다."

커다란 엔진이 만들어내는 깊은 울림과 함께, 멘다키움호는 방향을 돌려 베네치아 공항을 향해 전속력으로 물살을 가르기 시작했다. 배 안은 그야말로 벌집을 쑤셔놓은 것처럼 분주하게 돌아가고 있었다. 사무장이 승무원들에게 뭐라고 지시를 내리며 뛰어나갔고, 엘리자베스 신스키는 전화기를 집어 들고 WHO의 C-130 수송기 조종사에게 당장 베네치아 공항을 이륙할 준비를 해놓으라고 지시했다. 브뤼더 요원 역시 노트북컴퓨터를 펼친 채 최종 목적지에 먼저 도착할 수 있는 지원 병력이 있는지 확인하는 모습이었다.

'다른 세상이라 해도 과언이 아닌 곳이다.'

사무장이 회의실로 돌아와 다급한 목소리로 브뤼더를 향해 물었다. "베네치아 당국에서는 아직도 소식이 없소?"

브뤼더는 고개를 가로저었다. "흔적조차 찾을 수 없답니다. 총력을 기울여서 찾고 있지만, 시에나 브룩스는 감쪽같이 사라져버린 모양입니다."

무심코 듣고 있던 랭던은 깜짝 놀랐다. '이 사람들이 시에나를 찾고 있다고?'

통화를 마친 신스키가 그들의 대화에 합류했다. "아직 그녀를 찾지 못했어요?"

사무장은 고개를 가로저었다. "지금으로서는 그녀를 찾기 위해 WHO의 역량까지도 총동원해야 할 것 같소."

랭던이 자리를 박차고 벌떡 일어났다. "이유가 뭡니까?! 시에나 브룩스는

이번 일과 아무 관계도 없어요!"

사무장은 어두운 눈으로 랭던을 바라보았다. "랭던 교수, 브룩스 양에 대해서 아직 당신에게 들려주지 않은 이야기가 남아 있소."

시에나는 리알토 다리 위의 관광객들 사이를 헤치고 폰다멘타 빈 카스텔로의 물가 산책로를 따라 다시 달리기 시작했다.

'로버트가 그들의 손에 들어갔다.'

군인들에 의해 채광정에서 끌려 내려가며 그녀를 올려다보던 랭던의 절망스러운 눈빛이 아직도 눈앞에 생생했다. 그를 잡아간 자들은 수단과 방법을 가리지 않고 그를 설득해, 그가 알고 있는 모든 정보를 빼낼 것이 분명했다.

'우리는 엉뚱한 나라에서 헤매고 있어요.'

더욱 안타까운 것은, 그들이 랭던에게 사태의 진상을 남김없이 이야기할 것이라는 사실이었다.

'정말 미안해요, 로버트.

모든 게 다.

나도 어쩔 수 없었다는 걸 이해해주세요.'

신기하게도, 시에나는 벌써부터 그가 그리웠다. 베네치아의 이 수많은 사람들 사이에서, 그녀는 낯익은 외로움이 밀려드는 것을 느꼈다.

시에나 브룩스는 어려서부터 늘 혼자였다.

남다른 지능을 타고난 시에나는 마치 낯선 행성에 불시착한 외계인처럼 늘 낯선 땅에서 낯선 사람으로 살아가는 기분에 사로잡힌 채 어린 시절을 보냈다. 친구를 사귀어보려 했지만, 또래들이 열을 올리는 관심사들은 하나같이 시시하고 부질없는 것들뿐이었다. 자신보다 나이가 많은 사람들에게 눈을 돌려봐도, 그들 역시 나이만 먹었다 뿐이지 사실은 어린아이들과 다를 바 없어

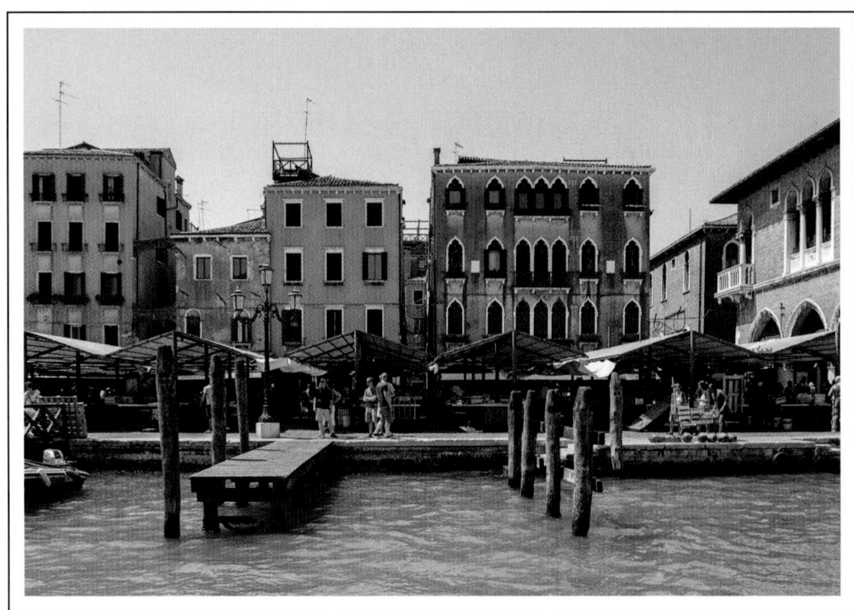

폰다멘타 빈 카스텔로, 베네치아

서, 자신을 둘러싼 주위 세상에 대해 가장 기본적인 이해도 가지고 있지 못할 뿐더러 거기에 대한 호기심조차도 찾아볼 수 없었다.

'그 어디에도 마음을 줄 데가 없었다.'

그래서 시에나 브룩스는 유령이 되는 법을 배웠다. 투명인간, 카멜레온, 연극 배우가 되어 그때그때 상황에 맞는 역할을 연기하는 법을 배웠다. 어린 시절의 그녀가 연극에 그토록 열정을 쏟았던 것도 누군가 다른 사람이 되고 싶었던 열망 때문이었다.

'다른 누군가, 정상적인 사람.'

시에나는 셰익스피어의 연극 〈한여름 밤의 꿈〉에 참여하면서 비로소 나름의 소속감을 느낄 수 있었고, 성인 배우들도 사심 없이 그녀를 도와주었다. 하지만 행복했던 순간은 첫날 공연이 끝난 뒤 기자들이 몰려들어 그녀에게 질문 세례를 퍼붓는 동안 다른 배우들은 아무런 관심도 받지 못하고 쓸쓸히 뒷문을 빠져나가야 하는 사태가 벌어지면서, 허무하게 막을 내리고 말았다.

'이제는 그들도 나를 미워해.'

이미 일곱 살 때 시에나는 방대한 독서를 통해 스스로에게 극심한 우울증이라는 진단을 내릴 정도의 의학적 지식을 갖췄다. 부모님에게 이야기했더니, 딸의 남다른 모습을 하나씩 발견할 때마다 늘 그랬듯이 크게 당혹스러워하며 그녀를 정신과 의사에게 데려갔다. 의사는 그녀가 이미 수없이 자신에게 던져본 질문들을 그대로 되풀이한 뒤, 아미트리프틸린과 클로르디아제폭시드를 처방해주었다.

깜짝 놀란 시에나는 자리를 박차고 일어났다. "아미트리프틸린?! 난 행복해지고 싶은 거지 좀비가 되고 싶은 게 아니라고요!"

의사는 시에나의 그런 당돌한 반응에도 불구하고 차분하게 두 번째 대안을 제시했다. "시에나, 약물 치료가 마음에 들지 않으면 좀 더 총체적인 접근법을 시도해볼까?" 의사가 말했다. "너는 너 자신에 대한 생각에 갇혀 네가 이 세상의 일부라는 사실을 받아들이기가 힘든 것 같구나."

"그건 맞아요." 시에나가 대답했다. "그러지 않으려고 하는데 그게 잘 안 돼요."

의사는 부드러운 미소를 지었다. "물론 그렇겠지. 사람의 마음이 아무것도 생각하지 않기란 물리적으로 불가능한 일이야. 영혼은 끊임없이 감정을 갈구하고, 좋은 것이든 나쁜 것이든 그 감정을 불살라줄 연료를 찾기 마련이란다. 문제는 네가 거기에 바람직하지 않은 연료를 공급하고 있다는 점이야."

시에나는 사람의 마음을 그렇게 기계적인 개념으로 접근하는 이야기는 한 번도 들어본 적이 없어서 이내 관심이 생겼다. "다른 연료를 공급하려면 어떻게 해야 하죠?"

"초점을 바꿀 필요가 있어." 의사가 말했다. "지금 너는 주로 너 자신만을 생각하고 있지. 왜 네가 적응하지 못하는지, 무엇이 잘못되었는지를 고민하면서 말이야."

"맞아요." 시에나가 대답했다. "하지만 난 문제를 해결하기 위해 노력하고 있어요. 적응하려고 노력한다고요. 문제에 대해서 생각하지 않으면 해결할 수도 없잖아요."

의사는 웃음을 터뜨렸다. "바로 그런 생각 자체가 문제인 것 같구나." 그러면서 의사는 시에나에게 자기 자신의 문제에 초점을 맞추기보다는 관심을 주위로 돌려 다른 사람들의 문제에 초점을 맞춰보면 어떻겠느냐고 조언했다.

'그때부터 모든 것이 달라졌어.'

시에나는 자기연민에 빠지는 대신 다른 사람들의 안타까운 처지를 돌보는 데 자기가 가진 온갖 에너지를 쏟아부었다. 그러다 보니 적극적으로 자선 활동에 참여하기 시작했고, 노숙자 쉼터에서 음식을 만들거나 시각 장애인들에게 책을 읽어주는 일에도 많은 정성을 기울였다. 놀라운 것은, 시에나가 돕는 사람들 가운데에는 그녀가 남들과 다르다는 사실을 알아차린 이가 아무도 없다는 점이었다. 그들에게는 그저 누군가 돌봐주는 사람이 있다는 게 고마울 뿐이었다.

시에나는 날이 갈수록 더욱 봉사 활동에 열을 올렸고, 자신의 도움을 필요로 하는 사람이 그렇게 많다는 사실 때문에 밤에도 좀처럼 잠을 이루지 못했다.

"시에나, 너무 무리하지 마!" 사람들은 그렇게 그녀를 타일렀다. "너 혼자 세상을 구할 수는 없어!"

'어쩌면 그렇게 끔찍한 소리를!'

그러던 어느 날, 시에나는 인권 운동을 하는 몇몇 친구들을 알게 되었다. 그들은 한 달 동안 필리핀으로 봉사 활동을 갈 거라며 시에나에게도 같이 가자고 권유했고, 시에나는 그 소중한 기회를 놓치고 싶지 않았다.

시에나는 필리핀의 시골 지방에서 가난한 어부나 농부들을 돕는 일을 하게 될 거라고 생각했다. 필리핀은 지상은 물론 바닷속 풍경도 무척 아름다워서 지질학적인 측면에서도 배울 것이 많다는 글도 그녀의 가슴을 설레게 했다. 하지만 정작 그녀 일행이 들어간 곳은 전 세계에서 인구밀도가 가장 높다는 마닐라 시내 한복판이었고, 시에나는 커다란 두려움에 사로잡혔다. 그토록 많은 사람들이, 그토록 가난하게 살고 있을 줄은 꿈에도 몰랐던 것이다.

'한 사람의 힘으로 변화를 이끌어낼 수 있을까?'

시에나가 한 사람에게 먹을 것을 주면, 수백 명의 사람들이 애처로운 눈길로 그녀를 바라보았다. 극심한 교통 정체와 숨이 막힐 듯한 대기오염도 대단했지만, 그보다 더 끔찍한 것이 바로 성매매였다. 적어도 밥은 굶지 않을 거라는 희망 아래, 어린 자녀를 포주에게 팔아넘기는 부모도 한둘이 아니었다.

아동 매춘과 걸인과 소매치기가 판치는 이 혼란의 아수라장 속에서, 시에나는 온몸이 마비된 사람처럼 꼼짝도 할 수가 없었다. 어디를 둘러봐도 원초적인 생존 본능 앞에 인간의 존엄성은 헌신짝처럼 짓밟혔다. '인간도 절망 앞에서는 짐승이 된다.'

시에나는 극심한 우울증이 되살아나는 것을 느꼈다. 인류가 아슬아슬한 위기에 처해 있다는 사실을 새삼스레 실감한 것이다.

'내 생각이 틀렸어. 나 혼자 세상을 구할 수는 없어.'

주체할 길 없는 광기에 사로잡힌 시에나는 넓게 탁 트인 공간을 찾아 수많은 인파 사이를 헤치며 마닐라의 길거리를 달리기 시작했다.

'사람들 틈에 깔려 죽을 것만 같아!'

정신없이 내달리는 동안, 시에나는 자신을 바라보는 사람들의 시선을 다시 의식하기 시작했다. 더 이상 그녀는 그들과 같은 인간이 아니었다. 키는 크고, 얼굴은 하얗고, 어깨 위에는 금발의 말총머리가 찰랑거렸다. 남자들은 벌거벗은 여자를 바라보는 눈길로 그녀를 쳐다보았다.

다리에 힘이 빠져 더 이상 달리지 못할 지경이 되자, 시에나는 자신이 어디까지 달려왔는지, 여기가 어디인지 종잡을 수가 없었다. 눈가의 눈물과 먼지를 훔치고 주위를 둘러보니, 찌그러진 함석과 박스 종이로 얼기설기 지은 움막들이 가득한 빈민촌이었다. 사방에 아기들의 울음소리와 배설물 냄새가 진동했다.

'지옥의 문을 들어선 느낌이야.'

"투리스타(관광객 아가씨)." 등 뒤에서 빈정거리는 목소리가 들렸다. "마카노(얼마야)?"

돌아보니 젊은 남자 세 명이 늑대처럼 침을 흘리며 다가서고 있었다. 시에나는 위험을 직감하고 달아나려 했지만, 그들은 무리 지어 사냥에 나선 육식동물처럼 이미 그녀를 둥그렇게 에워싼 다음이었다.

시에나는 도와달라고 비명을 질렀지만, 아무도 그녀의 간청을 귀담아듣지 않았다. 불과 열댓 걸음 떨어진 곳에 어떤 할머니가 망가진 타이어를 깔고 앉아 녹슨 칼로 양파의 썩은 부위를 잘라내고 있었지만 시에나가 아무리 비명을 질러대도 그 할머니는 눈길조차 주지 않았다.

남자들은 시에나를 조그만 헛간으로 끌고 들어갔다. 이제 어떤 일이 벌어질지 너무나 잘 아는 시에나는 극심한 두려움에 사로잡혔다. 있는 힘을 다해 발버둥 쳤지만, 그들은 낡고 더러운 매트리스 위로 간단히 그녀를 쓰러뜨렸다.

시에나의 셔츠가 찢겨 나가고, 연약한 살갗에 깊은 상처가 새겨졌다. 그녀가 비명을 지르자 그들은 그녀의 입에 찢어진 그녀의 셔츠를 쑤셔 넣었다. 그들은 시에나를 매트리스 위에 돌려 눕혔고, 시에나는 매트리스의 악취와 입속에 깊숙이 쑤셔 박힌 셔츠 뭉치 때문에 숨을 쉴 수가 없었다.

시에나 브룩스는 늘 열악한 환경 속에서도 신을 믿는 무지한 영혼들에게 동정심을 느끼곤 했다. 하지만 지금, 그녀 자신이 있는 힘을 다해 기도하는 것 외에는 아무런 대책이 없는 처지가 되고 말았다.

'주여, 나를 악으로부터 구원하소서.'

기도를 해보았지만 남자들은 웃음을 터뜨리며 더러운 손으로 그녀의 청바지를 벗기기 시작했고, 시에나는 사력을 다해 발버둥을 쳤다. 한 명이 시에나의 등을 덮쳤고, 그의 더러운 땀방울이 시에나의 살갗을 적셨다.

'나는 처녀야.' 시에나는 속으로 울부짖었다. '정녕 나에게 이런 일이 일어나야 하는 걸까?'

그녀의 등에 올라탔던 남자가 갑자기 떨어져 나갔다. 그들의 야비한 웃음소리는 분노와 공포의 고함 소리로 변했다. 시에나의 등을 타고 흘러내리던 땀방울의 감촉이 갑자기 달라지는가 싶더니, 매트리스 위에 붉은 핏자국이 튀었다.

시에나가 재빨리 몸을 굴려 돌아보니, 반쯤 껍질을 벗기다 만 양파와 녹슨 칼을 든 할머니가 등에서 피를 철철 흘리는 강간범 앞에 버티고 서 있었다.

할머니가 험악한 눈빛을 번득이며 피 묻은 칼을 미친 듯이 휘둘러대자, 세 명의 남자는 기겁을 해서 그대로 꽁무니를 빼고 말았다.

할머니는 말없이 시에나의 옷가지를 주워다가 입혀주었다.

"살라마트(아주머니)." 시에나는 울음을 터뜨리며 간신히 속삭였다. "고마워요.”

할머니는 자신의 귀를 가리키며 들리지 않는다는 시늉을 했다.

시에나는 눈을 감은 채 두 손을 모으고 고개를 숙여 감사의 뜻을 전했다. 눈을 떴을 때, 할머니의 모습은 보이지 않았다.

시에나는 그 길로 같이 간 동료들에게 작별 인사도 하지 않고 필리핀을 떠났다. 그 뒤로도 자신이 당한 일을 한 번도 입 밖에 내지 않았다. 그렇게 철저하게 외면해버리면 머지않아 잊힐 거라고 생각했지만, 잊히기는커녕 날이 갈수록 악몽은 점점 심해지기만 했다. 몇 달이 지나도 끔찍한 두려움이 그녀를 따라다녔고, 어디를 가도 불안한 마음을 달랠 길이 없었다. 무술에 눈을 돌려 인체의 급소를 공략하는 '점혈'이라는 고도의 기술을 단기간에 터득했지만, 어디를 가나 불안하기는 마찬가지였다.

우울증이 예전보다 열 배는 더 심해져서 돌아왔고, 결국 잠을 잘 수 없는 지경에까지 이르렀다. 머리를 빗을 때마다 한 웅큼씩 머리칼이 빠지더니, 날이 갈수록 탈모 증세는 점점 더 심해졌다. 불과 몇 주만에 머리숱이 절반으로 줄어들자, 시에나는 휴지기 탈모증이라는 자가 진단을 내렸다. 스트레스로 인한 이 탈모 증세는 스트레스를 없애는 것 외에 다른 치료법이 없었다. 거울을 볼 때마다 점점 대머리가 되어가는 자신의 모습에 가슴이 쿵쾅거렸다.

'꼭 할머니 같아!'

결국 머리를 완전히 밀어버리는 수밖에 없었다. 그러고 나니 할머니처럼 보이지는 않았지만 그 대신 환자처럼 보였다. 암 환자처럼 보이고 싶지 않아서 가발을 하나 사서 말총머리로 묶으니, 비로소 조금은 원래 모습으로 돌아온 느낌이었다.

하지만 내면의 변화까지 가발로 가릴 수는 없었다.

'망가진 상품이 되어버린 기분이야.'

미국으로 건너가 의과대학에 입학한 것은 망가진 인생으로부터 벗어나려는 절망적인 몸부림이었다. 원래부터 의학에 대한 애착이 있었고, 의사가 되면 뭔가 쓸모 있는 사람으로 다시 태어날 수 있을 거라는 기대도 있었다. 이 험한 세상의 고통을 조금이라도 줄여주는 일을 하고 싶다는 마음도 없지 않았다.

적지 않은 시간이 걸리기는 했지만 학업은 그리 어렵지 않아서, 동료 학생들이 공부하는 동안 시에나는 용돈을 벌기 위해 파트타임으로 단역 배우 일을 했다. 셰익스피어 연극은 아니었지만, 타고난 언어 감각과 기억력 덕분에 일을 한다기보다는 자기 자신을 잊고 다른 누군가가 되는 기회를 누릴 수 있었다.

그게 누구든 상관없었다.

시에나는 말을 처음 배운 이후로 늘 자기 자신의 정체성으로부터 벗어나려고 노력했다. 어렸을 때의 원래 이름은 펠리시티였지만, 그보다는 미들 네임인 시에나로 불리는 것을 더 좋아했다. '행운'을 뜻하는 펠리시티라는 이름이 자신과는 전혀 어울리지 않는다고 생각했기 때문이었다.

'너 자신의 문제만 파고들 게 아니라…….' 시에나는 어린 시절에 만난 정신과 의사의 조언을 상기했다. '다른 사람들의 문제에 초점을 맞춰봐.'

시에나는 마닐라에서의 그 끔찍한 경험 때문에 인구문제에 깊은 관심을 가지게 되었다. 그녀가 세계 인구에 대해 아주 급진적인 이론을 내세우는 유전공학자 버트런드 조브리스트의 글을 접하게 된 것이 바로 그 무렵이었다.

'정말 천재야.' 시에나는 그의 글을 읽으며 감탄했다. 그때까지 다른 누군가를 천재라고 생각해본 적이 한 번도 없는 그녀였지만, 조브리스트의 글을 읽으면 읽을수록 진정한 영혼의 동반자를 발견한 느낌을 지울 수 없었다. 그가 쓴 '당신은 세상을 구할 수 없다'라는 제목의 글은 시에나가 어렸을 때 수없이 들은 충고를 떠오르게 했다. 하지만 조브리스트는 정반대의 신념을 가진 인물이었다.

'당신은 세상을 구할 수 있다.' 그것이 조브리스트의 진짜 생각이었다. '당신이 아니면, 누가? 지금이 아니면, 언제?'

시에나는 조브리스트의 수학적 방정식을 연구했고, 맬서스의 인구론과 인류의 멸종에 대한 그의 예측을 공부했다. 차원 높은 논리와 철학을 공부하는 것은 즐거운 일이었지만, 눈앞에 펼쳐진 미래를 생각하면 암울한 기분을 떨칠 수 없었다. 인류 앞에는 너무나도 명백하고 피할 수 없는…… 수학적으로 확실한 미래가 기다리고 있었다.

'왜 다른 사람들은 아무도 이런 사태를 직시하지 못하는 것일까?'

시에나는 조브리스트의 생각을 한편으로는 두려워하면서도, 그가 쓴 글과 그의 강연을 담은 동영상을 하나도 빠뜨리지 않고 챙겨 보았다. 조브리스트가 미국에서 강연한다는 소식을 들은 시에나는 만사를 제쳐놓고 그를 보러 달려갔다. 그녀의 세상이 완전히 뒤바뀐 바로 그날 밤이었다.

그 마술과도 같은 시간을 생각할 때마다 시에나의 얼굴에는 자기도 모르게 미소가 떠오르곤 했다. 불과 몇 시간 전, 함께 기차를 탔던 랭던과 페리스는 너무도 생생하게 그녀의 마음속에 되살아난 그 행복했던 순간을 상상도 하지 못했을 터였다.

시카고. 눈보라.

6년 전 1월의 어느 날…… 지금도 어제처럼 생생하기만 한 그날. 나는 외투의 옷깃을 치켜세운 채 한 치 앞도 보이지 않는 눈보라를 뚫고 매그니피션트 마일의 눈 덮인 거리를 걷고 있다. 이까짓 추위 따위는 나의 발걸음을 막지 못한다. 오늘 밤, 드디어 버트런드 조브리스트의 연설을 직접 들을 수 있는 기회가 찾아왔다.

지금까지 그가 쓴 모든 글을 읽었다. 500장밖에 인쇄되지 않은 오늘 밤 행사의 입장권을 구할 수 있었던 건 커다란 행운이 아닐 수 없다.

무대에 버트런드가 올라왔을 때 청중석은 거의 비어 있다시피 했다. 그는 키가 아주 컸고…… 활력이 넘치는 초록색 눈동자에는 온 세상의 모든 수수께끼가 깃들어 있는 듯하다.

"청중석이 텅 비었군요." 그가 말한다. "자리를 옮겨 술이나 한잔하지요!"

몇 안 되는 일행은 호텔 바로 이동해 유전공학과 인구문제, 그리고 요즘 그가 심혈을 기울이는 트랜스휴머니즘 철학에 대한 이야기를 나눈다.

술이 몇 잔 들어가자, 마치 유명한 록 스타의 공연을 나 혼자 보고 있는 기분이다. 조브리스트가 나를 바라볼 때마다, 그의 초록색 눈동자는 나에게 전혀 예상하지 못한 감정을 불러일으킨다. 너무도 강력한 성적인 끌림이라고나 할까.

나에게는 너무나도 새로운 감정이 아닐 수 없다.

이윽고 남은 사람은 나와 버트런드 조브리스트, 단 둘뿐이다.

"오늘 밤, 정말 고마웠습니다." 나는 약간 취한 기분으로 인사를 건넨다. "당신은 정말 훌륭한 스승이로군요."

"아부하는 겁니까?" 조브리스트는 미소를 지으며 내 옆으로 바짝 다가앉는다. 우리의 다리가 서로 스친다. "아부만 잘해도 세상에 못 할 일이 없지요."

조금 어색한 기분이 들기는 하지만, 눈보라가 몰아치는 시카고의 호텔은 텅 비어 있고 마치 온 세상이 멈춰버린 느낌이다.

"어때요?" 조브리스트가 묻는다. "내 방에 올라가서 한 잔 더 할까요?"

나는 꼼짝도 할 수가 없다. 마치 자동차 불빛에 갇혀버린 사슴처럼 보였을 것이다.

조브리스트의 눈이 따스하게 반짝인다. "맞춰볼까요?" 그가 속삭인다. "유명한 사람과 같이 있어본 적이 없군요?"

나는 얼굴이 붉게 물드는 것을 느끼며, 당혹감과 흥분과 두려움이 뒤섞인 감정의 소용돌이를 억제하려 애쓴다. "솔직히 말하면……" 내가 간신히 대답한다. "남자와 함께 있어본 적이 없어서요."

조브리스트는 미소를 지으며 조금 더 다가온다. "무엇을 기다리는지는 모르지만, 누구에게나 처음은 있는 법이에요."

그 순간, 어린 시절부터 나를 괴롭혀온 모든 성적 두려움과 좌절감이 눈 녹듯 사라져…… 눈 내리는 밤하늘 속으로 증발한다.

다음 순간, 나는 알몸으로 그의 품에 안겨 있다.

"긴장할 것 없어요, 시에나." 조브리스트는 절대 서두르지 않는다. 그의 차분한 손길이 지금껏 한 번도 느껴보지 못한 감각을 나의 미숙한 온몸에 불러일으킨다.

조브리스트의 든든한 품속에서, 나는 세상의 모든 일이 다 잘되어 갈 거라고 느낀다. 내 인생에 뚜렷한 목적이 생긴 것도 알게 되었다.

나는 사랑을 찾았다.

그 사랑을, 어디까지든 따를 것이다.

랭던은 멘다키움호의 갑판 위에서 반짝거리는 목재 난간을 움켜잡은 채 떨리는 두 다리에 잔뜩 힘을 주고 호흡을 가다듬었다. 바닷바람이 점점 차가워지고, 비행기들이 낮게 떠다니는 것을 보니 베네치아 공항이 가까워지고 있는 모양이었다.

'브룩스 양에 대해서 아직 당신에게 들려주지 않은 이야기가 남아 있소.'

랭던 옆에 서 있는 사무장과 신스키 박사는 랭던에게 마음을 가라앉힐 시간을 주려는 듯 아무 말도 꺼내지 않았다. 그들의 이야기를 들은 랭던이 너무나 혼란스럽고 당혹스러워해서 바람을 좀 쐬라며 갑판 위로 데리고 나온 참이었다.

바닷바람은 시원했지만 랭던의 머릿속은 조금도 맑아지지 않았다. 그저 이 요트가 남기는 물살을 멍하니 내려다보며, 방금 들은 이야기를 어떻게 받아들여야 할지 실마리를 풀기 위해 안간힘을 다할 뿐이었다.

사무장의 폭로에 따르면 시에나 브룩스와 버트런드 조브리스트는 오래전부터 연인 사이였다. 둘이 함께 비밀리에 트랜스휴머니즘 운동에 참여하기도 했다. 시에나의 정식 이름은 펠리시티 시에나 브룩스였지만, 그쪽 세계에서는 FS-2080이라는 암호명으로 통했다. 이름의 머리글자와 그녀가 100세가 되는 연도를 합친 이름이었다.

'아무리 생각해도 이해할 수가 없다!'

"나는 다른 경로를 통해 시에나 브룩스를 이미 알고 있었소." 사무장의 설명은 그러했다. "내가 누구보다도 신뢰하는 인물이었소. 작년에 그녀가 나를 찾아와 막강한 재력을 가진 잠재 고객이 있으니 한 번 만나보라고 하더군. 그래서 그러자고 했는데, 그 사람이 바로 버트런드 조브리스트였소. 그는 극비리에 '작품'을 만들 수 있는 은신처를 마련해달라고 했소. 나는 그가 무슨 엄청난 신기술을 개발하고 있거나…… 어쩌면 WHO의 윤리 규정에 저촉되는 최첨단 유전공학을 연구하고 있는 모양이라고 추측했소. 나는 그에게 아무것도 묻지 않았지만 설마…… 흑사병을 만들고 있을 줄은 꿈에도 생각하지 못했소."

랭던은 그저 멍하니 듣고 있을 수밖에 없었다.

"조브리스트는 광적인 단테 애호가였소." 사무장이 말을 이었다. "그래서 은신하고 싶은 도시로 피렌체를 선택했다고 하더군. 우리 조직은 그에게 필요한 모든 것을 마련해주었소. 숙소가 딸린 연구실, 철통 보안을 자랑하는 통신 장비, 그의 신변 보호는 물론 생활 필수품까지 공급해주는 전담 인력을 배치했소. 조브리스트는 자신의 신용카드를 사용하거나 대중 앞에 모습을 드러낸 일이 한 번도 없었으니, 누구도 그를 추적할 수 없는 상태였소. 한번은 비밀리에 어딘가 다녀올 데가 있다고 해서 위조 여권까지 마련해주었소." 사무장은 한숨을 내쉬며 말을 이었다. "아마 그때 솔루블론 자루를 구입한 게 아닌가 싶소."

신스키 역시 한숨을 내쉬며 좌절감을 굳이 숨기려 하지 않았다. "WHO는 작년부터 그를 면밀히 관찰하고 있었는데, 어느 날 갑자기 그가 지구상에서 사라져버린 것 같았어요."

"그는 시에나에게조차 연락을 하지 않았소." 사무장이 말했다.

"예?" 랭던에게는 더더욱 이해가 가지 않는 대목이었다. "두 사람이 연인 사이였다고 하지 않았습니까."

"그건 사실이오. 하지만 조브리스트는 은신처로 들어가면서 그녀와의 연락을 완전히 끊어버렸소. 그를 나에게 소개한 사람은 시에나지만, 내가 계약을 체결한 당사자는 조브리스트였소. 우리의 계약에 의하면 그는 이 세상으로부터 완전히 차단되어야 했고, 거기에는 시에나도 포함되어 있었소. 아마 그는 칩거에 들어가기 직전 그녀에게 작별의 편지를 보냈던 듯하오. 자신의 생명이 1년 남짓밖에 남지 않았고, 그녀에게 자신이 죽어가는 모습을 보이고 싶지 않다고 말이오.”

‘조브리스트가 시에나를 버렸다고?’

“시에나는 조브리스트를 찾기 위해 수없이 나에게 연락해왔지만, 나는 그녀의 전화를 받지 않았소. 고객과의 약속을 지키기 위해서였소.”

그다음에는 신스키의 설명이 이어졌다. “2주 전에 조브리스트가 피렌체의 어느 은행에 변장한 채 나타나 익명으로 안전 금고 하나를 임대했어요. 그가 사라진 뒤, 이 은행의 최신 안면인식 프로그램에 의해 그가 버트런드 조브리스트임이 밝혀졌죠. 우리는 즉각 피렌체로 날아갔고, 일주일에 걸친 수색 끝에 그의 비밀 연구소를 찾아냈어요. 그때 이미 그곳은 텅 비어 있었지만, 그가 고도의 전염성을 가진 병원균을 개발해 어딘가에 숨겨놓은 정황을 발견했어요.”

신스키는 잠시 숨을 고른 뒤 말을 이었다. “우리는 그를 찾기 위해 필사적인 노력을 기울였고, 결국 다음 날 아침 동 트기 직전에 아르노 강가를 걷고 있는 그를 찾아냈어요. 피 말리는 추격전이 전개된 끝에, 결국 그는 바디아 탑으로 올라가 투신하고 말았어요.”

“원래부터 그런 계획을 세워두고 있었던 건지도 모르오.” 사무장이 덧붙였다. “어차피 오래 살지 못한다고 생각하고 있었을 테니까.”

“알고 보니 시에나도 그를 찾기 위해 안간힘을 다하고 있었던 모양이에요.” 신스키가 말을 이었다. “그녀는 우리가 피렌체로 출동했다는 것을 알아차리고 우리가 먼저 조브리스트를 찾아낼 경우에 대비해 우리 쪽 움직임을 철저하게 감시했어요. 불행하게도, 시에나는 조브리스트가 투신할 당시 현장에서 그 장면을 지켜보았어요.” 신스키는 한숨을 내쉬었다. “자신의 연인이자 스승이었던 사람이 떨어져 죽는 모습을 직접 목격했으니 그 충격이 얼마나 컸겠어요.”

랭던은 그들이 하는 말을 한마디도 이해할 수 없었다. 이번 사태에 말려든 뒤로 그가 신뢰하던 유일한 사람이 바로 시에나였는데, 이 사람들은 지금 그가 알고 있는 것과는 정반대의 이야기를 하고 있지 않은가. 그들이 뭐라고 주장하건, 랭던은 시에나가 치명적인 전염병을 퍼뜨리려는 조브리스트의 음모에 동조했으리라고는 도저히 믿을 수 없었다.

아니, 정말로 그럴 수도 있었을까?

시에나는 이런 질문을 던진 적이 있었다. '인류의 전멸을 막기 위해 오늘 세계 인구의 절반을 죽여야 한다면, 당신은 그렇게 하겠어요?'

랭던은 오싹한 한기를 느꼈다.

신스키의 설명이 이어졌다. "조브리스트가 죽고 나서, 나는 나의 영향력을 총동원해 조브리스트의 비밀 금고를 열도록 은행에 압력을 넣었어요. 막상 열고 보니 그 속에는 나에게 남긴 편지가 한 통 들어 있더군요. 그 괴상한 장치와 함께……."

"프로젝터." 랭던이 중얼거렸다.

"맞아요. 편지에서 그는 자신이 남긴 〈지옥의 지도〉 없이는 그 누구도 정확한 위치를 알아낼 수 없으니, 제일 먼저 현장에 도착하는 사람이 나였으면 좋겠다고 썼더군요."

랭던은 그 조그만 프로젝터 속에 숨겨져 있던 보티첼리의 그림을 떠올렸다.

이번에는 사무장이 덧붙였다. "조브리스트와 맺은 계약에 의하면 나는 그 비밀 금고의 내용물을 신스키 박사에게 전달하도록 되어 있는데, 그 날짜가 바로 내일 오전이오. 그런데 신스키 박사가 그보다 일찍 그 물건을 손에 넣는 바람에, 우리는 고객과의 약속을 지키기 위해 무슨 수를 써서라도 그걸 되찾아야 하는 상황이었소."

신스키는 랭던을 바라보았다. "나로서는 시간 안에 그 지도를 이해할 재간이 없었고, 결국 당신에게 도움을 청하게 되었던 거예요. 여기에 대해서 아직도 전혀 기억나는 게 없어요?"

랭던은 고개를 가로저었다.

"우리는 극비리에 당신을 피렌체로 모셔왔고, 당신은 도움을 줄 수 있는 사람과 만나기로 약속했다고 했어요."

'이그나치오 부소니.'

"그래서 당신은 어젯밤에 그 사람을 만났죠." 신스키가 말했다. "그러고 나서 당신이 감쪽같이 사라져버린 거예요. 우리는 당신에게 무슨 일이 생겼다고 믿을 수밖에 없었죠."

“일이 생긴 건 사실이었소.” 사무장이 말했다. “우리는 그 프로젝터를 되찾기 위해 버옌다라는 요원에게 당신을 공항에서부터 면밀히 감시하라는 임무를 주었소. 그런데 그만 그녀가 시뇨리아 광장 부근에서 당신을 놓쳐버린 거요.” 사무장은 얼굴을 찌푸리며 말을 이었다. “당신을 놓친 것은 치명적인 실수였소. 그런데도 버옌다는 그걸 새 탓으로 돌리더군.”

“뭐라고요?”

“정확히 말하면 비둘기였소. 버옌다의 설명에 의하면, 완벽한 장소에 몸을 숨긴 채 당신을 지켜보고 있는데, 갑자기 한 무리의 관광객이 그녀 앞을 지나갔다는 거요. 그런데 마침 그녀 머리 위의 창틀에서 비둘기 한 마리가 시끄럽게 지저귀는 바람에 관광객들이 무슨 일인가 하고 걸음을 멈췄는데, 그 때문에 잠시 시야가 가려졌고, 그 눈 깜빡할 사이에 당신이 사라져버렸다는 거요.” 사무장은 지금 생각해도 어이가 없다는 듯 고개를 설레설레 가로저었다. “어쨌거나 버옌다는 몇 시간 동안 당신의 행적을 놓쳤소. 그러고 나서 간신히 당신을 다시 찾았을 때, 당신은 다른 남자와 함께 있었소.”

‘이그나치오.’ 랭던은 속으로 중얼거렸다. ‘아마 그와 함께 마스크를 가지고 베키오 궁전을 빠져나올 때였겠지.’

“버옌다는 당신네 두 사람을 시뇨리아 광장까지 미행했는데, 갑자기 당신이 이상한 낌새를 알아차리고 일행과 헤어져서 각기 다른 방향으로 달아나기 시작했소.”

‘그건 말이 되는군.’ 랭던은 생각했다. ‘이그나치오는 마스크를 가지고 달아나서 세례당에 숨긴 뒤 심장마비를 일으킨 거야.’

“이때 버옌다는 또 한 번 끔찍한 실수를 저질렀소.” 사무장이 말했다.

“총으로 나를 쏘았군요?”

“아니, 그게 아니라 스스로를 너무 일찍 노출한 게 문제였소. 그녀가 당신을 붙잡아서 심문을 했는데, 그때는 아직 당신이 아무것도 모르고 있을 때였소. 우리는 당신이 그 지도를 해독했는지, 그래서 그 결과를 신스키 박사에게 이야기했는지 어떤지를 알아야 했소. 하지만 당신은 입을 굳게 다문 채 차라리 죽이라고 큰소리를 쳤소.”

'나는 치명적인 전염병을 찾고 있는 중이었어! 아마 당신들이 강력한 생물학적 무기를 손에 넣으려는 용병 집단인 줄 알았겠지.'

갑자기 요트의 거대한 엔진이 방향을 바꾸는가 싶더니, 배는 속도를 늦추며 공항의 선착장으로 들어섰다. 저만치 활주로에서 C-130 수송기에 연료를 주입하는 광경이 보였다. 동체에는 '세계보건기구'라는 글자가 새겨져 있었다.

그때 브뤼더가 곤혹스러운 표정으로 달려왔다. "다섯 시간 이내에 현장에 도착할 수 있는 인력이 우리밖에 없습니다. 결국 우리 손으로 모든 걸 해결해야 하는 상황입니다."

신스키의 어깨가 축 늘어졌다. "현지의 협조는요?"

브뤼더는 여전히 걱정스러운 표정으로 대답했다. "그것도 아직 확보하지 못했습니다. 아직 우리가 정확한 위치를 파악하지 못했으니, 현지의 보안 당국에 협조를 요청하고 싶어도 할 수가 없는 상황입니다. 게다가 오염원을 제거하려면 고도의 전문성이 필요한데, 섣불리 비전문가들을 개입시켰다가 오히려 피해가 커질 우려도 배제할 수 없습니다."

"프리뭄 논 노체레." 신스키가 고개를 끄덕이며 중얼거렸다. 그것은 의료윤리의 가장 기본적인 전제이기도 했다. '먼저, 해가 되지 않도록 하라.'

"마지막으로……" 브뤼더가 말을 이었다. "시에나 브룩스에 대해서는 아직도 전혀 실마리를 잡지 못했습니다." 그는 사무장을 돌아보며 물었다. "혹시 시에나가 베네치아에서 도움을 청할 만한 사람이 있습니까?"

"틀림없이 있을 거요." 사무장이 대답했다. "조브리스트는 세계 곳곳에 추종자들을 두고 있고, 내가 아는 시에나라면 임무를 수행하기 위해 활용 가능한 모든 자원을 총동원할 거요."

"그녀가 베네치아를 벗어나도록 내버려 두면 안 돼요." 신스키가 말했다. "우리는 현재 그 솔루블론 자루가 어떤 상태인지 전혀 모르고 있잖아요. 누군가가 우리보다 먼저 그것을 발견하면 살짝 건드리기만 해도 자루가 터져버릴 거예요."

신스키가 다시 한 번 상황의 위중함을 상기시키자, 순간적으로 무거운 침묵이 감돌았다.

"이런 걸 두고 설상가상이라고 하는 건지 모르겠지만……" 랭던이 입을 열었다. "시에나는 금박 입힌 거룩한 지혜의 무세이온이 어딘지를 알고 있어요. 우리가 어디로 가는지 알고 있다는 뜻이지요."

"뭐라고요?!" 신스키가 깜짝 놀라 되물었다. "아까는 시에나에게 당신이 알아낸 사실을 이야기할 기회가 없었다고 했잖아요! 엉뚱한 나라에서 헤매고 있다는 이야기만 했다고 하지 않았어요?"

"그건 사실입니다." 랭던이 대답했다. "하지만 그녀는 우리가 엔리코 단돌로의 무덤을 찾고 있다는 걸 알고 있어요. 인터넷을 잠깐만 검색해보면 누구나 그 위치를 알 수 있어요. 그렇게 해서 단돌로의 무덤을 찾아내면…… 문제의 자루를 찾는 것도 시간문제일 테지요. 조브리스트의 시는 떨어지는 물소리를 따라 물속에 가라앉은 궁전으로 가라고 명시하고 있으니까요."

"빌어먹을!" 브뤼더는 버럭 소리치며 어딘가로 달려갔다.

"그녀가 우리보다 빨리 도착하지는 못할 거요." 사무장이 말했다. "출발부터 우리가 한발 앞섰으니까 말이오."

신스키는 깊은 한숨을 내쉬었다. "그건 장담할 수 없어요. 우리 수송기는 속도가 아주 느린 편이고, 시에나 브룩스가 어떤 자원을 동원할 수 있는지는 아무도 모르잖아요."

멘다키움호가 정박하는 동안 랭던은 활주로의 C-130을 불안한 눈으로 물끄러미 바라보았다. 창문도 없는 그 비행기는 너무 둔해 보여서 도저히 날아오를 수 있을 것 같지 않았다. '내가 저걸 탄 적이 있다고?' 랭던은 전혀 기억이 나지 않았다.

정박 중인 선체가 심하게 흔들려서 그런지, 아니면 창문도 없는 비행기를 타야 한다는 압박감 때문인지는 확실하지 않지만, 아무튼 랭던은 갑자기 속이 울렁거려 견딜 수가 없었다.

그는 신스키를 돌아보았다. "내가 비행기를 탈 수 있을지 모르겠어요."

"괜찮을 거예요." 신스키가 대답했다. "힘든 하루를 보낸 것도 사실이고, 당신 몸속에 유독 물질이 들어 있는 것도 사실이긴 하지만 말이에요."

"유독 물질?" 랭던은 다리가 휘청거리는 느낌이었다. "그게 무슨 얘기입니까?"

신스키는 뜻하지 않게 너무 많은 이야기를 털어놓았다는 표정으로 시선을 외면했다.

"랭던 교수님, 정말 미안해요. 알고 보니 지금 당신의 몸 상태는 머리에 가벼운 부상을 입은 정도가 아니더군요."

랭던은 문득 페리스의 가슴을 물들인 시커먼 멍 자국을 떠올리며 공포에 사로잡혔다.

"그럼 나에게 무슨 문제가 있는 겁니까?" 랭던이 물었다.

신스키는 대답을 해야 할지 말아야 할지 망설이는 기색이 역력했다. "일단 비행기부터 타고 나서 이야기하죠."

웅장한 자태를 자랑하는 프라리 성당 동쪽에는 전통 의상과 가발, 장신구 등을 취급하는 아텔리에르 피에트로 롱기라는 업체가 자리하고 있다. 동종 업계에서 최고의 명성을 자랑하는 이 업체는 유명 영화사와 극단은 물론, 카니발의 화려한 무도회에서 자태를 뽐내고 싶은 유력 인사들을 고객으로 거느리고 있다.

이 가게의 점원이 하루 일과를 정리하고 있던 저녁 무렵, 갑자기 요란한 문소리가 울렸다. 고개를 들어보니 금발 말총머리의 아름다운 여인이 뛰어 들어왔다. 몇 킬로미터를 쉬지 않고 달렸는지, 숨이 턱에까지 차오른 모습이었다. 계산대로 달려오는 그녀의 갈색 눈동자가 무척이나 다급해 보였다.

"조르조 벤치를 만나러 왔어요." 그녀가 가쁜 숨을 몰아쉬며 말했다.

'그 양반을 만나고 싶은 사람이 한둘이어야지.' 점원은 속으로 중얼거렸다. '아무나 만날 수 있는 사람이 아닌데 어떡하지.'

이 업체의 수석 디자이너인 조르조 벤치는 막후에서 조용히 마법을 부리는 인물이었다. 그가 고객을, 그것도 미리 약속하지 않은 고객을 직접 만나는 일은 거의 없었다. 엄청난 부와 영향력을 자랑하는 조르조는 거의 은둔자에 가까운 삶을 즐기는 괴짜였다. 식사도 혼자 하고, 여행할 때는 전용기를 타고 다녔으며, 베네치아를 찾는 관광객들의 수가 지나치게 많다고 투덜거리는 인물이기도 했다. 확실히 그는 주위에 누가 얼씬거리는 것을 좋아하는 사람이 아니었다.

"죄송합니다만 지금 여기 안 계십니다." 점원은 짐짓 미소를 지어 보이며 대

산타 마리아 글로리오사 데이 프라리 성당, 베네치아

답했다. "무슨 일이시죠?"

"여기 있는 거 다 알아요." 여인이 말했다. "위층에 거처가 있잖아요. 불이 켜져 있는 걸 봤어요. 난 그분 친구고, 아주 급한 일이에요."

그 여자에게서는 쉽사리 외면할 수 없는 절박함이 느껴졌다. '친구라고?' "성함이 어떻게 되시죠?"

여인은 카운터에서 종이를 한 장 집어 글자와 숫자 몇 개를 갈겨썼다.

"이걸 전해주세요." 여인은 점원에게 종이를 건네며 말했다. "그리고, 서둘러주세요. 시간이 없어요."

점원은 마지못해 그 종이를 가지고 위층으로 올라가 재봉틀 앞에 잔뜩 웅크린 채 일에 몰두해 있는 조르조 옆의 기다란 테이블 위에 놓았다.

"선생님." 그가 속삭였다. "누가 찾아왔습니다. 아주 급한 일이라고 하는데요."

조르조는 고개도 들지 않고 작업을 계속하며 손만 내밀어 종이를 집었다.

갑자기 그의 재봉틀이 멈췄다.

"당장 올려 보내." 조르조는 그 종이를 잘게 찢으며 지시했다.

거대한 몸집을 자랑하는 C-130 수송기는 아드리아해 상공을 남동쪽으로 선회하며 상승을 계속했다. 로버트 랭던은 창문이 없어 답답하기도 했지만, 그보다는 아직도 답을 찾지 못한 의문들이 머릿속을 맴돌아 방향감각을 완전히 상실한 채 표류하는 기분을 떨쳐버릴 수 없었다.

'당신의 몸 상태는 머리에 가벼운 부상을 입은 정도가 아니에요.' 신스키는 그렇게 말했었다.

그녀의 입에서 또 무슨 말이 나올지를 생각하니 자꾸만 맥박이 빨라졌지만, 지금 신스키는 SRS 팀원들과 함께 전략을 수립하는 데 여념이 없었다. 브뤼더는 전화통을 붙잡고 정부 기관과 시에나 브룩스 문제를 상의하고 있었다. 모두들 그녀를 찾으려고 혈안이었다.

'시에나…….'

랭던은 아직도 그녀가 이 모든 일에 깊숙이 관여하고 있다는 주장이 좀처럼 이해되지 않았다. 비행기가 순항고도로 접어들자, 스스로를 사무장이라고 부르는 자그마한 체구의 남자가 다가와 랭던의 맞은편에 앉았다. 그는 양손의 손가락으로 삼각형을 만들어 턱을 받치고 입술을 오물거렸다. "신스키 박사가 당신의 궁금증을 채워주라고 하더군요. 당신이 상황을 명확하게 이해할 수 있도록 말이오."

랭던은 그의 입에서 무슨 이야기가 나와도 상황이 그리 명확해지지는 않을 것 같았다.

"아까도 얘기했듯이……" 사무장이 입을 열었다. "버엔다 요원이 당신을 너무 성급하게 추궁하는 바람에 일이 이렇게 복잡해진 감이 없지 않소. 우리는 당신이 신스키 박사의 부탁을 어느 정도까지 이행했는지, 혹은 그녀에게 어느 정도까지 정보를 제공했는지 모르는 상태였소. 하지만 우리는 고객이 우리를 믿고 맡긴 프로젝터를 그녀가 먼저 찾아내 없애버리기라도 하면 큰일이라는 우려 때문에 그녀보다 먼저 그걸 손에 넣어야 했고, 그러기 위해서는 당신이 신스키가 아니라 우리를 위해서 움직이도록 만들 필요가 있었소." 사무장은 손가락 끝을 톡톡 두드리며 말을 이었다. "하지만 불행히도 우리는 우리의 패를 이미 노출시켜버렸으니…… 당신이 우리를 믿고 따를 리가 없다고 판단했소."

"그래서 내 머리를 쏘라고 지시한 겁니까?" 랭던이 성난 목소리로 물었다.

"우리는 당신이 우리를 믿게 만들 계획을 수립했소."

랭던은 어이가 없었다. "나를 납치해서 심문까지 한 마당에…… 어떻게 당신네를 믿게 만든단 말입니까?"

사무장의 표정이 조금 더 불안해졌다. "랭던 교수, 혹시 벤조디아제핀이라는 화학물질에 대해서 좀 아시오?"

랭던은 고개를 가로저었다.

"여러 가지 용도가 있지만, 특히 외상 후 스트레스 증후군을 치료하는 데 많이 쓰이는 약물이오. 잘 아시겠지만 자동차 사고나 성폭행 같은 끔찍한 사건을 경험한 사람들은 장기적인 기억 능력에 영구적인 손상을 입는 경우가 있소. 그런 경우에 신경학자들은 벤조디아제핀을 사용해 외상 후 스트레스 증후군을 치료하지요."

랭던은 그가 도대체 무슨 소리를 하려고 이러는지 감이 잡히지 않아 말없이 듣고만 있었다.

"새로운 기억이 형성되면 일단 단기 기억 저장소에 입력되었다가 약 48시간 후에 장기 기억 저장소로 옮겨지게 됩니다. 그런데 새로 개발된 벤조디아제핀 혼합물을 사용하면 단기 기억 저장소를 리셋시켜서…… 최근의 기억들이 장기 기억 보관소로 옮겨지기 전에 지워버릴 수가 있는 거지요. 예를 들어 폭행 피해자에게 사고 이후 몇 시간 안에 벤조디아제핀을 투여하면, 그 기억이 영구적으로 삭제되어 당사자의 정신 세계에 아무런 상처가 남지 않는 거지요. 물론 그로 인해 그 전후로 며칠 동안의 기억이 모두 사라진다는 부작용이 있기는 하지만 말이오."

랭던은 믿기지 않는다는 듯이 그 조그만 몸집의 남자를 바라보았다. "나에게 의도적으로 기억상실증을 일으켰다는 뜻입니까?"

사무장은 어색한 표정으로 한숨을 내쉬었다. "그런 셈이오. 일종의 화학적 유도반응이지요. 아주 안전하기는 하지만, 결론적으로 우리는 당신의 단기 기억을 삭제해버린 셈이오." 사무장은 잠시 숨을 돌리고 말을 이었다. "당신은 의식이 없는 동안 계속해서 흑사병에 대해 뭐라고 중얼거렸는데, 우리는 그걸 보고 당신이 프로젝터의 내용을 이미 확인했다고 생각했소. 설마 조브리스트가 진짜 흑사병을 만들어냈을 거라고는 상상도 하지 못했던 거요." 사무장은 또 한 번 한숨을 내쉬었다. "당신은 또 계속해서 '너무 미안해'라는 말을 되풀이했소."

'바사리.' 그렇다면 그 시점에서 랭던은 이미 프로젝터의 수수께끼를 대부분 해결한 상태였다는 뜻이었다. '케르카 트로바.' "하지만…… 나는 머리에 입은 상처 때문에 기억상실증이 생겼다고 생각했습니다. 누군가 나에게 총을 쏘지 않았습니까?"

사무장은 고개를 가로저었다. "아무도 당신에게 총을 쏘지 않았소, 랭던 교수. 머리의 상처 따위는 애초에 없었소."

"뭐라고요?!" 랭던의 손가락이 본능적으로 뒷머리의 상처와 꿰맨 자국을 더듬었다. "그럼 이건 뭡니까!" 랭던은 머리칼을 들어 올려 상처를 보여주었다.

"그것 역시 속임수의 일부였소. 당신의 두피를 약간 절개한 뒤 바로 봉합했소. 당신이 누군가에게 공격받았다고 믿도록 만들어야 했으니까."

'이게 총상이 아니란 말인가?!'

"당신이 의식을 되찾았을 때, 누군가가 당신을 죽이려 했다고 믿게 만들려는 의도였소."

"실제로 나를 죽이려 하는 사람들이 있었어요!" 랭던이 버럭 소리를 지르자, 비행기 안에 타고 있던 사람들이 일제히 그를 돌아보았다. "마르코니라는 의사가 피를 흘리며 죽어가는 것을 내 눈으로 직접 봤단 말입니다!"

"그건 당신이 본 장면일 뿐이오." 사무장이 태연하게 말했다. "하지만 실제로 그런 일이 벌어진 것은 아니었소. 버옌다는 내가 총애하는 요원이었소. 그런 종류의 작업은 따라갈 사람이 없을 만큼 탁월했소."

"사람을 죽이는 작업 말입니까?" 랭던이 물었다.

"아니." 사무장은 여전히 침착한 목소리로 말을 이었다. "사람을 죽이는 척하는 작업."

랭던은 한참 동안 그를 멀뚱멀뚱 쳐다보며 회색 수염과 송충이 눈썹을 가진 의사가 가슴에서 피를 쏟으며 바닥에 쓰러져 죽어가던 모습을 떠올렸다.

"버옌다의 총에는 공포탄이 장전되어 있었소." 사무장이 말했다. "방아쇠를 당기면 닥터 마르코니의 가슴에 부착된 주머니가 터지면서 피가 뿜어 나오도록 되어 있었던 거요. 그나저나 그는 무사하오."

랭던은 도무지 정신을 차릴 수가 없었다. "그럼…… 병실은?"

"일종의 세트라고 생각하면 될 거요." 사무장이 대답했다. "랭던 교수, 받아들이기 쉽지 않은 이야기라는 건 나도 알고 있소. 시간이 부족했지만, 당신도 의식이 온전한 상태가 아니었으니 모든 걸 완벽하게 준비할 필요는 없었소. 당신이 눈을 떴을 때, 당신 눈에는 우리가 보여주고 싶은 것들만 보였을 뿐이오. 약간의 병원 분위기, 몇 명의 연기자, 그리고 세밀하게 연출된 공격 장면."

랭던은 아찔한 현기증을 느꼈다.

"우리 조직이 하는 일이 바로 그런 거요." 사무장이 말했다. "말하자면 착각을 불러일으키는 전문가라고나 할까."

"그럼 시에나는 어떻게 된 겁니까?" 랭던이 눈가를 문지르며 물었다.

"결단을 내려야 할 때가 되었다는 생각에, 나는 그녀와 힘을 합치는 쪽을 선택했소. 나로서는 어떻게든 내 고객의 계획이 수포로 돌아가지 않도록 해야 했고, 그런 점에서 시에나와 이해관계가 맞아떨어진 셈이었소. 시에나는 당신의 신뢰를 얻기 위해 당신을 킬러의 손에서 구해 뒷골목으로 안내했소. 기다리고 있던 택시 역시 우리가 대기시킨 차량이었소. 당신이 그 택시를 타고 도망칠 때, 무선으로 작동되는 폭약을 터뜨려 뒷유리를 폭발시킴으로써 더욱 극적인 효과를 높일 수 있었소. 그렇게 해서 당신은 우리가 급하게 준비한 아파트로 도망칠 수 있었던 거요."

랭던은 그제야 지나치게 검소하던 시에나의 아파트를 떠올렸다. 가구들이 하나같이 중고 시장에서 사 온 느낌을 주던 이유도, 시에나의 '이웃'에게서 빌려 온 옷이 랭던에게 맞춤복처럼 잘 맞던 이유도 알 것 같았다.

모든 것이 각본에 짜인 대로였다.

심지어는 시에나의 친구에게서 걸려온 전화조차 가짜였다. '시에나, 에 다니코바(나 다니코바야)!'

"당신이 미국 영사관으로 전화를 걸었을 때, 그 번호는 시에나가 알려준 것이었소." 사무장이 말했다. "덕분에 그 전화는 곧장 나의 요트로 연결되었소."

"그럼 나는 영사관에 연락한 적이 없는 셈이로군요."

"그렇소."

'방에서 꼼짝도 하지 마세요.' 가짜 영사관 직원은 그렇게 말했었다. '곧 사람을 보내겠습니다.' 그런 다음 버옌다가 나타나자 시에나는 금방 그녀를 발견하고 연기를 계속했다. '로버트, 미국 정부가 당신을 죽이려고 사람을 보냈어요! 여기는 안전하지 않아요! 해답을 찾아내려면 〈지옥의 지도〉를 해독하는 수밖에 없을 것 같아요.'

그 덕분에 랭던은 신스키가 아닌, 사무장과 그의 조직을 위해 움직이는 처지가 되고 말았다. 랭던이 감쪽같이 속아 넘어갔을 만큼, 그들은 모든 것을 완벽하게 조작했다.

'시에나 역시 철저하게 나를 이용한 셈이로군.' 그렇게 생각하니 화가 나기보다 슬픔이 밀려왔다. 그녀와 함께한 시간은 아주 짧았지만, 그사이에 정이 듬뿍 들어버린 모양이었다. 무엇보다 견디기 힘든 의문은, 시에나처럼 따뜻하고 밝은 영혼을 가진 사람이 어쩌다가 조브리스트의 그 정신 나간 해결책을 철석같이 믿게 되었을까 하는 점이었다.

시에나는 그에게 이런 말을 한 적이 있었다. '인간이라는 종은 어떤 극적인 변수가 개입되지 않는 한 종말을 향해 가고 있다고 백 퍼센트 자신 있게 얘기할 수 있어요……. 수학적인 결론을 반박하기란 불가능하니까요.'

"시에나와 관련한 기사들, 그것도 가짭니까?" 랭던은 셰익스피어 연극 안내책자와 그녀의 지능지수를 다룬 신문 기사를 떠올리며 물었다.

"그건 진짜요." 사무장이 대답했다. "현실 세계를 최대한 많이 개입시켜야 최고의 조작을 이끌어낼 수 있소. 준비할 시간이 워낙 촉박했기 때문에 시에나의 컴퓨터와 개인 소지품을 그대로 활용할 수밖에 없었소. 당신이 그녀를 의심하지 않았다면 그런 것들을 보여줄 필요조차 없었겠지요."

"내가 그녀의 컴퓨터를 쓰지도 않았을 테고요." 랭던이 덧붙였다.

"그렇소, 바로 거기서부터 우리의 작전이 헝클어지기 시작했소. 시에나는 신스키의 SRS 팀이 그 아파트를 덮칠 거라고는 미처 예상하지 못했기 때문에 군인들이 진입하자 임기응변의 지혜를 발휘해야 했소. 기만 작전을 계속 유지하기 위해 당신과 함께 오토바이를 타고 달아난 거요. 사태가 그런 식으로 돌아가자, 나로서는 버엔다를 포기할 수밖에 없었는데, 그녀가 규정을 어기고 당신을 뒤쫓았더군요."

"그 여자는 하마터면 나를 죽일 뻔했어요." 랭던은 베키오 궁전의 천장 위에서 벌어진 숨 막히는 활극을 얘기했다. 그때도 버엔다는 권총으로 랭던의 가슴을 정면으로 겨누지 않았던가. '고통이 그리 길지는 않을 거야. 나에게도 다른 선택의 여지가 없어.' 그때 시에나가 번개처럼 몸을 날린 바람에 버엔다는 결국 난간 너머로 추락해 목숨을 잃고 말았다.

> 기만은 모든 양심을 갉아먹으니,
> 그대를 신뢰하는 자나
> 그런 신뢰가 없는 자라도 속일 수 있다.
>
> —단테의 〈인페르노〉 제11곡 52–54행

랭던의 말을 들은 사무장은 크게 한숨을 내쉬었다. "버엔다가 정말로 당신을 죽이려 한 것은 아닐 거요. 그녀의 총에는 공포탄만 장전되어 있었으니까. 그 시점에서 버엔다가 자신의 실수를 만회할 수 있는 유일한 희망은 당신의 신변을 확보하는 것이었소. 아마 그녀는 공포탄으로 당신을 쏴서 자신이 킬러가 아니라는 사실을 확인시켜주려 했는지도 모르오."

사무장은 잠시 숨을 돌리며 생각을 정리한 뒤, 다시 말을 이었다. "시에나에게 정말로 버엔다를 죽일 의도가 있었는지, 아니면 그저 총 쏘는 것을 방해하려고 한 것뿐인지는 알 길이 없소. 하지만 지금 돌아보니 내가 생각만큼 시에나 브룩스를 잘 아는지 자신이 없어지는군."

'그건 나도 마찬가집니다.' 랭던은 속으로 중얼거렸다. 당시 시에나의 얼굴에는 엄청난 충격과 후회의 표정이 떠올랐었다. 랭던은 그녀가 고슴도치 머리의 여인에게 한 행동이 처음부터 의도된 것이었다고는 도저히 믿기지 않았다.

발밑이 마구 흔들리는 느낌이었다. 심한 외로움도 밀려왔다. 랭던은 바깥 세상이 내려다보이면 그나마 속이 좀 시원해질 것 같아서 창문 쪽으로 시선을 돌렸지만, 보이는 것이라고는 벽뿐이었다.

'어서 벗어나고 싶다.'

"괜찮소?" 사무장이 걱정스러운 눈으로 랭던의 안색을 살피며 물었다.

"아뇨." 랭던이 대답했다. "전혀."

⚜

'저 친구는 어떻게든 견뎌낼 것이다.' 사무장은 속으로 생각했다. '새로운 현실에 적응하기 위해 애쓰고 있을 뿐이야.'

이 미국인 교수는 마치 거대한 회오리바람에 휩쓸려 허공을 빙글빙글 돌다가 전혀 낯선 땅에 떨어져 방향감각을 상실해버린 사람 같았다.

일단 컨소시엄의 목표물이 된 사람은 막후의 진실을 파악하는 경우가 극히 드물었다. 설령 파악한다 하더라도 사무장은 절대 사건의 전모가 드러나도록 내버려 두지 않았다. 그러나 오늘 사무장은 랭던이 고통스러워하는 모습에 일말의 죄책감을 느꼈을 뿐만 아니라, 현재 전개되고 있는 위기에 대해서도 커다란 책임감에 사로잡힌 상태였다.

'내가 고객을 잘못 선택했다. 버트런드 조브리스트.

내가 사람을 잘못 판단했다. 시에나 브룩스.'

지금 사무장은 곧장 태풍의 눈을 향해 날아가고 있었다. 전 세계에 엄청난 혼란을 불러일으킬지도 모를 치명적인 흑사병의 진원지를 향해. 만약 그가 이 위기를 무사히 넘기고 살아남는다 해도, 조직이 그 여파를 견뎌낼 수 있을지는 자신이 없었다. 끊임없는 조사와 비난이 이어질 터였다.

'나도 이렇게 끝나는 것일까?'

로버트 랭던은 바람을 쐬든지, 그게 안 되면 탁 트인 경치라도 보고 싶어 견딜 수가 없었다.

창문도 없는 비행기의 벽이 점점 자신을 향해 다가드는 것만 같았다. 물론 지금까지 들은 이야기들도 그의 답답한 가슴을 달래주는 데는 아무런 도움이 되지 않았다. 머릿속은 아직도 대답을 찾지 못한 의문들로 복잡하기 짝이 없었다. 그 대부분은 시에나와 관련된 것들이었다.

이상하게도, 랭던은 그녀가 보고 싶었다.

'그녀는 나를 속였다.' 랭던은 스스로를 타일렀다. '나를 이용했어.'

랭던은 사무장의 옆자리에서 일어나 비행기 앞쪽으로 걸어갔다. 조종실 문이 열려 있었고, 거기서 새 나오는 햇빛이 자석처럼 그를 끌어당겼다. 랭던은 조종사들이 의식하지 못하는 사이에 그 문 앞에 서서 얼굴을 어루만지는 햇살을 즐겼다. 조종실 너머로 보이는 탁 트인 창공이 하늘에서 내려오는 만나처럼 느껴졌다. 파란 하늘은 너무나 평화롭고…… 영원해 보였다.

'영원한 것은 없어.' 랭던은 지금 마주하고 있는 파국이 좀처럼 현실로 다가오지 않았지만, 영원한 것은 없다는 진리마저 외면할 수는 없었다.

"교수님?" 등 뒤에서 조용한 목소리가 들려와 랭던은 뒤를 돌아보았다.

다음 순간, 랭던은 깜짝 놀라 뒤로 자빠질 지경이었다. 그의 눈앞에 서 있는 사람은 다름 아닌 닥터 페리스였다. 랭던이 마지막으로 보았을 때, 그는 산 마르코 대성당에 쓰러져 제대로 숨도 쉬지 못하는 상태였다. 그랬던 그가, 야구 모자를 쓰고 얼굴에는 칼라민 연고를 덕지덕지 바른 채 이 비행기의 칸막이에 기대서 있었다. 가슴과 몸통에 붕대를 칭칭 감았고, 호흡도 그리 안정적이지 못한 듯했다. 만약 페리스가 흑사병에 걸린 것이 사실이라면 이대로 두고 볼 수는 없는 노릇이었다.

"당신…… 살아 있었어요?" 랭던이 멍하니 그를 바라보며 물었다.

페리스는 피곤한 표정으로 고개를 끄덕였다. "그럭저럭." 그의 태도는 조금 전과는 전혀 딴판이었고, 이제 상당히 긴장이 풀린 모습이었다.

"하지만 내 생각에—." 랭던은 중간에 말을 멈췄다. "솔직히 이제 무슨 생각을 해야 할지조차 잘 모르겠어요."

페리스는 이해가 간다는 듯 미소를 지었다. "그렇지 않아도 당신은 오늘 거짓말을 참 많이 들었을 겁니다. 그래서 나라도 사과를 해야겠다고 생각했어요. 지금쯤은 짐작하시겠지만, 나는 WHO에서 일하는 사람도 아니고, 케임브리지로 당신을 데리러 갔던 사람도 아니에요."

랭던은 이제 놀라기에도 너무 지쳐서 그저 고개만 끄덕였다. "사무장을 위해 일하는 사람이었군요."

"그래요. 당신과 시에나를 위한 현장 지원 임무를 맡았지요. SRS 팀의 추적도 따돌려야 했고요."

"그렇다면 임무를 완벽하게 완수한 셈이로군요." 랭던은 세례당에 나타나 WHO 소속이라고 자신을 소개하던 페리스의 모습을 떠올렸다. 이어서 그는 랭던과 시에나가 신스키의 추적을 따돌리고 피렌체를 빠져나가도록 결정적인 도움을 제공했다. "의사라는 것도 거짓말이겠군요."

페리스는 고개를 가로저었다. "말하자면 오늘만 의사 노릇을 한 셈이지요. 내 임무는 시에나가 당신을 계속 착각 속에 가둬둠으로써 그 프로젝터가 가리키는 곳을 알아낼 수 있도록 돕는 것이었어요. 사무장은 조브리스트의 작품이 신스키의 손에 들어가기 전에 그걸 먼저 찾아내기 위해 혈안이 되어 있었으니까요."

"당신도 그게 흑사병일 거라고는 생각하지 못했겠군요?" 랭던은 아직도 페리스의 부스럼과 내출혈에 대한 의심이 완전히 사라지지 않아 그렇게 물어보았다.

“물론이지요! 당신이 흑사병을 언급했을 때 나는 시에나가 당신에게 동기를 부여하기 위해 꾸며낸 이야기일 거라고 생각했어요. 그래서 그냥 그런 척했지요. 그렇게 해서 일단 베네치아로 가는 기차에 오르기는 했는데…… 그다음부터 모든 게 달라졌어요.”

“그건 왜지요?”

“사무장이 조브리스트의 동영상을 본 겁니다.”

“그제야 조브리스트가 제정신이 아니라는 것을 알아차렸겠군요.”

“그렇지요. 사무장은 뒤늦게 컨소시엄이 어떤 사태에 말려들었는지를 깨닫고 두려움에 사로잡혔어요. 그래서 즉시 조브리스트를 제일 잘 아는 사람, 즉 FS-2080에게 연락을 취해 조브리스트가 무슨 짓을 했는지 확인하려 했던 겁니다.”

“FS-2080?”

“시에나 브룩스 말입니다. 그녀가 이번 작전을 위해 선택한 암호명이 그거였어요. 트랜스휴머니즘과 관계가 있겠지요. 사무장은 나를 통하지 않고서는 시에나에게 연락할 방법이 없었을 테고요.”

“기차에서 당신이 받은 전화가 그거였군요.” 랭던이 말했다. “어머니가 편찮으시다고 하더니.”

“음, 당신 앞에서 사무장의 전화를 받을 수는 없는 노릇이라 밖으로 나갔던 겁니다. 그때 그가 동영상 이야기를 꺼냈고, 나도 큰 충격을 받았지요. 그는 시에나 역시 조브리스트에게 속은 거라고 믿고 싶어 했지만, 당신과 시에나가 계속 흑사병 이야기를 꺼낸다고 했더니 사무장도 시에나와 조브리스트가 함께 꾸민 일이라는 걸 알게 된 거지요. 그 즉시 시에나는 우리의 적이 되어버렸어요. 사무장은 나더러 그녀의 위치를 계속 보고하라고 지시했고, 그녀를 제지하기 위해 병력을 투입하기에 이른 겁니다. 브뤼더 요원이 산 마르코 대성당에서 좋은 기회를 잡았지만, 시에나는 간발의 차이로 그를 따돌렸다고 하더군요.”

랭던은 멍하니 바닥만 내려다보았다. 헤어지기 직전, 랭던을 내려다보던 그녀의 그 아름다운 갈색 눈동자가 지금도 눈에 선했다.

'정말 미안해요, 로버트. 모든 게 다.'

"보통 여자가 아니에요." 페리스가 말했다. "아마 당신은 대성당에서 그녀가 나를 공격하는 모습을 보지 못했을 겁니다."

"당신을 공격했다고요?"

"그래요. 군인들이 진입했을 때 나는 소리를 질러 시에나의 위치를 노출시킬 생각이었어요. 그런데 그녀가 그걸 알아차리고 내 가슴팍에 손을 내리꽂았어요."

"뭐라고요?!"

"처음에는 누가 나를 공격했는지 알아차리지도 못했을 지경이었어요. 시에나는 무슨 무술을 배운 게 틀림없어요. 그렇지 않아도 가슴에 심하게 멍이 들어 있던 때여서 그야말로 숨이 넘어갈 만큼 고통스럽더군요. 호흡이 제대로 돌아올 때까지 꼬박 5분이 걸렸어요. 그사이에 시에나는 목격자가 진실을 말하기 전에 재빨리 당신을 이끌고 발코니로 달아난 겁니다."

랭던은 시에나를 향해 소리치던 이탈리아 할머니를 떠올렸다. 그 할머니는 "라이 콜피토 알 페토!" 라고 외치며 주먹으로 자신의 가슴을 치는 시늉을 했었다.

그러자 시에나는 심폐 소생술을 시도하다가는 환자의 목숨이 더 위태로워질 뿐이라고 대답했다. '저 사람 가슴을 좀 보라고요!'

당시 상황을 떠올려본 랭던은 시에나 브룩스의 임기응변이 얼마나 뛰어난지를 새삼 깨달았다. 시에나는 그 할머니의 이탈리아어를 의도적으로 잘못 해석한 것이 틀림없었다. '라이 콜피토 알 페토'는 심폐 소생술을 시도하라는 의미가 아니라…… 그녀의 행동을 고발하는 말이었다. '당신이 그의 가슴을 때렸잖아!'

워낙 경황이 없어서 당시에는 랭던도 그런 사실을 깨닫지 못했다.

페리스는 씁쓸한 미소를 지었다. "잘 아시겠지만, 시에나 브룩스는 아주 똑똑한 여자예요."

랭던은 고개를 끄덕였다. '알고말고.'

"신스키의 부하들이 나를 멘다키움호로 데려가 붕대를 감아주었어요. 사무장은 당신을 제외하면 오늘 시에나와 함께 있었던 사람이 나밖에 없으니 혹시 도움이 될지도 모른다며 같이 가자고 했고요."

랭던은 고개를 끄덕였지만, 아직도 그의 부스럼이 자꾸 거슬렸다. "얼굴은 어떻게 된 겁니까?" 랭던이 물었다. "가슴의 멍은요? 혹시 그게……."

"흑사병 아니냐고요?" 페리스는 웃음을 터뜨리며 고개를 가로저었다. "이야기를 들으셨는지 모르겠는데, 사실 나는 오늘만 의사 노릇을 두 번이나 했어요."

"무슨 뜻이지요?"

"내가 세례당에 나타났을 때 나더러 낯이 익다고 하셨죠?"

"그래요. 특히 당신의 눈매를 어디선가 본 것 같더군요. 당신은 케임브리지로 나를 데리러 갔었기 때문에 그럴 거라고 했지만……." 랭던은 말끝을 흐렸다. "그건 사실이 아닌 것으로 드러났으니……."

"내가 낯이 익었던 이유는 그 전에 만난 적이 있기 때문이에요. 물론 케임브리지에서는 아니었지만." 페리스는 그래도 모르겠냐는 듯이 랭던의 표정을 살폈다. "사실 당신이 오늘 새벽, 병원에서 의식을 되찾았을 때 제일 먼저 본 사람이 나였어요."

랭던은 그 음침하고 조그만 병실을 떠올렸다. 그때는 워낙 의식이 몽롱한 데다가 시력도 온전하지 않은 상태였지만, 그가 처음으로 본 사람은 나이가 상당히 들어 보이는, 영어를 할 줄 모르고 송충이 눈썹에 덥수룩한 턱수염을 가진 의사였다.

"아닙니다." 랭던이 말했다. "내가 처음으로 본 사람은 닥터 마르코니—."

"스쿠시, 프로페소레(이런, 교수님)." 갑자기 페리스가 완벽한 이탈리아어로 랭던의 말을 가로막았다. "마 논 시 리코르다 디 메(절 기억하지 못하시는군요)?" 페리스는 허리를 구부정하게 구부리고 가상의 송충이 눈썹을 꿈틀거리며 턱수염을 어루만지는 시늉을 했다. "소노 일 도토르 마르코니(제가 바로 닥터 마르코니입니다)."

랭던의 입이 떡 벌어졌다. "닥터 마르코니가…… 당신이었다고?"

"내 눈이 낯익어 보인 이유가 바로 그거예요. 지금까지 가짜 눈썹과 수염 따위를 붙여본 적이 없어서 내가 분장용 접착제에 심각한 알레르기가 있다는 사실을 알 길이 없었지요. 살갗이 타는 듯이 따끔거려서 죽는 줄 알았어요. 당신은 그렇지 않아도 흑사병 때문에 잔뜩 신경이 곤두서 있던 차였으니, 혹시 내가 흑사병에 걸린 것이 아닐까 하고 걱정했을 겁니다."

랭던은 닥터 마르코니가 수염 주위를 긁어대던 모습을 떠올렸다. 그러다가 버엔다가 들이닥쳤고, 결국 그는 가슴에서 피를 흘리며 쓰러지지 않았던가.

페리스는 가슴에 두른 붕대를 가리키며 말을 이었다. "설상가상으로 한창 상황이 진행되는 와중에 가슴에 붙여둔 폭약이 삐뚤어졌어요. 그걸 제대로 붙일 틈도 없이 격발이 되는 바람에 각도가 어긋나버렸지요. 결국 갈비뼈 하나가 금이 가고 가슴에 심한 멍 자국이 남았어요. 하루 종일 숨 쉬는 데 어려움을 겪은 이유가 바로 그거였고요."

'그런 사람을 흑사병에 걸린 것으로 의심했으니…….'

페리스는 크게 숨을 내쉬며 얼굴을 찌푸렸다. "난 이제 가서 좀 앉아야겠어요." 그가 랭던의 등 뒤를 가리키며 한마디 덧붙였다. "당신에게는 다른 말상대가 생긴 것 같으니까요."

랭던이 뒤를 돌아보니, 신스키 박사가 긴 은발을 휘날리며 다가오고 있었다. "랭던 교수님, 여기 계셨군요!"

WHO 사무총장은 무척 피곤해 보였지만, 눈매에 새로운 희망의 빛이 반짝이는 것 같았다. '뭔가를 찾아낸 것일까?'

"혼자 내버려 둬서 미안해요." 신스키가 랭던 옆으로 다가서며 말했다. "조율할 것도 많고 조사할 것도 많아서 정신이 없네요." 그녀는 열린 조종실 문을 가리키며 덧붙였다. "햇빛을 즐기고 있었던 모양이죠?"

랭던은 어깨를 슬쩍 들었다 놓았다. "이 비행기는 아무래도 창문을 좀 내야 할 것 같아요."

신스키는 안쓰러운 미소를 지었다. "사무장의 설명을 듣고 나니 감이 좀 잡히세요?"

"예. 하지만 차라리 모르는 게 나을 뻔했어요."

"마음에 들지 않기는 나도 마찬가지예요." 신스키는 그렇게 말하며 혹시 누가 듣는 사람이 없는지 주위를 둘러보았다. "분명히 말해두지만, 사무장과 그의 조직은 심각한 위기를 맞게 될 거예요. 당장 나부터도 가만히 있지 않을 테니까요. 하지만 지금은 플라스틱 자루가 터져서 병원균이 유출되기 전에 그 위치를 알아내는 게 급선무예요."

'혹은 시에나가 현장에 도착해 그 자루를 터뜨리기 전에.'

"단돌로의 묘가 있는 건물에 대해서 이야기를 좀 해야 할 것 같아요."

랭던은 목적지가 거기라는 사실을 알아낸 다음부터 줄곧 그 건물을 머릿속에 그려보고 있었다. 거룩한 지혜의 무세이온.

"방금 아주 흥미로운 사실을 알아냈어요." 신스키가 말했다. "현지의 역사학자와 전화가 연결되었는데, 물론 그 사람은 우리가 왜 단돌로의 무덤을 찾는지는 전혀 모르는 상태지만, 내가 그 무덤 밑에 뭐가 있는지 혹시 아느냐고 물었을 때 그가 뭐라고 대답했는지 아세요?" 신스키는 미소를 지으며 스스로 대답했다. "물."

랭던은 깜짝 놀랐다. "정말입니까?"

"그래요. 건물의 하단부가 침수된 모양이에요. 수백 년에 걸쳐 건물 아래의 지하수면이 꾸준히 상승한 끝에 최소한 하단부의 두 개 층이 침수되었다고 하네요. 그 역사학자의 말에 의하면 건물 아래가 부분적으로 침수되었고 여기저기 공기가 갇혀 있는 빈 굴도 있을 거래요."

'맙소사.' 랭던은 조브리스트의 동영상을 떠올렸다. 야릇한 조명이 켜진 지하 동굴, 그리고 이끼 가득한 그 벽에 희미한 기둥의 그림자가 보이지 않았던가. "침수된 방이로군요."

"바로 그거예요."

"하지만 그렇다면…… 조브리스트가 어떻게 거기까지 내려갔을까요?"

신스키의 눈동자가 반짝 빛났다. "그게 가장 놀라운 대목이에요. 우리가 무엇을 발견했는지 아마 믿기지 않을걸요."

바로 그 무렵, 베네치아 해안에서 2킬로미터도 채 떨어지지 않은 리도라는

이름의 갸름한 섬에서는 늘씬한 세스나 사이테이션 머스탱 한 대가 니셀리 공항의 활주로를 날아올라 어둠이 내리기 시작하는 저녁 하늘로 사라졌다.

이 전용기의 소유자인 유명한 의상 디자이너 조르조 벤치는 기내에 타고 있지 않았지만, 조종사에게 아름답고 젊은 여자 승객을 어디든 본인이 원하는 곳까지 모시라고 지시해둔 상태였다.

Chapter 84

옛 비잔틴의 수도에 밤이 찾아왔다.

마르마라 해안의 투광 조명이 일제히 생명을 얻어, 반짝이는 사원과 미끈한 첨탑들로 이루어진 지평선을 환히 비췄다. 마침 저녁 시간이라 도시 전역의 대형 스피커에서 신자들을 부르는 아잔(adhan, 이슬람교에서 신도에게 예배 시간을 알리는 소리—옮긴이) 소리가 은은히 울려 퍼졌다.

'라일라하 일랄라.

이스탄불

알라 외에 다른 신은 없다.'

믿는 자들은 서둘러 사원으로 달려가고, 나머지는 눈도 끔쩍하지 않고 일상을 계속했다. 대학생들은 시끌벅적하게 맥주를 마시고, 직장인들은 하루의 거래를 마감하고, 상인들은 목청 높여 향신료와 양탄자를 팔고, 관광객들은 경이로운 눈으로 그 모든 것을 지켜보았다.

여기는 반대되는 두 개의 힘이 공존하는 분단의 세계였다. 독실한 자들과 세속적인 자들, 고대와 현대, 동양과 서양……. 유럽과 아시아에 양다리를 걸친 지정학적 조건 때문에 이 고대의 도시는 말 그대로 구세계와…… 그보다 더 오래된 세계를 연결하는 가교와도 같은 역할을 했다.

'이스탄불.'

지금은 터키의 수도 자리를 물려주었지만, 비잔틴과 로마, 그리고 오스만에 이르는 세 제국의 진원지가 바로 이스탄불이었다. 그런 이유로 이 도시는 지구상에서 역사적으로 가장 다채로운 특성을 가진 지역으로 평가받았다. 톱카프 궁전에서 블루 모스크와 칠탑성(the Castle of the Seven Towers)에 이르기까지, 이 도시는 전쟁, 그리고 영광과 패배에 대한 전설들이 넘쳐났다.

밤하늘을 가르고 날아온 C-130 수송기가 다가오는 태풍 전선을 뚫고 아타튀르크 공항을 향해 접근했다. 조종석 뒤의 보조석에 안전띠를 매고 앉은 로버트 랭던은 그나마 바깥이 보이는 자리를 차지했다는 사실에 안도감을 느끼며 앞유리 너머를 바라보고 있었다.

가볍게 요기를 하고 비행기 뒤쪽에서 한 시간가량 눈을 붙이고 났더니 훨씬 원기가 돌아오는 느낌이었다.

오른쪽으로 이스탄불의 야경이 눈에 들어오기 시작했다. 칠흑같이 어두운 마르마라 해에 삐죽 튀어나온 뿔 모양의 반도에서 불빛이 반짝거렸다. 유럽에 해당하는 지역과 아시아에 해당하는 지역을 꾸불꾸불 이어진 어둠의 띠가 분리해놓은 모습이었다.

'보스포루스 해협.'

보스포루스는 이스탄불을 둘로 쪼개놓은 거대한 흉터처럼 보였다. 그러나 랭던은 이 해협이 이스탄불의 상업을 지탱하는 동맥임을 잘 알고 있었다. 보

하기아 소피아

스포루스는 이 도시에 두 개의 해안선을 확보해줄 뿐만 아니라, 지중해와 흑해 사이의 선박 통행을 가능하게 함으로써 이스탄불을 두 세계의 정거장으로 우뚝 서게 해주었다.

비행기가 안개를 뚫고 하강을 시작하자, 랭던은 자신의 목적지인 거대한 건물을 찾아 도시를 유심히 내려다보았다.

'엔리코 단돌로의 무덤이 있는 곳.'

베네치아의 변절한 총독 엔리코 단돌로는 결국 베네치아에 묻히지 못한 것으로 드러났다. 오히려 그의 유해는 그가 1202년에 정복한 요새의 한복판에 묻혀 있었다. 어떤 면에서 단돌로가 자신이 정복한 도시의 가장 장엄한 성소에 잠들어 있는 것은 지극히 당연한 일일지도 몰랐다. 오늘날까지도 이슬람의 찬란한 보석으로 남아 있는 바로 그 건물……

하기아 소피아였다.

서기 360년에 처음 건축된 하기아 소피아는 1204년까지 동방 정교의 교회였다가, 엔리코 단돌로와 제4차 십자군 원정대가 이 도시를 점령한 뒤에는 가톨릭 교회로 변신했다. 그러다가 15세기에 파티흐 술탄 메흐메트 2세('파티흐'

는 터키어로 '정복자'를 뜻함 — 옮긴이)가 콘스탄티노플을 정복한 후에는 사원으로 바뀌어 이슬람 성전으로 기능하다가, 1935년에 종교 색을 벗고 박물관이 되었다.

'금박 입힌 거룩한 지혜의 무세이온.'

하기아 소피아는 산 마르코보다 더 많은 황금 타일로 장식되어 있을 뿐 아니라, 이름 자체가 말 그대로 '거룩한 지혜'라는 뜻을 담고 있었다.

랭던은 그 거대한 건물을 머릿속에 그리며 그 아래 어딘가의 어두컴컴한 석호 속에서 서서히 녹아가는 플라스틱 자루를 떠올렸다. 아직까지는 끈으로 석호 바닥에 고정되어 있겠지만, 자루가 터지는 순간 그 내용물은 걷잡을 수 없이 온 세상으로 퍼져갈 터였다.

랭던은 제발 너무 늦지 않기를 기도했다.

조금 전 비행기 안에서 신스키는 그 건물의 하단부가 침수되어 있다며 랭던에게 작업 공간으로 따라 나오라는 시늉을 했었다. "우리가 무엇을 찾아냈는지 믿기지 않을 거예요. 혹시 괵셀 귈렌소이라는 다큐멘터리 영화 제작자, 알아요?"

랭던은 고개를 가로저었다.

"하기아 소피아에 대한 자료를 검색하다가 거기에 대한 영화가 있다는 사실을 알게 되었어요. 귈렌소이가 몇 년 전에 만든 다큐멘터리더군요."

"하기아 소피아에 대한 영화는 수십 편도 넘어요."

"그래요." 신스키는 자신의 집무 공간으로 다가서며 말했다. "하지만 이런 영화는 없을걸요." 그녀는 자신의 노트북컴퓨터를 랭던이 볼 수 있도록 돌려놓았다. "이걸 좀 읽어봐요."

랭던은 자리에 앉아서 화면을 바라보았다. 귈렌소이의 새 영화 〈하기아 소피아의 심연에서(In the Depths of Hagia Sophia)〉에 대한 여러 기사 — 《휘리예트 데일리 메일》(터키 최대 일간지 — 옮긴이)의 기사도 포함되어 있었다 — 를 소개하는 페이지였다.

랭던은 그 웹페이지를 보는 순간 신스키가 왜 그렇게 흥분했는지를 알아차렸다. 첫 두 단어를 보자마자 랭던은 놀란 눈으로 신스키를 바라보았다. '스쿠

버다이빙?'

"알아요." 신스키가 말했다. "계속 읽어보세요."

랭던은 다시 노트북을 들여다보았다.

하기아 소피아 지하에서 스쿠버다이빙을 즐기다

다큐멘터리 영화 제작자 괵셀 귈렌소이와 그의 스쿠버 탐사 팀이 이스탄불의 유명한 관광지 겸 성지의 지하 수백 미터 아래에서 침수된 분지를 찾아냈다.

그들은 또한 순교한 어린이들이 묻혀 있는 800년 된 수중 무덤을 비롯해, 하기아 소피아와 톱카프 궁전, 텍푸르 궁전, 그리고 소문으로만 떠돌던 아네마스 지하 감옥을 연결하는 수중 터널을 발견했다.

"나는 하기아 소피아 밑에 숨겨져 있는 것들이 위에 드러나 있는 것보다 훨씬 더 대단하다고 생각합니다." 귈렌소이는 연구자들이 보트를 타고 하기아 소피아의 토대를 조사하는 오래된 사진을 보고 이 다큐멘터리의 영감을 얻었다고 밝히며 이같이 말했다.

"교수님이 제대로 찾아낸 게 틀림없어요!" 신스키가 말했다. "그 건물 지하의 침수 지역에는 보트가 다닐 수 있을 정도로 넓은 공간들이 있고, 그중에는 스쿠버 장비 없이 접근할 수 있는 곳도 많은 모양이에요. 우리가 조브리스트의 동영상에서 본 것도 그 가운데 하나겠죠."

브뤼더 요원이 그들 뒤에 서서 컴퓨터 화면을 살펴보다가 입을 열었다. "건물 지하의 수로가 거미줄처럼 사방으로 뻗어 있는 모양이군요. 솔루블론 자루가 일단 용해되고 나면 내용물이 퍼지는 것을 막을 방법이 없을 듯합니다."

"내용물이라……." 랭던이 중얼거렸다. "그게 무엇인지 감이 좀 잡힙니까? 일종의 병원균인 건 틀림없겠지만—."

브뤼더가 대답했다. "동영상을 분석해본 결과 화학물질이라기보다는 생물학적 물질에 가깝다는 결론을 얻었습니다. 다시 말하면 뭔가 '살아 있는' 것이라는 뜻이지요. 자루의 크기가 별로 크지 않은 것으로 미루어, 전염성이 아주 높고 자기 복제가 가능한 종류가 아닐까 싶습니다. 일단 유출되고 나면 박테리아처럼 물을 타고 번져나갈지, 바이러스처럼 공기 속으로 퍼져나갈지는 확실하지 않지만, 두 가지 모두 가능성이 있습니다."

신스키가 말을 이었다. "지금 우리는 그 지역에서 활발하게 활동할 수 있는 오염 물질의 종류를 예측하기 위해 현장의 수온과 관련한 데이터를 수집하는 중이에요. 물론 조브리스트는 워낙 탁월한 두뇌의 소유자였으니 독특한 특성을 가진 무언가를 개발해냈을지도 모르죠. 조브리스트가 이 지역을 선택한 데는 틀림없이 나름대로 이유가 있을 거예요."

브뤼더는 힘없이 고개를 끄덕이며 조브리스트의 독특한 병원균 유포 메커니즘—물에 잠긴 솔루블론 자루—이 얼마나 치밀한 계산에 따른 것인지를 설명하기 시작했다. 조브리스트는 그 자루를 지하, 그것도 물속에 배치함으로써 지극히 안정적인 숙성 환경을 완성했다. 수온이 일정하고, 햇빛이 들지 않으며, 외부의 충격이나 침입을 걱정할 필요가 없는, 그야말로 완벽한 환경이었다. 조브리스트는 적당한 내구성을 가진 자루를 선택해 완벽한 환경에 배치함으로써 더 이상 신경을 쓰지 않아도 미리 정해진 일정에 따라 유출되도록 조치한 셈이었다.

'현장을 다시 찾을 필요조차 없었겠지.'

비행기 바퀴가 지면에 닿는 충격이 조종실의 보조 좌석에 앉은 랭던의 몸을 뒤흔들었다. 무사히 착륙에 성공한 조종사들은 활주로 한쪽 구석에 마련된 격납고를 향해 이 거대한 비행기를 몰았다.

스위스 대사관

랭던은 위험 물질을 차단하기 위해 방호복을 갖춰 입은 수많은 WHO 관계자들이 그들을 맞이할 거라고 생각했다. 하지만 정작 그들을 기다리고 있던 사람은 빨간색 십자가가 새겨진 하얀 승합차 운전기사뿐이었다.

'저건 적십자 표시잖아.' 랭던은 다시 한 번 그 심벌을 살펴본 다음에야 그것이 붉은 십자가를 사용하는 또 다른 기관의 표시라는 걸 알아차렸다. '스위스 대사관.'

랭던은 안전띠를 풀고 신스키를 찾아갔다. 다른 사람들은 모두 비행기에서 내릴 준비를 하느라 분주했다. "사람들은 다 어디 있습니까?" 랭던이 물었다. "WHO 전문가들과 터키 당국의 관계자들 말입니다. 벌써 하기아 소피아에 집결해 있는 겁니까?"

신스키는 불안한 눈으로 랭던을 바라보았다. "고심 끝에 현지의 당국에는 미리 알리지 않기로 결정했어요. 우리에게는 이미 ECDC의 최정예 인력인 SRS 팀이 있으니, 공포 분위기를 퍼뜨리는 것보다는 조용하게 작전을 진행하는 것이 나을 것 같아요."

랭던은 브뤼더와 그의 팀원들이 큼직한 더플백에 방호복과 호흡기, 위험물 탐지기 등 온갖 장비를 챙겨 넣는 모습을 지켜봤다.

브뤼더가 가방을 어깨에 둘러메며 말했다. "출발합시다. 일단 건물 안으로 들어가서 단돌로의 무덤을 찾고, 조브리스트의 시에 나온 대로 물소리를 따라가보는 겁니다. 그때 상황을 봐서 다른 기관의 지원 요청 여부를 결정하겠습니다."

랭던은 벌써부터 그 계획의 문제점이 눈에 뻔히 보였다. "하기아 소피아는 일몰과 함께 문을 닫습니다. 현지 당국의 도움이 없으면 안으로 들어갈 수조차 없어요."

"그건 괜찮아요." 신스키가 말했다. "스위스 대사관의 지인을 통해 하기아 소피아 박물관의 관장에게 VIP 투어를 부탁해놨어요. 관장도 이미 허락했고요."

랭던은 웃음이 터지려는 것을 겨우 참았다. "세계보건기구 사무총장을 위한 VIP 투어라고요? WHO 사무총장이 언제부터 더플백을 멘 군인들을 데리고 다녔지요? 그런 상태로 박사님이 생각하는 '조용한 작전 진행'이 가능할 거라고 생각하시는 겁니까?"

"브뤼더와 교수님, 그리고 내가 상황을 파악하는 동안 SRS 팀과 장비는 차 안에서 대기할 거예요." 신스키가 말했다. "한 가지 더, 여기서 말하는 VIP는 내가 아니라 교수님이에요."

"뭐라고요?"

"박물관 측에는 미국의 저명한 교수가 하기아 소피아의 심벌에 대한 논문을

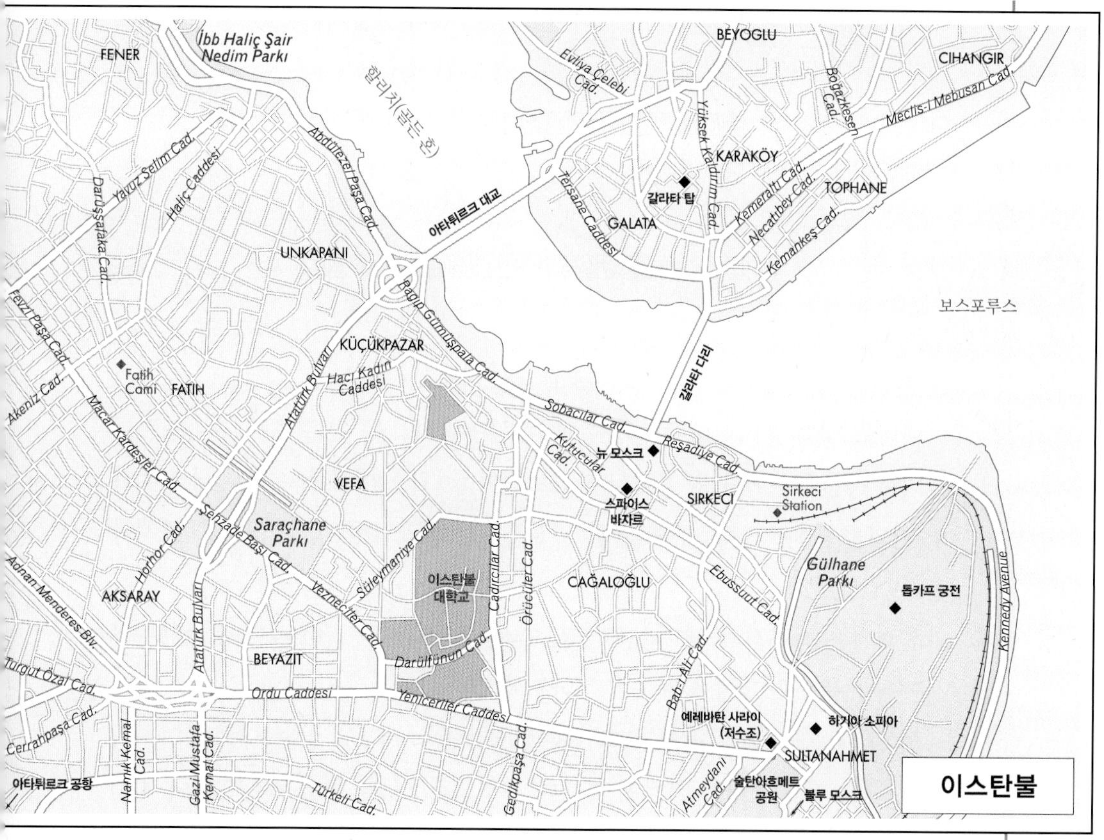

쓰기 위해 연구 팀과 함께 현장을 둘러볼 예정이었는데, 비행기가 다섯 시간이나 연착하는 바람에 개장 시간을 놓치고 말았다고 둘러댔어요. 그들은 내일 아침까지는 터키에서 출발해야 하기 때문에—."

"알았어요." 랭던이 말했다. "무슨 말씀인지 이해가 갑니다."

"박물관 측에서 우리를 안내할 직원을 보내주기로 했어요. 알고 보니 그 사람은 이슬람 예술에 대해 당신이 쓴 책의 열렬한 팬이더군요." 신스키는 되도록 긍정적인 모습을 보여주고 싶은 듯, 애써 미소를 지었다. "당신이 그 건물을 구석구석 둘러보는 데는 아무런 문제가 없을 거라는 약속을 받았어요."

"더욱 중요한 것은……" 브뤼더가 한마디 덧붙였다. "건물 전체에 다른 사람들의 출입을 막아달라고 요청했다는 겁니다."

로버트 랭던은 아타튀르크 공항과 이스탄불 시내를 잇는 해변 고속도로를 달리는 승합차의 창밖을 멍하니 바라보았다. 스위스 대사관 측에서 세관 통과의 편의를 봐준 덕분에 랭던과 신스키 일행은 불과 몇 분 만에 공항을 빠져나올 수 있었다.

신스키는 사무장과 페리스, WHO 직원 몇 명을 C-130 기내에 남겨두고 시에나 브룩스의 행방을 계속 추적하도록 했다.

시에나가 그들보다 먼저 이스탄불에 도착했을 거라고 믿는 사람은 아무도 없었지만, 행여 그녀가 터키에 거주하는 조브리스트의 추종자에게 연락해 신스키 일행이 손을 쓰기 전에 선수를 칠까 봐 걱정하는 분위기였다.

'시에나가 정말로 그런 대량 살상을 저지를 수 있을까?' 랭던은 아직도 오늘 하루 동안 일어난 그 모든 일들이 좀처럼 납득이 가지 않았다. 고통스러운 일이기는 했지만 적어도 한 가지 진실만은 받아들여야 했다. '너는 그 여자를 몰라, 로버트. 그녀는 너를 이용했을 뿐이야.'

조금씩 비가 내리기 시작했고, 자동차 앞유리를 오가는 와이퍼 소리를 듣고 있으려니 갑자기 피로가 몰려왔다. 오른쪽으로 펼쳐진 마르마라 해를 오가는 호화 요트와 거대한 유조선의 불빛이 보였다. 해안선을 따라 환하게 불이 밝혀진 사원의 돔들이 줄지어 늘어선 것이, 지금의 이스탄불은 지극히 현대적이고 세속적인 도시지만 그 핵심은 종교에 뿌리를 두고 있음을 말해주는 듯했다.

랭던은 예전부터 16킬로미터에 이르는 이 해안 도로가 유럽에서 제일 아름다운 드라이브 코스라고 생각하는 쪽이었다. 콘스탄티노플 성벽을 따라 과거와 현재가 충돌하는 이스탄불의 특성을 극명하게 보여주는 이 도로에는 도로가 건설되고 16세기가 더 지난 다음에야 태어난 남자, 바로 존 F. 케네디의 이름이 붙어 있었다. 이 미국 대통령은 무너진 제국의 잿더미 위에 터키 공화국을 세우고자 했던 케말 아타튀르크의 꿈을 높이 평가한 것으로 알려져 있다.

아름다운 바다가 한눈에 내려다보이는 이 케네디 애비뉴는 멋진 숲과 역사 유적지를 두루 거치며 예니카피 항구를 지난 다음, 도시의 경계와 보스포루스 해협 사이를 지나 북쪽으로 골든 혼까지 이어져 있었다. 오스만의 요새, 톱카프 궁전이 도시를 내려다보는 곳이었다. 이 궁전이 관광객들에게 많은 인기를 누리는 이유는 보스포루스 해협을 정점으로 하는 자연경관이 빼어나서이기도 하지만, 예언자 마호메트의 소유물이었다고 전해지는 망토와 칼을 비롯한 오스만의 보물들이 대거 소장되어 있기 때문이기도 했다.

'우리는 거기까지는 가지 않을 것이다.' 오늘 랭던 일행의 최종 목적지는 그리 멀지 않은 도심에 위치한 하기아 소피아였다.

승합차가 케네디 애비뉴를 빠져나와 인구 밀집 지역으로 들어서자, 랭던은

톱카프 궁전

도로와 인도를 가득 메운 인파를 바라보며 하루 종일 그의 뇌리를 떠나지 않던 주제를 떠올렸다.

과잉 인구.

흑사병.

조브리스트의 왜곡된 포부.

랭던은 SRS 팀의 임무가 어디를 향하고 있는지 정확하게 알고 있었지만, 적어도 지금 이 순간까지는 그 사실을 온전히 실감하지 못하고 있었다. '우리는 지금 그라운드 제로를 향해 가고 있다.' 서서히 녹아내리는 플라스틱 자루를 떠올리자, 자신이 어쩌다가 여기까지 오게 되었는지 모르겠다는 생각이 절로 들었다.

랭던이 시에나와 함께 단테의 데스마스크 뒷면에서 찾아낸 괴상한 시 한 편이 결국 그를 이곳 이스탄불까지 이끌어 온 셈이었다. 랭던은 SRS 팀에게 하기아 소피아를 지목했지만, 일단 현장에 도착하면 또 할 일이 남아 있음을 잘 알고 있었다.

금박 입힌 거룩한 지혜의 무세이온 안에 무릎을 꿇고
그대의 귀를 바닥에 대어
떨어지는 물소리에 귀를 기울이라.
물에 잠긴 궁전 속으로 깊숙이 들어가라.
이곳의 어둠 속에
별빛조차 비치지 않는 석호의 핏빛 어린 물속에 잠긴
소닉 몬스터가 기다린다.

랭던은 단테의 〈인페르노〉가 거의 그와 흡사한 장면으로 막을 내린다는 사실이 못내 불안하게 느껴졌다. 지하 세계로 깊숙이 내려간 단테와 베르길리우스는 지옥의 제일 낮은 곳에 도달한다. 출구가 없는 그곳에서, 그들은 물이 흘러가는 소리에 귀를 기울이고, 개울을 따라 험난한 낭떠러지를 헤쳐 간 끝에…… 결국 안전한 곳을 찾아낸다.

단테의 글은 이렇게 이어진다.

보이지 않았지만 개울물 소리를 통해
알 수 있었듯이, 그 물줄기가 꿰뚫은
바위 구멍을 통해 흘러내리는 개울은
완만한 경사로 그곳을 휘감고 있었다.
길잡이와 나는 밝은 세상으로 돌아가기
위하여 그 험난한 길로 들어섰으니

단테가 묘사한 장면이 조브리스트의 시에 영감을 부여한 것은 틀림없지만, 조브리스트는 모든 것을 뒤집어놓은 것처럼 보였다. 랭던 일행이 물소리를 따라가는 것까지는 맞는데, 단테와 달리 그들은 지옥으로부터 벗어나는 것이 아니라…… 곧장 지옥으로 들어가게 되는 셈이었다.

승합차가 더 좁은 도로, 더 사람이 많은 지역으로 들어서자, 랭던은 조브리스트가 이스탄불 시내를 대유행병의 진앙지로 선택한 이유를 알 것 같았다.

'동양과 서양이 만나는 곳.

세계의 교차로.'

이스탄불은 이미 역사상 여러 차례에 걸쳐 치명적인 전염병으로 상당수의 인구를 잃은 전례를 가진 도시였다. 흑사병이 막바지 기승을 부릴 당시, 비극의 심장부라 불리며 하루에만 1만 명 이상이 죽어나간 도시가 바로 이스탄불이었다. 오스만제국 시대의 유명한 그림들 중에는 산더미처럼 쌓인 시체를 묻기 위해 인근의 탁심 들판에 구덩이를 파는 사람들의 모습을 묘사한 작품이 여럿 있었다.

랭던은 "역사는 되풀이된다"는 카를 마르크스의 말이 빗나가기만을 바랄 뿐이었다.

비 내리는 거리에서, 아무것도 모르는 영혼들이 분주한 저녁의 일상에 몰두하고 있었다. 아름다운 터키 여인이 저녁 먹으라고 아이들을 부르고, 두 노인은 노천카페에 앉아 한 잔의 술을 나눠 마시고 있었으며, 잘 차려입은 부부가 하나의 우산 아래 손을 잡고 다정히 걷고 있는가 하면, 턱시도 차림으로 버스에서 뛰어내린 청년이 바이올린 케이스를 재킷으로 감싸 안고 달려가는 것을 보니 아마도 연주회에 늦은 모양이었다.

랭던은 자신도 모르는 사이에 사람들의 얼굴을 살피며 그들 한 사람 한 사람의 복잡다단한 인생을 상상해보려 애쓰고 있었다.

'대중은 개인으로 이루어진다.'

랭던은 끔찍한 생각을 떨쳐버리기 위해 차창에서 고개를 돌리며 눈을 질끈 감았다. 하지만 이미 한발 늦은 모양이었다. 그의 어두운 마음 한구석에 원하지 않았던 이미지가 하나 떠올랐다. 무시무시한 전염병으로 폐허가 된 바닷가 도시의 황량한 풍경을 그린 브뤼헐의 작품, 〈죽음의 승리〉였다.

승합차가 오른쪽으로 방향을 꺾어 토룬 애비뉴로 들어서자, 랭던은 순간적으로 이제 목적지에 도착했다고 생각했다. 그의 왼쪽으로 거대한 사원이 안개 속에 모습을 드러냈다.

그러나 그곳은 하기아 소피아가 아니었다.

'블루 모스크.' 랭던은 여러 층의 발코니를 품은 채 하늘을 찌를 듯이 치솟은 연필 모양의 첨탑 여섯 개를 보고 그 건물의 이름을 생각해냈다. 동화 속에나

〈죽음의 승리〉, 피터르 브뤼헐

블루 모스크

나올 법한, 블루 모스크의 특이한 발코니 달린 첨탑이 디즈니월드에 있는 신데렐라 성의 원조라는 이야기를 어디선가 읽은 적이 있었다. 블루 모스크라는 이름은 내벽을 장식하는 파란 타일에서 비롯되었다.

'거의 다 왔다.' 이제 승합차는 카바사칼 애비뉴로 접어들어 술탄아흐메트 공원을 끼고 달렸다. 블루 모스크와 하기아 소피아의 중간 지점에 자리하고 있어 두 명소를 한 번에 볼 수 있는 것으로 유명한 공원이었다.

랭던은 계속해서 빗방울이 떨어지는 앞유리를 바라보며 하기아 소피아를 찾아 지평선을 훑었지만, 전조등 불빛이 빗물에 번져 앞이 잘 보이지 않았다. 게다가 길이 꽉 막혀 차들이 다 제자리에 서 있는 느낌이었다.

아무리 고개를 빼고 앞을 살펴도 길게 늘어선 차들의 브레이크 등 불빛밖에 보이지 않았다.

"무슨 행사가 있는 모양입니다." 기사가 말했다. "음악회가 아닌가 싶은데, 차라리 걸어가는 게 더 빠를 것 같습니다."

"거리가 얼마나 되죠?" 신스키가 물었다.

"이 공원만 지나면 됩니다. 3분이면 도착할 거예요. 아주 안전한 곳이기도 하고요."

신스키는 브뤼더에게 고개를 끄덕여 보인 다음, SRS 팀원들을 향해 말했

비잔틴 제국을 중심으로 모든 거리를 측정하던 시절에 기준점 역할을 한 밀리온 기둥

다. "차에서 기다리세요. 최대한 건물 가까이까지 접근해봐요. 브뤼더 요원이 곧 연락할 거예요."

차에서 내린 신스키와 브뤼더와 랭던은 공원을 가로지르기 시작했다.

빗방울은 조금 더 굵어졌지만 술탄아흐메트 공원의 울창한 나무들 덕분에 몸이 흠뻑 젖지는 않았다. 곳곳에 이 공원의 명소들을 가리키는 표지판이 보였다. 룩소르에서 가져온 이집트 오벨리스크와 델포이의 아폴로 신전에서 가져온 뱀기둥(Serpent Column)이 있는가 하면, 비잔틴 제국을 중심으로 모든 거리를 측정하던 시절에 기준점 역할을 한 밀리온 기둥(Milion Column)도 있었다.

이윽고 나무들 사이를 빠져나오자 공원 한복판에 자리한 둥그런 연못이 나타났다. 랭던은 시야가 트인 곳으로 나오며 동쪽으로 눈길을 돌렸다.

'하기아 소피아.'

그것은 건물이 아니라…… 차라리 하나의 산이었다.

비에 젖은 하기아 소피아의 거대한 실루엣은 그 자체가 하나의 도시처럼 보였다. 거대한 은회색 중앙 돔이 주위를 둘러싼 다른 건물들 위에 턱 얹혀 있는 느낌이었다. 각각 한 개의 발코니와 뾰족한 은회색 꼭대기를 가진 네 개의 첨탑이 건물 가장자리에서 우뚝 솟아 있었는데, 중앙 돔과의 거리가 너무 멀어서 그것들이 같은 건물의 일부분이라고는 도저히 믿기지 않을 정도였다.

지금까지 비교적 차분하게 걸음을 옮기던 신스키와 브뤼더가 갑자기 걸음을 멈추고 고개를 들었다. 눈앞에 펼쳐진 건물의 높이와 너비가 너무 비현실적으로 느껴지는 탓이었다.

"맙소사." 브뤼더가 나직이 탄식을 내뱉었다. "우리가 지금…… 저기를 뒤지러 가는 겁니까?"

꼼짝없이 갇힌 신세가 되어버렸다. 사무장은 멈춰 선 C-130 수송기 기내를 서성이며 생각에 잠겼다. 이번 위기가 완전히 통제 불능의 상태로 접어들기 전에 어떻게든 신스키를 돕기 위해 이스탄불까지 따라나선 그였다.

물론 내심으로는 이제부터라도 신스키에게 적극적으로 협력함으로써 본의 아니게 이번 사태에 휩쓸린 자신에게 닥쳐올 역풍을 조금이나마 상쇄해보겠다는 계산도 없지 않았다. 하지만 신스키는 지금, 그를 구금해버렸다.

비행기가 아타튀르크 공항의 관용 격납고에 멈춰 서자, 신스키는 SRS 팀과 함께 현장으로 출발하며 사무장과 그가 데려온 컨소시엄의 몇몇 직원들에게는 기내에 남아 있으라고 지시했다.

사무장은 바람이라도 좀 쐬고 싶어서 비행기에서 내리려 했지만, 무표정한 조종사들이 신스키의 명령을 상기시키며 그의 앞을 막아섰다.

'예감이 좋지 않아.' 사무장은 하릴없이 도로 좌석에 앉으며 자신의 불확실한 미래를 생각했다.

지금까지 언제나 칼자루를 쥔 입장에 서온 그였지만, 갑자기 자기 자신이 한없이 초라하고 무기력하게 느껴졌다.

'조브리스트, 시에나, 신스키.'

그들 모두가 그에게 저항했다. 아니…… 심지어 그를 조롱했다.

창문 하나 없는 WHO의 거대한 수송기에 갇힌 신세가 되어버린 사무장은 이것으로 자신의 운이 다한 것이 아닐까 하는 불길한 예감에 빠져들었다. 어쩌면 부정과 기만으로 평생을 살아온 대가를 치러야 할 때가 된 것인지도 몰랐다.

'나는 거짓을 업으로 삼았다.

역정보를 퍼뜨리는 것이 나의 사업이다.'

물론 이 세상에 거짓말로 먹고 사는 사람이 사무장 혼자만은 아니겠지만, 그는 연못 속에서 제일 큰 물고기로 성장하기 위해 물불을 가리지 않았다. 작은 물고기들은 아예 종자가 다른 족속들이었고, 사무장은 그런 자들과 엮이는 것조차 싫어했다.

언젠가 볼로냐에서 그 악마가 저지른 수많은 악행에 대해 들었는데,
그 악마야말로 거짓말쟁이며 모든 거짓말의 아버지라고 했다.
—단테의 〈인페르노〉 제23곡 142-44행

인터넷상에서 알리바이 컴퍼니, 혹은 알리바이 네트워크라는 이름으로 매출을 올리는 업체들의 주요 업무는 가정에 충실하지 못한 아내 혹은 남편들이 꼬리를 밟히지 않도록 돕는 일이었다. 있지도 않은 출장, 병원 진료, 결혼식 등을 날조하고 그것을 뒷받침할 초대장, 안내책자, 비행기 표, 호텔 예약 확인증을 허위로 만들어 고객이 남편을, 아내를, 자식들을 감쪽같이 속이고 은밀한 시간을 보낼 수 있도록 한다. 심지어는 의심 많은 누군가가 배우자의 행방을 찾기 위해 전화를 걸면, 이 업체에 고용된 전문가들이 그 전화를 낚아채 완벽한 사기극을 완성하기까지 한다.

하지만 사무장은 그런 소소한 책략에 시간을 낭비하지 않았다. 사기 중에서도 아주 규모가 큰 사기가 그의 전공 분야였고, 최고의 서비스를 받기 위해 수백만 달러를 감당할 여력을 가진 고객들만 상대했다.

정부.

대기업.

막강한 재력을 가진 VIP.

이런 고객들은 목표 달성을 위해 컨소시엄의 자산과 인력, 경험과 창의성을 최대한 활용할 수 있다. 이들에게 가장 중요한 것은, 어떤 경우에도 뒤탈이 없다는 확신이었다.

주식 시장을 흔들어놓기 위해, 명분 없는 전쟁을 정당화하기 위해, 선거에

서 승리하기 위해, 혹은 테러리스트를 은신처에서 끌어내기 위해, 세계의 권력 브로커들은 상상을 초월하는 음모와 역정보로 여론을 형성해간다.

언제나 그런 식이었다.

1960년대의 러시아는 오랫동안 그들의 정보를 가로채온 영국의 첩보 기관에 대응하기 위해 위장 스파이망을 구축했다. 1947년, 미국 공군은 뉴멕시코주 로즈웰에 추락한 항공기의 보안 유지를 위해 UFO 음모론을 날조했다. 보다 최근에는 이라크가 대량 살상 무기를 보유하고 있다는 거짓말이 온 세계를 속였다.

사무장은 거의 30년에 걸쳐 막강한 권력자들이 자신의 힘을 보호, 유지, 강화할 수 있도록 온갖 서비스를 제공했다. 그는 고객을 선택할 때 온갖 변수를 고려에 넣기 위해 만전을 기했지만, 언젠가 잘못된 판단을 내리는 날이 오지 않을까 하는 두려움을 완전히 떨쳐버릴 수는 없었다.

'마침내 그날이 오고야 말았다.'

모든 붕괴는 그 원인을 추적해보면 결국 단 하나의 순간으로 귀결된다는 것이 사무장의 믿음이었다. 우연한 만남, 신중하지 못한 결정, 부주의한 시선 하나가 거대한 비극의 씨앗이 되는 것이다.

이번 경우, 비극의 씨앗이 된 순간을 찾기 위해서는 거의 12년의 세월을 거슬러 올라가야 했다. 사무장은 아르바이트 일거리를 찾는 젊은 의대생을 고용했다. 그녀는 탁월한 두뇌와 현란한 말솜씨, 그리고 본능적인 위기 대처 능력을 발휘하며 순식간에 컨소시엄의 기린아로 떠올랐다.

'시에나 브룩스는 타고난 천재였다.'

시에나는 한눈에 사무장이 하는 일의 본질을 꿰뚫어보았고, 사무장은 사무장대로 그녀가 비밀 유지의 달인이라는 사실을 알아보았다. 시에나는 거의 2년 동안 사무장 밑에서 일하며 번 돈으로 학비를 조달했는데, 어느 날 갑자기 일을 그만두겠다고 통보했다. 자신은 세상을 구하고 싶은데, 이 일로는 그런 포부를 이룰 수 없다는 것이 그 이유였다.

사무장은 그런 그녀가 10년의 세월이 흐른 후 생각지도 못한 선물을 가지고 다시 나타날 것이라고는 미처 상상하지 못했다. 그녀의 선물은 엄청난 재력을 가진 잠재 고객이었다.

버트런드 조브리스트.

그를 떠올리자 사무장은 또다시 소름이 돋았다.

'이게 다 시에나 때문이다.

그녀는 처음부터 조브리스트의 계획에 깊숙이 관여하고 있었어.'

갑자기 바로 옆에 임시로 마련된 회의용 탁자에서 WHO 직원이 전화통을 붙잡고 씨름하는 소리가 들려왔다.

"시에나 브룩스?!" 그가 전화기에 대고 소리쳤다. "확실합니까?" 그는 잠시 귀를 기울이더니 이내 얼굴을 찌푸렸다. "알겠습니다. 기다릴 테니 자세한 정보를 알려주세요."

그는 송화기를 손으로 가리고 동료들을 돌아보았다. "우리가 이륙한 직후에 시에나 브룩스도 이탈리아를 떠난 것으로 보입니다."

탁자에 앉은 모든 사람의 표정이 얼어붙었다.

"어떻게 그럴 수가……." 한 여직원이 중얼거렸다. "공항과 교량, 기차역까지 다 봉쇄했잖아요."

"리도에 있는 니첼리 공항을 이용한 모양이에요."

"말도 안 돼." 여직원이 고개를 가로저으며 반박했다. "니첼리는 아주 조그만 공항이에요. 국제선 노선도 없고 관광용 헬리콥터나 가끔—."

"니첼리에 격납되어 있던 누군가의 전용기를 이용한 모양입니다. 지금 자세한 정보를 알아보는 중이에요." 그는 다시 송화기를 입에 대고 말했다. "예, 듣고 있습니다. 어떻게 됐습니까?" 잠시 상대방의 말을 듣고 있던 그의 어깨가 점점 축 늘어졌다. "알겠습니다. 고맙습니다." 그가 전화를 끊었다.

동료들이 일제히 그를 바라보았다.

"시에나 브룩스를 태운 비행기가 터키를 향해 출발했답니다." 그가 눈가를 문지르며 말했다.

"그럼 당장 유럽항공사령부에 연락하세요!" 누군가가 소리쳤다. "어떻게든 그 비행기를 막아야 할 것 아닙니까!"

"그럴 수가 없어요." 남자가 대답했다. "그 비행기는 12분 전에 헤자르펜 사설 공항에 착륙했답니다. 여기서 25킬로밖에 떨어지지 않은 곳입니다. 시에나 브룩스는 이미 자취를 감췄어요."

그 오랜 세월을 견뎌온 하기아 소피아의 돔에 비가 내렸다.

천 년에 육박하는 세월 동안 세계에서 가장 큰 교회였던 건물, 지금도 이보다 더 큰 건물을 상상하기란 쉽지가 않다. 모처럼 이곳을 다시 찾은 랭던은 이 하기아 소피아를 완공한 유스티니아누스 황제가 한발 물러서서 자랑스럽게 외쳤다는 한마디를 떠올렸다. "솔로몬, 내가 당신을 뛰어넘었소!"

뚜렷한 목적의식을 가진 신스키와 브뤼더는 이 기념비적인 건물을 향해 다가설수록 그 엄청난 규모에 점점 더 압도당하고 있었다.

진입로에는 '정복자'라는 별명을 가진 메흐메트 2세의 군대가 사용했다는 대포알이 줄지어 박혀 있었다. 함락과 재탈환을 거듭하는 폭력으로 점철된 이 건물의 역사에도 불구하고, 언제나 승리한 측의 종교적 필요성을 충족시켜주었음을 상기시키는 장식물이 아닐 수 없었다.

랭던은 건물의 남쪽으로 다가서며 오른쪽에 보이는 세 개의 돔을 향해 시선을 고정했다. 얼핏 곡물 저장 창고처럼 보이는 이 부속 건물들은 역대 술탄들의 영묘가 안치된 곳인데, 그 가운데 무라드 3세는 100명이 넘는 자녀를 두었다고 했다.

밤공기를 뚫고 휴대전화의 벨소리가 울리자, 브뤼더는 재빨리 전화기를 꺼내 발신자를 확인한 다음, 짧은 질문을 던졌다. "어떻게 됐나?"

상대방의 보고에 귀를 기울이며 브뤼더는 연신 믿을 수 없다는 듯 고개를 가로저었다. "어떻게 그럴 수가 있지?" 잠시 더 듣고 있던 그의 입에서 깊은 한숨이 터져 나왔다. "알았어, 계속 보고하도록. 우리는 지금 들어간다."

술탄들의 영묘(앞쪽),
하기아 소피아

"무슨 일이에요?" 신스키가 물었다.

"정신을 바짝 차려야겠습니다." 브뤼더가 주위를 둘러보며 말했다. "동행이 생겼어요." 그는 신스키를 돌아보았다. "시에나 브룩스가 이스탄불로 들어온 것 같습니다."

그 소식을 들은 랭던은 두 가지 측면에서 크게 경악했다. 시에나가 베네치아를 무사히 빠져나와 터키로 들어왔다는 사실도 놀라웠지만, 그녀가 버트런드 조브리스트의 계획을 성공시키기 위해 체포, 아니 죽음의 위험마저 무릅쓰고 사지로 뛰어들었다는 것이 더더욱 믿기지 않았다.

신스키 역시 놀란 얼굴로 숨을 몰아쉬며 브뤼더에게 뭔가 더 질문을 던질 기색이었지만, 이내 마음을 돌려먹은 듯 랭던을 돌아보며 말했다. "어느 쪽이에요?"

랭던은 건물의 남서쪽 모퉁이를 가리켰다. "세정(洗淨)의 샘이 바로 여깁니다." 랭던이 말했다.

그들이 박물관 직원과 만나기로 한 장소는 기도를 드리기 전에 몸을 씻는 의식을 행하던 아름다운 격자 무늬 우물 지붕이 있는 곳이었다.

"랭던 교수님!" 그들이 다가가자, 어떤 남자의 목소리가 들렸다.

활짝 웃는 얼굴의 터키 남자가 샘을 덮고 있는 팔각형 지붕 밑에서 걸어 나

세정의 샘, 하기아 소피아

오며 열심히 손을 흔들었다. "교수님, 여깁니다!"

랭던 일행은 서둘러 그쪽으로 다가갔다.

"안녕하세요, 내 이름은 미르사트입니다." 영어 발음이 썩 매끄럽지 않았는데, 잔뜩 흥분한 목소리였다. 이마가 벗겨지기 시작하고, 학자풍의 안경을 썼으며, 회색 양복을 입은 호리호리한 남자였다. "이렇게 만나 뵙게 되어 영광입니다."

"오히려 우리가 영광이지요." 랭던은 그렇게 대답하며 그와 악수를 나눴다. "급하게 연락을 드렸는데도 따뜻하게 맞아주셔서 정말 고맙습니다."

"당연히 그래야지요."

"나는 엘리자베스 신스키라고 해요." 신스키 박사는 미르사트와 악수를 나눈 다음, 브뤼더를 소개했다. "이쪽은 크리스토퍼 브뤼더예요. 우리는 랭던 교수님을 도우러 왔어요. 비행기 연착으로 늦어지게 돼서 정말 죄송해요. 그런데도 이렇게 환영해주시다니 정말 친절하시네요."

"천만에요! 자꾸 그런 말씀 하지 마세요!" 미르사트가 신이 나서 떠벌렸다. "랭던 교수님이라면 언제든 특별히 안내해드릴 용의가 있습니다. 교수님이 쓴 《이슬람 세계의 기독교 상징들》은 우리 박물관의 선물 가게에서 제일 인기 있는 책인 걸요."

'정말?' 랭던은 속으로 되물었다. '그 책을 파는 곳이 있기는 한 모양이군.'

"그럼 들어가 보실까요?" 미르사트는 그들에게 따라오라는 몸짓을 하며 말했다.

일행은 조그만 야외 공간을 가로질러 관광객 전용 출입구로 들어간 뒤, 이 건물의 원래 현관인 거대한 청동 문이 달린 후미진 아치 길을 향해 걸음을 옮겼다.

대기하고 있던 두 명의 경비원이 그들을 맞이했다. 그들은 미르사트를 보더니 두말없이 문을 열어주었다.

"사으 올룬." 미르사트는 랭던이 알아들을 수 있는 몇 안 되는 터키어 한마디를 중얼거렸다. 아주 정중하게 고마움을 나타내는 말이었다.

안으로 들어서자 경비원들이 그들의 등 뒤로 문을 닫았다. 쿵 하는 소리가 석재로 된 실내 공간에 울려 퍼졌다.

이제 그들은 하기아 소피아의 배랑으로 들어선 셈이었다. 기독교 교회에서 흔히 볼 수 있는 이 폭이 좁은 대기실은 성스러운 곳과 세속적인 곳 사이의 건축적 완충 지대였다.

'영적 해자(垓子).' 랭던은 이 공간을 그렇게 부르곤 했다.

그들은 그 공간을 가로질러 또 한 쌍의 문 앞으로 다가갔다. 미르사트가 그 문을 밀어 열었다. 랭던은 이제 본당이 나올 거라고 생각했는데, 뜻밖에도 조금 더 큰 또 하나의 배랑이 자리하고 있었다.

'내배랑이로군.' 랭던은 하기아 소피아의 본당이 이중의 방어막으로 바깥세상과 차단되어 있다는 걸 깜빡 잊고 있었다.

방문자에게 이제부터 보게 될 것들에 대해 마음의 준비를 시키려는 듯, 내배랑은 바깥쪽의 외배랑에 비해 훨씬 더 화려했고, 돌로 만들어진 벽은 우아한 샹들리에 불빛을 받아 아름답게 반짝거렸다. 반대편에 네 개의 문이 달려 있었고, 그 위는 눈부신 모자이크로 장식되어 있었다. 랭던은 그 모자이크가 아주 마음에 들었다.

미르사트는 청동판이 붙은 거대한 문을 향해 다가갔다. "황제의 문입니다." 미르사트가 들뜬 목소리로 속삭였다. "비잔틴 시대에는 오직 황제만이 이 문

황제의 문, 하기아 소피아

을 통과할 수 있었지요. 관광객들에게는 잘 개방하지 않는 문이지만, 오늘은 특별한 날이니까요."

미르사트는 문을 향해 손을 뻗다 말고 동작을 멈췄다. "들어가기 전에 한 가지 여쭤보겠습니다. 특별히 보시고 싶은 게 있습니까?"

랭던과 신스키와 브뤼더는 일제히 서로 눈길을 교환했다.

"예." 랭던이 대답했다. "보고 싶은 거야 수없이 많지만, 엔리코 단돌로의 무덤에서부터 시작했으면 합니다."

미르사트는 혹시 자기가 잘못 알아들었나 하는 표정으로 고개를 갸웃거렸다. "예? 단돌로의 무덤을 보고 싶으시다고요?"

"그렇습니다."

미르사트는 낙담한 기색이 역력했다. "하지만 교수님, 단돌로의 무덤은 아주 평범합니다. 상징 같은 것도 하나도 없어요. 우리가 보여드릴 수 있는 최고의 걸작은 아닙니다."

"알고 있습니다." 랭던이 정중하게 대답했다. "그래도 일단 그쪽으로 안내해주시면 아주 감사하겠습니다."

미르사트는 한참 동안 랭던의 표정을 살피더니, 방금 랭던이 마음에 든다고 생각했던 문 위의 모자이크를 바라보았다. 9세기에 제작된 이 모자이크는 팬토크레이터(예수를 우주 전체의 전지전능한 지배자로 표현한 예술 작품 — 옮긴이) 그리스도를 묘사했는데, 왼손에는 신약 성경을 들고 오른손으로 축복을 내리는 모습이었다.

다음 순간, 미르사트는 갑자기 뭔가 짚이는 게 있다는 듯 한쪽 입꼬리를 말아 올리고 빙그레 미소를 지으며 손가락을 까딱거리기 시작했다. "역시 현명하시네요! 아주 현명해요!"

랭던은 그를 멍하니 쳐다보았다. "뭐가요?"

"걱정 마세요, 교수님." 미르사트는 무슨 음모라도 꾸미는 사람처럼 한껏 목소리를 낮췄다. "교수님이 왜 여기까지 왔는지 아무한테도 얘기하지 않을 테니까요."

신스키와 브뤼더도 어리둥절한 표정으로 랭던을 바라보았다.

랭던이 그저 어깨만 으쓱 들어 보이는 사이, 미르사트는 재빨리 문을 열고 그들을 안으로 안내했다.

흔히 이곳을 세계 8대 불가사의 가운데 하나로 평가하는 이들이 있다. 지금 이 건물 안에 들어선 랭던도 그런 평가를 부정할 마음은 전혀 없었다.

랭던은 이 거대한 본당의 문턱을 넘어서며, 하기아 소피아가 방문자를 압도하는 데는 단 한 순간이면 충분하다는 사실을 떠올렸다. 상상을 초월하는 그 엄청난 규모 때문이었다.

본당의 이 압도적인 규모는 유럽의 대성당들조차 왜소해 보이도록 만들 정도였다. 거기에는 비잔틴 양식 특유의 설계 방식이 빚어내는 일종의 착시 현상이 적지 않은 몫을 한다는 사실을 랭던은 잘 알고 있었다. 실내 공간을 십자가 모양으로 분산시키기보다는 한 치의 이탈도 없이 중앙으로 집중시킴으로써 더욱 넓어 보이게 하는 이 방식은 후대의 다른 성당에도 적용된 바 있었다.

'이 건물은 노르트담보다도 700년이나 먼저 지어졌다.' 랭던은 감탄을 금할 수가 없었다.

잠시 숨을 고르며 본당의 너비를 가늠해본 랭던은 시선을 들어 무려 45미터가 넘는 높이에서 바닥을 내려다보는 황금색 돔을 올려다보았다. 마흔 개의 서까래가 돔의 구심점에서 마치 햇살처럼 뻗어 나와, 둥글게 배치된 마흔 개의 아치형 창문으로 이어진 형태였다. 낮 동안에는 이 창문으로 들어온 햇빛이 천장의 황금 타일에 박힌 유리 조각에 반사되고 또 반사되어 하기아 소피아의 최고 명물이라는 '신비의 빛'을 만들어냈다.

랭던은 이 본당의 분위기를 정확하게 포착한 유일한 그림이 바로 존 싱어 사전트의 작품이라고 믿었다. 이 미국 화가가 하기아 소피아의 본당을 화폭에 담기 위해 사용한 팔레트에는 단 한 가지 색깔의 물감이 필요했을 뿐이었다.

'황금색.'

흔히 '천국 그 자체의 돔'이라 불리는 이 황금빛 둥근 지붕은 네 개의 거대한 아치로 지탱되고, 이 아치는 다시 일련의 반원형 돔과 팀파눔으로 연결된다. 이 지지물들은 여러 층의 더 작은 반원형 돔과 회랑들로 이어져, 마치 조그만 폭포가 천상에서 지상으로 내려오는 듯한 느낌을 자아낸다.

천상에서 지상으로 내려오는 좀 더 직접적인 통로도 있어서, 돔 꼭대기에서 직선으로 늘어뜨린 기다란 케이블들이 수많은 샹들리에를 붙잡고 있다. 이 케이블들은 아주 낮은 데까지 드리워져 키가 큰 방문객들은 혹시 머리를 찧을까 봐 몸을 웅크리게 되는데, 이것은 워낙 넓은 공간이 만들어내는 또 하나의 착시 현상일 뿐이어서 실제로 샹들리에가 매달려 있는 높이는 바닥에서 최소 3.5미터가 넘는다.

거대한 규모를 자랑하는 다른 성전들과 마찬가지로, 하기아 소피아의 이 어마어마한 크기는 두 가지 목적을 띠고 있다. 하나는 인간이 신을 경배하기 위해 이 정도의 정성을 쏟는다는 사실을 입증하고자 하는 것이고, 또 하나는 신자들에 대한 일종의 충격요법이라고 할 수 있다. 물리적인 공간을 최대한 위압적으로 만들어 그 안에 들어가는 사람을 주눅 들게 하고 자아의 보잘것없음을 인정하게 하는 것이다. 신 앞에서 인간이라는 존재와 그것이 우주에서 차지하는 비중은 한 점 티끌밖에 되지 않으며, 조물주의 손에 잡힌 하나의 원자에 지나지 않는다.

'신은 무(無)에서 인간을 창조했다. 따라서 인간이 무(無)가 되기 전까지, 신은 그를 가지고 아무것도 만들 수 없다.' 마르틴 루터는 16세기에 그런 말을 남겼지만, 그런 마음가짐 자체는 그보다 훨씬 이전의 종교 건축에도 그대로 구현되어 있다.

랭던이 얼핏 돌아보니, 천장을 올려다보던 브뤼더와 신스키의 눈길도 천천히 지상으로 내려오고 있었다.

"오, 주여." 브뤼더의 입에서 탄성이 흘러나왔다.

"그래요!" 미르사트가 열띤 목소리로 얼른 맞받았다. "이왕이면 알라와 마

'세계 8대 불가사의'로 꼽히는 하기아 소피아의 내부. '천국 그 자체의 돔'과 마호메트와 알라의 이름을 써 넣은 거대한 원반 두 개

호메트도 불러보세요!"

랭던은 웃음을 지었고, 미르사트는 브뤼더의 시선을 중앙 제단으로 이끌었다. 거기에는 높이 솟은 예수의 모자이크를 마호메트와 알라의 이름을 화려한 필기체의 아라비아어로 써 넣은 두 개의 거대한 원반이 받치고 있는 구조물이 있었다.

미르사트가 설명했다. "이 박물관은 방문객들에게 이 성소의 다양한 용도를 상기시켜주기 위해 하기아 소피아가 성당이던 시절의 기독교적 도상과 사원이던 시절의 이슬람적 도상을 나란히 보여주고 있습니다." 그는 자랑스러운 미소와 함께 덧붙였다. "현실 세계에서는 여러 종교가 마찰을 빚는 경우가 많지만, 우리는 그 상징들이 서로 잘 어울린다고 생각합니다. 아마 랭던 교수님은 동의하시겠지만 말입니다."

랭던은 속으로 이 건물이 이슬람 사원으로 바뀌었을 때 기독교 색채의 도상들이 모두 회칠로 덮였다는 사실을 상기하면서도 겉으로는 크게 고개를 끄덕였다. 이슬람의 상징들 옆에 기독교의 상징들을 복원한 것은 상당히 매혹적인 효과를 자아냈는데, 이는 특히 그 두 가지 도상의 양식과 감수성이 완전한 대척점에 서 있기 때문이었다.

기독교의 전통은 신과 성인의 사실적인 이미지를 선호하는 반면, 이슬람의 전통은 신이 창조한 우주의 아름다움을 표현하기 위해 주로 서예와 기하학적 패턴에 초점을 맞춘다. 이슬람의 전통은 오로지 신만이 생명을 창조할 수 있기 때문에 인간은 신이든 인간이든 심지어는 짐승조차도 생명의 이미지를 창조할 처지가 못 된다는 입장이었다.

랭던은 이 개념을 학생들에게 이렇게 설명한 적이 있었다. "이슬람 세계의 미켈란젤로라면 절대 시스티나 성당의 천장에 하느님의 얼굴을 그리지 않았을 겁니다. 그 대신 하느님의 이름을 써놓았겠지요. 하느님의 얼굴을 묘사하는 것은 불경스러운 짓으로 간주되었으니까요."

랭던은 계속해서 그 이유를 설명했다.

"기독교와 이슬람은 둘 다 로고스 중심주의, 즉 '말씀'에 초점을 맞춥니다. 기독교의 전통을 따를 때 요한복음에서 '말씀'은 곧 육신이 되지요. '말씀이 육신이 되어 우리 가운데 거하시매.'(요한복음 1:14) 따라서 기독교에서는 '말씀'을 인간의 형태로 묘사해도 괜찮아요. 하지만 이슬람의 전통에서 '말씀'은 육신이 되지 않아요. 따라서 '말씀'은 '글자'의 형태로 남아 있어야 하죠. 그래서 대부분의 경우 이슬람에서는 거룩한 인물들의 이름을 서예의 형태로 표현하게 되는 겁니다."

그러자 랭던의 학생 한 명이 복잡한 종교의 역사를 놀랄 만큼 정확한 한마디로 요약했다. "기독교는 얼굴을 좋아하고, 이슬람은 글자를 좋아한다."

미르사트는 드넓은 본당을 가리키며 말을 이었다. "자, 이제 기독교와 이슬

〈디시스 모자이크〉, 팬토크레이터 그리스도, 하기아 소피아

람의 아주 독특한 융합을 한번 보실까요?”

그는 여러 상징이 혼합된 거대한 아프시스(한 건물 또는 방에 부속된 반원이나 이에 가까운 다각형 평면의 내부 공간—옮긴이)를 가리켰다. 그중에서 가장 눈에 띄는 것은 미흐라브를 응시하는 〈성모와 아기 예수〉였는데, 미흐라브는 이슬람 사원에서 메카 방향을 가리키는 반원형 벽감을 의미한다. 그 옆에 설치된 계단은 얼핏 보기에는 교회에서 설교를 진행하는 제단 같은 곳으로 이어지지만, 사실 이것은 이맘(이슬람 사원의 예배 지도자—옮긴이)이 금요 예식을 주관할 때 사용하는 민바르다. 마찬가지로 교회의 성가대석과 비슷하게 생긴 구조물은 사실 이맘이 기도할 때 뮈에진(이슬람 사원에서 기도 시작 시간을 알리는 사람—옮긴이)이 무릎을 꿇고 후창을 하는 단, 즉 뮈에진 마흐필리다.

“사원과 교회는 놀랄 만큼 유사한 데가 많아요.” 미르사트가 말했다. “동양과 서양의 전통은 아마 여러분이 생각하는 것만큼 많이 다르지 않을 겁니다!”

“미르사트?” 브뤼더가 더 이상 참지 못하고 끼어들었다. “괜찮으시다면 이제 우리는 단돌로의 무덤을 보고 싶습니다.”

미르사트는 마치 브뤼더의 성급함이 이 성전에 대한 불경의 표시이기라도 한 듯 약간 불쾌한 내색을 내비쳤다.

“그래요.” 랭던도 거들고 나섰다. “너무 서두르는 것 같아서 죄송하지만, 사실 우리 일정이 아주 빠듯하거든요."

"그럼 좋습니다." 미르사트는 오른쪽의 높다란 발코니를 가리키며 말했다. "올라가서 무덤을 살펴보도록 하지요."

"올라간다고요?" 랭던이 놀란 표정으로 되물었다. "엔리코 단돌로는 지하에 묻혀 있지 않습니까?" 랭던은 무덤 자체는 기억이 났지만 정확한 위치가 어디인지는 전혀 기억나지 않았다. 틀림없이 건물 지하의 어디쯤일 거라고 생각하던 차였다.

미르사트 역시 랭던의 질문이 무척 당혹스러운 모양이었다. "아닙니다, 교수님. 엔리코 단돌로의 무덤은 분명히 위층에 있어요."

⚜

'도대체 무슨 일이야?' 미르사트는 속으로 중얼거렸다.

랭던이 단돌로의 무덤을 보고 싶다고 했을 때, 미르사트는 그게 일종의 미끼일 거라고 생각했다. '단돌로의 무덤을 보고 싶어 하는 사람이 어디 있어?' 랭던이 정말로 보고 싶은 것은 단돌로의 무덤 바로 옆에 놓인 불가사의한 보물, 디시스 모자이크(Deesis Mosaic)일 터였다. 이것은 하기아 소피아의 수많은 보물들 중에서도 가장 신비로운 작품 가운데 하나로 꼽히는, 팬토크레이터 그리스도의 모습을 묘사한 것이었다.

'랭던이 비밀리에 그 모자이크를 연구하고 있는 모양이군.' 미르사트는 이 미국인 교수가 디시스 모자이크를 주제로 논문을 쓰고 있다는 사실을 아무에게도 알리고 싶지 않은 모양이라고 넘겨짚었다.

하지만 그래도 혼란은 가시지 않았다. 디시스 모자이크가 2층에 있다는 것을 뻔히 아는 랭던이 왜 그렇게 놀라는 척 연기를 하는 것일까?

'설마…… 정말로 단돌로의 무덤을 찾고 있는 것일까?'

미르사트는 어리둥절한 심정으로 하기아 소피아가 자랑하는 두 개의 항아리 가운데 하나 — 헬레니즘 시대에 통짜 대리석을 깎아 만든 1,250리터짜리 대형 항아리 — 를 지나 계단으로 랭던 일행을 안내했다.

모처럼 입을 다물고 계단을 올라가던 미르사트는 문득 불안한 마음이 들기

1,250리터짜리 대형 항아리, 하기아 소피아

시작했다. 랭던과 함께 온 사람들은 전혀 학자 같지 않았다. 검은 옷을 입은 근육질의 남자는 아무리 봐도 군인 같았고, 은발의 여인은 분명 어디선가 본 듯한 인상이었다. '텔레비전에서 봤나?'

이 사람들의 방문 목적이 분명 액면 그대로는 아닐 거라는 느낌이 들었다. '그럼 진짜 목적은 무엇일까?'

"조금만 더 올라가면 됩니다." 계단참에 다다른 미르사트는 짐짓 밝은 목소리로 말했다. "이제 곧 엔리코 단돌로의 무덤을 만나실 수 있을 겁니다. 물론—" 그는 잠깐 말을 멈추고 랭던을 힐끗 돌아보았다. "그 유명한 디시스 모자이크도 함께 말입니다."

랭던은 눈도 껌뻑하지 않았다.

적어도 디시스 모자이크 때문에 온 것은 아닌 게 분명했다. 랭던과 그의 동료들은 오로지 단돌로의 무덤에만 온 신경을 집중하고 있었다.

미르사트는 계단을 올라가기 시작했고, 랭던이 보기에도 브뤼더와 신스키는 걱정스러운 표정을 감추지 못했다. 2층으로 올라간다는 것은 아무리 생각해도 말이 되지 않았다. 랭던은 조브리스트의 동영상과 물에 잠긴 하기아 소피아의 지하를 촬영한 다큐멘터리가 뇌리에서 떠나지 않았다.

'밑으로 내려가야 해!'

그럼에도 불구하고 단돌로의 무덤이 2층에 있다면, 조브리스트의 지시를 따르는 것 말고는 대안이 없었다. '금박 입힌 거룩한 지혜의 무세이온 안에 무릎을 꿇고, 그대의 귀를 바닥에 대어, 떨어지는 물소리에 귀를 기울이라.'

2층에 다다른 미르사트는 그들을 오른쪽의 발코니 가장자리로 안내했다. 그곳에서는 발아래 펼쳐진 본당의 모습이 한눈에 내려다보였지만, 랭던은 집중력을 잃지 않고 똑바로 전방만 주시했다.

미르사트가 또다시 디시스 모자이크에 대해 열변을 토했지만, 랭던의 귀에는 한마디도 들어오지 않았다.

이제 목표물이 그의 시야에 들어왔다.

단돌로의 무덤.

무덤은 랭던의 기억 속에 남아 있는 모습과 정확히 일치했다. 직사각형의 하얀 대리석이 반짝거리는 바닥에 얹혀 있고, 그 앞에는 관광객들의 접근을 막는 줄이 가로지르고 있었다.

랭던은 재빨리 그쪽으로 달려가 바닥에 새겨진 글자를 확인했다.

이내 다른 사람들이 그의 뒤를 따라오는 사이, 랭던은 잠시도 망설이지 않고 줄을 뛰어넘어 무덤 바로 앞으로 다가갔다.

미르사트가 뒤에서 뭐라고 소리를 질렀지만, 랭던은 아랑곳하지 않고 무덤 앞에 무릎을 꿇었다. 마치 이 변절한 총독의 발 앞에서 기도를 드리려는 자세 같았다.

이어서 미르사트의 외마디 비명이 터져 나오는 가운데, 랭던은 두 손바닥을 무덤에 대고 그 앞에 엎드렸다. 얼굴을 바닥에 대자, 랭던은 자신의 모습이 영락없이 메카를 향해 절하는 사람처럼 보일 거라는 사실을 알아차렸다. 그런 그의 행동에 미르사트조차도 할 말을 잃은 듯 입을 다물었고, 건물 전체가 쥐 죽은 듯한 정적에 휩싸였다.

랭던은 크게 심호흡을 하며 머리를 오른쪽으로 돌려 왼쪽 귀를 무덤에 갖다 댔다. 살갗에 와 닿는 돌의 감촉이 무척 차가웠다.

돌을 통해 전달되는 소리는 두 번 확인할 필요조차 없을 만큼 또렷했다.

'맙소사.'

헨리쿠스 단돌로의 무덤, 하기아 소피아

단테의 〈인페르노〉에 묘사된 마지막 장면이 눈에 보이는 듯했다.

랭던은 천천히 고개를 돌려 브뤼더와 신스키를 바라보았다.

"들려요." 그가 속삭였다. "물소리가 들립니다."

브뤼더도 줄을 타 넘고 랭던 옆에 쪼그리더니 무덤에 귀를 갖다 댔다. 이내 그도 심각한 표정으로 고개를 끄덕였다.

물이 흘러가는 소리를 확인한 이상, 남은 의문은 하나였다. '이 물이 어디로 흘러가는 거지?'

랭던의 머릿속에 반쯤 물에 잠긴, 야릇한 붉은색 조명이 비치는 동굴의 이미지가 되살아났다.

물에 잠긴 궁전 속으로 깊숙이 들어가라.
이곳의 어둠 속에
별빛조차 비치지 않는 석호의 핏빛 어린 물속에 잠긴
소닉 몬스터가 기다린다.

랭던이 줄을 타 넘어 무덤 앞에서 물러서자, 미르사트는 경계심과 배신감이 가득한 표정으로 자신보다 30센티미터는 더 키가 큰 그를 노려보았다.

"미르사트." 랭던이 초조한 목소리로 입을 열었다. "정말 미안해요. 짐작하시겠지만, 지금 상황이 예사롭지 않습니다. 설명할 시간은 없지만, 이 건물에 대해 아주 중요한 질문을 하나 드려야 할 것 같군요."

미르사트는 어리둥절한 표정으로 고개를 끄덕였다. "말씀해보세요."

"단돌로의 무덤에 귀를 대보니 돌 밑에서 물이 흘러가는 소리가 들립니다. 우리는 이 물이 어디로 흘러가는지를 알아야 해요."

미르사트는 고개를 가로저었다. "이해할 수가 없군요. 하기아 소피아에서는 어디를 가나 바닥 밑에서 물소리가 들립니다."

다들 몸이 뻣뻣해졌다.

"그럼요." 미르사트가 말을 이었다. "특히 비가 오는 날은 더 그렇지요. 하기아 소피아는 지붕 면적만 약 1만 제곱미터에 달하기 때문에 거기에 떨어진 빗물이 빠지는 데만 며칠이 걸립니다. 대개는 물이 다 빠지기도 전에 또 비가 내리곤 하지요. 여기서는 물 흐르는 소리가 아주 일상적이에요. 하기아 소피아가 물이 가득한 거대한 동굴 위에 세워졌다는 건 아마 교수님도 아실 거예요. 거기에 대한 다큐멘터리가—."

"아, 그래요." 랭던이 말했다. "내가 궁금한 건, 이곳 단돌로의 무덤에서 소리를 내며 흐르는 물이 정확히 어디로 흘러가느냐 하는 겁니다. 그게 어딘지 아십니까?"

"물론이지요." 미르사트가 말했다. "하기아 소피아에서 흘러내린 물은 다 같은 곳으로 흘러가는 걸요. 바로 이 도시의 저수조로요."

"그게 아니라……." 브뤼더가 줄을 타 넘어 나오며 말했다. "우리는 저수조를 찾는 게 아닙니다. 커다란 지하 공간을 찾고 있어요. 어쩌면 기둥들이 늘어서 있을지도 모릅니다."

"그래요." 미르사트가 말했다. "이 도시의 옛 저수조가 바로 그런 곳이에요. 기둥이 있는 거대한 지하 공간. 상당히 인상적이긴 하지요. 이 도시의 식수를 공급하기 위해 6세기에 만들어진 곳이에요. 요즘은 수심이 1.2미터 정도밖에 안 되지만—."

"거기가 어딥니까?" 브뤼더의 목소리가 텅 빈 실내에 울려 퍼졌다.

"저수조…… 말입니까?" 미르사트가 겁먹은 표정으로 대답했다. "이 건물 동쪽으로 한 블록 떨어진 곳이에요." 그는 바깥쪽을 가리켰다. "흔히 '예레바탄 사라이'라고 불리지요."

'사라이?' 랭던은 뭔가 이상한 생각이 들었다. '톱카프 사라이 할 때의 그 사라이?' 차를 타고 오는 동안 도심 곳곳에서 톱카프 궁전의 방향을 알리는 표지판을 보지 않았던가. "하지만…… 사라이는 '궁전'이라는 뜻 아닙니까?"

미르사트는 고개를 끄덕였다. "맞아요. 이 도시의 저수조 이름이 바로 예레바탄 사라이예요. '물에 잠긴 궁전'이라는 뜻이지요."

Chapter 90

엘리자베스 신스키 박사와 랭던과 브뤼더가 어리둥절한 표정의 미르사트와 함께 하기아 소피아를 박차고 나왔을 때는 비가 억수처럼 쏟아지고 있었다.

'물에 잠긴 궁전 속으로 깊숙이 들어가라.' 신스키는 그 구절을 떠올렸다.

예레바탄 사라이, 즉 이 도시의 저수조는 블루 모스크 쪽으로 조금 되짚어 올라간 곳에 자리하고 있었다.

미르사트가 길을 안내했다.

신스키는 미르사트에게 자신들의 신분, 그리고 물에 잠긴 궁전 속에 숨겨진 엄청난 안전상의 문제를 해결해야 한다는 사실을 밝힐 수밖에 없었다.

"이쪽입니다!" 미르사트가 캄캄한 공원을 가로지르며 소리쳤다. 그들은 거대한 산과도 같은 하기아 소피아를 뒤로한 채, 동화 속에 나옴직한 블루 모스크의 첨탑을 향해 달렸다.

브뤼더 요원은 신스키와 나란히 달리며 전화기에 대고 자신의 팀원들에게 저수조 입구로 출동하라고 지시했다. "조브리스트가 이 도시의 수원지를 노린 것 같다." 브뤼더는 가쁜 숨을 몰아쉬며 소리쳤다. "저수조로 이어지는 모든 상하수도의 설계도가 필요해. 가능한 모든 격리 및 억제 수단을 동원해야 하고 물리적, 화학적 방호막을—."

"잠깐만요." 미르사트가 브뤼더를 향해 소리쳤다. "아무래도 내 말을 오해하신 것 같은데, 이 저수조는 식수를 공급하는 곳이 아니에요. 지금은 아닙니다!"

브뤼더는 전화기를 든 채 멍하니 미르사트를 바라보았다. "뭐라고요?"

"이 저수조가 식수를 저장했던 시절도 있었지요." 미르사트가 말했다. "하지만 지금은 아니에요. 우리도 이제 현대적인 설비를 갖췄으니까요."

맥이 풀린 브뤼더가 커다란 나무 밑에서 걸음을 멈추자, 다들 그 옆으로 모여들었다.

"미르사트." 신스키가 말했다. "지금은 이 저수조에서 공급되는 물을 아무도 마시지 않는 게 분명해요?"

"분명하고말고요." 미르사트가 대답했다. "물은 그냥 거기 고여 있다가…… 언젠가 땅속으로 스며들겠지요."

신스키와 랭던과 브뤼더는 불안한 표정으로 서로를 돌아보았다. 신스키는 이 새로운 정보에 안도해야 할지, 더 걱정해야 할지 종잡을 수가 없었다. '지금은 아무도 이 물을 마시지 않는다는데, 조브리스트는 왜 저수조를 오염시키려 했을까?'

미르사트가 답답하다는 듯이 설명을 이어갔다. "수십 년 전에 상수도 시스템을 현대화한 뒤로 이 저수조는 쓸모가 없어져서 지금은 그냥 거대한 지하 연못에 지나지 않아요." 그는 어깨를 으쓱거리며 덧붙였다. "요즘은 또 하나의 관광 명소, 그 이상도 이하도 아니지요."

신스키는 깜짝 놀라 미르사트를 돌아보았다. '관광 명소?' "잠깐만요! 사람들이 거기까지 들어갈 수 있어요? 저수조 안으로?"

"물론이지요." 미르사트가 대답했다. "하루에도 수천 명이 다녀가는걸요. 동굴이 제법 멋있기는 해요. 물 위에 나무로 통로도 만들어놓았고, 조그만 카페까지 있어요. 환기가 잘 안 돼서 공기도 탁하고 습도도 높지만, 그래도 아주 인기가 높은 곳이지요."

신스키는 브뤼더를 바라보며 잘 훈련된 이 SRS 팀장 역시 자신과 같은 그림을 그리고 있음을 알아차렸다. 고인 물이 가득한 어둡고 습기 찬 동굴이라면 병원균이 증식하기에 최적의 조건이다. 게다가 수면 바로 위에 설치된 통로로 하루 종일 수많은 관광객들이 돌아다닌다면, 사태는 더욱 심각해진다.

"기인성(氣因性) 병원균이 틀림없습니다." 브뤼더가 말했다.

신스키도 걱정스러운 표정으로 고개를 끄덕였다.

"무슨 뜻입니까?" 랭던이 물었다.

"공기로 전염된다는 뜻이지요." 브뤼더가 대답했다.

신스키는 말문을 닫아버린 랭던을 바라보며, 그가 이 위기의 규모를 가늠해 보려고 애쓰는 중임을 알아차렸다.

신스키도 얼마 전부터 기인성 병원균의 가능성을 염두에 두고 있었지만, 저수조가 수원지 역할을 한다고 생각했을 때는 조브리스트가 수인성 병원균을 선택한 것이 아닐까 하는 일말의 희망을 품었다. 물론 수인성 박테리아가 아주 강하고 끈질기기는 하지만, 그래도 전파되는 속도는 상대적으로 느리기 때문이었다.

기인성 병원균은 빠르게 전파된다.

훨씬 빠르게.

"기인성이라면 바이러스일 가능성이 큽니다." 브뤼더가 말했다.

'바이러스.' 신스키도 같은 생각이었다. '조브리스트라면 가장 빠른 속도로 전파되는 병원균을 선택했겠지.'

기인성 바이러스를 물속에 유포하는 것이 이례적이기는 하지만, 액체에서 배양되어 공기 중에서 부화하는 생명체는 얼마든지 있다. 모기, 곰팡이 포자, 레지오넬라 균, 마이코톡신, 적조, 심지어 인간에 이르기까지……. 신스키는 저수조 안에 바이러스가 창궐하는 끔찍한 장면, 이어서 오염된 미세 물방울이 습한 대기 속으로 퍼져나가는 장면을 상상해보았다.

미르사트는 근심이 가득한 얼굴로 차들이 붐비는 도로를 바라보고 있었다. 그의 시선을 쫓아가 본 신스키는 흰색과 붉은색 벽돌 건물을 발견했다. 그 건물의 문은 열려 있었고, 그 안쪽에 보이는 것은 계단인 듯싶었다. 잘 차려입은 사람들이 그 앞에서 우산을 쓴 채 기다리고 있었고, 수위처럼 보이는 사람이 계단을 내려가는 사람들을 통제하는 모습이었다.

'지하에 댄스 클럽이라도 있는 건가?'

그 건물에 새겨진 글자를 발견한 신스키는 가슴이 덜컥 내려앉았다. 서기 523년에 만들어진 이 저수조가 정말로 댄스 클럽일 리는 없었지만, 미르사트가 왜 그렇게 걱정스러운 표정인지는 금방 알아차릴 수 있었다.

"물에 잠긴 궁전……" 미르사트가 말을 더듬었다. "오늘 밤에 저기서 음악회가 열리는 모양이네요."

신스키는 그의 말이 좀처럼 믿기지 않았다. "저수조에서 음악회가?"

"실내 공간이 아주 넓어요." 미르사트가 대답했다. "그래서 문화 센터로 사용되는 경우가 많지요."

브뤼더는 더 이상 머뭇거릴 여유가 없다는 듯, 알렘다르 애비뉴의 빵빵거리는 자동차들 사이를 헤집고 그 건물을 향해 달려갔다. 신스키를 비롯한 나머지 사람들도 그를 최대한 바짝 따라붙었다.

그들이 저수조 입구에 도착했을 때, 음악회를 보러 온 사람들이 입장을 기다리며 문 앞을 가로막고 있었다. 부르카 차림의 여자 셋, 손을 맞잡은 관광객 둘, 턱시도를 차려입은 남자 하나 등이었다. 그들은 비를 피하려고 무리 지어 문 앞에 모여 서 있었다.

아래쪽에서 클래식 음악의 선율이 들려왔다. 어렴풋이 들리는 독특한 관현악은 얼핏 베를리오즈를 떠오르게 했지만, 베를리오즈든 누구든 간에 이스탄불의 이 장소와 썩 잘 어울리는 것 같지는 않았다.

문 앞으로 좀 더 다가가자 계단에서 올라오는 미지근한 바람이 느껴졌다. 밀폐된 동굴을 빠져나온 공기였다. 그 공기는 바이올린 선율뿐만 아니라 축축한 습기, 그리고 그 밑에 모여 있는 사람들의 체취까지 함께 실어 왔다.

신스키는 더욱 더 불길한 예감에 사로잡혔다.

한 무리의 관광객이 수다를 떨며 계단에서 올라와 건물을 빠져나가자, 수위는 다음 사람들을 내려보냈다.

브뤼더가 들어가려고 나서자, 수위는 밝은 표정으로 그를 가로막았다. "잠깐만 기다려주십시오, 선생님. 저수조가 수용할 수 있는 인원에 한계가 있어서요. 1분만 기다리시면 다음 관람객들이 나올 겁니다. 감사합니다."

브뤼더는 힘으로 그냥 밀고 들어갈 기세였지만, 신스키가 그의 어깨에 손을 얹으며 한쪽 옆으로 끌어냈다.

"기다리세요." 그녀가 말했다. "팀원들이 오고 있잖아요. 어차피 당신 혼자서 이곳을 다 뒤질 수도 없을 테고요." 그녀는 문 옆에 붙은 안내판을 가리켰다. "정말 거대한 저수조로군요."

안내판에는 어지간한 대성당 규모의 지하 공간이 묘사되어 있었다. 길이는 거의 축구장 두 개와 맞먹고, 336개의 대리석 기둥이 3만 제곱미터가 넘는 천장을 떠받치고 있었다.

도시의 저수조(예레바탄 사라이) 입구, 이스탄불

"이것 좀 봐요." 옆에 서 있던 랭던이 말했다. "믿기지가 않는군요."

신스키는 그를 돌아보았다. 랭던은 벽에 붙은 음악회 포스터를 가리키고 있었다.

'아, 하느님 맙소사.'

세계보건기구 사무총장은 지금 밑에서 들려오는 음악이 낭만주의에 해당한다는 것은 제대로 짚었지만, 베를리오즈의 곡이라는 짐작은 빗나갔다. 그것은 다른 낭만주의 작곡가, 프란츠 리스트의 곡이었다.

오늘 밤, 이스탄불 국립 심포니 오케스트라는 땅속 깊숙한 저수조에서 프란츠 리스트의 제일 유명한 작품, 〈단테 심포니〉를 연주하고 있었다. 지옥으로 내려갔다가 돌아온 단테에게서 영감을 얻은 바로 그 곡이었다.

"공연은 일주일 동안 계속되는군요." 랭던이 포스터의 조그만 글자들을 유심히 살피며 말했다. "익명의 기부자 덕분에 무료로 관람할 수 있는 음악회예요."

신스키는 그 익명의 기부자가 누구일지 충분히 짐작할 수 있었다. 극적인 상황 전개를 좋아하는 버트런드 조브리스트의 취향은, 잔인하리만치 현실적인 전략이기도 했다. 한 주 동안 공짜 음악회가 벌어지니 평소보다 훨씬 많은 관광객들이 이 저수조로 몰려들어 밀폐된 공간을 가득 메울 것이고…… 오염된 공기를 호흡한 그들은 병원균을 지닌 채 터키 국내외의 집으로 돌아갈 터였다.

"선생님?" 수위가 브뤼더를 향해 말했다. "두 분 정도 더 들어갈 공간이 마련되었습니다만."

브뤼더는 신스키를 돌아보았다. "터키 정부에 연락하십시오. 병원균의 정체가 뭐건 간에, 우리 힘만으로는 해결할 수 없습니다. 우리 팀원들이 도착하면 나에게 무전으로 연락하라고 하세요. 나는 내려가서 정확한 위치를 파악할 수 있을지 살펴보겠습니다."

물에 잠긴 궁전 속으로 깊숙이
들어가라…
이곳의 어둠 속에…
소닉 몬스터가 기다린다.

"호흡기도 없이 내려가겠다고요?" 신스키가 물었다. "그 솔루블론 자루가 아직 멀쩡한지 어떤지 모르잖아요."

브뤼더는 얼굴을 찌푸리며 따뜻한 바람이 올라오는 계단 쪽으로 손을 내밀었다. "이런 말까지 꺼내고 싶지는 않지만, 만약 이미 오염 물질이 유출되었다면 이 도시의 모든 사람은 감염을 피할 수 없을 겁니다."

신스키도 같은 생각을 하고 있었지만 랭던과 미르사트 앞에서 차마 그 말을 입에 담을 엄두가 나지 않던 차였다.

브뤼더가 덧붙였다. "게다가 우리 팀원들이 방호복을 입고 몰려들면 사람들이 어떤 반응을 보이는지 이미 목격한 적이 있습니다. 대번에 이 일대는 아수라장이 될 겁니다."

신스키는 브뤼더의 판단을 따르기로 마음먹었다. 전에도 이런 상황을 경험해본 적이 있는 전문가에게 맡기는 것이 최선일 듯했다.

"우리의 유일한 희망은 병원균이 아직 유출되지 않았을 거라고 믿는 겁니다." 브뤼더가 말을 이었다. "일단 그런 가정하에 어떻게든 막을 방법을 찾아봐야 합니다."

"알았어요." 신스키가 말했다. "그렇게 하죠."

"문제가 또 하나 있어요." 랭던이 끼어들었다. "시에나는 어떻게 합니까?"

"시에나를 어떻게 하다니, 그게 무슨 말입니까?" 브뤼더가 물었다.

"그녀가 무슨 의도로 이스탄불까지 날아왔건 간에, 언어 감각이 워낙 뛰어나니 터키 말도 어느 정도 할 줄 알 겁니다."

"그래서요?"

"시에나는 '물에 잠긴 궁전'이 무엇을 의미하는지 알고 있어요." 랭던이 말했다. "그리고 일단 터키에 들어오면 '물에 잠긴 궁전'이 말 그대로……" 랭던은 출입문 앞에 붙은 '예레바탄 사라이'라는 표지판을 가리키며 말했다. "……여기를 가리킨다는 사실이 금방 드러날 테고요."

"그건 그래요." 신스키가 걱정스러운 목소리로 말했다. "어쩌면 미리 그걸 알아차리고 하기아 소피아를 건너뛰었을지도 모르죠."

브뤼더는 출입구를 슬쩍 돌아보며 나직이 욕설을 내뱉었다. "좋습니다. 만약 우리가 손을 쓰기 전에 솔루블론 자루를 터뜨리려고 시에나가 지금 저 밑에 내려가 있다고 해도, 내려간 지가 그리 오래되지는 않았을 겁니다. 공간이 워낙 넓으니 정확한 위치를 알아내기가 쉽지는 않겠지요. 이렇게 많은 사람들이 모여 있는데 무턱대고 물속으로 뛰어들 수도 없을 테고 말입니다."

"선생님?" 수위가 다시 브뤼더를 향해 재촉했다. "지금 입장하실 겁니까?"

브뤼더는 다른 한 무리의 관광객이 다가오는 것을 보고는 수위를 향해 지금 내려가겠다고 고개를 끄덕여 보였다.

"나도 같이 가겠습니다." 랭던이 그를 따라나서며 말했다.

브뤼더는 재빨리 그를 돌아보았다. "그건 안 됩니다."

랭던이 단호한 목소리로 말했다. "브뤼더 요원, 우리가 지금 이런 상황에까지 다다른 이유 가운데 하나는 시에나 브룩스가 하루 종일 나를 가지고 놀았기 때문입니다. 그리고 방금 당신도 말했듯이, 이미 우리 모두가 감염되었을 가능성도 배제할 수 없지요. 당신이 허락하든 허락하지 않든, 나도 당신을 도울 겁니다."

브뤼더는 잠시 그를 노려보더니, 어쩔 수 없다는 듯 그대로 돌아섰다.

브뤼더를 따라 가파른 계단을 내려가는 동안, 랭던은 저수조 안에서 불어오는 미지근한 바람을 한결 또렷하게 느낄 수 있었다. 그 바람에는 리스트의 〈단테 심포니〉 선율과 함께, 밀폐된 공간에 모인 많은 사람들이 뿜어내는 미세한 냄새가 섞여 있었다.

랭던은 갑자기 보이지 않는 기다란 손가락이 땅속에서 올라와 자신의 살갗을 파고드는 듯한 끔찍한 느낌에 사로잡혔다.

'음악 소리.'

여기 들어오는 자,
모든 희망을 버려라!
—단테의 〈인페르노〉 제3곡 9행

이제 100명도 넘는 듯한 합창단원들이 부르는 노랫소리가 들려오기 시작했다. 랭던은 단테가 남긴 그 암울한 메시지를 단어 하나까지 또박또박 알아들을 수 있었다.

“라샤테 온니 스페란자, 보이 켄트라테.”

단테의 〈인페르노〉 중에서도 가장 유명한 이 한 문장이 불길한 죽음의 냄새처럼 계단 밑바닥에서부터 올라오고 있었다.

합창단은 트럼펫과 호른의 반주에 맞춰 또 한 번 이 경고를 노래했다. “라샤테 오녜 스페란차, 보이 켄트라테.”

‘여기 들어오는 자, 모든 희망을 버려라!’

붉은 조명에 물든 지하 동굴은 말 그대로 지옥에서 영감을 얻은 음악 소리로 가득했다. 울부짖는 목소리, 현악기의 불협화음, 그리고 팀파니의 깊은 울림이 어우러져 지진파처럼 동굴 속에서 우르릉거렸다.

이 지하 세계의 밑바닥은 거울처럼 잔잔하게, 그러나 뉴잉글랜드의 얼어붙은 검은 연못처럼 끝없이 펼쳐져 있었다.

'별빛조차 비치지 않는 석호.'

마치 그 물속에서 불쑥 솟아오른 듯, 9미터 높이의 도리아식 기둥 수백 개가 끝없이 줄지어 동굴의 둥근 천장을 떠받치고 있었다. 각각의 기둥 아래에는 붉은색 스포트라이트가 켜져 밑둥에서 빛이 나는 초현실적인 숲을 연상케 했고, 이것이 어둠 속으로 길게 뻗어 묘한 착시 현상을 불러일으켰다.

계단을 다 내려온 랭던과 브뤼더는 잠시 숨을 고르며 눈앞에 펼쳐진 환영 같은 지하 세계를 살펴보았다. 랭던은 마치 동굴 자체가 불그스름한 빛을 발하는 듯한 느낌에 사로잡혀 자신도 모르게 최대한 숨을 얕게 쉬려고 노력했다.

공기는 생각보다 훨씬 탁했다.

군중들은 그들의 왼쪽에 모여 있었다. 반대편 벽 쪽으로 깊숙이 들어간 곳에 널따란 무대와 객석이 마련되어 있었다. 오케스트라를 가운데 두고 수백 명의 관람객들이 동심원을 그리며 둥그렇게 앉아 있었고, 그 주위를 에워싼 또 다른 수백 명은 선 채로 연주회를 관람하고 있었다. 그 밖에 근처의 통로에서서 난간에 몸을 기댄 채 투명한 물속을 내려다보며 음악에 귀를 기울이는 사람들도 많았다.

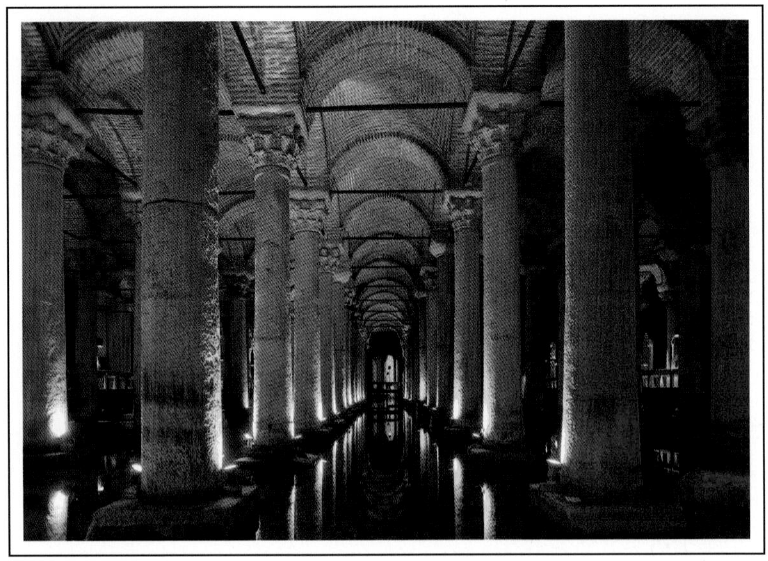

저수조 내부, 이스탄불

랭던은 자신도 모르는 사이에 한 덩어리로 뭉쳐져 어렴풋한 실루엣을 이루는 군중들 속에서 시에나를 찾고 있었다. 그녀의 모습은 어디서도 보이지 않았다. 그 대신 턱시도와 드레스, 비시트(아랍 남자들의 행사용 예복 — 옮긴이)와 부르카를 입은 사람들이 많았고, 반바지와 셔츠 차림의 관광객들도 적지 않았다. 붉은 조명 아래 모든 인종의 대표들이 모여 무슨 신비주의 교파의 예식에 참여하고 있는 것 같았다.

'설령 시에나가 여기 있다 하더라도 찾을 수는 없겠어.' 랭던은 속으로 중얼거렸다.

그때, 당당한 체구를 자랑하는 한 남자가 그들을 지나쳐 계단을 올라가며 연신 기침을 해댔다. 브뤼더는 얼른 고개를 돌려 그 남자의 뒷모습을 유심히 관찰했다. 랭던도 목구멍이 간질거리는 느낌이 들었지만 기분 탓일 거라고 스스로를 타일렀다.

브뤼더는 조심스럽게 물 위의 통로로 발을 들여놓으며 어디부터 살펴야 할지를 가늠해보았다. 마치 미노타우로스의 미로로 들어서는 느낌이었다. 한 가닥으로 시작된 통로는 얼마 지나지 않아 세 갈래로 나뉘었고, 각각의 갈래가 또 나뉘어 물 위를 뒤덮는 거미줄 같은 미로를 이루며 기둥들을 돌아 어둠 속으로 사라졌다.

'우리 인생의 한중간에서 나는 올바른 길을 잃어버렸기에 어두운 숲 속에서 헤매고 있었다.' 랭던은 단테의 〈인페르노〉가 시작되는 불길한 도입부를 떠올렸다.

통로의 난간 너머 아래를 내려다보니, 1.2미터 깊이의 물은 놀랄 만큼 깨끗해 보였다. 고운 진흙이 덮인 돌로 된 바닥이 훤히 들여다보일 정도였다.

> 나는 올바른 길을 잃어버렸기에
> 어두운 숲 속에서
> 헤매고 있었다.
>
> —단테의 〈인페르노〉 제1곡 2–3행

브뤼더는 물을 잠깐 내려다보며 뜻 모를 헛기침을 한번 하더니, 다시 고개를 들고 주위를 두리번거렸다. "조브리스트의 동영상에 나온 곳이 어디쯤일지 짐작 가는 데가 있습니까?"

랭던은 가파르고 축축한 벽으로 에워싸인 곳이면 어디나 다 거기 같았다. 랭던은 음악회의 무대가 마련된 반대편, 동굴의 오른쪽 끝부분을 가리켰다. "저쪽부터 시작하는 게 어떨까 싶네요."

브뤼더도 고개를 끄덕였다. "나도 그렇게 생각하던 참입니다."

두 사람은 인파를 헤치고 여러 갈래로 나누어진 통로의 제일 오른쪽을 선택해, 물에 잠긴 궁전의 가장 깊은 안쪽을 향해 서둘러 걸음을 옮겼다.

이런 곳이라면 아무에게도 들키지 않고 무언가를 숨기기가 누워서 떡 먹기일 듯했다. 조브리스트가 동영상을 찍는 데도 별다른 어려움이 없었을 것이다. 한 주 내내 이어지는 음악회의 비용을 기부한 사람이 정말로 조브리스트라면, 잠깐 이 동굴 안에서 혼자만의 시간을 보내고 싶다는 부탁도 충분히 받아들여졌을 터였다.

'이제 그런 것은 문제가 되지 않는다.'

브뤼더의 걸음이 점점 빨라졌다. 어쩌면 자신도 모르는 사이에 반음씩 내려가는 오케스트라의 음악 소리와 보조를 맞추는 것인지도 몰랐다.

'단테와 베르길리우스가 지옥으로 내려간다.'

랭던은 동영상에서 본 풍경을 떠올리며 오른쪽 끝의 가파르고 이끼 낀 벽을 유심히 살펴보았다. 새롭게 갈림길이 나올 때마다 오른쪽을 선택해 서둘러 걸음을 옮기니, 군중들과의 거리는 점점 멀어졌다. 무심코 뒤를 돌아본 랭던은 어느새 사람들과의 거리가 아득히 멀어진 것을 알고 깜짝 놀랐다.

거의 뛰다시피 통로 위를 걸어가는 그들과 마주치는 사람들의 수가 점점 줄어들더니, 저수조의 제일 깊은 안쪽에 가까워지자 이제 사람의 그림자도 보이지 않았다.

브뤼더와 랭던 말고는 아무도 없었다.

"어디나 다 비슷비슷해 보이는군요." 브뤼더가 낙담한 표정으로 중얼거렸다. "어디부터 살펴야 하지요?"

답답하기는 랭던도 마찬가지였다. 동영상의 풍경은 눈앞에 선했지만, 딱히 여기다 할 만한 곳은 좀처럼 눈에 띄지 않았다.

랭던은 계속 걸음을 옮기며 통로에 박힌 표지판을 눈여겨보았다. 군데군데 희미한 조명이 켜진 표지판이 붙어 있었다. 표지판 하나에는 이 저수조의 용량이 8천만 리터라는 정보가 적혀 있었고, 또 하나의 표지판에는 형태가 다른 이 기둥은 건설 당시 인근의 다른 건물에서 뽑아 온 것이라는 이야기가 적혀 있었다. 조금 더 가니 또 다른 표지판에 이제는 형태가 많이 지워진 오래된 도형이 그려져 있었는데, 그것은 이 저수조를 짓는 동안 희생된 노예들을 위해 눈물을 흘리는 '암탉의 눈'이었다.

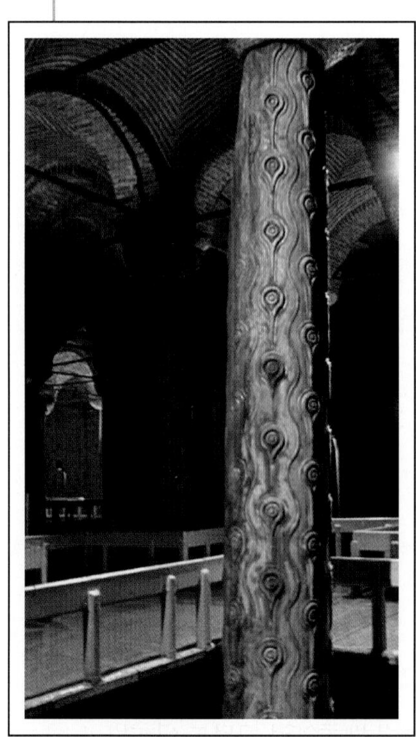
눈물을 흘리는 '암탉의 눈' 기둥, 저수조

하지만 랭던의 발길을 붙잡아 멈춰 세운 것은 단 하나의 단어가 적힌 표지판이었다.

앞서 가던 브뤼더가 돌아보며 물었다. "왜 그래요?"

랭던은 표지판을 가리켰다.

거기에는 방향을 가리키는 화살표와 함께

무시무시한 고르곤, 악명 높은 여자 괴물의 이름이 적혀 있었다.

메두사 ⇒

브뤼더는 그 표지판을 들여다보며 어깨를 으쓱했다. "이게 왜요?"

랭던의 가슴이 사정없이 두근거리기 시작했다. 메두사는 그냥 쳐다보기만 한 사람도 돌로 만들어버리는, 머리카락 대신 뱀이 달린 무시무시한 괴물이었지만, 랭던은 그것이 그리스신화의 판테온에 나오는 대표적인 소닉 몬스터 가운데 하나이기도 하다는 사실을 잘 알고 있었다.

물에 잠긴 궁전 속으로 깊숙이 들어가라.
이곳의 어둠 속에……
소닉 몬스터가 기다린다…….

'이 메두사가 길을 알려줄 것이다.' 거기까지 생각이 미친 랭던은 정신없이 통로 위를 내달리기 시작했다. 메두사를 가리키는 표지판을 따라 지그재그로 통로를 달려가는 그를 브뤼더가 간신히 뒤쫓아 왔다. 이윽고 랭던은 저수조의 오른쪽 끝을 가로막은 벽 앞의 조그만 전망대에 다다랐다.

그의 눈앞에 믿기 힘든 광경이 펼쳐져 있었다.

물 위로 불쑥 솟아오른 것은 머리카락이 있어야 할 자리에 뱀들이 꿈틀거리는 메두사의 머리를 새긴 거대한 조각상이었는데, 더욱 끔찍한 것은 메두사의 머리가 목 위에 거꾸로 놓여 있다는 점이었다.

'저주받은 자의 도착(倒錯).' 랭던은 보티첼리의 〈지옥의 지도〉 속에서, 거꾸로 땅에 묻힌 말레볼제의 죄인들을 떠올렸다.

브뤼더가 랭던 옆으로 숨 가쁘게 달려와 난간 너머 머리가 거꾸로 달린 메두사를 당혹스러운 눈으로 멍하니 바라보았다.

랭던은 여기서 기둥의 주춧돌 노릇을 하고 있는 이 메두사의 머리도 건축비를 절감하기 위해 다른 어디선가 징발한 것일까 생각했다. 머리를 거꾸로 얹은 것은 말할 필요도 없이, 그렇게 해야 그녀의 사악한 힘을 무력화할 수 있다는 미신 때문일 터였다. 그렇다고는 해도 랭던은 자꾸만 고개를 치켜드는 끔찍한 생각을 떨칠 수가 없었다.

'단테의 〈인페르노〉. 마지막 피날레. 지구의 중심. 중력의 역전. 위는 아래가 된다.'

랭던은 불길한 예감으로 살갗이 간질거리는 것을 느끼며 메두사의 머리 주위에 어른거리는 불그스름한 아지랑이를 바라보았다. 메두사의 뱀들은 대부분 물속에 잠겨 있었지만, 그녀의 눈은 수면 위에서 왼쪽의 어딘가를 지그시 바라보고 있었다.

랭던은 애써 두려움을 억누르며 난간 너머로 몸을 내밀고 고개를 돌려 메두사의 시선을 따라가 보았다. 다음 순간, 물에 잠긴 궁전의 텅 빈 한쪽 모퉁이가 무척이나 눈에 익어 보였다.

랭던은 한눈에 그 장소를 알아보았다.

바로 여기였다.

조브리스트의 그라운드 제로.

Chapter 92

브뤼더 요원은 조심스럽게 난간 밑으로 미끄러져 들어가 물속에 몸을 담갔다. 물은 그의 가슴 높이까지 올라왔다. 차가운 물이 옷 속으로 스며들자, 이내 온몸의 근육이 팽팽하게 곤두섰다. 바닥이 미끄럽기는 했지만 푹푹 빠지지는 않았다. 브뤼더는 잠시 동작을 멈추고 그대로 서서 자신의 입수가 만들어낸 동심원이 퍼져가는 것을 지켜보았다.

숨조차 제대로 쉴 수가 없었다. '최대한 천천히 움직여라.' 브뤼더는 스스로를 향해 명령했다. '물살을 일으키면 안 된다.'

랭던은 통로 위에 서서 걱정스러운 눈으로 주위를 훑어보았다.

"됐어요." 랭던이 속삭였다. "보는 사람은 아무도 없어요."

브뤼더는 방향을 바꾸어 메두사의 거꾸로 얹힌 머리를 똑바로 바라보았다. 빨간 스포트라이트가 그 머리를 환하게 비추고 있었다. 눈높이가 비슷해져서 그런지, 메두사는 위에서 볼 때보다 더 커 보였다.

거꾸로 뒤집힌 메두사의 머리, 저수조

"메두사의 시선을 따라가세요." 랭던이 조그만 목소리로 속삭였다. "조브리스트는 상징과 극적인 요소를 좋아하는 성격이에요. 내가 보기에 아마도 메두사의 시선이 정면으로 닿는 곳에 자신의 작품을 배치했을 겁니다."

'머리 좋은 사람들은 생각하는 것도 비슷한 모양이군.' 브뤼더는 이 미국인 교수가 같이 내려오겠다고 고집을 피워준 것이 천만다행으로 느껴졌다. 여기까지 바로 온 것도 순전히 랭던의 전문가적인 식견 덕분이었다.

멀리서 〈단테 심포니〉가 계속 들려오는 가운데, 브뤼더는 주머니에서 방수 토바텍 펜라이트를 꺼내 물속에 담그고 스위치를 켰다. 환한 할로겐 불빛이 저수조 바닥을 비췄다.

'긴장할 것 없어, 브뤼더. 최대한 조심스럽게 움직이면 돼.'

브뤼더는 입을 굳게 다문 채 천천히 물을 헤치고 앞으로 나아가기 시작했다. 그의 조그만 펜라이트가 소해정(掃海艇)처럼 바닥을 샅샅이 훑었다.

❦

난간을 붙잡고 선 랭던은 목구멍이 답답하게 조여오는 느낌에 사로잡혔다. 저수조 안의 공기는 높은 습도를 감안하더라도 너무 탁하고 산소가 부족하게 느껴졌다. 브뤼더가 조심스럽게 석호 속으로 들어가는 동안, 랭던은 모든 일이 다 잘될 거라고 스스로를 위로했다.

'시간 안에 도착했어.

아직 자루는 멀쩡해.

브뤼더의 SRS 팀이 무사히 제거할 수 있을 거야.'

그래도 신경이 머리끝까지 곤두서는 것은 어쩔 수 없었다. 평생을 폐소공포증에 시달리며 살아온 그는 설령 이렇게 심각한 상황이 아니었다 해도 초조한 마음을 가눌 길이 없었을 것이다. '머리 위를 짓누르는 수천만 톤의 흙들을…… 썩어가는 기둥 몇 개가 받치고 있을 뿐이다.'

랭던은 쓸데없는 생각을 떨쳐버리려고 애쓰며 혹시 불청객이 얼씬거리지 않나 주위를 둘러보았다.

'아무도 없어.'

제일 가까운 곳에 있는 사람들도 반대쪽의 오케스트라를 향해 서있었다. 저수조 한쪽 구석에서 물속을 훑고 있는 브뤼더를 본 사람은 아무도 없는 듯했다.

랭던은 다시 브뤼더를 향해 시선을 돌렸다. 물속에서 할로겐 불빛이 앞뒤로 움직이며 그의 발 앞을 비추고 있었다.

그때 랭던의 주변 시야에 뭔가 움직이는 물체가 감지되었다. 그의 왼쪽으로, 브뤼더 바로 앞의 물속에서 시커먼 형상이 불쑥 올라온 느낌이었다. 랭던은 몸을 틀어 그쪽을 정면으로 바라보았다. 물속에서 거대한 괴물이 튀어나올 것만 같은 분위기였다.

브뤼더가 갑자기 동작을 멈추는 것을 보니, 그도 뭔가를 본 게 분명했다.

반대편 모퉁이의 벽 위에 9미터가량 되는 시커먼 그림자가 불쑥 솟아났다. 조브리스트의 동영상에 나온 흑사병 의사의 그림자와 거의 흡사해 보였다.

'그림자다.' 랭던은 안도의 한숨을 내쉬었다. '브뤼더의 그림자야.'

브뤼더가 물속에 설치된 스포트라이트 앞을 지나가면서 생긴 그림자는 동영상에 나온 조브리스트의 그림자와 똑같은 효과를 자아냈다.

"바로 거깁니다." 랭던이 브뤼더를 향해 속삭였다. "아주 근접했어요."

브뤼더는 고개를 끄덕이며 조심스럽게 다시 앞으로 움직이기 시작했다. 랭던도 난간을 따라 걸음을 옮기며 그와 보조를 맞췄다. 브뤼더가 조금씩 앞으로 나아가는 동안, 랭던은 이쪽을 보는 사람이 있는지 또 한 번 오케스트라 쪽을 돌아보았다.

아무도 없었다.

랭던이 다시 브뤼더 쪽으로 시선을 돌리는 순간, 그의 발밑에서 뭔가가 반짝거리며 빛을 반사하는 것이 보였다.

고개를 숙이고 자세히 살펴보니, 붉은색 액체가 조금 고여 있었다.

피였다.

어떻게 된 노릇인지, 랭던은 그 위에 서 있었다.

'내가 피를 흘리고 있는 건가?'

어디에도 통증은 느껴지지 않았지만, 그래도 랭던은 어디 다친 데가 없는지 황급히 자신의 몸을 살폈다. 어쩌면 공기 속에 떠도는 보이지 않는 독성 물질 때문에 출혈이 생겼을지도 몰랐다. 랭던은 자신의 코와 손톱을 살펴본 뒤, 귓속까지 더듬어보았다.

피의 출처를 찾지 못한 랭던은 정말로 이 통로에 다른 사람이 아무도 없는지 다시 한 번 주위를 둘러보았다.

고개를 숙이고 바닥에 고인 피를 살피던 랭던은 그것이 실처럼 가느다란 줄기를 타고 흘러 내려와 자신의 발밑에 고였다는 사실을 알아차렸다. 위쪽의 어딘가에서 통로의 미세한 경사를 타고 흘러 내려온 것이 분명했다.

'위에 누군가 다친 사람이 있다.' 랭던은 재빨리 브뤼더를 돌아보았지만, 그는 여전히 석호의 한복판을 향해 조금씩 전진하고 있었다.

랭던은 재빨리 액체가 흘러내린 자국을 따라가 보았다. 갈수록 자국이 넓어져 이제 흘러가는 액체가 눈에 보일 정도였다. '도대체 이게 뭐지?' 조그만 개울처럼 흘러내리는 액체를 거슬러 따라가던 랭던은 이내 통로가 끝나는 막다른 벽에 다다랐다.

더 이상 갈 데가 없었다.

어두컴컴한 바닥에 빨갛게 반짝거리는 액체는 방금 이 자리에서 누군가가 피를 쏟으며 쓰러진 듯한 느낌을 주었다.

랭던은 붉은 액체가 통로를 가로질러 저수조 속으로 똑똑 떨어지는 것을 발견했다. 그제야 그는 자신의 생각이 틀렸음을 알아차렸다.

'이건 피가 아니다.'

넓은 공간 전체를 붉은 조명이 비추는 데다가 통로의 바닥 역시 붉은 색조를 띠고 있어서 투명한 액체가 검붉은 색으로 보이는 착시 현상을 만들어낸 모양이었다.

'그냥 물이야.'

안도감을 느낄 사이도 없이 날 선 두려움이 먼저 그를 덮쳤다. 물이 고인 자리를 자세히 살펴보니 통로의 난간에도 물이 튄 흔적이 보였고, 바닥에 선명히 찍힌 것은 사람의 발자국이 분명했다.

'누군가가 여기서 물 밖으로 올라왔다.'

랭던은 브뤼더를 부르려고 몸을 돌렸지만, 이미 거리가 너무 멀어져 있었다. 게다가 오케스트라의 연주가 절정으로 치달으며 금관 악기와 팀파니 소리가 동굴 안을 가득 메웠다. 귀가 먹먹할 정도였다. 다음 순간, 랭던은 바로 옆에서 인기척을 느꼈다.

'여기 누군가가 있다.'

랭던은 통로가 끝나는 동굴 벽을 향해 천천히 몸을 돌렸다. 열 발자국 정도 떨어진 캄캄한 그림자 속에, 검은 천을 덮어씌운 커다란 바위처럼 둥그런 형상이 웅크린 채 물을 뚝뚝 떨어뜨리고 있었다.

꼼짝도 하지 않던 형체가 갑자기 움직이기 시작했다.

잔뜩 웅크리고 있던 머리가 천천히 위로 올라가며 몸 전체의 길이가 크게 늘어났다.

'누군가가 검은 부르카를 뒤집어쓴 채 웅크리고 있다.'

몸 전체를 가리는 이슬람의 전통 의상은 피부를 노출하지 않았지만, 베일을 뒤집어쓴 머리가 랭던 쪽을 향하는 순간 부르카의 얼굴 부분에 터진 천 사이로 한 쌍의 눈동자가 나타났다. 그 눈동자가 정면으로 랭던의 눈과 마주쳤다.

그제야 랭던은 사태를 알아차렸다.

시에나 브룩스가 용수철처럼 은신처에서 튀어나왔다. 그녀는 엄청난 속도로 랭던을 들이받아 바닥에 쓰러뜨리고 쏜살처럼 통로 위를 달려갔다.

물속의 브뤼더 요원은 드디어 그 자리에 멈춰 섰다. 토바텍 펜라이트의 할로겐 불빛이 물에 잠긴 저수조 바닥에서 막 날카로운 금속성 물질이 반짝이는 것을 포착한 순간이었다.

브뤼더는 물살을 일으키지 않으려고 아예 숨을 멈춘 채 조심스럽게 한 발 더 앞으로 나아갔다. 투명한 수면 아래로 직사각형 티타늄이 바닥에 고정되어 있는 것이 보였다.

'조브리스트의 장식판이다.'

물이 워낙 깨끗해서 장식판 위에 새겨진 글자와 날짜까지 보일 정도였다.

> 이곳,
> 이날로부터
> 세상은
> 영원히 변했노라

'다시 생각해봐.' 브뤼더는 조금씩 자신감을 되살리며 속으로 중얼거렸다. '내일이 되려면 아직 몇 시간이나 남았어.'

브뤼더는 조브리스트의 동영상을 떠올리며 장식판 왼쪽으로 불빛을 비춘 채 끈으로 묶인 솔루블론 자루를 찾아보았다. 불빛이 물속을 휘젓는 동안, 그의 표정이 점점 굳어져갔다.

'자루가 보이지 않는다.'

브뤼더는 불빛을 조금 더 왼쪽으로 옮겨보았다. 동영상에서는 틀림없이 자루가 묶여 있던 자리였다.

여전히 아무것도 보이지 않았다.

'하지만…… 분명히 여기가 맞는데!'

브뤼더는 조심스럽게 한 발을 더 내디디며 주위를 샅샅이 훑었다.

어디에도 자루는 없었다. 장식판만 남아 있을 뿐이었다.

순간적으로 희망적인 생각이 그의 뇌리를 스쳤다. 조브리스트의 협박은 오늘 벌어진 수많은 사건들과 마찬가지로 한낱 환상에 지나지 않는 것이 아닐까.

'조브리스트가 사기를 친 걸까?

그냥 겁을 주고 싶었던 것일까?'

다음 순간, 그의 눈에 무언가가 잡혔다.

장식판 왼쪽에 끈이 한 가닥 흐느적거리고 있었다. 마치 죽은 지렁이가 물속에 떠 있는 것 같았다. 그 끈의 끝부분에 조그만 플라스틱 버클이 붙어 있고, 거기에 너덜너덜한 솔루블론 플라스틱 한 조각이 달려 있었다.

브뤼더는 조금밖에 남지 않은 투명한 자루의 잔해를 멍하니 내려다보았다. 그것은 마치 터져버린 풍선의 매듭처럼 끈에 매달려 있었다.

서서히 진실이 그의 뇌리를 압박하기 시작했다.

'우리가 너무 늦었다.'

물에 잠긴 자루가 서서히 녹아내린 끝에 이윽고 터져 나가는 순간이 머릿속에 그려졌다. 치명적인 내용물이 물속으로 퍼져나가고…… 보글거리는 거품으로 수면 위에 떠올랐다.

브뤼더는 떨리는 손으로 손전등을 끄고 캄캄한 어둠 속에 선 채 생각을 정리하려고 사력을 다했다.

그 생각은 이내 기도로 바뀌었다.

'주여, 우리를 도우소서.'

“브뤼더 요원, 한 번 더 말해보세요!” 신스키는 감도를 높이기 위해 저수조 안으로 이어지는 계단을 반쯤 내려가며 무전기에 대고 소리쳤다. “무슨 말인지 잘 안 들려요!”

미지근한 바람이 훅 불어와 계단 위의 열린 문 쪽으로 올라갔다. 바깥에서는 막 도착한 SRS 팀이 방호복을 차려입은 채 사람들의 눈에 띄지 않게 건물 뒤쪽에서 브뤼더의 지시를 기다리고 있었다.

“……자루는 이미 파열……” 신스키의 무전기에서 브뤼더의 목소리가 들리다 말다 했다. “……이미 유출되……”

‘뭐라고?!’ 신스키는 자신의 귀를 의심하며 계단을 조금 더 달려 내려갔다. “반복하세요!” 어느새 계단을 거의 다 내려오자 오케스트라의 연주 소리가 훨씬 더 커졌다.

브뤼더의 목소리가 한결 깨끗해졌다. “……반복합니다…… 오염 물질이 유출되었습니다!”

신스키는 하마터면 계단 밑에서 저수조 입구로 굴러떨어질 뻔했다. ‘어떻게 이럴 수가?!’

“자루는 완전히 분해되었습니다.” 브뤼더의 목소리가 계속 이어졌다. “오염 물질이 물속으로 유출되었어요!”

눈앞에 펼쳐진 드넓은 지하 세계를 바라보는 신스키의 등줄기에 식은땀이 흘러내렸다. 불그스름한 불빛 속으로 수백 개의 기둥이 박힌 저수조가 끝없이 펼쳐져 있었다. 하지만 무엇보다도 먼저 그녀의 눈길을 사로잡은 것은 바로 사람들이었다.

수백 명의 사람들.

신스키는 아무것도 모른 채 즐거운 시간을 보내고 있는 사람들을 멍하니 바라보았다. 조브리스트가 쳐놓은 죽음의 덫에 걸린 사람들이었다. 신스키의 반응은 거의 본능적이었다. “브뤼더 요원, 어서 올라오세요. 즉시 사람들을 대피시켜야 해요!”

저수조의 통로

브뤼더의 대답 역시 본능적이기는 마찬가지였다. "안 됩니다! 출입구를 봉쇄하세요! 아무도 여기서 나가서는 안 됩니다!"

세계보건기구의 사무총장인 엘리자베스 신스키는 자기가 한마디 하면 사람들이 그대로 따르는 상황에 익숙했다. 순간적으로 그녀는 자기가 이 SRS 팀장의 말을 잘못 알아들은 것이 아닌가 싶었다. '출입구를 봉쇄하라고?'

"신스키 박사님!" 음악 소리를 뚫고 브뤼더의 목소리가 그녀의 귀를 파고들었다. "내 말 들립니까? 당장 그 빌어먹을 출입구를 봉쇄하세요!"

브뤼더는 다시 한 번 같은 소리를 반복했지만, 그럴 필요는 없었다. 신스키도 그의 판단이 옳다는 것을 알아차린 것이다. 전염병의 가능성 앞에서는 봉쇄가 최선의 대책이었다.

신스키는 반사적으로 손을 들어 청금석 부적을 움켜쥐었다. '다수를 구하기 위해서는 소수의 희생을 감수해야 한다.' 신스키는 단단히 마음을 먹고 무전기를 입으로 가져갔다. "알았어요, 브뤼더 요원. 출입구를 봉쇄하라고 지시할게요."

신스키가 현장 봉쇄 명령을 내리기 위해 막 저수조에서 몸을 돌리는 순간, 갑자기 군중들 사이에 일대 소란이 빚어졌다.

그리 멀지 않은 곳에서 검은 부르카로 몸을 감싼 여인이 통로를 가득 메운 사람들 사이를 뚫고 달려오고 있었다. 얼굴에 베일을 두른 그 여자는 곧장 신스키를 향해, 아니 저수조의 출입구를 향해 달려오는 듯했다.

'쫓기고 있다.' 신스키는 그 여자 뒤를 쫓아오는 한 남자를 발견했다.

다음 순간, 신스키의 몸이 그 자리에 얼어붙었다. '저건 랭던이잖아!'

신스키는 다시 부르카를 입은 여자 쪽으로 시선을 돌렸다. 그녀는 빠른 속도로 다가서며 통로의 모든 사람들이 들을 수 있도록 큰 소리로 뭐라고 외쳐댔다. 신스키는 그 여자가 말하는 터키어를 알아듣지는 못했지만, 주변 사람들의 반응으로 미뤄볼 때 그것은 관객들로 가득한 극장에서 "불이야!" 하고 외치는 것과 다름없는 효과를 가져오고 있었다.

순식간에 걷잡을 수 없는 공포 분위기가 조성되자, 베일을 뒤집어쓴 여자와 랭던뿐만 아니라 동굴 안에 있던 모든 사람들이 일제히 계단을 향해 내달리기 시작했다.

기겁을 한 신스키는 재빨리 돌아서서 계단 위쪽을 향해 있는 힘껏 고함을 질렀다.

"문을 잠가요!" 신스키의 외침이 터져 나왔다. "저수조를 봉쇄하세요! 지금 당장!"

랭던이 급히 속도를 줄이며 모퉁이를 돌아 계단 앞에 다다랐을 때, 신스키는 계단을 반쯤 뛰어 올라가며 계속 문을 걸어 잠그라고 외치고 있었다. 시에나 브룩스는 물에 젖어 무거워진 부르카를 뒤집어쓴 채 그 뒤를 바짝 쫓았다.

정신없이 그 뒤를 따라가던 랭던은 멀쩡하게 음악회를 관람하던 군중들이 느닷없이 겁에 질린 들소 떼처럼 자신의 꽁무니에 따라붙는 것을 알아차렸다.

"출구 막아!" 신스키가 또 소리를 질러댔다.

랭던은 긴 다리로 한 번에 계단을 세 칸씩 뛰어오르며 빠른 속도로 시에나와의 거리를 좁혀갔다. 위쪽에서 저수조의 육중한 문이 안쪽으로 닫히기 시작하는 것이 보였다.

'더 빨리!'

신스키를 따라잡은 시에나는 그녀의 어깨를 붙잡아 휙 잡아당기며 그 반동으로 추진력을 얻고 출구를 향해 내달렸다. 그 바람에 신스키의 몸이 휘청하면서 그녀가 그토록 아끼던 부적이 계단에 부딪혀 두 동강 나고 말았다.

뒤쫓아 오던 랭던은 쓰러진 신스키를 일으켜 세워야 한다는 본능을 억누르고 그녀를 지나쳐 계속 계단을 뛰어올랐다.

시에나와의 거리는 이제 불과 몇 걸음으로 좁혀져 손을 뻗으면 닿을 정도였지만, 이미 그녀는 계단을 다 올라간 상태였다. 시에나는 속도를 늦추지 않은 채 날씬한 몸을 옆으로 틀어 거의 닫혀가는 문틈으로 뛰쳐나갔다.

하지만 문을 절반가량 통과했을 때, 그녀의 부르카 자락이 문짝의 걸쇠에 걸려 그녀는 자유를 코앞에 두고 문틈에 낀 형국이 되어버렸다. 그녀가 옷자락을 떼어내려고 몸부림치는 사이, 랭던은 재빨리 손을 뻗어 그녀의 부르카를 움켜잡았다. 그러고는 그녀를 안으로 힘껏 잡아당겼는데, 갑자기 그녀의 부르카가 훌렁 벗겨지며 알맹이는 빠져나가고 껍데기만 남은 꼴이 되고 말았다.

다음 순간 축축하게 젖은 시에나의 부르카를 사이에 끼운 채 문이 닫히면서, 하마터면 랭던의 손까지 함께 낄 뻔했다. 젖은 옷자락이 문틈에 낀 탓에 바깥에 있는 사람들은 문의 아귀가 딱 맞아떨어질 때까지 문을 완전히 닫을 수가 없었다.

랭던은 그 가느다란 틈새로 시에나 브룩스가 혼잡한 거리를 가로질러 뛰어가는 것을 보았다. 가발이 사라진 그녀의 맨머리가 가로등 불빛에 반짝거렸다. 그녀는 하루 종일 입고 있던 청바지와 스웨터 차림 그대로였다. 랭던은 문득 극심한 배신감에 사로잡혔다.

그러나 그런 기분은 그리 오래가지 못했다. 갑자기 등 뒤에서 엄청난 압력이 그를 문짝으로 밀어붙이기 시작했다.

공황 상태에 빠진 채 미친 듯이 계단을 뛰어 올라온 군중들이 그를 덮친 것이다.

계단은 공포에 사로잡힌 사람들의 비명과 고함 소리로 가득했고, 혼란에 빠진 심포니 오케스트라의 연주는 엉망이 되어버렸다. 병목 현상이 더욱 심해지면서 랭던의 등을 짓누르는 압력도 최고조에 달했다. 문짝에 눌린 랭던은 갈비뼈가 으스러질 지경이었다.

다음 순간, 완전히 닫히지 못했던 문이 바깥으로 벌컥 젖혀지며 랭던은 샴페인 병에서 코르크 마개가 뽑히듯 바깥으로 튕겨 나왔다. 그는 길거리에 쓰러질 듯이 비틀거리며 옆으로 비켜섰고, 그 뒤로 홍수를 만난 굴에서 개미들이 달려 나오듯 사람들이 쏟아졌다.

갑작스러운 사태에 놀란 SRS 요원들이 건물 뒤에서 달려 나왔고, 호흡기가 달린 방호복을 갖춰 입은 그들의 등장은 혼란을 더욱 부채질했다.

랭던은 재빨리 고개를 돌려 시에나가 달려간 거리를 훑었지만, 보이는 거라고는 차들과 불빛, 그리고 혼란뿐이었다.

그때 그의 왼쪽으로 반짝거리는 대머리가 혼잡한 인도를 쏜살처럼 내달린 끝에 모퉁이를 돌아 사라지는 것이 보였다.

랭던은 신스키든 경찰이든, 무거운 방호복을 입지 않아 시에나를 좇아갈 수 있는 누군가를 찾으려고 절망적인 심정으로 뒤를 돌아보았다.

그럴 만한 사람이 아무도 없었다.

아무리 봐도 스스로 해결할 수밖에 없는 상황이었다.

랭던은 더 이상 망설이지 않고 전속력으로 시에나를 뒤쫓기 시작했다.

저수조 제일 안쪽의 후미진 구석, 브뤼더 요원은 여전히 가슴까지 올라오는 물속에 혼자 서 있었다. 공황 상태에 빠진 관광객과 연주자들이 빚어내는 아비규환의 소음이 어둠을 뚫고 그의 귀에까지 들려오더니, 이내 계단 위로 사라져갔다.

'문이 닫히지 않았다.' 브뤼더는 극심한 두려움에 사로잡혔다. '봉쇄는 실패로 돌아갔어.'

로버트 랭던은 천부적인 달리기 선수는 아니었지만, 오랜 세월 동안 수영으로 단련된 탄탄한 하체와 넓은 보폭 덕분에 뛰는 데 큰 어려움은 느끼지 않았다. 불과 몇 초 만에 시에나가 사라진 모퉁이를 돌아서자, 더 넓은 도로가 나왔다. 랭던은 다급한 심정으로 인도를 훑었다.

'틀림없이 이쪽으로 들어섰다!'

비가 그쳐 있었고, 이쪽 모퉁이에서는 가로등이 밝혀진 거리가 훤히 드러나 보였다. 숨을 데는 어디에도 없었다.

그런데도 시에나는 감쪽같이 사라져버렸다.

랭던은 그 자리에 멈춰 서서 두 손으로 허리를 짚은 채 가쁜 숨을 몰아쉬며 눈앞에 펼쳐진 거리를 훑어보았다. 움직이는 거라고는 50미터 전방의 정류소를 막 출발하는 이스탄불 시내버스 한 대뿐이었다.

'시에나가 저 버스를 잡아탔을까?'

아무리 생각해도 그건 너무 위험한 선택이었다. 모든 사람이 그녀를 찾으려고 혈안이 되어 있는 것을 뻔히 아는 마당에, 버스를 타는 것은 곧 빠져나갈 구멍이 없는 함정 속으로 뛰어드는 것과 마찬가지였다. 하지만 만약 그녀가 모퉁이를 돌아서는 자신을 아무도 보지 못했을 거라고 판단했다면, 그리고 하필이면 그때 버스가 막 출발하려는 참이었다면, 완벽한 기회라고 생각했을지도 모를 일이었다.

'어쩌면 그럴 수도 있겠어.'

랭던은 버스 윗부분에 붙은 안내판에 시선을 고정했다. 글자를 바꿔 입력할 수 있는 조그만 전광판 같은 안내판에 단 하나의 단어가 새겨져 있었다. '갈라타'.

랭던은 어느 레스토랑의 차양 밑에 서 있던 나이 지긋한 남자를 향해 달려갔다. 멋진 자수가 새겨진 튜닉을 깔끔하게 차려입고, 머리에는 하얀 터번을 두른 남자였다.

"실례합니다." 랭던이 그 남자 앞으로 달려가 숨 가쁘게 소리쳤다. "영어 할 줄 아세요?"

"물론이지요." 남자는 랭던의 다급한 말투에 경계심을 느끼면서도 선선히 대답했다.

"갈라타?! 그게 지명입니까?"

"갈라타?" 남자가 랭던의 말을 되풀이했다. "갈라타 다리? 갈라타 탑? 갈라타 항구?"

랭던은 멀어져가는 버스를 가리켰다. "갈라타! 저 버스가 어디로 가는 겁니까?"

터번 쓴 남자는 버스를 쳐다보더니 잠깐 생각을 해보았다. "갈라타 다리." 그가 대답했다. "구시가지를 출발해 다리를 건너가는 버스네요."

랭던은 낮은 신음을 토하며 혹시나 하는 마음으로 또 한 번 길거리를 살폈지만 시에나의 모습은 어디서도 보이지 않았다. 이제 사방에서 사이렌 소리가 울려 퍼지고, 긴급 대응 차량들이 저수조 쪽으로 달려가고 있었다.

"무슨 일입니까?" 남자가 걱정스러운 표정으로 물었다. "별일 없는 겁니까?"

랭던은 아직 시야에서 완전히 사라지지 않은 버스를 다시 한 번 바라보았다. 도박인 것은 알지만, 다른 대안이 없었다.

"사실은 엄청난 비상 사태가 생겼습니다." 랭던이 대답했다. "선생님의 도움이 필요해요." 랭던은 레스토랑의 주차 요원이 막 가져다 길가에 세운 미끈한 은색 벤틀리를 가리켰다. "저게 혹시 선생님 차입니까?"

"그렇소만―."

"좀 태워주십시오." 랭던이 사정했다. "초면에 실례인 건 잘 압니다만, 엄청난 사건이 벌어지고 있어요. 생사가 달린 일입니다."

터번을 쓴 남자는 한참 동안이나 마치 영혼을 꿰뚫어보려는 듯 랭던의 눈을 가만히 바라보았다. 이윽고 그가 고개를 끄덕였다. "할 수 없군. 어서 타시오."

벤틀리가 도로를 박차고 튀어 나가자, 랭던은 자신도 모르게 좌석을 움켜잡았다. 이 남자는 운전 솜씨가 보통이 아니었고, 다른 차들 사이를 요리조리 빠져나가며 버스를 추격하는 모험을 은근히 즐기는 눈치였다.

벤틀리는 세 블록도 안 가 버스의 꽁무니를 바짝 따라잡았다. 랭던은 몸을 앞으로 숙이고 버스의 뒷유리를 살폈다. 버스 실내가 어두컴컴해서 승객들의 어렴풋한 윤곽밖에 보이지 않았다.

"계속 따라가 주세요." 랭던이 말했다. "혹시 전화기 가지고 계십니까?"

남자는 주머니에서 휴대전화를 꺼내 랭던에게 건넸다. 랭던은 고맙다고 인사는 했지만, 정작 어디로 전화를 걸어야 할지 막막했다. 신스키나 브뤼더의 연락처를 가지고 있지도 않았고, 스위스의 WHO 본부로 전화를 할 엄두도 나지 않았다.

갈라타 탑과 수로, 이스탄불

"경찰에 전화하려면 어떻게 해야 되지요?" 랭던이 물었다.

"1-5-5." 남자가 대답했다. "이스탄불 어디서나 같은 번호예요."

랭던은 세 개의 숫자를 누르고 기다렸다. 영원히 신호만 가다 말 것 같았다. 이윽고 녹음된 자동응답이 흘러 나왔는데, 터키어와 영어로 되풀이되는 메시지는 지금 통화량이 너무 많으니 잠시 기다려달라는 내용이었다. 랭던은 혹시 이렇게 통화량이 폭주하는 이유가 저수조에서 벌어진 비상 사태 때문이 아닐까 생각했다.

물에 잠긴 궁전은 지금쯤 완전히 아수라장이 되었을 터였다. 랭던은 저수조의 물속으로 들어갔던 브뤼더가 무엇을 발견했을지 궁금했지만, 다른 한편으로 이미 그 답을 알고 있다고 생각하니 가슴이 철렁 내려앉았다.

'시에나가 브뤼더보다 먼저 물속으로 들어갔다.'

앞서 가던 버스의 꽁무니에 브레이크 등이 켜지는가 싶더니, 이내 길가의 정류장에 멈춰 섰다. 벤틀리가 15미터가량 거리를 두고 그 뒤에 멈추자, 랭던은 버스를 타고 내리는 승객들을 자세하게 관찰할 수 있었다. 세 사람이 버스에서 내렸는데, 셋 다 남자였다. 그럼에도 불구하고 시에나의 변장술을 잘 아는 랭던은 유심히 그들을 살폈다.

랭던의 눈길이 다시 버스 뒷유리로 향했다. 유리에 색이 들어가 있기는 했지만 실내등이 환하게 켜져서 승객들이 좀 더 또렷이 보였다. 랭던은 얼굴이 벤틀리의 앞유리에 닿을 정도로 몸을 앞으로 기울이고 목을 길게 뽑은 채 버스 안을 살폈다.

'제발 내 도박이 실패로 끝나지는 않아야 할 텐데!'

그때 랭던은 그녀를 발견했다.

버스 맨 뒷자리에 앞쪽을 보고 앉은 사람이었다. 갸름한 어깨와 박박 민 뒤통수가 눈에 들어왔다.

'시에나가 틀림없어.'

버스가 출발하자 실내등이 다시 어두워졌다. 어둠 속으로 사라지기 직전, 그녀가 고개를 돌려 뒷유리 쪽을 바라보았다.

랭던은 재빨리 벤틀리의 사물함 밑으로 고개를 집어넣었다. '나를 봤을까?'

터번을 쓴 남자는 이미 차를 출발시켜 다시 버스를 쫓기 시작했다.

도로는 해변이 가까워지면서 내리막길로 바뀌었고, 저만치 물 위로 낮게 걸린 다리의 불빛이 시야에 들어왔다. 다리 위에 차들이 가득 들어차 꼼짝도 하지 못할 만큼 정체가 심했다. 그러고 보니 다리 주변의 도로가 다 꽉 막혀 있었다.

"스파이스 바자르요." 남자가 말했다. "비 오는 날 밤에 아주 인기가 높지요."

그는 바다 쪽을 가리켰다. 이스탄불에서 가장 멋진 사원의 그림자 밑으로, 믿기 힘들 만큼 기다란 건물이 뻗어 있었다. 랭던의 기억이 틀리지 않다면, 높다란 쌍둥이 첨탑을 거느린 이 사원이 바로 뉴 모스크일 터였다. 스파이스 바자르는 미국의 어지간한 쇼핑몰보다 훨씬 규모가 컸고, 커다란 아치 밑으로 쉴 새 없이 사람들이 들락거렸다.

"알로(여보세요)?!" 차 안 어디선가 조그만 목소리가 흘러나왔다. "아질 두룸(긴급 전화입니다)! 알로(여보세요)?!"

랭던은 손에 들고 있던 휴대전화를 내려다보았다. '경찰이다.'

"예, 여보세요?" 랭던이 전화기를 귀에 대며 말했다. "내 이름은 로버트 랭던입니다. 세계보건기구 일을 돕는 사람이에요. 이 도시의 저수조에서 대형 사고가 발생했습니다. 나는 지금 용의자를 쫓고 있어요. 용의자는 스파이스 바자르 부근을 지나는 버스 안에—."

"잠깐만요." 교환수가 말했다. "담당자에게 연결해드리겠습니다."

"아니, 기다려요!" 랭던은 다급하게 소리쳤지만, 전화는 또다시 대기 상태로 들어간 다음이었다.

벤틀리 운전자가 걱정스러운 표정으로 랭던을 돌아보았다. "저수조에서 사고가 발생했다고요?!"

랭던이 막 대답하려는 순간, 갑자기 남자의 얼굴이 마치 악마처럼 붉게 물들었다.

'브레이크 등이다!'

운전자가 재빨리 고개를 돌린 덕분에 벤틀리는 아슬아슬하게 버스 뒤에 멈춰 섰다. 버스의 실내등이 켜지자, 랭던의 눈에 시에나의 모습이 똑똑히 들어왔다. 그녀는 뒷문 앞에 서서 비상 정지를 요청하는 끈을 잡아당기더니, 버스가 멈추자마자 번개처럼 뛰어내렸다.

'나를 본 게 틀림없어.' 시에나는 갈라타 다리가 꽉 막힌 것을 보고 버스가 다리 위로 들어서기 전에 내려야 한다고 판단한 모양이었다.

랭던이 재빨리 차 문을 열었지만, 시에나는 이미 밤거리를 전속력으로 달려가고 있었다. 랭던은 전화기를 주인에게 던지며 소리쳤다. "경찰에 신고하세요! 이 주변을 봉쇄하라고 얘기해줘요!"

터번 쓴 남자는 겁먹은 표정으로 고개를 끄덕였다.

"그리고 고마웠어요!" 랭던이 소리쳤다. "테셰퀴르레르(감사합니다)!"

랭던은 그 말을 남기고 스파이스 바자르의 인파 속으로 달려드는 시에나를 뒤쫓기 시작했다.

300년의 역사를 가진 이스탄불의 스파이스 바자르는 지붕이 있는 시장 중에서는 세계 최대 규모를 자랑한다. L자 모양의 구조를 가진 이 거대한 건물은 둥근 천장을 가진 88개의 방에 수백 개의 상점이 들어차 있으며, 상인들은 각종 향신료와 과일, 약초를 비롯해 이스탄불 어디서나 흔히 찾아볼 수 있는 터키 특유의 캔디인 터키시 딜라이트에 이르기까지, 온갖 종류의 먹을거리를 가지고 손님들을 유혹한다.

이 시장의 입구 노릇을 하는 고딕 양식의 거대한 아치는 지제크 파자리와 타흐미스 가의 모퉁이에 위치하고 있는데, 하루 평균 30만 명 이상이 그 아치를

스파이스 바자르, 이스탄불

지나다닌다고 한다.

시장의 입구로 달려가며 랭던은 오늘 밤 그 30만 명이 한꺼번에 쏟아져 나온 건 아닐까 생각했다. 그는 시선을 시에나에게 고정한 채 뜀박질을 계속했다. 랭던보다 불과 20미터 앞선 거리에서 곧바로 시장 입구를 향해 달려가는 시에나의 모습에서는 멈출 기미가 전혀 보이지 않았다.

이윽고 아치 밑에까지 다다른 시에나는 달리던 속도 그대로 인파 속으로 뛰어들어 뱀처럼 이리저리 사람들 틈을 헤치며 안으로 파고들었다. 그녀는 시장의 문턱을 넘어서는 순간, 본능적으로 뒤를 한 번 돌아보았다. 랭던은 그녀의 눈동자에서 잔뜩 겁에 질려 필사적으로 달아나는 어린 소녀의 모습을 보았다.

"시에나!" 랭던이 소리쳐 그녀를 불렀다.

하지만 그녀는 그대로 사람들 틈으로 뛰어들어 자취를 감췄다.

랭던은 그 뒤를 좇아가며 목을 길게 빼고 좌우를 살핀 끝에, 시장의 서쪽 복도를 달려가는 시에나를 발견했다.

인도 카레와 이란의 사프란, 중국의 꽃차를 비롯한 온갖 이국적인 향신료들이 각기 노랑과 갈색, 금색의 터널을 만들며 길게 이어져 있었다. 매운 버섯 냄새, 쓴 뿌리 냄새, 달착지근한 기름 냄새…… 랭던은 걸음을 한 번씩 옮길 때마다 새로운 향기가 코끝에 맴도는 느낌이었고, 사방에서 들려오는 세계 각국의 온갖 언어의 고함 소리에 귀가 먹먹할 지경이었다. 끊임없이 오가는 사람들과 함께, 오감을 파고드는 온갖 자극이 가득한 곳이 아닐 수 없었다.

'도대체 이곳에 모인 사람들이 모두 몇 명이나 될까.'

랭던은 순간적으로 뭔가가 자신의 온몸을 와락 움켜쥐는 듯한 폐소공포증이 밀려오면서 하마터면 자신도 모르게 동작을 멈출 뻔했지만, 이내 정신을 차리고 더욱 깊숙이 시장 안으로 들어갔다. 이내 저만치에서 시에나가 맹렬한 기세로 사람들 사이를 헤치고 달려가는 모습이 보였다. 어딘지는 모르지만, 갈 데까지 가보겠다는 결연한 의지가 느껴지는 모습이었다.

랭던은 문득, 자기가 왜 그녀를 좇고 있는가 하는 의구심이 일었다.

'정의를 위해서?' 시에나가 한 행동을 생각하면 랭던은 만약 그녀가 체포될 경우 어떤 처벌을 받게 될지 상상이 가지 않았다.

'전염병을 예방하기 위해서?' 그것은 이미 엎질러진 물이나 다름없었다.

계속해서 낯선 사람들 사이를 달리던 랭던의 머릿속에, 자기가 이렇게 악착같이 시에나를 뒤쫓는 이유가 퍼뜩 떠올랐다.

'내가 원하는 것은 답이다.'

이제 시에나는 불과 10미터 전방에서 서쪽 복도의 출구를 향하고 있었다. 그때 그녀는 또 한 번 재빨리 뒤를 돌아보았는데, 랭던이 그렇게 가깝게 따라붙은 것을 보고 깜짝 놀란 표정이었다. 그녀는 다시 앞쪽으로 고개를 돌리다가 발이 엉키며 몸의 균형을 잃고 말았다.

시에나는 앞으로 쓰러지며 앞서 걸어가던 남자의 어깨를 머리로 들이받았다. 남자가 휘청거리며 쓰러지는 찰라, 시에나는 뭐든 붙잡고 몸을 지탱하려고 오른손을 내저었다. 마침 그녀의 손에 말린 밤이 가득 쌓인 커다란 드럼통이 잡혔고, 그 통이 옆으로 쓰러지며 산사태가 나듯 밤이 바닥으로 쏟아져내렸다.

랭던은 단 세 걸음이면 시에나가 넘어진 곳까지 다다를 수 있는 거리에 있었다. 하지만 다음 순간, 바닥을 아무리 살펴봐도 넘어진 드럼통과 밤밖에 보이지 않았다. 시에나는 흔적도 찾아볼 수 없었다.

가게 주인이 미친 듯이 고함을 질러댔다.

'어디로 간 거지?!'

랭던은 제자리를 맴돌며 사방을 두리번거렸지만 시에나의 모습은 어디서도 보이지 않았다. 하지만 15미터밖에 떨어지지 않은 서쪽 복도의 출구가 그의 시야에 들어온 순간, 랭던은 그제야 시에나가 넘어진 것이 결코 우연이 아님을 알아차렸다.

랭던이 서둘러 출구로 뛰어나가니 넓은 광장이 나왔다. 광장 역시 사람들로 가득했다. 랭던은 광장을 한 바퀴 둘러보았지만 시에나의 모습은 보이지 않았다.

광장 끝에는 넓은 도로가 가로놓여 있고, 그 너머로 골든 혼을 가로지르는 갈라타 다리가 뻗어 있었다. 뉴 모스크의 쌍둥이 첨탑은 이제 랭던의 오른쪽에서 광장을 내려다보고 있었다. 그의 왼쪽으로는 사람들이 북적거리는 광장

갈라타 다리와 뉴 모스크, 이스탄불

밖에 없었다.

갑자기 광장과 바다 사이에 가로놓인 도로 쪽에서 요란한 자동차 경적 소리가 터져 나왔다. 돌아보니 시에나가 도로로 뛰어들어 두 대의 트럭 사이를 아슬아슬하게 피하며 바다 쪽으로 달려가는 중이었다.

랭던의 왼쪽으로 펼쳐진 골든 혼의 선착장 부근에는 버스와 택시는 물론 페리와 관광용 보트까지 온갖 종류의 교통수단이 북적거리고 있었다.

랭던은 도로를 향해 전속력으로 광장을 가로질렀다. 달려오는 자동차의 헤드라이트를 주시하며 거리를 가늠한 끝에 가드레일을 뛰어넘어 처음 두 개의 차선을 무사히 건넜다. 거기서 다시 눈부신 헤드라이트 불빛과 성난 경적 소리를 피해 차선과 차선 사이를 하나씩 가로지른 끝에, 간신히 마지막 가드레일을 뛰어넘어 바다로 이어지는 풀밭으로 들어섰다.

아직 시에나의 모습이 보이기는 했지만 이미 거리는 상당히 벌어진 상태였다. 시에나는 택시 승강장과 버스 정류소를 모두 지나쳐 곧바로 선착장 쪽으로 달리고 있었다. 선착장에는 유람선과 수상 택시, 낚싯배, 모터보트 등 다양한 선박들이 정박해 있었다. 랭던은 바다 건너 골든 혼 서쪽 해안의 불빛이 반짝거리는 것을 바라보며, 만약 시에나가 저기까지 무사히 건너간다면 영원히 찾기 힘들 거라고 생각했다.

마침내 물가에 다다른 랭던이 왼쪽으로 방향을 꺾어 선착장을 내달리자, 가짜 금장식에 반짝거리는 네온과 돔 모양으로 화려하게 장식된 유람선에 승선하려고 차례를 기다리던 관광객들이 깜짝 놀라 그를 돌아보았다.

'보스포루스의 라스베이거스로군.'

멀찌감치 떨어진 곳에 시에나의 모습이 보였다. 자가용 모터보트들이 몰려 있는 선착장에 멈춰 서서 어떤 보트 주인에게 사정을 하는 모양이었다.

'태우지 마!'

거리가 점점 좁혀지면서 랭던은 시에나가 선착장을 빠져나갈 준비를 마친 어느 모터보트의 조타륜을 잡고 있는 청년과 이야기를 나누는 것을 확인했다. 청년은 미소 띤 얼굴이었지만 고개를 가로저어 정중히 그녀의 부탁을 거절하는 중이었다. 시에나는 손짓을 섞어가며 애원을 계속했지만, 청년은 그녀의 애원을 뿌리치고 보트를 출발시키기 위해 돌아섰다.

시에나는 빠른 속도로 다가오는 랭던을 절망스러운 표정으로 돌아보았다. 그녀의 발밑에서 보트의 쌍발 모터가 굉음을 토하며 서서히 선착장을 빠져나가기 시작했다.

다음 순간, 갑자기 시에나의 몸이 허공으로 솟구치는가 싶더니, 파이버글라스로 된 보트의 고물 위로 뛰어내렸다. 깜짝 놀란 보트 주인은 믿기지 않는다는 표정으로 그녀를 돌아보더니, 스로틀 레버(모터를 조종하는 가속 장치—옮긴이)를 풀어 이미 20미터가량 뭍에서 떨어진 보트의 엔진을 공회전시켰다. 그러고는 성난 목소리로 고함을 지르며 이 무모한 불청객을 향해 다가섰다.

시에나는 가볍게 몸을 돌려 씩씩거리며 다가오는 청년을 피하는가 싶더니, 그의 팔목을 붙잡고 슬쩍 잡아당겼다. 그녀의 팔 힘이 앞으로 다가서던 청년의 관성과 합쳐서 그의 몸이 고물의 뱃전 위로 휙 날아갔다. 머리부터 물속에 처박힌 청년이 한참 만에야 허우적거리며 물 위로 머리를 내밀고는 뭐라고 고래고래 소리를 지르는 것을 보니, 아마도 터키 말 중에서 제일 심한 욕을 퍼부어대는 모양이었다.

시에나는 무덤덤한 표정으로 구명 튜브를 하나 집어서 청년에게 던져주고 뱃전으로 걸어가서는 스로틀 레버를 힘껏 앞으로 밀었다.

엔진에서 굉음이 터져 나오며 보트가 앞으로 튀어 나갔다.

랭던은 선착장 위에 멈춰 서서 가쁜 숨을 몰아쉬며 물 위를 스치듯이 달려가는 늘씬한 흰색 보트를 멍하니 바라보았다. 이제 시에나는 반대편 해안에 도착하는 것은 물론이거니와, 흑해에서부터 지중해까지 거미줄처럼 얽힌 물길 가운데 어느 쪽이든 자신이 원하는 방향을 선택할 수 있을 터였다.

'그녀는 가버렸다.'

보트 주인이 물에서 기어 나와 황급히 어디론가 달려가는 것을 보니, 경찰에 신고하려는 모양이었다.

랭던은 갑자기 가슴 한편이 뻥 뚫린 것처럼 마음이 허전해져서 시에나가 탄 보트의 불빛이 점점 희미해지는 것을 바라보았다. 강력하던 엔진 소리도 점점 멀어졌다.

그때 갑자기 엔진 소리가 뚝 멎어버렸다.

랭던은 잔뜩 눈에 힘을 주고 바다를 살폈다. '모터를 끈 건가?'

멀어져가던 보트의 불빛이 이제 제자리에 멈춘 채 골든 혼의 잔잔한 파도 위에 가만히 떠 있었다. 이유는 알 수 없지만, 시에나가 보트를 세운 것만은 분명했다.

'연료가 떨어졌나?'

랭던은 손날을 세워 귀에 대고 정신을 집중했다. 엔진이 공회전하는 소리가 희미하게 들려왔다.

'연료가 떨어진 것도 아니고, 도대체 뭘 하는 거지?'

그저 기다려보는 수밖에 없었다.

10초가 흘렀다. 15초. 30초.

이어서 예고도 없이 다시 엔진 소리가 커졌다. 처음에는 좀 망설이는 듯하더니, 이내 마음을 정한 느낌이었다. 놀랍게도 보트는 크게 원을 그리며 방향을 바꾸고는, 똑바로 랭던을 향해 돌아오기 시작했다.

'돌아온다.'

보트가 점점 다가오자, 조타륜을 잡은 채 넋이 나간 사람처럼 멍한 표정으로 앞만 바라보는 시에나의 얼굴이 보였다. 30미터 전방에서 그녀는 속도를 늦추고 조금 전에 떠난 선착장으로 안전하게 미끄러져 들어왔다.

보트의 시동이 꺼지자, 정적이 밀려왔다.

랭던은 영문을 몰라 물끄러미 그녀를 내려다볼 뿐이었다.

시에나는 고개를 들지 않았다.

그 대신 두 손으로 얼굴을 감쌌다. 그러고는 어깨를 들썩이며 흐느끼기 시작했다. 이윽고 고개를 들고 랭던을 올려다보는 그녀의 얼굴은 눈물로 범벅이 되어 있었다.

"로버트." 그녀가 울먹이는 목소리로 간신히 말했다. "더 이상 달아날 수가 없어요. 갈 데가 아무 데도 없어요."

Chapter 96

'결국 이렇게 되었다.'

엘리자베스는 저수조의 계단 아래에 서서 사람들이 썰물처럼 빠져나간 동굴을 멍하니 바라보았다. 호흡기 때문에 숨 쉬기가 오히려 불편한 느낌이었다. 이미 병원균에 노출되었을 가능성이 높지만, 그래도 SRS 팀과 함께 동굴 속으로 내려오면서 방호복을 갖춰 입으니 한결 마음이 놓였다. 아래위가 붙은 흰색 방호복에 밀폐형 헬멧까지 뒤집어쓴 그들의 모습은 영락없이 우주선에서 뛰쳐나온 우주인이었다.

신스키는 지금 지상이 아수라장으로 변해 있다는 것을 잘 알고 있었다. 수백 명의 사람들이 겁에 질려 웅성거리고, 난리통에 부상을 입은 사람들은 응급처치를 받고 있을 터였다. 이미 사방으로 달아난 사람들도 적지 않았다. 신스키는 무릎에 멍이 들고 부적이 깨졌지만 크게 다친 데가 없는 것만도 다행이라고 생각했다.

'바이러스보다 더 빠른 속도로 전파되는 전염병이 딱 하나 있지.' 신스키는 속으로 생각했다. '그것은 공포다.'

이제 저수조 입구의 출입문은 완전히 봉쇄되어 현지 경찰들이 지키고 있었다. 신스키는 관할권 문제를 두고 현지 경찰과 갈등이 빚어지지 않을까 걱정했지만, 전염병이 발생할지도 모른다는 신스키의 경고와 SRS 팀의 장비를 본 경찰은 두말없이 지휘권을 내주었다.

'우리 힘으로 해결해야 한다.' 세계보건기구의 사무총장은 끝없이 늘어선 기둥들의 그림자가 비친 석호를 바라보며 생각에 잠겼다. '우리 말고는 아무도

여기까지 내려오려 하지 않아.'

뒤에서 두 명의 요원이 히트 건(매우 뜨거운 공기를 불어넣는 전동공구 — 옮긴이)으로 커다란 폴리우레탄 시트를 벽에다 부착하고 있었다. 다른 두 명은 마치 범죄 현장을 분석할 때처럼 각종 전자 장비를 바닥에 설치하고 있었다.

'맞아.' 신스키는 속으로 중얼거렸다. '여기는 범죄 현장이야.'

신스키는 물에 흠뻑 젖은 부르카를 뒤집어쓴 채 저수조를 빠져나가던 여인을 떠올렸다. 시에나 브룩스는 WHO의 대처를 방해하고 조브리스트의 야욕이 현실화되도록 돕기 위해 자신의 목숨을 걸고 여기까지 침투한 게 틀림없었다. '솔루블론 자루를 터뜨리려고 내려온 거야.'

신스키는 랭던이 그녀의 뒤를 쫓고 있다는 것만 알고 있을 뿐, 그 뒤로 어떻게 되었는지에 대해서는 아무런 보고도 받지 못했다.

'제발 랭던 교수가 무사해야 할 텐데.' 신스키는 다시 한 번 속으로 중얼거렸다.

❦

브뤼더 요원은 물이 뚝뚝 떨어지는 옷을 그냥 입은 채 통로 위에 서서 뒤집힌 메두사의 머리를 멍하니 바라보며 이제부터 어떻게 해야 할지 대책을 고민했다.

SRS 팀장인 브뤼더는 당면한 모든 윤리적, 개인적 관심사를 제쳐두고 어떻게 하면 장기적인 관점에서 가장 많은 인명을 구할 수 있을지에 초점을 맞추는 사고방식을 훈련받은 인물이었다. 지금 시점에서 본인 자신의 안위는 전혀 고려의 대상이 되지 못했다. '방호복도 없이 저 물속으로 뛰어들었어.' 브뤼더는 자신의 무모한 행동을 자책했지만, 달리 선택의 여지가 없었다는 것도 잘 알고 있었다. '촌각을 다투는 상황이라고 판단했으니까.'

브뤼더는 일이 이렇게 된 이상 플랜 B를 가동할 수밖에 없다고 마음을 다잡았다. 안타까운 것은 오염 문제에 관한 한 플랜 B는 늘 똑같다는 점이었다. '반경을 최대한 확장하라.' 전염성 질병에 대처하는 것은 산불을 잡기 위한 노력과 비슷한 데가 있다. 전쟁에서 승리하기 위해서는 국지적인 전투를 내주고 물러서야 할 때도 있는 법이다.

브뤼더는 아직도 완벽한 억제가 가능하다는 희망을 버리지 않은 상태였다. 시에나 브룩스가 플라스틱 자루를 터뜨렸다 해도, 그것은 군중들의 소요 사태가 일어나기 직전의 일이었을 터였다. 만약 그게 사실이라면, 비록 수백 명의 사람들이 현장을 빠져나가기는 했지만, 그 전에 그들이 오염원으로부터 충분한 거리를 두고 있었다는 점에 주목할 필요가 있었다.

'예외가 있다면, 그것은 랭던과 시에나다.' 브뤼더는 새로운 사실에 생각이 미쳤다. '그 두 사람은 바로 이곳, 그라운드 제로에 한참을 머물러 있다가, 지금은 이 도시 어딘가를 돌아다니고 있다.'

그것 말고도 또 하나, 자꾸만 브뤼더의 신경을 건드리는 논리상의 문제가 있었다. 물속에서 파열된 솔루블론 자루의 잔해를 목격하지 못했다는 점이었다. 만약 시에나가 손으로 찢거나 발로 차거나 어떤 방법으로든 플라스틱 자루를 파손했다면, 찢어진 잔해가 현장 부근에 떠 있어야 정상이었다.

나를 통해 고뇌의 도시로,
나를 통해 영원한 고통으로,
나를 통해 길 잃은 자들의
무리 속으로 들어가노라.
—단테의 〈인페르노〉 제3곡 1-3행

하지만 브뤼더는 아무것도 보지 못했다. 찢어진 자루는 한 조각도 보이지 않았다. 그렇다고 시에나가 그 자루를 들고 나갔을 리도 없었다. 지금쯤 자루는 완전히 녹아내리기 직전의 상태로 흐물거리고 있을 테니까.

'그럼 도대체 어디로 갔을까?'

브뤼더는 자신이 뭔가를 잘못 생각하고 있는 것이 아닐까 하는 불길한 예감에 사로잡혔다. 하지만 그는 애써 마음을 가다듬고 지금 이 순간에 필요한 오염 억제 전략에 정신을 집중했다. 그러기 위해서는 먼저 한 가지 결정적인 의문을 해결해야 했다.

'현재 오염 물질이 유출된 반경은 어디까지인가?'

브뤼더는 이 문제의 답이 금방 나온다는 사실을 알고 있었다. 요원들이 이미 휴대용 바이러스 탐지기를 석호 위에 깔린 통로에 설치하고 있었다. 흔히

PCR 유닛이라 불리는 이 장비는 폴리메라아제 연쇄 반응을 이용해 바이러스의 존재 여부를 확인하는 장비였다.

SRS 팀장은 끝까지 희망을 버리고 싶지 않았다. 석호의 물은 움직임이 없고 경과 시간도 얼마 되지 않았으니 오염 반경은 비교적 작을 것이고, PCR 유닛을 통해 그런 사실이 확인되면 화학물질과 공기 흡입을 통해 승부를 한번 걸어볼 만했다.

"준비됐나?" 한 기술 요원이 확성기를 잡고 소리쳤다.

저수조 곳곳에 배치된 요원들이 엄지손가락을 치켜 보였다.

"샘플 가동." 메가폰에서 명령이 떨어졌다.

동굴 속에 넓게 포진한 요원들이 각기 PCR 유닛을 작동시키기 시작했다. 각자 자신이 위치한 곳의 공기 샘플을 분석하면 바이러스가 어디까지 퍼져나갔는지를 확인할 수 있었다.

분석 결과를 기다리는 동안 드넓은 저수조 안은 쥐 죽은 듯한 적막에 사로잡혔다. 모든 요원들이 장비에 초록색 불이 켜지기만 기도하는 듯했다.

드디어 결과가 나왔다.

브뤼더에게서 제일 가까운 곳에 설치된 장비의 지시등에 빨간불이 깜빡거리기 시작했다. 브뤼더는 온몸의 신경세포가 곤두서는 것을 느끼며 재빨리 다음 장비로 눈길을 옮겼다.

역시 빨간색이었다.

'안 돼.'

동굴 안이 술렁거리기 시작했다. 브뤼더는 겁에 질린 눈으로 모든 PCR 유닛에 차례차례 빨간불이 들어오는 광경을 멍하니 지켜보았다. 그라운드 제로는 물론, 저수조 입구까지 모두 마찬가지였다.

'아, 하느님…….' 사방에서 깜빡거리는 붉은색 불빛이 무엇을 의미하는지는 두 번 생각할 필요조차 없었다.

확인된 오염 반경은 브뤼더의 예상을 한참 벗어났다.

드넓은 저수조 전체가 바이러스로 들끓고 있었던 것이다.

Chapter 97

로버트 랭던은 훔친 모터보트 안에 웅크리고 앉은 시에나 브룩스를 내려다보고 있었다. 이 상황을 어떻게 판단해야 좋을지 혼란스럽기만 했다.

"당신도 나를 증오하겠죠." 시에나는 눈물로 범벅이 된 눈을 들어 랭던을 바라보았다.

"증오한다고?!" 랭던이 버럭 소리쳤다. "나는 이제 당신이 누구인지조차 몰라요! 당신이 나에게 한 모든 행동이 다 거짓이었어!"

"알아요." 시에나가 조그만 목소리로 대답했다. "미안해요. 하지만 난 그저 옳은 일을 하려고 노력했을 뿐이에요."

"전염병을 유포하는 게 옳은 일이라고?"

"그게 아니에요, 로버트. 당신은 이해하지 못해요."

"뭘 이해하지 못한단 말입니까!" 랭던이 쏘아붙였다. "난 당신이 그 솔루블론 자루를 터뜨리기 위해 물속으로 들어간 걸 알아요! 당신은 우리가 그 자루를 안전하게 제거하기 전에 조브리스트의 바이러스를 유출시키고 싶었던 겁니다!"

"솔루블론 자루?" 시에나의 눈동자에 혼란이 스쳐갔다. "무슨 말인지 모르겠네요. 로버트, 나는 버트런드의 바이러스가 유출되는 걸 막으려고 저수조 안으로 들어갔던 거예요. 그걸 찾아내 내 손으로 영원히 없애버리고 싶어서. 그래야 신스키 박사와 WHO를 포함해 그 누구도 그걸 연구하지 못할 테니까……."

"그걸 없앤다고? 그게 왜 WHO의 손에 들어가면 안 된다는 거지요?"

시에나는 긴 한숨을 내쉬었다. "당신이 모르는 게 너무 많지만, 이제 다 부질없는 얘기예요. 우리가 너무 늦게 도착했어요, 로버트. 기회가 없었다고요."

"없긴 왜 없어! 바이러스는 내일까지 유출되지 않았을 거요! 조브리스트가 선택한 날짜는 바로 내일이었어! 당신이 물속으로 들어가—."

"로버트, 나는 바이러스를 유출시키지 않았어요!" 시에나가 소리쳤다. "내가 물속으로 들어갔을 때는 이미 아무것도 없었다고요!"

"믿을 수 없어." 랭던이 대답했다.

"물론 믿지 못할 거라는 거 알아요. 그런 당신을 원망할 마음도 없고요." 시에나는 주머니에 손을 넣어 물에 흠뻑 젖은 종이를 한 장 꺼냈다. "하지만 이걸 보면 생각이 달라질지도 모르겠네요." 시에나는 종이를 랭던에게 던져주었다. "물속으로 들어가기 직전에 발견한 거예요."

랭던은 종이를 받아서 펼쳐보았다. 그것은 7일에 걸친 〈단테 심포니〉 공연을 안내하는 프로그램이었다.

"날짜를 확인해보세요."

무심코 날짜를 쳐다본 랭던은 고개를 들다 말고 다시 한 번 그 날짜를 확인했다. 랭던은 오늘이 공연 첫날이라고 철석같이 믿고 있었다. 따지고 보면 그렇게 믿을 만한 뚜렷한 근거는 없었지만, 바이러스로 오염된 저수조 안에 최대한 많은 사람들을 불러 모으기 위해서는 공연 첫날을 선택하는 것이 상식적일 듯했다. 하지만 이 프로그램은 전혀 다른 사실을 말해주고 있었다.

"오늘이 공연 마지막 날이라고?" 랭던은 어리둥절한 표정으로 고개를 들며 중얼거렸다. "오케스트라가 오늘로 일주일째 공연을 하고 있었다는 겁니까?"

시에나는 고개를 끄덕였다. "나도 당신만큼이나 놀랐어요." 시에나는 진지한 눈빛으로 말을 이었다. "바이러스는 이미 일주일 전에 유출되었어요, 로버트."

"그럴 리가 없어." 랭던은 도저히 납득이 가지 않았다. "예정일은 내일이에요. 조브리스트는 내일 날짜가 적힌 장식판까지 만들었잖아요."

"그래요. 물속에 고정된 장식판은 나도 봤어요."

"그럼 당신도 조브리스트가 예정일을 내일로 못 박았다는 사실을 알 것 아닙니까."

시에나는 한숨을 내쉬었다. "로버트, 나는 버트런드를 잘 알아요. 당신에게 말한 것보다 훨씬 더. 그는 과학자고, 결과에 집중하는 사람이에요. 나도 그 장식판에 새겨진 날짜가 바이러스가 유포되는 날짜가 아니라는 걸 이제야 깨달았어요. 그 날짜는 그의 목표 달성에 훨씬 더 중요한 의미를 갖는 날짜였어요."

"도대체 그게 무슨……?"

시에나는 차분한 눈길로 랭던을 올려다보았다. "그것은 바이러스가 전 세계로 확산되는 날짜였어요. 버트런드는 자신의 바이러스가 온 세상으로 퍼져나가 모든 사람이 감염되는 날짜를 수학적으로 계산했던 거예요."

그 말은 랭던에게 가슴이 덜컥 내려앉을 정도의 강력한 전율을 가져다주었지만, 그래도 랭던은 그 말을 믿을 수가 없었다. 시에나 브룩스는 이미 그에게 어떤 거짓말이든 할 수 있다는 것을 여실히 보여주지 않았던가.

"한 가지 문제가 있어요, 시에나." 랭던은 지그시 그녀를 바라보며 말했다. "만약 이 전염병이 이미 전 세계로 확산되었다면, 왜 아직 환자가 한 명도 발생하지 않은 거지요?"

시에나는 당혹스러운 표정으로 랭던의 시선을 피했다.

"만약 이 바이러스가 유출된 지 이미 일주일이나 지났다면……" 랭던이 같은 질문을 되풀이했다. "왜 아직 죽은 사람이 아무도 없는 거지요?"

시에나는 천천히 고개를 돌려 다시 랭던을 바라보았다. "왜냐하면……" 시에나는 말문을 열었지만 차마 다음 말이 넘어오지 않는 모양이었다. "버트런드는 흑사병을 만들어낸 게 아니기 때문이에요." 그녀의 눈동자에 다시 새로운 눈물이 고이기 시작했다. "그는 그보다 훨씬 더 위험한 걸 만들었어요."

호흡기를 통해 산소가 충분히 공급되고 있음에도 불구하고, 엘리자베스 신스키는 자꾸 정신이 몽롱해지는 기분이었다. SRS 팀의 PCR 유닛들이 끔찍한 진실을 드러낸 지 5분이 지난 시점이었다.

'희망은 이미 오래전에 사라진 상태였어.'

솔루블론 자루는 지난주, 그러니까 이번 음악회가 막을 올린 첫 날 — 이제 신스키도 오늘이 일주일에 걸친 이 공연의 마지막 날이라는 사실을 알게 되었다 — 이미 유출되었을 가능성이 높았다. 끈에 묶여 있던 솔루블론 자루의 일부분이 아직 완전히 용해되지 않은 것은 그 부분에 접착제가 도포되어 있었기 때문일 뿐이었다.

'바이러스가 유출된 지 이미 일주일이 지났다.'

병원균을 억제하는 임무가 사실상 실패로 돌아간 지금, SRS 요원들은 저수조 내부에 임시로 마련한 연구실에서 샘플을 분석하고 분류하는 후속 작업에 들어간 참이었다. PCR 유닛이 지금까지 수집한 데이터는 한 가지 사실을 분명히 보여주고 있었는데, 이제는 그 결론을 보고 놀라는 사람조차 아무도 없었다.

'바이러스는 이미 공기를 통해 사방으로 유출되고 있다.'

솔루블론 자루의 내용물은 거품을 타고 수면 위로 올라와 공기 속으로 퍼져나간 것이 분명했다. '개체수가 그리 많이 필요하지도 않았을 것이다.' 신스키는 생각에 잠겼다. '특히 이렇게 밀폐된 공간에서는.'

바이러스는 박테리아나 화학적 병원균과는 달리 놀라운 속도와 침투력을

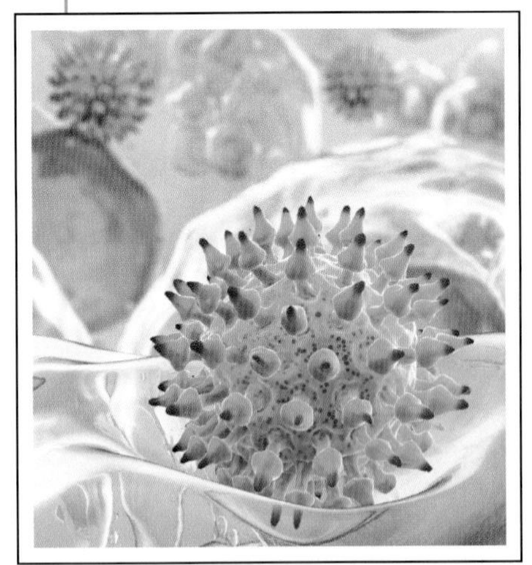
세포 속으로 침투하는 바이러스 입자

자랑하며 사람들 사이로 퍼져간다. 기생적 속성을 지닌 바이러스가 일단 유기체 속으로 침투하면 이른바 흡착이라 불리는 과정을 통해 숙주 세포에 달라붙는다. 이어서 자신의 DNA나 RNA를 그 세포 속으로 주입해 감염된 세포가 새로운 바이러스를 대량으로 복제하도록 만든다. 이렇게 해서 충분한 수의 복제판이 만들어지면 새로운 바이러스 입자가 숙주 세포를 죽인 뒤 그 세포벽을 뚫고 나와 다른 숙주 세포를 찾아 나서고, 이런 과정이 끝없이 되풀이된다.

감염된 사람이 숨을 내쉬거나 재채기를 할 때 호흡기 비말이 체외로 배출되는데, 이 미세한 비말은 공기 속을 떠돌다가 다른 숙주의 몸속으로 흡입되어 똑같은 과정을 반복하게 된다.

'기하급수적인 성장…….' 신스키는 조브리스트가 보여준 폭발적인 인구 증가에 대한 그래프를 떠올렸다. '조브리스트는 인간의 기하급수적인 증가와 맞서 싸우기 위해 바이러스의 기하급수적인 증가를 이용하고 있어.'

하지만 아직 결정적인 문제가 하나 남아 있었다. '과연 이 바이러스가 어떤 증세를 초래할 것인가?'

좀 더 노골적으로 말하면 이렇게 표현할 수도 있었다. '과연 이 바이러스가 어떻게 숙주를 공격할 것인가?'

에볼라 바이러스는 혈액의 응고력을 마비시켜 출혈이 멈추지 않도록 만든다. 한타 바이러스는 폐를 집중적으로 공격한다. 종양 바이러스는 말 그대로 암을 초래한다. HIV 바이러스는 면역 체계를 공격해 에이즈라는 질병을 유발한다. 의료계에서는 만약 HIV 바이러스가 공기를 타고 전염되는 성질을 가졌더라면 인류가 진작 멸종했으리라고 보는 시각이 일반적이다.

'그렇다면 조브리스트의 바이러스는 도대체 어떤 증세를 유발하는 바이러스일까?'

어떤 증세를 유발하건 간에, 그 효과가 드러나기까지는 시간이 걸리기 마련이다. 아직 인근의 병원에서 특이한 증세를 나타내는 환자가 발생했다는 보고도 접수되지 않았다.

신스키는 초조한 마음에 연구실 쪽으로 다가갔다. 브뤼더가 계단 근처에 서서 낮은 목소리로 누군가와 통화를 하고 있었다. 안쪽에서는 신호가 잘 잡히지 않는 모양이었다.

신스키가 다가갔을 때, 브뤼더는 막 통화를 끝내는 중이었다.

"좋아, 알았어." 그렇게 중얼거리는 브뤼더의 얼굴은 조금 전보다 더 경악과 공포가 뒤섞인 표정이었다. "한 번 더 얘기하지만, 보안 유지에 각별히 주의를 기울여야 해. 지금은 자네 말고는 아무에게도 보여주면 안 돼. 뭔가 새로운 사실이 드러나면 즉시 연락해줘. 고마워." 브뤼더는 그렇게 말하고 전화를 끊었다.

"무슨 일이에요?" 신스키가 물었다.

브뤼더는 천천히 숨을 내쉬었다. "애틀랜타에 위치한 CDC의 수석 바이러스 학자입니다. 나하고는 오래전부터 절친한 친구 사이예요."

신스키는 어이가 없다는 듯 그를 노려보았다. "내 허락도 없이 CDC에 이 사실을 알렸단 말이에요?"

"개인적으로 내린 판단입니다." 브뤼더가 대답했다. "함부로 비밀을 누설할 친구가 아니고, 게다가 우리는 이 임시 연구실에서 처리할 수 있는 것보다 훨씬 많은 고급 데이터가 필요합니다."

신스키는 석호의 물을 떠다가 휴대용 분석 장비로 시험하느라 부산을 떠는 SRS 요원들을 바라보았다. '틀린 말은 아니로군.'

"CDC에 근무하는 그 친구는 완벽한 미생물학 연구실을 가지고 있는데, 이미 고도의 전염성을 가지고 있을 뿐 아니라 지금까지 한 번도 발견된 적이 없는 바이러스성 병원균의 존재를 확인했다고 하는군요."

"잠깐만요!" 신스키가 말했다. "어떻게 샘플을 그렇게 빨리 미국까지 전달했죠?"

"내가 전달한 게 아닙니다." 브뤼더가 침통한 표정으로 말했다. "친구 자신

의 혈액검사에서 나온 결과입니다."

신스키는 그 말이 무엇을 의미하는지 금방 알아차렸다.

'벌써 전 세계로 퍼진 거야.'

Chapter 99

랭던은 이상하리만치 생생한 악몽 속을 헤매는 기분으로 천천히 걸음을 옮겼다. '흑사병보다 더 위험한 게 도대체 뭘까?'

시에나는 랭던에게 그저 따라오라고만 했을 뿐 보트에서 올라온 뒤로 한마디도 입을 열지 않고 선착장을 떠나 인적 없는 조용한 자갈길을 걷고 있었다.

이제 시에나는 눈물을 그쳤지만, 랭던은 그녀의 마음속에 여전히 엄청난 감정의 소용돌이가 휘몰아치고 있음을 느낄 수 있었다. 멀리서 들려오는 사이렌 소리도 그녀의 귀에는 들리지 않는 듯했다. 발밑에 밟히는 자갈 소리에 마음을 빼앗긴 듯, 그녀는 고개를 떨어뜨린 채 말없이 걸음을 옮길 뿐이었다.

조그만 공원으로 접어든 시에나는 랭던을 울창한 숲 속으로 이끌었다. 바깥에서는 보이지 않지만, 바다가 내려다보이는 곳에 벤치가 하나 놓여 있었다. 반대편 해안의 언덕에 점점이 흩어진 주택가 너머, 갈라타 탑이 환하게 반짝거렸다. 지금쯤 저수조 안에서 벌어지고 있을 긴박한 상황과는 너무나 동떨어진, 터무니없을 만큼 평화로운 광경이었다. 랭던은 지금쯤 신스키와 SRS 팀도 이제 흑사병을 막기에는 너무 늦었다는 사실을 알아차렸을 거라고 짐작했다.

벤치에 걸터앉은 시에나가 바다를 바라보며 중얼거렸다. "난 시간이 많지 않아요, 로버트. 머지않아 경찰이 나를 찾아낼 테니까요. 하지만 그 전에, 당신에게 모든 걸 진실 그대로 털어놓고 싶어요."

랭던은 말없이 고개를 끄덕여 보였다.

시에나는 눈가를 훔치며 자세를 고쳐 랭던을 똑바로 마주 보고 앉았다. "버

갈라타 다리 부근의 복잡한 항구(뒤에 보이는 건물은 쉴레이마니예 모스크)

트런드 조브리스트……" 그녀가 다시 입을 열었다. "그는 내 첫사랑이었어요. 나의 스승이기도 했고요."

"나도 들었어요, 시에나." 랭던이 말했다.

시에나는 약간 놀란 표정이었지만, 자신의 마음이 변할까 봐 두렵다는 듯 얼른 말을 이었다. "나는 아주 감수성이 예민하던 나이에 그를 처음 만났고, 그의 남다른 철학과 지성에 완전히 사로잡혔죠. 버트런드는 인류가 멸망의 가장자리에 한 발을 걸치고 있다고 믿었어요. 우리가 상상하는 것보다 훨씬 빠른 속도로, 끔찍한 종말이 우리를 향해 달려오고 있다는 입장이었죠."

랭던은 아무런 대꾸도 하지 않았다.

"어린 시절의 나는 세상을 구하고 싶다는 열망을 품고 있었어요. 하지만 모든 사람들은 나에게 이렇게 충고했죠. '너 혼자 세상을 구할 수는 없어, 그러니 네 행복을 희생하지 마.'" 시에나는 잠시 말을 멈추고 간신히 눈물을 삼켰다. "그러다가 버트런드를 만났죠. 그렇게 멋있고 똑똑한 사람이 나에게 말했어요. 세상을 구하는 것은 가능할 뿐만 아니라, 그렇게 하는 것이 우리의 도덕적 책임이기도 하다고 말이에요. 그는 나에게 자신과 비슷한 생각을 하는 사람들을 소개해주었어요. 하나같이 탁월한 능력과 지성을 가진 이들이었죠. 정말로 미래를 바꿀 힘을 가진 사람들……. 로버트, 그때 나는 태어나서 처음으로 더 이상 외로움을 느끼지 않아도 되었어요."

랭던은 그녀의 목소리에 깃든 아픔을 헤아리며 부드러운 미소를 지어 보였다.

"지금까지 살아오면서 끔찍한 일들도 더러 겪었어요." 그렇게 말을 잇는 시에나의 목소리가 크게 흔들리기 시작했다. "내가 감당하기에는 너무나 벅찬 일들……." 급기야 그녀는 랭던에게서 시선을 거두고 손바닥으로 맨머리를 쓸어내리며 감정을 추슬렀다. "아마도 지금까지 나를 지탱해온 유일한 원동력은 우리가 지금보다 더 나아질 수 있다는 믿음이었을 거예요. 파국적인 미래를 피할 수 있는 능력이 우리에게 있다는 믿음……."

"버트런드도 같은 생각이었겠군요?" 랭던이 물었다.

"물론이죠. 버트런드는 인류에 대한 무한한 희망을 품은 사람이었어요. 인류가 그 찬란한 '포스트휴먼' 시대로 넘어가는 문턱에 다다랐다고 믿는 진정한 트랜스휴머니스트였죠. 그는 다른 사람들이 상상조차 할 수 없을 만큼 우리의 앞날을 멀리 내다볼 줄 아는 미래학자이기도 했어요. 과학기술의 놀라운 힘을 정확히 이해했고, 앞으로 불과 몇 세대 안에 인류가 지금과는 전혀 다른 종이 될 거라고 믿었어요. 더 건강하고, 더 똑똑하고, 더 강하고, 심지어 정도 더 많은 새로운 인류가 태어나도록 유전자를 강화할 수 있다는 것이 그의 생각이었어요." 시에나는 잠시 망설이다가 한마디 덧붙였다. "그런데 한 가지 문제가 있었죠. 그것은 우리가, 인간이라는 종이 그런 가능성을 실현할 때까지 살아남지 못할 거라는 사실이었어요."

"인구과잉 때문에……." 랭던이 중얼거렸다.

시에나는 고개를 끄덕였다. "맬서스가 예견한 파국이 다가오고 있었어요. 버트런드는 나에게 곧잘, 소닉 몬스터를 죽이려 하는 성 조지가 된 듯한 기분이라고 말하곤 했어요."

랭던은 그 말이 얼른 이해가 가지 않았다. "메두사 말인가요?"

"은유적으로 말하면 그런 셈이죠. 메두사를 비롯한 여러 신들이 지하에 갇혀 있는 이유는 그들이 '어머니 지구'와 직접적으로 연결되어 있기 때문이에요. 말하자면 지하 세계의 신들이 상징하는 것은 언제나—."

"다산성." 랭던은 그렇게 중얼거리고서야 지금까지 미처 그런 생각을 떠올리지 못한 자신이 너무 한심하게 느껴졌다. '풍부한 결실. 인구 폭발.'

"그래요, 다산성이죠." 시에나가 대답했다. "버트런드는 우리 자신의 다산성을 위협하는 불길한 상징으로 '소닉 몬스터'라는 개념을 사용했어요. 우리의 다산성, 즉 자식을 너무 많이 출산하는 것은 곧 지평선 위에 어슬렁거리는 괴물을 불러들이는 것과 다름없다고 생각했죠. 그래서 그는 그 괴물이 우리 모두를 집어삼키기 전에, 지금 당장 대책을 마련해야 했어요."

'우리의 왕성한 번식력이 오히려 발목을 잡는 셈이로군.' 랭던은 시에나의 말을 그렇게 정리했다. '소닉 몬스터.' "그래서 버트런드는…… 어떻게 그 괴물과 싸우겠다는 겁니까?"

"이건 결코 간단한 문제가 아니라는 사실을 먼저 이해하셔야 해요." 시에나가 말했다. "우선 순위에 따른 취사선택은 언제나 아주 골치 아픈 숙제죠. 어떤 사람이 세 살짜리 꼬마의 다리를 잘라버렸다면 끔찍한 범죄자 취급을 받을 테지만, 그 사람이 괴저병으로 죽어가는 아이를 살리기 위해 어쩔 수 없이 그런 행동을 했다면 이야기는 달라져요. 때로는 두 가지 악 가운데 조금이라도 덜 나쁜 쪽을 선택해야 하는 경우도 있거든요." 다시 그녀의 눈에 눈물이 고이기 시작했다. "나는 버트런드가 아주 고상한 목적의식을 가졌다고 믿어요. 하지만 그의 방법은……." 시에나는 더 이상 눈물을 참지 못하고 고개를 돌려버렸다.

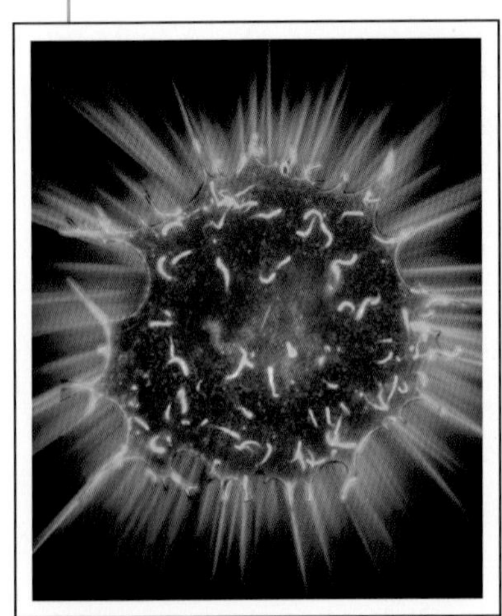

바이러스에 감염된 세포
(바이러스에 의해 DNA가 푸른색으로 보인다)

"시에나." 랭던이 부드러운 목소리로 속삭였다. "나는 이 모든 이야기를 알아야 해요. 버트런드가 무슨 짓을 했는지 하나도 남김 없이 설명해줘요. 그가 이 세상에 퍼뜨린 게 정확히 뭐지요?"

시에나는 다시 랭던을 마주 보았다. 그녀의 부

드러운 갈색 눈동자에 짙은 두려움이 어렸다. "그는 바이러스를 유포했어요." 그녀가 속삭였다. "아주 특별한 종류의 바이러스를."

랭던은 숨이 멎을 것만 같았다. "계속 말해봐요."

"버트런드는 이른바 바이러스 벡터라는 것을 만들었어요. 이것은 공격하는 세포 속에 유전자 정보를 집어넣기 위해 개발된 바이러스예요." 시에나는 잠시 말을 끊고 랭던이 그 정보를 이해할 시간을 주었다. "벡터 바이러스는…… 숙주세포를 죽이는 게 아니라 사전에 결정된 DNA를 그 세포에 주입함으로써 세포의 게놈을 수정하는 바이러스예요."

랭던은 그 말을 이해하는 데 상당히 애를 먹었다. '이 바이러스가 우리의 DNA를 바꿔놓는다고?'

"이 바이러스가 더욱 끔찍한 것은 아무도 자신이 감염된 사실을 알지 못한다는 점이에요." 시에나가 말을 이었다. "몸져 드러눕는 것도 아니고, 이 바이러스 때문에 우리에게 유전자의 변화가 일어났다는 사실을 암시할 만한 뚜렷한 증세 역시 전혀 없어요."

랭던은 순간적으로 맥박이 빨라지는 것을 느꼈다. "그럼 그게 어떤 변화를 일으킨다는 거지요?"

시에나는 잠시 눈을 감았다. "로버트, 이 바이러스가 저수조의 물속으로 유출된 순간, 이미 연쇄반응이 일어나기 시작했어요. 그 동굴 속에서 숨을 쉰 모든 사람은 감염자가 되었죠. 자신도 모르는 사이에 바이러스의 숙주가 되어…… 그것을 다른 사람들에게 옮기는 공범이 되어버린 거예요. 그러니 이제 이 바이러스는 들불처럼 전 세계에 퍼져나갈 거예요. 아니, 지금쯤 이미 지구상의 모든 사람들이 감염되었다고 해야겠죠. 당신도, 나도…… 모두가 다."

랭던은 벤치에서 벌떡 일어나 그녀 앞을 서성이기 시작했다. "그래서 그게 우리에게 어떤 영향을 미친다는 겁니까?" 랭던이 다시 한 번 물었다.

시에나는 한참 동안이나 침묵을 지키다가 겨우 입을 열었다. "이 바이러스는…… 인체를 불임으로 만드는 능력을 가지고 있어요." 그녀는 불안한 듯 몸을 뒤척이며 덧붙였다. "버트런드는 불임 흑사병을 만들어낸 거예요."

그녀의 폭로는 엄청난 충격으로 랭던을 강타했다. '우리를 불임으로 만드는 바이러스?' 랭던은 불임을 초래하는 바이러스가 존재한다는 사실은 알고 있었지만, 공기를 통해 엄청난 속도로 전파되는 병원균이 인체를 유전적으로 변화시킨다는 이야기는…… 조지 오웰의 디스토피아에서나 있을 법한 소리로 들렸다.

"버트런드는 이런 바이러스에 대한 이야기를 곧잘 입에 담았지만, 나는 그가 정말 그런 걸 만들려고 시도할 거라고는 상상도 하지 못했어요. 설령 시도한다 해도 성공을 거두지는 못할 거라고 생각했죠. 그래서 그가 자신의 연구 성과를 설명하는 편지를 보내왔을 때 엄청난 충격에 사로잡힐 수밖에 없었어요. 나는 그를 찾아내려고 필사적인 노력을 기울였죠. 그 바이러스를 파괴하라고 애원하기 위해서……. 하지만 결국은 내가 한발 늦었어요."

"잠깐만요." 랭던은 간신히 충격을 딛고 생각을 정리했다. "만약 그 바이러스가 지구상의 모든 사람을 불임으로 만든다면 다음 세대란 존재할 수 없을 것이고, 그렇게 되면 얼마 지나지 않아 지구상의 모든 인간이 사라진다는 뜻이잖아요."

"맞아요." 시에나가 조그만 목소리로 대답했다. "하지만 인류의 전멸은 버트런드의 목표가 아니었어요. 사실은 오히려 그 반대죠. 그래서 그는 무작위로 활성화되는 바이러스를 만들었어요. 지금 인페르노라는 이름의 이 바이러스가 온 인류의 DNA 속에 침투해 앞으로 우리의 모든 후손들이 물려받는다고 해도, 특정한 비율의 인구에게만 이 바이러스가 '활성화'된다고 생각하면 될 거예요. 다시 말해서 이제 지구상의 모든 사람들은 이 바이러스의 보균자지만, 그럼에도 불구하고 그것이 불임을 초래하는 것은 무작위로 선정된 인구의 일부가 될 거라는 얘기예요."

"일부라고 하면……?" 랭던은 자신이 그런 질문을 던지고 있다는 사실조차 믿어지지 않을 지경이었다.

"음, 잘 아시겠지만 버트런드는 흑사병에 지대한 관심을 가지고 있었어요. 흑사병 때문에 유럽 인구의 3분의 1이 무차별적으로 죽어 나갔죠. 자연은 스스로를 정화하는 법을 알고 있다는 것이 버트런드의 믿음이었어요. 그는 불임의 비율을 수학적으로 계산해본 결과, 흑사병으로 인한 사망률이 3분의 1이라는 사실이 지구상의 인구를 지속 가능한 수준으로 떨어뜨리는 데 최적의 비율이라는 사실을 밝혀내고 쾌재를 불렀어요."

'괴물다운 생각이로군.' 랭던은 속으로 중얼거렸다.

"흑사병은 과감하게 인구를 솎아냄으로써 르네상스의 발판을 마련했어요." 시에나가 말을 이었다. "버트런드가 인페르노를 만들어낸 것은 말하자면 현대판 지구 쇄신의 촉매가 필요하다고 봤기 때문이에요. 트랜스휴머니즘 시대의 흑사병인 셈이죠. 차이가 있다면 이 전염병에 감염되었다고 무조건 죽어 나가는 것이 아니라, 그냥 더 이상 번식을 할 수 없는 몸이 되는 것뿐이라는 점이에요. 버트런드의 바이러스가 정착되었다고 가정하면 세계 인구의 3분의 1은 이제 자식을 낳을 수 없어요. 뿐만 아니라 앞으로도 계속 세계 인구의 3분의 1은 자식을 낳을 수 없는 사람들로 채워지겠죠. 그 효과는 말하자면 열성 유전자의 그것과 비슷해요. 모든 후손에게 유전되기는 하지만, 그 효력이 발휘되는 것은 전체의 일부일 뿐이라는 거죠."

설명을 이어가는 시에나의 손이 눈에 띄게 떨리기 시작했다. "버트런드는 나에게 남긴 편지에서 '인페르노'가 인류의 가장 큰 숙제를 풀어줄 아주 아름답고도 인간적인 해결책이라는 자신감에 가득 차 있었어요." 시에나는 또다시 고이기 시작한 눈물을 훔쳤다. "흑사병의 그 무지막지한 파괴력에 비하면 이런 접근 방법이 인간적이라는 주장은 나도 인정할 수 있어요. 고통을 호소하는 사람, 죽어가는 사람들로 병원이 넘쳐나지도 않을 거고, 길거리에서 시체가 썩어가지도 않겠죠. 살아남은 사람들이 사랑하는 이를 잃고 괴로워하는 일도 없을 테고요. 그냥 지금과 비교할 때 아기를 조금 더 적게 낳게 될 뿐이에요. 출산율이 꾸준히 낮아져 결국은 인구 증가율도 역전될 거고, 인구 증가를 나타내는 그래프도 지금과는 전혀 다른 모습을 띠게 되겠죠." 그녀는 잠시 말을 멈췄다. "그 효과는 인구 증가 그래프에 금세 복구될 조그만 흠집밖에 내지 못하는 흑사병보다 더 강력할 거예요. 버트런드는 가장 장기적이고 영속적인 해결책을 마련하기 위해 인페르노를 만들어낸 거예요. 진정한 트랜스휴머니스트의 해결책인 셈이죠. 그는 생식 계통을 건드릴 줄 아는 유전공학자였어요. 덕분에 가장 근본적인 차원에서 문제의 해결책을 찾은 거고요."

"그건 유전적 테러리즘이에요." 랭던이 낮은 목소리로 중얼거렸다. "지금까지 인간을 규정해온 정체성을 가장 원초적인 단계에서 변화시켜버렸으니까요."

"버트런드는 그렇게 보지 않았어요. 그는 인류의 진화가 안고 있는 치명적인 결함을 해결하겠다는 꿈을 품었죠. 그건 바로 우리의 번식력이 지나치게 강하다는 사실이었어요. 우리는 다른 어떤 종과도 비교할 수 없는 지능을 가지고 있음에도 불구하고, 자신들의 숫자를 통제하는 능력은 가지고 있지 못해요. 아무리 공짜 콘돔을 나눠주고 성교육을 시키고 정부가 혜택을 주어도 소용없어요. 원하든 원하지 않든, 자꾸만 아기를 낳는 걸 어떡해요. 미국의 경우 모든 임신의 거의 절반이 계획되지 않은 임신이라는 CDC의 발표를 본 적 있어요? 개발도상국에서는 그 비율이 70퍼센트를 넘어요!"

랭던도 그런 통계를 접한 적이 있지만, 그것이 암시하는 바를 제대로 생각해보지는 않았다. 지금 시에나의 말을 듣고 보니, 인류는 태평양의 어느 섬에 유입된 토끼가 무제한으로 번식을 거듭한 끝에 생태계가 파괴되어 결국 스스로도 멸절하고 만 사례와 다를 바 없는 처지에 있다는 걸 실감할 수 있었다.

'버트런드 조브리스트는 우리를 구원하기 위해…… 우리의 유전자를 개조해서라도…… 우리의 번식력을 떨어뜨리려 했던 것이다.'

랭던은 긴 한숨을 몰아쉬었다. 멀리 보스포루스를 건너는 조그만 배가 파도에 흔들리듯, 자신의 발밑도 마구 요동치는 심정이었다. 그사이에도 사이렌 소리는 점점 커졌고, 이제 선착장 쪽에서도 사이렌 소리가 들리는 것으로 미루어 시에나 말대로 시간이 많이 남지 않은 듯했다.

"가장 끔찍한 건……" 시에나가 조용히 말을 이었다. "인페르노가 불임을 초래한다는 자체가 아니라 그것이 그런 '능력'을 가지고 있다는 점이에요. 공기를 통해 전염되는 바이러스 벡터는 말 그대로 시대를 훨씬 앞서가는 획기적인 도약이에요. 버트런드 덕분에 우리는 하루아침에 유전공학의 암흑기를 건너뛰고 곧바로 찬란한 미래로 들어서게 된 셈이죠. 그동안 굳게 잠겨 있던 진화의 문을 활짝 열어젖혀 우리가 스스로 우리 종을 새롭게 규정할 수 있는 가능성을 발견하게 된 거예요. 이제 판도라의 상자는 열렸고, 그 상자를 도로 닫을 수는 없어요. 버트런드는 인간이라는 종을 수정할 수 있는 열쇠를 만들었는데, 만약 그 열쇠가 엉뚱한 사람의 손에 들어가면…… 그때는 신의 자비를 호소하는 것 말고는 방법이 없어요. 무슨 일이 있어도 이런 기술은 개발되지 말았어야 해요. 나는 목적을 이루었다는 버트런드의 편지를 읽는 즉시 불태워 버렸어요. 그러고는 반드시 그 바이러스를 찾아내 흔적까지 모조리 지워버리기로 다짐했어요."

"이해가 가지 않는군요." 랭던은 일말의 분노가 깃든 목소리로 말했다. "그 바이러스를 파괴하고 싶었다면 왜 처음부터 신스키 박사와 WHO에게 협력하지 않았어요? CDC든 어디든 당장 그런 사실을 알렸어야 하는 것 아닙니까?"

"설마 농담이시겠죠! 다른 데는 몰라도 정부 기관의 수중에 이 기술이 들어가는 일만큼은 한사코 막아야 해요! 생각을 해봐요, 로버트. 불에서부터 원자력에 이르기까지, 인류의 역사를 통틀어 과학이 어떤 획기적인 기술을 발명할 때마다 어김없이 그것을 무기로 바꿔 버린 것은 언제나 강대국의 정부였어요. 생물학적 무기가 어디에서 비롯되었다고 생각해요? WHO나 CDC 같은 기관이 주도한 연구가 그 발단이 되었어요. 전염성 바이러스를 유전자 벡터로 활용하는 버트런드의 기술은 지금까지 개발된 것 중에서 가장 강력한 무기가 될 수 있어요. 특정한 목표물이 설정된 생물학적 무기와 같은, 상상을 초월하는 끔찍한 일들이 벌어질 수 있는 길이 열린 셈이죠. 특정한 인종적 표식, 특정한 유전자를 가진 사람만 선별적으로 공격하는 병원균을 상상해보세요. 유전자 차원에서 인종 청소가 자행되는 사태가 일어나지 않는다고 누가 장담할 수 있죠?"

"당신이 무엇을 걱정하는지는 알겠어요, 시에나. 하지만 이 기술은 좋은 쪽으로 활용될 수도 있는 것 아닙니까? 유전의학의 획기적인 발전을 위해 신이 내린 선물이 될 수도 있잖아요. 예를 들면 새로운 차원의 예방접종이 개발될 수도 있을 거고요."

"그럴 수도 있겠죠. 하지만 불행하게도 나는 권력을 가진 사람일수록 믿으면 안 된다는 사실을 일찌감치 깨우쳤어요."

멀리서 헬리콥터 날개 소리가 어렴풋이 들려오기 시작했다. 울창한 나뭇가지 사이로 스파이스 바자르 쪽의 하늘을 올려다보니, 언덕을 넘어 선착장 쪽으로 다가오는 헬리콥터 불빛이 시야에 들어오기 시작했다.

시에나의 표정이 조금 더 굳었다. "그만 가야겠어요." 그녀는 벤치에서 일어나 아타튀르크 다리가 있는 서쪽을 바라보았다. "걸어서 저 다리를 건널 수만 있으면—."

"당신이 갈 곳은 그쪽이 아니에요, 시에나." 랭던이 확고한 목소리로 말했다.

"로버트, 내가 돌아온 건 당신에게 반드시 모든 것을 설명해야 한다는 생각이 들었기 때문이에요. 이제 내가 할 말은 다 했어요."

"그렇지 않아요, 시에나." 랭던이 말했다. "당신이 돌아온 이유는 당신이 살면서 내내 도망만 쳤기 때문이에요. 이제야 더 이상 달아날 데가 없다는 사실을 깨달은 거지요."

시에나는 더욱 몸을 움츠렸다. "그럼 내가 어떻게 해야 하죠?" 그녀는 낮게 떠서 물가를 훑는 헬리콥터를 올려다보며 말했다. "저 사람들은 나를 발견하는 즉시 감옥에 처넣을 거예요."

"당신은 잘못한 게 없어요, 시에나. 당신이 이 바이러스를 만든 것도 아니고, 그걸 유출시킨 것도 아니잖아요."

"그건 사실이에요. 하지만 세계보건기구가 그 바이러스를 찾는 걸 방해하려고 온갖 노력을 다한 것도 사실이죠. 설령 터키의 감옥에 갇히지 않는다 해도, 국제재판소 같은 데서 생물학적 테러리즘 혐의로 재판을 받게 되겠죠."

랭던은 헬리콥터 소리가 점점 커지는 가운데 멀리 선착장 쪽을 바라보았다. 헬리콥터는 상공에 정지한 채 강렬한 서치라이트로 선착장의 보트들을 훑고 있었다.

시에나는 당장이라도 어디론가 뛰쳐나갈 기세였다.

"내 말 좀 들어봐요, 시에나." 랭던이 부드러운 목소리로 말했다. "당신이 힘든 시련을 겪었다는 것도 알고 잔뜩 겁에 질려 있는 것도 알겠어요. 하지만 지금 당신은 좀 더 큰 그림을 봐야 해요. 버트런드는 이 바이러스를 만들었고, 당신은 그걸 막으려 했어요."

"하지만 실패했죠."

"그래요. 그래서 이제 바이러스가 유출되었으니 과학계와 의료계는 그 정체를 철저하게 파악할 필요가 있어요. 거기에 대해서 뭔가를 알고 있는 유일한 사람이 현재로서는 당신밖에 없는 상황이지요. 어쩌면 그 바이러스를 무력화할 수 있는 방법이 있을지도 모르고, 그게 아니라 해도 뭔가 준비해야 할 게 있을지도 몰라요." 랭던의 차분한 시선이 그녀의 상처 입은 영혼을 꿰뚫는 듯했다. "시에나, 세상은 지금 당신이 알고 있는 것을 필요로 하고 있어요. 그런 당신이 이대로 사라져버릴 수는 없단 말입니다."

마치 슬픔과 불안감의 봇물이 터져버린 듯, 시에나의 가냘픈 몸이 심하게 떨리기 시작했다. "로버트, 난…… 어떻게 해야 좋을지 모르겠어요. 이제 내가 누구인지조차 모르겠는 걸요. 내 꼴을 좀 보세요." 시에나는 자신의 맨머리를 가리키며 말을 이었다. "괴물이 되어버렸어요. 어떻게 이런 내가 감히—."

랭던은 한 발 앞으로 다가서며 두 팔로 그녀를 감쌌다. 가슴에 닿은 그녀의 몸이 사시나무처럼 떨리는 것이 느껴졌다. 랭던은 조용히 그녀의 귀에 대고 속삭였다.

"시에나, 달아나고 싶은 마음은 알지만 나는 이대로 당신을 보낼 수가 없어요. 이제 당신은 누군가를 믿어볼 필요가 있어요."

"난 할 수 없어요……" 시에나는 소리 죽여 흐느꼈다. "어떻게 해야 하는지 모르겠어요."

랭던은 더욱 힘주어 그녀를 끌어안았다. "작은 데서부터 시작해요. 일단 첫 발을 떼어놓는 게 중요하니까. 나를 믿어요."

창문도 없는 C-130 수송기, 쇠와 쇠가 맞부딪히는 날카로운 금속음에 사무장은 자리를 박차고 벌떡 일어났다. 밖에서 누군가가 권총으로 이 비행기의 비상구를 두드리며 문을 열라고 외치고 있었다.

"다들 그대로 앉아 있어요." 조종사가 그렇게 명령하며 비상구 쪽으로 다가갔다. "터키 경찰입니다. 방금 차를 몰고 이쪽으로 다가오는 걸 봤어요."

사무장과 페리스는 재빨리 서로를 마주 보았다.

사무장은 기내에 남아 있는 WHO 직원들이 심각한 표정으로 부산하게 움직이는 것을 보고 그들의 임무가 실패로 돌아갔음을 직감했다. '조브리스트가 끝내 계획을 성공시켰어.' 사무장은 혼자 결론을 내렸다. '거기에 우리 조직이 적지 않은 역할을 한 셈이로군.'

비상구 바깥에서 권위적인 목소리의 터키어가 들려오기 시작했다.

사무장은 펄쩍 뛰며 조종사를 향해 명령하듯 말했다. "열지 마시오."

조종사는 동작을 멈추고 그를 돌아보았다. "왜요?"

"WHO는 국제 구호 기관이오." 사무장이 대답했다. "게다가 이 비행기는 치외법권이 적용되는 공간이오."

조종사는 고개를 가로저었다. "이 비행기는 지금 터키 공항에 착륙해 있는 상태입니다. 터키 영공을 벗어나기 전까지는 현지의 법령에 따라야 합니다." 조종사는 사무장에게 그렇게 말하며 비상구를 열어젖혔다.

제복 차림의 경찰 두 명이 나타났다. 바늘로 찔러도 피 한 방울 나지 않을 만큼 차가운 인상을 가진 자들이었다. "이 비행기의 기장이 누구요?" 둘 가운데 한 사람이 서툰 영어 발음으로 물었다.

"접니다." 조종사가 대답했다.

경찰관은 그에게 서류 두 장을 내밀었다. "체포 영장이오. 이 두 승객은 지금 우리와 함께 가줘야겠소."

조종사는 서류를 훑어보더니 사무장과 페리스를 힐끔 돌아보았다.

"신스키 박사에게 연락하시오." 사무장이 WHO 소속의 조종사를 향해 말했다. "우리는 지금 국제적인 비상 임무를 수행하는 중이오."

경찰관 한 명이 비웃음 가득한 얼굴로 사무장을 바라보았다. "엘리자베스 신스키 박사 말이오? 세계보건기구의 사무총장? 바로 그 사람이 당신을 체포하라고 요청한 사람이오."

"그럴 리가 없어." 사무장이 대답했다. "페리스 씨와 나는 신스키 박사를 돕기 위해 이곳 터키까지 온 사람들이오."

"그럼 일을 제대로 처리하지 못한 모양이군." 두 번째 경찰관이 말했다. "신스키 박사가 터키 영토에서 생물학적 테러를 공모한 혐의로 당신네 두 사람의 이름을 우리에게 알려왔소." 그는 수갑까지 꺼내 들었다. "두 분 다 경찰서로 가서 조사에 응해주셔야겠소."

"변호사를 불러주시오!" 사무장이 소리쳤다.

30초 후, 사무장과 페리스는 수갑이 채워진 채 비행기에서 끌려 내려와 대기하고 있던 검은색 승용차 뒷좌석에 처박혔다. 그들을 태운 차는 활주로를 가로질러 공항의 한구석으로 달려간 다음, 미리 잘려져 있던 울타리의 철조망 구멍 사이로 빠져나갔다. 이어서 망가진 비행기 부품들이 널린 폐허를 지나 어느 낡은 창고 앞에 멈춰 섰다.

제복을 입은 두 명의 경찰관이 차에서 내려 주위를 살펴보았다. 아무도 쫓아오지 않는 것을 확인한 그들은 재빨리 경찰 제복을 벗어 던졌다. 그러고는 페리스와 사무장을 차에서 끌어내고 수갑을 풀어주었다.

사무장은 연신 팔목을 문지르며 역시 자신은 죄수 체질이 아니라는 생각을 했다.

"자동차 열쇠는 깔판 밑에 있습니다." 가짜 경찰관 한 명이 옆에 서 있는 흰색 승합차를 가리키며 말했다. "요청하신 물건들은 뒷좌석의 가방 안에 넣어 두었습니다. 여권, 현금, 선불 전화, 옷, 그 밖에 보시면 마음에 들 만한 물건들이 몇 가지 더 들어 있습니다."

"고맙네." 사무장이 말했다. "역시, 유능한 친구들은 다르군."

"잘 훈련시켜주신 덕분입니다, 사무장님."

두 터키인은 그 말을 남기고 검은색 승용차를 몰고 사라졌다.

'신스키가 나를 그냥 내버려 둘 리가 없다.' 사무장은 마음속으로 중얼거렸다. 이스탄불까지 날아오는 동안 불길한 낌새를 알아차린 사무장은 전자우편을 통해 컨소시엄의 현지 사무실에다 자신과 페리스를 빼돌려 달라는 지시를 내려둔 상태였다.

"그녀가 우리를 추적할까요?" 페리스가 물었다.

"신스키 박사 말인가?" 사무장은 고개를 끄덕였다. "물론 그렇겠지. 지금 당장은 다른 일 때문에 우리에게까지 신경을 쓸 여유가 없겠지만."

페리스와 함께 승합차에 오른 사무장은 뒷좌석의 가방을 뒤져 필요한 서류들을 정리한 다음, 야구 모자를 꺼내 머리에 눌러썼다. 모자 안에 조그만 하이랜드 파크 싱글 몰트 위스키 한 병이 들어 있었다.

'정말 유능한 친구들이로군.'

사무장은 호박색 액체를 바라보며 내일까지 기다려야 한다고 스스로를 타일렀다. 하지만 다음 순간, 조브리스트의 솔루블론 자루를 떠올리자 내일 당장 무슨 일이 일어날지 모른다는 생각이 들었다.

'나는 내 생명과도 같은 원칙을 어겼다.' 사무장은 스스로를 추궁했다. '내 고객을 포기했어.'

사무장은 내일 아침 전 세계의 언론이 심각한 위기 상황을 대서특필할 것이고, 거기에는 자신의 역할이 큰 비중을 차지한다는 사실을 부정할 수 없었다.
'내가 아니었다면 그런 일은 벌어지지 않았을 것이다.'

난생처음으로, 무지는 도덕적 오류의 면죄부가 되지 않는다는 사실을 실감하는 순간이었다. 그의 손가락이 자신도 모르는 사이에 위스키 병의 봉인을 뜯었다.

'마셔라.' 사무장은 스스로를 향해 말했다. '어차피 네 인생도 며칠 남지 않았으니까.'

사무장은 위스키를 길게 들이켜며 목구멍을 타고 내려가는 뜨뜻한 열기를 음미했다.

갑자기 강력한 탐조등이 어둠을 가르는가 싶더니, 사방에서 경찰차가 파란 경광등을 번쩍거리며 그가 타고 있는 승합차를 에워쌌다.

필사적으로 주위를 살피던 사무장은…… 이내 의자에 몸을 기대고 납덩이처럼 꿈쩍도 하지 않았다.

'빠져나갈 구멍이 없다.'

무장한 터키 경찰관들이 소총을 겨눈 채 승합차로 접근하자, 사무장은 마지막으로 하이랜드 파크를 한 모금 더 들이켠 뒤 조용히 머리 위로 손을 치켜들었다.

이번에 나타난 경찰관들은 자신의 요원이 아니라는 것을 너무나 잘 아는 탓이었다.

이스탄불의 스위스 영사관은 초현대적 감각의 미끈한 마천루 원 레벤트 플라자에 자리하고 있다. 파란 유리로 에워싸인 오목한 형태의 이 건물은 유서 깊은 대도시의 스카이라인 위로 미래의 거대한 비석처럼 우뚝 솟은 모습이다.

신스키가 저수조를 나와 이 영사관 사무실에 임시 지휘 본부를 설치한 지 거의 한 시간이 지났다. 현지의 언론사들은 저수조에서 벌어진 리스트의 〈단테 심포니〉 마지막 공연에서 대규모 소요 사태가 발생했다는 소식을 시시각각 전하고 있었다. 아직 자세한 내막은 알려진 바 없지만, 국제 보건 기관의 요원들이 위험 물질을 차단하는 방호복을 입고 나타났다는 사실이 무성한 추측을 불러일으켰다.

신스키는 창밖으로 도시의 불빛을 바라보며 극심한 외로움에 사로잡혔다. 자신도 모르게 부적이 달린 목걸이를 찾아 목덜미를 더듬었지만, 손에 잡히는 것은 아무것도 없었다. 완전히 두 동강이 나버린 부적은 지금 그녀의 책상 위에 놓여 있었다.

WHO 사무총장은 몇 시간 뒤에 제네바에서 비상 회의를 소집하기 위한 준비 작업을 막 마친 상태였다. 다양한 기관의 전문가들이 이미 제네바를 향해 출발했고, 신스키 본인도 잠시 후면 그들에게 사건 개요를 설명하기 위해 또 한 번 비행기에 올라야 할 터였다. 고맙게도 야간 당직 근무 중인 누군가가 뜨거운 진짜 터키 커피를 한 잔 가져다주어서 맛있게 잘 마신 참이었다.

젊은 영사관 직원 한 사람이 열린 그녀의 방문 안으로 살짝 머리를 들이밀었다. "총장님, 로버트 랭던 씨가 오셨습니다."

"고마워요." 신스키가 대답했다. "들어오시라고 전하세요."

20분 전, 랭던은 신스키에게 전화를 걸어 시에나 브룩스가 보트를 훔쳐 타고 바다로 달아났다고 보고했다. 신스키도 터키 경찰을 통해 이미 그런 사실을 알고 있었다. 경찰은 아직 주변 지역을 수색하고 있지만 아무런 성과도 거두지 못한 상태였다.

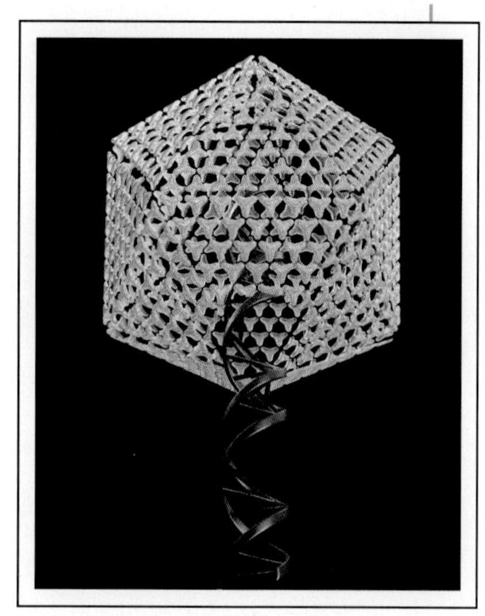
바이러스(푸른색)에 감염된 DNA 가닥(붉은색)

곧이어 랭던이 사무실 안으로 들어섰지만, 신스키는 하마터면 그를 알아보지 못할 뻔했다. 옷과 머리는 지저분하기 짝이 없었고, 피로가 가득한 눈은 퉁퉁 부은 모습이었다.

"교수님, 괜찮으세요?" 신스키가 자리에서 일어서며 물었다.

랭던은 피곤한 미소를 지어 보였다. "어젯밤에 잠을 제대로 못 자서요."

"어서 좀 앉으세요." 신스키는 의자를 가리키며 말했다.

"조브리스트의 병원균 말입니다." 랭던은 자리에 앉으며 서론도 없이 단도직입적으로 말했다. "이미 일주일 전에 유출된 것 같아요."

신스키도 고개를 끄덕였다. "그래요, 우리도 같은 결론에 도달했어요. 아직 증세가 보고된 사례는 없지만, 샘플을 확보해서 이미 집중적인 검사에 들어간 상태예요. 유감스럽게도 이 바이러스의 정체가 드러나기까지는 며칠, 아니 몇 주가 걸릴지 모르겠네요."

"벡터 바이러스입니다." 랭던이 말했다.

신스키는 깜짝 놀라 고개를 갸웃거렸다. 랭던이 그런 용어를 안다는 사실 자체가 놀라웠다. "뭐라고요?"

"조브리스트는 인간의 DNA를 수정할 수 있는 기인성 벡터 바이러스를 만들어냈어요."

신스키가 벌떡 몸을 일으키는 바람에 그녀의 의자가 뒤로 넘어갔다. '말도 안 돼!' "왜 그런 생각을 하게 된 거죠?"

"시에나." 랭던이 조용한 목소리로 대답했다. "그녀가 말해줬어요. 30분 전에."

신스키는 두 손으로 책상을 짚고 서서 뭔가 미심쩍다는 듯이 랭던을 노려보았다. "그녀는 달아나지 않았나요?"

"달아난 것 맞아요." 랭던이 대답했다. "보트를 타고 바다로 나갔으니 마음만 먹었으면 영원히 사라져버릴 수 있었겠지요. 하지만 중간에 생각을 고쳐먹었어요. 순전히 자발적인 의지로 다시 돌아온 겁니다. 시에나는 이번 위기를 극복할 수 있도록 힘을 보태고 싶어 해요."

신스키의 입에서 거친 웃음 소리가 터져 나왔다. "미안하지만 나는 브룩스 양을 믿고 싶은 마음이 조금도 없어요. 그녀가 어떻게 그런 주제넘은 소리를 하는지 이해가 가지 않네요."

"나는 그녀를 믿습니다." 랭던은 조금도 흔들림 없는 목소리로 말했다. "그리고 그녀가 이 바이러스를 벡터 바이러스라고 얘기한다면, 박사님도 좀 더 진지하게 받아들이는 게 좋을 거라고 생각해요."

신스키는 랭던이 한 말을 분석해보려고 신경을 곤두세우다 보니 불현듯 극심한 피로가 몰려왔다. 생각에 잠긴 그녀는 말없이 창가로 다가가 도시를 내려다보았다. 'DNA를 변화시키는 바이러스 벡터?' 터무니없이 황당하고 무시무시한 이야기이긴 하지만, 가만히 생각해보니 전혀 말이 되지 않는 것도 아니었다. 조브리스트는 유전공학자였고, 하나의 유전자에 일어난 극히 미세한 변이가 인체에는 암이나 장기 파열, 혈액 질환 같은 치명적인 영향을 초래할 수 있다는 사실을 누구보다 잘 아는 인물이었다. 예를 들어 7번 염색체의 조절 유전자에 생긴 지극히 사소한 이상이 낭포성 섬유증 같은 고약한 질병—환자는 자신의 체내에서 지나치게 많이 분비되는 점액 때문에 익사한다고 해도 과언이 아니다—을 초래하는 경우도 허다하다.

최근 들어 전문가들은 초보적인 벡터 바이러스를 환자의 체내에 직접 주입함으로써 이 같은 유전적 문제를 해결하고자 하는 시도를 막 시작한 단계였다. 이런 비전염성 바이러스는 환자의 몸속으로 들어가 손상된 부위를 고칠 대체 DNA를 주입하도록 설계된다. 하지만 이런 신과학은, 다른 모든 과학과 마찬가지로, 나름의 부정적인 측면을 가지고 있다. 벡터 바이러스의 효과는 지극히 생산적일 수도 있고 파괴적일 수도 있는데, 어느 쪽이냐가 전적으로 설계자의 의도에 달려 있다는 것이 문제였다. 건강한 세포에 손상된 DNA를 주입하도록 악의적으로 설계된 바이러스라면, 말할 필요도 없이 끔찍한 사태가 벌어질 것이다. 더군다나 그 파괴적인 바이러스가 공기를 통해 쉽게 전염되는 속성을 띠도록 설계된다면…….

신스키는 그런 생각만으로도 오싹한 한기가 느껴졌다. '도대체 조브리스트는 어떤 유전적 공포를 꿈꾸었던 걸까? 어떤 방법으로 인구를 솎아내려 한 걸까?'

신스키는 그 답을 찾아내기까지 최소 몇 주가 걸린다는 사실을 알고 있었다. 인간의 유전자 암호는 거의 무한한 화학적 순열의 미로를 포함하고 있다. 그 속에서 조브리스트가 의도한 하나의 특정한 변이를 찾아낸다는 것은 건초 더미에서 바늘을 찾는 것과 마찬가지인데, 그 건초 더미가 어느 행성에 있는지조차 모른다는 게 더 심각한 문제였다.

"엘리자베스?" 랭던의 중후한 목소리가 그녀를 현실 세계로 불러냈다.

신스키는 창가에서 돌아서서 랭던을 바라보았다.

"내가 한 말 제대로 들었어요?" 랭던은 여전히 차분한 목소리로 물었다. "시에나는 박사님만큼이나 간절히 이 바이러스를 파괴하고 싶어 합니다."

"솔직히 말해서 도저히 믿을 수가 없어요."

랭던은 길게 숨을 내쉬며 자리에서 일어났다. "내 말을 귀담아들으셔야 할 겁니다. 조브리스트는 죽기 직전에 시에나에게 편지를 보내 자신의 연구 성과를 설명했어요. 이 바이러스가 어떤 작용을 하는지, 어떻게 우리를 공격하는지, 그것이 어떻게 자신의 목적을 달성해줄 것인지를 설명하는 편지였어요."

신스키의 몸이 그대로 얼어붙었다. '편지를 남겼다고?!'

"그 편지를 통해 조브리스트가 무엇을 만들어냈는지를 알게 된 시에나는 커다란 충격에 사로잡혔어요. 그래서 그를 막으려 했지요. 그 바이러스는 너무나 위험하기 때문에 세계보건기구를 포함한 그 누구의 손에도 들어가서는 안된다는 것이 그녀의 판단이었어요. 무슨 말인지 아시겠어요? 시에나는 그 바이러스를 유출시키려 한 것이 아니라…… 파괴하려고 했던 겁니다."

"편지가 있다고요?" 신스키의 초점은 이제 한 군데로 집중되었다. "자세한 내막이 적힌?"

"시에나가 나에게 밝힌 바로는, 그렇습니다."

"우린 그 편지가 필요해요! 그 편지만 있으면 이 바이러스의 정체가 무엇인지, 어떻게 대처하면 되는지를 알아내는 데 적어도 몇 달은 시간을 절약할 수 있어요."

랭던은 고개를 가로저었다. "잘 이해를 못 하시는군요. 시에나는 조브리스트의 편지를 읽고 극심한 두려움에 사로잡혔어요. 그래서 그 즉시 태워버렸다고 하더군요. 누구도 그 내용을—."

신스키가 갑자기 주먹으로 책상을 쾅 내려쳤다. "우리가 이 위기를 극복하는 데 필요한 유일한 자료를 태워버렸다고? 지금 나더러 그런 여자를 믿으라고 말하는 거예요?"

"지금까지 그녀가 보여준 행동에 비춰 볼 때 확실히 쉬운 일은 아니겠지만, 지금 당장 그녀를 처벌할 방법을 찾는 것보다는 그녀가 아주 독특한 지능의 소유자라는 사실을 상기하는 쪽이 더 유익하지 않을까 싶습니다. 그 독특한 지능에는 상상을 초월하는 기억력도 포함되니까요." 랭던은 잠시 숨을 돌리고 한마디를 덧붙였다. "만약 그녀가 당신에게 도움이 될 만큼 조브리스트의 편지를 그대로 재현해낼 수 있다면 어떻게 하시겠습니까?"

신스키는 눈을 가늘게 뜨고 미세하게 고개를 끄덕였다. "교수님, 만약 그런 경우라면 내가 어떻게 했으면 좋겠어요?"

랭던은 그녀의 빈 커피 잔을 가리키며 대답했다. "커피를 좀 더 주문하시면 좋겠네요. 그리고 시에나가 제시한 한 가지 조건에 귀를 기울이시는 게 좋을 것 같습니다."

신스키는 갑자기 맥박이 빨라지는 것을 느끼며 전화기를 슬쩍 내려다보았다. "그녀에게 연락할 방법을 알고 있어요?"

"예."

"그녀가 제시한 조건이 뭐죠?"

랭던이 시에나의 조건을 털어놓자, 신스키는 잠시 침묵을 지키며 고민에 빠졌다.

"내가 보기에는 그렇게 하는 게 옳은 것 같습니다." 랭던이 말했다. "어차피 손해 볼 것도 없잖아요."

"지금까지 당신이 한 말이 모두 사실이라면, 좋아요, 그렇게 하겠어요." 신스키는 전화기를 내밀었다. "연락하세요."

놀랍게도 랭던은 신스키가 내민 전화기를 거들떠보지도 않았다. 그 대신 금방 돌아오겠다는 말을 남기고 사무실을 나섰다. 신스키는 영문을 몰라 복도로 그를 쫓아 나갔다. 랭던은 영사관의 대기실을 가로질러 유리문을 열고 엘리베이터 앞으로 나갔다. 신스키는 그가 밑으로 내려갈 모양이라고 생각했지만, 그는 엘리베이터의 호출 단추를 누르는 대신 조용히 여자 화장실 안으로 사라졌다.

잠시 후, 랭던은 30대 초반으로 보이는 여자와 함께 화장실에서 나왔다. 신스키는 그 여자가 정말로 시에나 브룩스라는 사실을 알아보기까지 한참의 시간이 걸렸다. 신스키가 보았던 말총머리의 예쁜 아가씨 모습은 온데간데없고, 마치 면도날로 깨끗이 밀어버린 듯 온전한 대머리 여인이 서 있었다.

신스키의 집무실로 들어선 랭던과 시에나는 말없이 그녀의 책상 맞은편에 자리를 잡고 앉았다.

"용서하세요." 시에나가 빠른 말투로 입을 열었다. "할 이야기가 아주 많다는 건 잘 알지만, 나로서는 내가 정말로 해야 할 이야기를 당신이 들어줄 거라는 확신이 필요했어요."

신스키는 그녀의 목소리에 깃든 깊은 슬픔을 느꼈다. "물론 듣고말고요."

"박사님." 시에나가 떨리는 목소리로 입을 열었다. "박사님은 세계보건기구의 수장이에요. 인류가 걷잡을 수 없는 인구문제 때문에 말 그대로 멸종의 위기 앞에 서 있다는 것을 누구보다도 잘 아는 분일 테죠. 버트런드 조브리스트는 우리가 당면한 위기 상황을 박사님처럼 힘 있는 사람들과 함께 논의하고 싶어 했어요. 그래서 변화를 일으킬 수 있다고 판단되는 수많은 단체를 찾아다녔죠. 월드워치 연구소, 로마 클럽, 인구문제 재단, 외교협회 등을 일일이 찾아다녔지만, 진정한 해결책에 대해 의미 있는 대화를 나눌 만한 사람은 단 한 명도 만나지 못했어요. 하나같이 피임 교육을 강화하자거나, 자녀를 적게 둔 가정에 세금 혜택을 주자거나, 심지어는 달을 식민지로 개발하자거나 하는 뜬구름 잡는 소리를 지껄일 뿐이었죠. 버트런드가 이성을 잃은 것도 무리는 아니다 싶어요."

신스키는 아무런 반응도 보이지 않고 그녀를 가만히 쳐다보기만 했다.

시에나는 깊은 한숨을 내쉬었다. "신스키 박사님, 버트런드는 박사님을 개인적으로 찾아가기도 했어요. 박사님에게 인류가 멸종 위기에 처했다는 사실을 받아들이고 자신과 진지한 대화를 나누어보자고 간청했죠. 하지만 박사님은 그의 말에 귀를 기울이는 대신, 그를 미치광이라 부르며 요주의 대상자 명단에 올렸고, 그것이 결국 그를 땅속으로 내모는 결정적인 계기로 작용했어요." 이제 시에나의 목소리에는 깊은 감정이 묻어났다. "버트런드는 박사님 같은 분들 중 그 누구도 코앞에 닥친 인류의 위기를 극복하기 위해 아주 불편한 해결책이 필요하다는 사실을 귀담아듣지 않으려 한다는 데서 극심한 좌절감을 느끼며 혼자 죽어갔어요. 버트런드가 원한 것은 오로지 진실을 말하고자 한 것뿐이었는데, 바로 그것 때문에 그는 지상에서 쫓겨난 추방자 신세가 되어버린 거예요." 시에나는 눈물을 훔치며 책상을 가로질러 신스키를 똑바로 쳐다보았다. "믿으셔도 돼요, 나는 혼자만의 외로움이 어떤 것인지 누구보다 잘 아는 사람이에요. 세상에서 가장 고통스러운 외로움은 오해에서 비롯되는 고립감이죠. 그렇게 극단적인 상황으로 내몰리다 보면 현실감각을 정상적으로 유지하기 힘든 경우가 많아요."

시에나가 말을 멈추자, 긴장된 정적이 뒤를 이었다.

"내가 하고 싶은 말은 다 했어요." 시에나가 작은 목소리로 속삭였다.

신스키는 한참 동안 그녀를 응시하더니, 천천히 자리에 앉았다. "브룩스 양." 신스키의 차분한 목소리가 이어졌다. "당신 말이 맞아요. 전에는 미처 귀를 기울이지 못했지만……" 신스키는 책상 위에 가지런히 두 손을 모으며 시에나를 똑바로 쳐다보았다. "지금은 열심히 듣고 있어요."

스위스 영사관의 로비에 걸린 시계가 새벽 1시를 알린 지도 한참이 지났다.

신스키의 책상 위에 놓인 종이에는 손으로 쓴 글씨와 도형들, 수많은 질문들이 빽빽이 적혀 있었다. 세계보건기구 사무총장은 벌써 5분 이상 움직이지도, 입을 열지도 않았다. 그저 창가에 서서 밤거리를 내려다보고 있을 뿐이었다.

그녀의 등 뒤에, 랭던과 시에나가 마지막 남은 커피를 손에 든 채 말없이 앉아 있었다. 터키 커피 특유의 깊은 향과 피스타치오 냄새가 방 안에 가득했다.

들리는 소리라고는 머리 위 형광등에서 나는 희미한 소음밖에 없었다.

시에나는 자신의 심장이 뛰는 것을 느끼며, 이제 모든 진실을 낱낱이 알게 된 신스키가 무슨 생각을 하고 있을지 궁금해했다. '버트런드의 바이러스는 불임을 유발한다. 세계 인구의 3분의 1은 후손을 두지 못할 것이다.'

시에나는 설명을 하는 내내 신스키의 절제된, 그러나 어쩔 수 없이 드러나는 감정 변화를 유심히 지켜보았다. 처음에는 조브리스트가 정말로 공기로 전염되는 벡터 바이러스를 만들어냈다는 사실을 받아들여야 한다는 것에 대한 당혹스러움이 묻어났다. 다음으로는 그 바이러스가 사람을 죽이려는 목적으로 설계된 것이 아니라는 점에서 희망의 끈을 발견하고 싶은 절박함이, 또 그 다음에는 마침내 세계 인구의 상당수가 불임의 몸이 된다는 진실이 드러남에 따라 급격히 수위가 높아지는 두려움이 느껴졌다. 이 바이러스가 인간의 번식력을 공격한다는 사실은 신스키에게 개인적으로도 상당한 충격을 안긴 것이 분명해 보였다.

반면 시에나가 느끼는 가장 중요한 감정은 안도감이었다. 시에나는 버트런드의 편지에 담긴 진실을 있는 그대로 WHO 사무총장에게 털어놓았다. '더 이상 나에게는 어떤 비밀도 없어.'

"엘리자베스?" 이윽고 랭던이 침묵을 깨뜨렸다.

깊은 생각에 잠겼던 신스키는 천천히 현실 세계로 돌아왔다. 두 사람을 바라보는 그녀의 얼굴은 잔뜩 일그러져 있었다. "시에나." 신스키가 담담한 목소리로 입을 열었다. "당신이 알려준 정보는 이번 위기에 대처하는 전략을 준비하는 데 아주 요긴하게 사용될 거예요. 솔직하게 말해주어서 정말 고마워요. 알다시피 전염성을 가진 벡터 바이러스는 지금까지 대규모의 인구가 면역성을 갖추도록 하는 수단으로 이론적으로만 논의되었을 뿐, 실제로 상용화되려면 앞으로도 오랜 세월이 필요할 거라고 보는 사람들이 대부분이었어요."

신스키는 책상으로 돌아가 앉았다.

"용서하세요." 그녀가 고개를 가로저으며 말했다. "아직도 이 모든 게 과학소설에나 나옴직한 이야기로 느껴져요."

'그럴 만도 하다.' 시에나는 생각했다. 페니실린, 마취제, X선, 현미경을 이용해 세포분열을 처음으로 목격한 순간……. 의학계의 모든 획기적인 성과는 늘 이와 비슷한 반응을 불러일으켰다.

신스키는 책상 위에 놓인 종이를 물끄러미 내려다보았다. "이제 몇 시간 후에 내가 제네바에 도착하면 온갖 질문 세례가 퍼부어질 거예요. 아마도 첫 번째 질문은 이 바이러스에 대처할 방법이 있느냐는 것이 되겠죠."

시에나의 생각도 크게 다르지 않았다.

신스키가 말을 이었다. "내가 보기에 첫 번째 대안은 버트런드의 바이러스를 철저하게 분석해서 최대한 그 성질을 이해한 다음, 또 다른 변종을 만들어내고자 하는 시도가 되지 않을까 싶어요. 우리의 DNA를 원래대로 되돌리는 능력을 가진 변종을 만들자는 거죠." 그렇게 말하며 시에나를 바라보는 그녀의 표정은 그리 낙관적이지 않아 보였다. "이런 대항 바이러스의 가능성은 좀 더 두고 봐야겠지만, 일단 가능하다고 전제할 때 당신의 생각은 어떤지 들어보고 싶어요."

'내 생각?' 시에나는 자신도 모르는 사이에 랭던을 돌아보았다. 고개를 끄덕

인간 DNA 배열 지도.
인간 게놈 프로젝트의 일부

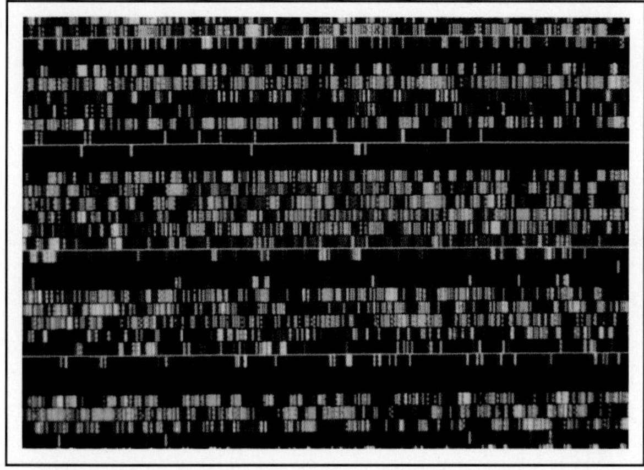

여 보이는 랭던은 아주 뚜렷한 메시지를 전달하고 있었다. '어차피 여기까지 왔잖아요. 당신 생각을 말하세요. 당신이 보는 진실을 있는 그대로 얘기하라고요.'

시에나는 헛기침을 한 번 한 뒤, 신스키를 바라보며 아주 또렷하고 힘 있는 목소리로 입을 열었다. "총장님, 나는 버트런드와 함께 여러 해 동안 유전공학의 세계를 돌아다녔어요. 잘 아시겠지만 인간의 게놈은 극도로 섬세한 구조를 가지고 있죠. 카드로 만든 집처럼 말이에요. 우리가 거기에 손을 대면 댈수록 엉뚱한 카드를 잘못 건드려서 집 전체가 무너져 내릴 가능성이 커져요. 나 개인적으로는 이미 진행된 일을 되돌리려는 시도 자체가 커다란 위험성을 내포하고 있다고 생각해요. 버트런드는 누구도 흉내 내지 못할 기술과 철학을 가진 유전공학자였어요. 다른 동료들에 비해 적어도 몇 년 이상은 앞서가던 인물이죠. 지금 시점에, 그런 그가 해놓은 일을 되돌리기 위해 인간의 게놈을 건드릴 만한 사람이 있을지 자신이 없어요. 설령 그럴듯해 보이는 뭔가를 만들어낸다 한들, 그 대안을 실행에 옮기기 위해서는 세계 인구 전체를 또 한 번 감염시켜야 한다는 의미잖아요."

"정확한 지적이에요." 신스키는 시에나의 논리적인 견해가 상당히 인상적인 눈치였다. "하지만 그보다 더 근본적인 문제도 있죠. 과연 우리가 그 바이러스에 대항할 필요가 있을까, 라는."

시에나는 허를 찔린 표정으로 신스키를 바라보았다. "네?"

"브룩스 양, 나는 버트런드가 선택한 방법론에는 동의할 수 없지만 현상에 대한 그의 분석만큼은 정확하다고 인정하는 입장이에요. 지구가 심각한 인구 문제에 직면해 있다는 건 누구도 부정할 수 없는 진실이니까요. 만약 우리가 특단의 다른 대책 없이 버트런드의 바이러스를 무력화하는 데 성공한다면, 그냥 아무 일도 없었다는 듯이 원래대로 돌아갈 뿐이에요."

시에나의 얼굴에 충격이 그대로 드러난 듯, 신스키는 피곤한 미소와 함께 이렇게 덧붙였다. "내 입에서 이런 소리가 나올 줄은 미처 예상하지 못한 모양이죠?"

시에나는 고개를 가로저었다. "솔직히 말해서 이제 더 이상 무엇을 예상해야 할지조차 모르겠어요."

"그럼 놀라운 이야기를 하나 더 들려드릴까요?" 신스키가 말을 이었다. "조금 전에 말했듯이 이제 몇 시간 후면 이번 위기를 논의하고 대책을 준비하기 위해 세계의 중요한 보건 단체 지도자들이 모두 제네바에 모일 거예요. 내가 WHO에 몸담은 뒤로 이렇게 중요한 회의가 열린 적이 있는지 기억이 나지 않네요." 신스키는 젊은 의사와 눈높이를 맞추며 그녀를 똑바로 쳐다보았다. "시에나, 나는 당신도 그 회의에 한 자리를 차지했으면 좋겠다는 생각이에요."

"내가요?" 시에나는 잔뜩 움츠리는 기색이 역력했다. "나는 유전공학자가 아니에요. 내가 아는 것은 이미 다 말씀드렸고요." 시에나는 신스키의 책상 위에 놓인 종이를 가리켰다. "내가 드릴 수 있는 정보는 그 종이 안에 다 들어 있어요."

"꼭 그렇지는 않아요." 랭던이 끼어들었다. "시에나, 이 바이러스에 대해 정말로 의미 있는 논의가 이루어지려면 '맥락'이라는 게 필요해요. 신스키 박사님이 이번 위기에 대한 그들의 대응을 평가하기 위해서는 도덕적 잣대가 있어야 하니까요. 박사님은 그런 측면에서 당신이 상당히 독특한 위치를 차지할 수 있다고 보는 걸 테고요."

"나의 도덕적 잣대는 아마 WHO의 마음에 들지 않을 거예요."

"그럴지도 모르지요." 랭던이 대답했다. "바로 그렇기 때문에 더더욱 당신이 그 자리에 참석할 필요가 있는 겁니다. 당신은 보통 사람들과는 전혀 다른 생각을 가진 인물 가운데 하나예요. 기존의 선입견에 의문을 제기해줄 수 있는 사람이지요. 당신은 그들이 버트런드 같은 이상주의자의 사고 구조를 이해하도록 도울 수 있어요. 신념이 너무나 강해서 문제를 자기 손으로 해결하지 않으면 안 되는, 아주 특별한 천재 말이에요."

"버트런드가 최초의 인물은 아닐 거예요."

"아니죠." 신스키가 말했다. "물론 마지막도 아닐 거예요. WHO는 거의 한 달에 한 건씩, 과학의 회색 지대를 배회하는 과학자들의 연구소를 발견해요. 인간의 줄기세포 조작에서부터 자연계에는 존재하지 않는 새로운 변종을 탄생시키려는 노력에 이르기까지, 온갖 시도가 끊이지 않아요. 어떻게 보면 아주 골치 아픈 노릇이죠. 과학의 발달 속도가 워낙 빠르다 보니, 어디에 선을 그어야 할지 아는 사람이 아무도 없는 형국이에요."

시에나도 동의할 수밖에 없는 주장이었다. 얼마 전에도 파우히르와 가와오카라는 두 저명한 바이러스 학자가 전염성이 강한 변종 H5N1 바이러스를 만들어낸 적이 있었다. 그들은 순전히 학문적인 의도로 업적을 이뤄냈지만, 생물학적 보안 전문가들이 그들의 연구가 상당한 위험성을 내포하고 있다는 사실을 지적하면서 인터넷상에서 한바탕 거센 논란이 일어난 적이 있었다.

"앞으로 상황이 점점 더 어려워질 것 같아서 걱정이에요." 신스키가 말했다. "지금 우리는 상상조차 하지 못한 새로운 기술의 언저리에 서 있거든요."

"철학도 마찬가지예요." 시에나가 덧붙였다. "트랜스휴머니즘 운동이 막 그림자 속을 벗어나 주류로 올라서는 중이거든요. 그들의 가장 근본적인 입장 가운데 하나는 인간이 스스로의 진화 과정에 참여할 도덕적 책임을 갖는다는 주장이에요. 종을 더욱 발전시키고, 보다 나은 인간을 만들기 위해 우리의 기술을 사용해야 한다는 거죠. 조만간 더 건강하고, 더 강하고, 더 뛰어난 두뇌를 가진 인간이 탄생할 모든 조건이 갖춰졌다고 보는 거예요."

"당신은 그런 믿음이 자연스러운 진화 과정과 충돌을 일으킨다는 쪽으로는 생각하지 않는 모양이죠?"

"물론이에요." 시에나는 잠시도 주저하지 않고 대답했다. "인간은 오랜 세월을 두고 새로운 기술을 발명하면서 점진적으로 진화해왔어요. 불을 일으키려고 나무 막대기를 서로 문지르고, 보다 안정적으로 먹을 것을 구하기 위해 농사를 짓고, 질병과 맞서 싸우기 위해 백신을 개발하고, 그런 오랜 과정을 거친 끝에 이제는 변화하는 세계에서 살아남기 위해 우리 자신의 몸을 개조하는 유전적 도구를 만들어내는 단계에 이르렀어요." 시에나는 잠시 숨을 돌린 뒤 덧붙였다. "나는 유전공학이야말로 인간의 진보를 앞당기는 또 하나의 발걸음이라고 믿어요."

신스키는 신중하게 생각을 정리하며 말했다. "당신은 우리가 쌍수를 들고 그런 도구들을 환영해야 한다고 생각하는군요."

시에나가 대답했다. "그러지 않는다면 불을 피우는 것이 두려워서 얼어 죽는 쪽을 선택하는 원시인과 다를 바 없죠."

시에나의 말이 남긴 긴 여운 때문에 한동안 아무도 선뜻 입을 열지 못했다.

먼저 침묵을 깨뜨린 사람은 랭던이었다. "케케묵은 소리처럼 들릴지 모르지만, 다윈의 이론을 배우며 자라난 나로서는 진화의 자연스러운 과정을 촉진하려는 시도에 의문을 제기하지 않을 수 없네요."

"로버트." 시에나가 여전히 강력한 어조로 말을 이었다. "유전공학은 진화 과정을 촉진하려는 게 아니에요. 그것 자체가 지극히 자연스러운 전개 과정의 일부라고요! 당신은 버트런드 조브리스트라는 사람을 만들어낸 것이 바로 지금 우리가 말하고 있는 '진화'라는 사실을 잊고 있어요. 그의 탁월한 지능이야말로 다윈이 설명한 바로 그 과정의 산물이에요. 오랜 세월을 두고 쌓여온 진화의 일부라는 거죠. 유전학에 대한 버트런드의 남다른 통찰력은 어느 순간 신의 성스러운 영감 때문에 번쩍하고 나타난 게 아니에요. 수많은 세월을 두고 축적되어온 지성의 진보가 그런 천재를 만들어낸 거예요."

시에나의 그 말은 랭던을 또 한 번 깊은 상념으로 밀어 넣었다.

"다윈주의자라면 누구나 자연이 인구를 일정한 수준으로 억제하기 위한 사건들을 준비했다는 사실을 인정할 거예요." 시에나의 논리는 거침이 없었다. "흑사병, 기근, 대홍수, 다 마찬가지예요. 하지만 이렇게 한번 물어보면 어때요? 이번에는 자연이 뭔가 다른 방법을 찾아낸 것은 아닐까 하고 말이에요. 우리에게 끔찍한 재앙을 내리는 대신…… 오랜 세월을 두고 우리의 숫자를 줄여 나갈 수 있는 또 하나의 방법을 발명해낼 과학자를 보내주었다고 생각할 수는 없을까요? 무시무시한 흑사병도 없고 사람들이 무더기로 죽어나가지도 않아요. 그저 주어진 환경에 좀 더 조화롭게—."

"시에나." 신스키가 그녀의 말을 가로막았다. "시간이 늦었어요. 우리는 이제 그만 가봐야 해요. 하지만 일어서기 전에 한 가지만 더 확실히 해둘 필요가 있어요. 당신은 오늘 밤, 버트런드가 나쁜 사람이 아니라고 계속 강조하는데…… 그가 인류를 너무나 사랑했기 때문에, 그러니까 인류를 구하고자 하는 갈망이 너무나 컸기 때문에 그런 극단적인 방법까지 생각하게 되었다는 뜻으로 들리는군요."

시에나는 고개를 끄덕였다. "목적은 수단을 정당화한다." 시에나는 서슴없이 피렌체의 악명 높은 정치 이론가 마키아벨리의 말을 인용했다.

신스키가 대답했다. "당신도 진심으로 목적이 수단을 정당화한다고 믿어요? 당신도 세상을 구하겠다는 버트런드의 목적이 너무도 고귀하기 때문에 바이러스를 유포하는 것도 괜찮다고 믿는 쪽인가요?"

방 안에 팽팽한 긴장감이 감돌았다.

시에나는 책상 쪽으로 몸을 기댄 채 단호한 표정으로 대답했다. "신스키 박사님, 아까도 말씀드렸듯이 나는 버트런드가 아주 무모하고 위험한 행동을 했다고 생각하는 쪽이에요. 할 수만 있었다면 무슨 수를 써서라도 그를 막았을 거예요. 그것만은 나를 믿어주셨으면 좋겠어요."

엘리자베스는 책상 가장자리로 몸을 내밀어 시에나의 두 손을 가볍게 감싸 잡았다. "당신을 믿어요, 시에나. 당신이 해준 모든 말을 믿어요."

Chapter 103

아타튀르크 공항의 이른 새벽 공기는 제법 차가웠고, 가벼운 안개가 내려앉아 전용기 터미널 주위의 활주로를 끌어안은 모습이었다.

랭던과 시에나가 신스키와 함께 공항에 도착하자, 마중 나온 WHO 직원 한 사람이 차 문을 열어주었다.

"총장님만 준비되시면 바로 이륙할 수 있습니다." 직원은 그렇게 말하며 세 사람을 수수한 터미널 건물로 안내했다.

"랭던 교수님의 비행편은요?" 신스키가 물었다.

"피렌체로 가는 전용기를 준비해두었습니다. 임시 여행 허가증도 기내에 준비되어 있고요." 신스키는 고개를 끄덕여 고마움을 표시했다. "내가 부탁한 게 한 가지 더 있을 텐데요."

"말씀하신 대로 진행하고 있습니다. 최대한 빠른 시간 안에 소포가 배달될 겁니다."

신스키가 또 한 번 고개를 끄덕이자, 그는 활주로를 가로질러 비행기 쪽으로 향했다. 신스키는 랭던을 돌아보았다. "정말 우리하고 같이 안 가실 거예요?" 신스키는 피곤한 미소를 지으며 긴 은발을 귀 뒤로 쓸어 넘겼다.

"아무리 생각해도 미술사 교수가 낄 자리는 아닌 것 같아서요." 랭던이 장난스러운 표정으로 대답했다.

"하긴, 당신 역할은 이미 충분히 했죠." 신스키가 말했다. "그것이 어떤 의미인지 미처 다 헤아릴 수도 없을 만큼……." 신스키는 옆에 있던 시에나를 돌아보며 말했지만, 갑자기 시에나의 모습이 보이지 않았다. 알고 보니 그녀는

20미터가량 떨어진 커다란 유리창 앞에 서서 대기 중인 C-130을 바라보며 깊은 생각에 잠긴 모습이었다.

"시에나를 믿어주셔서 고마워요." 랭던이 조용히 말했다. "지금까지 살아오면서 자기를 믿어주는 사람이 그리 많지 않았던 모양이에요."

"솔직히 나도 의심스러운 대목이 많았지만, 앞으로 시에나 브룩스와 나는 서로에 대해 더 많은 것을 알아가게 될 것 같아요." 신스키는 그렇게 말하며 손을 내밀었다. "신의 은총이 함께하기를 빌어요, 교수님."

"박사님도요." 랭던과 신스키는 굳은 악수를 나누었다. "제네바에서도 모든 일이 잘 풀렸으면 좋겠습니다."

"그래야겠죠." 신스키는 그렇게 말하고는 시에나 쪽으로 고갯짓을 했다. "두 분에게 잠깐 시간을 드려야겠네요. 인사 끝나면 비행기에 타라고 전해주세요."

신스키는 돌아서서 걸음을 옮기다가, 무심코 주머니에 손을 넣었다. 깨진 부적이 손에 잡히자, 신스키는 그것을 힘주어 손에 쥐었다.

"아스클레피오스의 지팡이는 버리지 마세요." 랭던이 그녀의 등 뒤에 대고 소리쳤다. "붙이면 되니까요."

"고마워요." 신스키는 그렇게 대답하며 손을 흔들었다. "세상만사가 다 그렇게 해결되면 좋겠어요."

시에나 브룩스는 창가에 혼자 서서 활주로의 불빛을 바라보았다. 낮게 깔린 안개와 모여드는 먹구름이 약간은 으스스한 분위기를 자아냈다. 멀리 관제탑 꼭대기에는 붉은 바탕에 초승달과 별이 새겨진 터키 국기가 자랑스럽게 펄럭이고 있었다.

"무슨 생각을 그렇게 열심히 하고 있는지 말해주면 1터키리라 줄게요." 뒤에서 그윽한 목소리가 들려왔다.

시에나는 돌아보지 않았다. "태풍이 오려나 봐요."

"그러게요." 랭던이 조용히 대답했다.

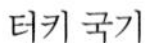

터키 국기

한참 만에야 시에나는 그를 돌아보았다. "당신도 같이 제네바로 갔으면 좋겠어요."

"그렇게 말해주니 고맙네요." 랭던이 말했다. "하지만 제네바에 도착하면 당신도 무척 바쁠 거예요. 괜히 고리타분한 대학 교수가 옆에서 얼씬거리면 방해만 되겠지요."

시에나는 당혹스러운 표정으로 그를 바라보았다. "당신이 나한테는 너무 늙었다고 생각하는 모양이죠?"

랭던은 큰 소리로 웃음을 터뜨렸다. "시에나, 난 진짜로 당신에겐 너무 늙었어요."

시에나는 불안한 듯 몸을 꼼지락거리며 말했다. "좋아요. 그래도 나를 어떻게 찾아야 하는지는 알죠?" 시에나는 앳된 소녀로 돌아간 듯 어깨를 으쓱했다. "혹시라도…… 내가 보고 싶어지면 말이에요."

랭던은 다정한 미소를 지었다. "알고말고요."

시에나는 조금은 기운이 나는 듯했지만, 두 사람 다 어떻게 작별 인사를 꺼내야 할지 몰라 침묵만 흘렀다.

랭던을 바라보던 시에나는 실로 오랜만에 낯선 감정에 사로잡혀 갑자기 까치발을 하고는 랭던의 입술에 뜨거운 키스를 퍼부었다. 한참 만에야 입술을 뗀 그녀의 눈가에 촉촉이 눈물이 맺혔다. "보고 싶을 거예요." 시에나가 속삭였다.

랭던은 다정하게 미소를 지으며 그녀를 꼭 끌어안았다. "나도 보고 싶을 겁니다."

두 사람은 서로를 놓아줄 엄두가 나지 않는 듯 한참 동안 서로를 끌어안은 채 꼼짝도 하지 않았다. 이윽고 랭던이 입을 열었다. "오랜 격언이 하나 있어요. 단테가 한 말이라고 하는데……" 랭던은 잠시 뜸을 들였다. "'오늘 밤을 기억하라…… 오늘이 영원의 시작이니.'"

"고마워요, 로버트." 그렇게 말하는 시에나의 두 눈에 어쩔 수 없이 눈물이 흘러내렸다. "정말 오랜만에 삶의 목적이 생긴 기분이에요."

랭던은 더욱 힘주어 그녀를 끌어안았다. "당신은 옛날부터 세상을 구하고 싶다고 했잖아요, 시에나. 지금이 기회인지도 몰라요."

시에나는 부드러운 미소를 지으며 돌아섰다. 혼자 C-130을 향해 걸어가는 동안, 그녀의 머릿속에는 지금까지 일어난 모든 일들…… 앞으로 일어날 일들…… 그리고 가능한 모든 미래가 어른거렸다.

'오늘 밤을 기억하라.' 시에나는 다시 한 번 그 말을 되뇌었다. '오늘이 영원의 시작이니.'

시에나는 비행기에 오르며 단테의 말이 맞아떨어지기를 기도했다.

오후의 옅은 태양이 두오모 광장 위로 낮게 드리워 조토 종탑의 하얀 타일에 파편을 남기며 산타 마리아 델 피오레 대성당에 기다란 그림자를 드리웠다.

로버트 랭던이 성당 안으로 들어가 자리를 잡았을 때는 이그나치오 부소니의 장례식이 한창 진행되는 중이었다. 이그나치오가 그토록 오랜 세월 동안 온갖 정성을 다해 보살펴온 이 유서 깊은 성당에서 그의 생애를 추모한다는 것이 그나마 다행스럽게 느껴졌다.

이 대성당의 실내장식은 활력이 넘치는 외관과는 달리 아주 검소하다 못해 황량하기까지 한 느낌을 주었다. 그럼에도 불구하고 이 금욕의 성소가 오늘만은 묘한 축제 분위기에 사로잡힌 인상이었다. '일 두오미노'라고 불렸던 거목의 부음을 듣고 이탈리아 전역에서 공직자와 고인의 친구들, 미술계 동료들이 찾아온 덕분이었다.

언론은 부소니가 평소 가장 좋아하던 두오모 부근에서 심야의 산책을 즐기다가 세상을 떠났다고 보도했다.

장례식 분위기는 전혀 장례식 같지가 않았다. 친구와 유족들은 고인이 남긴 일화를 재미있게 풀어냈고, 어느 동료는 부소니가 세상에서 르네상스 예술만큼 좋아하는 것은 볼로냐 스파게티와 캐러멜 푸딩뿐이라고 말했다는 사실을 언급했다.

장례식이 끝나고 조문객들이 삼삼오오 모여 이그나치오의 생애를 돌아보는 동안, 랭던은 고인이 그토록 사랑했던 예술 작품들을 느긋하게 둘러보았다. 돔 밑을 장식하는 바사리의 〈최후의 심판〉, 도나텔로와 기베르티의 스테인드

글라스, 우첼로의 시계, 그리고 바닥에 깔린 모자이크…….

어느 순간, 랭던은 문득 낯익은 단테 알리기에리의 얼굴 앞에 서 있는 자신을 발견했다. 미켈리노의 그 전설적인 프레스코화 속에서, 이 불멸의 시인은 연옥 산 앞에 서서 필생의 역작《신곡》을 겸손하게 앞으로 내미는 자세를 취하고 있었다.

만약 자신의 작품이 이 세상에 어떤 영향을 미쳤는지 알았더라면 단테가 무슨 생각을 했을까, 랭던은 문득 궁금했다. 물론 이 피렌체의 시인은 몇백 년이 흐른 뒤의 이 세상이 어떤 모습일지 짐작할 길이 없었겠지만.

'그는 영생을 얻었다.' 랭던은 고대 그리스 철학자들의 '명성'에 대한 견해를 떠올렸다. '사람들이 그대의 이름을 이야기하는 한, 그대는 결코 죽지 않는다.'

랭던이 산타 엘리사베타 광장을 가로질러 브루넬레스키 호텔로 돌아온 것은 초저녁 무렵이었다. 방으로 올라가니 큼직한 꾸러미가 그를 기다리고 있었다.

드디어 물건이 도착한 것이다.

'신스키에게 부탁했던 물건들이다.'

랭던은 서둘러 상자의 테이프를 자르고 소중한 내용물을 꺼냈다. 버블 랩으로 꼼꼼하게 포장한 것을 확인하니 한결 마음이 놓였다.

하지만 상자 안에는 랭던이 미처 예상하지 못한 다른 물건들도 함께 들어 있었다. 엘리자베스 신스키가 자신의 영향력을 이용해 랭던이 부탁하지 않은 데까지 신경을 쓴 것이 분명했다. 상자 속에는 버튼다운셔츠와 카키색 바지, 그리고 낡은 해리스 트위드 재킷 등 랭던의 옷가지가 깨끗하게 세탁되어 다림질까지 된 채 들어 있었다. 심지어 반들반들 윤이 나게 닦은 코도반 가죽 로퍼는 물론, 그의 지갑까지 고스란히 들어 있었다.

하지만 랭던의 입가에 흐뭇한 미소를 떠오르게 만든 것은 상자 속에서 마지막으로 나온 물건이었다. 한편으로는 드디어 되찾았다는 안도감이, 또 한편으로는 이것 때문에 그토록 마음을 졸였다는 창피함이 교차하는 심정이었다.

'내 미키마우스 시계.'

랭던은 얼른 이 시계를 손목에 둘렀다. 살갗에 와 닿는 낡은 가죽의 감촉은 자기가 생각해도 이상하리만치 커다란 안도감을 가져다주었다. 모처럼 자기 옷을 입고 자기 신발을 신으니, 로버트 랭던은 비로소 본연의 자신으로 돌아온 느낌이었다.

랭던은 브루넬레스키 호텔의 카운터에서 빌린 쇼핑백에 조심스럽게 포장된 물건을 넣고 호텔을 나섰다. 유난히 따뜻한 저녁 공기 속에 베키오 궁전의 외로운 첨탑을 향해 칼차이우로리 가를 따라 걷는 랭던의 발걸음이 마치 꿈결처럼 가벼웠다.

베키오 궁전에 도착한 랭던은 경비실에서 마르타 알바레즈와 면담 약속이 잡혀 있는 자신의 이름을 확인했다. 그가 안내를 받고 찾아간 500인의 방은 여전히 관광객들로 붐볐다. 랭던은 시간 맞춰 도착했으니 마르타가 입구 어디서 기다리고 있을 줄 알았는데, 뜻밖에도 그녀의 모습이 보이지 않았다.

랭던은 지나가던 안내인에게 다가갔다.

"스쿠시(실례합니다)?" 랭던이 말했다. "도베 파소 트로바레 마르타 알바레즈(마르타 알바레즈를 찾아왔는데 어디로 가면 되죠)?"

이내 안내인의 얼굴에 환한 웃음이 떠올랐다. "시뇨라 알바레즈(알바레즈 부인이오)?! 지금 여기 없어요! 아기를 낳았거든요! 카탈리나! 몰토 벨라(카탈리나예요! 아주 잘됐죠)!"

랭던도 마르타에게 좋은 일이 생겼다는 소식을 들으니 기분이 좋았다. "아…… 케 벨로(아…… 정말 잘됐네요)." 랭던이 대답했다. "스투펜도(최고예요)!"

안내인이 사라지자, 랭던은 들고 있는 물건을 어떻게 해야 좋을지 잠시 망설였다.

이내 마음을 정한 그는 복잡한 500인의 방을 가로질러 바사리의 벽화 아래를 지나 경비원의 눈에 띄지 않게 조심하며 박물관으로 올라갔다.

이윽고 그는 박물관의 좁은 안디토 앞에 다다랐다. 어두컴컴한 통로 앞에 사람들의 출입을 가로막는 줄이 드리워 있고, '키우소(닫힘)'이라는 팻말이 붙어 있었다.

랭던은 조심스럽게 주위를 둘러본 다음, 줄 밑으로 기어 들어가 어두컴컴한 안디토 안으로 들어섰다. 그러고는 쇼핑백에서 조심스럽게 꾸러미를 꺼내 버블 랩을 벗겨냈다.

포장이 벗겨지자, 단테의 데스마스크가 지그시 그를 바라보았다. 마스크는 아직도 랭던이 베네치아 기차역의 보관함에 넣었을 때의 모습 그대로, 비닐봉지 안에 들어 있었다. 딱 한 가지만 빼면 마스크는 원래의 모습을 완벽하게 간직하고 있었다. 뒷면에 적힌 나선형의 시.

랭던은 골동품 진열장을 슬쩍 내려다보았다. '단테의 데스마스크는 늘 앞면만 전시된다…… 뒤를 확인할 사람은 아무도 없을 것이다.'

랭던은 마스크를 조심스럽게 비닐봉지에서 꺼냈다. 그리고 진열장 안의 받침대 위에 내려놓으니, 마스크는 낯익은 붉은 벨벳 바탕 위에 자연스럽게 자리를 잡았다.

랭던은 진열장을 닫고 잠시 그 자리에 서서 어둠 속에서 유령처럼 보이는 단테의 창백한 얼굴을 지그시 바라보았다. '드디어 고향으로 돌아왔다.'

랭던은 그 방을 나서기 전에 문 앞에 드리웠던 줄과 팻말을 치워버렸다. 복도를 걸어 나오던 그는 마침 지나가던 젊은 여자 안내인을 향해 말했다.

"시뇨리나(아가씨)? 단테의 데스마스크 위에 달린 전등을 좀 켜야겠어요. 너무 어두워서 잘 안 보이더라고요."

"죄송해요." 안내인이 대답했다. "하지만 그 전시는 폐쇄됐어요. 단테의 데스마스크는 이제 여기 없거든요."

"그거 이상하네." 랭던은 짐짓 놀란 표정으로 대꾸했다. "방금 보고 나왔

단테 알리기에리의 데스마스크, 베키오 궁전

는데."

안내인의 눈이 등잔처럼 휘둥그레졌다.

그녀가 서둘러 안디토를 향해 달려가는 동안, 랭던은 조용히 박물관을 빠져나왔다.

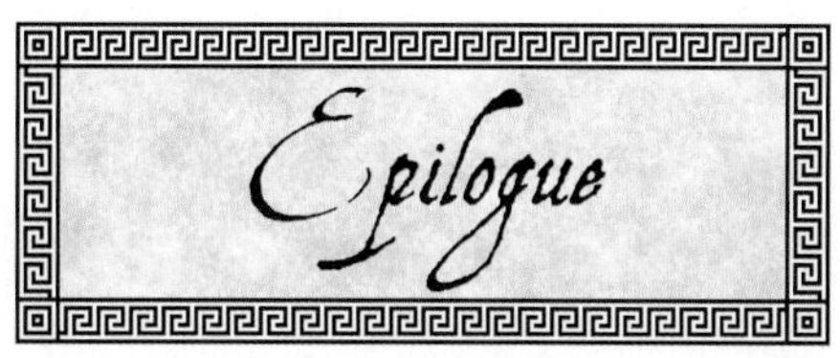

비스케이 만에서 3만 4천 피트 상공, 알리탈리아 항공의 보스턴행 밤 비행기가 달빛 어린 밤하늘을 서쪽으로 날고 있었다.

로버트 랭던은 문고판《신곡》에 온통 마음을 사로잡힌 채 시간 가는 줄 모르고 앉아 있었다.《신곡》특유의 3운구법 운율이 단조로운 비행기 엔진 소리와 어울려 랭던을 거의 무아지경의 상태로 이끌었다. 단테의 어휘는 바로 지금 이 순간의 랭던을 위해 쓰인 양, 물 흐르듯 우아하게 페이지를 타고 넘으며 그의 가슴에 깊은 울림을 일으켰다.

랭던은 단테의 이 시가 지옥의 참상을 생생하게 묘사하는 만큼이나, 아무리 가혹한 시련이 닥쳐도 끝내 일어서는 인간의 힘을 노래하고 있다는 걸 새삼 실감했다.

창밖으로 보름달이 둥실 떠올라 딴 세상인 것만 같은 밤하늘을 환하게 비췄다. 랭던은 끝없이 펼쳐진 창공을 바라보며, 지난 며칠 동안 정신없이 그를 몰아붙였던 상념 속으로 빠져들었다.

'지옥의 가장 암울한 자리는 도덕적 위기의 순간에 중립을 지킨 자들을 위해 예비되어 있다.' 랭던에게 이 말이 이토록 생생하게 다가온 적은 일찍이 한 번도 없었다. '위기의 시대에 행동하지 않는 것보다 더 큰 죄악은 없다.'

랭던은 자신도 다른 수많은 사람들과 마찬가지로 이 죄악으로부터 자유롭지 못함을 잘 알고 있었다. 언제부터인가 '부인'은 온 세상을 휩쓴 거대한 전염병이 되어버렸다. 랭던은 절대 이것을 잊지 않겠다고 다짐했다.

비행기가 서쪽으로 날아가는 동안, 랭던은 지금은 제네바에 있을 두 용기

있는 여인을 생각했다. 아마도 지금쯤 정면으로 미래와 마주한 채 변화된 세상의 복잡다단함을 조율하기 위해 최선을 다하고 있을 터였다.

창밖의 수평선 너머 커다란 구름이 서서히 하늘을 가로지르더니, 이윽고 달을 가려 그 찬란한 빛이 자취를 감췄다.

로버트 랭던은 이제 잠을 좀 자야 할 시간이라고 생각하며 등받이에 몸을 기댔다.

머리 위의 독서등을 끄는 순간, 그의 눈이 다시 한 번 하늘에 닿았다. 지금 막 내리깔린 어둠 속에, 세상은 완전히 달라져 있었다. 하늘은 반짝이는 별들로 가득한 거대한 태피스트리가 되어 있었다.

감사의 글

아래의 분들에게, 나의 가장 겸손하고 진실된 감사의 뜻을 전한다.

여느 때와 마찬가지로, 나의 편집자이자 절친한 친구 제이슨 카우프만, 그의 헌신과 재능, 그리고 무엇보다도 끝없는 유머 감각.

비범한 나의 아내 블라이드, 집필 과정에서 보여준 사랑과 인내, 그리고 최일선 편집자로서 그녀가 가진 탁월한 본능과 솔직함.

피로를 모르는 나의 에이전트 겸 믿음직한 친구 하이디 랭, 내가 미처 상상하지 못한 여러 가지 주제로, 여러 나라에서, 더 많은 대화가 가능하도록 조율해준 그녀의 놀라운 기술과 에너지에 끝없는 감사를 보낸다.

열정과 창의성으로 뭉친 더블데이의 모든 직원들, 특히 내 책을 위해 온갖 노력을 아끼지 않은 수잰 헤르츠(그 많은 모자를, 그렇게 멋있게 소화하다니!), 빌 토머스, 마이클 윈저, 주디 야코비, 조 갤러거, 롭 블룸, 노라 라이차드, 베스 마이스터, 마리아 카렐라, 로렌 하이랜드, 그리고 무한한 성원을 보내준 소니 메타, 토니 키리코, 캐시 트래거, 앤 메시트, 마크쿠스 돌. 랜덤 하우스 영업부의 그 멋진 직원들.

크고 작은 모든 문제에 대한 완벽한 본능을 갖춘 나의 슬기로운 카운슬러 마이클 루델, 그리고 그의 우정.

누구도 대신할 수 없는 나의 조력자 수전 모어하우스, 그녀의 품위와 활력. 그녀가 아니었다면 모든 것이 순식간에 혼란의 도가니로 빠져들었을 것이다.

트랜스월드의 모든 친구들, 특히 남다른 창의성과 활력으로 큰 도움을 준 빌 스콧-커, 그리고 탁월한 리더십을 보여준 게일 레벅.

이탈리아 몬다도리 출판사의 리키 카발레로, 피에라 쿠사니, 조반니 두토, 안토니오 프란치니, 클라우디아 스체우. 터키의 알틴 키타플라르, 오야 알파르, 에르덴 헤페르, 바투 보즈쿠르트. 이들은 이 책에 등장하는 지역과 관련해 아주 특별한 도움을 주었다.

뜨거운 열정과 근면, 헌신으로 내 책을 소개해줄 전 세계의 출판사들.

런던과 밀라노의 번역 작업실을 관리해준 리언 로메로-몬탈보와 루치아노 구글리엘미.

피렌체에서 우리와 많은 시간을 함께하며 이 도시의 미술과 건축에 생명을 불어 넣어준 마르타 알바레스 곤잘레스 박사.

우리의 이탈리아 방문을 위해 온갖 정성을 쏟아준 마우리치오 핌포니.

피렌체와 베네치아에서 오랜 시간을 함께하며 소중한 조언과 도움을 아끼지 않은 모든 역사학자, 안내인, 그리고 각 분야의 전문가. 비블리오테카 메디체아 라우렌지아나의 조반나 라오와 에우제니아 안토누치, 베키오 궁전의 세레나 피니와 직원들, 세례당과 두오모의 바버라 페델리, 산 마르코 대성당의 에토레 비오와 마시모 비손, 총독 궁전의 조르조 탈리아페로, 베네치아 전역을 함께한 이사벨라 디 레나르도, 엘리자베스 캐럴 콘사바리, 그리고 엘레나 스발두츠, 비블리오테카 나치오날레 마르시아나의 안날리사 브루니와 직원들, 그리고 이 짧은 지면에 미처 소개하지 못한 그 밖의 많은 분들에게 진정한 감사의 뜻을 전한다.

미국 안팎에서 많은 도움을 준 샌퍼드 J. 그린버거 협회의 레이철 딜런 프리드와 스테퍼니 덜먼.

전문적인 과학 분야에서 탁월한 조언을 아끼지 않은 조지 에이브러햄 박사와 존 트레이너 박사, 그리고 밥 헬름 박사.

처음부터 원고를 읽고 전망을 제시해준 그레그 브라운, 딕과 코니 브라운, 리베카 카우프만, 제리와 올리비아 카우프만, 그리고 존 채피.

샌번 미디어 팩토리와 함께 온라인 세상을 굴러가게 만들어준 인터넷 전문가 알렉스 캐넌.

이 책의 마지막 원고를 집필하는 동안 그린 게이블스의 조용한 성소를 마련해준 저드와 캐시 그레그.

소중한 자료를 온라인상에서 볼 수 있도록 해준 프린스턴의 단테 프로젝트, 컬럼비아 대학의 디지털 단테, 그리고 월드 오브 단테.

그 모두에게 아낌없는 감사의 뜻을 전한다.

이미지 출처

이 책에 수록된 이미지를 사용할 수 있도록 허락해준 다음의 저작권자에게 감사의 뜻을 전한다.

10, 92-93, 97, 98, 130(위, 아래), 142쪽: Reg. lat. 1896. f.101r S. Botticelli, *Voragine Infernale*, disegno. Author/s: Sandro Botticelli. Title: *Voragine Infernale*. Volume/Year: 1480-1495. NOTE: Reg. Lat. 1896, pt. A, foglio 101r. Reproduced by permission of Biblioteca Apostolica Vaticana, with all rights granted.

12, 14, 15, 47, 51, 81, 108, 120(왼쪽, 오른쪽), 125, 136, 138, 147, 218, 224, 225(위, 아래), 253, 277(왼쪽, 가운데, 오른쪽), 309, 320, 323, 331, 335(왼쪽, 오른쪽), 341, 342, 353, 398, 411, 449(위, 아래), 450, 451, 459(위, 아래 왼쪽, 아래 오른쪽), 464, 472(왼쪽, 아래), 474(왼쪽, 아래), 509, 528쪽: © Claudio Sforza

16쪽: Godong / © Robert Harding Picture Library Ltd / Alamy

24쪽: © Selitbul / istock

28쪽: © Wilhelm Lehmbruck Museum, Duisburg, Germany / Bridgeman Images

37, 264, 467, 569쪽: copyright © 2014 by Fodor's Travel, a division of Random House LLC; Used by permission of Fodor's Travel, a division of Random House LLC. All rights reserved.

38쪽: © Kanuman / Shutterstock

52쪽: © Ken Welsh / Alamy

55쪽: © Galleria degli Uffizi, Florence, Italy / Giraudon / Bridgeman Images

57쪽: © Galleria degli Uffizi, Florence, Italy / Bridgeman Images

65쪽: © Christian Hartmann / Alamy

68쪽: © akg-images / The Image Works

69쪽: © De Agostini Picture Library / A. Dagli Orti / Bridgeman Images

71쪽: Courtesy of The Harris Tweed Authority, www.harristweed.org

78, 241, 290, 292, 293, 296, 301, 312, 319, 685쪽: © Liesbeth Hogerbrugge-intoFlorence.com. Used with permission by Commune di Firenze.

86쪽: © Werner Forman Archive / Bridgeman Images

88쪽: © A. Dagli Orti / Art Resource, NY

96쪽: © Private Collection / Bridgeman Images

101쪽: © Silicon Valley Stock / Alamy

102쪽: © RMN-Grand Palais / Art Resource, NY

114쪽: Gianni Dagli Orti / The Art Archive at Art Resource, NY

123쪽: © World History Archive / Alamy

126쪽: © Duomo, Florence, Italy / Bridgeman Images

129쪽: © RMN-Grand Palais / Art Resource, NY

131쪽: © bpk, Berlin / Kupferstichkabinett, Staatliche Museum / Art Resource, NY

141쪽: © The Art Archive at Art Resource, NY

148쪽: © Palazzo Pitti, Florence, Italy / Bridgeman Images

149쪽: © De Agostini Picture Library / M. Carrieri / Bridgeman Images

151쪽: © Peter Probst / Alamy

155쪽: © HIP / Art Resource, NY

163, 179(위, 왼쪽, 아래), 186, 188, 189(위, 아래), 194, 195(아래), 245, 352(위, 아래), 354, 369쪽: © Richard Klíčník

167쪽: © Zoltan Major / Shutterstock

173, 195쪽(위): © Galleria degli Uffizi, Florence, Italy / Bridgeman Images

201쪽: © AFP / Getty Images

205, 216, 267, 287, 389, 491쪽(위, 오른쪽): © Jason Kaufman

217쪽(위, 아래): © Clive Tully / Alamy

230쪽: © Paul Springett 09 / Alamy

231, 232, 306쪽: © Scala / Art Resource

233쪽: © AP Images / Courtesy Editech

237쪽: © Palazzo Vecchio, Florence, Italy / Bridgeman Images

256쪽: © De Agostini Picture Library / Bridgeman Images

271쪽: Private Collection / © Bridgeman Images

278쪽: © Palazzo Vecchio, Florence, Italy / Alinari / Bridgeman Images

357(위, 오른쪽), 363(위, 아래), 364, 546쪽: © Ross Brinkerhoff / Fodor's Travel

365쪽: © AFP Photo / Claudio Giovanni / Getty Images

376쪽: © De Agostini Picture Library / G. Nimatallah / Bridgeman Images

397쪽: Courtesy of NetJets

404쪽: © Galleria Uffizi, Florence, Italy / Bridgeman Images

408쪽(위): © Maximus256 / Shutterstock

408쪽(아래): © JPL Designs / Shutterstock

417쪽: © Collegiate Church of St. Mary of the Assumption, San Gimignano / De Agostini Picture Library / G. Nimatallah / Bridgeman Images

421쪽: © Staatliche Antikensammlung und Glyptothek, Munich, Germany / Bridgeman Images

443쪽: © DeA Picture Library / Art Resource, NY

454쪽: © Bonhams, London, UK / Bridgeman Images

457쪽: © Österreichische Galerie Belvedere / Vienna, Austria / Bridgeman Images

476쪽(위): © Belinda Images / SuperStock

476쪽(왼쪽): © one-image photography / Alamy

480쪽: James Emmerson / © Robert Harding Picture Library / Alamy

481쪽: Photo by Bryce Vick

492쪽: M Carrieri / © Universal Images Group / De Agostini / Alamy

494쪽: © Norbert Scanella / Alamy

503쪽: © Cameraphoto Arte, Venice / Art Resource, NY

562쪽: © Eye Ubiquitous / SuperStock

564, 583, 610쪽: © Ergün Özsoy

567쪽: © jps / Shutterstock

571쪽: © Ayhan Altun / Moment / Getty Images

574쪽: © Prado, Madrid, Spain / Bridgeman Images

575쪽: © JL Images / Alamy

576쪽: © Hackenberg-Photo-Cologne / Alamy

584쪽: © Milosk50 / Shutterstock

586쪽: © Hackenberg / Ullstein bild / The Image Works

590쪽: © Mikhail Markovskiy / Shutterstock

592쪽: © imageBROKER / Alamy

594쪽: © Art Kowalsky / Alamy

596쪽: Betty Johnson / © dbimages / Alamy

603쪽: Joachim Hiltmann / imag / imagebroker.net / SuperStock

608쪽: © Henglein and Steets / Cultura Creative (RF) / Alamy

613쪽: © Susana Guzman / Alamy

621쪽: © Adam Crowley / Photographer's Choice / Getty Images

627쪽: © Andree Kaiser / Alamy

631쪽: © JTB Photo Communications / SuperStock

634쪽: © Hercules Milas / Alamy

646쪽: © David Mack / Science Source

650쪽: © age footstock / SuperStock

652쪽: © Dr. Dan Kalman / Katie Vicari / Science Source

665쪽: © Laguna Design / Science Source

673쪽: © James King-Holmes / Science Source

680쪽: © Muratart / Shutterstock

688쪽: © Larry Landolfi / Science Source

옮긴이_ **안종설**

성균관대학교 사회학과를 졸업한 뒤 출판사 편집장을 지냈고, 캐나다 UFV에서 영문학을 공부했으며, 현재 전문 번역가로 활동하고 있다. 옮긴 책으로《벤허: 그리스도 이야기》《떠오르는 아시아에서 더럽게 부자 되는 법》《스타워즈: 새로운 희망—공주, 건달 그리고 시골 소년》《스타워즈: 제국의 역습—제다이가 되고 싶다고?》《인페르노》《로스트 심벌》《다빈치 코드》《해골 탐정》《대런 섄》《잉크스펠》《잉크데스》《프레스티지》《Che—한 혁명가의 초상》《솔라리스》《천국의 도둑》《믿음의 도둑》 등이 있다.

인페르노

스페셜 일러스트 에디션

초판 1쇄 발행 2016년 10월 4일
초판 3쇄 발행 2016년 11월 2일

지은이 | 댄 브라운
옮긴이 | 안종설
발행인 | 강봉자 · 김은경

펴낸곳 | (주)문학수첩
주소 | 경기도 파주시 회동길 192(문발동 513-10) 출판문화단지
전화 | 031-955-4445(마케팅부), 4453(편집부)
팩스 | 031-955-4455
등록 | 1991년 11월 27일 제16-482호
홈페이지 | www.moonhak.co.kr
블로그 | blog.naver.com/moonhak91
이메일 | moonhak@moonhak.co.kr

ISBN 978-89-8392-625-8 03840

「이 도서의 국립중앙도서관 출판예정도서목록(CIP)은 서지정보유통지원시스템 홈페이지(http://seoji.nl.go.kr)와 국가자료공동목록시스템(http://www.nl.go.kr/kolisnet)에서 이용하실 수 있습니다.(CIP제어번호: CIP2016021210)」

* 파본은 구매처에서 바꾸어 드립니다.